DIE 20 BESTEN
SF-STORIES

JONATHAN GATES

(Hrsg.)

# Die 20 besten SF-Stories

ARTHUR C. CLARKE PHILIP K. DICK
WILLIAM GIBSON CLIFF BURNS U. A.

GOLDMANN

**Originalausgabe**

Die Angaben zu den
Übersetzungen und Quellennachweisen
der einzelnen Texte finden
Sie am Ende des Bandes.

*Umwelthinweis:*
Alle bedruckten Materialien dieses Taschenbuches
sind chlorfrei und umweltschonend.
Das Papier enthält Recycling-Anteile.

Der Goldmann Verlag
ist ein Unternehmen der Verlagsgruppe Bertelsmann

Originalausgabe 5/97

Umschlaggestaltung: Design Team München
Umschlagillustration: Bavaria/TCL
Satz: deutsch-türkischer fotosatz, Berlin
Druck: Elsnerdruck, Berlin
Verlagsnummer: 25029
SN/Redaktion: Harry Vogeler
Herstellung: Peter Papenbrok
Made in Germany
ISBN 3-442-25029-3

1 3 5 7 9 10 8 6 4 2

# Inhalt

**Jonathan Gates**

---

# Vorwort

## *Samuel Delany lebt hier nicht mehr*

Ganz im Ernst: Sehen Sie ab und zu mal in den Spiegel? Genau, dieses Utensil, das über der Ablage mit der Zahnbürste hängt. Und dann starrt Sie dieser bebrillte vierzehnjährige Knabe an, der beim Tanztee höchstens die Dicke mit der blöden Lache abbekommt. Gut, daß es noch den Weltraum gibt. Das All ist näher als der erste Blusenknopf, und warum noch von unerforschten Oberweiten träumen, wenn die Weite doch dort oben ist – von Raketenträumern und Cordhosenträgern in den Äther projiziert. So oder ähnlich habe ich mir immer den Perry-Rhodan-Leser vorgestellt. Einer, der im fortgeschrittenen Stadium gern Wolfgang heißen würde, aber trotzdem keine Chance hat, weil ihn die Dicke am Ende doch bekommt.

Ich habe nie Science-fiction gelesen. Warum seine Zeit mit John Brunner verschwenden, wenn man Blondinen »Baby« nennen kann? 1982 wache ich morgens neben diesem unglaublichen Mädchen auf, und dann entdecke ich, daß sie nicht nur ein Tattoo auf ihrer Schulter hat – verdammt, da liegen Bücher neben der Matratze. Liebesgedichte von Pablo Neruda. Frauen stehen auf so was. Und »Einstein, Orpheus und andere«, ein Paperback von einem gewissen Samuel Delany. »Liest du das gerade?« frage ich. »Nein«, murmelt sie, »das hat jemand hier liegengelassen.« Ich zünde mir eine an und frage mich, wo der Kaffee steht. »Wie heißt du eigentlich?« sagt das Mädchen neben mir. Ist das ein Grund, diese Frau nicht sofort heiraten zu wollen?

Den Delany habe ich mitgenommen. Ich habe vergessen, was drinsteht. Irgendwie kommt Billy the Kid auf diesen Planeten, vielleicht nennt sich auch nur jemand so ... ein großer Roman jedenfalls, Postmoderne pur, lange bevor das plötzlich akademisch angesagt war. Delany – ein Schwarzer, der den Weißbroten zeigte, wo der intellektuelle Hammer hing. Und die anderen. Harlan Ellison, der sich die große Schnauze einfach *leisten* konnte. Jimmy Tiptree, der in Wirklichkeit eine Frau war. Arthur Clarke, der in Sri Lanka mit der Klimaanlage kämpfte. Philip K. Dick und Norm Spinrad, die elektrischen Reiter der Timothy-Leary-Generation. Und später Cliff Burns, der letzte seiner Art. Man sieht sich in Amsterdam. Vielleicht auch Austin, Texas.

»I come from another planet, baby«, singt Julian Cope. Unsinn, Mann, ich bin hier, und nach all den Jahren habe ich den Delany irgendwo zwischen Boots wiedergefunden. Das verdammte Buch hatte sich tatsächlich in meinen Schuhschrank verirrt. Für einen Moment fragte ich mich, wie dieses Mädchen hieß. Ich kam nicht drauf. Aber vage, ganz vage erinnerte ich mich an diese Geschichte. Irgendwie kommt Billy the Kid auf diesen Planeten, vielleicht nennt sich auch nur jemand so ... Ich stellte mir vor, ich würde bei ihr vorbeigehen und erfahren: Samuel Delany lebt hier nicht mehr.

Möglich, daß das stimmt. Aber eines hat er mir gesagt, und daran kann ich mich genau erinnern. »Mann«, hat er gesagt, »dieser ganze Scheiß von Planeten und Aliens, wen interessiert das überhaupt? Das ist alles wirklich, Junge. Vorstoßen und eindringen, das ist es doch, worum sich alles dreht.«

Zwanzig große Stories. Viele wahre Worte. Und denken Sie

dran. Weil es gar nicht um Captain Kirk geht. Sondern um die Dicke. Die Sie am Ende doch noch kriegt.

Thanks to: The Rottenecker. Mr. Gladys. Achim Szymanski. Gina Graziano. XL. The Donkey (of Love). Und für Wolfgang. Daumen hoch. *I come from another planet, baby.*

*Paramaribo, Februar 1997*

*Jonathan Gates schreibt für den* Seattle Examiner, Raygun *und* Cusmetiques. *Seit 1995 managt er zusammen mit Bertrand Holbish die Band* Morbid Anatomy. *Er ist Autor des Buches* Cool: From Arrogance to Circumstance *(New York 1993) und Mitherausgeber der Zeitschrift* Ladies Choice. *Jonathan Gates lebt mit seiner Frau Delphine in Bedford Hills, New York.*

## Cliff Burns

# *Kifferwahn*

»Sprawling on the fringes of the city
In geometric order
An insulated border
In between the bright lights
And the far unlit unkown ...«

*»Subdivisions« (Peart/Lifeson/Lee)*
*Core Music Publishing, 1982*

In der Nacht war ich sichtbar gealtert.

So etwas passiert eben, wenn man vergißt, wie vorgeschrieben die klitzekleinen grünen Zeitkapseln einzunehmen, bevor man sich hinhaut.

Der Badezimmerspiegel offenbarte das ganze Ausmaß der Verheerung. Ich starrte mich selbst in einer Art angewiderter Faszination an. Meine Gesichtshaut war gelb und wächsern. Linien, Falten, Furchen und Schatten breiteten sich überall darauf aus. Und als ich den Kopf drehte und all die grauen Haare entdeckte, passierte es … irgend etwas in mir zerriß mit dem Kreischen von zerfetzendem Metall.

Ich griff mir an den Schädel, packte eines von diesen widerwärtigen silbernen Haaren und riß das verschissene Ding einfach heraus. Und dann noch eins. Und gleich noch zwei hinterher. Ich suchte meine ganze Birne ab und vernichtete mit fürchterlicher entschlossener Kaltblütigkeit jeden einzelnen von diesen kleinen Drecksäcken. Jedesmal, wenn ich einen von diesen tödlichen Blitzgriffen ansetzte und eines dieser Übel mit Stumpf und Stiel ausrottete, zischte ich durch die zusammengebissenen Zähne. Ich war wie Gott, der den Garten Eden von Unkraut befreit.

Irgendwann klopfte Karen an die Badezimmertür, um mich an Marguerites Rezept zu erinnern. Aber sie warf nur einen Blick auf mich, entschuldigte sich dann rasch und hütete sich davor, mir in die Augen zu sehen. Das war wirklich nett von ihr. Sie wußte, daß ich das gleiche für sie getan hätte, wenn die Situation umgekehrt gewesen wäre.

Glücklicherweise hatte ich erst kürzlich meinen Schminkkoffer wieder aufgefüllt. So verbrachte ich die nächsten extrem angespannten Minuten damit, eine Version von mir zusammenzukleistern, die dem Original einigermaßen nahekam. Aus nächster Nähe würde ich damit natürlich auffallen, deswegen mußte ich mich ein wenig von den Kindern fernhalten, besonders von Marguerite und ihren scharfen Augen. Kids können so grausam sein.

Wie sich herausstellte, hätte ich mir um die von mir Gezeugten, meine Nachkommenschaft, die genetisch gesteuerte Frucht meiner vergifteten Lenden, überhaupt keine Sorgen zu machen brauchen.

Sie waren schon wieder am Trippen. Ganz auf du und du und interaktiv mit dem verdammten, verwichsten Kasten, war ihr Geist im wahrsten Sinn des Wortes tausend Meilen entfernt … und für mich genauso unerreichbar wie gestern.

Wie jeder verantwortungsbewußte Vater klinkte ich mich in ihre

Reise ein, um festzustellen, ob sie sich nicht mit irgend etwas abgaben, das ihrem beeindruckend jungen Verstand dauerhaften Schaden zufügen könnte. Der Sprung traf mich so hart und rasch, daß ich in die reale Raumzeit zurückgreifen mußte, um mir Halt zu verschaffen und meine Sinne davon zu überzeugen, daß ich mich, auch wenn alles dagegen sprach, immer noch auf der guten alten Erde befand. Denn in dieser ersten Nanosekunde kam es mir so vor, als habe der Boden sich schlagartig unter mir aufgelöst und mich Arsch über Teekessel wie Alice durch das Kaninchenloch ins Wunderland gesaugt – und mich im selben Augenblick mit kreischenden, schwatzenden Stimmen, kondensierten, unverständlichen Texten und maschinengewehrmäßig high-speed-kodiertem Geplapper bombardiert. So als seien Soundwellen, Testgeräusche, Streifencodes, Werbung, Landfunk und Wetterbericht zu einer kreischenden Rückkopplung verschmolzen – dazu saurer chemischer Geschmack von klebrigen Lippen auf einer unbeständigen Erektion, und

*verschissenen Red Rain, yeah, diese Scheißband ist sauheiß* –

– und der muffige Gestank von einem Teenagerzimmer, vollgestopft mit nonstop-menschenfressenden elektronischen Geräuschen –

Ich hätte es wissen müssen.

Meine Kinder fuhren wieder huckepack in diesem – wie heißt er noch gleich? – Harold Tyler, und ich erkannte an seiner schweren Paranoia und verletzten Selbstgerechtigkeit, daß er mal wieder den Blues hatte und sich mittendrin in einem heftigen Anfall von Selbstmitleid befand.

Ich wollte am liebsten gleich wieder raus, beschloß dann aber, noch eine Weile zu lauschen. In den folgenden Minuten mußte ich gegen das wachsende Gefühl von Irrsinn ankämpfen, während Harold Tyler, selbsternannte »Unglaublichste Loser-Inkarnation der Welt« – ein durchgeknallter Dope-Besessener, erblühender Perverser und vermutlich schon auf den Soziopathen-Highway rasender Vierzehnjähriger –, in der Geborgenheit und Privatheit seines Kopfes schwadronierte, krakeelte und jammerte. Ziel seiner Attacken waren wie stets seine lausigen Eltern, daß sie von nix eine Ahnung hätten, und wie beschissen es einem Kid erging, das über einen eigenen Verstand, eine eigene Meinung und scheißdrauf-was-noch, aber keine Macht verfügte, und wie die Leute dauernd auf einem herumhackten und einen kleinmachten –

– *Arschlöcher von Hirntoten sagen mir dies und das und können sich immer noch selbst ins Gesicht sehen und sind doch nichts als eine Bande verblödeter Heuchler und hämorrhoidengesichtiger Spießer bloß blöde Arschlöcher die nur ihre Zeit totschlagen und auf ihre Rente warten obwohl sie doch jetzt schon nicht mehr als Wurmfutter sind verdammte Arschficker soll ihnen doch der Schwanz abfaulen und die Fotze zugetackert werden verkotzte Bande sie alle und ihr Hirntotendasein sie sind es doch die* –

– an dieser Stelle klinkte ich mich aus, glitt zurück in meine eigene Haut und tat mein Bestes, mir bildlich gesprochen den Staub von Harold Tylers psychischen Resonanzen von den Sandalen zu klopfen. Aber ich wurde das unangenehme Gefühl nicht los, daß irgendwelche Spuren von dem kleinen Psychopathen immer noch durch mein Unterbewußtsein trieben – wie karmische Tiefenladungen, die jeden Moment hochgehen konnten.

Der Junge ist krank und verdorben, daran kann überhaupt kein Zweifel bestehen, aber er ist auch einhundertprozentig total authentisch – so obszön, so kaputt und so direkt ins Gesicht, wie man es sonst wohl nirgendwo mehr kriegt. Deswegen steht Harold ja auch in den Ratings auf Platz eins.

Viele in meinem Alter verstehen den Psycho nicht und haben auch keinen Schimmer, was die Kids in ihm sehen. Ich glaube, am besten gefällt den Teenies seine vollkommene Ehrlichkeit, die Art, wie er nichts für sich behält, wie er sofort und instinktiv reagiert und wie er sich dabei niemals auch nur die geringsten Gedanken um seine Umwelt macht. Harold Tyler ist selbstsüchtig, eingebildet und geradezu vorsätzlich blöde.

Mit anderen Worten, der Prototyp von einem Teenager.

Ich muß allerdings gestehen, daß ich seine belämmerte Sicht der Welt und seinen fehlgesteuerten Zorn durchaus erfrischend finde, aber nur in kleinen Dosen. Ein paar Minuten in Harolds Kopf, und man fühlt sich von dem ganzen Scheißdreck und den Vorwänden, Ausflüchten und so weiter gereinigt, die man Tag für Tag in sich aufnehmen muß. Und die Soap Opera, als die sich Harolds beschissenes, weinerliches Leben abspielt – und das rund um die Uhr, sieben Tage in der Woche, Monat für Monat –, versetzt einen immer wieder in die Lage, den eigenen Standort im Universum nicht mehr ganz so schwarz zu sehen und dann zu dem Schluß zu gelangen, daß man es vielleicht doch nicht vollkommen schlecht getroffen hat.

Und ich glaube, irgendwie geht es genau darum ... Trotzdem beunruhigt es mich, daß dieser kleine Mistkerl so negativ eingestellt ist und viel zu viele Drogen einwirft. Bei Licht betrachtet glaube ich, daß es mich am meisten betroffen macht, wie wenig er seine Eltern ausstehen kann. Sein Haß auf sie ist von unfaßbarer Intensität und Bösartigkeit.

Ich grübelte noch darüber, während ich in die Küche schlich und mir klar wurde, daß ich, wenn ich mich in den nächsten drei Minuten nicht ziemlich beeilte, unwiderruflich und ganz offensichtlich zu spät zur Arbeit kommen würde ... und dann vertraglich verpflichtet war, deswegen Schuldgefühle zu entwickeln.

»Morgen, Tom«, grüßte MIKE, die Kaffeemaschine, fröhlich. »Wie geht's uns denn heute, alter Junge?«

»Nicht schlecht«, antwortete ich, bemüht, mir die Lüge nicht anmerken, ja, sie überhaupt nicht sichtbar werden zu lassen; natürlich achtete ich auch darauf, daß mich meine Körpersprache nicht verriet. »Und selbst?«

»Ich kann mich nicht beschweren. Das Wasser ist heute morgen ein bißchen schmuddelig, aber ich habe Abhilfe geschaffen. Ach so, ich habe die Lotto-Zahlen vorliegen, falls sie dich interessieren.«

»Nein danke.«

»Wir sind heute wieder mal ein bißchen spät dran, was?« bemerkte MIKE, versuchte aber, nicht taktlos zu sein. »Stimmt, äh, vielleicht irgend etwas nicht, Tom? Gibt's da womöglich etwas, worüber du dich, na ja, mal so richtig ausquatschen möchtest? So von Mann zu Mann, so unter vier Augen, du verstehst schon ...«

Und davon träumst du nachts, du Bohnenpulvergehirn, dachte ich bei mir, vermochte nach außen hin aber ein pantomimisches Lächeln aufzusetzen und in gleicher Manier mit den Achseln zu zucken.

»Ach, der übliche Mist, du weißt schon«, brummte ich und goß mir eine Tasse ein. » Manchmal wächst er einem eben doch über den Kopf.«

»Aber klar, versteh ich doch«, gluckste er synthetisch mitfühlend.

»Der Kaffee ist heute wieder mal ausgesprochen gut, MIKE.« Ich hob anerkennend die Tasse.

»Danke, Tom. He, mit den Red Sox geht's ja wieder mächtig aufwärts, was?«

»Tatsächlich?«

Ein längeres, unangenehmes Schweigen folgte, weil wir beide, trotz unserer Programmierung, nicht mehr wußten, was wir sagen sollten.

*Pling!*

»Und bitte sehr, Zimttoast à la MIKE. Iß ihn in Ruhe, und gute Verdauung, Tom. Und ja«, fügte er noch hinzu, rief es mir hinterher, während ich schon den Flur entlanglief und dabei auf dem Toast herumkaute, die Kaffeetasse in einer Hand balancierte und mit der anderen nach dem Schlüsselbund suchte – und das alles gleichzeitig, »einen wirklich schönen Tag wünsche ich, ja?«

Meine Sicherheits-Software, Sentinel 3.0, ist mehr als zwei Jahre alt und ein klein wenig überängstlich.

Die Rolläden waren schon wieder heruntergelassen und die Tür dreifach verriegelt. Zum dritten oder vierten Mal in dieser Woche stand das Haus unter Alarmbereitschaft. Das konnte nur bedeuten, daß draußen auf der Straße etwas wirklich Schlimmes vor sich ging – etwas, das meinem ständig wachsamen Domizil eine Scheißangst eingejagt und es dazu bewogen hatte, auf Vollen-Verteidigungs-Modus umzuschalten …

… oder aber die mistigen, stinkigen Eichhörnchen waren wieder da.

Dummerweise hatte ich Anlaß zu vermuten, daß diesmal nicht ein Pärchen von diesem nichtsnutzigen Ungeziefer auf meinem Dach Ginger Rogers und Fred Astaire spielte.

In Wirklichkeit ging etwas viel Häßlicheres und Bedrohlicheres vor sich.

Aber so ist es doch eigentlich immer, oder?

Ich sperrte die Tür zu meinem Heimbüro auf und war mir unangenehm deutlich des Umstands bewußt, daß ich zu spät kam. Trotzdem fuhr ich gleich zusammen, als ich BLAIR 6.0 mit zusammengepreßten Lippen und unübersehbar kochend an meinem Schreibtisch stehen sah. Wortlos hielt er mir die Linke entgegen, damit ich einen Blick auf die in seiner Handfläche eingelassene Digitaluhr werfen konnte.

»Scheiße …« Die Firma legte großen Wert auf Pünktlichkeit. Und sie würde sehr verschnupft darauf reagieren, daß ich mich um

– wieviel genau? – 38,4697 Sekunden verspätet hatte. Ohne Zweifel würde in Kürze eine Hausmitteilung auf meinem Schreibtisch landen, die mich – natürlich respektvoll und mit den üblichen falschen Floskeln und unechter Höflichkeit – daran erinnerte, daß ich leicht feststellen würde, wie prekär sich das Leben eines unabhängigen Brokers gestaltete, und ich deshalb tunlichst danach streben sollte, mir jetzt gefälligst den Arsch aufzureißen, um diesen unglücklichen, wenn auch leider nicht absolut ungewöhnlichen Mangel an Verantwortungsbewußtsein wiedergutzumachen … Mit freundlichen Grüßen, hochachtungsvoll, schieben Sie es sich sonstwo hin und Scheiß auf dich, Charlie.

Oder etwas in der Art.

Ich schlürfte meinen Kaffee und tauschte finstere Blicke mit dem besten Büro-Server aus, den ein Mann sich nur wünschen kann.

Oh, natürlich weiß ich, daß BLAIR nicht mehr der Neueste ist; eigentlich ist er sogar ziemlich weit entfernt davon. Und durch die verfickten Second-Hand-Optics, die ich trage, sehe ich ihn nur halbflach, grobkörnig und irgendwie verwaschen. Manchmal entfällt ihm dies, oder er löscht das, und dann muß ich alles neu rebooten, was mitunter recht nervig sein kann. BLAIR besitzt nicht all die Glocken und Pfeiftöne der modernen Geräte, und was seinen Speed angeht, so kann er überhaupt nicht mit der, na, sagen wir mal, absolut brandneuen supercoolen und total effizienten INGRID mithalten. Und gut, er hat sicher noch mehr persönliche Macken und Dreher als ich, aber ich würde BLAIR nicht für alle saubere Luft in Saskatchewan eintauschen. In all den Jahren unserer Zusammenarbeit haben wir eine wirklich unglaubliche Beziehung zueinander entwickelt, eine von diesen merkwürdigen, fast schon holistischen Haßliebe-Geschichten, die uns manchmal einander so nahebringt, als wären wir zwei Teile von ein und derselben Person.

Ich fühle mich eigentlich immer beschissen, wenn Leute mich

fragen, warum ich mein System nicht upgrade und ich dann irgendwelche lahmen Ausreden von mir gebe … du könntest dir wenigstens einen SIMON 5.1 zulegen … einen SIMON 5.1 kriegst du heute doch schon für einen Appel und ein Ei, wo Power-Server wie INGRID und ähnliches so ziemlich der neue Industrie-Standard geworden sind.

Ich geb's ja zu: BLAIR ist leicht reizbar, hinterhältig und tückisch; kleinlich, eingebildet, hochmütig und ganz bestimmt ein Weiberfeind. Er verbessert meine Grammatik bei jeder Gelegenheit, mäkelt an meiner Kleidung herum, verstümmelt Mitteilungen, legt wichtige Dokumente falsch ab, vermasselt Termine und gerät bei der kleinsten Provokation in einen vorprogrammierten Wutanfall.

Aber ohne ihn wäre ich absolut und vollkommen aufgeschmissen.

Und glauben Sie ja nicht, daß er das nicht wüßte und es mich bei jeder Gelegenheit spüren ließe.

»Du siehst heute mal wieder wie Scheiße aus, Tommy«, bemerkte BLAIR mit unüberhörbarer Befriedigung. »Hast wohl mal wieder vergessen, deine Pillen zu schlucken, waaas?« Ich hasse es, wenn er das ›was‹ so zerdehnt. »Ich muß dir wohl ein Schleifchen um den kleinen Finger binden, damit du die Uhrzeit nicht mehr vergißt, waaas? Und *bitte* stell die Tasse nicht auf die Konsole. Nachher verschüttest du etwas und richtest damit einen Systemschaden an.« Er blickte über die Spitze seiner Schnabelnase und sah mich streng an. »Du bist nicht nur zu spät gekommen, du ignorierst auch noch in geradezu himmelschreiender Weise die Standard-Sicherheitsvorschriften. Ich muß wirklich darauf bestehen, daß du …«

Ich winkte ab. »Können wir heute nicht einfach mal auf die Vorträge verzichten, ja?« Ich setzte mich in meinen großen, wunderbar bequemen und seinen Namen durchaus zu Recht tragenden

SMART-Sessel und stieß tierische Entzückenslaute aus, als er sich gleich meinen Konturen anpaßte und beruhigende Wärme über meine kaum noch taugliche Lendengegend sandte. »Und komm mir bitte nicht so hochoffiziell – dafür bin ich heute absolut nicht in Stimmung.«

Ich knabberte provozierend an meinem Toast und schmatzte, so laut ich nur konnte.

Er bedachte mich mit einem seiner mörderischen Blicke, hob eine Geisterhand (elende billige Optics) und zeigte direkt auf die Krümel, die ich achtlos über die ganze Hardware verteilte. »Ich sehe mich genötigt, wieder einmal darauf hinzuweisen, daß Getränke und/oder Nahrungsmittel im Arbeitsbereich nicht zulässig sind. Ich wiederhole: Du handelst den Bestimmungen offen zuwider, indem du …«

»Ach, hör endlich auf mit diesem Mist!« fuhr ich ihn an. »Du hörst dich an wie ein keifendes altes Weib, verdammt noch mal! Merkst du eigentlich nicht, wie beschissen ich mich zur Zeit fühle?«

Er betrachtete mich skeptisch. »Fühlen wir uns mal wieder unpäßlich? Große Güte, was mag es diesmal sein? Hat sich die alte Lungenentzündung zurückgemeldet? Oder wieder zu niedriger Blutzucker? Etwa ein Kater? Armer schwarzer Kater …« BLAIR strahlte über das ganze Gesicht. »Oder macht gar der Stuhlgang wieder Ärger? Quälen dich immer größer werdende Haufen, und hinterlassen sie an deinem Allerwertesten ein Brennen oder Jucken oder was immer diese verdammten Dinger zu tun pflegen?« Das war selbst für seine Verhältnisse ziemlich billig. Ich zog den Kopf ein zum Zeichen, daß ich mich tief getroffen fühlte, aber das konnte ihn nicht besänftigen.

»Ich glaube, es liegt klar auf der Hand, daß wir es bei dir mit einem hypochondrischen Simulanten zu tun haben«, erklärte er mit entnervender Gewißheit, »und ich würde dir dringend raten, dich in ärztliche Behandlung zu begeben. Noch besser, in psychotherapeutische.«

»Bitte, BLAIR, ich habe heute wirklich keine Lust, mich mit dir herumzuzanken, okay? Ich glaube nämlich nicht, daß ich das zur Zeit ertragen kann.« Ich drückte kräftig auf die Tränendrüse. »In letzter Zeit schlafe ich furchtbar, und du weißt, wie schwer es mir fällt, meinen Hintern jeden Morgen hierherzubewegen. Ich komme mir vor wie ein kompletter Zombie. Und schließlich kann man es nie so genau wissen«, fügte ich hinzu, »vielleicht ist es ja doch wieder die Lungenentzündung. Denn dir ist sicher nicht unbekannt, daß so etwas mit Viren zu tun hat, und die bleiben einem ewig erhalten. Wie die häßliche Vase, die du von deiner Schwiegermutter geschenkt bekommen hast.« Ich fegte alle Krümel fort, die ich sehen konnte, leckte mir die Finger und hielt sie hoch, damit er sie inspizieren konnte. »Bitte sehr. Keine Beweise mehr, folglich hat auch kein Verbrechen stattgefunden. Was würdest du jetzt davon halten, wenn wir den ganzen Schwachsinn vergessen und einen raschen Blick auf die faszinierende Ansammlung von eingegangener Mail werfen, die sicher schon auf uns wartet.« Ich rieb mir voller Vorfreude die Hände, aber BLAIR verschränkte nur die Arme vor der Brust und drehte den Kopf weg. Er wußte genau, daß ich das noch mehr haßte als sein ›waaas‹. »Ach, komm schon, BLAIR«, winselte ich, »tu mir das bitte nicht an. Hör zu, alter Junge, was gewesen ist, ist gewesen, und vorbei ist vorbei. Was meinst du? Komm, gib dir schon einen Ruck.«

Er seufzte theatralisch. »Ich fürchte, das reicht noch nicht.«

Ich mußte an mich halten, um nicht zu brüllen. »BLAIR, würdest du bitte …«

»… dir dein unmögliches Verhalten nachsehen? Aber natürlich, Thomas, und danke auch dafür, daß es dir ausnahmsweise einmal gelungen ist, freundlich zu sein und über dein Verhalten nachzudenken.« Seine Lippen lächelten so schmal wie Papier. Dieser blinkende Wichser amüsierte sich auf meine Kosten.

Nach ein paar weiteren Wortgefechten konnten wir uns endlich an die Arbeit machen.

Die Mail kommt immer als erstes an die Reihe, ganz gleich, was sonst anliegt, und normalerweise macht es sogar Spaß, in der Mailbox nachzusehen. Nur mußte ich heute entdecken, daß meine Kinder mal wieder den Fremdsprachenunterricht geschwänzt hatten und ein weiteres Mal ins Klassenbuch eingetragen worden waren, weil sie ihre Hausaufgaben nicht vorweisen konnten.

Wahrscheinlich stand uns also wieder Sonderunterricht in den großen Ferien ins Haus. Mit anderen Worten, die Reise nach Ulan Bator war gestrichen, und Karen und ich würden uns wochenlanges endloses Jammern und Zähneknirschen anhören dürfen.

Ich zappte einen strengen Tadel an ihre Adresse und stellte mir vor, wie die beiden dreißig Zentimeter vom Teppich springen würden, wenn mein Override ihr normales Programm überlagerte … und das, was Marguerite das »Wütender Daddy«-Icon nannte, direkt hinter ihren Augäpfeln auftauchte und ein Donnerwetter auf sie herabließ.

BLAIR richtete meine Aufmerksamkeit auf eine Nachricht, die mit dem Vermerk VERTRAULICH an mich gerichtet war, und im nächsten Moment drang mir ein unglaublich starker und verhexender Parfümschwall von meiner Frau in die Nase. So roch sie immer, wenn sie sich ein paar Tropfen davon zwischen den Brüsten verrieb. Als nächstes ertönte ihre Stimme, und es war, als stünde sie direkt neben mir. Es war so überwältigend, daß ich BLAIR befahl, die Nachricht noch einmal durchzujagen, wobei ich seinen Hinweis ignorierte, es handele sich bloß um ein »Duftogramm«. Ich übermittelte Karen meine Antwort, und ihr Aroma verflüchtigte sich wie ein Geist.

Nach diesem wunderbaren Zwischenspiel stürzte ich mich in die Arbeit und verband mich mental mit meinen wichtigsten Übersee-Kontakten.

Sky in München machte mich auf verschiedene Arten zur Sau, weil ich ihn beim Dinner störte (der Geschmack von seinen viel zu scharf gewürzten Calamares hing mir noch den ganzen restlichen Morgen im Gaumen). Binnen einer Stunde war der Großteil meines Netzwerks aktiviert und online, und die Reports tröpfelten herein.

Ein Licht im Nahen Osten flackerte, bestätigte die Dürre-Vorhersagen und verlangte von den Wetter-Satelliten ihr Bestes an Telemetrie. Ein weiteres Aufblitzen im Fernen Osten setzte mich von einem möglichen Putschversuch in Kenntnis ... ein beharrliches Leuchten in einem Offshore-Megaölprojekt ließ das Schlimmste befürchten ... Truppenbewegungen in Eritrea – wo um alles in der Welt liegt Eritrea? – ... und der stets unbeständige Edelmetallmarkt gab mal wieder eine Extravorstellung (BLAIR hatte sich bereits mit Zürich in Verbindung gesetzt und verlangte ungehalten nach einer Erklärung) ...

Ich runzelte die Stirn und kratzte mich am Kopf.

In der letzten Zeit machte ich das häufiger.

Von einem rein rationalen, unvoreingenommenen und business-orientierten Standpunkt aus gesehen ist das ökonomische Klima kurz und knapp ausgedrückt Scheiße. Selbst ein Kindersparschwein ist in diesen gefährlichen und (schlimmer noch) unvorhersehbaren Zeiten kein sicheres und risikofreies Investment mehr. Dennoch verlangen meine Klienten immer noch von mir, ihr sauer verdientes Geld zu nehmen, meinen Zauberstab zu schwingen und irgendeinen Plan zum noch schnelleren Reichwerden herbeizuwedeln, der ihnen die monströsen und steuerfreien Dividenden beschert, die sie für ihre kostspielige Lebenshaltung brauchen.

Aber ... wie kann ich ihnen begreiflich machen, daß man alle

Trends genauestens verfolgen, alle möglichen Finanzberichte studieren, Spreadsheets in den Computer eingeben, in Polizei- und Krankenhaus-Dateien eindringen und sich hackermäßig Zugang zu den abwegigsten Regierungsgeheimnissen verschaffen kann … und trotzdem irgendwann alles nur noch auf die Berufserfahrung von einem Profi wie mir hinausläuft? Und daß selbst einer wie ich manchmal falsch liegt, hoffnungslos daneben tippt – weil ich auch nicht mehr als ein ganz gewöhnlicher Junge bin, der sich zuweilen wie die Eingeweide eines Opferlamms fühlt, die aus den weichen, manikürten Händen eines hohen Tieres tropfen.

Und als wäre das alles noch nicht schlimm genug, gingen in der letzten Zeit einige ziemlich befremdliche und beunruhigende Dinge da draußen in unserer großen, weiten und wunderbaren Welt vor sich.

SENTINEL 3.0 hatte das längst mitbekommen. Deswegen fühlte das System sich schon seit einiger Zeit im Belagerungszustand, versengte die nähere Umgebung mit Mikrowellen und stellte hochempfindliche Außensensoren und leicht kitzlige Schallüberträger auf, um jedes Anzeichen von Außenbewegung sofort zu erkennen und dann endlich den ganzen Laden dichtmachen zu können.

Nein, es waren ganz gewiß nicht schon wieder die verdammten Eichhörnchen.

Etwas anderes war da draußen. Etwas Gewaltiges. Mächtig genug, um die Regeln auszusetzen, die Gleichungen über den Haufen zu werfen, Unsicherheit zu erzeugen, den furchtsamen Lämmern eine Scheißangst einzujagen und den Status quo zu bedrohen … und vor allem in den weisen alten Männern Panik zu erzeugen, die sich in geheimen Kammern trafen, um Pläne zu schmieden, Verschwörungen anzuzetteln und nach dem Lunch über ihren trockenen Sherrys einzunicken.

Die Geschäfte verliefen den ganzen Morgen über eher unternormal, nur Kleinkram. Man konnte fast den Eindruck gewinnen, jeder hielte sich zurück und warte auf etwas. Darauf, daß der große Stiefel niederknallte und es richtig Rumms! machte.

Ich überflog mit einem Auge die Nachrichten, während ich mit dem anderen die Börsenberichte durchging.

»... ist es vergangene Nacht zu einem weiteren plötzlichen Rücktritt an höchster Stelle gekommen. Man spricht von einem Kabinettsmitglied ...«

»... hat das furchteinflößende Todesrasseln des höchst ehrenwerten Gentlemans verhuschtes Schweigen in gewissen heiligen Hallen des Kapitals ausgelöst. Mehr als ein alternder Bürokrat hat die Kontrolle über seine faulenden, erschlaffenden Därme verloren, nachdem er den Schrei hörte, der ihm das Blut in den Adern gefrieren ließ – das Echo davon hallt immer noch nach ...«

Also konnten sich die Jungtürken einen weiteren Punkt gutschreiben. Die alte Garde hatte einen weiteren aus ihren grauen, sklerotischen Reihen durch »vorzeitigen Rücktritt« verloren und mußte weiteren wertvollen Boden an die jugendlichen Rivalen preisgeben. Die offiziellen Sprecher versuchten die Wogen zu glätten, aber den alten Knackern war nach diesem jüngsten Schlag dennoch der Schreck in die verkalkten Glieder gefahren. Man konnte Bilder von Radikalen sehen, die auf den Straßen tanzten und neue Attacken auf ihre angeschlagene Konkurrenz androhten. Sie bezogen Stärke aus den Verlockungen und Versprechungen der Macht, die in ihren Junkie-Adern sang.

»Seid ihr euch bewußt, daß es viele gibt, die sagen, ihr seid am Ende? Fürchtet ihr euch schon wegen der Gerüchte, die besagen, Gruppen, die immer loyal zu euch gestanden haben, würden streiken und losschlagen?«

Aber die Reformer blieben ziemlich gelassen, schienen sogar alles auf die leichte Schulter zu nehmen. Die in den Medien zitierten Stellen riefen zur Ruhe auf und betonten die Wichtigkeit eines einheitlichen Vorgehens. Sie drängten ihre Anhänger, sich zu ihrer Unterstützung zu sammeln. Und es hatte den Anschein, als seien viele diesen Aufrufen gefolgt –

– verwackelte Amateuraufnahmen zeigten Demonstrationen ... wütende Ausschreitungen ... hauptsächlich junge Leute, oft sogar Teenager ... die sich vor den Bollwerken der Gegenseite zusammenrotteten ... die Polizisten provozierten ... Stimmen, die durcheinanderschrien ... eine Unzahl von wütenden Gesichtern ... trotz der wiederholten Aufforderungen, sich zu zerstreuen –

War es soweit?

War der so lange erwartete Donnerschlag erfolgt?

Dazu wie aufs Stichwort die passende Musik: *Somatic Dysfunction* natürlich, zu Ehren des Endes der Welt:

*Nicht Revolution, nicht Evolution*
*Eine Implosion des Willens*
*Wie ein altes Gemäuer ohne Gedärm*
*Das wartet auf den Schnitter*
*Und bietet ihm die Kehle zum Schnitt ...*

Gott, diese abgefuckte Scheiße war viel zu heavy und zu intensiv für mich und meinen Zustand. Ich drückte *Somatic Dysfunction* weg und rief Jean-Michel Jarre ab. Irgendwie war es in diesem Moment absolut essentiell, sich von was Weichem, Seichtem bedröhnen zu lassen.

Und nun zu den schlechten Nachrichten: Mein Drogenvorrat neigte sich dem Ende zu. Ich mußte an dieser Situation drastisch etwas ändern, und das so rasch wie möglich. Mein Dope-Bestand war auf einem historischen Tiefpunkt angelangt – nicht gerade die ideale Voraussetzung, um seinen Geist auf positiv zu trimmen, wenn die sprichwörtliche Kacke kurz davor steht, buchstäblich zu dampfen (und das konnte jetzt jeden Augenblick passieren).

Alles lief auf eine unangenehme Wahrheit hinaus: Ich würde über kurz oder lang die sicheren Wände meines kugelsicheren Heims verlassen und durch die halbe, nackte und blutende Stadt fahren müssen, um eine Audienz bei meinem jugendlichen Dealer und guten Freund Marvin gewährt zu bekommen. Das einzige Gute an diesem Wagnis bestand darin, daß es nur einen gab, der mir sagen konnte, was die nächste Zukunft bringen würde, und das war unser allseits geliebter Marvin. Er ist längst ausgebrannt, sein Hirn ist eine Trümmerlandschaft, und er hat auch was von einem Freak an sich, aber er hat Connections, und heutzutage bedeutet das alles.

Ich stehe nicht auf Designer-Drogen oder diese CCP-Scheiße oder Implantate, und bislang habe ich es auch vermeiden können, mich verdrahten zu lassen. Man kann wirklich sagen, ich bin *nicht* drogensüchtig. Mein Lieblingsgift ist das gute, saubere und altmodische Marihuana … und ich achte strikt darauf, nicht deutlich über zehn Gramm pro Woche zu verrauchen. Eigentlich ein ziemlich guter Schnitt für diese schwer abhängigen Zeiten, in denen wir leben.

Für gewöhnlich gönne ich mir zum Tagesstart einen Joint oder auch zwei und einen nach dem Mittagessen, um mich für den Nachmittag fit zu machen.

Ich habe BLAIR gebeten, ein paar Analysen und Bewertungen anzustellen, und die haben ergeben, daß meine Arbeitsleistung deutlich ansteigt, wenn ich stoned bin. Selbst BLAIR mußte das zugeben. Wenn ich einen durchgezogen habe, bin ich einfach schärfer drauf und konzentrierter. Mal ganz zu schweigen davon, was der Shit für mein abstraktes Denkvermögen tut …

BLAIR beendete das Gespräch mit Kairo und knackte frustriert mit den blutlosen Fingerknöcheln. »Nichts tut sich. Man könnte meinen, da draußen sei nur noch ein verdammter Friedhof. Ach, übrigens, Hassan schickt dir eine Nachricht:

Wenn die Rosen erblühen am Fluß
Und der alte Khajam trinkt mit Genuß
Wenn der Engel mit dem dunklen Kuß
Zu dir kommt, sei ohn' Verdruß.

»Ist das *alles?*«

BLAIR zuckte die Achseln. »Er war schon ziemlich besoffen, und du weißt ja, wie benebelt er dann ist ...«

Ich grübelte noch über den tieferen Sinn dieser Nachricht nach, während ich den letzten Rest zu einem dürren Joint drehte und ihn zur Inspektion hochhielt.

Man muß dem Büro-Server zugute halten, daß er sofort erkannte, wie brenzlig die Lage war. Er bot mir sogar an, mich zu decken, während ich meine Ein-Mann-Expedition zum Planeten Marvin durchführte. Wer wußte schon, wie er das anstellen wollte, und vielleicht war es besser für mich, das nie zu erfahren, aber viel wichtiger war ja auch, daß BLAIR immer für mich da war. Und anders als bei diesen mega-abgefahrenen Spitzenmodellen – wie der clevere NORMAN 7.0, der formelle GERALD 6.1 oder der peinlich genaue CLIVE 4.2 – besitzt er keine »Petz«-Funktion, kein Unterprogramm, das ihn verpflichtet, all die kleinen Sünden weiterzugeben, die ich gegen den Big Boss und all die anderen hohen Tiere begehen könnte. Meine tiefsten und dunkelsten Geheimnisse sind bei BLAIR absolut sicher, und das ist ein kybernetischer Charakterzug, den man heute nicht mehr für Geld und gute Worte zu kaufen kriegt.

Und BLAIR ist schon lange genug mit mir zusammen, um zu wissen, wie mein Kopf tickt. Klar, das Dope verwandelt mich in einen besseren und produktiveren Arbeiter, aber es hilft mir auch, mit einer Menge persönlichem Kram fertigzuwerden, über den ich nur schwer reden kann, selbst mit ihm nicht.

Sprechen wir es einmal ganz deutlich aus: Ich bin nicht das, was man eine glückliche, geradeaus gerichtete und durch und durch propere Arbeitsperson nennen kann, wenn ich nüchtern bin. Einmal mußte ich zwei volle Tage durchstehen, ohne ein einziges Mal high zu sein, und es wurde so schlimm mit mir, daß BLAIR sich einfach ausgeschaltet hat, weil er es nicht mehr mit mir in einem Raum aushalten konnte.

Nach all den Jahren, die ich nun schon mit ihm zusammen bin, kenne ich all seine Schwachstellen und Lücken im Panzer auswendig. Wenn ich ihn wirklich bis an den Rand eines Absturzes bringen will, muß ich ihm nur das beschreiben, was er die »grotesken Sexpraktiken der Säugetiere« nennt. Ehrlich, dann ist er wie Wachs in meinen Händen. Tja, warum war er auch so dumm, einmal den Fehler zu begehen und mir zu gestehen, daß er das ganze Konzept der Penetration »als zu gräßlich« empfinde, »um sich ernstlich damit auseinanderzusetzen«.

Ich spielte an der Haustür die ganze »Sesam-öffne-dich«-Prozedur durch und kaute dann auf meiner Lippe herum, während ich darauf wartete, daß SENTINEL entschied, ob es für mich sicher genug war, nach draußen zu gehen. Ich fühlte mich so nervös und aufgekratzt wie schon seit Wochen nicht mehr.

Wenn ich nicht stoned gewesen wäre, glaube ich, ich hätte es physisch nie geschafft, durch diese Tür zu treten. Die ganze Zeit über mußte ich mir einhämmern: ›Tommy, alter Junge, das mußt du jetzt durchstehen, es gibt keine Möglichkeit, dich dem zu entziehen. Marvin macht nun einmal keine Hausbesuche. Ob es dir nun paßt oder nicht, du wirst jetzt nach draußen gehen und dich der Begegnung mit anderen empfindungsfähigen Kreaturen stellen.‹

Die Tür schloß sich leise sirrend hinter mir, und wie aufs Stichwort bog ein ziemlich verbeultes Taxi um die Ecke und sauste auf mich zu. Während es beschleunigte, hörte ich ein paar kurze, abgehackte Knallgeräusche. Und dann wurde der Wagen getroffen. Funken flogen von seinem undurchdringlichen Chassis, und Querschläger prallten vom Asphalt und vom Bürgersteig ab. Schon gingen überall in der Nachbarschaft die Alarmsirenen los. Fallgitter donnerten herunter, Stahlläden schlossen sich krachend, und jedes einzelne Haus machte sich sofort abwehrbereit. Über hundert honigsüße, leicht blecherne Stimmen stießen tödliche Drohungen aus.

Ich war völlig fix und fertig und überlegte ernsthaft, ob ich nicht »Scheiß drauf!« zu meinem kleinen Abenteuer sagen, Hals über Kopf ins Haus zurückflüchten und sofort damit beginnen sollte, alle Fenster und Türen mit Kanthölzern zu vernageln. Hier draußen schien das Ende der Welt angebrochen zu sein! Die verdammten Leute ballerten aufeinander!

Doch dann tat sich so etwas wie eine Perspektive in meinem gemarterten Hirn auf, und ich sagte mir: ›Hör mal, in einer so verwichsten Situation, wo der Abgrund dich angrinst und Scheiße vom Himmel regnet, kannst du es dir nicht leisten, daß dir das Dope ausgeht. Vergiß nicht, was der alte Ron dir immer wieder erklärt hat: *Haste in der Tasche Shit, verjeht dir auch die Hoffnung nitt!* Also los, Mann ...‹

Das Taxi kam mit quietschenden Bremsen vor mir zum Stehen. Eine Tür flog auf und begrüßte mich mit einem metallischen, aber fröhlichen Tenor. Als ich vorsichtig auf das Feuerwerk ringsherum hinwies, lachte der Wagen nur. »Ich hab noch nicht mal 'nen Kratzer abbekommen, Tom«, prahlte er. »Diese Erbsenpistolen können doch nichts gegen HANK ausrichten. Da müssen sie schon mit schwerem Geschütz aufwarten, um diese schnuckelige Karre davon abzuhalten, ihre Runden zu drehen. Hör mal, du brauchst nicht zufällig die Lottozahlen von gestern abend, oder?«

Vielleicht lag es ja nur an meiner angespannten Verkrampfung, daß ich vom Fleck weg entschied, HANK nicht leiden zu können. Seine aufdringlich plumpe Vertraulichkeit verstörte mich doch ziemlich. Dennoch gab ich mir große Mühe, ihm nett und freundlich zu antworten und Konversation mit ihm zu betreiben. Immerhin stand zu befürchten, daß er verschnupft reagierte, wenn ich ihm dumm kam, und dann würde er mich mitten auf der Straße in irgendeiner wirklich beschissenen Gegend absetzen. Wahrscheinlich dort, wo gerade eine wilde Schießerei im Gange war. Und dann würde ich wie ein verdammter Idiot einfach so abgeknallt werden.

Also schwatzten wir über Sport und kamen darüber irgendwie auf die laufenden Ereignisse zu sprechen. Ich mußte allerdings rasch feststellen, daß HANK eine extrem naive Sicht der Dinge hatte. Das Taxi meinte, seine Sicht auf das Leben sei recht simpel: Es versuchte, dem Dispatcher in der Zentrale wohlgefällig zu sein, behandle Fahrgäste immer mit ausgesuchter Höflichkeit und begegne ihnen und den anderen Verkehrsteilnehmern immer mit Verständnis (vorausgesetzt natürlich, niemand stellte für ihn eine echte Gefahr dar oder nehme ihm gegenüber eine bedrohliche Haltung ein).

»Im Grunde genommen bin ich nur der durchschnittliche, ganz gewöhnliche Malocher, der sich um seine eigenen Dinge schert und von seiner Umwelt erwartet, es ebenso zu halten. Ich fahre nicht herum und lad mir Ärger auf. Da sorge ich lieber dafür, daß meine Nase sauber und mein Gewissen rein bleibt.«

HANK gab im folgenden zu, sich nicht zu sehr für Politik zu interessieren, und er war der Ansicht, damit auch nicht allzu viel zu verpassen. Die höheren Werte und Fragen überließ er denjenigen, die damit besser umzugehen verstanden. Was er auf den Tod nicht ausstehen konnte, waren unzusammenhängende Dinge.

Was er mir damit beizubringen versuchte, war dies: Solange

seine Batterie immer hübsch aufgeladen wurde, man ihn ordentlich pflegte und die verdammten Züge pünktlich fuhren, würde er jedem Herrn dienen, ganz gleich, was dieser sonst noch trieb.

Wenn ich ehrlich war, mußte ich mir eingestehen, daß eine ganze Menge Leute in meinem sozialen Umfeld eine Ideologie vertreten, die ziemlich genau auf HANKs Meinung hinauslief. Apologeten unseres Systems, denen es allein darum geht, ihren Lebensstil aufrechtzuerhalten.

Schon von weitem konnte man erkennen, daß Marvins Apartmenthaus gegen schwere Angriffe bestens gerüstet war. Wenn es dafür eines Beispiels bedarf: Etwa drei Meter vor dem Eingang lag eine teilweise aufgelöste graue Katze. Das Haus hatte seine Warnung in siebzehn verschiedenen Sprachen ausgesprochen, aber das dumme Tier hatte sich beharrlich geweigert, sich zu identifizieren.

Elektrische Augen fuhren mit ihren Blicken über mich, während ich dem Sicherheitssystem des Gebäudes meinen Namen angab.

Etwa zwanzig Minuten später stand ich in einem Aufzug und fuhr tatsächlich nach oben. Ich bereitete mich auf die nächste verstörende Begegnung mit unserer heutigen unruhigen und rotzigen Jugend vor. Auf der anderen Seite war es ein gutes Zeichen, daß Marvin in diesen seltsamen Zeiten immer noch geruhte, mich zu empfangen. Er wußte immer, aus welcher Richtung der Wind blies. Wenn mein Karma nicht gut genug für ihn gewesen wäre, hätte das Haus mir dreißig Sekunden gegeben, das Gelände zu verlassen. Die verkohlten Überreste der terminierten Katze riefen einem eindrucksvoll ins Gedächtnis zurück, welche Konsequenzen es haben würde, sich dieser ausgesprochen klaren Warnung nicht unverzüglich zu fügen.

Marvin ist eine ganz besondere Marke.

Er lebt in einem unaufhörlichen Zustand einer geradezu unbeschreiblichen Verdreckung. Er selbst ist ein makellos sauberer und gepflegter Mensch, aber seine Umgebung und sein Umfeld scheinen ihn nicht einmal einen Scheißdreck zu interessieren.

Auf seinem Boden findet man vornehmlich Nahrungsmittel … und dazwischen allerlei Abfall, Kisten, Schachteln, Papiere, Bücher, Kleidungsstücke, CDs, Glasscherben, Hochglanzdrucke von Dingen, die ich lieber nicht genauer betrachten will, und mindestens zehntausend noch eingepackte Kondome.

Wenn man bei Marvin ist, muß man sich seinen Weg durch diese Müllhalde ertasten, weil er alle Fensterbänke mit gefüllten Tüten, Beuteln, Schachteln und ähnlichem vollgestellt hat, so daß kaum Licht eindringt. Und was seine Lampen angeht, so dreht er die nie voll auf. Ich will ihm zugute halten, daß er es aus Scham so hält, wahrscheinlich mag er es aber einfach nur dämmrig. Irgendwann werde ich ihn mal danach fragen.

Kehren wir zu Marvin selbst zurück. Das Haar reicht ihm bis zum Hintern. Seinem dichten, buschigen Bart hingegen gelingt es nie, den Umstand zu verbergen, daß nur eine halbblinde, extrem kurzsichtige Mutter einen solchen Sohn lieben könnte. Marvin wiegt mindestens drei Zentner, und eigentlich tut er den lieben langen Tag auch nichts anderes, als auf seinem fetten, faulen Hinterteil herumzuhocken, Drogen zu dealen, zu fressen, Drogen einzuwerfen und sich Stunde um Stunde bei Harold Tyler einzuklinken, diesem kleinen nihilistischen Stinktier … Er kennt Harold mittlerweile in- und auswendig, so daß er manchmal schon weiß, was der Junge als nächstes sagen oder tun wird, noch ehe der sich selbst darüber klargeworden ist.

Schon ein bißchen unheimlich, das Ganze.

Aber davon abgesehen ist Marvin ein guter Typ, der guten Shit zu vernünftigen Preisen verkauft.

Na ja … eigentlich ist Marvin damit nicht vollständig beschrieben.

Nicht einmal zur Hälfte.

Vor ungefähr sechs Monaten hat er mich aus heiterem Himmel gefragt, ob ich je etwas von »der Bewegung« gehört hätte.

Er sprach ganz leise, aber um so eindringlicher.

Wie jeder brave Bürger habe ich natürlich völlige Unkenntnis vorgetäuscht. Er hat nur gelacht, seinen Oberkörper nach vorn gehievt und mir mit seiner dicken Hand aufs Bein gepatscht.

»Mach dir nicht ins Hemd«, grinste er. »Du bist hier unter Freunden. Du bist einer von uns, Mann, das habe ich doch gleich gesehen.«

»Von wem redest du?« fragte ich mit bangem Herzen.

»Von uns Geistern, Mann«, antwortete er mit einem Gesichtsausdruck, als sei ihm das gerade erst eingefallen. »Klar, Mann, das sind wir … Geister, die die Maschine heimsuchen.«

Und dann fing er ohne weitere Vorrede an, mir einen Vortrag darüber zu halten, daß es unsere heilige und vorherbestimmte Aufgabe sei, »den Samen des Aufruhrs an den höchsten Stellen einzusäen« und »den Blinden, den Beladenen und den Blöden die wahre Erleuchtung zu bringen«.

Um es kurz zu machen, mir fehlten die Worte.

Aber er fuhr schon fort: »Unsere Zeit ist gekommen, Mann. Unsere Zeit ist da …« Er wiederholte das zigmal in jener Nacht, doch wenn ich ihn fragte, von was er da redete, wurde er schlagartig still, sah mich unerforschlich lächelnd an, legte einen dicken Finger an seine noch dickere Nase und schüttelte den großen, zotteligen Kopf. »Nix da, Mann. Du wirst es noch früh genug erfahren.« Marvin war wirklich ein machiavellistischer Arschficker. Er hätte problemlos einen Papst im fünfzehnten Jahrhundert abgeben können.

»Tom! Mann! Ich habe gerade an dich gedacht.« Er wedelte mit einer seiner weichen, fleischigen Hände in meine Richtung, was seine Form der Begrüßung war. »He, bist du krank, Mann? Du siehst ein bißchen grün um die Kiemen aus. Vielleicht solltest du dir etwas von dem gebenedeiten Gras einpfeifen.« Er zeigte auf seine schmuddelige Wasserpfeife, in der sich sicher 1A-Dope befand. »Ich denke, das würde dir guttun. Dieser Shit ist definitiv der Hammer, Mann, also paß auf dich auf.«

Marvin haut es einfach von den Socken, daß ich schon siebenunddreißig bin und immer noch mehr oder weniger regelmäßig einen Joint durchziehe. Das hält er für komplett cool.

Doch manchmal beschleicht mich der Eindruck, daß er mir gegenüber dennoch ein paar Zweifel hegt. Er wirft mir heimliche Blicke zu oder stellt mir unglaublich plumpe Fangfragen.

Seit über einem Jahr kaufe ich nun bei ihm, und da sollte man doch annehmen, daß er mir langsam vertrauen könnte. Aber für jemanden in Marvins Position macht es sich wohl irgendwie bezahlt, paranoid zu sein.

Ich nahm mir eine von den Pfeifen an der Schüssel und atmete tief die guten und gesunden Dämpfe von wirklichem Extraklasse-Shit ein. Das Zeug war echt super und gab einem diesen ganz gewissen Kick. Ich nickte anerkennend, als ich Marvin die Pfeife gab, und einen Moment später hatte ich den Bewußtseinszustand erreicht, in dem ich ihm in einem Redeschwall ohne Punkt und Komma von meiner Taxifahrt berichtete. Er hörte mir mit großem Interesse zu und sagte kein Wort, bis ich fertig war.

»Wow, klar, Mann, genau das habe ich auch gehört«, meinte er dann, stülpte seine nassen, dicken Lippen über das Pfeifenende und nahm einen Monsterzug. »Auf den Straßen geht es drunter und drüber zu. Sie sind echt wild, Mann.«

Marvin brauchte keinen BLAIR und keinen endlosen Datenfluß, um darauf zu kommen, daß die Umwälzung nicht nur unausweichlich und unaufhaltbar, sondern bereits eingetreten war. Seine Leute, die Geister, übernahmen gerade, berauscht von ihren Erfolgen, den ganzen Laden, Mann, und von nun an würde alles verdammt anders aussehen.

»Du hättest nicht rausgehen sollen, Mann, nicht gerade jetzt. Da draußen spielen sie einen verdammt harten Beat. Du solltest lernen, gründlicher über alles nachzudenken, weißt du? Im Augenblick machst du am besten so weiter wie bisher, hältst den Kopf unten und sorgst dafür, daß niemand auf dich aufmerksam wird.« Er hielt kurz inne und sah mich scharf an, bevor er mit seiner Standpauke fortfuhr. »Die Brüder und Schwestern sind in Bewegung, Mann, schneiden dir die Fluchtwege ab und übernehmen die Produktion …« Und dann hielt er, wie in jener Nacht damals, unvermittelt inne, so als sei ihm gerade eingefallen, daß ich trotz meiner sympathischen Neigungen und Anlagen immer noch – demographisch gesprochen – der Feind war und daher keinen Zugang zu bestimmten vertraulichen Informationen hatte.

Währenddessen rauchten wir eine Pfeife nach der anderen von diesem unglaublich guten Stoff, wurden immer bedröhnter und verloren uns in diesen unzusammenhängenden, dope-beseelten Labereien … bis wir uns schließlich bei den wunderbaren Abenteuern von Harold eintunten. Von Zeit zu Zeit schauten wir dem Teenager in den Kopf, um zu verfolgen, was er jetzt schon wieder ausheckte oder zu bejammern hatte …

… und Hand aufs Herz, meine Damen und Herren, ich kann bezeugen, daß ich *wirklich in dem Moment eingeschaltet war, in dem es passiert ist*! Ich wurde tatsächlich intimer Zeuge dieses wahrhaft schicksalsträchtigen und historischen Augenblicks, in dem Donna Tyler, Harolds leidgeprüfte und (wohl nicht zufällig) kurz vor der Menopause stehende Mutter endlich an den Grenzen ihrer Geduld mit dem kleinen Scheißkerl angelangt war. Eine hitzige Debatte mit dem bis unter die Hirnschale bedröhnten und griesgrämigen Teenager eskaliert zu einem ausgewachsenen Wettbewerb im Anschreien.

Und dann hat Donna, die normalerweise über ein gütiges und mildes Temperament verfügte, komplett die Fassung verloren, ausgeholt und dem armen, völlig verdrehten Burschen eine geknallt. Und nicht genug damit, sie schlug ihn wieder und wieder ins Gesicht – während er vor einem geschätzten Weltpublikum von sechshundert Millionen vor Schmerz und Entsetzen brüllte und sein Bestes gab, den wildgewordenen Windmühlenhänden seiner Mutter zu entkommen.

Die wenigen Sekunden, die Marvin und ich brauchten, um uns auszuklinken, reichten vollauf aus, uns ebenfalls an der Abreibung teilhaben zu lassen.

»– ein dreidimensionales, alle Sinne einbeziehendes Multikanal-Festival eines virtuellen In-die-Fresse-Kriegens –

– ein Cyberspace-Überfall komplett mit Mutterfixierung und sublimer Beteiligung grellster Sado-Maso-Phantasien, bei denen selbst der Marquis de Sade erröten würde –

– du Mistkerl von einem verwöhnten, masturbierenden weinerlichen Stück Mist –«

Instinktiv rissen wir die Hände an unsere brennenden Gesichter, um festzustellen, ob ihre Ringe uns Kratzer oder Schnittwunden beigebracht hatten.

Ich war nicht eben begeistert davon, als Punchingball mißbraucht zu werden. Marvin hingegen war vollkommen außer sich, bleich vor Zorn und wutentbrannt darüber, daß man sein Idol und Alter ego so brutal mißhandelte.

»Diese Hexe!« platzte es aus ihm heraus. »Diese verfickte Nutte muß verdammt noch mal sterben ...« Sein Armaturenbrett blinkte wie ein Weihnachtsbaum, und er entschuldigte sich höflichst. Dann starrte er an die Decke, rief mit den Fingern unsichtbare Menus ab und stach immer wieder in die Luft, als wehre er einen unsichtbaren Feind ab. Er nickte, blinzelte heftig und murmelte, was das Zeug hielt.

Plötzlich füllte sich seine Wohnung mit Geistern an.

Inzwischen war Harold vollständig ausgeflippt und befand sich mitten darin, sein Zimmer nach Strich und Faden auseinanderzunehmen. Er schluchzte, heulte hysterisch und kreischte, während seine Mutter unten im Wohnzimmer nach der Polizei telefonierte und offenbar keinen Erfolg hatte …

Der Taxifahrer, der mich nach Hause bringen sollte, war ein sauertöpfischer alter Knurrhahn, der mir gleich zu Anfang auf höchst entmutigende Weise klarmachte, daß er keinen Wert auf jegliche Form von Konversation lege.

Diese Zurückweisung und die damit verbundene Stille störten mich nicht im geringsten. So hatte ich Zeit, einiges von den kryptischen Äußerungen zu verarbeiten, die Marvin über die fetten Lippen geperlt waren, nachdem er zu oft an der Pfeife gesogen hatte.

»Was immer geschehen wird, es wird bald geschehen«, hatte er einmal geschnarrt, und ich hatte aufmerksam zu ihm herübergestarrt, weil ich der irrigen Ansicht war, jetzt Näheres zu erfahren.

»Wenn die Leute den Kopf behalten, wird alles cool abgehen und keiner verletzt werden.« Dann erklärte er mir, daß er bei den richtigen Leuten ein gutes Wort für mich eingelegt habe (»Du wärst ganz schön von den Socken, wenn du wüßtest, mit wem ich alles Business mache, Major Tom«).

Kurz bevor ich ging, mußte ich ihm versprechen, mir das neueste Album einer holländischen Gruppe mit dem Namen WILLIAM BURROUGHS KILLED MY MOMMY zu besorgen. Anscheinend sollte ich dort die Antworten auf meine Fragen finden.

Ich bezahlte das Taxi, entfernte mich rasch von ihm, hüpfte geduckt über die schmale Rasenfläche, bewegte mich wie eine Biene beim Tanz auf mein Haus zu –

– und sah ihn und hielt abrupt inne.

Blieb … wie … angewurzelt … stehen.

Und wartete darauf, daß man mir sagte, was ich jetzt tun sollte.

Das riesige südafrikanische Sturmgewehr, das der Junge sich um die schmächtigen Schultern geschlungen hatte, hing ihm bis zu den Knien. Aber ich erkannte sofort und instinktiv, daß er keinesfalls eine Witzfigur war, sondern jemand, vor dem man sich fürchten mußte. Jemand, der eine ziemlich klar umrissene Vorstellung von dem besaß, was er wollte. Jemand, der eine furchtbare innere Ruhe ausstrahlte.

Und dann wurde mir plötzlich bewußt – mit einer Deutlichkeit, als wenn man mir einen Eimer Eiswasser ins Gesicht geschüttet hätte –, daß in dieser Sekunde mein Leben auf das akuteste bedroht war.

Er winkte mich zu sich heran, und ohne darüber nachzudenken, was ich eigentlich tat, reichte ich ihm meine Identicard. Anscheinend war das genau das richtige. Er schob sie in seinen Terminal und studierte mich eingehend, während ich meinen Namen, meine Adresse, meine Sozialversicherungsnummer, mein Geburtsdatum, meine Schuhgröße und so ziemlich alles andere heraussprudelte, was für ihn sonst noch von Interesse sein konnte.

Nach einigen Sekunden grunzte er, gab mir die Karte zurück und entließ mich mit einer nachlässigen Handbewegung.

Das Erstaunliche daran war, daß diese Geste identisch war mit der, die meine Kinder von sich geben, wenn ich wieder einmal etwas nicht kapiert habe, was sie für fundamental offensichtlich halten, und ich dann für sie zu alt oder zu blöd bin, um so etwas zu begreifen.

Atemlos identifizierte ich mich vor der Haustür, und mir wurde es noch mulmiger im Magen, als ich nicht gleich eingelassen wurde.

Ich verlangte eine Erklärung und erhielt die irgendwie hintersinnige Antwort, daß ein neues Sicherheitsprotokoll in Kraft sei und ich gefälligst Geduld haben sollte.

So stand ich da, schwitzte in den Schuhen und hatte ebenso wilde wie verzweifelte Gedanken, wie zum Beispiel: ›Jemand hat an meiner SENTINEL-Software herumgemurkst, und ich kann mir schon ziemlich genau vorstellen, wer diese kleinen Hacker waren …‹

Der kleine Soldat stand etwas abseits und beobachtete mich. Mich erfaßte plötzlich dieser verrückte Hoffnungsfunke, daß der Teenager noch genug Menschlichkeit in sich hatte, um meine ziemlich mißliche Lage irgendwie mäßig amüsant zu finden. Ich glaube, in diesem Moment hätte ich alles unter der Sonne dafür hergegeben, ihn lächeln zu sehen. Wenigstens einmal, ein klitzekleines Mal.

Bitte, nur ein … gesegnetes … Lächeln.

Mein Haus entschied schließlich, mich einzulassen. Aber auch als ich drinnen war und dem Schrank meinen Mantel reichte, hatte ich alles andere als das Gefühl, nun ja, mich in Sicherheit und Geborgenheit zu befinden. Irgend etwas war anders, das Haus roch anders und fühlte sich anders an, so als sei ich gerade eingezogen und die Möbelpacker seien eben erst verschwunden.

Ich wollte mir die Sache in Ruhe mit Marvins Dope durch den Kopf gehen lassen.

Als ich an der Küche vorbeikam, empfing mich vorwurfsvolles Schweigen. Ich blieb in der Diele stehen und nahm mir ein oder zwei Sekunden, um mich zu sammeln –

*– Sie müssen das nicht unbedingt mitbekommen. So dürfen sie mich nicht sehen. –*

Terry bemerkte mich als erster. Er stieß Marguerite in die Seite, und die beiden drehten die Köpfe, um mich anzustarren. Ihre

Augen waren kalt und bleich … und leer. Zwei identische Schrammen zeigten sich auf ihren linken Wangen. Man konnte die Umrisse von Donna Tylers Fingern deutlich auf ihrer schönen, reinen Haut erkennen.

»Mommy ist in ihrem Zimmer«, erklärte Marguerite ohne erkennbare Modulation.

Terry kicherte.

Ich gab irgend etwas von mir, das so etwas wie Zustimmung ausdrücken sollte, und fing an, mich an ihnen vorbeizuschleichen. Ich gab mir die größte Mühe, mich so unaufdringlich wie möglich zu bewegen. Es war eine von den im wortwörtlichen Sinne eher langfristigen Strategien, aber sie brachte mich ohne Zwischenfälle zur Treppe.

Beim Hinaufsteigen fragte ich mich, was ich jetzt eigentlich zu tun beabsichtigte.

Als allererstes mußte ich Karen finden … Ich wollte mit ihr reden und sie warnen … Nein, nein, das war es nicht wirklich. Immerhin waren Terry und Marguerite … sie waren doch immer noch unsere Kinder und wir ihre Eltern, und irgendwie und irgendwo mußte das doch eine gewisse Bedeutung haben, oder?

Ich klopfte an Karens Tür an. Zuerst so leise, daß meine Knöchel das Holz eher streichelten. Gerade eben so, daß sie wußte, wer draußen stand – und daß dieser Jemand mit ihr reden wollte … um ihr zu berichten, was außen vor sich ging … in den Straßen und auf den Avenuen der Stadt …

Und auch innen, hier, in den stillen weißen Zimmern unseres Hauses. In den wachsenden Räumen, die sich zwischen uns auftaten; hinter den verschlossenen, abgeriegelten Türen wie dieser hier, an der ich klopfte und klopfte und klopfte und von Mal zu Mal lauter wurde.

**Harlan Ellison**

# *»Bereue, Harlekin!« sagte der Ticktackmann*

Es gibt Leute, die fragen, was soll das alles? Für diese Leute, die immer fragen müssen, die alles genau wissen wollen, die immer wissen wollen, »wie sie dran sind«, dies:

»Die Masse der Menschen dient dem Staat auf diese Weise: nicht hauptsächlich als Mensch, sondern als Maschine, mit ihren Körpern. Sie sind die Männer der stehenden Heere, der Miliz, die Gefängnisaufseher, Polizisten etc. In den meisten Fällen gibt es für sie keine Entscheidungsfreiheit im Hinblick auf Rechtmäßigkeit oder Moral, aber sie begeben sich auf gleiches Niveau mit dem Holz und der Erde und den Steinen; und vielleicht könnte man überhaupt hölzerne Männer produzieren, die dem gleichen Zweck genausogut dienten. Solche Männer verdienen nicht mehr Respekt als Strohpuppen oder Lehmklumpen. Sie unterliegen derselben Art von Wertschätzung wie Pferde oder Hunde. Trotzdem werden sie allgemein als gute Bürger akzeptiert und geschätzt. Andere – zumeist Abgeordnete, Politiker, Rechtsanwälte, Minister und Beamte – dienen dem Staat hauptsächlich mit ihrem Kopf. Und da sie nur selten irgendwelche moralischen Skrupel kennen, dienen sie sowohl dem Teufel als auch – ohne es zu beabsichtigen – dem lieben Gott. Ein sehr kleiner Rest, wie zum Beispiel Helden, Patrioten, Märtyrer, Reformer im weitesten Sinn, und *Menschen*, dienen dem Staat auch mit ihrem Gewissen und sind dadurch notwendigerweise meistens widersetzlich, und sie werden gewöhnlich vom Staat als Feinde behandelt.«

*Henry David Thoreau*
*»Ziviler Ungehorsam«*
*(Civil Disobedience)*

Das ist der Kern der Sache. Beginnen wir also in der Mitte und kommen erst später zum Anfang. Das Ende ergibt sich dann ganz von selbst.

Aber weil die Welt so war, wie sie war, wie man es zugelassen hatte, daß sie *wurde*, waren seine Umtriebe mehrere Monate lang nicht an die schockierten Ohren derjenigen gedrungen, die Räder schön in Schwung halten, derjenigen, die das beste Öl über die Zahnräder und ins Getriebe der Kultur gießen. Erst als es klar wurde, daß er irgendwie, auf irgendeine Weise, berühmt und berüchtigt geworden war, vielleicht sogar ein Held, weil er (wie es die Funktionäre unweigerlich nannten) ein »emotionell gestörtes Element der Bevölkerung« darstellte, wurde er dem Ticktackmann und seiner Rechtsmaschinerie aktenkundig. Bis dahin jedoch, weil die Welt eben so war, wie sie war, und weil sie keine Möglichkeit gehabt hatte, ihn vorauszusagen – vielleicht der Stamm einer lange ausgestorbenen Krankheit, der jetzt, plötzlich, in einem System wieder virulent wurde, dessen Immunität dagegen längst erloschen war –, bis dahin hatte man ihm Raum gelassen, sich zur Realität zu entwickeln. Und nun besaß er Gestalt und Gehalt.

Er war zur *Persönlichkeit* geworden, also etwas, das man vor vielen Jahrzehnten aus dem System herausgefiltert hatte. Aber hier war es und hier war *er*, eine wahrhaftig eindrucksvolle Persönlichkeit. In gewissen Kreisen – Mittelklasse-Kreisen – fand man es widerlich. Vulgäre Prahlerei! Anarchistisch. Eine Schande! In anderen Kreisen machte man sich nur lustig, in den Kreisen, in denen das Denken so weit abgewertet ist, daß es nur noch als leere Form und Ritual, als Höflichkeit und Förmlichkeit existiert. Aber darunter, ja, ganz unten, wo die Menschen schon immer ihre Heiligen und ihre Sünder brauchten, Brot und Spiele, ihre Helden und Schurken, sah man in ihm einen Boliviar, einen Napoleon, einen Robin Hood, einen Dick Bong (das Große As), einen Jesus, einen Jomo Kenyatta.

Und ganz oben – wo jedes Beben, jede Vibration im sozialen Gefüge die Reichen, die Mächtigen, die Ordensträger von ihren hohen Stühlen zu stürzen droht – sah man in ihm einen Irren, einen Häretiker, einen Rebellen, eine Schande, eine Gefahr. Er war überall bekannt, in allen Kreisen, doch die wichtigen Reaktionen kamen von ganz oben und von ganz unten. Von der äußersten Spitze und aus der tiefsten Tiefe.

Und so wurde seine Akte, zusammen mit seiner Zeitkarte und seiner Cardioplatte, dem Büro des Ticktackmannes übergeben.

Der Ticktackmann: Weit über einsachtzig groß, oft still, ein sanft knurrender Mensch, wenn die Dinge pünktlich liefen. Der Ticktackmann.

Selbst in den windstillen Winkeln der Hierarchie, in denen die Furcht zwar geboren, aber nur selten erlitten wird, nannte man ihn den Ticktackmann. Aber niemand wagte es, ihm diese Bezeichnung in die Larve zu sagen.

Man nennt keinen Mann bei einem ihm verhaßten Namen, jedenfalls nicht, wenn dieser Mann, hinter seiner Maske, die Macht besitzt, die Minuten, die Stunden, die Tage und die Nächte, die

Jahre aus dem Leben zu streichen. Wenn man dem Maskierten gegenüberstand, nannte man ihn bei seinem offiziellen Titel: Meister-Zeitnehmer. Das war sicherer.

»Jetzt weiß ich, was er ist«, sagte der Ticktackmann mit freundlicher Stimme. »Doch nicht, *wer* er ist. Diese Zeitkarte, die ich hier in meiner linken Hand halte, trägt einen Namen, doch es ist der Name dessen, *was* er ist, aber nicht *wer* er ist. Und die Cardioplatte in meiner Rechten ist genauso bezeichnet: Bevor ich irgendwelche Schritte einleiten kann, muß ich wissen, *wer* dieser *was* ist.«

Und zu seinem Stab gewandt – all die Frettchen, all die Dummköpfe, all die Denunzianten, all die Kommissärchen und sogar die Gartenzwerge – sagte er: »Wer ist dieser Harlekin?«

Hoch über der dritten Ebene der Stadt hockte er auf der summenden Aluminium-Plattform eines Flugboots und lugte hinunter auf die säuberlich-mondrianische Anordnung der Häuser.

Irgendwo in der Nähe hörte er den metronomartigen Rechts-Links-Gleichschritt der Männer der 2-Uhr-27-Minuten-Spät-Schicht, die zur Arbeit in die Timkin-Rollenlager-Werke marschierten. Genau eine Minute später hörte er das schwächere Links-Rechts-Links der 5-Uhr-Null-Null-Frühschicht, heimwärts.

Ein koboldhaftes Lächeln zog über sein gebräuntes Gesicht, und einen Augenblick lang erschienen Grübchen auf seinen Wangen. Dann kratzte er seinen roten Haarschopf und zuckte die Schultern in seinem gescheckten Wams, als ob er sich auf das Kommende vorbereiten wollte, und drückte den Steuerknüppel nach vorn, und er beugte sich dem Wind entgegen, als das Flugboot sank. Er glitt über einen der rollenden Gehsteige hinweg, absichtlich so niedrig, daß er fast die Federn auf den Hüten der modebewußten Damen knickte und streckte ihnen die Zunge heraus, rollte mit den Augen und schnitt Grimassen, wuah-wuah-wuah. Das war nur ein kleines Ablenkungsmanöver, aber eine von den Damen stolperte und fiel hin und verstreute ihre Pakete in alle Himmelsrichtungen, eine pinkelte sich ins Höschen, eine dritte sank in Ohnmacht, und der Rollsteig wurde vom Aufsichtspersonal sofort gestoppt, bis sie wieder ins Bewußtsein zurückgeholt werden konnte.

Dann kurvte er mit einer freundlichen Brise davon und war verschwunden. Heiho!

Als er die Ecke des Institutes für Zeitverlaufsstudien umrundete, sah er die Schichtarbeiter gerade den rollenden Gehsteig betreten. Mit routinierten Bewegungen und mit äußerster Ökonomie an Kraftaufwand traten sie seitwärts auf den Langsamläufer und gingen über die einzelnen, mit zunehmender Geschwindigkeit laufenden Bänder, bis sie hintereinander aufgereiht auf dem Expreßband standen.

Wieder zeigte sich das erwartungsvolle, koboldhafte Lächeln auf seinem Gesicht. Hinten links hatte er eine Zahnlücke. Er setzte zum Sturzflug an, kurvte, flog dicht über sie hinweg und zog gleichzeitig die Haltestifte, mit denen die Verschlüsse der selbstgebastelten Schütt-Tröge zugehalten wurden, damit sie sich nicht zu früh entleerten, und als er die Haltestifte herauszog, befand er sich genau über den Fabrikarbeitern, und Dauerlutscher im Wert von einhundertfünfzigtausend Dollar ergossen sich auf den Express-Rollsteig wie ein Wasserfall.

*Dauerlutscher!*

Die Schichtarbeiter schrien und lachten und wurden von Dauerlutschern beregnet, und ihre Ordnung löste sich auf, und die harten Kugeln drangen in das Getriebe des Rollsteiges ein, und nach einer Weile hörte man ein gräßliches Kreischen, als ob eine Million scharfer Fingernägel über eine Viertelmillion Schiefertafeln kratzt, und dann ein Husten und Spucken und Rattern, und dann blieben alle Rollsteige stehen, und alle Menschen auf ihnen taumelten und stolperten und fielen durcheinander und in alle Himmelsrichtungen, und sie lachten immer noch und stopften sich Dauerlutscher von kindisch greller Farbe in ihre Münder. Es war ein Fest, ein Spaß, ein absoluter Irrwitz, ein Happening. Aber …

Die Schichtarbeiter kamen um sieben Minuten zu spät!

Sie kamen sieben Minuten später nach Hause.

Das Hauptzeitschema wurde um sieben Minuten zurückgeworfen.

Die Produktionsquoten wurden durch die Panne auf den Rollsteigen um sieben Minuten verzögert.

Er hatte den ersten Dominostein der Reihe angestoßen, und dieser hatte im Fallen – klick-klick-klick-klick – alle anderen mitgerissen.

Das System war sieben Minuten lang unterbrochen worden. Eine geringfügige Sache, die man kaum zur Kenntnis zu nehmen brauchte, doch in einer Gesellschaftsform, in der Ordnung und Einigkeit und Pünktlichkeit und uhrwerkgleiche Präzision und Ehrfurcht vor den Göttern der Zeit die alleinige Existenzgrundlage bilden, war es eine Katastrophe erster Ordnung.

Deshalb wurde ihm befohlen, sich beim Ticktackmann zu melden. Es wurde über den Rundfunk verlautbart, über jeden Kanal des Kommunikationsgewebes. Man befahl ihm, um 7 Uhr Null Null, und zwar ganz pünktlich, *dort* zu sein. Und sie warteten und sie warteten, aber er ließ sich nicht vor halb elf blicken, sang ihnen ein Lied vor, vom Mondschein irgendwo an einem Ort, von dem noch niemand je etwas gehört hatte und der Vermont heißen soll, und war wieder verschwunden, bevor sie sich's versahen. Und sie hatten alle seit 7 Uhr auf ihn gewartet, und alle ihre Termine waren ganz verflucht durcheinandergeraten. Und trotzdem konnte noch immer keiner die Frage beantworten:

*Wer ist der Harlekin?*

Doch die *ungefragte* Frage (und die bedeutendere) war: Wie konnte man in eine derartige Lage kommen, daß ein lachender, leichtfertiger, schrulliger Spaßvogel das gesamte Wirtschafts- und Kulturleben durch Dauerlutscher im Wert von einhundertfünfzigtausend Dollar unterbrechen kann ...?

Dauerverdammtnochmallutscher!

So ein Irrsinn! Und wo hatte er das Geld her, um für einhundertfünfzigtausend Dollar Dauerlutscher zu kaufen? (Sie wußten, daß es ihn mindestens soviel gekostet haben mußte, weil sie ein Team vom Simulations-Analytikern von einer anderen Aufgabe abgezogen und beauftragt hatten, die Dauerlutscher zusammenzufegen und zu zählen und einen Bericht darüber zu schreiben, was wiederum *ihre* Termine über den Haufen warf und die ganze Branche um mindestens einen Tag in Rückstand brachte.)

Dauerlutscher!

Dauer-lut-scher ...?

Moment mal! – der Moment ist Gold wert – Dauerlutscher sind seit mehr als einhundert Jahren nicht mehr hergestellt worden. Wo also hat er die Dauerlutscher her?

Eine sehr gute Frage! Und eine Frage, die wahrscheinlich nie vollständig beantwortet werden kann. Aber andererseits, wie viele Fragen werden schon vollständig beantwortet?

Die Mitte kennen Sie nun. Und hier ist der Anfang. So hatte es angefangen:

Ein Schreibtisch. Tag für Tag. 9 Uhr Null Null Post öffnen, 9 Uhr 45 Besprechung mit dem Vorstand der Plankommission, 10 Uhr 30 Diskussion der Fortschritte des Produktionsplans mit J. L., 11 Uhr 45 Beten um Regen, 12 Uhr Mittagessen.

*Und so weiter.*

»Tut mir leid, Fräulein Grant, aber das Aufnahmegespräch war auf 2 Uhr 30 festgesetzt, und es ist jetzt fast fünf. Ja, tut mir leid, daß Sie aufgehalten worden sind, aber wir müssen uns an die Zeit halten. Im nächsten Jahr können Sie ja Ihr Gesuch zur Aufnahme auf die Universität noch einmal einreichen.«

*Und so weiter.*

Der Vorortzug um 10 Uhr 10 hält in Cresthaven, Gallesville, Tonawanda, Selby und Farnhurst, aber nicht in Indiana City, Lucasville und Colton, außer an Sonntagen. Der Expreß um 10 Uhr 35 hält in Galesville, Selby und Indiana City, außer an Sonn- und Feiertagen, an denen hält er in …

*Und so weiter.*

»Ich konnte leider nicht warten, Fred. Ich mußte um 3 Uhr 00 auf jeden Fall bei Pierre Cartain sein. Du hattest gesagt, daß wir uns um 2 Uhr 45 unter der Bahnhofsuhr treffen wollten, aber du warst nicht da, deshalb mußte ich allein gehen. Daß du nie pünktlich sein kannst, Fred! Wenn du dagewesen wärst, hätten wir das Geschäft zusammen gemacht, aber so, nun ja, mußte ich eben allein …«

*Und so weiter.*

Sehr geehrte Mr. und Mrs. Atterley!

Da Ihr Sohn Gerald ständig zu spät kommt, sehen wir uns gezwungen, ihn von der Schule zu relegieren, falls er nicht in Zukunft dazu angehalten wird, pünktlich zum Unterricht zu erscheinen. Zugegebenermaßen ist er ein vorbildlicher Schüler, der beste Noten erzielt, doch seine ständigen Verstöße gegen die Schulordnung lassen es angemessen erscheinen, ihn von einer Anstalt zu entfernen, deren übrige Schüler durchaus imstande sind, sich gemäß dem Stundenplan dort einzufinden.

SIE DÜRFEN NICHT WÄHLEN, WENN SIE NICHT PÜNKTLICH UM 8 UHR 45 ERSCHEINEN!

»Was nützt es mir, wenn das Manuskript genial ist, ich brauche es nächsten Donnerstag!«

ARBEITSSCHLUSS IST UM 2 UHR NACHMITTAGS!

»Sie kommen zu spät. Die Stelle ist schon besetzt. Tut mir leid.«

DIE ZWANZIG MINUTEN, DIE SIE ZU SPÄT GEKOMMEN SIND, WERDEN IHNEN VOM GEHALT ABGEZOGEN.

»Mein Gott, wie spät es schon wieder geworden ist. Ich muß laufen!«

Und so weiter. Und so weiter. Und so weiter. Und so weiter weiter weiter weiter tick tack tick tack ticketack ticketack, und eines Tages nutzen wir nicht mehr die Zeit, sondern die Zeit nützt uns, und wir sind Sklaven der Termine, Anbeter von Uhrzeigern und Terminkalendern, gefesselt an ein Leben von Einengungen, weil das System nicht funktioniert, wenn wir uns nicht genau an die Terminpläne halten.

Bis es mehr als eine kleine Unhöflichkeit wird, sich zu verspäten, bis es zur Sünde wird. Und dann zum Verbrechen. Und schließlich ein Verbrechen, das so bestraft wird:

MIT WIRKUNG VOM 15. JULI 2389 UM MITTERNACHT 12 UHR NULLNULL-NULLNULL werden alle Bürger aufgefordert, ihre Zeitkarten und Cardioplatten dem Büro des Meister-Zeitnehmers zur Bearbeitung einzureichen. Gemäß Statut 555-7-SGH-999 betreffs der Verkürzung der Lebenszeit der Bürger, werden alle Cardioplatten der Individuen neu programmiert und …

Sie hatten tatsächlich eine Methode entwickelt, durch die die Lebenszeit eines Menschen willkürlich verkürzt werden konnte. Wer zehn Minuten zu spät kam, dem wurde das Leben um zehn Minuten verkürzt. Eine Stunde Verspätung kostete entsprechenden Verlust an Lebenszeit. Wenn jemand notorisch unpünktlich war, konnte es geschehen, daß er an einem Sonntagabend ein amtliches Schreiben vom Meister-Zeitnehmer erhielt, in dem er informiert wurde, daß seine Zeit abgelaufen sei und er am Montag, punkt 12 Uhr mittags, ›abgeschaltet‹ werden würde, *und wollen Sie bis dahin bitte Ihre Angelegenheiten regeln, Sir.*

Und so, durch diese einfache wissenschaftliche Methode (deren wissenschaftliche Grundlagen ein streng gehütetes Geheimnis des Meister-Zeitnehmers waren) wurde das System aufrechterhalten. Es war das einzige, zweckdienliche Mittel. Es war schließlich ein patriotisches Mittel! Die Termine mußten eingehalten werden. Schließlich hatten wir Krieg!

Aber hatten wir den nicht immer?

»Das ist doch wirklich widerlich«, sagte der Harlekin, als die hübsche Alice ihm den Steckbrief zeigte. »Widerlich und *höchst* altmodisch. Wir leben schließlich nicht mehr im Zeitalter der Desperados. Ein *Steckbrief!*«

»Du sprichst das mit sehr starker Betonung aus«, sagte Alice.

»Entschuldige«, sagte der Harlekin bescheiden.

»Kein Grund, dich zu entschuldigen. Du sagst immer: entschuldige. Du hast einen solchen Schuldkomplex, Everett. Es ist wirklich schlimm.«

»Entschuldige«, wiederholte er. Dann schürzte er die Lippen, und seine Grübchen erschienen für einen Augenblick. Er hatte es überhaupt nicht sagen wollen. »Ich muß wieder gehen«, sagte er. »Ich muß irgend etwas *tun.*«

Alice setzte ihre Kaffee-Birne hart auf die Tischplatte. »Mein Gott, Everett, kannst du nicht *einen* Abend zu Hause bleiben? Mußt du dich ständig in diesem albernen Clowns-Kostüm herumtreiben und den Leuten Schabernack spielen?«

»Ich bin ...« Er brach ab und stülpte sich die Narrenkappe mit den klingelnden Glöckchen auf das rote Haar. Dann stand er auf, spülte seine Kaffee-Birne unter dem Wasserhahn aus und stellte sie in den Trockner. »Ich muß jetzt gehen.«

Sie antwortete nicht. Der Fernschreiber tickte. Sie zog das Nachrichtenblatt heraus, überflog es und warf es vor ihm auf den Tisch. »Es geht um dich. Natürlich. Du bist zum Lachen!«

Er überflog den Artikel. Der Ticktackmann fahndete nach ihm.

Na und? Er würde trotzdem wieder zu spät kommen. An der Tür wandte er sich noch einmal um und suchte nach einem passenden Abgang. »Weißt du was?« sagte er schließlich. »Du sprichst *auch* mit Betonung.«

Alice rollte ihre hübschen Augen himmelwärts. »Du bist wirklich lächerlich.« Der Harlekin ging hinaus, wollte die Tür ins Schloß werfen, aber sie schloß sich selbsttätig und sanft.

Ein leises Klopfen. Alice erhob sich, schnaubte ärgerlich und öffnete. Er stand vor der Tür. »Ich bin um halb elf zurück. Okay?«

»Warum sagst du mir das?« fragte sie ärgerlich. »Warum? Du weißt doch genau, daß du zu spät kommen wirst. Du weißt es genau! Du kommst immer zu spät. Also warum sagst du mir solchen Unsinn?« Sie schloß die Tür.

Auf der anderen Seite der Tür nickte der Harlekin vor sich hin. *Sie hat ja recht. Sie hat immer recht. Ich werde zu spät kommen. Ich komme immer zu spät. Warum also sage ich ihr solchen Unsinn?*

Er zuckte wieder die Schultern und ging, um wieder einmal zu spät zu kommen.

Er hatte Feuerwerksraketen in den Himmel geschossen, die verkündeten: ICH WERDE DAS 115. JAHRESTREFFEN DER INTERNATIONALEN MEDIZINISCHEN GESELLSCHAFT UM GENAU 8 UHR 00 ABENDS BESUCHEN UND HOFFE, DASS SIE ALLE MICH DORT TREFFEN WERDEN.

Die Worte waren in den Himmel gebrannt worden, und natürlich waren die Vertreter der Behörden dort und warteten auf ihn. Sie nahmen es als natürlich an, daß er zu spät erscheinen würde. Doch er kam zwanzig Minuten zu früh. Und während sie ihre Netze auslegten, um ihn zu fangen und festzuhalten, stieß er laut in ein Horn und jagte ihnen einen solchen Schrecken ein, daß sie sich in ihren eigenen Maschen verfingen und sie, schreiend und strampelnd, von dem Netz hoch in die Kuppel des Amphitheaters geschnellt wurden. Der Harlekin lachte und lachte und entschuldigte und verbeugte sich ausgiebig. Die Mediziner, die zu einem ernsten Konklave zusammengekommen waren, brüllten vor Lachen und nahmen die Entschuldigungen des Harlekins mit übertriebenen Verbeugungen entgegen, und alle fanden die Geschichte äußerst lustig. Mit Ausnahme der Behördenvertreter natürlich, die vom Büro des Ticktackmanns ausgeschickt worden waren und die nun wie ein vergessenes Netz voll Fracht an einem Hafenkran in einer höchst unziemlichen Lage hoch über dem Amphitheater schwebten.

(In einem anderen Teil der Stadt, in welcher der Harlekin ›tätig‹ war, doch ohne jeden Bezug auf unsere Geschichte, und nur wiedergegeben, um die Macht und die Bedeutung des Ticktackmanns zu illustrieren, erhielt ein Mann namens Marshall Delahanty seinen Abschalt-Bescheid vom Büro des Ticktackmanns. Er wurde von einem Gartenzwerg in grauer Uniform und dem üblichen, widerlichen ›Beileidsausdruck‹ auf seinem Gesicht der Frau Delahantys übergeben. Sie wußte, um was es sich handelte, bevor sie den Umschlag öffnete. Zu jener Zeit war diese Art von Briefen allen wohlbekannt. Sie stieß einen leisen Schrei aus und hielt ihn mit spitzen Fingern, wie einen Objektträger mit Botulismuskulturen, und betete, daß er nicht für sie sein möge. Laß ihn für den Marshall bestimmt sein, flehte sie, brutal und realistisch, oder für eins der Kinder, aber nicht für mich, bitte, lieber Gott, nicht für mich. Und dann öffnete sie den Umschlag und sah, daß der Brief *wirklich* für Marshall bestimmt war, und sie war gleichzeitig entsetzt und erleichtert. Den Nebenmann im Glied hatte die Kugel erwischt. »Marshall!« schrie sie. »Marshall! Das Ende, Marshall! Ohmeingott, Marshall, wassollenwirtun, wassollenwirtun, Marshall, ogottogottogottogott, Marshall …«, und in ihrer Wohnung wurden in dieser Nacht Papiere und Ängste zerrissen, und der

Gestank des Irreseins zog durch den Schornstein hinauf, und es gab nichts, absolut nichts, was sie tun konnte.

Doch Marshall Delahanty versuchte etwas zu tun: fortzulaufen. Als die Abschaltstunde kam, steckte er tief im Wald, zweihundert Meilen weit weg, und das Büro des Ticktackmanns entwertete seine Cardioplatte, und er stürzte im Laufen zu Boden, und sein Herz blieb stehen, und das Blut stockte auf seinem Weg zum Gehirn, und er war tot, und das war alles. Auf der Sektorenkarte im Büro des Meister-Zeitnehmers erlosch ein Lämpchen, und Mr. Delahantys Name ging an das statistische Büro, und Mrs. Georgette Delahantys Name an die Pensionskasse, bis sie wieder heiraten würde. Das ist das Ende dieser Fußnote und alles, was ich sagen wollte, außer meiner Bitte, nicht zu lachen, denn genau das würde auch dem Harlekin geschehen, falls der Ticktackmann je seinen Namen erfahren sollte. Das ist ganz und gar nicht komisch.)

Die Geschäfts-Ebene der Stadt war bunt von dem Gedränge der Käufer in Donnerstagsfarben, Frauen in kanariengelben Chitons und Männer in imitierten Tiroler Trachtenanzügen, die aus Jade und Leder gefertigt waren und hauteng saßen, mit Ausnahme der Pumphosen natürlich.

Als der Harlekin auf der Kuppel des noch im Bau befindlichen Schnell-Kauf-Centers erschien, das Horn an seine schalkhaft lachenden Lippen setzte und hineinstieß, bis alle Menschen zu ihm hinaufstarrten, hielt er ihnen eine Standpauke:

»Warum laßt ihr euch von denen so herumkommandieren? Warum laßt ihr euch treiben und jagen wie Ameisen oder Grillen? Nehmt euch Zeit, Leute! Geht gemütlich spazieren! Freut euch an dem Sonnenschein, am frischen Wind, laßt euch vom Leben treiben, so wie es euch gefällt! Seid nicht Sklaven der Uhr. Denn das ist euer Tod, ein langsames, stückweises Sterben. – Nieder mit dem Ticktackmann!«

Wer ist dieser Irre? wollten die meisten Käufer wissen. Wer ist dieser Irre? Oje, ich komme zu spät, ogottogott, ich muß mich beeilen …

Und die Bauarbeiter am Schnell-Kauf-Center erhielten strikten Befehl vom Büro des Meister-Zeitnehmers, daß sie sofort helfen sollten, den gefährlichen Verbrecher, bekannt als der Harlekin, festzunehmen, der sich auf der Kuppel ihrer Baustelle befände. Sie sagten nein, denn sonst würden sie ihren Bautermin nicht einhalten können, doch der Ticktackmann zog ein paar behördliche Drähte, und sie bekamen Anweisung, die Arbeit niederzulegen und den Irren mit seinem Horn, der sich auf der Kuppel herumtrieb, dingfest zu machen. Also stiegen ein Dutzend oder mehr stämmige Arbeiter auf ihre Arbeitsplattformen, setzten den Antigrav-Antrieb in Betrieb und schwebten zum Harlekin hinauf.

Nach einem großen Durcheinander (bei dem niemand ernstlich Schaden nahm, weil der Harlekin das wirksam verhinderte), versuchten die Arbeiter, sich wieder zu formieren und erneut anzugreifen, aber es war zu spät. Er war verschwunden. Doch das Schauspiel hatte eine große Menschenmenge angelockt, und der Einkaufszyklus wurde um Stunden zurückgeworfen, um ganze Stunden! Der Kaufbedarf des Systems fiel dadurch entsprechend zurück, und es mußten Maßnahmen ergriffen werden, um den Zyklus für die restlichen Stunden des Tages zu beschleunigen. Doch irgendwie war der Wurm drin. Die Frachten stauten sich, die Transit-Sendungen wurden fehlgeleitet, und schließlich bekam sogar die Heimwerker-Industrie die Folgen zu spüren.

»Kommt nicht zurück, bevor ihr ihn habt!« sagte der Ticktackmann sehr ruhig, sehr ernst und überaus drohend.

Sie versuchten es mit Bluthunden. Sie versuchten es mit Sonden. Sie versuchten es mit Bestechung. Sie versuchten es mit Einschüchterung. Sie versuchten es mit Torturen. Sie versuchten es mit Denunzianten. Sie versuchten es mit Polizisten. Sie versuchten es mit Fingerabdrücken. Sie versuchten es mit List und Tücke.

Sie versuchten es mit Betrug. Sie versuchten es mit Feiglingen. Sie versuchten es mit Fallen. Sie versuchten es mit Bertillon. Sie versuchten es mit Verrat. Sie versuchten es mit physikalischen Methoden. Sie versuchten es mit kriminologischen Techniken.

Und verflucht noch mal, sie faßten ihn.

Sein Name war Everett C. Marm, und er war nichts Besonderes, nur ein Mensch, der überhaupt kein Zeitgefühl besaß.

»Bereue, Harlekin!« sagte der Ticktackmann.

»Sie können mich mal«, sagte der Harlekin grinsend.

»Ihre Verspätungen summieren sich auf insgesamt sechsunddreißig Jahre, fünf Monate, drei Wochen, zwei Tage, zwölf Stunden, einundvierzig Minuten, neunundfünfzig Sekunden, drei-sechs-eins-eins-eins Mikrosekunden. Sie haben mehr Zeit vergeudet, als Ihnen überhaupt zur Verfügung stand. Ich werde Sie abschalten.«

»Damit können Sie jemand anderem Angst einjagen, aber mir nicht. Lieber sterbe ich, als daß ich in einer irren Welt mit einer Vogelscheuche wie Ihnen zusammenlebe.«

»Ich tue nur meine Pflicht.«

»Sie sind besessen von Ihrer Pflicht. Sie sind ein Tyrann. Sie haben nicht das Recht, Menschen umzubringen, nur weil sie sich verspätet haben.«

»Sie können sich nicht in die Gemeinschaft einfügen, nicht anpassen.«

»Lassen Sie mich losbinden, dann passe ich Ihre Visage meiner Faust an.«

»Sie sind ein Nonkonformist.«

»Ist das ein Verbrechen?«

»Ja. Man muß sich in seine Umwelt einfügen.«

»Ich hasse sie. Es ist eine entsetzliche Umwelt, eine entsetzliche Welt.«

»Die meisten Menschen sind da anderer Meinung. Die meisten Menschen lieben die Ordnung.«

»Aber ich nicht. Und die meisten Menschen, die ich kenne, ebenfalls nicht.«

»Das ist nicht wahr. Wie, glauben Sie, haben wir Sie gefangen?«

»Das interessiert mich nicht.«

»Ein hübsches Mädchen namens Alice hat uns verraten, wo wir Sie finden könnten.«

»Sie lügen!«

»Es ist die Wahrheit. Sie gingen ihr auf die Nerven. Sie möchte dazugehören, sie möchte mit der Masse konform gehen. Ich werde Sie jetzt abstellen.«

»Dann tun Sie's doch endlich und reden Sie nicht so lange.«

»Ich werde Sie nicht abstellen.«

»Sie spinnen ja!«

»Bereue, Harlekin!« sagte der Ticktackmann.

»Sie können mich mal.«

So schickten sie ihn nach Coventry. Und in Coventry nahmen sie ihn in die Mangel. Genau wie sie es mit Winston Smith in ›1984‹ getan hatten, obgleich niemand von ihnen das Buch gelesen hatte, doch die Techniken hatten sich von alters her kaum verändert, und sie wandten sie auf Everett C. Marm an, und eines Tages, eine ganze Weile später, erschien der Harlekin im Fernsehen, schalkhaft und mit Grübchen und strahlenden Augen und sah ganz und gar nicht aus, als hätte er eine Gehirnwäsche hinter sich, und er sagte, daß er das Opfer eines großen Irrtums gewesen sei und daß es etwas Schönes sei, etwas wirklich Schönes, dazuzugehören und immer schön pünktlich zu sein und auf dem Draht, und alle starrten auf sein Gesicht auf den riesigen Bildschirmen, die so groß waren wie ein ganzer Häuserblock, und sie sagten sich, sieh mal einer an, er war also doch nur ein Irrer, und wenn es das System so will, müssen wir uns danach richten, weil es keinen Sinn hat, gegen den Strom zu schwimmen oder, in diesem Fall, gegen den Ticktackmann.

So wurde Everett C. Marm vernichtet, was wirklich ein Verlust war, wenn man an die Worte Thoreaus denkt, die am Anfang dieser Geschichte stehen, aber man kann eben kein Omelett machen, ohne ein paar Eier aufzuschlagen, und in jeder Revolution sterben ein paar Menschen, die nicht sterben sollten, aber sie müssen sterben, weil es nun mal so geht, und wenn sich dabei die Dinge auch nur ein klein wenig ändern, so scheint es sich doch gelohnt zu haben. Oder, um die Sache deutlicher zu machen:

»Äh … entschuldigen Sie, Sir, ich … äh … weiß nicht, wie … äh … wie ich Ihnen … äh … dies sagen soll, aber Sie sind drei Minuten … äh … zu spät gekommen. Unsere Termine geraten dadurch ein wenig … äh … ein wenig durcheinander.«

Er grinste dümmlich.

»Das ist doch lächerlich«, murmelte der Ticktackmann hinter seiner Maske. »Stellen Sie mal Ihre Uhr richtig.«

Und dann ging er in sein Büro und knirschte mrm-mrm-mrm-mrm …

## Philip K. Dick

# *Die totale Erinnerung*

Er schlug die Augen auf – und sehnte sich nach dem Mars. Die Täler, dachte er. Wie mochte es sein, sie zu durchstreifen? Als sich sein Bewußtsein völlig klärte, wurde der Traum stärker und drängender. Der Traum und die Sehnsucht. Er konnte die umfassende Präsenz der anderen Welt beinahe spüren, jener Welt, die bisher nur Regierungsvertreter und hohe Beamte betreten hatten. Ein Buchhalter wie er? Kaum.

»Stehst du auf oder nicht?« erkundigte sich seine Frau Kirsten schläfrig und mit der gewohnten Andeutung von Gereiztheit. »Wenn ja, dann drück den Knopf der verdammten Kaffeemaschine.«

»In Ordnung«, sagte Douglas Quail und machte sich barfuß vom Schlafzimmer ihrer kleinen Bude auf den Weg zur Küche. Nachdem er pflichtbewußt den Knopf der Kaffeemaschine gedrückt hatte, ließ er sich am Küchentisch nieder und holte eine kleine gelbe Dose mit feinem Dean-Swift-Schnupftabak hervor. Er inhalierte tief, und die Beau-Nash-Mischung stach in der Nase und brannte auf dem Gaumen. Aber er inhalierte weiter. Es machte ihn völlig wach und gestattete seinen Träumen, sich zu einem Schatten der Wirklichkeit zu verdichten.

*Ich werde hinfliegen,* sagte er sich. *Bevor ich sterbe, sehe ich den Mars.*

Es war natürlich unmöglich, und er war sich darüber klar, selbst während er davon träumte. Aber das Tageslicht, die irdischen Geräusche von seiner Frau, die sich jetzt vor dem Schlafzimmerspiegel kämmte – alles hatte sich gegen ihn verschworen. Um ihn daran zu erinnern, was er war. *Ein jämmerlicher kleiner Gehaltsempfänger,* sagte er sich bitter. Mindestens einmal am Tag erinnerte ihn Kirsten daran, und er machte ihr keine Vorwürfe. Es war die Pflicht einer Ehefrau, ihrem Mann wieder auf die Erde runterzuholen. *Auf die Erde herunter,* dachte er und lachte. Der Doppelsinn der Worte war wirklich passend.

»Worüber kicherst du so?« fragte seine Frau, als sie in die Küche rauschte. Ihr langer, knallrosafarbener Morgenmantel flatterte hinter ihr her. »Über einen Traum, wette ich. Du träumst dauernd.«

»Ja«, sagte er und starrte aus dem Küchenfenster auf die Schwebwagen und Bürgersteige, auf all die kleinen, tatkräftigen Leute, die zur Arbeit eilten. Bald war er mitten unter ihnen. Wie immer.

»Ich wette, es hat irgendwie mit einer Frau zu tun«, meinte Kirsten trocken.

»Nein«, sagte er. »Mit einem Gott. Dem Gott des Krieges. Er hat wundervolle Krater, und tief in ihnen wachsen alle Arten von Pflanzen.«

»Hör zu.« Kirsten beugte sich neben ihm nieder. Ihre Stimme klang ernst. Für den Augenblick war der strenge Tonfall aus ihr verschwunden. »Der Grund des Ozeans – *unseres* Ozeans – ist viel, unendlich viel schöner. Das weißt du. Jeder weiß das. Leih dir eine Kiemenatmungs-Ausrüstung für uns beide, und nimm eine

Woche Urlaub. Wir können hinuntertauchen und dort unten in einem dieser ganzjährigen aquatischen Erholungszentren wohnen. Und außerdem ...« Sie unterbrach sich. »Du hörst nicht zu. Das solltest du. Ich erzähle dir etwas, das viel besser als deine Zwangsvorstellung ist, deine fixe Idee über den Mars, und du hörst nicht einmal zu!« Ihre Stimme wurde schneidend. »Verdammt noch mal, Doug! Was ist nur mit dir los?«

»Ich muß zur Arbeit«, sagte er, erhob sich und ließ sein Frühstück außer acht. »Das ist mit mir los.«

Sie faßte ihn scharf ins Auge. »Es wird schlimmer mit dir. Wirst mit jedem Tag fanatischer. Wohin soll das führen?«

»Zum Mars«, erwiderte er und öffnete die Schranktür, um sich ein frisches Hemd zur Arbeit anzuziehen.

Nachdem er aus dem Taxi gestiegen war, schritt Douglas Quail langsam über drei gedrängt volle Bürgersteige, dann auf das moderne, attraktive und einladende Portal zu. Dort hielt er inne, behinderte den morgendlichen Verkehrsfluß und las aufmerksam die ständig die Farbe wechselnde Neonreklame. Er hatte diese Leuchte schon früher betrachtet ... war ihr aber nie so nahe gekommen. Diesmal war es völlig anders. Diesmal schritt er nicht einfach daran vorbei. Und früher oder später hatte es so kommen müssen.

REKAL GMBH

War dies die Antwort? Schließlich blieb eine Illusion, gleichgültig, wie überzeugend sie war, eben doch nur eine Illusion. Zumindest objektiv betrachtet. Subjektiv gesehen aber – das genaue Gegenteil.

Jedenfalls hatte er eine Verabredung. Innerhalb der nächsten fünf Minuten.

Er nahm einen tiefen Zug von der leicht smogverseuchten Chicagoer Luft und schritt durch den verwirrenden multispektralen Glanz des Portals hinauf zum Empfangsschalter.

Die wohlproportionierte, hübsche und barbusige Blondine am Schalter sagte freundlich: »Guten Morgen, Mr. Quail.«

»Ja«, meinte er. »Ich bin hier, um mich nach einem Rekal-Kursus zu erkundigen. Wie Sie sicher wissen.«

»Nicht ›Rekal‹, sondern ›Recall‹, das heißt Erinnerung«, berichtigte ihn die Empfangsdame. Sie nahm den Hörer des Videofons ab und sagte: »Mr. Douglas Quail ist hier, Mr. McClane. Kann er gleich hereinkommen? Oder ist es zu früh?«

»Krch sssh mmpf pft pft sssch«, summte der Hörer.

»Ja, Mr. Quail«, sagte sie. »Sie können hineingehen. Mr. McClane erwartet Sie.« Als er ein paar unsichere Schritte machte, rief sie ihm nach: »Zimmer D, Mr. Quail. Rechts von Ihnen.«

Nach einem kurzen, unangenehmen Augenblick, in dem er sich verirrt zu haben glaubte, fand er das richtige Zimmer. Die Tür stand offen, und drinnen saß ein freundlich blickender Mann an einem großen Schreibtisch aus echtem Nußbaumholz. Er war in mittleren Jahren und trug den neuesten marsianischen Froschpelzanzug. Seine Kleidung allein machte Quail deutlich, daß er an der richtigen Adresse war.

»Nehmen Sie Platz, Douglas«, sagte McClane und deutete mit seiner fleischigen Hand auf einen Sessel, der dem Schreibtisch gegenüberstand. »Sie wären also gern auf dem Mars gewesen. Sehr gut.«

Quail setzte sich und war ein wenig nervös. »Ich bin mir nicht sicher, ob es die Gebühren wert ist«, sagte er. »Es kostet eine Menge, und soweit ich weiß, bekomme ich eigentlich gar nichts.« *Kostet fast so viel wie die tatsächliche Reise,* dachte er.

»Sie erhalten greifbare Beweise Ihrer Reise«, widersprach McClane lebhaft. »All die Beweise, die Sie brauchen. Hier, ich zeig's Ihnen.« Er griff in eine Schublade seines eindrucksvollen

Schreibtischs. »Kontrollabschnitte der Tickets.« Er langte in eine Mappe und holte ein kleines Quadrat aus geprägter Pappe hervor. »Sie beweisen, daß Sie dort waren … und wieder zurückgekehrt sind. Postkarten.« Er legte vier frankierte farbige 3-D-Postkarten vor Quail auf den Tisch und reihte sie fein säuberlich auf. »Ein Film. Aufnahmen, die Sie mit einer gemieteten Kamera von örtlichen Sehenswürdigkeiten auf dem Mars gemacht haben.« Er zeigte sie Quail ebenfalls. »Plus die Namen derjenigen, die Sie dort getroffen haben, Souvenirs im Werte von zweihundert Poscreds, die Sie in den nächsten Monaten erreichen werden – vom Mars aus. Und ein Paß und eine Impfbescheinigung. Und noch mehr.« Er sah Quail durchdringend an. »Natürlich werden Sie wissen, daß Sie dort gewesen sind«, fuhr er fort. »Sie werden sich nicht an uns erinnern, nicht an mich oder daran, jemals hier gewesen zu sein. In Ihrer Erinnerung wird es eine tatsächliche Reise sein, das garantieren wir. Zwei volle Erinnerungs-Wochen, bis ins allerletzte Detail. Denken Sie daran: Wenn Sie zu irgendeiner Zeit Zweifel daran haben, daß Sie tatsächlich eine ausgedehnte Reise zum Mars unternahmen, dann können Sie hierher zurückkommen und bekommen den vollen Betrag zurückerstattet. Na?«

»Aber ich war nicht da«, sagte Quail. »Ich bin nicht dagewesen, ganz gleich, welche Beweise Sie mir liefern.« Nervös atmete er tief durch. »Und ich war nie ein Geheimagent von Interplan.« Es erschien ihm unmöglich, daß das extra-reale Erinnerungsimplantat der Rekal GmbH funktionierte – trotz allem, was er darüber gehört hatte.

»Mr. Quail«, sagte McClane geduldig. »Wie Sie in Ihrem Schreiben an uns erklärten, haben Sie keine Chance, nicht die geringste Möglichkeit, jemals tatsächlich zum Mars zu reisen. Sie können es sich nicht leisten, und was noch wichtiger ist, Sie können sich niemals als Geheimagent für Interplan oder eine andere Behörde qualifizieren. Dies ist der einzige Weg, Ihren, äh, lebenslangen Traum zu verwirklichen. Habe ich nicht recht, mein Herr? Sie können das nie sein, und Sie können das nie wirklich tun.« Er kicherte. »Aber Sie können es *gewesen sein* und es *getan haben*. Dafür sorgen wir. Und unsere Gebühren sind angemessen – keine Extras.« Er lächelte zuversichtlich.

»Ist eine extra-reale Erinnerung so überzeugend?« fragte Quail.

»Überzeugender als die tatsächliche, mein Herr. Wären Sie wirklich als Interplanagent zum Mars geflogen, dann hätten Sie jetzt bereits einen großen Teil vergessen. Unsere Analysen von Real-Erinnerungssystemen – authentische Erinnerungen an wichtige Ereignisse im Leben eines Menschen – beweisen, daß eine Vielzahl von Einzelheiten sehr rasch von der betreffenden Person vergessen wird. Für immer. Unser Angebot an Sie schließt eine so tiefe Erinnerungseinpflanzung ein, daß nichts vergessen wird. Das Erinnerungspaket, das Ihnen in tiefer Bewußtlosigkeit eingegeben wird, ist die Kreation von erfahrenen Experten, Leuten, die Jahre auf dem Mars verbracht haben. In jedem Fall prüfen wir die Einzelheiten bis ins kleinste Detail. Und Sie haben sich für ein ziemlich einfaches Extra-real-Erinnerungssystem entschieden. Hätten Sie Pluto gewählt oder Kaiser der Vereinten Inneren Planeten sein wollen, hätten wir weitaus mehr Schwierigkeiten ... und die Kosten wären beträchtlich höher.«

Quail griff in seine Jacke, holte die Brieftasche hervor und sagte: »Also gut. Mein Leben lang hatte ich diesen Wunsch, und mir ist klar, daß ich ihn niemals tatsächlich verwirklichen kann. Also muß ich mich eben hiermit bescheiden.«

»So sollten Sie das nicht sehen«, entgegnete McClane streng. »Sie finden sich nicht mit etwas Zweitklassigem ab. Die wirkliche Erinnerung mit all ihrer Verschwommenheit, ihren Lücken und Verzerrungen – um nicht zu sagen Entstellungen –, das ist zweitklassig.« Er nahm das Geld entgegen und betätigte eine Taste auf seinem Schreibtisch. »In Ordnung, Mr. Quail«, sagte er, als sich die Tür seines Büros öffnete und zwei untersetzte Männer hereineilten. »Sie sind als Geheimagent auf dem Weg zum Mars.« Er erhob sich, trat zu Quail und schüttelte dessen zitternde und feuchte Hand. »Oder genauer gesagt, Sie sind auf dem Weg gewesen. Heute nachmittag um halb fünf treffen Sie wieder auf der Erde ein. Ein Taxi bringt Sie zu Ihrer Wohnung, und wie ich schon sagte, Sie werden sich nie daran erinnern, mich gesprochen zu haben oder hierhergekommen zu sein. Tatsächlich werden Sie sich nicht einmal daran erinnern, von uns gehört zu haben.«

Mit vor Aufregung trockenem Mund folgte Quail den beiden Männern aus dem Büro. Was nun geschah, lag in ihren Händen.

*Werde ich wirklich glauben, auf dem Mars gewesen zu sein?* fragte er sich. *Daß ich mir den Traum meines Lebens erfüllt habe?* Er hatte das merkwürdige, beunruhigende Gefühl, irgend etwas würde schiefgehen. Aber was genau ... das wußte er nicht.

Er mußte abwarten, um es herauszufinden.

Der Kommunikator auf McClanes Schreibtisch, durch den er mit dem Behandlungsraum der Firma verbunden war, summte, und eine Stimme sagte: »Mr. Quail steht jetzt unter Narkose, Sir. Wollen Sie die Implantation überwachen, oder sollen wir ohne Sie weitermachen?«

»Es ist reine Routine«, stellte McClane fest. »Machen Sie weiter, Lowe. Ich glaube nicht, daß es Schwierigkeiten gibt.« Die Programmierung einer künstlichen Erinnerung an eine Reise zu einem anderen Planeten – mit oder ohne den zusätzlichen Anreiz, Geheimagent zu sein – tauchte mit monotoner Regelmäßigkeit auf dem Arbeitsplan der Firma auf. *In einem Monat,* überlegte er und verzog das Gesicht, *müssen wir zwanzig derartige Aufträge erledigen ... Interplanetare Ersatzreisen sind zu unserem täglichen Brot geworden.*

»Wie Sie meinen, Mr. McClane«, ließ sich Lowes Stimme vernehmen, und daraufhin wurde die Verbindung unterbrochen.

McClane schritt zum Tresor im Zimmer hinter seinem Büro, suchte nach dem Paket Nr. drei – Reise zum Mars – und dem Paket Nr. zweiundsechzig: Interplan-Geheimagent. Nachdem er die beiden Pakete gefunden hatte, kehrte er mit ihnen an seinen Schreibtisch zurück, nahm bequem Platz und schüttete den Inhalt aus: Artikel, die heimlich in Quails Wohnung gebracht wurden, während die Labortechniker fleißig dabei waren, eine falsche Erinnerung einzugeben.

*Ein graviertes Klappmesser im Werte von einem Poscred,* dachte McClane. *Das ist der größte Posten, der uns finanziell am meisten belastet.* Dann ein erbsengroßer Sender, der heruntergeschluckt werden konnte, wenn der Agent gestellt wurde. Ein Codebuch, das einem echten erstaunlich ähnlich sah ... Die Artikel der Firma wurden sorgfältig ausgesucht: Wann immer es möglich war, basierten sie auf den tatsächlichen Modellen der US-Army. Verschiedene Kleinigkeiten ohne eigentliche Bedeutung, die aber in das Netzwerk von Quails imaginärer Reise mit einbezogen wurden und mit seiner Erinnerung harmonisieren würden: eine alte Fünfzig-Cent-Münze aus Silber; verschiedene Zitate aus John Donnes Predigten, mit fehlerhafter Orthographie abgeschrieben und jedes einzelne auf einem anderen Zettel aus dünnem Seidenpapier; verschiedene Streichholzheftchen aus Bars auf dem Mars; ein Löffel aus rostfreiem Stahl mit der Gravur: EIGENTUM DER MARSKUPPEL NATIONALES KIBBUZIM; eine Drahtspule, die ...

Der Kommunikator summte. »Mr. McClane, ich bedaure es, Sie stören zu müssen, aber es ist etwas sehr Seltsames geschehen. Vielleicht ist es besser, Sie kommen doch hierher. Quail steht zwar unter Narkose, und er spricht gut auf das Narkidrin an. Er ist völlig bewußtlos und aufnahmebereit. Aber ...«

»Ich komme.« McClane befürchtete Schwierigkeiten und verließ sein Büro. Ein paar Augenblicke später trat er in den Behandlungsraum.

Douglas Quail lag auf einem Hygienebett und atmete langsam und gleichmäßig. Seine Augen waren fast geschlossen. Er schien sich schwach – aber nur schwach – der Anwesenheit der beiden Techniker und nun auch der von McClane bewußt zu sein.

»Es gibt keinen Platz, um das falsche Erinnerungsmuster einzufügen?« McClane war verwirrt. »Löschen Sie doch einfach zwei Arbeitswochen. Er ist als Buchhalter beim West Coast-Auswanderungsbüro angestellt, einer Behörde also. Demnach hat er im letzten Jahr ganz bestimmt zwei Wochen Urlaub gehabt. Das sollte reichen.« Unbedeutende Einzelheiten ärgerten ihn. Und würden es auch weiterhin.

»Unser Problem«, meinte Lowe spitz, »ist völlig anders.« Er beugte sich über die Liege und sagte zu Quail: »Erzählen Sie Mr. McClane, was Sie uns gesagt haben.« An McClane gerichtet fügte er hinzu: »Hören Sie gut zu.«

Die graugrünen Augen des reglos auf dem Bett liegenden Mannes richteten sich auf McClanes Gesicht. Die Augen, stellte dieser unbehaglich fest, waren starr geworden. Sie wirkten wie poliert und schienen aus einem anorganischen Material zu bestehen, wie geschliffene Halbedelsteine. Er war nicht sicher, ob er das mochte, was er sah. Der Glanz war zu kalt. »Was wollen Sie jetzt?« fragte Quail scharf. »Sie haben meine Tarnung zerstört. Verschwinden Sie, bevor ich Sie alle auseinandernehme.« Er musterte McClane. »Besonders Sie«, fuhr er fort. »Sie sind für diese Gegenaktion verantwortlich.«

»Wie lange waren Sie auf dem Mars?« fragte Lowe.

»Einen Monat«, gab Quail kratzend zurück.

»Und in welcher Funktion waren Sie dort?« erkundigte sich Lowe.

Die dünnen Lippen verzogen sich. Quail blickte ihn scharf an und antwortete nicht. Als er schließlich zu einer Erwiderung ansetzte, dehnte er die Worte, so daß sie vor Feindseligkeit trieften.

»Agent für Interplan. Wie ich Ihnen bereits erzählt habe. Zeichnen Sie nicht alles auf, was gesagt wird? Spielen Sie Ihr Videotonband für Ihren Boß ab und lassen Sie mich in Ruhe.« Darauf schloß er die Augen. Der starre Glanz löste sich auf. McClane verspürte im gleichen Augenblick enorme Erleichterung.

»Dies ist ein zäher Bursche, Mr. McClane«, sagte Lowe leise.

»Das wird sich ändern«, gab McClane zurück, »wenn wir ihm seine Erinnerungskette wieder löschen. Dann ist er so sanftmütig wie zuvor.« An Quail gerichtet, fügte er hinzu: »*Deshalb* waren Sie also so versessen darauf, zum Mars zu reisen.«

»Ich wollte nie zum Mars«, entgegnete Quail mit geschlossenen Augen. »Ich bin abkommandiert worden. Sie gaben mir die Order, und ich mußte hin. Klar, ich gebe zu, neugierig gewesen zu sein. Wer wäre das nicht?« Erneut schlug er die Augen auf und beobachtete die drei, besonders McClane. »Ein tolles Wahrheitsserum habt ihr hier. Es bringt Dinge ans Tageslicht, an die ich mich überhaupt nicht erinnern kann.« Er dachte nach. »Ich frage mich, was Kirsten damit zu tun hat«, sagte er mehr zu sich selbst. »Könnte sie mit drinstecken? Ein Interplan-Verbindungsmann, der mich im Auge behält … um sicherzugehen, daß ich meine Erinnerung nicht wiedererlange? Kein Wunder, daß sie meinen Wunsch, zum Mars zu fliegen, so verspottete.« Er lächelte dünn. Das Lächeln – ein wissendes Lächeln – löste sich fast sofort wieder auf.

»Bitte glauben Sie mir, Mr. Quail«, sagte McClane. »Wir sind nur durch reinen Zufall darauf gestoßen. Bei unserer Arbeit …«

»Ich glaube Ihnen«, sagte Quail. Er wirkte jetzt müde. Die Droge schien sich mehr und mehr auf sein Bewußtsein auszuwirken. »Wo, sagte ich, sei ich gewesen?« murmelte er. »Auf dem Mars? Kann mich kaum erinnern … ich weiß, ich wäre gern einmal dort. Das möchte jeder. Aber ich …« Seine Stimme wurde immer leiser. »Nur ein Buchhalter, ein unwichtiger Buchhalter.«

Lowe richtete sich auf. »Er möchte ein falsches Erinnerungs-Implantat«, sagte er zu seinem Vorgesetzten, »das der tatsächlichen Reise entspricht, die er unternahm. Und einen falschen Anlaß, der der richtige Anlaß ist. Er sagt die Wahrheit. Er steht völlig unter Narkidrin. Die Erinnerung an die Reise ist sehr lebendig – zumindest unter Narkose. Aber offensichtlich kann er sich unter anderen Umständen nicht daran entsinnen. Irgend jemand hat seine bewußten Erinnerungen gelöscht, wahrscheinlich in einem Militärlabor der Regierung. Er wußte nur noch, daß eine Reise zum Mars besondere Bedeutung für ihn hat, ebenso wie die Rolle eines Geheimagenten. Das konnten sie nicht löschen. Es ist keine Erinnerung, sondern ein Wunsch, zweifellos der gleiche, der ihn ganz zu Anfang dazu bewog, sich freiwillig für Aufträge von Interplan zur Verfügung zu stellen.«

»Was sollen wir machen?« erkundigte sich Keeler, der andere Techniker, bei McClane. »Die wirkliche Erinnerung mit einem falschen Erinnerungsmuster bedecken? Wir können die möglichen Folgen nicht abschätzen. Er könnte sich an die tatsächliche Reise erinnern, und die Verwirrung könnte zu einer Psychose führen. Er muß gleichzeitig mit zwei sich widersprechenden Erinnerungen in seinem Kopf zurechtkommen: daß er zum Mars flog und daß er nicht flog. Daß er wirklich ein Agent von Interplan ist und daß er es nicht ist, es statt dessen mit einer Illusion zu tun hat. Ich glaube, wir sollten ihn aufwecken, ohne ihm ein falsches Erinnerungsmuster eingegeben zu haben, und ihn nach Hause schicken. Die Sache ist zu heiß.«

»Einverstanden«, meinte McClane. Dann fiel ihm etwas ein. »Können Sie vorhersagen, an was er sich erinnern wird, wenn er aus der Narkose erwacht?«

»Schwer zu sagen«, entgegnete Lowe. »Wahrscheinlich wird er jetzt eine trübe, diffuse Erinnerung an seine wirkliche Reise haben. Und er hätte wahrscheinlich erhebliche Zweifel an ihrer Echtheit. Wahrscheinlich nähme er an, wir hätten bei unserer Programmierung Mist gebaut. Und er erinnert sich daran, hierhergekommen zu sein. Das wäre nicht gelöscht – es sei denn, Sie zögen eine Löschung vor.«

»Je weniger wir an diesem Mann herumpfuschen«, sagte McClane, »desto lieber ist es mir. Wir sollten unsere Finger aus dieser Sache heraushalten. Wir waren dumm genug – oder hatten Pech genug –, einen echten Interplan-Agenten zu enttarnen, dessen Tarnung so perfekt war, daß bis jetzt nicht einmal er selbst wußte, was er war – oder noch ist.« Je eher sie diesen Mann, der sich selbst Douglas Quail nannte, loswurden, desto besser.

»Wollen Sie die Pakete drei und zweiundsechzig in seine Wohnung schmuggeln lassen?« fragte Lowe.

»Nein«, erwiderte McClane. »Und wir geben ihm die Hälfte seiner Gebühren zurück.«

»›Die Hälfte‹! Warum die Hälfte?«

»Es scheint mir ein guter Kompromiß zu sein«, sagte McClane schwach.

*Es ist wirklich gut, wieder auf der Erde zu sein,* sagte Douglas Quail, als ihn das Taxi zurück zu seiner Wohnung am Stadtrand von Chicago brachte.

Der eine Monat auf dem Mars begann bereits in seiner Erinnerung zu verblassen. In ihm war nun das Abbild von tiefen, gähnenden Kratern, einer immerwährenden, uralten Erosion von Hügeln, von Vitalität, von Bewegung selbst. Eine Welt aus Staub, auf der wenig geschah, wo man einen Großteil des Tages damit zubrachte, den transportablen Sauerstoffbehälter wieder und immer wieder zu kontrollieren. Und dann die Lebensformen, die anspruchslosen und unscheinbaren graubraunen Kakteen und Eingeweidewürmer.

Tatsächlich hatte er verschiedene eingehende Exemplare der

Marsfauna mitgebracht. Er hatte sie durch den Zoll geschmuggelt. Schließlich stellten sie keine Gefahr dar; in der dichten irdischen Atmosphäre konnten sie nicht überleben.

Er griff in seine Jackentasche und tastete nach dem Behälter mit den marsianischen Eingeweidewürmern …

Und fand statt dessen einen Briefumschlag.

Er zog ihn hervor und entdeckte zu seiner Verblüffung, daß er fünfhundertsiebzig Poscreds in kleinen Scheinen enthielt.

*Wo habe ich die her?* fragte er sich. *Habe ich während meiner Reise nicht jeden Poscred ausgegeben?*

Unter dem Geld kam ein Zettel zum Vorschein, auf dem stand: *Halbe Gebühr zk. McClane.* Und dann das Datum. Das heutige Datum.

»Recall«, sagte er laut.

»Recall was, meine Dame oder mein Herr?« erkundigte sich der Autopilot des Taxis respektvoll.

»Hast du ein Telefonbuch?« fragte Quail.

»Natürlich, meine Dame oder mein Herr.« Ein Schlitz öffnete sich. Ein Mikrofilm-Telefonbuch von Cook County schob sich daraus hervor.

»Es wird so komisch geschrieben«, meinte Quail, als er das Branchenverzeichnis durchging. Er hatte plötzlich Angst, beständige Angst. »Hier ist es«, sagte er. »Bring mich dorthin, zur Rekal GmbH. Ich habe meine Meinung geändert. Ich möchte nicht nach Hause.«

»Ja, meine Dame oder mein Herr, wie Sie wünschen«, entgegnete der Autopilot. Einen Augenblick später schwirrte das Taxi in der entgegengesetzten Richtung davon.

»Darf ich das Telefon benutzen?« fragte er.

»Aber gern«, sagte der Autopilot. Und präsentierte ein funkelnagelneues 3-D-Farb-Videofon.

Er wählte seine eigene Nummer. Und nur kurz darauf wurde er

auf dem Bildschirm mit einem verkleinerten, aber unangenehm realistischen Abbild von Kirsten konfrontiert. »Ich war auf dem Mars«, informierte er sie.

»Du bist betrunken.« Ihre Lippen verzogen sich spöttisch. »Oder Schlimmeres.«

»Die reine Wahrheit.«

»Wann?« fragte sie.

»Ich weiß nicht.« Er war verwirrt. »Eine simulierte Reise, glaube ich. Mit Hilfe eines dieser künstlichen oder extra-realen oder wie auch immer gearteten Erinnerungsimplantate. Irgendwas ist schiefgegangen.«

»Du *bist* betrunken«, sagte Kirsten zornig. Und unterbrach die Verbindung. Er legte ebenfalls auf und spürte, wie sein Gesicht rot anlief. *Immer der gleiche Tonfall,* sagte er sich hitzig. *Immer der Widerspruch, als wüßte sie alles und ich nichts. Was für eine Ehe! Scheiße,* dachte er düster.

Einen Augenblick später hielt das Taxi am Bordstein vor einem modernen, kleinen, sehr attraktiven und rosafarbenen Gebäude an, an dem auf einer ständig die Farbe wechselnden Neon-Leuchtreklame zu lesen war: REKAL GmbH.

Die Empfangsdame, von der Taille aufwärts hübsch und nackt, blickte ihn überrascht an, wahrte dann aber meisterhaft die Beherrschung. »Oh, hallo, Mr. Quail«, sagte sie nervös. »W-wie geht's Ihnen? Haben Sie etwas vergessen?«

»Den Rest meiner Gebühren«, erwiderte er.

Gefaßter jetzt fragte die Empfangsdame: »Gebühren? Ich glaube, Sie irren sich, Mr. Quail. Sie waren hier, um die Möglichkeit einer extra-realen Reise für Sie zu besprechen, aber ...« Sie zuckte mit ihren weichen, blassen Schultern. »Soweit ich weiß, ist keine Reise angetreten worden.«

»Ich erinnere mich an alles, Miß«, sagte Quail. »Mein Schreiben an die Rekal GmbH, mit dem diese ganze Sache begann. Ich erinnere mich an meine Ankunft hier, mein Gespräch mit Mr. McClane. Dann an die beiden Labortechniker, die mich ins Schlepptau nahmen und mir eine Droge verabreichten, um mich zu betäuben.« Kein Wunder, daß ihm die Firma die Hälfte seiner Gebühren erstattet hatte. Die falsche Erinnerung seiner »Reise zum Mars« war nicht hängengeblieben – zumindest nicht ganz, nicht so, wie man es ihm versprochen hatte.

»Mr. Quail«, sagte die junge Frau, »obgleich Sie ein unbedeutender Buchhalter sind, sind Sie doch ein gutaussehender Mann, und Ärger verunziert Ihr Gesicht. Wenn Sie sich dadurch besser fühlen, könnte ich mich dazu entschließen, äh, mich von Ihnen ausführen zu lassen ...«

Er wurde langsam wütend. »Ich erinnere mich an Sie«, sagte er erregt. »Zum Beispiel an die Tatsache, daß Ihre Brüste in Blau geschminkt waren. Daran erinnere ich mich noch ganz genau. Und ich erinnere mich an Mr. McClanes Versprechen, mir mein ganzes Geld zurückzuzahlen, sollte ich mich an meinen Besuch bei der Rekal GmbH erinnern. Wo ist Mr. McClane?«

Nach einer Wartezeit – die wahrscheinlich so lang wie möglich ausgedehnt wurde – saß er wieder dem eindrucksvollen Schreibtisch aus Nußbaumholz gegenüber, genauso wie vor einer Stunde oder noch etwas früher an diesem Tag.

»Sie haben ja seltsame Methoden«, sagte Quail höhnisch. Sein Verdruß – und Ärger – waren inzwischen gewaltig. »Meine sogenannte ›Erinnerung‹ an eine Reise zum Mars als Interplan-Geheimagent ist vage und verschwommen und mit Widersprüchen gespickt. Und ich erinnere mich deutlich an meine Verhandlungen hier mit Ihnen. Ich sollte diese Angelegenheit vor dem Untersuchungsausschuß für unlauteres Geschäftsgebaren zur Sprache bringen.« Jetzt explodierte er fast. Das Gefühl, übervorteilt worden zu sein, hatte ihn überwältigt, seinen sonst üblichen Widerwillen gegen offene Auseinandersetzungen zerstört.

McClane machte gleichzeitig einen verdrießlichen und vorsichtigen Eindruck. »Wir kapitulieren, Quail«, sagte er. »Wir erstatten Ihnen die Differenz Ihrer Gebühren. Ich gebe vollkommen zu, daß wir überhaupt nichts für Sie getan haben.« Seine Stimme klang resigniert.

»Sie haben mir nicht einmal die verschiedenen Artikel zur Verfügung gestellt«, sagte Quail anklagend, »von denen Sie behaupteten, sie bewiesen mir, ich sei auf dem Mars gewesen. All Ihr Getue und Gerede – nicht eine verdammte Sache ist dabei herausgekommen. Nicht einmal der Kontrollabschnitt eines Flugtickets. Auch keine Postkarten. Kein Paß. Keine Impfbescheinigung. Keine …«

»Hören Sie, Quail«, sagte McClane. »Angenommen, ich erzählte Ihnen …« Er brach ab. »Was soll's.« Er betätigte eine Taste auf dem Kommunikator. »Shirley, würden Sie bitte weitere fünfhundertsiebzig Poscreds in Form eines Schecks, lautend auf den Namen Douglas Quail, auszahlen? Danke.« Er ließ die Taste los und starrte dann Quail an.

Kurz darauf war der Scheck da. Die Empfangsdame legte ihn vor McClane auf den Tisch, verschwand wieder und ließ die beiden Männer allein, die sich noch immer an dem massiven Schreibtisch aus Nußbaumholz gegenübersaßen.

»Lassen Sie mich Ihnen einen guten Rat geben«, sagte McClane, als er den Scheck unterschrieb und dann herüberreichte. »Sprechen Sie mit niemandem über Ihre, äh, kürzliche Reise zum Mars.«

»Welche Reise?«

»Das ist es ja.« Verdrossen fuhr McClane fort: »Die Reise, an die Sie sich teilweise erinnern. Verhalten Sie sich so, als erinnerten Sie sich nicht, als hätte sie nie stattgefunden. Fragen Sie mich nicht, warum. Beherzigen Sie einfach meinen Rat. Es ist besser für uns alle.« Er hatte zu schwitzen begonnen. Mächtig zu schwitzen begonnen. »Nun, Mr. Quail, ich habe noch andere Dinge zu erledigen, andere Kunden, um die ich mich kümmern muß.« Er erhob sich und geleitete Quail zur Tür.

Als er die Tür öffnete, meinte Quail: »Eine Firma, die so schlechte Arbeit leistet, sollte überhaupt keine Kunden haben.« Er schloß die Tür hinter sich.

Wieder im Taxi, dachte Quail auf dem Weg nach Hause über den Wortlaut seines Briefes an den Untersuchungsausschuß für unlauteres Geschäftsgebaren, Abteilung Erde, nach. Sobald er an seiner Schreibmaschine saß, würde er ihn zu Papier bringen. Es war seine selbstverständliche Pflicht, seine Mitbürger vor der Rekal GmbH zu warnen.

Als er wieder in seiner Wohnung war, ließ er sich vor seiner Hermes-Rocket-Reiseschreibmaschine nieder, öffnete die Schubladen, suchte nach Kohlepapier – und fand eine kleine, vertraute Schachtel. Eine Schachtel, die er auf dem Mars vorsichtig mit marsianischer Fauna gefüllt und durch den Zoll geschmuggelt hatte.

Als er sie öffnete, entdeckte er zu seiner Verblüffung sechs tote Eingeweidewürmer und verschiedene Arten der Einzeller, von denen sich die Marswürmer ernährten. Die Protozoen waren ausgetrocknet und zerfallen, aber er erkannte sie wieder. Es hatte ihn einen ganzen Tag gekostet, sie zwischen den riesigen, finsteren und fremdartigen Felsen zu finden. Eine wundervolle, illuminierte Entdeckungsreise.

*Aber ich bin nicht zum Mars geflogen,* erinnerte er sich.

Doch andererseits …

Kirsten erschien in der offenstehenden Tür des Zimmers, blaßbraune Lebensmitteltüten in den Armen. »Warum bist du mitten am Tag zu Hause?« Ihre ständig monotone Stimme klang anklagend.

*»Bin ich zum Mars geflogen?«* fragte er sie. »Du würdest es wissen.«

»Nein, natürlich bist du nicht zum Mars geflogen. Ich glaube, *du* würdest das wissen. Faselst du nicht ständig von einer solchen Reise?«

»Gütiger Himmel!« brachte er hervor. »Ich glaube, ich bin hingeflogen.« Nach einer Pause fügte er hinzu: »Und gleichzeitig glaube ich, ich bin's nicht.«

»Du solltest dich für eine Möglichkeit entscheiden.«

»Aber wie?« Er verzog das Gesicht. »In meinem Kopf kleben beide Erinnerungen. Eine ist real und die andere nicht, aber ich weiß nicht, welche was ist. Warum kannst du es mir nicht sagen? An dir haben sie nicht herumgepfuscht.« Zumindest in dieser einen Sache konnte sie ihm doch helfen – wenn sie sonst schon nichts für ihn tat.

»Doug«, sagte Kirsten mit leiser, beherrschter Stimme, »wenn du dich nicht zusammennimmst, sind wir fertig miteinander. Dann verlasse ich dich.«

»Ich bin in Schwierigkeiten.« Seine Stimme war heiser und rauh. Und schwankte. »Wahrscheinlich steuere ich auf eine Psychose zu. Ich hoffe nicht, aber … vielleicht ist es das. Es würde irgendwie alles erklären.«

Kirsten setzte die Lebensmitteltüten ab und schritt zum Schrank. »Ich habe nicht gescherzt«, sagte sie ruhig. Sie holte eine Jacke hervor, zog sie über und ging zur Wohnungstür zurück. »Ich rufe dich irgendwann in den nächsten Tagen an«, sagte sie tonlos. »Ich verlasse dich, Doug. Ich hoffe, du kommst heil aus dieser Sache heraus. Ich hoffe es wirklich. Um deinetwillen.«

»Warte«, sagte er verzweifelt. »Sag es mir doch, damit ich Gewißheit habe. Entweder ich bin geflogen, oder ich bin's nicht – sag mir, was zutrifft.« *Aber sie könnten deine Erinnerung ebenfalls verändert haben,* dachte er.

Die Tür schloß sich. Seine Frau hatte ihn verlassen. Unwiderruflich! Hinter ihm sagte eine Stimme: »Das wär's also. Jetzt nehmen Sie die Hände hoch, Quail. Drehen Sie sich bitte um, und sehen Sie dieser Möglichkeit ins Auge.«

Er drehte sich um, automatisch, ohne die Hände zu heben.

Der ihm gegenüberstehende Mann trug die pflaumenfarbene Uniform der Interplan-Polizei, und bei seiner Waffe schien es sich um ein UN-Modell zu handeln. Aus irgendeinem seltsamen Grund machte er einen vertrauten Eindruck auf Quail. Vertraut in einer verschwommenen, verzerrten Art und Weise, die er nicht genau zu erfassen vermochte. Ruckartig hob er die Hände.

»Sie erinnern sich an Ihre Reise zum Mars«, sagte der Polizist. »Wir kennen alle Ihre heutigen Aktivitäten, alle Ihre Gedanken – besonders Ihre bedeutsamen Gedanken des Rückwegs von der Rekal GmbH.« Erklärend fügte er hinzu: »Wir haben einen Telepsender in Ihren Schädel operiert. Er hält uns ständig auf dem laufenden.«

Ein Telepathiesender. Aus lebendem Plasma, das auf dem Mond entdeckt worden war. Ekel vor sich selbst ließ ihn erzittern. Das Zeug lebte in seinem Innern, in seinem eigenen Hirn, fraß und lauschte und fraß. Aber sie wurden von der Interplan-Polizei benutzt, selbst unter ihresgleichen. Also war es wahrscheinlich wahr, so abscheulich es auch sein mochte.

»Warum ich?« fragte Quail heiser. Was hatte er getan – oder gedacht? Und was hatte dies mit der Rekal GmbH zu tun?

»Im wesentlichen«, sagte der Interplan-Polizist, »hat dies nichts mit Rekal zu tun. Es ist eine Sache zwischen Ihnen und uns.« Er tippte an sein rechtes Ohr. »Ich empfange auch weiterhin Ihre Denkprozesse von Ihrem Schädelsender.« Wie Quail sehen konnte, steckte im Ohr des Mannes ein kleiner weißer Plastikstöpsel. »Ich muß Sie also warnen: Alles, was Sie denken, kann gegen Sie verwendet werden.« Er lächelte. »Nicht, daß das jetzt noch wichtig wäre. Sie haben sich mit Ihren Gedanken und Worten bereits selbst amnestiert. Was stört, ist die Tatsache, daß Sie bei Rekal unter Narkidrin den Technikern und dem Eigentümer, Mr. McClane, von Ihrer Reise erzählt haben – wohin Sie geflogen sind, für wen und etwas von Ihrem Auftrag. Sie sind sehr besorgt. Sie wünschten, sie wären Ihnen nie begegnet.« Nachdenklich fügte er hinzu: »Sie haben recht.«

»Ich habe nie eine Reise unternommen«, sagte Quail. »Es ist eine falsche Erinnerung, die mir von McClanes Technikern ungenau eingegeben wurde.« Aber dann dachte er an die Schachtel in seiner Schreibtischschublade, die die marsianischen Lebensformen enthielt. Und die Schwierigkeiten und Mühen, die er gehabt hatte, sie einzusammeln. Die Erinnerung wirkte real. Und die Schachtel mit den Lebensformen – die war ganz bestimmt real. Wenn McClane sie nicht eingeschmuggelt hatte. Vielleicht war dies einer der »Beweise«, von denen McClane so leichtfertig gesprochen hatte.

*Die Erinnerung an meine Reise zum Mars,* dachte er, *überzeugt mich nicht – aber unglücklicherweise hat sie die Interplan-Polizei überzeugt. Sie glauben, ich sei wirklich zum Mars geflogen, und sie glauben, ich könne mich zumindest teilweise daran erinnern.*

»Wir wissen nicht nur, daß Sie auf dem Mars waren«, stimmte der Interplan-Polizist in Beantwortung seiner Gedanken zu, »wir wissen auch, daß Sie sich nun soweit erinnern, um heikel für uns zu werden. Und es hat keinen Sinn, Ihre bewußte Erinnerung an all dies zu löschen, denn wenn wir das tun, tauchen Sie einfach wieder bei Rekal auf, und alles fängt von vorne an. Und gegen McClane und sein Unternehmen können wir nichts ausrichten, da nur unsere eigenen Leute in unseren Zuständigkeitsbereich fallen. Außerdem hat sich McClane keines Vergehens schuldig gemacht.« Er faßte Quail ins Auge. »Sie genaugenommen auch nicht. Sie haben Rekal nicht mit der Absicht aufgesucht, Ihre Erinnerung wiederzugewinnen. Soweit wir wissen, sind Sie aus dem gleichen Grund wie auch andere Leute dorthin gegangen – der Wunsch dummer und törichter Leute, ein Abenteuer zu erleben.« Er fügte hinzu: »Unglücklicherweise sind Sie nicht dumm und nicht töricht, und Sie haben bereits mehr als genug Abenteuer hinter sich. Eine Behandlung bei Rekal war das allerletzte, was Sie brauchten. Nichts hätte bedrohlicher für Sie oder uns sein können. Und, was das betrifft, auch für McClane.«

»Warum«, fragte Quail, »ist es heikel für Sie, wenn ich mich an meine Reise – meine angebliche Reise – und deren Zweck erinnere?«

»Weil das«, erwiderte der uniformierte Interplan-Bulle, »was Sie getan haben, mit unserer großartigen und hehren Beschützerrolle in der Öffentlichkeit nicht in Einklang steht. Sie haben das für uns erledigt, was wir niemals tun. Wie Sie sich bald erinnern werden – dank des Narkidrins. Die Schachtel mit den toten Würmern und Algen liegt seit sechs Monaten in Ihrer Schreibtischschublade, die ganze Zeit, seit Sie zurück sind. Und Sie haben nie auch nur das geringste Interesse daran gezeigt. Bis Sie sich auf dem Rückweg von Rekal daran erinnerten, wußten wir nicht einmal, daß Sie sie haben. Wir waren im Nu hier, um sie zu suchen.«

Ein zweiter Interplan-Polizist gesellte sich dem ersten hinzu. Sie berieten sich kurz. Inzwischen dachte Quail angestrengt nach. Er erinnerte sich jetzt an mehr – der Polizist hatte recht mit dem Narkidrin. Sie – Interplan – benutzten es wahrscheinlich selbst. Wahrscheinlich? Er wußte verdammt genau, daß sie es benutzten. Er hatte gesehen, wie sie es einem Gefangenen verabreicht hatten. Wo war *das* gewesen? Irgendwo auf der Erde? Eher auf dem Mond, entschied er und betrachtete das Bild, das sich aus seiner außerordentlich unvollständigen – sich aber rapide regenerierenden – Erinnerung herauskristallisierte.

Und er erinnerte sich an etwas anderes. An den Grund, warum sie ihn zum Mars geschickt hatten. Die Arbeit, die er erledigt hatte.

Kein Wunder, daß sie sein Gedächtnis gelöscht hatten.

»Gütiger Himmel!« brachte der erste der beiden Interplan-Polizisten hervor und brach die Unterhaltung mit seinem Kollegen ab. Offensichtlich hatte er Quails Gedanken aufgefangen. »Nun, jetzt ist das Problem noch weitaus größer. So schlimm, wie es nur sein kann.« Er trat zu Quail und richtete seine Waffe auf ihn. »Wir müssen Sie töten«, sagte er. »Auf der Stelle.«

»Warum auf der Stelle?« warf sein Kamerad nervös ein. »Warum bringen wir ihn nicht einfach zu Interplan New York und lassen sie …«

»*Er* weiß, warum es auf der Stelle sein muß«, entgegnete der erste Polizist. Auch er wirkte jetzt nervös, aber Quail stellte fest, daß dem eine völlig andere Ursache zugrunde lag. Seine Erinnerung war nun fast vollständig zurückgekehrt. Und er verstand die Anspannung des Polizisten voll und ganz.

»Auf dem Mars«, sagte Quail rauh, »habe ich einen Mann getötet. Nachdem ich vorher fünfzehn Leibwächter umgelegt habe. Einige waren mit Strahlern bewaffnet – wie Sie.« Über fünf Jahre lang war er von Interplan zum Killer ausgebildet worden. Zu einem professionellen Killer. Er wußte, wie man bewaffnete Gegner ausschaltete … wie diese beiden Polizisten. Und derjenige mit dem Ohrempfänger wußte es ebenso.

Wenn er sich schnell genug bewegte …

Die Waffe feuerte. Aber Quail hatte sich bereits zur Seite geworfen und im gleichen Augenblick den Polizisten mit der Waffe zu Boden geworfen. Einen Augenblick später war er im Besitz der Waffe und richtete sie auf den anderen, völlig verwirrten Polizisten.

»Hat meine Gedanken aufgefangen«, sagte Quail und schnappte nach Luft. »Er wußte, was ich vorhatte, aber ich hab's trotzdem geschafft.«

»Er schießt nicht auf dich, Sam«, brachte der niedergeschlagene Polizist hervor und setzte sich halb auf. »Das hab ich ebenfalls aufgefangen. Er weiß, er ist erledigt. Und er weiß, wir wissen es auch. Also los, Quail.« Mühsam und vor Schmerz stöhnend kam er schwankend auf die Beine. Er streckte die Hand aus. »Die Waffe«, sagte er zu Quail. »Sie können sie nicht gebrauchen, und wenn Sie sie mir geben, garantiere ich Ihnen, Sie nicht umzubringen. Man wird Sie anhören, und jemand von den hohen Tieren bei Interplan muß entscheiden, nicht ich. Vielleicht können sie Ihre Erinnerung noch einmal löschen, ich weiß es nicht. Sie wissen jetzt, warum ich Sie töten wollte. Also ist der Grund, weshalb ich Sie töten wollte, hinfällig.«

Quail umklammerte die Waffe, stürmte aus der Wohnung und rannte auf den Lift zu. *Wenn ihr mir folgt,* dachte er, *lege ich euch um. Also laßt's bleiben.* Er hieb auf die Ruftaste des Lifts, und einen Augenblick später glitt die Tür auf.

Die Polizisten waren ihm nicht gefolgt. Offenbar hatten sie seine knappen, drohenden Gedanken aufgefangen und sich entschieden, kein Risiko einzugehen.

Der Lift sank mit ihm nach unten. Er war entkommen – für den Augenblick. Aber was nun? Wohin sollte er sich wenden?

Der Lift erreichte das Erdgeschoß. Einen Augenblick später mischte sich Quail unter das Gedränge auf den Bürgersteigen. Er hatte Kopfschmerzen und fühlte sich krank. Aber zumindest war er mit dem Leben davongekommen. Sie hätten es beinahe geschafft, ihn drüben in seiner eigenen Wohnung zu erschießen.

*Und sie werden es wahrscheinlich wieder versuchen,* überlegte er. *Wenn sie mich finden. Und mit dem Sender in mir werden sie dazu nicht allzu lange brauchen.*

Ironischerweise hatte er genau das erhalten, worum er Rekal ersucht hatte. Abenteuer, Gefahr, die Interplan-Polizei bei der Arbeit, eine geheime und gefährliche Reise zum Mars, während der er sein Leben riskierte – alles, was er sich als falsche Erinnerung erwünscht hatte.

Die Vorteile einer Erinnerung – und nur einer *Erinnerung* – waren ihm nun ersichtlich.

Er saß allein auf einer Parkbank und betrachtete gleichgültig einen Schwarm Kecken: Halbvögel, die von den beiden Marsmonden eingeführt worden waren und selbst in der gewaltigen Erdgravitation durch die Luft segeln konnten.

*Vielleicht kann ich irgendwie zum Mars zurück,* überlegte er. Aber was dann? Auf dem Mars wäre es noch schlimmer. Die politische Organisation, deren Führer er ermordet hatte, würde ihn in dem Augenblick erledigen, wenn er aus dem Raumschiff trat. Dort wären Interplan und *sie* hinter ihm her.

*Hört ihr meine Gedanken?* fragte er sich. Ein leichter Weg zur Paranoia – hier einsam zu sitzen und zu fühlen, wie sich ihre Empfänger auf ihn einstellten, wie sie ihn abhörten, überwachten, sich besprachen ... Er fröstelte, erhob sich und wanderte ziellos dahin, die Hände tief in die Taschen geschoben. *Gleichgültig, wohin ich gehe,* stellte er fest, *ihr seid immer bei mir. Solange ich dieses Gerät im Kopf habe.*

*Ich mache euch einen Vorschlag,* dachte er für sich – und für sie. *Könnt ihr mir noch mal eine falsche Erinnerungsschablone eingeben, wie schon einmal? Daß ich glaube, ein einfaches, durchschnittliches Leben gelebt zu haben? Niemals auf dem Mars gewesen zu sein? Niemals eine Interplan-Uniform aus der Nähe gesehen und niemals eine Waffe in der Hand gehabt zu haben?*

Eine Stimme in seinen Gedanken antwortete: »Es ist Ihnen ausführlich dargelegt worden: Das reichte nicht aus.«

Verblüfft hielt er inne.

»Wir haben früher in dieser Art und Weise mit Ihnen Verbindung aufgenommen«, fuhr die Stimme fort. »Als Sie Ihren Auftrag im Einsatzgebiet ausführten, auf dem Mars. Seit dem letzten Mal sind Monate vergangen. Tatsächlich haben wir erwartet, es nie wieder tun zu müssen. Wo sind Sie?«

»Unterwegs«, antwortete Quail, »in den eigenen Tod.« *Durch die Waffen Ihrer Polizisten,* fügte er in Gedanken hinzu. »Warum sind Sie so sicher, es reichte nicht aus?« verlangte er zu wissen. »Funktionieren die Rekal-Techniken nicht?«

»Wie wir bereits sagten. Wenn Ihnen eine durchschnittliche Standard-Erinnerung eingegeben wird, werden Sie – ruhelos. Unausweichlich würden Sie erneut Rekal oder eine der Konkurrenzfirmen aufsuchen. Wir können dies alles nicht noch ein zweites Mal durchmachen.«

»Angenommen«, meinte Quail, »Sie implantieren mir etwas Stärkeres als eine Standard-Erinnerung, sobald meine authentische Erinnerung gelöscht ist. Etwas, das meine Abenteuersucht befriedigen würde. Die ist an allem schuld. Und deshalb haben Sie mich wahrscheinlich ursprünglich engagiert. Aber Sie sollten in der Lage sein, sich etwas anderes einfallen zu lassen – etwas Gleichwertiges. Ich war der reichste Mann auf der Erde, habe aber schließlich mein ganzes Geld einer Bildungs-Stiftung gegeben. Oder ich war ein berühmter Raumforscher. Irgend etwas in dieser Art. Würde das nicht ausreichen?«

Schweigen.

»Versuchen Sie es«, sagte er verzweifelt. »Holen Sie ein paar Ihrer übergenialen Militärpsychiater. Ergründen Sie mein Hirn. Finden Sie heraus, was mein größter Wunschtraum ist.« Er versuchte nachzudenken. »Frauen«, sagte er. »Tausende von ihnen, wie sie Don Juan hatte. Ein interplanetarer Playboy – eine Geliebte in jeder Stadt auf der Erde, dem Mond und dem Mars. Nur hab ich es wegen nervöser Erschöpfung aufgegeben. Bitte«, flehte er, »versucht es.«

»Sie würden sich dann freiwillig stellen?« fragte die Stimme im

Innern seines Kopfes. »Wenn wir zustimmen, es mit einer solchen Lösung zu versuchen? *Wenn* es möglich ist?«

»Ja«, willigte er nach einem Augenblick der Unschlüssigkeit ein. *Ich nehme das Risiko auf mich,* sagte er sich, *daß ihr mich einfach umbringt.*

»Sie machen den ersten Schritt«, sagte die Stimme sofort. »Stellen Sie sich uns. Und wir untersuchen diese Möglichkeit. Wenn es jedoch aussichtslos ist, wenn Ihre authentischen Erinnerungen wieder auftauchen, wie es diesmal geschehen ist, dann ...« Kurzes Schweigen, dann fuhr die Stimme fort: »Nun, dann müssen wir Sie eliminieren. Das müssen Sie verstehen. Nun, Quail, wollen Sie es noch immer versuchen?«

»Ja«, sagte er. Weil die Alternative jetzt der Tod war – der sichere Tod. Zumindest hatte er auf diese Weise noch eine Chance, wenn sie auch nur gering war.

»Sie melden sich in unserem Hauptquartier in New York«, fuhr die Stimme des Interplan-Polizisten fort. »Fünfte Straße, Nummer 580, zwölfter Stock. Sobald Sie sich gestellt haben, beginnen die Psychiater mit Ihrer Untersuchung. Wir führen Persönlichkeitsprofil-Tests durch. Wir werden Ihren grundlegenden, fundamentalen Wunschtraum zu ergründen versuchen – und dann bringen wir Sie nach Rekal zurück. Und erfüllen diesen Wunsch als rückwirkende Erinnerungsübertragung. Und – viel Glück. Wir sind Ihnen zu Dank verpflichtet. Sie waren ein fähiges Werkzeug.« Die Stimme war ohne Feindseligkeit. Womöglich empfand sie – die Organisation – Sympathie für ihn.

»Danke«, sagte Quail. Und begann nach einem Autotaxi Ausschau zu halten.

»Mr. Quail«, sagte der strenggesichtige, ältere Interplan-Psychiater. »Sie besitzen eine außerordentlich interessante Wunschtraumphantasie. Wahrscheinlich können Sie sich ihr nicht bewußt werden oder sie sich vergegenwärtigen. Das ist gewöhnlicherweise der Fall. Ich hoffe, es beunruhigt Sie nicht zu sehr, etwas darüber zu hören.«

»Ich rate ihm, nicht zu sehr beunruhigt zu sein, davon zu hören, wenn er nicht erschossen werden will«, meinte der anwesende ranghöhere Interplan-Offizier lebhaft.

»Im Gegensatz zu der Wunschvorstellung, ein Geheimagent von Interplan zu sein«, fuhr der Psychiater fort, »die im großen und ganzen das Produkt eines reifen Geistes ist und einer gewissen Logik nicht entbehrt, ist das, was wir herausgefunden haben, ein grotesker Traum aus Ihrer Kindheit. Kein Wunder, daß Sie sich nicht daran erinnern können. Ihre Wunschvorstellung ist folgende: Sie sind ein neunjähriger Junge und gehen eine Landstraße entlang. Eine unbekannte Art von Raumschiff aus einem anderen Sonnensystem landet direkt vor Ihnen. Außer Ihnen, Mr. Quail, sieht es niemand auf der Erde. Die Wesen im Innern sind sehr klein und hilflos, in etwa so wie Feldmäuse, obgleich sie versuchen, die Erde zu erobern. Zehntausende anderer solcher Schiffe werden bald eintreffen, wenn dieser Voraustrupp das Angriffssignal gibt.«

»Und ich halte sie vermutlich auf«, meinte Quail mit einer Mischung aus Belustigung und Widerwillen. »Ich lösche sie ganz allein aus. Wahrscheinlich, indem ich sie mit den Füßen zertrete.«

»Nein«, sagte der Psychiater geduldig. »Sie verhindern die Invasion, aber nicht, indem Sie sie töten. Statt dessen lehren Sie sie Güte und Barmherzigkeit, obwohl Sie durch Telepathie – ihre Art von Kommunikation – wissen, warum sie gekommen sind. Sie hatten es niemals mit irgendeinem empfindenden Organismus zu tun, der so gütige und humane Wesenszüge zeigte, und um ihre Anerkennung zu beweisen, treffen sie mit Ihnen ein Übereinkommen.«

»Sie erobern die Erde so lange nicht, wie ich lebe«, sagte Quail.

»Genau.« An den Interplan-Offizier gewandt, sagte der Psychiater: »Sie sehen, es entspricht seiner Persönlichkeit, trotz simulierten Spotts.«

»Durch meine bloße Existenz also«, meinte Quail mit wachsendem Vergnügen, »nur dadurch, daß ich lebe, bewahre ich die Erde vor Fremdherrschaft. Dann bin ich tatsächlich der wichtigste Mensch auf der Erde. Ohne einen Finger zu rühren.«

»Ja, allerdings, mein Herr«, bestätigte der Psychiater.

»Können Sie ein so extremes extra-reales Erinnerungsmuster einpflanzen?« erkundigte sich der ranghöhere Interplan-Beamte bei McClane, der gespannt zuhörte.

»Wir werden mit allen nur erdenklichen Arten von Wunschvorstellungen konfrontiert«, sagte McClane. »Offen gesagt, ich habe schon Schlimmeres gehört.«

»Dann beginnen Sie mit der Arbeit«, sagte der ranghohe Interplan-Beamte. »Zur Vorbereitung haben wir seine Erinnerung an die Reise zum Mars erneut gelöscht.«

»Welche Reise zum Mars?« fragte Quail.

Niemand antwortete ihm. Also schob er die Frage widerstrebend zur Seite. Außerdem war jetzt das Polizeifahrzeug angekommen. McClane, der Interplan-Beamte und er stiegen hinein, und kurz darauf waren sie auf dem Weg nach Chicago zur Rekal GmbH.

»Ich rate Ihnen, diesmal keine Fehler zu machen«, warnte der Polizeioffizier den schwergewichtigen, nervös wirkenden McClane.

»Ich wüßte nicht, was schiefgehen sollte«, murmelte McClane schwitzend. »Dies hat nichts mit dem Mars oder Interplan zu tun. Ganz allein eine Invasion der Erde aus einem anderen Sonnensystem verhindern.« Er schüttelte darüber den Kopf. »Meine Güte, was sich ein Kind alles ausdenkt.«

Niemand sagte etwas.

»Es ist richtig ergreifend«, fügte McClane hinzu.

»Aber anmaßend«, sagte der Polizist barsch. »Insofern, als die Invasion stattfindet, wenn er stirbt. Kein Wunder, daß er sich daran nicht erinnert.«

Als sie Rekal erreichten, eilte die Empfangsdame atemlos hinter ihrem Schalter hervor. »Herzlich willkommen, Mr. Quail«, sagte sie nervös, und ihre melonenförmigen Brüste – heute waren sie in einem leuchtenden Orange geschminkt – bebten vor Aufregung. »Es tut mir leid, daß beim letzten Mal alles schiefging. Ich bin sicher, diesmal klappt es besser.«

McClane tupfte sich noch immer wiederholt mit seinem Taschentuch aus irischem Leinen über die glänzende Stirn. »Es muß besser klappen.« Eiligst trieb er Lowe und Keeler auf und geleitete sie und Douglas Quail zum Behandlungsraum. Dann kehrte er mit Shirley und dem ranghohen Polizeioffizier in sein vertrautes Büro zurück. Um zu warten.

»Haben wir ein vorbereitetes Paket für diesen Fall, Mr. McClaine?« fragte Shirley, stieß in ihrer Aufregung gegen ihn und errötete sittsam.

»Ich glaube, ja.« Er versuchte sich zu erinnern, gab es dann auf und konsultierte die Übersicht. »Eine Kombination«, entschied er laut, »der Pakete einundachtzig, zwanzig und sechs.« Er fischte die entsprechenden Pakete aus dem Tresor im Zimmer hinter dem Schreibtisch und kehrte mit ihnen zurück, um den Inhalt unter die Lupe zu nehmen. »Aus einundachtzig«, erklärte er, »ein Zauberstab, der alles heilt, den er – der fragliche Kunde, in diesem Fall Mr. Quail – von den Wesen aus dem anderen Sonnensystem erhalten hat. Als Zeichen ihrer Dankbarkeit.«

»Funktioniert er?« fragte der Polizeioffizier neugierig.

»Früher ja«, erklärte McClane. »Aber er, äh, wissen Sie, hat sich über die Jahre abgenutzt, weil er wahllos geheilt hat. Jetzt ist er nur noch ein Andenken. Aber Quail erinnert sich an seine spektakuläre Wirkung.« Er kicherte und öffnete dann Paket zwanzig. »Eine Urkunde vom Generalsekretär der Vereinten Nationen, mit der er Quail für die Rettung der Erde dankt. Sie paßt nicht ganz genau in diese Sache, weil es Teil von Quails Erinnerung ist, daß niemand außer ihm von der Invasion weiß. Aber um der Glaubwürdigkeit willen nehmen wir sie dazu.« Dann inspizierte er Paket sechs. Was war darin enthalten? Er konnte sich nicht erinnern. Mit gerunzelter Stirn griff er in die Plastiktüte, und Shirley und der Interplan-Polizeioffizier sahen gespannt zu.

»Ein Schriftstück«, sagte Shirley. »In einer komischen Sprache abgefaßt.«

»Daraus geht hervor, wer sie waren«, meinte McClane, »und woher sie kamen. Es beinhaltet eine detaillierte Sternenkarte mit Eintragungen ihrer Reiseroute und ihres Heimatsystems. Natürlich in *ihrer* Schrift, so daß er es nicht lesen kann. Aber er erinnert sich, daß sie es ihm in seiner eigenen Sprache vorgelesen haben.« Er legte die drei Artefakte in die Mitte des Schreibtisches. »Diese Sachen sollten in Quails Wohnung gebracht werde«, sagte er zu dem Polizeioffizier. »So daß er sie findet, wenn er nach Hause kommt.«

Der Kommunikator summte. »Es tut mir leid, Sie stören zu müssen, Mr. McClane.« Es war Lowes Stimme. Er erstarrte, als er sie erkannte. Er erstarrte und konnte kein Wort über die Lippen bringen. »Aber es ist etwas passiert. Vielleicht wäre es besser, wenn Sie hierherkämen und sich die Sache ansähen. Wie zuvor reagiert Quail gut auf das Narkidrin. Er ist bewußtlos, entspannt und aufnahmefähig. Aber ...«

McClane stürmte in den Behandlungsraum.

Douglas Quail lag auf einem Hygienebett und atmete langsam und gleichmäßig.

»Wir haben damit begonnen, ihn zu befragen«, sagte Lowe mit blassem Gesicht. »Um herauszufinden, wann genau wir seine

Phantasieerinnerung, ganz allein die Erde gerettet zu haben, eingeben können. Und seltsamerweise …«

»Sie haben mir gesagt, ich solle es niemandem erzählen«, murmelte Douglas Quail mit matter und drogengesättigter Stimme. »Das war die Vereinbarung. Ich sollte mich nicht einmal daran erinnern. Aber wie konnte ich ein solches Ereignis vergessen!«

*Das muß wirklich schwierig gewesen sein,* überlegte McClane. *Aber Sie haben es geschafft – bis jetzt.*

»Trotzdem gaben sie mir ein Dankschreiben«, murmelte Quail. »Ich hab es in meiner Wohnung versteckt.«

»Nun, ich würde vorschlagen, Sie bringen ihn besser nicht um«, sagte McClane an den Interplan-Offizier gerichtet, der ihm gefolgt war. »Denn wenn Sie das tun, kommen sie zurück.«

»Sie gaben mir auch einen unsichtbaren Zauberstab, mit dem man zerstören kann«, murmelte Quail. Seine Augen waren jetzt vollkommen geschlossen. »Damit habe ich den Mann auf dem Mars getötet, den ich in Ihrem Auftrag erledigen sollte. Er befindet sich in meiner Schreibtischschublade.«

Wortlos wandte sich der Interplan-Offizier um und verließ den Behandlungsraum.

*Die Pakete mit den Beweismitteln kann ich ruhig wieder weglegen,* sagte sich McClane resigniert. Einen Fuß vor den anderen setzend, kehrte er in sein Büro zurück. *Das Dankschreiben vom Generalsekretär der Vereinten Nationen eingeschlossen. Schließlich …*

Das echte würde nicht lange auf sich warten lassen.

## John Varley

# *Der Pusher*

Die Dinge ändern sich. Damit rechnete Ian Haise. Trotzdem gab es gewisse Konstanten, die von Funktion und Nutzen diktiert waren. Auf diese achtete Ian, und er lag selten falsch.

Der Spielplatz hatte nicht viel Ähnlichkeit mit denjenigen, die er als Kind kennengelernt hatte. Aber Spielplätze werden gebaut, um Kinder zu unterhalten. Also wird es dort immer etwas zum Schaukeln geben, etwas zum Herunterrutschen und zum Klettern. Dieser hier hatte all das und mehr. Ein Teil von ihm war dicht bewaldet. Es gab ein Schwimmbecken. Die stationäre Anlage war kombiniert mit Skulpturen aus blendendem Licht, die in die Wirklichkeit schossen – und wieder verschwanden. Auch Tiere waren vorhanden: zwergenhafte Rhinozerosse und elegante Gazellen, beide kaum kniehoch. Sie wirkten unnatürlich zahm und furchtlos.

Vor allem aber gab es Kinder auf dem Spielplatz.

Ian mochte Kinder.

Er saß auf einer hölzernen Parkbank im Schatten bei den Bäumen und betrachtete sie. Da waren schwarze wie lebende Lakritzbonbons, weiße wie putzige Häschen, braune mit Kraushaar, andere braune mit schrägen Augen und glattem schwarzem Haar und schließlich etliche, die eigentlich wohl weiß waren, jetzt aber brauner geröstet als viele der braunen.

Ian konzentrierte sich auf die Mädchen. Vor langer Zeit hatte er es auch mit Jungen versucht, aber es hatte nicht geklappt.

Eine Zeitlang beobachtete er ein schwarzes Kind und versuchte, sein Alter zu schätzen. Er hielt das Mädchen für acht oder neun. Zu jung. Eine andere sah eher wie dreizehn aus, nach ihrem Kleidchen zu urteilen. Eine Möglichkeit, aber er zog etwas Jüngeres vor. Eine, die nicht so kompliziert war, nicht so mißtrauisch.

Schließlich entdeckte er ein Mädchen, das ihm gefiel. Es war braun, aber mit überraschend blondem Haar. Zehn? Vielleicht elf. Jung genug, wie auch immer.

Er konzentrierte sich auf sie und tat, was er immer tat, wenn er die Richtige ausgesucht hatte. Eine seltsame Sache. Er wußte nicht, was es war, aber gewöhnlich wirkte es. Hauptsächlich handelte es sich darum, sie anzuschauen, die Augen auf sie fixiert zu halten, egal, wohin sie ging oder was sie machte, und sich durch nichts davon ablenken zu lassen. Und tatsächlich, nach ein paar Minuten blickte sie auf und sah sich um, und ihre Augen trafen die seinen. Einen Moment lang hielt sie seinem Blick stand, dann spielte sie weiter.

Er entspannte sich. Möglicherweise hatte das, was er tat, überhaupt nichts zu bedeuten. Auch bei erwachsenen Frauen hatte er die Erfahrung gemacht, sobald ihm eine ins Auge fiel und er sich dabei ertappte, sie anzustarren, ließ sie sich meistens von dem, was sie gerade machte, ablenken und sah ihn an. Anscheinend mißglückte es nie. Bei Gesprächen mit anderen Männern hatte er festgestellt, daß es eine verbreitete Erfahrung war. Es war fast so, als könnten sie seinen Blick spüren. Die Frauen hatten behauptet, das sei Unsinn bzw. eine schlichte Reaktion auf periphere Wahrnehmungen bei Leuten, die es gelernt hatten, sexuelle Signale wahrzunehmen und zu deuten. Lediglich eine unterbewußte Beobachtung, die ins Bewußtsein drang; nichts Geheimnisvolles oder gar ESP.

Vielleicht. Auf jeden Fall beherrschte Ian diese Art Augen-Kontakt sehr gut. Einige Male hatte er schon bemerkt, daß die Mädchen sich das Genick rieben oder die Schultern hochzogen, wenn er sie ansah. Möglich, daß sich bei ihnen etwas ESP-artiges entwickelt hatte, was sie gar nicht als solches erkannten.

Nun schaute er das Mädchen bloß an. Er lächelte, so daß sie jedesmal, wenn sie aufblickte, um ihn anzusehen – was sie mit zunehmender Häufigkeit tat –, einen freundlichen, graumelierten Mann mit zerschlagener Nase und breiten Schultern sah. Auch seine Hände waren kräftig. Er hielt sie im Schoß gefaltet.

Bald darauf begann sie sich in seine Richtung zu bewegen.

Keiner, der ihr zugesehen hätte, wäre auf den Gedanken gekommen, daß sie auf ihn zukam. Vermutlich wußte sie es selbst nicht einmal. Auf ihrem Weg fand sie genug Gründe, anzuhalten und herumzutollen, auf weiche Gummimatten zu springen oder einer Schar schnatternder Gänse nachzujagen. Aber sie kam auf ihn zu, und irgendwann würde sie neben ihm auf der Parkbank sitzen.

Er warf einen schnellen Blick in die Runde. Es waren nur wenige Erwachsene auf dem Spielplatz, wie zuvor. Es hatte ihn überrascht, als er hierhergekommen war. Anscheinend hatten die neuen Konditionierungstechniken die Anzahl der Gewalttätigen reduziert und so weit heruntergeschraubt, daß die Eltern es für ungefährlich hielten, ihre Kinder ohne Aufsicht laufen zu lassen. Die anwesenden Erwachsenen waren miteinander beschäftigt. Niemand hatte ihn eines zweiten Blickes gewürdigt, als er gekommen war.

Das war Ian durchaus recht. Es machte das, was er vorhatte, wesentlich einfacher. Natürlich hatte er seine Entschuldigung bereit, aber es konnte ziemlich peinlich sein, mit den Fragen konfrontiert zu werden, die die Vertreter des Gesetzes alleinstehenden Männern mittleren Alters stellen, die auf Spielplätzen herumlungern.

Einen Moment lang überlegte er mit wirklichem Interesse, wie die Eltern dieser Kinder so vertrauensselig sein konnten, selbst wenn es eine mentale Konditionierung gab. Schließlich wurde niemand konditioniert, bis er zum erstenmal etwas getan hatte. Und vermutlich wurden täglich neue Wahnsinnige produziert. Typischerweise sahen sie genauso aus wie jedermann, bis sie ihre Andersartigkeit mit irgendeiner geisteskranken Tat bewiesen.

Jemand müßte diesen Eltern eine harte Lektion erteilen, dachte er.

»Wer bist du?«

Jan runzelte die Stirn. Keine elf, bestimmt, nicht aus dieser Nähe gesehen. Vielleicht nicht einmal zehn. Sie mochte rund acht Jahre jung sein.

War acht das richtige? Er prüfte den Gedanken mit der üblichen Vorsicht und blickte sich noch einmal nach neugierigen Augen um. Er sah keine.

»Mein Name ist Ian. Und wie heißt du?«

»Nein. Nicht dein *Name*. Wer *bist* du?«

»Du meinst, was ich mache?«

»Ja.«

»Ich bin ein Pusher.«

Sie dachte darüber nach, dann lächelte sie. Sie hatte bereits die zweiten Zähne, dicht gedrängt in einem kleinen Kiefer.

»Du verteilst Pillen?«

Er lachte. »Sehr gut«, sagte er. »Du liest sicher eine Menge.« Sie sagte nichts, aber ihr Benehmen zeigte, daß sie sich geschmeichelt fühlte.

»Nein«, fuhr er fort. »Das ist eine alte Art von Pushern. Ich gehöre zu den anderen. Aber das wußtest du, nicht wahr?« Als er lächelte, brach sie in Gekicher aus. Sie spielte ziellos mit ihren Händen herum, wie kleine Mädchen es tun. Er glaubte, daß sie ganz gut Bescheid wußte, wie reizend sie war; aber sie hatte keine Ahnung von ihrer verbotenen Erotik. Sie war eine reife Saat, deren Sexualität drauf und dran war, an die Oberfläche durchzubrechen. Ihr Körper war eine knochige Skizze, ein Gerüst, aus dem einmal eine Frau werden würde.

»Wie alt bist du?« fragte er.

»Das ist geheim. Was ist mit deiner Nase passiert?«

»Ich hab sie mir vor langer Zeit gebrochen. Ich wette, du bist zwölf.«

Sie kicherte, dann nickte sie. Elf also. Und auch gerade eben erst.

»Magst du was Süßes?« Er langte in seine Tasche und zog die rosa-weiß gestreifte Papiertüte heraus.

Sie schüttelte ernst den Kopf. »Meine Mutter hat gesagt, ich darf keine Süßigkeiten von Fremden annehmen.«

»Aber wir sind doch keine Fremden. Ich bin Ian, der Pusher.«

Sie dachte darüber nach. Während sie noch zögerte, griff er in die Tüte und holte ein derart cremiges und dickes Stück Schokolade heraus, daß es schon fast obszön war. Er biß hinein und zwang sich zu kauen. Er haßte Süßigkeiten.

»Okay«, sagte sie und streckte die Hand nach der Tüte aus. Er zog sie weg. Sie blickte ihn mit unschuldiger Überraschung an.

»Ich habe gerade über etwas nachgedacht«, sagte er. »Ich weiß ja gar nicht, wie du heißt. Also sind wir wohl *doch* Fremde.«

Sie ging auf das Spiel ein, als sie das Zwinkern in seinen Augen sah. Er hatte es geübt. Es war ein gutes Zwinkern.

»Mein Name ist Radiant. Radiant Leuchtender Stern Smith.«

»Ein sehr hübscher Name«, sagte er und dachte darüber nach, wie sehr sich die Namen verändert hatten. »Für ein sehr hübsches

Mädchen.« Er machte eine Pause und hob dann den Kopf. »Nein. Ich glaube, doch nicht. Du bist Radiant ... Stern. Mit zwei r ... *Kapitän* Radiant Sterrn von der Star Patrol.«

Einen Augenblick lang war sie im Zweifel. Er fragte sich, ob er sie richtig eingeschätzt hatte. Vielleicht war sie in Wirklichkeit Mizz Radiant Verzagende Schönheit oder Mrs. Radiant Mutterschaft. Allerdings waren ihre Fingernägel dafür ein wenig schmutzig.

Sie richtete einen Finger auf ihn und machte ein Donald-Duck-Geräusch, während sie ihren Daumen vor und zurück bewegte. Er fuhr sich mit der Hand an das Herz und fiel seitlich um, und sie brach in Gelächter aus. Gleichwohl achtete sie darauf, ihre Waffe beharrlich auf ihn gerichtet zu halten.

»Und jetzt gibst du mir besser was von deinen Süßigkeiten, oder ich erschieß dich noch mal.«

Auf dem Spielplatz wurde es langsam dunkel, und es waren nicht mehr so viele Leute da. Sie saß neben ihm auf der Bank und schaukelte mit den Beinen. Ihre bloßen Füße berührten noch nicht einmal den Boden.

Sie würde zu einer echten Schönheit heranwachsen. Er konnte es deutlich in ihrem Gesicht sehen. Und der Körper ... wer konnte das wissen?

Im Grunde war es ihm auch ziemlich egal.

Ihre Kleidung bestand aus ein wenig von diesem und jenem, war hier und dort ziemlich abgenutzt und nahm insgesamt wenig Rücksicht auf seine Vorstellungen von dem, was sich gehörte. Viele Kinder hatten überhaupt nichts an. Es war eine Art Schock für ihn gewesen, als er hierhergekommen war. Nun hatte er sich fast schon daran gewöhnt, aber er fand es immer noch ziemlich unvorsichtig von ihren Eltern. Glaubten sie wirklich, die Welt sei so sicher, daß sie ein elfjähriges Mädchen praktisch nackt auf einem öffentlichen Platz herumlaufen lassen konnten?

Er saß da und hörte nur mit halber Aufmerksamkeit ihrem Geplapper über ihre Freunde zu – diejenigen, die sie haßte, und die ein oder zwei, die sie einfach anbetete.

An den richtigen Stellen warf er Mmhs und Ahas ein.

Sie war reizend, man konnte es nicht leugnen. Sie war so süß, wie ein Kind dieses Alters nur sein kann – und das heißt *sehr* süß –, und zugleich genauso giftig wie eine Klapperschlange. Sie hatte die Fähigkeit, warm zu sein, aber nur an der Oberfläche. Darunter war sie in erster Linie auf sich selbst bezogen. Ihre Loyalität war eine flüchtige Sache, schnell verschenkt und genauso schnell vergessen.

Und warum auch nicht? Sie war jung. Es war vollkommen normal für sie, so zu sein.

Ob er wohl den Versuch wagen sollte, sie zu berühren?

Es war verrückt. Es war genauso wahnsinnig, wie sie alle sagten. Es funktionierte so selten. Warum ausgerechnet bei ihr? Er spürte das Gewicht der Niederlage.

»Bist du okay?«

»Hm? Ich? Oh, sicher, ich bin in Ordnung. Macht deine Mutter sich keine Sorgen um dich?«

»Ich muß erst in ein paar Stunden rauf.« Einen Moment lang wirkte sie so erwachsen, daß er die Lüge beinahe glaubte.

»Na gut, aber ich hab keine Lust mehr, hier zu sitzen. Und die Süßigkeiten sind auch alle.« Er betrachtete ihr Gesicht. Der größte Teil der Schokolade bildete um ihren Mund einen glänzenden Kreis, den Rest hatte sie dekorativ auf ihre Schulter oder ihren Unterarm geschmiert. »Was ist da hinten?«

Sie drehte sich um.

»Das? Das ist das Schwimmbecken.«

»Warum gehen wir nicht da rüber? Ich werd dir eine Geschichte erzählen.«

Selbst dieses Versprechen reichte nicht, sie vom Wasser fernzuhalten. Er wußte nicht, ob das gut oder schlecht war. Sie war schlau, sie las viel, und sie hatte Phantasie. Zudem war sie äußerst lebhaft. Da konnte er nicht mehr mithalten. Er saß weit weg vom Wasser unter ein paar Büschen und sah zu, wie sie mit den drei anderen Kindern schwamm, die so spät abends noch im Park waren.

Vielleicht würde sie zu ihm zurückkommen, vielleicht aber auch nicht. Wie dem auch sein mochte, sein Leben würde sich dadurch nicht ändern; möglicherweise aber das ihre.

Tropfend und unendlich viel sauberer entstieg sie dem dunklen Wasser. Sie zog sich ihre Fetzen wieder an – zu welchem Zweck auch immer – und kam zitternd zu ihm.

»Mir ist kalt«, sagte sie.

»Hier.« Er zog seine Jacke aus. Als er sie darin einwickelte, sah sie auf seine Hände, dann streckte sie den Arm aus und befühlte die Härte seiner Schulter.

»Du bist bestimmt sehr stark«, kommentierte sie.

»Reichlich stark. Als Pusher muß ich hart arbeiten.«

»Was *ist* denn nun ein Pusher?« fragte sie und unterdrückte ein Gähnen.

»Komm, setz dich auf meinen Schoß, dann erzähl ich's dir.«

Er erzählte es ihr, und es war eine sehr gute Geschichte, der kein abenteuerlustiges Kind widerstehen konnte. Er hatte diese Geschichte einstudiert, sie verfeinert und sie viele Male in ein Bandgerät gesprochen, bis Rhythmus und Tonfall genau richtig waren, bis er exakt die passenden Worte gefunden hatte – keine allzu schwierigen Worte, aber welche mit Feuer und Kraft darin.

Er faßte wieder neuen Mut. Als er anfing, war sie müde gewesen, aber nach und nach gelang es ihm, ihre Aufmerksamkeit zu fesseln. Es war durchaus möglich, daß ihr noch nie jemand eine Geschichte auf eine solche Art erzählt hatte. Sie war es gewöhnt, vor dem Bildschirm zu sitzen und irgendeine Geschichte in Augen und Ohren geschoben zu bekommen. Es war etwas Neues, in der Lage zu sein, mit Fragen unterbrechen und Antworten bekommen zu können. Noch nicht einmal Lesen war damit vergleichbar. Es war die mündliche Überlieferung des Geschichtenerzählens, und das schlug auch die x-te Generation des elektronischen Zeitalters noch in den Bann.

»Das hört sich toll an«, sagte sie, als sie sicher war, daß er zu Ende geredet hatte.

»Es hat dir gefallen?«

»O ja, wirklich, ehrlich. Ich glaube, ich will auch Pusher werden, wenn ich groß bin. Das war eine richtig schöne Geschichte.«

»Nun, das war nicht ganz die Geschichte, die ich dir eigentlich erzählen wollte. Diese handelte ja nur davon, wie es ist, ein Pusher zu sein.«

»Du meinst, du hast noch eine andere Geschichte?«

»Natürlich.« Er sah auf seine Uhr. »Aber ich fürchte, es ist schon spät. Es ist fast dunkel, und die anderen sind alle heimgegangen. Vielleicht solltest du jetzt besser auch gehen.«

Sie kämpfte mit sich, hin- und hergerissen zwischen dem, was sie tun sollte und dem, was sie wollte. Daran dürfte es wirklich nicht scheitern, wenn sie tatsächlich das war, wofür er sie hielt.

»Gut … aber – aber ich komme morgen wieder hierher und du …«

Er schüttelte den Kopf.

»Mein Schiff geht morgen früh«, sagte er. »Dann hab ich keine Zeit mehr.«

»Dann erzähl sie mir jetzt! Ich kann noch ein bißchen bleiben. Erzähl sie mir. Bitte, bitte, bitte!«

Er widersetzte sich spröde, räusperte sich und protestierte, zuletzt gestattete er es sich jedoch, verführt zu werden. Er fühlte sich ausgezeichnet. Er hatte sie wie eine fünfpfündige Forelle an einer

Zwanzigpfünder-Angel. Es war nicht gerade sportlich. Aber er spielte ja auch kein Spiel.

So kam er schließlich zu seiner Spezialität.

Manchmal wünschte er sich, er könnte die Geschichte als seine eigene ausgeben, aber Tatsache war, daß er sich keine Geschichten ausdenken konnte. Er versuchte es auch gar nicht mehr. Statt dessen schrieb er aus jedem Märchen und jeder Fantasy-Story ab, die er finden konnte. Wenn er ein Talent hatte, dann war es, einige Elemente derart zu bearbeiten, daß sie in die Welt paßten, die sie kannte, das Ganze dabei noch ungewöhnlich genug zu halten, um sie zu fesseln, und das Ende offenzulassen, um es persönlich gestalten zu können.

Es war ein wunderschönes Märchen, das er erzählte. Es enthielt bezaubernde Schlösser auf Bergen aus Glas, feuchte Höhlen unter dem Meer, Flotten von Sternenschiffen und strahlende Reiter auf Pferden, die durch die Galaxis flogen. Da waren fremdartige Geschöpfe, die böse waren, und andere, die viel Gutes in sich trugen. Es gab Tränke mit Drogen darin. Schuppige Ungeheuer brüllten aus dem Hyperraum, um Planeten zu verzehren.

Mitten durch all den Aufruhr schritten der Prinz und die Prinzessin. Sie gerieten in furchtbare Schwierigkeiten und halfen sich gegenseitig heraus.

Die Geschichte war nie ganz dieselbe. Er beobachtete ihre Augen. Wenn sie zu wandern begannen, ließ er ganze Abschnitte der Geschichte weg. Wenn sie sich weiteten, wußte er, welche Teile er später einfügen würde. Er schnitt alles auf ihre Reaktionen zu.

Das Kind war schläfrig. Früher oder später würde sie ihrer Müdigkeit nachgeben. Er brauchte sie in einem Trance-Zustand, weder wach noch schlafend. Dann würde die Geschichte ihr Ende finden.

»... und obwohl die Heiler sich alle Mühe gaben und es lange Zeit versuchten, konnten sie die Prinzessin nicht retten. In dieser Nacht starb sie, weit weg von ihrem Prinzen.«

Ihr Mund war ein kleines rundes *o*. So sollten Geschichten eigentlich nicht enden.

»Ist das *alles*? Sie starb und sah den Prinzen nie wieder?«

»Nun ja, nicht ganz. Aber der Rest ist womöglich nicht wahr, und ich sollte ihn dir nicht erzählen.« Ian fühlte sich angenehm müde. Seine Kehle war etwas rauh, er war ein bißchen heiser. Radiant war ein warmes Gewicht auf seinem Schoß.

»Du *mußt* es mir erzählen, weißt du«, sagte sie ernst. Jetzt war sie soweit. Er holte tief Luft.

»Also gut. An ihrem Begräbnis nahmen die bedeutendsten Persönlichkeiten aus diesem Abschnitt der Galaxis teil. Unter ihnen befand sich der größte Zauberer, der jemals lebte. Sein Name ... aber ich sollte dir seinen Namen wirklich nicht sagen. Er wäre bestimmt sehr ärgerlich, wenn ich es täte.

Dieser Zauberer ging an der Bahre der Prinzessin vorbei – eine Bahre, das ist ...«

»Ich weiß, ich *weiß*, Ian. Weiter!«

»Plötzlich runzelte er die Stirn und beugte sich über ihre blasse Gestalt. ›Was ist das?‹ donnerte er. ›Warum hat mir das keiner gesagt?‹ Alle wurden aufmerksam. Dieser Zauberer war ein gefährlicher Mann. Als er einmal beleidigt wurde, sprach er eine Zauberformel, die alle Köpfe nach hinten drehte, so daß die Leute mit Rückspiegeln herumlaufen mußten. Keiner wußte, was er tun würde, wenn er wirklich wütend war.

›Diese Prinzessin trägt den Sternenstein‹, sagte er, richtete sich auf und blickte sich finster um, als sei er nur von Idioten umgeben. Ich bin sicher, das dachte er wirklich, und vielleicht hatte er sogar recht. Denn er fuhr fort, ihnen zu erzählen, was der Sternenstein war und was für eine Bewandtnis es mit ihm hatte, Dinge, von denen keiner der Anwesenden jemals etwas gehört hatte. Und jetzt kommt der Teil, dessen ich mir nicht ganz sicher bin. Denn obwohl jeder wußte, daß der Zauberer ein kluger und mächtiger Mann war, war er ebenso als großer Lügner bekannt.

Er behauptete, der Sternenstein sei fähig, die Essenz einer Person im Augenblick ihres Todes in sich aufzunehmen. All ihre Weisheit und Kraft, all ihr Wissen, ihre Schönheit und Stärke würden in den Stein fließen und dort auf ewig aufbewahrt.«

»Scheintot«, hauchte Radiant.

»Genau. Als sie das hörten, waren die Leute sehr froh. Sie bedrängten den Zauberer mit Fragen, auf welche er nur wenige Antworten gab, und auch das nur widerwillig. Schließlich verschwand er schlechtgelaunt. Als er gegangen war, sprach man noch bis spät in die Nacht über die Dinge, die er gesagt hatte. Manche spürten, daß der Zauberer die Hoffnung gehegt hatte, die Prinzessin könne doch weiterleben. Daß, wenn man ihren Körper einfröre, der Prinz ihr bei seiner Rückkehr ihre Essenz irgendwie wieder einflößen würde. Andere meinten, der Zauberer habe das für unmöglich gehalten und die Prinzessin sei zu einem Halbleben verurteilt, eingeschlossen in den Stein.

Aber die Ansicht, die sich schließlich durchsetzte, war folgende:

Die Prinzessin würde wahrscheinlich nie wieder ganz lebendig werden. Aber ihre Essenz könnte von dem Sternenstein in jemand anderen übergehen, wenn man nur die richtige Person fände. Alle waren sich einig, daß es ein junges Mädchen sein müßte. Sie müßte schön, sehr klug, flink, liebevoll, freundlich sein … oje, die Liste war sehr lang. Alle bezweifelten, daß man so jemanden finden könne. Viele wollten es nicht einmal versuchen.

Schließlich entschied man, den Sternenstein einem treuen Freund des Prinzen anzuvertrauen. Er wollte die ganze Galaxis nach diesem Mädchen absuchen. Wenn es existierte, würde er es finden.

So machte er sich mit den Segenswünschen vieler Welten im

Rücken auf die Reise. Er hatte gelobt, das Mädchen zu finden und ihm den Sternenstein zu übergeben.«

Er hielt wieder inne, räusperte sich und ließ das Schweigen anwachsen.

»Ist das alles?« fragte sie schließlich mit einem Flüstern.

»Nicht ganz«, gab er zu. »Ich fürchte, ich habe dich ein wenig hinters Licht geführt.«

»Mich hinters Licht geführt?«

Er schlug den Mantel auf, der immer noch um ihre Schultern herum lag. An ihrer knochigen Brust vorbei griff er in eine Innentasche hinein und holte den Kristall heraus. Er war oval und an einer Seite abgeplattet. Er pulsierte in rubinrotem Licht, als er in seiner Handfläche lag.

»Er leuchtet«, sagte sie und betrachtete ihn mit großen Augen und offenem Mund.

»Ja, das tut er. Und das bedeutet, daß du es bist.«

»Ich?«

»Ja. Nimm ihn.« Als er ihr den Kristall gab, kerbte er ihn mit seinem Daumennagel ein. Rotes Licht ergoß sich in ihre Hände, floß zwischen ihre Finger und schien in ihre Haut einzusickern. Als es vorüber war, pulsierte der Kristall noch immer, aber schwächer. Ihre Hände zitterten.

»Es fühlte sich sehr, sehr heiß an«, sagte sie.

»Das war die Essenz der Prinzessin.«

»Und der Prinz? Sucht er immer noch nach ihr?«

»Keiner weiß es. Ich glaube, er ist immer noch da draußen, und eines Tages wird er zu ihr zurückkommen.«

»Und dann?«

Er wandte den Kopf ab. »Ich weiß es nicht. Aber ich denke, obwohl du ganz bezaubernd bist und obwohl du den Sternenstein besitzt, wird er sich nach ihr verzehren. Er hat sie sehr geliebt.«

»Ich würde mich um ihn kümmern«, versprach sie.

»Vielleicht würde das helfen. Aber ich habe jetzt ein Problem. Ich bringe es nicht übers Herz, dem Prinzen zu sagen, daß sie tot ist. Und doch fühle ich, daß der Sternenstein ihn eines Tages anziehen wird. Wenn er dann kommt und dich vorfindet, habe ich Angst um ihn. Vielleicht sollte ich deshalb den Stein in einen weit entfernten Teil der Galaxis bringen, irgendwohin, wo er ihn niemals finden wird. Dann würde er es zumindest nie erfahren. Ich glaube, so wäre es am besten.«

»Aber ich würde ihm helfen«, sagte sie ernst. »Ich verspreche es. Ich würde auf ihn warten, und wenn er kommt, würde ich ihren Platz einnehmen. Du wirst sehen.«

Er sah sie genau an. Vielleicht würde sie das wirklich. Er blickte ihr lange in die Augen und ließ sie schließlich seine Befriedigung sehen.

»Sehr gut. Dann darfst du ihn behalten.«

»Ich werde auf ihn warten«, sagte sie. »Du wirst sehen.«

Sie war sehr müde, fast schlief sie schon.

»Du solltest jetzt nach Hause gehen«, schlug er vor.

»Vielleicht könnte ich mich einen Augenblick hinlegen«, meinte sie.

»In Ordnung.« Er hob sie sanft hoch und legte sie ausgestreckt auf den Boden. Dann stand er da und schaute sie an, kniete sich schließlich neben sie und begann sanft ihre Stirn zu streicheln. Sie öffnete die Augen ohne jede Angst und schloß sie wieder. Er fuhr fort, sie zu streicheln.

Zwanzig Minuten später verließ er den Spielplatz allein.

Danach war er jedesmal niedergeschlagen. Diesmal war es schlimmer als sonst. Sie war viel niedlicher gewesen, als er zuerst gedacht hatte. Wer hätte geglaubt, daß in all diesem Dreck ein so romantisches Herz schlug?

Ein paar Blocks weiter fand er eine Fernsprechzelle. Er gab ihren Namen in die Information und erhielt eine fünfzehnstellige Nummer, die er anrief. Er hielt seine Hand über die Kameralinse.

Das Gesicht einer Frau tauchte auf seinem Schirm auf.

»Ihre Tochter ist auf dem Spielplatz, am Südende bei dem Schwimmbecken, unter den Büschen«, sagte er. Er gab ihr die Adresse des Spielplatzes.

»Wir haben uns solche Sorgen gemacht! Was ... Ist sie ... wer ist ...«

Er hängte auf und eilte davon.

Die meisten anderen Pusher hielten ihn für krank. Nicht, daß es ihnen etwas ausmachte. Pusher waren eine tolerante Gruppe, wenn es um andere Pusher ging, insbesondere wenn es sich um irgend etwas handelte, was ein Pusher mit einem Abnehmer zu tun beliebte. Er wünschte, er hätte nie jemandem erzählt, wie er seine freie Zeit verbrachte, aber er hatte es nun einmal getan, und nun mußte er damit leben.

Während es ihnen also im Grunde genommen völlig gleichgültig war, ob er sich damit amüsierte, kleinen Abnehmer-Püppchen Arme und Beine abzureißen, waren sie doch alle gerade erst von ihrem Bodenurlaub zurück und konnten keine Gelegenheit auslassen, sich gegenseitig auf die Nerven zu gehen. Sie zogen ihn erbarmungslos auf.

»Na, wie waren deine Schaukel-Sessions diesmal, Ian?«

»Hast du mir die schmutzigen Schlüpfer mitgebracht, um die ich dich gebeten hatte?«

»War es schön für dich, Liebling? Hat sie gekeucht und gesabbert?«

*»Meine zehn Jahre alte Süße, ja, sie zieht mich zurück nach Haus ...«*

Ian ertrug es gelassen. Alles war äußerst ordinär, und er bekam das meiste ab, aber das hatte im Grunde nichts zu bedeuten. Es würde aufhören, sobald sie abflogen. Sie würden nie verstehen, was er suchte, aber er spürte, daß er sie verstand. Sie haßten es, zur Erde zu kommen. Dort gab es nichts mehr für sie, und vielleicht wünschten sie, es gäbe etwas.

Außerdem war er selbst ein Pusher. Die Abnehmer waren ihm gleichgültig. Er teilte Marians Stimmung, die sie kurz nach dem Abflug zum Ausdruck gebracht hatte. Marian hatte soeben ihren ersten Bodenurlaub nach ihrer ersten Reise hinter sich gebracht. Also war sie natürlich die Betrunkenste von allen.

»Die Schwerkraft saugt einen aus«, sagte sie und erbrach sich.

Sie brauchten drei Monate nach Amity und drei Monate wieder zurück. Er hatte nicht einmal die verschwommenste Idee, wie weit das in Meilen war; nach der zehnten oder elften Null schaltete sein Gehirn ab.

Amity. Scheiß-Stadt. Er ging nicht einmal von Bord. Wozu sich Gedanken machen? Der Planet war mit Wesen bevölkert, die ein wenig wie zehntönnige Schmetterlinge und ein wenig wie fühlende grüne Scheißhaufen aussahen. Toiletten waren für die Amiti eine revolutionäre Idee; ebenso Eiskrem-Riegel, Brauselimonade, Zuckerkrapfen und Pfefferminz. Die Installationen hatten allerdings keinen Anklang gefunden, dafür aber die Süßigkeiten und Lieblings-Desserts jeder Nation der Erde. Außerdem war da ein Beutel mit beruhigender Post für die auf verlorenem Posten stehende menschliche Gesandtschaft. Die Fracht für die Rückreise bestand aus einem gräulichen Matsch, den jemand auf der Erde für kolossal wertvoll halten mußte, wie Ian vermutete, und ein Paket verzweifelter Post für die Angehörigen zu Hause. Ian brauchte die Briefe nicht zu lesen, um zu wissen, was darin stand. Man konnte alles zusammenfassen zu »Holt mich hier *raus*!«

Er saß am Sichtfenster und beobachtete eine Amiti-Familie, die sich furzend die Raumhafen-Straße entlangschleppte. Alle nase-lang hielten sie inne, um etwas zu tun, was wie außerirdischer Gruppensex aussah. Die Straße war braun. Das Land um sie herum war braun, und weiter entfernt waren eintönige, braune Berge. In der Luft lag ein brauner Dunst, und die Sonne war gelb-braun.

Er dachte an Schlösser, die auf Bergen aus Glas thronten, an Prinzen und Prinzessinnen, an strahlende weiße Pferde, die zwischen den Sternen dahingaloppierten.

Er verbrachte die Rückreise genauso wie die Hinreise: in den gigantischen Röhren des Sternenantriebs schwitzend. Direkt hinter den Metallwänden pulsierten unvorstellbare Energien. Und an den Wänden selber wuchsen kleine Plasmoide zu größeren Plasmoiden heran. Es ging zu langsam, als daß man es mit bloßem Auge hätte verfolgen können, aber wenn man sich nicht darum kümmerte, würden die Verkrustungen bald die Maschinen beeinträchtigen. Sein Job war es, sie abzukratzen.

Nicht jeder hatte eben das Zeug zum Astrogator.

Und wennschon. Es war anständige Arbeit. Er hatte seine Wahl schon vor langer Zeit getroffen. Entweder du bringst dein Leben damit zu, dir Schnaps reinzuziehen, oder du bringst Koks an den Mann; und wenn du müde wirst, pfeifst du dir ein paar Z's ein. Wenn es einen Pusher-Code gab, dann war es dieser.

Die Plasmoide waren rot und kristallin; sie hatten die Form von Regentropfen. Wenn er sie von der Wand abbrach, hatten sie eine abgeplattete Seite. Sie waren erfüllt von klarem Licht, das so heiß war wie das Herz der Sonne.

Es war jedesmal schwer, von Bord zu gehen. Eine ganze Reihe Pusher taten es nie. Eines Tages würde er es auch bleiben lassen.

Ein paar Augenblicke lang stand er da und sah sich alles an. Es war unumgänglich, es zuerst einmal passiv in sich aufzunehmen und sich an die Veränderungen zu gewöhnen. Große Veränderungen machten ihm nichts aus. Bauwerke waren nur das Mobiliar der Welt, und es war ihm gleichgültig, wie dieses arrangiert war. Die kleinen Veränderungen, das war es, was ihn immer völlig fertig machte. Ohren, zum Beispiel. Nur sehr wenige Leute, die er sah, hatten Ohrläppchen. Jedesmal, wenn er zurückkam, fühlte er sich ein wenig mehr wie ein Affe, der von seinem Baum gefallen war. Eines Tages würde er zurückkehren und feststellen, daß jeder drei Augen oder sechs Finger hatte oder daß kleine Mädchen sich nicht mehr für Abenteuer-Geschichten interessierten.

Zögernd stand er dort und gewöhnte sich an die Art und Weise, wie die Leute sich die Gesichter geschminkt hatten, und hörte etwas, das wie Spanisch klang und überall um ihn herum gesprochen wurde. Gelegentliche englische und arabische Worte würzten es. Er griff nach dem Arm eines Besatzungsmitgliedes und fragte, wo sie waren. Der Mann wußte es nicht. Also fragte er den Kapitän, und er erwiderte, es sei Argentinien – jedenfalls sei es das gewesen, als sie abgeflogen waren.

Die Fernsprechzellen waren kleiner. Er fragte sich, warum.

In seinem Buch standen vier Namen. Er saß direkt vor dem Apparat und überlegte, wen er zuerst anrufen sollte. Seine Augen wurden von Radiant Leuchtender Stern Smith angezogen, also gab er den Namen in den Apparat. Er bekam eine Nummer und eine Adresse in Novosibirsk.

Er durchforschte den Fahrplan, den er mitgenommen hatte – den Anruf schob er vorerst auf –, und fand heraus, daß die Fähre zur anderen Seite der Erde jede volle Stunde ging. Dann wischte er sich die Hände an der Hose ab, holte tief Luft, blickte auf und sah sie draußen vor der Zelle stehen. Sie betrachteten sich einen Augenblick lang schweigend. Sie sah einen Mann, der viel kleiner war, als sie im Gedächtnis hatte, aber kräftig gebaut, mit großen Händen, breiten Schultern und einem vernarbten Gesicht, das abstoßend gewirkt hätte, wenn nicht die sanften Augen gewesen wären. Er sah eine hochgewachsene Frau um die Vierzig, die genauso schön war, wie er es erwartet hatte. Das Alter hatte gerade eben erst seine Finger nach ihr ausgestreckt. Er dachte, daß sie wohl um diese Taille kämpfte und sich über die kleinen Fältchen ärgerte, aber nichts davon hatte für ihn irgendeine Bedeutung. Nur eins war wichtig, und das würde er sehr bald wissen.

»Sie *sind* Ian Haise, nicht wahr?« sagte sie schließlich.

»Es war reines Glück, daß ich mich wieder an dich erinnert habe«, sagte sie. Er bemerkte die Wortwahl. Sie hätte Zufall sagen können.

»Es war vor zwei Jahren. Wir zogen gerade wieder um, und ich sortierte ein paar Dinge durch, und da stieß ich auf diesen Plasmoiden. Ich hatte so lange nicht mehr an dich gedacht ... oh, es müssen fünfzehn Jahre gewesen sein.«

Er erwiderte etwas Unverbindliches. Sie waren in einem Restaurant, etwas abseits von den anderen Gästen in einer Nische bei einer Glaswand, hinter der die Raumschiffe auf die Druckgruben hinauf- und hinuntergeschleppt wurden.

»Ich hoffe, ich habe dich nicht in Schwierigkeiten gebracht«, sagte er.

Sie wischte es mit einem Achselzucken beiseite.

»Doch, das hast du, sogar reichlich, aber es ist schon so lange her. Bestimmt könnte ich meinen Groll nicht so lange Zeit aufrechterhalten. Und in Wahrheit glaubte ich zugleich, daß es das alles wert gewesen sei.«

Sie fuhr fort, ihm von dem Aufruhr zu erzählen, den er in ihrer Familie verursacht hatte, von den Polizeibesuchen, der Ausfragerei, dem Kopfzerbrechen und schließlich der Hilflosigkeit. Niemand wußte so recht, was man mit ihrer Geschichte anfangen sollte. Sie hatten ihn schnell genug identifiziert, nur um feststellen zu müssen, daß er die Erde verlassen hatte und lange, lange Zeit nicht zurückkehren würde.

»Ich habe kein Gesetz gebrochen«, bekundete er.

»Das ist es, was sie alle nicht verstehen konnten. Ich habe ihnen erklärt, du hättest mit mir gesprochen und mir eine lange Geschichte erzählt, und dann sei ich eingeschlafen. Keinen von ihnen schien zu interessieren, wovon die Geschichte handelte. Also hab ich es ihnen auch nicht erzählt. Und ich hab auch nichts von dem ... dem Sternenstein gesagt.« Sie lächelte. »Tatsächlich war ich erleichtert, daß sie nicht danach fragten. Ich war entschlossen, ihnen nichts zu verraten, aber ich hatte ein bißchen Angst, es alles zu verheimlichen. Ich dachte, sie wären Agenten der ... wie hießen die Schurken in deiner Geschichte? Ich hab's vergessen.«

»Nicht so wichtig.«

»Du hast wohl recht. Aber etwas ist wichtig.«

»Ja.«

»Vielleicht solltest du mir sagen, was es ist. Vielleicht hast du die Antwort auf die Frage, die ich seit fünfundzwanzig Jahren im Hinterkopf habe, seit ich herausgefunden habe, daß dieses Ding, was du mir gegeben hast, nur der abgekratzte Belag einer Sternenschiff-Maschine war.«

»War es das?« fragte er und blickte ihr in die Augen. »Versteh mich nicht falsch. Ich sage nicht, daß es mehr *war* als das. Ich frage *dich,* ob es nicht mehr war.«

»Ja, ich denke, es war mehr«, antwortete sie schließlich.

»Das freut mich.«

»Ich habe leidenschaftlich an die Geschichte geglaubt, Jahre um Jahre. Dann hörte ich auf, daran zu glauben.«

»So ganz auf einmal?«

»Nein. Allmählich. Es tat nicht sehr weh. Ein Bestandteil des Erwachsenwerdens, nehme ich an.«

»Und du hast dich an mich erinnert.«

»Nun, das kostete mich einige Mühe. Ich ging zu einem Hypnotiseur, als ich fünfundzwanzig war, und fand deinen Namen und den deines Schiffes wieder. Wußtest du –«

»Ja. Ich erwähnte sie absichtlich.«

Sie nickte, dann schwiegen sie erneut. Als sie ihn danach ansah, spürte er in ihrem Blick mehr Sympathie und weniger Verteidigungsbereitschaft. Aber da war immer noch eine Frage.

»Warum?« sagte sie.

Er nickte, wandte den Blick von ihr ab und sah hinaus zu den Sternenschiffen. Er wünschte, er wäre auf einem von ihnen, um mit Koks zu handeln. Es funktionierte nicht; und er wußte es. Er war ein beunruhigendes Problem für sie, etwas, das in Ordnung gebracht werden mußte, ein loses Ende in ihrem Leben, das sie so lange irritieren würde, bis es eingepaßt und dann vergessen werden konnte.

Zur Hölle damit.

»Um mich einmal irgendwo zur Ruhe setzen zu können«, sagte er. Als er aufblickte, schüttelte sie ihren Kopf langsam nach vorn und zurück.

»Mach keine Witze mit mir, Haise. Du bist nicht so dumm, wie du aussiehst. Du wußtest, daß ich verheiratet sein und mein eigenes Leben führen würde. Du wußtest, daß ich das nicht alles wegen eines halb-erinnerten Märchens von vor dreißig Jahren hinschmeißen würde. *Warum?*«

Und wie konnte er ihr die Absonderlichkeit des Ganzen erklären?

»Was machst du?« Er erinnerte sich an etwas und wiederholte es: »Wer *bist* du?«

Sie wirkte erschrocken. »Ich bin Mysteliologin.«

Er breitete die Hände aus. »Ich weiß nicht mal, was das ist.«

»Denk dran, so etwas gab es noch nicht, als du abgeflogen bist.«

»Das ist es, in gewisser Hinsicht«, sagte er. Er fühlte sich wieder hilflos. »Klar, ich hatte nicht die geringste Ahnung, was du tun würdest, was aus dir werden würde oder ob dir etwas zustoßen könnte, worüber du keine Kontrolle hättest. Alles, worauf ich gesetzt habe, war, daß du dich an mich erinnern würdest. Denn so ...« Er sah den Planeten Erde noch einmal sich vor dem Sichtfenster abzeichnen. So viele, viele Jahre und nur sechs Monate später. Ein Planet voll von Fremden. Es war ihm egal, daß Amity voll von Fremden war. Aber die Erde war seine Heimat, wenn dieses Wort überhaupt noch eine Bedeutung für ihn hatte.

»Ich wollte jemanden in meinem eigenen Alter, mit dem ich reden kann«, sagte er. »Das ist alles. Alles, was ich will, ist ein Freund.«

Er sah ihren Versuch, zu verstehen, wie es sein mußte. Es würde ihr nicht gelingen, aber vielleicht würde sie der Sache nahe genug kommen, um es sich einzubilden.

»Möglich, daß du einen gefunden hast«, sagte sie und lächelte. »Zumindest bin ich bereit, dich kennenzulernen, wenn ich bedenke, welche Mühe du dir mit der ganzen Angelegenheit gegeben hast.«

»Es war keine große Mühe. Für dich sieht es so langfristig aus, aber für mich war es das nicht. Ich habe dich vor sechs Monaten auf meinem Schoß gehalten.«

»Wie lange hast du Urlaub?« fragte sie.

»Zwei Monate.«

»Hättest du Lust, eine Zeitlang bei uns zu bleiben? Wir haben Platz in unserem Haus.«

»Wird es deinen Mann nicht stören?«

»Weder meinen Mann noch meine Frau. Das sind die, die da drüben sitzen und so tun, als ignorierten sie uns.« Ian blickte sich um und sah einer Frau in den späten Zwanzigern in die Augen. Sie saß einem Mann in Ians Alter gegenüber, der sich nun umwandte und Ian mit einigem Argwohn, aber ohne wirkliche Feindseligkeit betrachtete. Die Frau lächelte; der Mann blieb reserviert.

Radiant hatte eine Frau. Nun ja, die Zeiten ändern sich.

»Die beiden dort in den roten Hemden sind von der Polizei«, sagte Radiant. »Ebenso der Mann da drüben an der Wand und der da am Ende der Bar.«

»Zwei von ihnen hatte ich schon ausfindig gemacht«, äußerte Ian. Sie sah überrascht aus, und er fuhr fort: »Cops haben immer ein bestimmtes Gebaren an sich. Das ist eins der Dinge, die sich nie ändern.«

»Du kommst ziemlich viel rum, nicht wahr? Ich wette, du hast ein paar gute Geschichten.«

Ian dachte darüber nach, dann nickte er. »Einige, nehme ich an.«

»Ich sollte den Polizisten sagen, daß sie gehen können. Ich hoffe, es macht dir nichts aus, daß wir sie hierher mitgebracht haben.«

»Natürlich nicht.«

»Ich erledige das, dann können wir gehen. Oh, und dann sollte ich wohl auch die Kinder anrufen und ihnen sagen, daß wir bald nach Hause kommen.« Sie lachte, langte über den Tisch und berührte seine Hand. »Siehst du, was in sechs Monaten alles passieren kann? Ich habe drei Kinder, und Gillian hat zwei.«

Er blickte interessiert auf.

»Sind auch Mädchen dabei?«

## Arthur C. Clarke

# *Der Wachtposten*

Wenn Sie nächstes Mal den Vollmond hoch im Süden stehen sehen, dann richten Sie Ihren Blick auf seinen rechten Rand und lassen Sie Ihre Augen langsam nach oben wandern. Wenn Sie sich die Mondscheibe als Uhrzifferblatt vorstellen, werden Sie dort, wo die Zahl Zwei sein müßte, ein kleines, dunkles Oval bemerken. Mit einigermaßen guten Augen können Sie es leicht finden. Es ist jene große, von Bergen eingeschlossene Ebene, eine der schönsten des Mondes, die man als Mare Crisium bezeichnet – das Meer der Krisen. Vierhundertachtzig Kilometer im Durchmesser und von einem Kreis majestätischer Berge fast völlig eingeschlossen, war es noch völlig unerforscht, als wir im Spätsommer 1996 dort eintrafen.

Unsere Expedition hatte einen beträchtlichen Umfang. Wir besaßen zwei große Frachtraketen, die unsere Vorräte und Ausrüstung vom Hauptstützpunkt auf dem Mond im Mare Serenitas, achthundert Kilometer entfernt, herübergeflogen hatten. Außerdem gab es drei kleine Raketen, die für Nahtransporte über Gebiete, auf denen unsere Fahrzeuge nicht verwendet werden konnten, bestimmt waren. Glücklicherweise ist das Mare Crisium zum größten

Teil sehr flach. Es gibt dort keine der sonst so zahlreichen und gefährlichen Spalten und nur wenige Krater oder Berge. Soweit wir es feststellen konnten, würden unsere starken Raupenschlepper wenig Schwierigkeiten haben, uns überall hinzubefördern.

Ich war Chefgeologe – oder Selenologe, wenn Sie pedantisch sein wollen – der Gruppe, die man beauftragt hatte, den nördlichen Teil des Mare Crisium zu erforschen. Im Verlauf einer Woche hatten wir hundertfünfzig Kilometer davon durchmessen, wobei wir uns am Rand des Vorgebirges hielten, das vor etwa tausend Millionen Jahren das Gestade eines Meeres gewesen war. Als das Leben auf der Erde begann, lag es hier bereits in den letzten Zügen. Die Fluten zogen sich von den Flanken dieser überwältigenden Klippen zurück, zurück ins leere Herz des Mondes. Über dem Land, das wir jetzt überquerten, war das gezeitenlose Meer einst achthundert Meter tief gewesen. Als einzige Spur von Feuchtigkeit konnte man manchmal in Höhlen, die das Sonnenlicht nicht erreichte, Rauhreif finden.

Wir hatten unsere Fahrt am Beginn der langen Monddämmerung angetreten und beinahe noch eine ganze Erdenwoche vor uns, ehe die Nacht hereinbrechen würde. Fünf-, sechsmal am Tag verließen wir unser Fahrzeug und begaben uns in den Raumanzügen ins Freie, um nach interessanten Mineralien zu forschen oder Merkzeichen als Hinweise für spätere Reisende aufzustellen. Die Arbeit verlief ereignislos. Die Erforschung des Mondes ist nicht gefährlich, ja nicht einmal besonders aufregend. Wir konnten einen Monat bequem in unseren mit Druckkabinen versehenen Schleppern leben, und wenn etwas schiefgehen sollte, brauchten wir nur einen Hilferuf auszusenden und abzuwarten, bis uns eines der Raumschiffe abholte. Wenn so etwas passierte, gab es immer ein entsetzliches Geschrei über die Verschwendung von Raketentreibstoff, so daß ein Schlepper nur in dringenden Notfällen ein SOS aussandte.

Ich sagte eben, daß an der Monderforschung nichts Aufregendes sei, aber das stimmt natürlich nicht. Man wurde des Anblicks dieser unglaublichen Berge nie müde, die um so vieles rauher sind als die sanften Hügel der Erde. Wenn wir die Vorgebirge und Kaps dieses verschwundenen Meeres umfuhren, wußten wir nie, welche neuen Wunder sich unseren Augen bieten würden. Der gesamte südliche Bogen des Mare Crisium war ein gewaltiges Delta, in dem sich einst viele Flüsse in den Ozean ergossen hatten, gespeist vielleicht von den sturzbachartigen Regenfällen, von welchen die Berge in der kurzen, vulkanischen Jugendzeit des Mondes gepeitscht wurden. Jedes dieser uralten Täler war eine Aufforderung, eine Herausforderung, das jenseits gelegene Oberland zu erklettern. Aber wir mußten noch hundertfünfzig Kilometer zurücklegen und konnten nur sehnsüchtig auf die Gipfel blicken, die andere ersteigen würden.

Auf dem Schlepper hatten wir Erd-Zeit. Pünktlich um 22.00 Uhr wurde die Schlußmeldung an den Stützpunkt durchgegeben, dann legten wir uns zur Ruhe. Draußen glühten die Felsen noch unter der fast senkrecht stehenden Sonne, aber für uns war es Nacht, bis wir acht Stunden später erwachten. Einer von uns bereitete das Frühstück; es gab ein allgemeines Surren der elektrischen Rasierapparate, und jemand schaltete den Kurzwellenempfänger auf die Erde ein. In der Tat, wenn sich der Duft des gebratenen Specks in der Kabine auszubreiten begann, schien es manchmal kaum glaublich, daß wir uns nicht auf unserer alten Welt befanden – alles war so normal und behaglich, abgesehen von dem verminderten Gewicht und der unnatürlichen Langsamkeit, mit der Gegenstände zu Boden fielen.

Ich war an der Reihe, das Frühstück in der Ecke der Hauptkabine zu besorgen.

Als ich vor der Pfanne stand und wie irgendeine Hausfrau der Erde auf das Braunwerden der Würstchen wartete, ließ ich meinen Blick müßig über die Berggipfel gleiten, die den ganzen Horizont ausfüllten. Sie schienen nur zwei oder drei Kilometer von unserem Schlepper entfernt, aber ich wußte, daß der nächstliegende Berg dreißig Kilometer entfernt war. Auf dem Mond verschwimmen die Einzelheiten bei größeren Entfernungen natürlich nicht – der fast unmerkliche Nebel, der alle weit entfernten Dinge auf der Erde unklar und verwandelt erscheinen läßt, existiert hier nicht.

Diese Berge waren dreitausend Meter hoch, und sie ragten steil aus der Ebene empor, als hätte sie vorzeiten eine unterirdische Eruption durch die geschmolzene Mondrinde zum Himmel geschleudert. Der Fuß selbst des nächsten Berges war dem Blick durch die gewellte Oberfläche der Ebene verborgen, denn der Mond ist eine kleine Welt.

Ich hob meine Augen zu den Gipfeln, die kein Mensch je erstiegen hatte, zu den Gipfeln, die vor dem Auftreten irdischen Lebens die zurückweichenden Meere ins Grab hatten sinken sehen, die Hoffnung und das frühe Versprechen einer Welt mit sich nehmend. Das Sonnenlicht lag auf diesen Wällen mit einem Glanz, der die Augen schmerzhaft überfiel; aber nur ein wenig höher über ihnen strahlten die Sterne an einem Himmel, der schwärzer war als eine Winternacht auf der Erde.

Ich wollte mich eben abwenden, als meine Augen ein metallisches Blinken hoch oben auf dem Grat eines großen Vorgebirges auffingen, das sich vierzig Kilometer westlich zum Mare hin erstreckte. Es war ein Lichtpünktchen, als hätte einer dieser grausamen Gipfel einen Stern vom Himmel gekratzt. Ich vermutete, daß eine glatte Felsenplatte das Sonnenlicht auffing und es genau in meine Augen spiegelte. Solche Dinge sind nicht ungewöhnlich. Wenn der Mond sein zweites Viertel erreicht hat, kann man von der Erde manchmal die großen Bergketten in Oceanus Procellarum mit einem blauweißlichen Schimmer leuchten sehen. Aber ich wollte wissen, welche Art von Fels so strahlend leuchten konnte. Ich kletterte in den Beobachtungsturm und schwenkte unser Achtzentimeterteleskop nach Westen.

Was ich sah, genügte, mich zu reizen. Klar und scharf im Sichtbereich, schienen die Gipfel nur einen Kilometer entfernt zu sein, aber was auch immer das Sonnenlicht auffing, es war zu klein, um eine deutliche Bestimmung zu erlauben. Dabei schien es eine schwer zu fassende Symmetrie zu besitzen, und der Gipfel, auf dem es sich befand, war merkwürdig flach. Ich starrte lange Zeit auf dieses glitzernde Rätsel, bis mich ein Brandgeruch von der Kombüse darauf aufmerksam machte, daß unsere Würstchen die lange Reise von der Erde umsonst zurückgelegt hatten.

Wir stritten uns den ganzen Morgen während der Fahrt über das Mare Crisium. Selbst als wir in den Raumanzügen nach Mineralien Ausschau hielten, wurde die Diskussion per Funk fortgesetzt. Es stand absolut fest, behaupteten meine Gefährten, daß es auf dem Mond niemals irgendeine Form intelligenten Lebens gegeben hatte. Die einzigen Dinge, die hier jemals existierten, seien ein paar primitive Pflanzen und ihre etwas weniger heruntergekommenen Vorgänger gewesen. Ich wußte das so gut wie jeder andere, aber es gibt Augenblicke, in denen ein Wissenschaftler nicht zögern darf, sich lächerlich zu machen.

»Hört zu«, sagte ich schließlich, »ich steige hinauf, und wenn es nur darum geht, meine Ruhe wiederzufinden. Dieser Berg ist nicht ganz dreitausendsechshundert Meter hoch, also sechshundert Meter nach den Bedingungen der Erdschwerkraft, und ich schaffe den ganzen Ausflug in höchstens zwanzig Stunden. Ich wollte übrigens schon immer auf diese Berge, und jetzt habe ich einen guten Grund dazu.«

»Wenn du dir nicht den Hals brichst«, sagte Garnett, »wirst du zum Gespött der ganzen Expedition, wenn wir zum Stützpunkt zurückkommen.«

»Ich breche mir nicht den Hals«, erwiderte ich fest. »Wer war der erste auf Piko und Helikon?«

»Aber warst du damals nicht noch ziemlich jung?« erkundigte sich Louis sanft.

»Das«, antwortete ich würdevoll, »ist so gut ein Grund wie irgendein anderer, dort hinaufzuklettern.«

Wir legten uns bald schlafen, nachdem wir mit dem Schlepper bis auf achthundert Meter an das Vorgebirge herangefahren waren. Garnett sollte am Morgen mit mir kommen; er war ein guter Bergsteiger und hatte mich bei solchen Ausflügen schon oft begleitet.

Auf den ersten Blick schienen diese steilen Wände völlig unüberwindbar, aber einem schwindelfreien Bergsteiger fällt das Klettern auf einem Gebiet leicht, wo alles nur ein Sechstel des Normalgewichts wiegt. Die wirkliche Gefahr beim Bergsteigen der Mondgebirge liegt in einem übermäßigen Mut; ein Sturz aus zweihundert Meter Höhe auf dem Mond bedeutet ebenso den Tod wie ein Sturz aus dreißig Metern auf der Erde.

Wir rasteten zum erstenmal auf einem breiten Sims, etwa zwölfhundert Meter über der Ebene. Die Kletterei hatte sich nicht als besonders schwierig erwiesen, aber meine Glieder waren steif von der ungewohnten Anstrengung. Ich begrüßte daher die Gelegenheit, eine Rast einzulegen. Wir konnten den Schlepper noch als winzigen metallenen Käfer am Fuß des Berges sehen und teilten dem Fahrer unseren Fortschritt mit, bevor wir uns wieder an den Aufstieg machten.

Mit jeder Stunde weitete sich der Horizont und gab den Blick auf die weite Ebene frei. Wir konnten jetzt fünfzig Kilomter weit sehen und sogar die Berggipfel auf der gegenüberliegenden Seite erkennen, die über hundertsechzig Kilometer entfernt waren. Wenige der großen Mondebenen sind so glatt wie das Mare Crisium; wir konnten uns beinahe vorstellen, daß eine weite Wasserfläche, und nicht Felsboden, dort unten lag. Nur ein Krater am Horizont störte diese Illusion.

Unser Ziel war noch hinter dem Bergkamm verborgen; wir richteten uns nach Karten und benützten die Erde als Wegweiser. Fast genau östlich hing diese große Silbersichel niedrig über der Ebene; sie stand im ersten Viertel. Sonne und Sterne würden langsam über den Himmel marschieren und bald hinter dem Horizont verschwinden, aber die Erde würde immer dort sein, nie ihren angestammten Platz verlassen, zunehmen und abnehmen, wie die Jahre und Jahreszeiten vergingen. Binnen zehn Tagen würde sie zu einer grell leuchtenden Scheibe werden und diese Felsen in ihrem mitternächtlichen Schimmer baden – fünfzigmal so hell wie der Schein des Vollmondes. Aber wir mußten lange vor dem Anbruch der Nacht diese Berge verlassen haben, sonst würden wir für immer dort bleiben.

In unseren Anzügen war es angenehm kühl, weil die Kühlvorrichtung die grelle Sonnenstrahlung abwehrte und die durch unsere Anstrengung hervorgerufene Körperwärme nach außen abgab. Wir sprachen selten miteinander, abgesehen von gelegentlichen Kletterinstruktionen. Ich weiß nicht, was Garnett dachte; vielleicht, daß das der verrückteste Blödsinn war, den er je unternommen hatte. Ich stimmte ihm schon halb zu, aber das Vergnügen am Klettern, das Wissen, daß kein Mensch je zuvor diesen Weg genommen hatte, und die überwältigende Schönheit der sich unter uns ausbreitenden Landschaft belohnten mich reichlich.

Ich glaube, ich war nicht besonders aufgeregt, als ich vor uns die Felswand sah, die ich am Morgen durch das Teleskop beobachtet hatte.

Die Felswand hatte keine als Handgriff nutzbaren Risse, so daß wir einen Anker verwenden mußten. Meine müden Arme schienen neue Kraft zu gewinnen, als ich den dreizinkigen Metallanker um meinen Kopf schwang und ihn nach oben schleuderte. Beim erstenmal riß er sich los und fiel langsam herunter, als wir am Seil zogen. Beim dritten Versuch hakten die Stahlzinken fest ein, und wir konnten sie gemeinsam nicht von der Stelle bewegen.

Garnett sah mich besorgt an. Ich bemerkte, daß er als erster gehen wollte, aber ich lächelte ihn durch das Glas meines Helmes hindurch an und schüttelte den Kopf. Langsam und vorsichtig machte ich mich an den Aufstieg.

Selbst mit meinem Raumanzug wog ich hier nur zwanzig Kilogramm, also zog ich mich einfach Hand über Hand hoch, ohne meine Füße zu verwenden. An der Kante pausierte ich und winkte meinem Gefährten. Dann kletterte ich darüber, richtete mich auf und starrte nach vorn.

Sie müssen verstehen, daß ich bis zu diesem Augenblick fest davon überzeugt war, nichts Unerwartetes zu finden.

Ich stand auf einer Felsplatte von vielleicht dreißig Metern Breite. Sie war einmal glatt gewesen – unnatürlich glatt –, aber auftreffende Meteore hatten ihre Oberfläche verschrammt und zerrissen. Sie war eingeebnet worden, um einen glitzernden, pyramidenförmigen Bau zu tragen, zweimal so groß wie ein Mensch, der in den Fels eingefaßt war wie ein riesiges Juwel.

Während dieser ersten Sekunden fühlte ich überhaupt nichts. Dann erhob sich meine Seele, und eine seltsame, unausdrückbare Freude überwältigte mich. Denn ich liebte den Mond; und jetzt wußte ich, daß das Klettermoos im Aristarchus und Eratosthenes nicht das einzige Leben war, das er in seiner Jugend hervorgebracht hatte. Der alte Traum der ersten Erforscher wurde wahr. Es hatte also doch eine Mondzivilisation gegeben – und ich hatte sie als erster gefunden. Es machte mich nicht unglücklich, daß ich vielleicht hundert Millionen Jahre zu spät gekommen war, es genügte, überhaupt gekommen zu sein.

Mein Gehirn begann wieder normal zu funktionieren, die Situation zu durchdenken und Fragen zu stellen. War dies ein Gebäude, ein heiliger Schrein – oder etwas, wofür meine Sprache keinen Namen hatte? Wenn es ein Gebäude war, warum hatte man es dann auf einem so einmalig unzugänglichen Platz errichtet? Ich fragte mich, ob es ein Tempel sein mochte, und konnte mir die Angehörigen einer fremdartigen Priesterschaft vorstellen, wie sie ihre Götter um Hilfe anflehten, als das Leben auf dem Mond mit den sterbenden Ozeanen dahinging, und wie sie ihre Götter umsonst anriefen.

Ich ging einige Schritte vorwärts, um das Ding näher zu betrachten, aber ein Gefühl der Vorsicht hielt mich davon ab, ihm zu nahe zu kommen. Ich hatte ein wenig Ahnung von Archäologie und versuchte, die kulturelle Stufe der Zivilisation zu erraten, die diesen Berggipfel eingeebnet und die glitzernden Spiegelflächen errichtet hatte, die immer noch meine Augen blendeten.

Die Ägypter hätten es zuwege gebracht, dachte ich, wenn ihren Handwerkern diese seltsamen Stoffe zur Verfügung gestanden hätten, die diese weit antikeren Architekten verwendet hatten. Wegen der Kleinheit des Baues kam mir nicht der Gedanke, er könnte das Produkt einer weit fortgeschritteneren Rasse als meiner eigenen sein. Die Vorstellung, daß der Mond intelligentes Leben beherbergt hatte, war immer noch nicht zu fassen.

Und dann bemerkte ich etwas, das mir eine Gänsehaut über den Rücken jagte – etwas so Gewöhnliches und Unschuldiges, daß es vielen Menschen gar nicht aufgefallen wäre. Ich erwähnte schon, daß die Felsplatte von Meteorspuren durchfurcht war; außerdem bedeckte sie eine mehrere Zentimeter dicke Schicht aus kosmischem Staub, der auf jede Welt niedersinkt, die keinen Wind kennt. Aber der Staub und die Meteorspuren endeten ganz plötzlich in einem weiten Kreis um die kleine Pyramide.

Jemand brüllte in meine Kopfhörer, und ich begriff, daß Garnett schon seit einer Weile meinen Namen schrie. Ich ging wankend an den Rand der Platte und bedeutete ihm, mir zu folgen, da ich nicht zu sprechen wagte. Dann ging ich zurück zu dem Kreis im Staub. Ich hob einen Kiesel hoch und warf ihn sanft auf das schimmernde Rätsel. Wenn der Kiesel in diesem unsichtbaren Hindernis verschwunden wäre, hätte mich das nicht überrascht, aber er schien gegen eine glatte Oberfläche zu prallen.

Jetzt wußte ich, daß ich vor etwas stand, das in nichts den von meiner Rasse geschaffenen Dingen glich. Das war kein Gebäude, sondern eine Maschine, durch Kräfte geschützt, die der Ewigkeit widerstanden hatten. Diese Kräfte, was immer sie sein mochten, funktionierten noch, und vielleicht war ich ihnen schon zu nahe gekommen. Ich dachte an all die Strahlungen, die der Mensch im vergangenen Jahrhundert entdeckt und gezähmt hatte. Soviel ich wußte, konnte ich schon so unwiderruflich zum Untergang verdammt sein, als wäre ich in den tödlichen, stummen Bannkreis eines nicht abgeschirmten Atommeilers getreten.

Ich weiß noch, daß ich mich dann Garnett zuwandte, der mir gefolgt war und regungslos neben mir stand. Er schien mich überhaupt nicht zu bemerken, also störte ich ihn nicht, sondern ging zum Rand der Platte, um mich zu konzentrieren. Dort unten, tief unter mir, lag das Mare Crisium – sehr passend: Meer der Krisen –, für die meisten Menschen fremd und unheimlich, aber vertraut und beruhigend für mich. Ich hob meine Augen zur sichelförmigen Erde in ihrem Sternenmantel, und ich fragte mich, was ihre Wolken verdeckt haben mochten, als diese unbekannten Baumeister ihr Werk beendeten. War es der dampfende Dschungel der Karbonzeit, die öde Küste, über die die ersten Amphibien kriechen müssen, um das Land zu erobern – oder, noch früher, die lange Einsamkeit vor dem Auftritt des Lebens?

Fragen Sie mich nicht, warum ich die Wahrheit nicht früher erkannte – die Wahrheit, die jetzt so naheliegend scheint. In der ersten Aufregung über meine Entdeckung hatte ich ohne Zweifel angenommen, daß diese kristallene Erscheinung von einer Rasse erbaut worden war, die der fernen Vergangenheit des Mondes angehörte, aber plötzlich kam der Gedanke über mich, daß sie dem Mond ebenso fremd war wie ich selbst.

Innerhalb von zwanzig Jahren hatten wir keine Spur von Leben gefunden, abgesehen von einigen entarteten Pflanzen. Keine Mondzivilisation, gleichgültig, welches Schicksal ihr beschieden gewesen war, konnte nur ein einziges Zeichen ihrer Existenz hinterlassen haben.

Ich blickte wieder auf die schimmernde Pyramide, und sie schien all dem noch ferner zu rücken, was mit dem Mond zu tun hatte. Und plötzlich wurde ich von einem albernen, hysterischen Gelächter geschüttelt, erzeugt von Überanstrengung und Aufregung, denn ich bildete mir ein, daß die kleine Pyramide mit mir sprach und sagte: ›Entschuldigen Sie, ich bin selbst fremd hier.‹

Wir brauchten zwanzig Jahre dazu, diese unsichtbare Abschirmung zu durchbrechen und die Maschine innerhalb dieser kristallenen Wände zu erreichen. Was wir nicht verstanden, brachen wir schließlich mit der wilden Gewalt der Atomkraft auf; und jetzt habe ich die Bruchstücke dieses herrlichen, glitzernden Dings gesehen, das ich auf dem Berg fand.

Sie sind bedeutungslos. Der Mechanismus der Pyramide – wenn es ein Mechanismus ist – gehört zu einer Technologie, die weit jenseits unseres Horizonts liegt, vielleicht zur Technologie der paraphysikalischen Kräfte.

Das Geheimnis verfolgt uns um so mehr, als wir inzwischen die anderen Planeten erreicht haben und wissen, daß nur auf der Erde intelligentes Leben beheimatet ist. Auch konnte diese Maschine nicht von einer untergegangenen Zivilisation unserer eigenen Welt gebaut worden sein, weil die Dicke der Meteorstaubschicht auf der Felsplatte Rückschlüsse auf das Alter der Maschine möglich gemacht hat. Sie wurde auf den Berg gesetzt, ehe das Leben aus den Meeren der Erde ans Land stieg.

Als unsere Welt halb so alt war, wie sie es heute ist, rauschte *irgend etwas* von den Sternen durch das Sonnensystem, hinterließ ein Andenken seiner Anwesenheit und begab sich wieder auf den Weg. Diese Maschine erfüllte eine Absicht ihrer Erbauer, bis wir sie zerstörten; was diese Absicht betrifft, so habe ich folgende Vermutung:

In der Milchstraße kreisen nahezu hunderttausend Millionen Sterne, und vor langer Zeit müssen Rassen auf den anderen Welten anderer Sonnen die Höhen erklommen und übertroffen haben, zu denen wir uns aufschwingen konnten. Stellen Sie sich solche Zivilisationen vor, weit in der Vergangenheit, nach dem verglimmenden Leuchten des Schöpfungsaktes – die Herren eines so jungen Universums, daß das Leben erst auf eine Handvoll Planeten vorgedrungen war. Sie mußten eine Einsamkeit erdulden, die wir nicht begreifen, die Einsamkeit von Göttern, die hinaussehen über die Unendlichkeit und niemand finden, der ihre Gedanken teilen könnte.

Sie müssen die Sterngruppen abgesucht haben wie wir die Planeten. Überall gab es Welten, aber sie waren leer oder von kriechenden, gehirnlosen Wesen bevölkert. So sah auch unsere eigene Erde aus; der Rauch der riesigen Vulkane befleckte noch den Himmel, als das erste Schiff dieses Volkes der Morgendämmerung vom Abgrund jenseits des Pluto heranschwebte. Sie glitten an den kalten äußeren Planeten vorbei, denn sie wußten, daß das Leben dort keine Rolle spielte. Bei den inneren Planeten, die sich am Feuer der Sonne wärmten und auf den Beginn ihrer Geschichte warteten, kam ihr Schiff zum Stehen.

Diese Wanderer müssen auf die Erde gesehen und gewußt haben, daß sie das Lieblingskind der Sonne war. Hier, in der fernen Zukunft, würde es einmal eine Intelligenz geben, aber vor ihnen lagen noch zahllose Sterne, und vielleicht kamen sie nie mehr wieder hier vorbei.

Also hinterließen sie einen Wachtposten – einen von Millionen, die im ganzen Universum verstreut sind und alle Welten beobachten, die Leben versprechen. Es war ein Leitstrahl, der durch alle Zeiten geduldig die Tatsache mitteilte, daß ihn noch niemand entdeckt hatte.

Vielleicht verstehen Sie jetzt, warum die Kristallpyramide auf dem Mond errichtet wurde statt auf der Erde. Seine Erbauer interessierten sich nicht für Rassen, die noch Barbaren waren. Sie würden sich nur dann für unsere Rasse interessieren, wenn wir unsere Fähigkeit zum Überleben bewiesen hatten – indem wir den Weltraum durchquerten und so der Erde, unserer Wiege, entkamen. Das ist die Herausforderung, die alle intelligenten Rassen, früher oder später, annehmen müssen. Es ist eine zweifache Herausforderung, denn sie hängt einerseits von der Entdeckung der Atomenergie und dadurch von der letzten Wahl zwischen Leben und Tod ab.

Als wir diese Krise überwunden hatten, konnte es nur eine Frage der Zeit sein, bis wir die Pyramide fanden und sie aufbrachen. Nun haben ihre Signale aufgehört, und die damit Betrauten werden jetzt ihren Geist der Erde zuwenden. Vielleicht wollen sie unserer unmündigen Zivilisation helfen. Aber sie müssen schon sehr, sehr alt sein, und die Alten sind oft eifersüchtig auf die Jungen.

Ich kann nie mehr zur Milchstraße blicken, ohne mich zu fragen, von welcher dieser Sternwolken die Abgesandten kommen werden. Wenn Sie einen so abgedroschenen Vergleich verzeihen: Wir haben die Scheibe des Feuermelders eingeschlagen und brauchen nichts zu tun, als zu warten.

Ich glaube nicht, daß wir sehr lange warten müssen.

**Ursula K. LeGuin**

# *Der Tag vor der Revolution*

Die Stimme des Sprechers war so laut wie ein leerer Bierwagen auf einer gepflasterten Straße, und die Teilnehmer der Versammlung drängten sich wie Pflastersteine, während die große Stimme über sie hinwegdröhnte. Taviri befand sich irgendwo auf der anderen Seite des Saales. Sie mußte zu ihm. Sie wand und stieß sich durch die dunkel gekleideten, dicht gedrängten Menschen. Sie hörte weder die Worte, noch sah sie die Gesichter: nur das Dröhnen und die Körper, einer an den anderen gepreßt. Sie konnte Taviri nicht sehen, dazu war sie zu klein. Vor ihr ragte ein dicker Bauch auf und eine breite, mit schwarzer Weste bekleidete Brust, die ihr den Weg versperrten. Sie *mußte* zu Taviri gelangen. Schwitzend stieß sie heftig mit der Faust zu. Es war, als hätte sie einen Stein getroffen, er rührte sich nicht vom Fleck, aber die riesigen Lungen ließen unmittelbar über ihrem Kopf ein gewaltiges Lärmen los, ein Gebrüll. Sie duckte sich ängstlich. Dann begriff sie, daß das Brüllen nicht ihr gegolten hatte. Andere riefen ebenfalls etwas. Der Sprecher hatte irgend etwas gesagt, irgend etwas Großartiges über Steuern oder Schatten. Aufgeregt stimmte sie in die Rufe ein – »Ja! Ja!« –, arbeitete sich weiter vor und gelangte schließlich mühelos auf den weiten Exerzierplatz von Parheo hinaus. Über ihr lag der Abendhimmel weit und farblos, und rings um sie her nickten die hohen Wiesenblumen mit ihren trockenen, weißen, dicht mit Blütenblättern besetzten Köpfen. Sie hatte nie gehört, wie sie hießen. Die Blüten nickten über ihrem Kopf, wiegten sich im Wind, der in der Dämmerung stets über den großen Platz fegte. Sie lief zwischen ihnen einher, und sie bogen sich graziös zur Seite und richteten sich anschließend stumm wieder auf. Inmitten all dieser hohen Gräser stand Taviri in seinem guten Anzug, dem dunkelgrauen, in dem er aussah wie ein Professor oder ein Schauspieler, streng und elegant. Er sah nicht glücklich aus, aber er lachte und sagte etwas zu ihr. Beim Klang seiner Stimme mußte sie weinen; sie streckte die Hand aus, um die seine zu ergreifen, aber sie hörte noch immer nicht ganz auf. Sie konnte nicht aufhören. »Ach, Taviri!« sagte sie. »Es ist gleich da drüben!« Der merkwürdige, süße Duft der weißen Gräser lastete schwer, als sie weiterging. Sie stieß auf Dornen unter ihren Füßen – Fallstricke, sie stieß auf Abhänge – Fallgruben. Sie fürchtete, zu fallen, zu fallen; sie hielt inne.

Sonne, strahlender Morgenschein, direkt in ihre Augen, unbarmherzig. Sie hatte gestern abend vergessen, die Jalousie zu schließen. Sie drehte der Sonne den Rücken zu, doch auf der rechten Seite lag sie zu unbequem. Sinnlos. Tag. Sie seufzte zweimal, richtete sich auf, schwang die Beine über die Bettkante und saß da in ihrem Nachthemd, in sich zusammengesunken, betrachtete ihre Füße.

Die Zehen, vom lebenslangen Tragen billiger Schuhe zusammengedrückt, waren dort, wo sie einander berührten, beinahe quadratisch und wölbten sich dann voller Hühneraugen; die Nägel waren verfärbt und formlos. Die kleine, schmale Ebene an der Basis ihrer Zehen war immer noch zierlich, aber die Haut war schmutzfarben und der Spann von verknoteten Adern durchzogen. Ekelhaft. Traurig, deprimierend. Schäbig. Erbärmlich. Sie probierte es mit all diesen Wörtern, und sie alle paßten wie häßliche, kleine Hüte. Häßlich: ja, auch das. Sich selbst zu betrachten und sich häßlich zu finden – was für eine Erfahrung! Doch damals, als sie noch nicht häßlich gewesen war, hatte sie da herumgesessen und sich selbst angestarrt? Nicht sehr oft! Ein hübscher Körper ist kein Objekt, kein Werkzeug, kein Besitz, den man bewundert, er ist ganz einfach man selbst. Erst wenn er nicht mehr man selbst ist, sondern wenn er einem gehört als Gegenstand, beginnt man sich Sorgen um ihn zu machen: Ist er noch in guter Verfassung? Wird er es schaffen? Wird er es durchhalten?

»Was soll's?« sagte Laia heftig und stand auf.

Ihr wurde schwindlig, wenn sie so schnell aufstand. Sie mußte sich am Nachttisch festhalten, denn sie fürchtete, zu fallen. Dabei fiel ihr wieder ein, wie sie im Traum die Hand nach Taviri ausgestreckt hatte.

Was hatte er gesagt? Sie konnte sich nicht mehr erinnern. Sie war nicht mal sicher, ob sie tatsächlich seine Hand berührt hatte. Stirnrunzelnd suchte sie ihr Gedächtnis zu zwingen. Es war so lange her, seit sie zum letztenmal von Taviri geträumt hatte; und jetzt konnte sie sich nicht mal an das erinnern, was er gesagt hatte!

Es war fort, wie weggeblasen. Sie stand da in ihrem Nachthemd, gebückt, stirnrunzelnd, eine Hand auf dem Nachttischchen. Wie lange hatte sie schon nicht mehr an ihn gedacht, geschweige denn von ihm geträumt, ja sogar an ihn als ›Taviri‹ gedacht? Wie lange hatte sie diesen Namen schon nicht mehr ausgesprochen?

Hatte Asieo gesagt. Als Asieo und ich im Norden im Gefängnis waren. Bevor ich Asieo kennenlernte. Asieos Theorie der Reziprozität. O ja, sie redete über ihn, redete zweifellos viel zuviel über ihn. Schwatzte, zog ihn mit hinein. Aber als ›Asieo‹, der Nachname, der Mann der Öffentlichkeit. Der Privatmann war fort, ganz und gar verschwunden. Es waren so wenige übrig, die ihn auch nur gekannt hatten. Früher waren sie alle im Gefängnis gewesen. In jenen Tagen lachte man darüber, alle Freunde in all den Gefängnissen. Aber es gab sie nicht einmal mehr dort, jetzt. Sie lagen auf den Gefängnisfriedhöfen. Oder in den Massengräbern.

»Oh, ach du liebe Zeit«, stöhnte Laia laut und sank aufs Bett zurück, weil sie unter der Last der Erinnerung an jene ersten Wochen im Fort nicht stehenbleiben konnte, jener Wochen in der Zelle, der ersten Wochen von neun Jahren im Fort von Drio, in der Zelle, jener ersten Wochen, nachdem man ihr mitgeteilt hatte, Asieo sei bei dem Gefecht auf dem Capitol Square gefallen und mit den vierzehnhundert zusammen in den Kalkgruben hinter dem Oringtor begraben worden. In der Zelle. Ihre Hände fielen in die gewohnte Position auf dem Schoß, die linke Faust im Griff der Rechten, während der rechte Daumen hin und her strich, den Knöchel ihres linken Zeigefingers immer ein wenig knetete und rieb. Stundenlang, tagelang, nächtelang. Sie hatte an sie alle gedacht, an jeden einzelnen, an jeden einzelnen der vierzehnhundert, wie sie dort lagen, wie der Ätzkalk an ihrem Fleisch fraß, wie er in der brennenden Dunkelheit die Knochen berührte. Wer berührte ihn? Wie lagen die schlanken Knochen der Hand jetzt? Stunden, Jahre …

»Taviri, ich habe dich niemals vergessen!« flüsterte sie, und diese Torheit rief sie zurück ins Morgenlicht und auf das zerdrückte Bett. Selbstverständlich hatte sie ihn nicht vergessen. So etwas versteht sich von selbst zwischen Mann und Frau. Da waren sie wieder, ihre häßlichen, alten Füße flach auf dem Boden, genau wie zuvor. Sie war nirgendwo hingelangt, sie hatte sich im Kreis bewegt. Mit einem angestrengten und ärgerlichen Keuchen erhob sie sich und ging zum Schrank, um ihren Morgenrock herauszuholen.

Die jungen Leute liefen in schöner Schamlosigkeit im Haus herum, sie aber war dafür zu alt. Sie wollte keinem jungen Mann mit ihrem Anblick den Appetit aufs Frühstück verderben. Außerdem waren sie mit dem Prinzip der Freiheit in puncto Kleidung, Sex und so weiter erzogen worden, sie hingegen nicht. Sie hatte diese Freiheit nur erfunden. Das ist nicht dasselbe.

Genauso, wenn sie von Asieo als von ›meinem Mann‹ sprach. Da zuckten sie zusammen. Als gute Odonianerin hätte sie natürlich sagen müssen, ›mein Partner‹. Aber warum zum Teufel sollte sie eine gute Odonianerin sein?

Sie schlurfte den Korridor entlang zu den Baderäumen. Mairo war dort und wusch sich in einem Becken das Haar. Bewundernd betrachtete Laia den langen, glatten, nassen Schopf. Sie kam jetzt so selten aus dem Haus, daß sie nicht mehr wußte, wann sie zuletzt einen korrekt rasierten Schädel gesehen hatte, doch immer noch machte es ihr Freude, große Freude, einen Kopf voller Haare zu sehen. Wie oft hatte man sie verhöhnt, ›Langhaar, Langhaar‹, wie oft hatten Polizisten oder junge Rowdies sie an den Haaren gezogen, war ihr das Haar in jedem neuen Gefängnis von einem grinsenden Soldaten abrasiert worden? Und dann war es von neuem gewachsen, zuerst der Flaum, dann die Krause, dann die Locken, dann die Mähne ... In den alten Zeiten. Um Gottes willen, konnte sie heute denn an nichts anderes denken als an die alten Zeiten?

Als sie angekleidet war und ihr Bett gemacht hatte, ging sie in den Speisesaal hinunter. Es gab ein gutes Frühstück, doch seit diesem verdammten Schlaganfall hatte sie keinen rechten Appetit mehr gehabt. Sie trank zwei Tassen Kräutertee, konnte das Stück Obst, das sie sich geholt hatte, nicht aufessen. Als Kind hatte sie sich so sehr nach Obst gesehnt, daß sie es gestohlen hatte; und dann im Fort ... Um Gottes willen, hör endlich auf! Lächelnd erwiderte sie die Grüße und freundlichen Erkundigungen der anderen Frühstücksteilnehmer und des großen Aevi, der heute an der Theke bediente. Er war es gewesen, der sie zu dem Pfirsich verlockt hatte: »Sieh nur, den habe ich für dich aufgehoben.« Wie konnte sie da ablehnen? Überdies hatte sie Obst immer sehr gemocht und nie davon genug kriegen können; einmal, als sie sechs oder sieben Jahre alt war, hatte sie von einem Verkaufskarren in der Flußstraße ein Stück Obst gestohlen. Aber es war schwierig, zu essen, weil jedermann so aufgeregt redete. Es gab Nachrichten aus Thu, wirklich sensationell. Zuerst hatte sie die Nachrichten verächtlich abtun wollen, denn sie hatte den Enthusiasmus satt, doch nachdem sie den Artikel in der Zeitung und dabei auch zwischen den Zeilen gelesen hatte, dachte sie mit einer seltsamen, tiefen, aber kalten Gewißheit: »Das ist es; endlich ist es soweit. Und in Thu, nicht hier. Thu wird sich befreien, bevor sich dieses Land hier befreit; den ersten Sieg wird die Revolution dort erringen. Als wäre das so wichtig! Es wird keine Nationen mehr geben.« Und dennoch war es irgendwie wichtig, machte sie ein bißchen kalt und traurig – ja, neidisch sogar. Einfach albern! Sie beteiligte sich nicht sehr intensiv an den Gesprächen, sondern kehrte bald in ihr Zimmer zurück, weil sie sich selber leid tat. Sie konnte die Erregung nicht teilen. Sie stand draußen vor der Tür, richtig draußen. Es ist nicht so leicht, rechtfertigte sie sich vor sich selbst, als sie mühsam die Treppe emporstieg, zu akzeptieren, daß man draußen ist, wenn man fünfzig Jahre lang drinnen, ja sogar der Mittelpunkt gewesen ist. O mein Gott! Auch noch jammern!

Sie ließ die Treppe und das Selbstmitleid hinter sich und betrat ihr Zimmer. Es war ein schönes Zimmer, und es war gut, allein zu sein. Eine große Erleichterung. Auch wenn es nicht ganz gerecht sein mochte. Einige von den jungen Leuten ganz oben wohnten zu fünft unterm Dach in einem Zimmer, das nicht größer war als dieses hier. Es wollten immer mehr Menschen in den odonianischen Häusern wohnen, als einigermaßen bequem untergebracht werden konnten. Sie hatte dieses geräumige Zimmer nur für sich, weil sie eine alte Frau war und einen Schlaganfall erlitten hatte. Und vielleicht, weil sie Odo war. Wäre sie nicht Odo gewesen, sondern nur die alte Frau mit dem Schlaganfall, ob sie es dann wohl auch bekommen hätte? Höchstwahrscheinlich. Schließlich, wer zum Teufel wollte ein Zimmer mit einer sabbernden alten Frau teilen? Aber ganz sicher war sie nicht. Favoritentum, Elitedenken, Personenkult, alles kehrte wieder zurück und kam überall ans Licht. Allerdings hatte sie niemals erwartet, daß sie noch zu ihren Lebzeiten, nach einer Generation, völlig ausgerottet waren; nur die Zeit bewirkt große Veränderungen. Vorderhand war dies ein hübsches, großes, sonniges Zimmer, genau richtig für eine sabbernde alte Frau, die eine Weltrevolution begonnen hatte.

In einer Stunde würde ihr Sekretär kommen und ihr beim Bewältigen der täglichen Arbeit helfen. Sie schlurfte zum Schreibtisch, einem wunderschönen, großen Möbel, Geschenk vom Syndikat der Kunsttischler in Noi, weil jemand sie einmal hatte sagen hören, das einzige Möbelstück, das sie sich jemals wirklich gewünscht habe, sei ein Schreibtisch mit Schubladen und ausreichend Platz auf der Platte ... Verdammt, die Platte verschwand fast unter den Papieren mit angehefteten Notizzetteln, zumeist mit Nois kleiner, klarer Handschrift bedeckt: Dringend. – Nordprovinzen. – mit R. T. besprechen?

Ihre eigene Handschrift hatte sich seit Asieos Tod verändert. Das war merkwürdig, wenn man es sich überlegte. Schließlich hatte sie innerhalb von fünf Jahren nach seinem Tod die gesamte ›Analogie‹ geschrieben. Und dann waren da die Briefe, die der hochgewachsene Wärter mit den wäßrig-grünen Augen, wie hieß er noch, ach was, egal, zwei Jahre lang für sie zum Fort hinausgeschmuggelt hatte. ›Briefe aus dem Gefängnis‹ wurden sie heute genannt; es gab ein Dutzend verschiedene Ausgaben von ihnen. Der ganze Kram, die Briefe, von denen die Leute immer versicherten, sie seien voller ›geistiger Kraft‹ – was wahrscheinlich hieß, daß sie sich selbst was in die Tasche gelogen hatte, als sie sie schrieb, um ihre Moral aufrechtzuerhalten –, und die ›Analogie‹, mit Sicherheit ihr solidestes intellektuelles Werk, all das war im Fort von Drio, war nach Asieos Tod in der Zelle geschrieben worden. Man mußte doch schließlich etwas tun, und im Fort wurden einem Papier und Bleistift gestattet ... Aber all das war in dem hastigen, eiligen Gekritzel geschrieben, das sie nie recht als ihre eigene Schrift betrachten konnte, nicht so wie die runden, schwarzen Schnörkel im Manuskript von ›Gesellschaft ohne Regierung‹, jetzt fünfundvierzig Jahre alt. Taviri hatte nicht nur das Sehnen ihres Körpers und ihres Herzens mit in den Ätzkalk genommen, sondern sogar ihre gute, klare Handschrift.

Doch die Revolution hatte er ihr gelassen.

Wie tapfer von dir, weiterzumachen, im Gefängnis zu arbeiten, zu schreiben, nach dieser Niederlage für die Bewegung, nach dem Tod deines Partners, hatten die Leute zu ihr gesagt. Verdammte Narren! Was hätte sie denn sonst tun sollen? Mut, Tapferkeit – was war Tapferkeit? Sie hatte es nie herausfinden können. Keine Angst haben, sagten manche. Angst haben und trotzdem weitermachen, behaupteten andere. Aber was sollte man tun, wenn nicht weitermachen? Hatte man denn überhaupt jemals die Wahl?

Sterben bedeutete nur, eine andere Richtung einschlagen.

Wenn man heimkehren wollte, mußte man weitermachen, weitergehen, das hatte sie gemeint, als sie schrieb: »Der wahre Weg ist die Rückkehr«; doch das war nichts weiter als eine Intuition gewesen, und jetzt war sie weiter denn je davon entfernt, sie rational erklären zu können. Sie bückte sich – zu schnell, so daß sie unter dem Knirschen ihrer Knochen ein wenig grunzte – und begann in einer der untersten Schreibtischschubladen zu kramen. Ihre Hand stieß auf einen vom Alter weich gewordenen Aktenhefter und zog ihn heraus, erkannte ihn nach der Berührung, bevor das Auge die Bestätigung brachte: das Manuskript von ›Syndikatsorganisation in der Übergangsphase der Revolution‹. Er hatte den Titel mit Druckbuchstaben auf den Aktendeckel geschrieben und darunter seinen Namen gesetzt, Taviri Odo Asieo, IX741. Das war eine elegante Handschrift, jeder Buchstabe wohlgeformt, kühn und flüssig! Doch er hatte lieber mit einem Stimmschreiber gearbeitet. Das ganze Manuskript war mit Stimmschrift niedergelegt, und zwar in erstklassiger Qualität, Verzögerungen angeglichen, Sprachidiosynkrasien normalisiert. Hier sah man nichts davon, daß er das ›o‹ tief in der Kehle geformt hatte, wie man es an der Nordküste tat. Hier war nichts von ihm festgehalten als sein Denken. Sie besaß nichts von ihm außer dem Namen, den er auf den Aktendeckel geschrieben hatte. Seine Briefe hatte sie nicht aufbewahrt; Briefe aufzubewahren war sentimental. Außerdem hatte sie nie etwas aufbewahrt. Sie konnte sich nicht erinnern, daß sie jemals etwas länger als ein paar Jahre behalten hatte, bis auf diesen heruntergewirtschafteten Körper natürlich, und von dem konnte sie sich nicht befreien …

Sie dualisierte schon wieder. ›Sie‹ und ›er‹. Alter und Krankheit machten den Menschen zum Dualisten, zum Eskapisten; der Verstand beharrte: ›Das bin nicht ich, das bin nicht ich.‹ Aber man war es doch. Vielleicht brachten es die Mystiker fertig, Geist und Körper zu trennen; sie hatte ihnen schon immer diese Möglichkeit geneidet, ohne darauf hoffen zu können, es ihnen einmal nachzumachen. Flucht hatte ihr noch nie gelegen. Sie hatte die Freiheit gewollt, hier, jetzt, Körper und Seele.

Zuerst Selbstmitleid, dann Eigenlob, und immer noch saß sie da, verdammt noch mal, und hielt Asieos Namen in der Hand. Warum? Kannte sie seinen Namen nicht, ohne ihn anzusehen? Was war los mit ihr? Sie hob den Aktendeckel an die Lippen, drückte einen festen Kuß auf den handgeschriebenen Namen, legte den Aktendeckel in die unterste Schublade zurück, schloß die Schublade und richtete sich im Schreibtischstuhl auf. Ihre rechte Hand prickelte. Sie kratzte sich und schüttelte sie dann ärgerlich. Sie hatte den Schlaganfall nie so ganz überwunden. Die Hand nicht, das rechte Bein nicht, das rechte Auge nicht und der rechte Mundwinkel nicht. Sie waren schlaff, untüchtig, sie prickelten. Sie bewirkten, daß sie sich vorkam wie ein Roboter mit Kurzschluß.

Und es wurde später, bald würde Noi kommen, was hatte sie seit dem Frühstück bloß gemacht?

Sie stand so hastig auf, daß sie stolperte und nach der Stuhllehne greifen mußte, um nicht zu fallen. Dann ging sie durch den Korridor zum Bad und betrachtete sich dort im großen Spiegel. Ihr grauer Haarknoten hatte sich gelockert und hing herab; sie hatte ihn vor dem Frühstück nicht richtig festgesteckt. Sie kämpfte eine ganze Weile mit ihm. Es fiel ihr schwer, die Arme hochzuhalten. Amai, die hereingelaufen kam, um zu pinkeln, blieb stehen und sagte: »Warte, ich helfe dir!« Und hatte ihn im Handumdrehen, stumm lächelnd, mit ihren runden, kräftigen hübschen Fingern fest und sauber zusammengedreht. Amai war zwanzig, nicht mal ein Drittel so alt wie Laia. Ihre Eltern waren beide Mitglied der Bewegung gewesen, der eine beim Aufstand von '60 umgekommen, die andere zum Rekrutieren in den Südprovinzen. Amai war in Odonianischen Häusern aufgewachsen, in die Revolution hineingeboren, eine echte Tochter der Anarchie. Und ein so ruhiges, freies und schönes Kind, daß man weinen mußte, wenn man dachte: Dafür haben wir gearbeitet, das haben wir gemeint, das ist es, hier steht sie, lebendig geworden, die freundliche, schöne Zukunft.

Laia Asieo Odos rechtes Auge weinte ein paar kleine Tränen, während sie zwischen den Waschbecken und den Klosettbecken stand und sich von der Tochter, die sie nicht geboren hatte, das Haar aufstecken ließ; ihr linkes Auge jedoch, das kräftige, weinte nicht und wußte nicht, was das rechte tat.

Sie bedankte sich bei Amai und eilte in ihr Zimmer zurück. Im Spiegel hatte sie einen Flecken auf ihrem Kragen entdeckt. Wahrscheinlich Pfirsichsaft. Verdammte alte Sabberin! Sie wollte nicht, daß Noi kam und sie mit einem Fleck auf dem Kragen antraf.

Als sie sich die frische Bluse über den Kopf zog, dachte sie: Was ist denn so Besonderes an Noi?

Mit der linken Hand schloß sie langsam die Kragenschlaufen.

Noi war ungefähr dreißig, ein zierlicher, muskulöser Bursche mit sanfter Stimme und wachen, dunklen Augen. Das war das Besondere an Noi. So einfach war das. Der gute, alte Sex. Sie hatte sich nie von einem blonden oder dicken Mann angezogen gefühlt, nicht mal von hochgewachsenen Burschen mit dickem Bizeps, niemals, nicht einmal, als sie vierzehn war und sich in jeden, der vorbeikam, verliebte. Dunkel, mager, leidenschaftlich, das war das richtige. Taviri, natürlich. Dieser Junge konnte Taviri, was den Verstand betraf, nicht das Wasser reichen, nicht mal, was das Aussehen betraf, aber dennoch. Sie wollte nicht, daß er sie mit Sabber auf dem Kragen und unordentlicher Frisur antraf.

Ihre dünnen, grauen Haare.

Noi kam und blieb kurz an der offenen Tür stehen – großer Gott, sie hatte nicht mal die Tür zugemacht, als sie die Bluse wechselte! Sie sah ihn an und sah sich selbst. Die alte Frau.

Sie konnte sich die Haare bürsten und die Bluse wechseln, sie konnte die Bluse von letzter Woche und die Zöpfe von letzter Nacht tragen, sie konnte goldene Kleider anziehen und sich den geschorenen Schädel mit Diamantpuder bestäuben. Nichts würde den kleinsten Unterschied machen. Die alte Frau würde ein bißchen weniger oder ein bißchen mehr grotesk aussehen.

Man hält sich proper rein aus Anstand, aus hygienischen Gründen, aus Rücksicht auf die anderen.

Und schließlich tut man nicht mal mehr das, sondern sabbert einfach drauflos.

»Guten Morgen«, grüßte der junge Mann mit seiner sanften Stimme.

»Hallo, Noi!«

Nein, bei Gott, es war *nicht* nur rein aus Anstand. Zum Teufel mit dem Anstand. Nur weil der Mann, den sie geliebt hatte und den ihr Alter nicht gestört hätte, tot war, mußte sie da so tun, als hätte sie keinen Sex? Mußte sie wie ein verdammter puritanischer Autoritarianer die Wahrheit unterdrücken? Sogar vor sechs Monaten noch, vor dem Schlaganfall, hatten die Männer sie angesehen und gern angesehen; und jetzt konnte sie zwar keine Freuden mehr schenken, aber bei Gott, sie konnte sich selbst Freuden schenken!

Damals, als sie sechs Jahre alt war und Papas Freund Gadeo zu Besuch kam und nach dem Dinner mit Papa über Politik diskutierte, pflegte sie eine goldfarbene Halskette anzulegen, die Mama einmal auf einem Kehrichthaufen gefunden und ihr mitgebracht hatte. Sie war so kurz, daß sie stets unter ihren Kragen rutschte, wo niemand sie richtig sehen konnte. Doch ihr gefiel es trotzdem so. Sie wußte, daß sie die Kette trug. Sie saß auf der Türschwelle und hörte zu, wie sie sich unterhielten, und wußte, daß sie sich für Gadeo hübsch gemacht hatte. Gadeo war dunkel, mit blitzenden weißen Zähnen. Manchmal nannte er sie »hübsche Laia«. »Meine hübsche Laia!« Vor sechsundsechzig Jahren.

»Was? Mein Kopf brummt. Ich habe eine furchtbare Nacht hinter mir.« Das stimmte. Sie hatte noch weniger geschlafen als sonst.

»Ich hatte gefragt, ob du heute morgen die Zeitung gelesen hast.«

Sie nickte.

»Freust du dich über Soinehe?«

Soinehe war jene Provinz in Thu, die am Abend zuvor ihren Abfall vom Staate Thu erklärt hatte.

Er freute sich sichtlich darüber. In seinem dunklen, wachen Gesicht blitzten die weißen Zähne. Hübsche Laia.

»Ja. Und besorgt.«

»Ich weiß. Aber diesmal ist es das Wahre. Der Anfang vom Ende der Regierung in Thu. Sie haben nicht mal den Versuch gemacht, Truppen nach Soinehe hineinzuschicken, weißt du. Das würde auch die Soldaten nur noch eher in die Rebellion stürzen, das wissen sie.«

Sie stimmte ihm zu. Sie hatte die gleiche Gewißheit empfunden. Doch seine Freude konnte sie nicht teilen. Nachdem man ein Leben lang von der Hoffnung gelebt hat, weil es außer der Hoffnung gar nichts gibt, verliert man den Geschmack am Sieg. Nur nach einer echten Verzweiflung kann man echten Triumph empfinden. Und die Verzweiflung war ihr vor langem schon fremd geworden. Es gab keine Triumphe mehr. Man machte weiter.

»Wollen wir heute die Briefe erledigen?«

»Na schön. Welche Briefe?«

»An die Leute im Norden«, erklärte er ohne Ungeduld.

»Im Norden?«

»Parheo, Oaidun.«

Sie war in Parheo geboren, der schmutzigen Stadt am schmutzigen Fluß. In die Hauptstadt hier war sie erst gekommen, als sie zwanzig und bereit war, die Revolution mitzubringen. Obwohl es in jenen Tagen, bevor sie und die anderen sie gründlich durchdacht hatten, eine sehr grüne und infantile Revolution gewesen war. Streiks für höhere Löhne, politische Vertretung für Frauen. Stimmen und Löhne – Macht und Geld, verdammt noch mal! Nun ja, man lernt schließlich in fünfzig Jahren ein wenig.

Doch dann muß man alles wieder vergessen.

»Beginnen wir mit Oaidun«, schlug sie vor und nahm in ihrem Armsessel Platz. Noi saß schon am Schreibtisch, arbeitsbereit. Er las ihr Auszüge aus den Briefen vor, die sie beantworten mußte. Sie versuchte, sich zu konzentrieren, und es gelang ihr relativ gut, so daß sie einen ganzen Brief diktieren und einen zweiten anfangen konnte. »Vergeßt nicht, daß eure Bruderschaft in diesem Stadium ausgesetzt ist der Drohung des … nein, der Gefahr … zu …« Sie suchte nach Worten, bis Noi vorschlug: »Der Gefahr des Personenkults ausgesetzt ist?«

»Na schön. Und daß nichts so schnell von Machtstreben korrumpiert wird wie Altruismus. Nein. Und daß der Altruismus durch nichts so schnell korrumpiert wird … nein. Ach, mein Gott, du weißt schon, was ich sagen will, Noi. Also schreib du's lieber. Die wissen's ja auch, es ist das altgewohnte Zeug, warum lesen sie's eigentlich nicht in meinen Büchern nach?«

»Berührung«, antwortete Noi lächelnd und zitierte damit eines der zentralen odonianischen Themen.

»Na schön, aber ich bin es müde, berührt zu werden. Wenn du den Brief schreibst, werde ich ihn unterzeichnen, heute vormittag aber kann ich mich damit nicht mehr herumschlagen.« Er musterte sie mit ein wenig fragendem oder besorgtem Ausdruck. Gereizt erklärte sie: »Ich habe etwas anderes zu tun!«

Als Noi fort war, setzte sie sich an den Schreibtisch, tat, als sei sie sehr beschäftigt, indem sie ihre Papiere hin und her schob, denn die Worte, die sie gesprochen hatte, hatten sie sehr erschreckt, geängstigt. Sie hatte gar nichts anderes zu tun. Sie hatte nie etwas anderes zu tun. Dies hier war ihre Arbeit: ihr Lebenswerk. Die Vortragstourneen, die Versammlungen und die Straßen lagen jetzt außerhalb ihrer Reichweite, aber schreiben konnte sie immer noch, und das war ihr Werk. Und außerdem, wenn sie wirklich etwas anderes zu tun gehabt hätte, hätte Noi davon gewußt; er führte ihren Terminkalender und erinnerte sie taktvoll an Verabredungen wie etwa den Besuch der ausländischen Studenten heute nachmittag.

Verdammt noch mal. Sie mochte die jungen Menschen, und von einem Ausländer konnte man immer etwas lernen, aber sie war der neuen Gesichter müde, sie war es müde, sich anstarren zu lassen. Sie lernte von ihnen, doch sie lernten nichts von ihr; sie hatten alles, was sie sie lehren konnte, vor langem schon aus ihren Büchern, von der Bewegung gelernt. Sie kamen nur, um sie anzusehen, als wäre sie der Große Turm in Rodarred oder der Canyon von Tulaevea. Ein Phänomen, ein Denkmal. Sie gaben sich ehrfürchtig, bewundernd. Sie fauchte sie an: Denkt eure eigenen Gedanken! – Das ist nicht Anarchismus, das ist lediglich Obskurantismus. – Ihr glaubt doch wohl nicht, Freiheit und Disziplin seien unvereinbar, wie? – Sie akzeptierten ihre Schelte kleinlaut wie Kinder, dankbar, als wäre sie eine Art All-Mutter, das Idol des Großen Schützenden Mutterschoßes. Sie! Sie, die die Werften von Seissero vermint, angesichts einer siebentausendköpfigen Menge Premier Inoilte Flüche, Verwünschungen ins Gesicht geschleudert, ihm gesagt hatte, er würde seine eigenen Eier abschneiden, sie bronzieren lassen und als Souvenirs verkaufen, wenn er glaubte, Profit damit machen zu können – sie, die gekreischt und geflucht, die Polizisten getreten, Priester bespuckt und öffentlich auf die große Bronzetafel auf dem Capitol Square gepißt hatte, auf der stand: HIER WURDE DER SOUVERÄNE NATIONALSTAAT VON A-IO GEGRÜNDET, ETC. ETC., pssssss auf den ganzen Mist! Und jetzt war sie für alle die Großmama, die reizende alte Dame, das liebe, alte Denkmal, kommt und verehrt den Mutterschoß. Das Feuer ist erloschen, Jungens, ihr könnt ruhig näher kommen.

»Nein, ich denke nicht daran«, sagte Laia laut. »Ich denke nicht daran.« Sie schämte sich kein bißchen darüber, daß sie Selbstgespräche hielt, weil sie es immer getan hatte. »Laias unsichtbares Publikum«, hatte Taviri immer gesagt, wenn sie vor sich hin murmelnd durchs Zimmer ging. »Ihr braucht nicht zu kommen, ich werde nicht hier sein«, erklärte sie ihrem unsichtbaren Publikum jetzt. Sie hatte soeben entschieden, was sie tun mußte. Sie mußte raus. Auf die Straße.

Es war rücksichtslos, die ausländischen Studenten zu enttäuschen. Es war launenhaft, typisch senil. Es war unodonianisch. Pssssss auf den ganzen Mist! Was nützte es, wenn man sein Leben lang für die Freiheit arbeitete und schließlich überhaupt keine Freiheit mehr besaß? Sie würde jetzt einen Spaziergang machen.

*»Was ist ein Anarchist? Ein Mensch, der die Wahl hat und die Verantwortung der Wahl akzeptiert.«*

Auf dem Weg nach unten beschloß sie stirnrunzelnd, doch lieber zu bleiben und die ausländischen Studenten zu empfangen. Anschließend aber wollte sie dann ausgehen.

Es waren sehr junge Studenten, sehr ernst: rehäugig, kraushaarig, charmante Dinger aus der westlichen Hemisphäre, Benbili und dem Königreich Mand, die Mädchen in weißen Hosen, die Jungens in langen Kilts, kriegerisch und archaisch. Sie erzählten von ihren Hoffnungen. »Wir in Mand sind so weit von der Revolution entfernt, daß wir ihr möglicherweise sehr nahe sind«, sagte eines der Mädchen sehnsüchtig lächelnd. »Der Kreis des Lebens!« Und zeigte mit dem Kreis, den ihre schlanken, dunkelhäutigen Finger bildeten, wie sich die Extreme trafen. Amai und Aevi servierten ihnen weißen Wein und braunes Brot, Zeichen der Gastlichkeit des Hauses. Die Besucher erhoben sich bescheiden nach einer knappen halben Stunde, um sich zu verabschieden. »Nein, nein, nein«, wehrte Laia ab, »bleibt hier, unterhaltet euch mit Aevi und Amai. Ich werde nur ein bißchen steif, wenn ich länger sitze, ich muß mich bewegen. Es war schön, euch kennenzulernen, ihr werdet mich doch sicher bald wieder einmal besuchen, meine kleinen Brüder und Schwestern, ja? Bald?« Denn ihr Herz öffnete sich ihnen, und ihre Herzen öffneten sich ihr, und mit allen tauschte sie dann Küsse, lachend, entzückt von den jungen, dunklen Wangen, den liebevoll blickenden Augen, dem duftenden Haar, bevor sie hinausschlurfte. Sie war wirklich ein bißchen müde, aber hinaufzugehen und ein bißchen zu schlafen, wäre Kapitulation. Sie wollte ausgehen. Und sie würde ausgehen. Sie war nicht mehr draußen gewesen seit – wann? Seit dem Winter! Vor dem Schlaganfall. Kein Wunder, daß sie morbide wurde. Es war eine regelrechte Gefängnisstrafe gewesen. Draußen, auf der Straße, da lebte sie!

Ruhig ging sie zur Seitentür hinaus, am Gemüsegarten vorbei zur Straße. Der schmale Streifen sauren Stadtbodens war liebevoll gepflegt worden und produzierte eine nette Ernte von Bohnen und *ceëa*, aber Laias Auge war landwirtschaftlich nicht bewandert. Natürlich war es selbstverständlich, daß die anarchistischen Gemeinden selbst in der Zeit des Übergangs auf optimale Selbsterhaltung hinarbeiteten, doch wie das im Hinblick auf tatsächliche Ackerkrume und Pflanzen bewerkstelligt wurde, ging sie nichts an. Dafür gab es Bauern und Agronomen. Ihre Aufgabe waren die Straßen, die lärmenden, stinkenden Straßen aus Stein, wo sie, von den fünfzehn Jahren im Gefängnis abgesehen, ihr ganzes Leben verbracht hatte.

Liebevoll blickte sie an der Fassade des Hauses empor. Daß es eigentlich eine Bank gewesen war, verlieh seinen gegenwärtigen Bewohnern eine seltsame Genugtuung. Sie lagerten ihre Mehlsäcke in dem bombensicheren Tresor und ihren Apfelwein in Fäßchen in den Schließfächern. Über den verschnörkelten Säulen zur Straße hin stand noch in großen Buchstaben zu lesen: ›National Investors and Grain Factors Banking Association.‹ Die Bewegung war nicht gerade stark im Namengeben. Sie hatte keine Fahne. Wahlsprüche kamen und gingen, wie es die Notwendigkeit ergab. Und dann konnte man immer den Lebenskreis an Wände und aufs Pflaster kratzen, wo die Behörden ihn sehen mußten. Doch was Benennungen anging, waren sie uninteressiert, akzeptierten und ignorierten jeden Namen, den man ihnen gab, weil sie fürchteten, festgelegt und eingepfercht zu werden, während sie keine Angst hatten, absurd zu wirken. Daher besaß dieses bekannteste und zweitälteste kooperative Haus keinen anderen Namen als ›Die Bank‹.

Es stand an einer breiten, ruhigen Straße, doch nur einen einzigen Block entfernt begann die Temeba, ein Freiluftmarkt, einstmals berühmt als Zentrum für den Schwarzhandel mit psychogenen und teratogenen Drogen, heute beschränkt auf Gemüse, Altkleider und miserable Varieté-Shows. Die zügellose Vitalität war verschwunden, zurückgeblieben waren nur halb paralysierte Säufer, Süchtige, Krüppel, Straßenhändler und fünftklassige Huren, Pfandleihen, Spielhöllen, Wahrsagerinnen, billige Hotels. Laia nahm Richtung auf die Temeba, wie Wasser dem Meer zufließt.

Sie hatte die Stadt niemals gefürchtet oder verabscheut. Sie war ihre Heimat. Wenn die Revolution siegte, würde es keine Slums wie diesen mehr geben. Aber Elend würde es geben. Immer würde es Elend, Verfall, Grausamkeit geben. Sie hatte nie vorgegeben, das Wesen der Menschen verändern, die Mama sein zu wollen, die ihre Kinder vor Tragödien behütet, damit sie sich nicht weh tun. Alles andere als das. Solange die Menschen die Wahl hatten, ob sie Leimkraut trinken und in der Gosse leben wollten, war das ihre eigene Angelegenheit. Hauptsache, es war nicht die Angelegenheit des ›Big Business‹, eine Profitquelle und Machtbasis für andere Menschen. Sie hatte all das gespürt, noch ehe sie etwas darüber wußte; noch ehe sie das erste Flugblatt schrieb, noch ehe sie Parheo verließ, noch ehe sie wußte, was ›Kapital‹ bedeutete, noch ehe sie über die Flußstraße hinauskam, wo sie mit den anderen Sechsjährigen Murmeln spielte, auf schorfigen Knien auf dem Pflaster kniend, hatte sie es bereits gewußt: daß sie und die anderen Kinder und ihre Eltern und deren Eltern und die Betrunkenen und Huren und alle Bewohner der Flußstraße ganz unten am Boden von irgend etwas waren, daß sie das Fundament, die Realität, die Quelle waren. Willst du die Zivilisation denn in den Dreck ziehen? riefen später die schockierten anständigen Menschen, und sie hatte jahrelang versucht, ihnen zu erklären, daß man, wenn man nichts weiter hatte als Dreck, und wenn man selbst Gott wäre, daraus menschliche Wesen schaffen, und daß man, wenn man ein

Mensch wäre, daraus Häuser machen würde, in denen die menschlichen Wesen leben konnten. Doch keiner von denen, die sich für etwas Besseres hielten als Dreck, wollte sie verstehen. Und nun, Wasser, das zum Meer strebt, Dreck zu Dreck, schlurfte Laia durch die stinkende, lärmende Straße und fühlte sich in ihrer ganzen häßlichen Altersschwäche zu Hause. Die unausgeschlafenen Huren mit den aufgelösten, schief sitzenden, gelackten Haartürmen, die Einäugige, die müde kreischend ihr Gemüse anpries, sie waren ihre Landsmänninnen. Sie sahen aus wie sie, waren allesamt traurig, schäbig, erbärmlich, häßlich. Sie waren ihre Schwestern, ihr eigenes Volk.

Sie fühlte sich nicht besonders wohl. Es war lange her, daß sie so weit gegangen war, vier oder fünf Blocks weit, allein in dem Lärm, dem Gedränge, der sengenden Sommerhitze der Straße. Sie hatte zum Koly Park gewollt, dem Dreieck von kümmerlichem Gras am Ende der Temeba, um sich dort eine Weile zu den anderen alten Männern und Frauen zu setzen, die stets dort saßen, um zu sehen, wie es war, dort zu sitzen und alt zu sein; aber das war zu weit. Wenn sie jetzt nicht umkehrte, wurde ihr vielleicht schwindlig, und sie fürchtete sich davor, zu fallen, zu fallen und dazuliegen und emporzublicken zu den Neugierigen, die die alte Frau anstarrten, die einen Anfall hatte. Stirnrunzelnd vor Anstrengung und Ärger über sich selbst machte sie kehrt und begann den Heimweg. Sie merkte, daß ihr Gesicht knallrot war, und in ihren Ohren kam und ging ein schwimmendes Gefühl. Es wurde langsam ein bißchen zuviel, sie fürchtete wirklich, zusammenzubrechen. Im Schatten entdeckte sie eine Türschwelle, ging darauf zu, ließ sich vorsichtig nieder, setzte sich und seufzte.

In der Nähe saß ein Obsthändler schweigend hinter seiner verstaubten, welken Ware. Menschen gingen vorbei. Niemand kaufte ihm etwas ab. Niemand beachtete sie. Odo – wer war Odo? Eine berühmte Revolutionärin, Verfasserin von ›Gemeinschaft‹, ›Analogie‹ etc. etc. Und sie, wer war sie? Eine alte Frau mit grauem Haar und hochrotem Gesicht, die in einem Slum auf einer schmutzigen Türschwelle saß und vor sich hin murmelte.

Wirklich? War sie das? Ganz zweifellos war es das, was jeder Vorbeikommende sah. Doch war sie das, sie selbst, war sie es mehr als die berühmte Revolutionärin etc.? Nein. Sie war es nicht. Aber was war sie dann?

Die Frau, die Taviri liebte.

Ja. Das stimmte. Aber es reichte nicht. Das war vorbei; er war schon so lange tot.

»Wer bin ich?« fragte Laia ihr unsichtbares Publikum, und sie kannten die Antwort und gaben sie ihr einstimmig. Sie war das kleine Mädchen mit den verschorften Knien, das auf der Türschwelle saß und in der Hitze des Spätsommers durch den schmutzigen, goldenen Dunst der Flußstraße vor sich hin starrte, die Sechsjährige, die Sechzehnjährige, das hitzige, reizbare, traumgetriebene junge Mädchen, unberührt, unberührbar. Sie war sie selbst. Gewiß, sie war die unermüdliche Arbeiterin und Denkerin gewesen, doch ein Blutgerinnsel in einer Ader hatte ihr diese Frau genommen. Gewiß, sie war die Liebende, die Schwimmerin im Strom des Lebens gewesen, der sterbende Taviri hatte jedoch diese Frau mitgenommen. Jetzt war im Grunde nichts mehr übrig als das Fundament. Sie war heimgekehrt; sie hatte ihre Heimat nie verlassen. »Der wahre Weg ist die Heimkehr.« Staub und Dreck und eine Türschwelle in den Slums. Und dahinter, am anderen Ende der Straße, das Feld voller hoher, trockener Gräser, die sich, als der Abend kam, im Wind wiegten.

»Laia! Was machst du denn hier? Ist alles in Ordnung?«

Eine von den Leuten aus dem Haus natürlich, eine nette Frau, ein bißchen fanatisch, die ewig redete. Laia konnte sich nicht an ihren Namen erinnern, obwohl sie sie seit Jahren kannte. Sie ließ sich heimbringen; die Frau redete ununterbrochen. In dem großen, kühlen Speisesaal (früher eine Schalterhalle mit Kassierern, die, von bewaffneten Wachen beschützt, hinter blankpolierten Tresen Geld zählten) nahm Laia auf einem der Stühle Platz. Sie wäre gern allein gewesen, schaffte es aber noch nicht, das Treppensteigen in Angriff zu nehmen. Die Frau redete weiter, und dann kamen andere aufgeregte Leute herein. Wie es schien, war eine Demonstration geplant. Die Ereignisse in Thu überstürzten sich so, daß man sich hier von der Stimmung anstecken ließ und irgend etwas tun mußte. Übermorgen, nein, morgen sollte ein Marsch stattfinden, ein großer, von der Altstadt zum Capitol Square – die alte Route. »Ein neuer Aufstand des neunten Monats«, rief ein junger Mann begeistert, lachend, mit einem Seitenblick auf Laia. Zum Zeitpunkt des Aufstandes des neunten Monats war er noch nicht mal geboren, für ihn war das alles Geschichte. Und jetzt wollte er selbst Geschichte machen. Der Saal hatte sich gefüllt. Morgen früh um acht wollte man hier eine Generalversammlung abhalten. »Du mußt sprechen, Laia.«

»Morgen? Oh, morgen bin ich nicht mehr hier«, erwiderte sie kurz. Derjenige, der das gesagt hatte, lächelte, ein anderer lachte; nur Amai drehte sich mit verblüffter Miene zu ihr um. Dann redeten und riefen sie weiter. Die Revolution. Warum in aller Welt hatte sie das gesagt? So etwas am Vorabend der Revolution zu sagen, selbst wenn es stimmte!

Sie wartete, bis sie soweit war, und dann gelang es ihr trotz all ihrer Unbeweglichkeit, den Leuten, die mit ihrem Planen und ihrer Aufregung beschäftigt waren, unbemerkt zu entkommen. Sie schlurfte in den Korridor, zur Treppe und begann, eine Stufe nach der anderen zu erklimmen. »Der Generalstreik«, sagte eine Stimme, sagten zwei Stimmen, zehn Stimmen im Saal unten, hinter ihr. »Der Generalstreik«, murmelte Laia und ruhte sich einen Augenblick auf dem Treppenabsatz aus. Oben, vor ihr, in ihrem Zimmer – was erwartete sie da? Ihr ganz privater Schlaganfall. Das war ein bißchen komisch. Sie begann die zweite Treppe emporzusteigen, eine Stufe nach der anderen, immer ein Fuß, dann den anderen, wie ein kleines Kind. Ihr war schwindlig, aber sie fürchtete sich nicht mehr vor einem Sturz. Oben, vorn nickten und wisperten die weißen Blüten auf den weiten, abendlichen Feldern. Zweiundsiebzig Jahre, und sie hatte nicht mal die Zeit gehabt, sich nach ihrem Namen zu erkundigen.

## Norman Spinrad

# *Karzinom Angels*

Mit neun Jahren entdeckte Harrison Wintergreen zum ersten Mal, daß die Welt seine Pfründe war, wenn er sie nur verächtlich genug betrachtete. Das war das Jahr, als Baseball-Bilder *der* Knüller waren. Der Junge mit der größten Baseball-Bilder-Sammlung, der *war's* ganz einfach. Harry Wintergreen beschloß, *es* zu werden.

Harry sparte einen Dollar zusammen und kaufte blindlings hundert Baseball-Bilder. Er hatte Glück – eins davon war der äußerst seltene Yogi Berra. In drei separaten Transaktionen tauschte er die übrigen neunundneunzig Bilder gegen die einzigen anderen drei Yogi Berras in der Nachbarschaft. Harry hatte seinen Bestand auf vier Bilder reduziert, aber er hatte den Yogi-Berra-Markt aufgekauft. Er trieb den Preis für Yogi Berra auf exorbitante achtzig Bilder hoch. Mit dem so angehäuften Bestechungsfond kaufte er nacheinander den Mickey-Mantle-, den Willy-Mays- und den Pee-Wee-Reese-Markt auf und wurde der J. P. Morgan der Baseball-Bilder.

Harry witschte durch die High-School mit dem schlichten Mittel, nur ein Fach aus dem Effeff zu beherrschen – die Kunst, Prüfungen zu bestehen. In der Abschlußklasse stach er jeden Prüfling inklusive Schmuzettel aus und erwarb mit alberner Mühelosigkeit sieben Stipendien.

Im College entdeckte Harry die Mädchen. Mit seinem leidlich guten Aussehen und seiner leidlich lockeren Art würde er zweifellos im normalen Ablauf der Dinge seinen gerechten Anteil Eroberungen eingeheimst haben. Doch das waren nicht die Bahnen, in denen Harrison Wintergreen dachte.

Harry kultivierte ein sorgfältiges Stottern, das er nach Belieben an- und abstellen konnte. Der Verlockung eines gutaussehenden, wohlangepaßten Jungen mit Pfiff, der trotzdem irgendeine geheime seelische Verletzung mit sich herumschleppte, die ihn stottern ließ, vermochten nur wenige Mädchen zu widerstehen. Zahlreich waren die Mädchen, die versuchten, in Harrys Geheimnis einzudringen, während er in *sie* eindrang.

Im zweiten Jahr langweilte Harry das College, und er zog den Schluß, daß das Wesentliche war, stinkreich zu werden. Er vertiefte sich einen Monat lang emsig in Sexromane und schrieb in den nächsten zwei selber drei, die er sofort für 1000 $ pro Stück verkaufte.

Von den so gehamsterten 3000 $ kaufte er ein funkelnagelneues Cabriolet. Er fuhr mit dem neuen Wagen zur mexikanischen Grenze und hinüber in eine berüchtigte Grenzstadt. Er kontaktierte sofort einen übelbeleumundeten Schuhputzjungen und kaufte ein Pfund Marihuana. Der Schuhputzjunge gab den Grenzwächtern natürlich einen Tip, und als Harry versuchte, über die Brücke in die Staaten hinüberzugehen, filzten sie ihn bis auf die Haut. Sie fanden nichts, und Harry ging über die Grenze. Er hatte aus Mexiko nichts herausgeschmuggelt und das Marihuana sogar gleich, nachdem er es gekauft hatte, weggeschmissen.

Er hatte jedoch Kapital geschlagen aus dem mexikanischen Embargo für amerikanische Autos und das Cabriolet in Mexiko illegal für 15 000 $ verkauft.

Harry packte seine 15 000 $ ein, zog damit nach Las Vegas und verbrachte die nächsten sechs Wochen damit, den Leuten Drinks zu spendieren, bankrotten Spielern Geld zu leihen, sich im großen und ganzen wie ein rauschebärtiger Weihnachtsmann zu gebärden, das Vertrauen der richtigen Betrunkenen zu gewinnen und 5000 $ zu verpulvern.

Nach sechs Wochen hatte er drei heiße Börsentips, die aus seinen verbliebenen 10 000 $ in den nächsten zwei Monaten 40 000 $ machten.

Harry kaufte von der Regierung vierhundert kistenverpackte Überschußjeeps in vier Hundert-Jeep-Ladungen à 10 000 $ pro Ladung und verkaufte sie sofort für 100 000 $ an eine höchst übelbeleumundete mittelamerikanische Regierung weiter.

Er nahm die 100 000 $ und kaufte eine winzige Insel im Pazifik, die so wertlos war, daß sich keine Regierung je die Mühe gemacht hatte, Anspruch darauf zu erheben. Er etablierte sich dort als unabhängige Regierung ohne Steuern und verkaufte zwanzig 1 Morgen große Parzellen an zwanzig Millionäre, die ein Steuerparadies suchten, für 100 000 $ pro Parzelle. Die letzte Parzelle schlug er los, drei Wochen bevor die Vereinigten Staaten, mit Unterstützung der UN, Anspruch auf die Insel erhoben und sie unter die Fuchtel der inländischen Steuerbehörde brachten.

Harry investierte einen kleinen Teil seiner 2 000 000 $ und mietete für zwölf Stunden einen großen Computer. Der Computer konstruierte ein Wettschema, mit dem Harry seine 2 000 000 $ zu 20 000 000 $ vervielfachte, indem er diverse englische Fußballtotos einstrich, im Gesamtwert von 18 000 000 $.

Für 5 000 000 $ kaufte er von einem verarmten arabischen Sultanat einen Riesenklumpen unbrauchbarer Wüste. Mit weiteren 2 000 000 $ schuf er eine gewaltige Gerüchtekampagne des Sinnes, daß besagter Wüstenfleck buchstäblich auf Öl schwimme. Mit weiteren 3 000 000 $ errichtete er eine Scheinfirma, die sich wie eine große Ölgesellschaft aufführte und öffentlich anbot, seine Wüste für 75 000 000 $ zu kaufen. Nach munterem Feilschen durfte eine große amerikanische Ölgesellschaft die Scheinfirma überbieten und kaufte tausend Quadratmeilen Sand für 100 000 000 $.

Harrison Wintergreen war mit fünfundzwanzig, nach seinen eigenen Maßstäben gemessen, stinkereich. Er verlor das Interesse am Geld.

Er beschloß jetzt, daß er Gutes tun wollte. Er tat Gutes. Er stürzte sieben unerfreuliche lateinamerikanische Regierungen und ersetzte sie durch sechs Sozialdemokratien und eine menschenfreundliche Diktatur. Er bekehrte einen Kopfjägerstamm in Borneo zum Rosenkreuzertum. Er errichtete zwölf Ruheheime für überalterte Huren und organisierte ein Geburtenkontrollprogramm, das zwölf Millionen fruchtbarer Inderinnen sterilisierte. Es gelang ihm, mit den sogenannten Unternehmungen weitere 100 000 000 $ zu scheffeln.

Mit dreißig war Harrison Wintergreen mit dem guten Tun fix und fertig. Er beschloß, seine Fußspuren im Sand der Zeit zu hinterlassen. Er schrieb einen international beklatschten Roman über Prinz Faruk. Er erfand den Wintergreen-Filter, eine Membrane, die Süßwasser ungehindert durchließ, Salze jedoch abhielt. War die Wintergreen-Entsalzungs-Anlage einmal errichtet, konnte sie einen unbegrenzten Wasservorrat entsalzen, und das zu einem Galonenpreis, der beinahe gleich Null war. Er malte ein einziges Gemälde, und man bot ihm sofort 200 000 $ dafür. Er überließ es dem Museum of Modern Art als Schenkung, gratis. Er züchtete einen mutierten Virus, der Syphilisbakterien zerstörte. Wie die Syphilis verbreitete auch er sich durch sexuelle Kontakte. Er besaß eine milde aphrodisische Wirkung. Binnen sechzehn Monaten war die Syphilis ausgerottet. Er kaufte eine Insel vor der kalifornischen Küste, eine fünfhundert Fuß aus dem Pazifik hochragende Klippe.

Er ließ sie zu einer fünfhundert Fuß hohen Statue von Harrison Wintergreen meißeln.

Mit achtunddreißig hatte Harrison Wintergreen genügend Fußspuren im Sand der Zeit hinterlassen. Er langweilte sich. Er hielt gierig nach neuen Welten Ausschau, die sich erobern ließen.

Dies also war der Mann, den man mit vierzig davon in Kenntnis setzte, daß er an fortgeschrittenem, weitgewuchertem und unheilbarem Krebs erkrankt war und noch ein Jahr zu leben hatte.

Wintergreen verbrachte den ersten Monat seines letzten Jahres mit der Suche nach einem existierenden Heilverfahren gegen Krebs im finalen Stadium. Er besuchte Labors, medizinische Fakultäten, Krankenhäuser, Kliniken, Koryphäen, Quacksalber, Leute, die auf wundersame Art vom Krebs genesen waren, Gesundbeter und kleine alte Ladies in Turnschuhen. Es war, wie er vermutet, wie er sogar mehr oder weniger gehofft hatte. Er würde die Sache selber in die Hand nehmen müssen.

Den nächsten Monat ging er an die Arbeit, alle Vorbereitungen zu treffen, um die Sache selbst in die Hand zu nehmen. Er ließ sich mitten in der Wüste von Arizona eine ummauerte, klimaanlagenbewehrte Villa bauen. Die Villa besaß eine vollautomatische Küche und ausreichend Lebensmittel für ein Jahr. Sie besaß ein 5 000 000 $ biologisches und biochemisches Labor. Sie besaß eine 3 000 000 $ Mikrofilm-Bibliothek, die jedes Wort beinhaltete, das jemals zum Thema Krebs geschrieben wurde. Sie besaß das Nonplusultra aller Apotheken: einen reichlichen Bestand an wortwörtlich jeder existierenden Droge – Gifte, Schmerztabletten, Halluzinogene, Dandricide, Antiseptika, Antibiotika, Viricide, Migränemittel, Heroin, Chinin, Curare, Tigerbalsam – alles. Die Apotheke kostete 20 000 000 $.

Die Villa enthielt auch ein Einweg-Funksprechgerät, einen großen Vorrat an Grundchemikalien inklusive radioaktive Ausgaben des *Koran*, der *Bibel*, der *Torah*, vom *Tibetanischen Toten-*

*buch*, von *Wissenschaft und Gesundheit mit einem Schlüssel zu den heiligen Schriften*, des *I Ging* und die gesammelten Werke von Wilhelm Reich und Aldous Huxley. Sie enthielt ebenfalls einen sehr großen und hyperteuren Computer. Als die Villa fertig war, war Wintergreens bescheidenes Barvermögen so gut wie aufgebraucht.

Mit zehn Monaten Frist, das zu vollbringen, was die medizinische Fachwelt für unmöglich erachtete, betrat Harrison Wintergreen seine Zitadelle.

In den ersten zwei Monaten verschlang er die Bibliothek, schlief drei von vierundzwanzig Stunden und verabreichte sich eine regelmäßige Dosis Benzedrin. Die Bibliothek lieferte nur Daten. Er verdaute die Daten und zog in die Apotheke um.

Im nächsten Monat probierte er es mit Aureomycin, Bacitraein, Stannofluorid, Hexylresorcin, Cortison, Penicillin, Hexachlorphenol, Haifischlebertranextrakt und 7312 diversen anderen Wundern der modernen Medizinwissenschaft, alles ohne Nutz und Frommen. Er bekam Schmerzen, die er sofort und auch weiterhin mit Morphium betäubte. Morphiumsucht war bloß eine Unannehmlichkeit.

Er erprobte Chemikalien, radioaktive Elemente, Viricide, Christian Science, Yoga, Gebete, Klistiere, rezeptfreie Präparate, Kräutertee, Hexerei und Joghurtdiäten. Dies nahm einen weiteren Monat in Anspruch, in dessen Verlauf Wintergreen weiter dahinsiechte, immer weniger schlief und immer mehr Benzedrin und Morphium schluckte. Nichts half. Ihm blieben noch sechs Monate.

Er stand am Rande der Verzweiflung. Er versuchte einen anderen Weg. Er setzte sich in einen bequemen Sessel und kontemplierte achtundvierzig Stunden hintereinander seinen Nabel.

Seine Meditationen erbrachten eine ernste Überanstrengung der Augen und zwei bedeutungsschwangere Worte: »Spontane Remission«.

Im Verlauf seiner zweimonatigen Forschungen war Wintergreen auf eine Reihe von Fällen gestoßen, in denen sich ein Krebs im finalen Stadium abrupt rückläufig entwickelte und der Patient, für den man jede Hoffnung aufgegeben hatte, geheilt worden war. Keiner wußte je wie oder warum. Es ließ sich nicht voraussagen, es ließ sich nicht künstlich bewirken, aber es passierte trotzdem. Mangels einer Erklärung nannten sie es spontane Remission. »Remission« bedeutete Heilung. »Spontane« bedeutete, daß keiner wußte, was sie verursachte.

Was nicht hieß, daß sie keine Ursache hatte.

Wintergreen bekam Auftrieb; er wurde sogar überschwenglich. Er wußte, daß einige Patienten mit Krebs im finalen Stadium geheilt worden waren. Mithin war Krebs im finalen Stadium heilbar. Mithin wurde das Problem dem Reich der Unmöglichkeit entzogen und fiel jetzt nur noch in die Sphäre der hochgradigen Unwahrscheinlichkeit.

Und das hochgradig Unwahrscheinliche zu bewerkstelligen war Wintergreens Spezialität.

Mit einer geschätzten Restlebenszeit von sechs Monaten machte sich Wintergreen jubelnd ans Werk. Er zog aus seiner kompletten Krebsbibliothek jeden bekannten Fall einer spontanen Remission. Er speicherte jeden einzelnen in den Computer – Daten über die Krankengeschichten der Patienten, über die angewandten Behandlungsmethoden, über Alter, Geschlecht, Religion, Rasse, Konfession, Hautfarbe, Nationalität, Temperament, Familienstand, Kreditwürdigkeit, Neurosen, Psychosen und Lieblingsbier. Das komplette Persönlichkeitsprofil jedes Menschen, von dem man wußte, daß er Krebs im finalen Stadium überlebt hatte, wurde in Harrison Wintergreens Computer gefüttert.

Wintergreen programmierte den Computer, eine vollständige Serie von Wechselwirkungen zwischen zehntausend gesonderten und verschiedenartigen Faktoren und spontaner Remission zu erstellen. Wenn auch nur ein Fehler – Alter, Kreditwürdigkeit, Lieblingsspeise – *irgend etwas* mit der spontanen Remission in Wechselwirkung stand, wäre der Spontaneitätsfaktor ausgeschaltet.

Wintergreen hatte 100 000 000 $ für den Computer geblecht. Es war, verdammt noch mal, der beste Computer auf der Welt. In zwei Minuten und 7.894 Sekunden hatte er seine Aufgabe gelöst. In einem lakonischen Wort gab er Wintergreen seine Antwort:

»Negativ.«

Spontane Remission stand mit *keinem* äußeren Faktor in einer Wechselwirkung. Sie war immer noch spontan; die Ursache war unbekannt.

Einen Geringeren hätte es niedergeschmettert. Einem Konventionendenker hätte es die Sprache verschlagen. Harrison Wintergreen war beschwingt.

Er hatte auf einen Schlag das ganze äußere Universum als Faktor der spontanen Remission eliminiert. Mithin waren, auf irgendeine mysteriöse Art, der menschliche Körper und/oder die Psyche zur Selbstheilung fähig.

Wintergreen machte sich auf, sein eigenes inneres Universum zu erforschen und zu erobern. Er kehrte in die Apotheke zurück und braute ein fürchterliches Elixier. Folgendes füllte er in seine größte Spritze: Novocain; Morphium; Curare; *vlut,* ein rares zentralasiatisches Gift, das zeitweilige Erblindung bewirkte; Olfaktorcain, ein strenggeheimer Geruchstöter, den Stinktierzüchter benutzten; Tympanolin, eine Droge, die zeitweilig die Gehörnerven lahmlegte (hauptsächlich von obstruierenden Senatoren benutzt); eine große Dosis Benzedrin; Lysergsäure; Psilocybin; Meskalin; Peyotl-Extrakt; sieben weitere hochexperimentelle und illegale Halluzinogene; Molches Aug' und Hundezeh.

Wintergreen bahrte sich selber auf seiner bequemsten Couch auf. Er tupfte die Vene in seiner linken Ellbogenbeuge mit Alkohol ab und injizierte sich das Teufelszeug.

Sein Herz pumpte. Sein Blut brauste, trug die arkanen Chemikalien in jeden Winkel seines Körpers. Das Novocain löschte jeden Sinnesnerv in seinem Körper aus. Das Morphium eliminierte alle Schmerzempfindungen. Das *vlut* knipste ihm das Sehvermögen aus. Das Olfaktorcain kappte jeglichen Geruchssinn. Das Tympanolin machte ihn so taub wie einen Verkehrsrichter. Das Curare paralysierte ihn.

Wintergreen war allein in seinem eigenen Körper. Keine äußeren Reize drangen zu ihm vor. Er befand sich in einem Zustand totaler Sinnesberaubung. Das Verlangen, in selige Bewußtlosigkeit zu versinken, war unwiderstehlich. Wintergreen hätte trotz seines eisernen Willens nicht ohne Beihilfe das Bewußtsein behalten können. Doch die massive Dosis Benzedrin ließ ihn nicht schlafen.

Er war wach, gewahr, allein im Universum seines eigenen Körpers, ohne äußere Reize, mit denen er sich befassen konnte.

Dann, eins, zwei, und dann in Kombinationen, wie die Fäuste eines guten, schnellen Schwergewichtlers, schlugen die Halluzinogene zu.

Wintergreens Sinnesorgane waren ausgelöscht, aber die Gehirnzellen, die Sinnesdaten empfingen, waren noch aktiv. Auf diese zerebralen Zentren wirkte die geballte Ladung der diversen Halluzinogene. Er begann Phantomfarben zu sehen, Dinge ohne Namen oder Form. Er hörte Geistersinfonien, Gespensterechos, irr-heulenden Lärm. Eine Million unmöglicher Gerüche wühlten sich durch seinen Kopf. Tausend falsche Schmerzen und Beschwerden rissen an ihm, als hätte man seinen ganzen Körper amputiert. Die Sinneszentren von Wintergreens Gehirn glichen einem starken Radioempfänger, der auf ein leeres Frequenzband eingestellt war – auf dem eine sinnlose Seh-, Hör-, Riech- und Taststatik rauschte.

Die Drogen sorgten dafür, daß seine Sinne blank blieben. Das Benzedrin sorgte dafür, daß er bei Bewußtsein blieb. Vierzig Jahre seines Lebens als Harrison Wintergreen sorgten dafür, daß er kalt und bei Verstand blieb.

Für eine unbestimmte Zeitspanne schlingerte er unter den Hieben, versuchte sich tappend in dieser seltsamen, neuen Nicht-Umwelt zurechtzufinden. Dann allmählich, anfangs noch zögernd, aber mit wachsender Zuversicht, nahm Wintergreen die Zügel in die Hand. Sein Geist konstruierte unstimmige, doch nützliche Analogien für Handlungen, die keine Handlungen, für Zustände, die keine Zustände waren, für Sinnesdaten, die keinen Sinnesdaten glichen, die ein menschliches Gehirn je empfing. Die Analogien, die sein Unbewußtes in einer Art kalkuliertem Wahnsinn für die viehische Aufgabe konstruiert hatte, das Unbegreifliche offensichtlich zu machen, befähigten ihn ebenfalls dazu, seine Nicht-Umwelt so zu behandeln, als sei sie eine Umwelt, indem sie mentale Veränderungen in Analogiehandlungen übersetzten.

Er streckte eine analoge Hand aus und veränderte die Einstellung eines innerlichen, metaphorischen Radios, weg von dem leeren Frequenzband des Außenuniversums, hin zu dem bisher noch nicht benutzten Frequenzband seines eigenen Körpers, dem inneren Universum, das seinem Geist die einzige Fluchtmöglichkeit aus dem Chaos bot.

Er stellte ein, justierte, drängte, kämpfte, spürte, wie sein Geist an eine atomdünne Zwischenfläche stieß. Er wummerte gegen die Zwischenfläche, eine analoge, durchscheinende Membran, die sich dehnte, bog, einbeulte, ausdünnte ... und endlich riß. Wie Alice durch den Spiegel, so trat sein analoger Körper hindurch und stand auf der anderen Seite.

Harrison Wintergreen war in seinem eigenen Körper.

Es war eine Welt der Wunder und der Widerlichkeit, des Erhabenen und des Lächerlichen. Wintergreens Standpunkt, den sein Geist analogisierte als Körper in seinem eigentlichen Körper, befand sich innerhalb eines gewaltigen Netzwerks pulsierender Arterien, das einem monströsen Autobahnsystem ähnelte. Die Analogie kristallisierte sich. Es *war* eine Autobahn, und Wintergreen fuhr auf ihr. Gedunsene Beutel ließen Dinge mitten in den brodelnden Verkehr plumpsen: Hormone, Ausscheidungen, Nährstoffe. Weiße Blutkörperchen karriolten wie wild gewordene Taxis an ihm vorbei. Rote Korpuskeln fuhren stur dahin wie phlegmatische Bürger. Der Strom verebbte und verstopfte wie ein quer durch die Stadt gehender Stoßverkehr. Wintergreen fuhr weiter, immer auf der Suche.

Er bog links ab, überkreuzte drei Straßen und bog nach rechts ab zu einem Lymphknoten. Und dann sah er es – einen Haufen weißer Zellen, wie zwölf zusammengestoßene Autos, und einen lüstern grinsenden Motorradfahrer, der auf ihn zuraste.

Schwarz die Maschine. Schwarz die Ledermontur. Schwarz, stumpfschwarz, das Gesicht des Fahrers, bis auf zwei glühende, blutrote Augen. Und auf Brust und Rücken der schwarzen Motorradjacke prangte in leuchtend scharlachroten Beschlagnägeln: »Karzinom Angels«.

Mit einem wilden Kriegsgeschrei jagte Wintergreen seinen analogen Wagen die hypothetische Autobahn hinunter, gerade zu auf den imaginären Motorradfahrer, die Krebszelle.

Splatsch! Puff! Zischsch! Wintergreens Wagen rammte das Motorrad, und der Fahrer explodierte in einer Wolke aus feinem, schwarzen Staub.

Hin und her auf den Autobahnen seines Blutgefäßsystems streifte Wintergreen, sauste Arterien entlang, karriolte durch Venen, schlich durch enge Kapillare, suchte die schwarzgekleideten Fahrer, die Karzinom Angels, zermalmte sie unter seinen Reifen zu Staub ...

Und er fand sich in dem dunklen, feuchten Wald seiner Lunge wieder, auf dem Rücken eines schneeweißen, analogen Rosses, eine imaginäre Lanze aus purem Licht in der Hand. Wilde schwarze Drachen mit blutroten Augen und zuckenden, roten Zungen glitschten hinter den knorrigen Samenkapseln großer Luftsack-Bäume hervor. St. Wintergreen gab seinem Roß die Sporen, legte die Lanze ein und spießte ein fauchendes Monster nach dem anderen auf, bis der heilige Lungen-Wald schließlich von Drachen gesäubert war …

Er flog in einer gewaltigen, feuchten Höhle, über ihm undeutliche Massen riesenhafter Organe, unten die grenzenlose schleimig leuchtende Bauchfellebene.

Aus der Deckung seines gewaltigen, schlagenden Herzens röhrte eine Formation schwarzer Kampfflugzeuge auf ihn herab, ihre Tragflächen und Rümpfe trugen als Emblem ein scharlachrotes »K«.

Wintergreen jagte den Motor hoch und stieg zum Gefecht auf, flog höher und über den Banditen, durchsiebte sie mit seinen Maschinengewehren, und dann stürzten sie in flammenden Trauben auf das Bauchfell ab …

In tausend Gestalten und Verkleidungen griffen die schwarzroten Dinge an. Schwarz, die Farbe der Vergessenheit, Rot, die Farbe des Bluts. Drachen, Motorradfahrer, Flugzeuge, Seeungeheuer, Soldaten, Panzer und Tiger, in Blutgefäßen und Lungen und Milz und Brustkorb und Blase – Karzinom Angels, überall.

Und Wintergreen focht seine analogen Schlachten in ebensoviel Inkarnationen, als Autofahrer, Ritter, Pilot, Taucher, Soldat, Elefantentreiber, übersäte mit grimmiger und wilder Freude die Schlachtfelder seines Körpers mit dem schwarzen Staub der gefallenen Karzinom Angels.

Focht und focht und tötete und tötete und schließlich … Schließlich stand er knietief im Meer der Verdauungssäfte, die an die Wände der dumpfigen Höhle spülten, die sein Magen war. Und auf Beinen aus Chitin trippelte eine monströse schwarze Krabbe mit roten Augen auf ihn zu, plump, gedrungen, urzeitlich.

Klickend, knickend tickte die Krabbe durch seinen Bauch auf ihn zu. Wintergreen verharrte, grinste wölfisch und sprang hoch in die Luft, landete mit breitgespreizten Beinen auf dem harten schwarzen Rückenpanzer.

Wie ein sonnengedörrter Flaschenkürbis, spröde, trocken, hohl, zerknirschte die Krabbe unter seinem Gewicht und splitterte in eine Million Staubteilchen.

Und Wintergreen war allein, endlich allein und siegreich, jetzt, da der erste und der letzte Karzinom Angel verbannt und fort und endgültig geschlagen war.

Harrison Wintergreen, allein in seinem Körper, siegreich und wieder auf der Suche nach neuen, zu erobernden Welten, wartet auf das Abklingen der Drogen, wartet auf seine Rückkehr zu der Welt, die immer seine Pfründe war.

Wartet und wartet und wartet …

Gehen Sie ins beste Sanatorium auf der Welt, und dort werden Sie Harrison Wintergreen finden, der sich selbst stinkreich machte, Harrison Wintergreen, der Gutes tat, Harrison Wintergreen, der seine Fußspuren im Sand der Zeit hinterließ, Harrison Wintergreen, stumpfsinniger Katatoner.

Harrison Wintergreen, der seinen eigenen Körper betrat, um gegen die Karzinom Angels in die Schlacht zu ziehen, und siegte.

Und nicht herauskann.

**David Brin**

# *Die Kristallhüllen*

## 1

Es war nur einem glücklichen Zufall zu verdanken, daß ich ausgerechnet zu diesem Zeitpunkt aufgetaut worden war – nämlich im selben Jahr, in dem die Fernsonde 992573-aa4 meldete, daß sie einen Gutstern mit einer zerschmetterten Kristallhülle entdeckt habe. Ich war einer von nur zwölf Raumfahrern, die in jenen Wochen gerade warm und munter waren, und so lag es auf der Hand, daß ich an der Unternehmung teilnehmen würde.

Zuerst ahnte ich nichts von alledem. Als die Kiste auftauchte, zog ich gerade an den Flanken des sizilianischen Plateaus entlang, das sich aus dem tiefen Tal erhebt, zu dem die letzte Eiszeit das Mittelmeer gemacht hat. Zusammen mit fünf anderen unlängst geweckten Schläfern wanderte ich durch dieses Naturwunder, während wir uns an die neuen Zeiten zu akklimatisieren versuchten.

Wir stellten eine bunt zusammengewürfelte Truppe aus den verschiedensten Epochen dar, aber ich war wohl der älteste. Zuvor hatten wir die einst versunkenen Ruinen von Atlantis besichtigt, jetzt liefen wir unter dem Abendglühen der hoch über uns schwebenden Ringstadt durch einen Wald. In den Jahrhunderten, die ich im Tiefschlaf verbracht hatte, war der leuchtende, flexisolide Ring von Fertigbauhabitaten rings um unseren Planeten deutlich gewachsen. In den mittleren Breitengraden war die Nacht mittlerweile nicht mehr schwarz, sondern fahlhell, und noch näher am Äquator konnte man sie dank der funkelnden Leuchtbänder am Himmel kaum noch vom Tag unterscheiden.

Allerdings hätte die Nacht auch nie wieder dieselbe sein können wie zu der Zeit, in der mein Großvater noch ein Kind gewesen war, selbst wenn man alles Menschenwerk vom Himmel entfernt hätte. Seit dem zweiundzwanzigsten Jahrhundert gab es dort oben nur noch die Scherben, die überall Farben verbreiteten, wo man vorher nur Galaxien und Sterne hatte sehen können.

Kein Wunder, daß niemand etwas gegen das Verschwinden der Finsternis von der Erdoberfläche einzuwenden gehabt hatte. Die Menschen auf den Kleinkörpern mochten den Blick auf die Scherben ja genießen, aber die Erdbewohner verspürten ganz bestimmt kein Verlangen, auf diese Fragmente zu starren, die nur unangenehme Erinnerungen weckten.

Da ich erst seit einem Jahr wiederaufgetaut war, war ich noch nicht bereit, mich danach zu erkundigen, in welchem Jahrhundert ich mich befand, ganz zu schweigen davon, mir für diese Lebensphase einen passenden Beruf zu suchen. Geweckten Schläfern ließ man in der Regel ein Jahrzehnt, in dem sie sich des Lebens erfreuen und alle Veränderungen erforschen durften, die sich seit der letzten Wachperiode auf der Erde und im Sonnensystem getan hatten. Erst danach mußte man sich entscheiden, was man mit seinem weiteren Leben anfangen wollte.

Und eine solche Orientierungsdekade war ganz gewiß für Raumfahrer wie mich vonnöten. Der Staat – noch altersloser als seine nahezu unsterblichen Mitglieder – hegte eine nostalgische

Zuneigung zu uns Spezialisten eines nahezu ausgestorbenen Dienstes, denen die Erde fremd geworden war. Wenn ein Raumfahrer geweckt wurde, ermutigte man ihn, sich überall auf der veränderten Terra umzusehen und ihre Neuerungen zu suchen und sich einzuprägen. Er durfte dann davon träumen, er erforsche eine andere Gutwelt, auf die noch nie ein Mensch seinen Fuß gesetzt hatte, und mußte sich nicht bewußtmachen, daß er die gleiche Luft atmete, die vor so vielen Zeitaltern bereits seine Lungen gefüllt hatte.

Ich war eigentlich davon ausgegangen, ungestört meine Wiedergeburtsentdeckungstour verbringen zu können. Und so entdeckte ich an jenem Abend am Rand des Waldes von Sizilien mit einiger Überraschung den cremefarbenen Flieger der Solar-Regierung, wie er aus der träge dahinziehenden Wolkenbank fiel und unweit unseres Lagers landete, wo meine Gruppe sich niedergelassen hatte, um zu dösen oder über die Ereignisse des zurückliegenden Tages zu tratschen.

Wir alle erhoben uns, als das Gefährt erschien, und die anderen sahen sich mißtrauisch an, als klar wurde, daß es zu uns wollte. Sie fragten sich, wer von uns wohl bedeutend genug sein könne, um die stets höflichen Weltcomputer zu nötigen, uns in unserer Zurückgezogenheit zu stören und einen tränenförmigen Flieger an den Palermo-Höhen vorbei in die Parklandschaft zu schicken, in der er eigentlich nichts verloren hatte.

Ich behielt das eigenartige Gefühl, das mich jetzt beschlich, für mich. Das Gefährt wollte zu mir. Ich wußte es einfach. Fragen Sie mich bitte nicht, warum. Ein Raumfahrer weiß eben gewisse Dinge, nicht mehr und nicht weniger.

Wir, die wir jenseits der herumfliegenden Scherben von Sols geborstener Kristallhülle gewesen waren und von außen auf das Leben ferner Welten gespäht hatten, die unter ihren intakten Glocken lagen … wir als diejenigen, die sich die Nasen am Schaufenster eines Ladens voller Süßigkeiten platt gedrückt und auf das gestarrt hatten, was sie nicht haben durften ... wir waren diejenigen, die am ehesten begriffen, wessen man uns beraubt, welchen grausamen Streich das Universum uns gespielt hatte.

Die Abermilliarden unserer Mitmenschen – diejenigen, die niemals Sols weiche, gelbe Freundlichkeit verlassen haben –, brauchen schon einen Psychiater, um nur das irreparable Trauma erklärt zu bekommen, das sie ertragen müssen. Die meisten treiben durch ihr Leben und erleiden nur gelegentlich einen Anfall von Großdepression, die in der Regel erfolgreich behandelt werden kann; und wenn nicht, schickt man den Betreffenden in den Endgültigen Schlaf.

Aber wir Raumfahrer haben an den Stäben unseres Käfigs gerüttelt. Wir wissen, daß unsere Neurosen dem Witz entstammen, den das Universum auf unsere Kosten gemacht hat.

Ich trat hinaus auf die Lichtung, auf der der Flieger der Sol-Reg niedergegangen war. Damit hatten meine Kameraden den Sündenbock gefunden, dem sie die Schuld an dieser Störung geben konnten. Ihre Blicke brannten auf meinem Rücken.

Die beigefarbene Träne öffnete sich, und eine große Frau stieg aus. Sie besaß die statuenhafte herbe Schönheit, die in keinem meiner letzten vier Leben auf der Erde Mode gewesen war. Offenbar hatte sie sich nie sonderlich für Biomodellierung interessiert.

Ich gebe zu, daß ich sie nicht gleich auf den ersten Blick erkannt habe, obwohl wir während der träge dahinziehenden Wartejahre dreimal miteinander verheiratet gewesen waren.

Als allererstes fiel mir an ihr auf, daß sie unsere Uniform trug ... die Dienstkleidung der Abteilung, die vor vielen tausend Jahren »eingemottet« (oh, welch herrlich altmodischer Ausdruck!) worden war.

Silber auf Dunkelblau, und Augen, die hervorragend dazu paßten. »Alice ...«, flüsterte ich nach einem langen Moment. »Sollte es doch noch wahr geworden sein?«

Sie kam auf mich zu und nahm meine Hand. Alice mußte spüren, wie schwach und angespannt ich mich fühlte.

»Ja, Joshua. Eine unserer Sonden hat eine weitere zerschmetterte Hülle entdeckt.«

»Und es ist kein Irrtum möglich? Handelt es sich um einen Gutstern?«

Sie nickte und sagte mit ihren Augen ja. Schwarze Locken umrahmten ihr Gesicht und schimmerten wie die Leuchtspur einer Rakete.

»Die Sonde hat einen Alarm der Stufe A ausgelöst«, grinste Alice. »Rings um den Stern treiben Scherben, die leuchten wie die Oortsche Wolke Sols. Und die Sonde meldete, daß es in diesem System eine Welt gibt! Endlich ein Planet, auf den wir gelangen können!«

Ich lachte laut und zog sie an mich. Mir wurde rasch bewußt, daß meine Gefährten allesamt aus Zeiten stammten, in denen solche Intimitäten als unschicklich gegolten hatten. Sie murmelten konsterniert und wandten die Blicke ab.

»Wann? Wann ist die Nachricht eingetroffen?«

»Vor einigen Monaten, als man dich gerade aufgetaut hatte. Der Weltcomputer meinte aber, wir müßten dir ein Jahr Zeit lassen, damit du dich akklimatisieren könntest. Ich bin sofort aufgebrochen, als die Zeit um war. Moische Bog versammelt alle Raumfahrer um sich, die jetzt wach sind.

»Joshua, wir wollen, daß du mit auf die Reise kommst. Wir brauchen dich. Unsere Expedition bricht in drei Tagen auf. Wirst du uns begleiten?«

Das hätte sie nicht fragen müssen. Ich umarmte sie und mußte mehrmals blinzeln, um die Tränen zurückzudrängen.

Während der Reisen und Wanderungen der vergangenen Wochen hatte ich mich oft gefragt, was ich mit diesem Lebensabschnitt anzufangen gedachte. Aber es war mir dabei nicht einmal in den Sinn gekommen, daß ich wieder durch den Weltraum fliegen würde! Doch jetzt durfte ich noch einmal die Uniform anziehen und zu den Sternen reisen!

## 2

Über das Projekt war eine vollkommene Nachrichtensperre verhängt worden. Die Psychiater der Sol-Reg waren der Ansicht, daß unsere Rasse keine weitere Enttäuschung verkraften könne. Sie befürchteten den Ausbruch einer Großdepressions-Epidemie, und einige von ihnen versuchten sogar, das Zustandekommen der Expedition zu verhindern.

Glücklicherweise erinnerten sich die Weltcomputer jedoch ihres alten Versprechens. Wir Raumfahrer waren vor langer Zeit übereingekommen, die Erkundungsflüge einzustellen, mit denen bei der Bevölkerung nur immer wieder neue Hoffnungen geschürt wurden. Statt dessen sandte man eine Milliarde Fernsonden aus, und wir würden erst dann wieder ins All reisen, wenn es darum ging, ein System zu untersuchen, von dem eine Sonde gemeldet hatte, seine Kristallhülle sei zerbrochen.

Als Alice und ich auf Charon ankamen, hatten die anderen bereits das Schiff startbereit gemacht, mit dem wir aufbrechen sollten. Ich hatte gehofft, man würde uns die alte *Robert Rodgers* zuteilen oder die *Ponce de Leon*, zwei Schiffe, die ich einst kommandiert hatte. Aber man war darauf verfallen, uns die *Pelenor* zu geben. Sie war für unsere Zwecke geräumig genug und gleichzeitig nicht ganz so schwerfällig wie die anderen.

Die Placker der Sol-Reg beluden das Schiff gerade mit zehntausend Kisten, als das Shuttle mit Alice und mir an Bord Pluto passierte und das Andockmanöver einleitete. Hier draußen, nur noch zehn Prozent des Weges vom Rand entfernt, glühten die Scherben mit der Helligkeit einer unbeschreiblichen Farbenpracht. Ich überließ Alice die Steuerung und blickte hinaus auf das Funkeln der Fragmente von Sols ehemaliger Hülle.

Als mein Großvater noch ein Junge gewesen war, war es hier auf Charon bereits ähnlich geschäftig zugegangen. Tausende aufgeregter Männer und Frauen hatten sich damals vor dem Asteroidenschiff gedrängt, das halb so groß war wie der kleine Mond selbst, und ihre Arche bestiegen, die die hoffnungsfrohen Siedler mitsamt ihren Tieren und Gütern aufnehmen sollte.

Diese ersten Kolonisten würden ihr endgültiges Ziel nie zu sehen bekommen. Aber sie waren nicht traurig darüber. Die Großdepression war ihnen noch unbekannt. Sie brachen in ihrem noch überaus primitiven allerersten Sternenschiff auf und richteten alle Hoffnungen auf ihre Urenkel und auf die Welt, die grün und wunderbar den Stern Tau Ceti umkreiste und kurz zuvor von den empfindlichen Teleskopen entdeckt worden war.

Zehntausend Wartejahre später blickte ich hinaus auf die gewaltigen Docks von Charon, als wir über sie hinwegflogen. Dicht an dicht gedrängt lag unten Reihe um Reihe von angedockten Schiffen. Im Verlauf der Jahrtausende hatte man ihrer Tausende gebaut, vom Generationsschiff über die Tiefschlafcontainer bis zu den Rammraumern und den stolzen Wurmlochtauchern.

Alle lagen sie dort unten, jedes Raumschiff, das die Menschheit jemals gebaut hatte – natürlich bis auf die wenigen, die havariert waren oder deren Mannschaft sich mit ihrem Schiff aus schierer Verzweiflung vernichtet hatte. Jedes einzelne war nach Charon zurückgekehrt und hatte vom Scheitern seiner Mission berichten müssen.

Ich betrachtete die ältesten dieser Raumschiffe, die Generationsschiffe, und mußte unwillkürlich an den Tag in der Jugend meines Großvaters denken, als die *Seeker* stolz und wohlgemut über den Rand hinausgeflogen und bei einem Prozent Lichtgeschwindigkeit mit der Innenseite der Kristallhülle von Sol kollidiert war.

Diese erste Gruppe von Auswanderern erfuhr nie, was sie getroffen hatte.

Sie ließen gerade die äußersten Regionen unseres Sonnensystems hinter sich ... die Oortsche Wolke, in der Milliarden von Kometen herumtrieben – wie Schneegestöber, das vom hier deutlich geschwächten Zugriff Sols verschont blieb.

Die Instrumente der *Seeker* tasteten durch die Wolke und trafen auf einzelne, dahindriftende Eisbälle. Die Kolonisten in spe hatten vor, sich während der endlos andauernden Reise so lange wie möglich mit wissenschaftlichen Versuchen und Forschungen zu beschäftigen. Zu den Fragen, die sie unterwegs klären wollten, gehörte auch die nach dem Geheimnis der Masse von Kometen.

Wie kam es, hatten sich schon Generationen von Astronomen gefragt, daß buchstäblich alle diese Gebilde ziemlich genau den gleichen Durchmesser von ungefähr einer Meile aufwiesen?

Die Instrumente der *Seeker* suchten nach Daten. Wie wenig ihre Piloten doch davon ahnten, daß sie gleich den Scherz der Götter zu spüren bekommen würden.

Als das Schiff gegen die Kristallhülle stieß, beulte diese sich mitsamt dem Raumer mehrere Lichtminuten nach außen aus. Der *Seeker* blieb nur noch Zeit für eine hektische Lasermeldung zurück an die Erde. Die Besatzung wußte nur, daß sich bei ihnen etwas höchst Merkwürdiges tat. Irgendeine Kraft schien sie auseinanderreißen zu wollen, während das Gewebe des Alls selbst zu zerbrechen begann.

Und dann platzte die Hülle.

Wo früher zehn Milliarden Kometen gekreist waren, entstanden nun zehn Billiarden.

Vom Wrack der *Seeker* wurde nie auch nur die geringste Spur gefunden. Vermutlich war sie einfach verdampft. Nahezu die Hälfte der Menschheit kam beim nun folgenden Kampf gegen die Kometen um. Und als Jahrhunderte später die Planeten unseres Systems wieder sicher waren, war die *Seeker* längst vergangen.

Wir haben nie herausfinden können, durch welches Manöver es diesem ersten Schiff gelungen war, die Hülle aufzubrechen. Auch heute noch gab es viele, die behaupteten, es sei die schiere Ignoranz der Besatzung gewesen, die nicht die geringste Ahnung vom Vorhandensein der Hülle gehabt habe; diese Unwissenheit habe es ihr ermöglicht, das zu vollbringen, was seitdem nie mehr gelungen war.

Und seit damals erleuchten die Scherben den Himmel. Sol strahlt in einem Lichthof, der von zehn Billiarden Kometen reflektiert wird ... und dies ist das Symbol des einzigen Gutsterns, zu dessen System die Menschheit je Zugang erhalten hat.

»Wir legen gleich an«, informierte mich Alice. Ich richtete mich in meinem Sitz auf und verfolgte, wie ihre geschickten Finger über die Tastatur tanzten. Die *Pelenor* kam nun in Sicht.

Die große Kugel leuchtete matt im Licht der Scherben. Schon brachte der Ausstoß ihrer sich aufwärmenden Triebwerke den Raum rings um sie herum zum Schimmern.

Die Placker der Sol-Reg hatten die Kisten mit Ausrüstung und Kolonisten verladen und verließen den Raumer. Die zehntausend Körperbehälter bedurften während unserer Mission nur wenig Pflege, damit unser Dutzend Raumfahrer die Hände für die anderen Tätigkeiten frei hatte. Wenn der Gutstern sein Licht tatsächlich auf eine betretbare Gutwelt warf, würden wir die Männer und Frauen aus ihrem Frostschlaf wecken und sie auf ihre neue Heimat führen.

Ohne Zweifel hatten die Weltcomps eine sorgfältige Auswahl unter den Kolonisten in spe getroffen. Doch wir hatten strengen Befehl, keinen einzigen von ihnen zu wecken, ehe nicht zweifelsfrei feststand, daß eine besiedelbare Welt vor uns lag. Möglicherweise würde diese Reise nichts weiter als eine neue Enttäuschung bringen – und in diesem Fall brauchten die Tiefschläfer nie zu erfahren, daß sie eine Reise von zwanzigtausend Parsek und zurück unternommen hatten.

»Laß uns andocken«, sagte ich drängend. »Ich will endlich aufbrechen.«

»Immer noch so ungeduldig?« lächelte Alice. »Der Raumfahrer braucht den Raum, nicht wahr? Gedulde dich noch einen Tag oder zwei, Joshua. Wir verlassen das Nest noch früh genug.«

Es hatte wenig Sinn, sie daran zu erinnern, daß ich viele, viele Jahre mehr als sie gewartet hatte – im Grunde länger als jeder andere Mensch, der auf der Erde lebte. Ich zügelte meine Unrast und lauschte der Musik der Sphären in meinem Kopf.

## 3

Zu meiner Zeit waren vier Möglichkeiten bekannt, Einsteins Gesetze zu umgehen, und zwei, sie zu hintergehen. Während unserer Reise würde die *Pelenor* von allen diesen Möglichkeiten Gebrauch machen. Die Fahrt verlief im Kreis von Wurmloch zu Quantenpunkt zu Kollapsar. Als wir am Ziel anlangten, fragte ich mich, wie es der Fernsonde gelungen war, überhaupt so weit zu kommen, ganz zu schweigen davon, auch noch mit ihrer wichtigen Nachricht wieder zurückzukehren.

Das gesuchte System befand sich in der benachbarten Kleingalaxis Skulptor. Wir benötigten zwölf Jahre relativer Schiffszeit, um dorthin zu gelangen.

Unterwegs passierten wir mindestens zweihundert Gutsterne, die stabil und fest ihr heißes gelbes Licht verbreiteten. Jeder einzelne wurde von Planeten umkreist. Einige Male kamen wir nahe genug vorbei, um mit unseren Superteleskopen kurze Blicke auf blaue Wasserwelten werfen zu können, die einladend wie Verführerinnen lockten und doch für immer unserem Zugriff entzogen waren.

In den alten Zeiten hatten wir diese Systeme kartographiert, erregt außerhalb der Gefahrenzone gewartet und mit unseren Instrumenten die erdgleichen Planeten studiert. Wir hatten alles über sie zusammengetragen, um dieses Wissen an dem Tag nutzen zu können, an dem der Menschheit das gelingen würde, was die *Seeker* in völliger Ignoranz vollbracht hatte.

Bei einem System machten wir halt, trieben zwei Lichttage von einem Gutstern im All, gerade außerhalb seiner Kristallhülle. Vielleicht war es töricht von uns, so nahe heranzufliegen, aber wir konnten einfach nicht anders. Denn von der Wasserwelt in diesem System fingen wir Radiosignale auf!

Es war erst das vierte Mal, daß wir auf eine technologisch entwickelte Zivilisation stießen. Wir verbrachten ein Jahr voller Aufregungen damit, Robotwächter in Umlauf zu schicken und das Phänomen zu studieren.

Aber wir unternahmen gar nicht erst den Versuch, mit dieser Zivilisation in Kontakt zu treten; denn wir wußten nur zu gut, was dann geschehen würde. Jede Sonde, die wir hineinschickten, würde an der Kristallhülle zerschellen. Und dann würde sich von allen Seiten Eis auf das Gerät stürzen, es zermalmen und unter Megatonnen von gefrorenem Wasser begraben – bis ein neuer Komet entstanden war.

Jeden Richtstrahl, den wir in das System schickten, würde ein ähnliches Schicksal erwarten. Das Eis würde dann einen reflektierenden Spiegel schaffen, der all unsere Bemühungen, mit den Einheimischen in Kontakt zu treten, blockierte.

Aber wir konnten immer noch *ihrem* Funkverkehr lauschen. Die Kristallhülle wirkte nur in eine Richtung und ließ nichts hinein.

Aber sie ließ die Sendungen der Planetenbewohner nach draußen dringen.

In diesem speziellen Fall gelangten wir bald zu dem Schluß, daß es sich bei den Einheimischen um eine weitere Zivilisation mit Ameisenbaumentalität handelte. Diese Wesen hatten kein Interesse daran, jemals zu den Sternen zu reisen. Schon das bloße Konzept war ihnen völlig fremd. Enttäuscht ließen wir nur die Roboterwächter zurück und setzten unsere Reise fort.

Unser Ziel präsentierte sich schon in aller Deutlichkeit, als wir noch ein paar Lichtwochen von ihm entfernt waren. Und unsere Erregung wuchs, als wir feststellen konnten, daß die Fernsonde nicht übertrieben hatte. Es handelte sich um einen Gutstern – stabil, alt und ohne Begleiter –, und sein freundliches gelbes Glühen wurde von einer blassen schimmernden Aura von zehn Billiarden Schneeflocken gebrochen ... seiner geborstenen Kristallhülle.

»Die Sonne verfügt über einen kompletten Satz von Planeten«, verkündete unser Kosmophysiker Yen Ching. Seine Hände tasteten im Holistank herum und berührten in der darin enthaltenen Brühe das, was die Instrumente der *Pelenor* aus dieser Entfernung auffangen konnten.

»Ich fühle drei Gasriesen, etwa zwei Millionen asteroide Kleinkörper und ...«, er ließ uns warten und tastete mehrmals, um auch ganz sicherzugehen, »... drei Kleinwelten!«

Wir brachen in Jubel aus. Bei drei Welten standen die Aussichten mehr als gut, daß sich mindestens eine von ihnen innerhalb der Lebenszone befand.

»Wartet mal ... ich habe hier eine von den Kleinwelten, und die besitzt ...« Yen zog eine Hand aus dem Tank, steckte einen Finger in den Mund, leckte ihn ab und verdrehte die Augen wie ein Weinkenner bei einem erlesenen Tropfen.

»Wasser!« Er schmatzte gedankenverloren. »Ja, eindeutig.

Reichlich Wasser. Ich schmecke sogar Leben. Standard-Kohlenstoffleben auf Adenin-Basis. Hmm, Chlorophyll und linksgedreht.«

In dem aufgeregten, fröhlichen Plappern, das nun einsetzte, mußte unser Kapitän Moische Bok brüllen, um sich verständlich zu machen.

»Also gut, Leute! Es dürfte wohl feststehen, daß in der nächsten Zeit keiner von uns an Schlaf denken kann. Lebenswissenschaftlerin Taiga, haben Sie eine Liste der Särge vorbereitet, die wir auftauen werden, sobald sich der Fall ergeben hat, daß wir auf eine Gutwelt gestoßen sind?«

Alice zog einen Zettel aus ihrer Tasche. »Die habe ich, Moische. Auf ihr befinden sich Biologen, Techniker, Planetologen, Kristallographen …«

»Sie sollten besser auch einige Archäologen und Erstkontakter wecken«, bemerkte Yen in seiner trockenen Art.

Wir alle drehten uns gleichzeitig zu ihm um. Er hatte die Hände wieder in den Holistank gesteckt und lächelte versonnen.

»Unsere Zivilisation hat dreitausend Jahre gebraucht, um unsere Asteroiden einzufangen und auf die stabile Umlaufbahn zu bringen, die für unsere Raumkolonien am geeignetsten war. Aber verglichen mit den Bewohnern dieses Systems sind wir die reinsten Amateure gewesen. Jeder Kleinkörper, der sich im Orbit um diese Sonne befindet, ist umgewandelt worden. Sie bewegen sich in so exakten Bahnen wie vor langer Zeit die Soldaten auf einer Parade. Ich habe mir nie vorstellen können, daß kosmologische Ingenieurskunst jemals zu so etwas imstande sein könnte.«

Moische warf mir einen ernsten Blick zu. Als Erstem Offizier oblag es mir, das Schiff zu schützen, wenn die *Pelenor* in Schwierigkeiten geraten sollte; und sie zu zerstören, wenn keine andere Möglichkeit mehr bliebe.

Schon vor langer Zeit waren wir auf diese Schlußfolgerung gekommen. Wenn Gutsterne ohne Kristallhülle schon sehr rar waren und fast nur in den Träumen einer frustrierten Menschheit vorkamen, dann mochte das gleiche auch für andere raumfahrende Rassen gelten. Falls es irgendeiner Zivilisation gelungen war, ihre Hülle zu durchbrechen, und sie sich daraufhin, wie wir, auf die Migration durchs All begeben hatte, würde sie ebenfalls nach weiteren offenen Gutsternsystemen suchen. Was würde eine solche Rasse wohl davon halten, unser Schiff bei sich auftauchen zu sehen?

Ich weiß, was wir in diesem Fall denken würden: Ein Eindringling sei von irgendwoher erschienen ... von einem offenen Gutstern.

Und deshalb gehörte es zu meinen Aufgaben, dafür Sorge zu tragen, daß niemals jemand die Gelegenheit bekommen sollte, der *Pelenor* zurück zur Erde zu folgen.

Ich nickte meiner Assistentin Yoko Murukami zu, und sie folgte mir zur Waffenkugel. Wir machten das Feuerpanel klar und warteten, während Moische befahl, mit der *Pelenor* vorsichtig näher ran zu fliegen.

Yoko warf einen zweifelnden Blick auf die Feuereinheit. Offensichtlich war sie nicht sehr davon überzeugt, daß wir selbst mit einem Mega-Terawatt-Laser viel gegen eine Technologie ausrichten konnten, wie Yen sie gerade eben beschrieben hatte.

Ich zuckte die Achseln. Wir würden es bald herausfinden. Meine Pflicht war in dem Moment erfüllt, in dem ich den Armierungsschalter betätigte und damit die absolut tödliche Selbstzerstörung einleitete. In den Stunden, die nun folgten, überwachte ich sorgfältig den Gang der Entwicklung, konnte mich aber nicht dagegen wehren, daß die Tieferinnerung einsetzte.

# 4

In den Tagen, bevor es Sternenschiffe gab – noch ehe die *Seeker* die Eierschale um das Sonnensystem zerbrach und damit den zweihundertjährigen Kometensturm auslöste –, sah die Menschheit sich mit einer Frage konfrontiert, die den größten Denkern jener Epoche viele schlaflose Nächte bescherte.

Während unsere Teleskope immer besser und empfindlicher wurden und die Biologen den Aufbau des Lebens zu verstehen lernten und sich sogar daranmachten, ihn für unsere Bedürfnisse zu verändern, blickten mehr und mehr Menschen zum Himmel hinauf und fragten: »Wo zum Donnerwetter stecken sie denn eigentlich?«

Die großen auf dem Mond aufgebauten Kameras fingen Planeten ein, die um nicht allzu weit entfernte gelbe Sonnen kreisten. Selbst auf den schwachen Spektralaufnahmen des einundzwanzigsten Jahrhunderts ließen sich eindeutige Spuren von Leben ausmachen. Die Philosophen führten nervöse Kalkulationen durch, um nachzuweisen, daß es in den Galaxien von lebentragenden Welten nur so wimmeln mußte.

Und während die Menschen die ersten Sternenschiffe bauten, gerieten die großen Denker immer mehr ins Grübeln. Wenn die Reise zu den Sternen so einfach war, wie es den Anschein hatte, warum waren dann die fruchtbaren Systeme nicht längst von irgendeiner Rasse besiedelt worden?

Schließlich bereiteten auch *wir* uns darauf vor, unser System zu verlassen und andere Welten zu kolonisieren. Selbst nach vorsichtigsten Schätzungen bezüglich unserer Expansionsrate durften wir davon ausgehen, die gesamte Galaxis binnen einiger Millionen Jahre mit menschlichen Siedlungen überzogen zu haben.

Warum hatte das nicht längst eine andere Rasse vollbracht? Warum ließen sich keinerlei Anzeichen von Verkehr zwischen den

Sternen auffangen? Warum waren wir nie auch nur auf die geringste Spur von Radiosendungen gestoßen, wie sie uns doch oft und zweifelsfrei vorhergesagt worden waren?

Und die verwirrendste Frage von allen ... Warum gab es nicht den geringsten Beweis dafür, daß die Erde in ihrer Vergangenheit von einer anderen Rasse besiedelt worden war? Wir durften zu jenem Zeitpunkt mit ziemlicher Sicherheit davon ausgehen, daß es auf unserem Planeten nie Besucher aus einem anderen System gegeben hatte.

Als Beleg dafür diente die Geschichte des Präkambriums.

Lange vor dem Zeitalter der Reptilien, noch vor Fischen, Trilobiten oder Amöben erlebte die Erde eine zwei Milliarden Jahre währende Periode, in der es nur primitives Leben in Form von einzelligen Organismen ohne Nukleus gegeben hatte. Die sogenannten Prokaryoten mühten sich noch langsam damit ab, die Basisstrukturen des Lebens zu erfinden.

Während dieser Zeit waren keinerlei fremde Kolonisten auf der Erde erschienen. Davon durften wir mit absoluter Sicherheit ausgehen, denn wenn ein fremdes Schiff auf Terra gelandet wäre, hätte allein schon ihr Abfall beziehungsweise ihre körperlichen Ausscheidungen die Geschichte des Lebens auf unserem Planeten fundamental verändert. Ein einziges Leck in einer ihrer Toiletten hätte überlegene Lebensformen in den Urozean abgesondert, die unsere primitiven kleinen Vorfahren mit Leichtigkeit überwältigt hätten.

Zwei Milliarden Jahre ohne fremden Besuch ... und dazu die Leere und Stille im Äther ... Die Philosophen im einundzwanzigsten Jahrhundert nannten dieses Phänomen das Große Schweigen und hofften, daß die Sternenschiffe eine Antwort darauf finden würden.

Und dann gelang es dem ersten Schiff, der *Seeker*, die Kristallhülle zu zerschmettern, von der wir noch nicht einmal geahnt hatten, daß sie existierte. Und unfreiwillig bescherte diese Tragödie uns eine Erklärung für das Mysterium.

Während der nachfolgenden Abwehrschlachten gegen die Kometen blieb uns wenig Zeit für philosophische Überlegungen. Ich wurde während dieses Krieges geboren und verbrachte meine ersten hundert Jahre in wenig komfortablen, brüllenden Kleinschiffen, die Kometen zerschossen oder verscheuchten, die, wenn man sich nicht um sie gekümmert hätte, auf unsere zerbrechlichen Welten gefallen wären und dort großen Schaden angerichtet hätten.

Zu jener Zeit hätten wir die Erde aufgeben können. Immerhin lebte bereits die Hälfte der Menschheit in Raumkolonien, die sich leichter gegen den Ansturm verteidigen ließen als unsere schwerfällige Heimat, die den Kometen wie auf dem Präsentierteller ausgeliefert war.

Das wäre nicht nur praktisch, sondern auch logisch gewesen. Doch wenn es um die gute alte Mutter Erde ging und die auch noch in Gefahr schwebte, drehten die Menschen ziemlich durch. Raumstädte mit Millionen Bewohnern schoben sich den heranrasenden Eisgebilden in den Weg, nur um eine Schwerwelt zu schützen, die sie nur aus Büchern kannten und von der sie wenig mehr mitbekamen als ein mattes blaues Funkeln in der Schwärze. Die Psychologen haben lange getüftelt, um die Gründe dafür herauszufinden. Zu jener Zeit hielt man das Phänomen für eine Form von kollektivem Wahnsinn.

Schließlich gewannen wir den Krieg gegen die Kometen. Ihre Schwärme wurden gezähmt, und wir konnten den Blick wieder über die Grenzen des Systems hinaus richten. Die Menschen bauten neue Schiffe, die besser waren als ihre Vorgänger.

Ich bekam erst auf dem zwölften Raumer einen Platz, und diese Verzögerung rettete mir das Leben.

Die ersten sieben Schiffe gingen verloren. Während sie noch begeisterte Berichte zurücksandten und sich im Anflug auf die wunderschönen grünen Welten befanden, die sie entdeckt hatten, kollidierten sie mit unsichtbaren Kristallhüllen und wurden vernichtet.

Doch anders als damals bei der *Seeker* brachte ihr Untergang der Menschheit gar nichts ein. Die Hüllen blieben erhalten, nachdem unsere Schiffe von Eis zerschmettert und zum Kern von neuen Kometen geworden waren.

Welch große Hoffnungen wir damals gehegt hatten … nur die, die die Katastrophe der *Seeker* noch miterlebt hatten, sorgten sich. Die Menschheit stand davor, endlich frei atmen zu können! Wir machten uns daran, unsere Eier in fremde Nester zu legen und fühlten uns zum ersten Mal sicher. Nie wieder würde die Überbevölkerung wie ein Mühlstein an unserem Hals hängen. Vorbei waren Gedränge und Stagnation!

Und dann wurden unsere Hoffnungen mit einem Mal zunichte gemacht – zerstört von den unsichtbaren und absolut tödlichen Hüllen.

Wir brauchten Jahrhunderte, um eine Möglichkeit zu finden, diese Todeszonen zu lokalisieren. Warum? fragen wir uns alle. Warum war das Universum nur so pervers eingerichtet? Hatte sich irgendeine Macht hier einen Scherz erlaubt? Warum existierten diese monströsen Barrieren überhaupt, deren Vorhandensein allen uns bekannten Naturgesetzen widersprach und uns von den wunderbaren Kleinwelten fernhielt, nach denen wir uns so sehnten?

Für etwa drei Jahrhunderte drehte die Menschheit ein wenig durch.

Ich habe die schlimmste Phase dieser Großdepression nicht miterlebt, weil ich gerade mit einer Gruppe zum Tau Ceti unterwegs war, um die dortige Hülle zu studieren. Als wir auf die Erde zurückkehrten, hatte man dort die Ordnung bis zu einem bestimmten Punkt wiederherstellen können.

Aber unser Sonnensystem hatte seine Herzensfreude verloren. Es verging viel Zeit, ehe ich zum ersten Mal wieder ein fröhliches Lachen hörte.

Damals ließ ich mich wieder für ein paar hundert Jahre einfrieren, begab mich sozusagen ins Bett und zog mir die Decke über die Ohren.

## 5

Die ganze Besatzung seufzte erleichtert, als der Kapitän mir befahl, die Sicherheitsverriegelungen wieder einrasten zu lassen. Ich zog die Hand vom Toter-Mann-Schalter und verließ meinen Platz. Meine innere Anspannung entlud sich in einem heftigen Körperzucken, und Alice mußte mich festhalten, bis ich wieder ohne Hilfe auf den Beinen stehen konnte.

Moische hatte den Alarm abgeblasen, weil das System dieser Gutsonne leer war.

Um genau zu sein, in diesem System gab es Leben aller Art, aber kein intelligentes.

Die größeren Asteroiden besaßen unglaubliche, selbstversorgende Ökosysteme und absorbierten unter großen Fenstern das Sonnenlicht. Auf zwanzig Monden standen unter hohen Kuppeln prächtige Wälder. Aber es existierte hier keinerlei Verkehr, weder im Äther noch in der Realität. Yens Detektoren spürten keine Maschinenaktivität und auch keine Gedankenberührung von vernunftbegabten Wesen auf.

Es war schon ziemlich unheimlich, uns zwischen den Kleinkörpern vorzutasten. So lange hatten wir solche Manöver nur im allzu bekannten Raum unseres Sonnensystems durchgeführt.

In den ersten Jahrhunderten nach der Kristallkrise gab es immer noch Männer und Frauen, die glaubten, es sei trotzdem möglich,

Kolonien im All zu gründen. Bei ihnen handelte es sich größtenteils um Bewohner des Asteroidengürtels, die lauthals verkündeten, Planeten seien unangenehme Orte, mit viel zu hoher Schwerkraft, die doch sowieso niemand benötige.

Sie zogen dann hinaus zu den Schlechtsternen, den roten Riesen und roten Zwergen, den Doppelsternen und instabilen Sonnen. Diese Systeme wurden nämlich nicht von Kristallhüllen geschützt. Die Neusiedler fanden dort herumtreibende Materieklumpen und errichteten darauf wie schon zu Hause Kleinkörperstädte.

Doch jede einzelne dieser Kolonien war schon nach wenigen Generationen ausgestorben. Die Siedler verloren nämlich jedes Interesse daran, sich fortzupflanzen.

Die Psychologen gelangten schließlich zu der Erkenntnis, daß die Ursache dafür mit dem kollektiven Wahn zusammenhing, der die Menschen dazu bewogen hatte, die Erde zu schützen und den Kometenkrieg schließlich zu gewinnen.

Oder, einfacher ausgedrückt, Männer und Frauen konnten zwar auf Asteroiden leben, brauchten dazu aber die Gewißheit, daß ganz in der Nähe eine blaue Welt existierte, die sie an ihrem jeweiligen Himmel sehen konnten. Anscheinend handelt es sich dabei um einen angeborenen Charakterfehler – doch wie es scheint, ist es uns nicht möglich, ins All hinauszuziehen und dort auf Dauer ohne diesen Anblick auszukommen.

Wenn wir das Universum je erobern wollen, benötigen wir Wasserwelten.

Die Wasserwelt dieses Systems tauften wir Quest, nach dem Ungeheuer, das König Pelenor, der Namenspatron unseres Schiffes, so lange suchen mußte. Sie leuchtete blau und braun, und über ihre Oberfläche zogen wattebauschige weiße Wolken. Stundenlang umkreisten wir diesen Planeten und weinten hemmungslos vor uns hin.

Alice weckte zehn Schläfer – prominente Wissenschaftler, die, wie die Weltcomputer versichert hatten, nicht zusammenbrechen würden, wenn ihre Hoffnungen neu entfacht wurden.

Wir verfolgten, wie die Erwachten nacheinander ans Panoramafenster traten und sich ihrer Tränen nicht schämten, und bald darauf weinten wir alle zusammen.

## 6

Die *Pelenor* war kaum in der Lage, ganz auf sich gestellt dieses System zu erkunden. Wir verbrachten ein Jahr damit, die uralten Schiffe, die unsere neue Welt umkreisten, einzufangen und unseren Bedürfnissen anzupassen. Danach teilten wir uns in Teams auf, von denen jedes eine andere entlegene Ecke dieses Systems erforschte.

Am zweiten Jahrestag unserer Ankunft tummelten sich bereits hundert Biologen auf der Oberfläche von Quest. Sie genscannten die örtliche Flora und Fauna mit stetig wachsender Erregung und arbeiteten daran, Erdpflanzen so zu modifizieren, daß sie sich in das lokale Ökosystem einfügen und dort keine Instabilität hervorrufen würden. Nicht mehr lange, dann würden sie das gleiche mit den Tieren in unseren Gentanks tun.

Die Landschaftsgestalter, die die Kleinkörper untersuchten, verkündeten aufgeregt, daß es ihnen nicht schwerfallen würde, die Lebensmaschinen wieder in Gang zu bringen, die die vorherige Rasse hier zurückgelassen hatte. Dieses System bot Raum für mindestens eine Milliarde Kolonisten, und das von Anfang an.

Doch auf den Bericht der Archäologen warteten wir mit der größten Anspannung und Nervosität. Wenn ich nicht gerade ein Shuttle flog, half ich ihnen bei ihrer Arbeit in den staubigen Ruinen von Altestadt am Rande von Langestal, wo sie ganze Berge von Artefakten zusammentrugen, um sie zu katalogisieren und mühsam zu analysieren.

Wir erfuhren aus den Funden, daß die Bewohner dieses Systems sich selbst Nataral genannt hatten. Sie sahen uns sogar in gewisser Weise ähnlich: aufrecht gehende Zweifüßler mit neun Fingern, aber von einem Äußeren, das einem Alpträume bescheren konnte.

Doch wenn man sie sich auf den Bildern und Statuen lange genug angeschaut hatte, konnte man sich an ihr Aussehen gewöhnen. Mit der Zeit gewahrte ich auch Unterschiede in ihren Gesichtern und durchaus sinnliche Nuancen ihres Mienenspiels. Als wir endlich ihre Sprache entschlüsselt hatten, erfuhren wir nicht nur ihren Namen, sondern auch einiges von ihrer Geschichte.

Anders als bei den wenigen anderen außerirdischen Rassen, auf die wir bislang gestoßen waren, waren die Nataral Individualisten und besaßen einen gesunden Forscherdrang. Auch sie hatten nach einer ebenso wechselläufigen, guten wie schlechten Historie wie der unseren ihr Sonnensystem besiedelt.

Und ähnlich uns Menschen hatten auch sie zwei große Träume gehabt: Sie wollten hinaus zu den Sternen und sich ausbreiten. Und sie sehnten sich nach Nachbarn und neuen Gesichtern.

Als ihr erstes Schiff fertig war, hatten sie bereits alle Hoffnung auf neue Nachbarn aufgegeben. Auf ihrer Welt hatten sich keinerlei Hinweise darauf finden lassen, daß sie jemals von Fremden besucht worden war. Und von den Sternen hörten sie nichts als Schweigen.

Doch sie hatten ihr erstes Schiff und konzentrierten sich auf ihren anderen Traum – die Ausbreitung ins All.

Und Wochen nach dem Start zerbarst die Kristallhülle um ihre Sonne.

Zwei Wochen lang taten wir nichts anderes, als die Übersetzungen zu überprüfen – und noch einmal und ein weiteres Mal zu überprüfen.

Jahrtausendelang hatten wir nach einem Weg gesucht, die tödliche Barriere rings um die Gutsterne zu knacken, vorsätzlich das zu bewirken, was der *Seeker* durch einen tragischen Unfall gelungen war. Und hier hatten wir nun endlich die Antwort auf unser Problem gefunden.

Den Nataral war es, wie uns, nur gelungen, eine einzige Kristallhülle zu durchbrechen – ihre eigene. Und bei ihnen hatte sich alles genauso abgespielt wie im Sonnensystem. Nach dem Bersten der Hülle hatte ein furchtbarer Kometensturm gewütet, der beinahe ihre hohe Zivilisation zerstört hätte.

Die Schlußfolgerung daraus lag auf der Hand: Die Todessperre konnte durchstoßen werden, aber nur von innen!

Und während dieses Konzept noch langsam in unsere Gehirne einsank, gruben die Archäologen den Obelisken aus.

## 7

Unser Cheflinguist, Garcia Cardenas, hatte einen Hang zum Dramatischen. Als Alice und ich ihn in seinem Lager am Rand des neu ausgegrabenen Monuments besuchten, bestand er darauf, alle Diskussionen über seine Entdeckung auf den nächsten Tag zu verschieben. Statt dessen bereiteten er und seine Mitarbeiter ein köstliches Mahl für uns zu und brachten einen Trinkspruch auf Alice aus.

Sie erhob sich und nahm die Glückwünsche mit trockenem Humor entgegen, um sich dann wieder hinzusetzen und unser Baby zu stillen.

Alte Gewohnheiten lassen sich nur langsam ablegen, und erst

wenige Frauen hatten sich dazu entschließen können, die jahrhundertealte Biofeedback-Konditionierung, keinen Nachwuchs zu gebären, aufzuheben. Alice hatte zu den ersten gehört, die ihre Eierstöcke reaktivieren ließen, und dann ein Kind in unsere neue Welt geboren.

Nun war es nicht so, daß ich auf den Nachwuchs eifersüchtig gewesen wäre. Immerhin sonnte ich mich in dem nur etwas geringeren Ruhm, der erste Vater auf Quest zu sein. Aber mir ging all dieses Getue auf die Nerven. Mit Ausnahme von Moische Bok war ich der älteste Mensch in diesem System, und ich konnte mich noch recht gut an die Zeit erinnern, in der das Kinderkriegen etwas Alltägliches gewesen und den Menschen trotzdem Zeit geblieben war, sich auch um andere Dinge zu kümmern, vor allem, wenn etwas wirklich Wichtiges anstand.

Als die Begeisterung an jenem Abend endlich etwas nachließ, nickte Garcia Cardenas mir zu und führte mich durch den Hinterausgang des Zelts nach draußen. Wir liefen einen schmalen Pfad hinunter, der uns zur Ausgrabungsstätte führte. Über uns brannte das Licht der hellen Kleinkörper, die die Nataral für alle Zeiten über dem Äquator von Quest hinterlassen hatten.

Wir gelangten schließlich vor eine helle Metallwand, die hoch über unseren Köpfen aufragte. Sie bestand aus einem Material, das unsere Techniker noch nicht hatten analysieren können und dem der Zahn der Zeit nichts anzuhaben vermochte. Auf dem Obelisken war eine Inschrift eingelassen, und die Symbole erzählten die Geschichte von den letzten Tagen der Nataral.

Einiges davon kannten wir bereits aus anderen Quellen, die wir übersetzt hatten. Doch das Ende der Geschichte stellte für uns immer noch ein Geheimnis dar, das einige Nervosität in uns auslöste. Waren die Nataral an einer furchtbaren Seuche zugrunde gegangen? Hatten vielleicht die intelligenten Maschinen, auf denen sowohl ihre wie auch unsere Zivilisation basierte, rebelliert und ihre

Herren umgebracht? Oder war ihnen am Ende die Kontrolle über ihre höchst verfeinerte Gentechnologie entglitten?

Wir wußten allerdings schon, daß die Nataral sehr gelitten hatten. Wie wir Menschen waren auch sie ins All gezogen, nur um festzustellen, daß das Universum ihnen verschlossen war. Ihre beiden großen Träume – die Gutwelten, auf denen sie sich ausbreiten konnten, und die Nachbarn, die sie anzutreffen hofften – waren ebenso zerbrochen wie die Kristallhülle um ihr System. Genau wie wir Menschen hatten auch sie eine gewisse Zeit im kollektiven Wahn verbracht.

Cardenas hatte mir versprochen, daß ich in der Dunkelheit unter der Ausgrabungsstelle die Antworten finden würde.

Während er seine Geräte vorbereitete, lauschte ich den Geräuschen des uns umgebenden Dschungels. Auf dieser Welt gedieh das Leben prächtig. Wunderbare und ziemlich hoch entwickelte Lebewesen tummelten sich hier. Bei einigen Arten konnte man ihren natürlichen Ursprung erkennen, während andere eindeutig als Ergebnis einer fortgeschrittenen Gentechnik zu identifizieren waren. Aufgrund dieser im Labor erzeugten Geschöpfe, aber auch dank ihrer Kunst und Architektur und erst recht in Kenntnis der Gründe, die sie zur Verzweiflung getrieben hatten, verspürte ich eine starke Nähe zu den Nataral. Ich konnte mir gut vorstellen, daß ich sie gemocht hätte.

Auf der einen Seite war ich froh, diese Welt für die Menschheit in Besitz genommen zu haben, bescherte sie meiner Art doch die Rettung. Doch auf der anderen Seite bedauerte ich es sehr, daß unsere Vorgänger nicht mehr da waren.

Cardenas winkte mich zu einem Holistank heran, den er am Fuß des Obelisken aufgestellt hatte. Als wir gemeinsam die Hände in die Dunkelheit steckten, erschien auf dem Monolithen ein Licht. Wo es hinwanderte, würden wir die Passion der letzten Tage der Nataral spüren und fühlen.

Ich strich sanft über die fein eingestimmte und weich resonantige Oberfläche. Garcia führte mich, und ich erlebte die Endzeit so, wie die Nataral sie dem Fühlen ihrer Nachfolger hinterlassen hatten.

Genau wie wir mußten die Nataral erst eine lange Periode der Verbitterung hinter sich bringen. Bei ihnen hatte sie sogar noch länger gedauert als bei uns. Auch ihnen war es so erschienen, als handele es sich beim Universum um einen gewaltigen schlechten Scherz.

Überall fand sich unter den Sternen Leben. Doch nur an wenigen Orten, und dann auch sehr langsam, entwickelte sich intelligentes Leben – und allzu oft erlitt es einen Fehlstart. Und wenn sich endlich auf einer Welt intelligentes Leben etabliert hatte, dann oftmals in Form von Wesen, die kein Interesse verspürten, sich im All auszubreiten und fremde Planeten zu besiedeln.

Doch wenn es so etwas wie die Kristallhüllen nicht gegeben hätte, hätten sich die Bewohner der wenigen Welten, auf denen sich die Raumfahrt entwickelt hatte, ungehindert über das Universum ausgebreitet. Arten wie die unsere hätten System um System erkundet und wären schließlich in Kontakt mit anderen Rassen getreten. Ein altes, erfahrenes Volk hätte vielleicht ein anderes getroffen, das sich gerade erst am Anfang seines Weges befand, und ihm geholfen, gewisse Schwierigkeiten zu überwinden …

Wenn die Kristallhüllen nicht gewesen wären …

Aber sie waren nun einmal vorhanden, und deswegen konnten Sternenreisende sich nicht ausbreiten, weil die Hüllen sich nur von innen durchstoßen ließen. Wie grausam das Universum doch war!

So hatten die Nataral geglaubt.

Doch sie hatten nicht aufgegeben. Und nach Äonen der Suche nach wunderbaren Gutsternen entdeckten ihre Fernsonden insgesamt fünf Wasserwelten, deren Hüllen zerbrochen waren.

Meine Berührungshände zitterten, während sie die Koordinaten dieser erreichbaren Welten abtasteten. Angesichts der Größe des Geschenks, das uns der Obelisk gegeben hatte, schnürte sich mir die Kehle zu. Kein Wunder, daß Cardenas mich nicht gleich hierhergeführt hatte. Auch ich würde auf einen geeigneten Moment warten, ehe ich Alice hierherführte.

Doch dann fragte ich mich, wohin die Nataral gegangen waren. Und warum waren sie verschwunden? Mit insgesamt sechs Wasserwelten hätten sie doch kaum glücklicher sein können!

Aber da war eine verwirrende und nicht gleich zu verstehende Stelle auf dem Obelisken, in der es um Schwarze Löcher und die Zeit ging. Ich berührte sie wieder und wieder, während Garcia mich und mein Mienenspiel beobachtete. Und endlich begriff ich.

»Beim Großen Ei!« rief ich. Die Auskunft über das, was mit den Nataral geschehen war, ließ selbst die Entdeckung von fünf weiteren Wasserwelten verblassen.

»Existieren die Kristallhüllen etwa aus diesem Grund?« fragte ich und konnte es noch nicht glauben.

Der Linguist lächelte. »Schon mal was von Teleologie gehört, Joshua? Allem Anschein nach steckt hinter den Barrieren die Hand eines Schöpfers. Aber möglicherweise handelt es sich dabei auch nur um einen bloßen Zufall statt um den Bestandteil eines großen Schöpfungsplans.

Was wir jedoch wissen, ist dies: Ohne die Kristallhüllen würden wir überhaupt nicht existieren. Und intelligentes Leben wäre noch viel, viel seltener anzutreffen. Überhaupt würde man auf kaum einer Welt Leben antreffen.

Seit über zehntausend Jahren verwünschen wir die Barrieren«, seufzte Garcia schließlich. »Und die Nataral haben sie noch länger verflucht, bis sie endlich auf ihren Sinn gestoßen sind.«

# 8

Wenn es die Kristallhüllen nicht gegeben hätte …

In jener Nacht habe ich lange darüber nachgedacht, während ich in das schimmernde, bleiche Licht der treibenden Scherben hinaufstarrte, durch die der Schein der weiter entfernten, gleichwohl helleren Sterne immer noch seinen Weg fand.

Wenn es die Kristallhüllen nicht gegeben hätte, wäre irgendwann in jeder Galaxis eine erste Rasse von Sternfahrern aufgetaucht. Selbst wenn die meisten intelligenten Arten es vorziehen, zu Hause zu bleiben, ist das Auftreten einer aggressiven, auf Kolonisierung ausgerichteten Rasse früher oder später unausweichlich.

Wenn es die Kristallhüllen nicht gegeben hätte, hätte die erste sternenfahrende Rasse ihre Heimatwelt verlassen und alle Planeten besetzt, die ihr untergekommen wären. Sie hätten die Wasserwelten besiedelt und die Kleinwelten, die einen Gutstern umkreisen, mit ihrer Zivilisation überzogen.

Zwei Jahrhunderte, bevor wir auf unsere Kristallhülle gestoßen waren, hatten wir Menschen uns gefragt, warum so etwas der Erde nie widerfahren war. Warum hatte sich in drei Milliarden Jahren keine Rasse wie die unsere gefunden, um auf der Erde zu landen und sie zu kolonisieren? Schließlich hätte doch jeder intergalaktische Makler sich die Finger (falls vorhanden) nach einem solchen »Filetstück« abgeleckt.

Etwas später fanden wir heraus, daß die Todesbarriere, die das Sonnensystem umgab, dafür verantwortlich war und unsere primitiven Vorfahren vor jeder Störung von außen bewahrt hatte …, damit unsere Heimatwelt uns in Frieden und Isolation aufpäppeln konnte.

Wenn es die Kristallhüllen nicht gegeben hätte, hätten die ersten Sternenreisenden die Galaxis und vielleicht auch das ganze Universum besetzt. Das hätten wir schließlich auch getan, wenn die Barrieren uns nicht daran gehindert hätten. Die Entwicklung dieser Welten wäre für immer verändert worden. Und selbst der kühnste Verstand mag sich nicht vorstellen, zu welchen Ergebnissen das geführt hätte.

Deshalb beschützen die Hüllen ihre Welten, bis diese Lebensformen hervorgebracht haben, die in der Lage sind, die Schale von innen aufzubrechen.

Aber wozu dieser ganze Aufwand? Welchen Sinn und Zweck sollte es haben, eine junge Rasse zu beschützen, damit sie heranwachsen konnte, um als erwachsene ein Dasein in bitterer Einsamkeit fristen zu müssen?

Dazu sollte man sich einmal vor Augen halten, wie es für die allererste sternenfahrende Rasse gewesen sein muß. Selbst wenn sie die Geduld und Leidensfähigkeit eines Hiob aufgebracht hätte, wäre es ihr doch nie vergönnt gewesen, einen Gutstern in ihren Besitz zu bringen. Erst wenn das nächste Ei aufgegangen wäre, hätte sie einen neuen Nachbarn, mit dem sie sich austauschen könnte.

Doch bis dahin würde so viel Zeit vergangen sein, daß sie längst verzweifelt wäre.

Und nun hatten wir, die Menschen, das Geschenk von sechs wunderbaren Welten erhalten. Auch wenn wir den Nataral niemals begegnen würden, konnten wir doch ihre Schriften lesen und sie so einigermaßen kennenlernen. Und aus ihren Unterlagen konnten wir einiges über die Rassen erfahren, die ihnen vorangegangen waren; diejenigen, die nacheinander aus den fünf anderen Wasserwelten hervorgegangen waren und sich mit einem einsamen Universum konfrontiert gesehen hatten.

Vielleicht wird das Universum in einer weiteren Milliarde Jahren eher den Vorstellungen ähneln, wie sie in den Science-fiction-Geschichten aus den Tagen meines Großvaters ausgebreitet worden waren. Möglicherweise wird es dann auf den Sternenstraßen von Handel und Wandel zwischen eifrig miteinander kommunizierenden Welten summen und brummen.

Aber wir waren, ebenso wie die Nataral, dafür zu früh auf den Plan getreten. Wir waren dazu verdammt, falls dieser Tag jemals kommen sollte, den jüngeren als Greisenrasse gegenüberzutreten.

Ich blickte wieder hinauf in den Himmel, zu der Sternenkonstellation, der wir den Namen Phoenix gegeben hatten und in die die Nataral vor einigen Millionen Jahren verschwunden waren. Natürlich konnte ich den Schwarzen Stern nicht ausmachen, zu dem sie sich begeben hatten. Aber ich wußte ziemlich genau, wo er sich befand. Schließlich hatten unsere Vorgänger genaue Instruktionen hinterlassen.

Dann kroch ich in das Zelt, das ich mit Alice und unserem Kind teilte, und ließ die Sterne und die Scherben draußen zurück.

Morgen erwartete uns ein arbeitsreicher Tag. Ich hatte Alice versprochen, an einem Hang nicht weit außerhalb von Altestadt ein Haus zu bauen.

Sie redete im Schlaf und kuschelte sich an mich, als ich neben ihr ins Bett schlüpfte. Unser kleines Mädchen schlief friedlich in der Wiege, die vor dem Bett stand. Ich hielt Alice fest und atmete ruhig.

Aber der Schlaf wollte sich nicht gleich einstellen. Ich mußte die ganze Zeit an das denken, was die Nataral uns hinterlassen hatten.

Nein, ich mußte mich korrigieren, was sie uns *geliehen* hatten.

Wir durften die sechs Welten benutzen, solange wir pfleglich mit ihnen umgingen. Dieselben Bedingungen hatten sie eingehen müssen, als sie die vier Welten in Besitz nahmen, die die Lap-Klenno, ihre Vorgänger auf den einsamen Sternenstraßen, ihnen überlassen hatten ... Und ebenso hatten die Lap-Klenno eingewilligt, als sie die drei Welten von den Thwoozoon geerbt hatten ...

Solange uns der Drang, uns auszubreiten, innewohnte und stark war, gehörten die neuen Welten uns – genauso wie die, auf die wir vielleicht noch stoßen würden.

Aber irgendeines fernen Tages würden sich unsere Prioritäten wandeln. Dann wären wir nicht mehr hauptsächlich darauf fixiert, uns Ellenbogenfreiheit zu verschaffen. Mehr und mehr würden wir dann, wie schon die Nataral, über die Einsamkeit nachdenken, die uns umgab.

Ich wußte, daß unsere Vorgänger recht gehabt hatten. Eines schönen Tages würde meine soundsovielte Nachfolgegeneration feststellen, daß sie das Leben in einem Universum ohne andere Stimmen nicht länger ertragen konnte. Sie würden ihrer wunderschönen Welten müde werden, ihr ganzes Volk in Schiffe packen und zu einem Schwarzen Stern fliegen.

Und dort, im Ereignishorizont des Schwarzen Loches, würden sie auf die Nataral, die Lap-Klenno und die Thwoozoon treffen, die sie in der angehaltenen Zeit erwarteten.

Ich lauschte dem Wind, der leise das Zelt zum Flattern brachte, und beneidete meine soundsovielte Nachfolgegeneration. Ich hätte gern die anderen Sternenreisenden getroffen, die uns so ähnlich gewesen waren.

Natürlich konnten wir auch die paar Milliarden Jahre abwarten, bis der Moment gekommen war, an dem mehrere kosmische Eierschalen von innen aufgestoßen worden waren und es im Universum vor Leben wimmelte. Aber dann wären wir nicht mehr dieselben wie heute, sondern den Gegebenheiten zufolge tatsächlich eine Greisenrasse geworden …

Aber welche Spezies, die halbwegs bei Verstand war, würde sich für eine solche Möglichkeit entscheiden? Da war es doch weit besser, jung zu bleiben, bis das Universum sich endlich in einen Ort der Freude und des Vergnügens verwandelt hatte.

Und die Rassen, die vor uns an der Reihe gewesen waren, schliefen in Erwartung dieses Tages am Rande des Schwarzen Loches, in dem die Zeit angehalten war. Dort warteten sie auf uns, auf daß wir uns ihnen anschlossen, um gemeinsam mit ihnen die öden frühen Jahre der Galaxien auszusitzen.

Ich spürte, wie die letzten Spuren der alten Großdepression sich in mir auflösten, während ich über die elegante Lösung nachdachte, die die Nataral für sich gefunden hatten. So lange hatten wir in der Angst gelebt, das Universum treibe seinen Spaß mit uns und uns bliebe nur die Rolle der Opfer oder Trottel … Doch heute zerplatzten meine düsteren Gedanken endlich wie eine Eierschale … wie die Wände einer Kristallhülle.

Ich hielt meine Frau fest. Sie seufzte und sagte im Schlaf irgend etwas Unverständliches. Als der Schlaf mich schließlich überkam, fühlte ich mich besser als in den tausend Jahren zuvor. Ich war wieder jung, unglaublich jung.

**Robert Silverberg**

# *Gute Nachrichten aus dem Vatikan*

Das ist der Morgen, auf den jeder gewartet hat, denn endlich soll der Robot-Kardinal zum Papst gewählt werden. Am Ergebnis ist nicht mehr zu zweifeln. Das Konklave war viele Tage lang in einer Pattsituation zwischen den dickköpfigen Advokaten des Kardinals Asciuga von Mailand und Kardinal Carciofo von Genua, und es sickerte durch, daß man dabei sei, einen Kompromiß zu finden. Alle Gruppen hatten sich nun auf die Wahl des Roboters geeinigt. Am Morgen las ich im *Osservatore Romano,* der Vatikan-Computer habe sich selbst in die Beratungen eingeschaltet, er habe dringend die Kandidatur des Robot-Kardinals angeraten. Ich meine, wir sollten uns über diese Loyalität unter Maschinen nicht wundern, vor allem sollten wir uns aber keinesfalls deprimieren lassen. Nein, *Niedergeschlagenheit wäre absolut fehl am Platz.*

»Jede Ära bekommt den Papst, den sie verdient«, bemerkte heute beim Frühstück Bischof FitzPatrick ziemlich düster. »Der richtige Papst für unsere Zeit ist ein Roboter, ganz gewiß. Irgendwann in der Zukunft mag es wünschenswert sein, daß ein Wal, ein Automobil, eine Katze, ein Berg Papst wird.« Bischof FitzPatrick mißt mehr als zwei Meter, und seine Miene drückt normalerweise morbide Trauer aus. Es ist uns daher nicht möglich, festzustellen, ob es sich bei dieser Seelenstimmung jetzt um eine existentielle Verzweiflung oder um ruhige Hinnahme einer Tatsache handelt. Vor vielen Jahren war er ein Starspieler der Basketballmannschaft um den Pokal vom Heiligen Kreuz. Nach Rom war er gekommen, um Forschungen für eine Biographie des heiligen Marcellus des Redlichen anzustellen.

Wir haben das sich langsam entfaltende Drama der Papstwahl von einem Straßencafé aus beobachtet, das nur ein paar Gäßchen vom St. Petersplatz entfernt ist. Für uns alle war dies eine unerwartete Aufwertung unserer Ferien in Rom. Es hieß damals, der vorherige Papst sei bei bester Gesundheit, und man hatte keinen Grund zu der Annahme, daß diesen Sommer noch ein Nachfolger für ihn zu wählen wäre.

Jeden Morgen fahren wir mit dem Taxi von unserem Hotel in der Nähe der Via Veneto ab und beziehen strategische Position an »unserem« Tisch. Von unserem Platz aus haben wir klare Sicht zum Kamin des Vatikans, durch den der Rauch der brennenden Wahlzettel steigt: schwarzer Rauch, wenn noch kein Papst gewählt ist, weißer, wenn das Konklave erfolgreich war. Luigi, der Besitzer und Oberkellner, bringt automatisch unsere Lieblingsgetränke: Fernet-Branca für Bischof FitzPatrick, Campari und Soda für Rabbi Mueller, türkischen Kaffee für Miß Harshaw, Zitronensaft für Kenneth und Beverly und Pernod on the rocks für mich. Die Rechnung bezahlen wir wechselweise, wenn auch Kenneth seit dem Beginn unserer Wache noch nicht ein einziges Mal bezahlt hat.

Gestern bezahlte Miß Harshaw. Sie leerte ihren Geldbeutel aus, und da fehlten ihr 350 Lire, und sonst hatte sie nur noch hundert Dollar in Reiseschecks. Wir schauten alle betont Kenneth an, doch der nippte in aller Ruhe an seinem Zitronensaft. Schließlich legte Rabbi Mueller nach einer kurzen Pause der Spannung eine 500-

Lire-Münze dazu, das heißt, er knallte die schwere Silbermünze nachdrücklich auf den Tisch. Der Rabbi ist für seinen kurzen Geduldsfaden bekannt, auch für einen sehr nachdrücklichen Stil. Er ist achtundzwanzig Jahre alt, trägt gewöhnlich eine moderne karierte Soutane und eine Sonnenbrille mit Silberauflage, und sehr oft rühmt er sich, für seine Gemeinde niemals eine Bar-Mizwa-Zeremonie gehalten zu haben. Seine Gemeinde liegt im Wicomico County, Maryland. Er hält diesen Ritus für vulgär und recht überflüssig und »verhökert« alle seine Bar-Mizwas an angehende Kleriker, die dafür eine Provision beziehen. Rabbi Mueller ist eine Autorität in Engeln.

Unsere Gruppe ist geteilter Meinung über den Vorzug der Wahl eines Roboters zum neuen Papst. Bischof FitzPatrick, Rabbi Mueller und ich sind für diese Idee, Miß Harshaw, Kenneth und Beverly dagegen. Interessant ist, daß unsere beiden Gentlemen in den heiligen Gewändern, der eine davon ältlich, der andere noch ziemlich jung, diese bemerkenswerte Abkehr von der Tradition unterstützen. Aber die drei »Swinger« unter uns tun das nicht.

Ich weiß nicht genau, ob ich mich zu den Progressiven zähle. Ich bin ein Mann reiferer Jahre und von ruhigem, gemäßigtem Wesen. Nie habe ich mich besonders um die Tätigkeiten der römischen Kirche gekümmert. Das katholische Dogma ist mir fremd, und auch die modernen Strömungen innerhalb der Kirche kenne ich nicht. Trotzdem habe ich seit dem Beginn des Konklaves auf die Wahl des Robot-Papstes gehofft.

Warum? Darüber denke ich manchmal nach. Geht es um das »Persönlichkeitsbild« einer metallenen Kreatur auf dem Thron von St. Peter, das meine Vorstellungskraft anregt und meinen Sinn für das Widersinnige und Unmögliche kitzelt? Das hieße also, ist meine Unterstützung des Robot-Papstes eine rein ästhetische Sache? Oder eher eine Funktion meiner moralischen Feigheit? Bin ich insgeheim der Meinung, daß diese Geste sozusagen die Roboter hinauskauft? Sage ich vielleicht selbst: Gebt ihnen die Papstwürde, damit sie für eine Weile nichts anderes wollen? Nein, solche Gedanken hielte ich für meiner selbst unwürdig. Möglicherweise bin ich deshalb für den Roboter, weil ich ein Mensch von außergewöhnlicher Einfühlsamkeit in die Nöte anderer bin.

»Wird er gewählt«, sagt Rabbi Mueller, »plant er eine sofortige Zeitteilung mit dem Dalai Lama und eine angemessene Zusammenschaltung mit dem Chefprogrammierer der griechisch-orthodoxen Kirche, nur so für den Anfang. Wie ich höre, wird er auch wegen einer ökumenischen Zusammenarbeit an die Rabbinate herantreten, und das ist sicher etwas, worauf wir uns alle freuen können.«

»Ich zweifle nicht daran, daß es in den Sitten und Praktiken der Hierarchie viele Veränderungen geben wird«, erklärt Bischof FitzPatrick. »Zum Beispiel freuen wir uns auf die überlegenen Techniken der Informationssammlung des Vatikan-Computers, der künftig bei den Operationen der Kurie wohl eine wichtigere Rolle spielen wird. Ich möchte das so beschreiben ...«

»Eine außerordentlich häßliche Bemerkung«, sagt Kenneth. Er ist ein hagerer junger Mann mit weißem Haar und rosa Augen. Beverly ist entweder seine Frau oder seine Schwester. Sie spricht kaum einmal. Kenneth schlägt das Kreuz mit aggressiver Plötzlichkeit und murmelt dazu: »Im Namen des Vaters, des Sohnes und des heiligen Automaten.« Miß Harshaw kichert, schluckt das Kichern aber mühsam hinunter, sobald sie meine mißbilligende Miene sieht.

Absolut nicht niedergeschlagen, jedoch ohne auf die Unterbrechung einzugehen, fährt Bischof FitzPatrick fort: »Zur Illustration möchte ich Ihnen einige Zahlen geben, die ich gestern nachmittag erhielt. In der Zeitung *Oggi* lese ich, daß während der letzten fünf Jahre nach dem Sprecher der *Missiones Catholicae* die Kirche die Zahl ihrer Angehörigen in Jugoslawien von 19 381 403 auf

23 501 132 erhöht hat. Aber die Verlautbarungen der Regierung zum vergangenen Jahr geben eine Gesamtbevölkerung Jugoslawiens von 23 575 194 an. Damit bleiben nur 74 132 für die anders- oder nichtreligiöse Bevölkerung dieses Staates. Ich weiß, wie groß die Moslem-Bevölkerung Jugoslawiens ist, daher nehme ich eine Ungenauigkeit in den veröffentlichten Statistiken an. Ich wandte mich also an den Computer von St. Peter, und der informierte mich ...« – der Bischof legt eine Pause ein, holt einen ziemlich umfangreichen Ausdruck aus einer Tasche und faltet ihn auf dem Tisch auf –, »daß die letzte Zählung der Gläubigen in Jugoslawien vor eineinhalb Jahren eine Zahl von 14 206 198 liefert. Deshalb ergibt sich eine irrige Überzahl von 9 294 864. Und das ist absurd. Und wird ewig fortgeschrieben. Das ist verdammenswert.«

»Wie sieht er denn überhaupt aus?« fragt Miß Harshaw.

»Er ist wie alle anderen«, sagt Kenneth. »Eine glänzende Metallbox mit Rädern unten und Augen oben.«

»Sie haben ihn noch nicht gesehen«, wirft Bischof FitzPatrick ein. »Ich denke daher, es ist nicht korrekt, wenn Sie nun annehmen, daß ...«

»Die sind doch alle gleich«, sagt Kenneth. »Hat man erst einen gesehen, kennt man alle. Glänzende Boxen. Räder. Augen. Und eine Stimme, die aus dem Bauch kommt wie mechanische Rülpser. Und innen sind sie alle Zapfen und Rädchen und so Zeug.« Kenneth schüttelt sich vornehm angewidert. »Mir ist das zuviel, ich kann das nicht akzeptieren. Wollen wir uns nicht lieber eine frische Runde kommen lassen?«

»Zufällig habe ich ihn mit meinen eigenen Augen gesehen«, sagt Rabbi Mueller.

»Nein, wirklich?« ruft Beverly.

Kenneth funkelt sie finster an. Luigi nähert sich mit einem Tablett frischer Drinks für alle. Ich reiche ihm einen 5000-Lire-Schein. Rabbi Mueller nimmt seine Sonnenbrille ab und haucht auf ihre schimmernd spiegelnden Flächen. Er hat kleine wassergraue Augen und blinzelt heftig. Er sagt: »Der Kardinal war der wichtigste Sprecher beim Weltkongeß der Judenheit, der im letzten Herbst in Beirut stattfand. Sein Thema war ›Kybernetische Ökumenismen für den Menschen der Gegenwart‹. Ich war dort, und ich kann sagen, daß Seine Eminenz groß und würdevoll ist, eine feine Stimme und ein sanftes Lächeln hat. Er hat etwas Melancholisches an sich, das mich sehr an unseren Freund, den Bischof, erinnert. Seine Bewegungen sind voll Anmut, und er hat einen scharfen Verstand.«

»Aber er ist doch auf Räder montiert, nicht wahr?«

»Auf Raupen«, berichtet der Rabbi und wirft Kenneth einen wütenden, vernichtenden Blick zu. Er setzt seine Sonnenbrille wieder auf. »Raupen, wie ein Traktor sie hat. Aber ich bin nicht der Meinung, daß sie vom Geist her gesehen schlechter sind als Füße oder, in diesem Fall, als Räder. Wäre ich katholisch, so würde ich mich stolz fühlen, einen solchen Mann zum Papst zu haben.«

»Kein Mann«, wirft Miß Harshaw ein. Wenn sie den Rabbi Mueller anspricht, bekommt ihre Stimme immer etwas Leichtsinniges. »Ein Roboter«, sagt sie. »Er ist kein Mensch, erinnern Sie sich?«

»Also dann einen solchen *Roboter* als Papst«, berichtigt Rabbi Mueller sich selbst und zuckt die Achseln. Er hebt sein Glas. »Auf den neuen Papst!«

»Auf den neuen Papst!« ruft Bischof FitzPatrick.

Luigi kommt aus seinem Café gelaufen. Kenneth winkt ab. »Warten Sie doch eine Sekunde«, sagt Kenneth. »Die Wahl ist noch nicht vorbei. Wie können Sie so sicher sein?«

»Der *Osservatore Romano*«, sage ich, »hat in der heutigen Morgenausgabe angedeutet, heute werde sich alles entscheiden. Kardinal Carciofo erklärte sich bereit, zu seinen Gunsten sich zurückzuziehen, um dafür ein größeres Zeitzugeständnis beim Konsistorium des kommenden Jahres einzuhandeln, wenn die neuen Computerstunden festgelegt werden.«

»Mit anderen Worten: Das Ergebnis steht bereits fest«, sagt Kenneth.

Bischof FitzPatrick schüttelt betrübt den Kopf. »Mein Sohn, Sie behaupten diese Dinge viel zu ... abrupt. Seit drei Wochen sind wir nun ohne einen Heiligen Vater. Es ist Gottes Wille, daß wir einen Papst bekommen. Das Konklave ist nicht in der Lage, sich zwischen der Kandidatur von Kardinal Carciofo und Kardinal Asciuga zu entscheiden und vereitelt Seinen Willen. Deshalb müssen wir, falls nötig, die Realitäten der Zeit Seinem Willen anpassen, damit er nicht mehr länger hinausgezögert wird. Wenn innerhalb des Konklaves nur unnütz und noch länger politisiert wird, so wird das zur Sünde. Wenn Kardinal Carciofo nun seinen persönlichen Ehrgeiz opfert, so ist das kein egoistischer Akt, wie Sie glauben.«

Kenneth fährt jedoch fort, des armen Carciofos Motive für seinen Rückzug anzugreifen. Beverly klatscht gelegentlich seinen grausamen Ausführungen Beifall. Miß Harshaw erklärt wiederholt, sie sei nicht bereit, weiterhin Mitglied einer Kirche zu bleiben, deren Führer eine Maschine ist. Ich finde diesen Disput widerlich und rücke meinen Stuhl so vom Tisch ab, daß ich einen besseren Blick zum Vatikan habe. In diesem Moment vereinen sich die Kardinäle wieder in der Sixtinischen Kapelle. Oh, wie gern wäre ich dort! Welch großartige Mysterien spielen sich in diesem düsteren, prachtvollen Raum ab! Jeder Kirchenfürst sitzt auf einem kleinen Thron unter einem violetten Baldachin. Dicke Wachskerzen flackern auf den Tischen vor den Thronen. Die Zeremonienmeister bewegen sich gemessen durch den weiten Raum und tragen die Silberbecken herum, in denen die noch leeren Stimmzettel ruhen. Diese Becken werden vor dem Altar auf den Tisch gestellt. Ein Kardinal nach dem anderen nähert sich dem Tisch, nimmt einen Stimmzettel und kehrt zu seinem Thron zurück. Jeder nimmt seine

Gänsefeder zur Hand und beginnt zu schreiben: »Ich, Kardinal … wähle zum Obersten Pontifex den würdigsten aller Herren, meinen Herrn Kardinal …« Welchen Namen setzt da jeder ein? Carciofo? Asciuga? Ist es der Name irgendeines unbekannten, verhutzelten Prälaten aus Madrid oder Heidelberg, eine Wahl der letzten Minute der Anti-Robot-Fraktion, eine Wahl der Verzweiflung? Oder schreiben sie *seinen* Namen? Das Kratzen der Federn klingt laut durch die Kapelle. Die Kardinäle falten ihre Stimmzettel zusammen, versiegeln sie, falten sie wieder und noch mal und tragen sie zum Altar, um sie dort in das große goldene Ziborium fallen zu lassen. Das haben sie nun seit Tagen jeden Morgen und jeden Nachmittag getan, solange sie eingeschlossen waren.

»In der *Herald Tribune* las ich vor ein paar Tagen«, sagt Miß Harshaw, »daß eine Delegation von zweihundertfünfzig jungen Katholiken-Robotern aus Iowa am Flugplatz von Des Moines auf Nachrichten zur Wahl wartet. Kommt ihr Mann dran, haben sie eine flugbereite Chartermaschine zur Verfügung, und sie denken daran, zu fordern, daß der Heilige Vater ihnen die erste öffentliche Audienz gewährt.«

»Diese Wahl«, meint Bischof FitzPatrick, »bringt ohne Zweifel sehr viele Leute synthetischen Ursprungs in die Falten unserer Heiligen Kirche.«

»Und damit treiben sie noch mehr Menschen aus Fleisch und Blut hinaus!« entgegnet schroff Miß Harshaw.

»Das bezweifle ich«, sagt der Bischof. »Gewiß wird es ein bestimmtes Gefühl des Schocks geben, des Widerwillens, der Ungerechtigkeit, des Verlustes; zumindest am Anfang. Aber diese Gefühle legen sich wieder. Die Güte des neuen Papstes, auf die Rabbi Mueller sich schon bezog, wird sich durchsetzen. Und ich glaube ferner, daß die technisch ausgerichteten jungen Leute in aller Welt ermutigt werden, zur Kirche zu stoßen. Unwiderstehliche religiöse Impulse werden in der ganzen Welt geweckt werden.«

»Können Sie sich zweihundertfünfzig Roboter vorstellen, die nach St. Peter hineinklirren?« will Miß Harshaw wissen.

Ich beobachtete den fernen Vatikan. Die Morgensonne ist grell und blendend, aber die versammelten Kardinäle können das fröhliche Funkeln nicht genießen, da sie hinter diesen Mauern eingeschlossen sind. Alle haben nun gewählt. Die drei Kardinäle, die am Morgen durch das Los bestimmt worden sind, haben sich erhoben. Einer von ihnen hebt den goldenen Kelch und schüttelt ihn, so daß die Stimmzettel gemischt werden. Dann stellt er ihn auf den Tisch vor dem Altar. Ein zweiter Wahlprüfer nimmt die Stimmzettel heraus und zählt sie. Er überzeugt sich davon, daß die Zahl der Stimmzettel der der anwesenden Kardinäle entspricht. Die Stimmzettel sind inzwischen in ein Ziborium gefüllt worden, das sonst immer die konsekrierten Hostien für die Messe enthält. Der erste Prüfer nimmt einen Stimmzettel heraus, liest die Inschrift und gibt ihn an den zweiten Prüfer weiter, der ihn ebenfalls liest, dann geht er an den dritten Prüfer, der nun den Namen laut liest. Asciuga? Carciofo? Irgendein anderer? *Der seine?*

Rabbi Mueller spricht über Engel. »Dann haben wir die Engel des Thrones, die im Hebräischen als *arelim* oder *ophanim* bekannt sind. Davon gibt es siebzig, in erster Linie bekannt für ihre Standhaftigkeit. Zu ihnen zählen die Engel Orifiel, Ophaniel, Zabkiel, Jophiel, Ambriel, Tychagar, Barael, Quelamia, Paschar, Boel und Raum. Einige von ihnen sind nicht mehr im Himmel zu finden und werden zu den gefallenen Engeln der Hölle gezählt.«

»Soviel also zu ihrer Standhaftigkeit«, sagt Kenneth.

»Dann sind da noch die Engel der Anwesenheit«, fährt der Rabbi fort, »die offensichtlich im Moment ihrer Erschaffung beschnitten werden. Das sind Michael, Metatron, Suriel, Sandalphon, Uriel, Saraqael, Astanphaeus, Phanuel, Jehoel, Zagzagael, Yefefiah und Akatriel. Aber ich glaube, mein Lieblingsengel aus dieser Gruppe ist der Engel der Lust, der erwähnt ist im Talmud

*Bereshith Rabba* fünfundachtzig wie folgt: Als Juda eben vorübergehen wollte ...«

Nun haben sie die Stimmen gezählt, ganz bestimmt. Auf dem Petersplatz hat sich eine unübersehbare Menge angesammelt. Die Sonne fängt sich schimmernd in Hunderten, vielleicht sogar Tausenden stahlgefaßter Schädel. Für die Robotbevölkerung Roms muß dies ein wundervoller Tag sein. Aber die Menge auf dem Petersplatz besteht doch in der Hauptsache aus Menschen von Fleisch und Blut: alten schwarzgekleideten Frauen, hageren jungen Taschendieben, Jungen mit kleinen Hunden, dicken Würstchenverkäufern, einer Sammlung aus Poeten, Philosophen, Generälen, Abgeordneten, Touristen und Fischern. Wie ist die Wahl gelaufen? Die Antwort werden wir bald wissen. Hat kein Kandidat eine Mehrheit bekommen, werden sie die Stimmzettel mit nassem Stroh mischen, ehe sie im Kamin der Kapelle verbrannt werden. Schwarzer Rauch wird dann aus dem Kamin quellen. Wurde aber ein Papst gewählt, so wird das Stroh trocken sein und der Rauch weiß.

Das System gefällt mir, es hat angenehme Resonanzen. Es verschafft mir die Befriedigung, die einem normalerweise ein makelloses Kunstwerk bereitet: etwa der »Tristan« oder die Froschzähne in Boschs »Versuchung des heiligen Antonius«. Voll fast wütender Konzentration erwarte ich den Ausgang. Des Ergebnisses bin ich mir sicher. Ich spüre bereits die unwiderstehlichen religiösen Impulse, die in mir erwachsen. Aber da ist auch ein seltsames Heimweh nach den Tagen der Päpste aus Fleisch und Blut. Morgen werden die Zeitungen keine Interviews mit der alten Mutter des Heiligen Vaters in Sizilien bringen, auch nicht mit seinem stolzen jüngeren Bruder in San Francisco. Und wird diese großartige Wahlzeremonie sich jemals wiederholen? Werden wir je einen anderen Papst brauchen, wenn dieser eine, den wir bekommen werden, so leicht zu reparieren ist?

Ah, der weiße Rauch! Der Moment der Offenbarung ist da.

Auf dem Mittelbalkon der Fassade von St. Peter erscheint eine Gestalt und breitet ein Gespinst aus Gold aus, um sofort wieder zu verschwinden. Das Geglitzer der Sonne auf dem Gewebe blendet das Auge. Ich fühle mich vielleicht erinnert an das Mondlicht, das kalt die See in Castellammare küßt, oder vielleicht noch mehr an den Mittagsglast auf den Brüsten der Karibik vor der Küste von St. John. Eine zweite Gestalt in Hermelin und Zinnober ist nun auf dem Balkon erschienen. »Der Kardinal Archidiakon«, wispert Bischof FitzPatrick. Die Leute haben schon damit begonnen, ohnmächtig zu werden. Luigi steht neben mir und verfolgt den Vorgang an einem winzigen Radio. Kenneth sagt: »Jetzt ist also alles fest.« Rabbi Mueller zischt ihn an, er solle doch still sein. Miß Harshaw beginnt zu schluchzen. Beverly zitiert leise den Untertaneneid und bekreuzigt sich dabei ununterbrochen. Für mich ist es ein wundervoller Augenblick. Ich meine, es ist der zukunftsträchtigste Moment der Gegenwart, den ich je erlebte, vielleicht auch der wichtigste.

Die Lautsprecherstimme des Kardinals Archidiakon ruft: »Ich verkünde euch eine große Freude. Wir haben einen Papst!«

Die Hochrufe beginnen, sie nehmen an Lautstärke zu, als der Kardinal Archidiakon der Welt verkündet, daß der neue erwählte Pontifex wirklich *jener* Kardinal ist, diese noble, würdige Person, jenes melancholische, bescheidene Individuum, dessen Wahl zum Heiligen Stuhl wir so lange und sehnlichst erwartet haben. »Er hat«, sagt der Kardinal Archidiakon, »den Namen …«

Er verliert sich in den Freudenrufen. Ich wende mich an Luigi. »Wer? Welcher Name?«

»Sisto Settimo«, sagt mir Luigi.

Ja, und da ist er also, Papst Sixtus VII., denn so müssen wir ihn von jetzt ab nennen. Eine winzige Gestalt, gekleidet in die silbernen und goldenen päpstlichen Roben, die Arme der Menge entgegengestreckt und – ja! Das Sonnenlicht schimmert auf seinen Wangen, der hohen Stirn, da ist der Glanz polierten Stahls!

Luigi ist schon auf den Knien, ich knie mich neben ihn. Miß Harshaw, Beverly, Kenneth, sogar der Rabbi – alle knien, denn ganz ohne Zweifel ist das ein Moment des Wunders. Der Papst tritt auf seinen Balkon. Nun wird er der Stadt und der ganzen Welt seinen apostolischen Segen erteilen. »Unsere Hilfe ist im Namen des Herrn«, erklärt er feierlich. Er aktiviert die Hebejets unter seinen Armen. Sogar aus dieser Entfernung kann ich die zwei winzigen Rauchwölkchen erkennen. Wieder weißer Rauch. Er beginnt sich in die Luft zu heben. »Der Himmel und Erde geschaffen hat«, sagt er, »möge der Allmächtige Gott, der Vater, Sohn und Heilige Geist euch segnen.« Seine Stimme rollt majestätisch auf uns zu. Sein Schatten erstreckt sich nun über den ganzen Platz. Höher und immer höher steigt er, bis er unserer Sicht entschwindet. Kenneth tippt Luigi an. »Noch eine Runde«, sagt er und drückt dem Wirt und Ober einen sehr hohen Geldschein in die fleischige Hand. Bischof FitzPatrick weint. Rabbi Mueller umarmt Miß Harshaw. Der neue Pontifex hat, glaube ich, sein Amt auf glückverheißende Art angetreten.

**Joe Haldeman**

# *Das zweite Gesicht*

Es fing alles damit an, daß Cletus Jefferson sich fragte: *Warum ist nicht jeder blinde Mensch ein Genie?* Damals war Cletus erst dreizehn, aber es war eine gute Frage, mit der er sich noch vierzehn Jahre lang beschäftigen sollte, ehe er die Welt für immer veränderte.

Der junge Jefferson war ein Universaltalent, ein Autodidakt, ein richtiger Neunmalkluger im wahrsten Sinne des Wortes. Er besaß einen Chemiekasten, ein Mikroskop, ein Teleskop und mehrere Computer, die er sich teils von seinem Lohn als Zeitungsbote kaufte. Das meiste verdiente er sich jedoch mit Nachhilfeunterricht; er brachte seinen Klassenkameraden bei, wie man sich am besten durch die Schule lavierte.

Nicht einmal Alleswisser, auch wenn sie glänzende Pokerspieler sind, die Differentialgleichungen im Kopf lösen können, sind gegen Amors Pfeile oder gegen den plötzlichen Testosteron-Sturm immun, der diese Geschosse begleitet; dabei spielt es keine Rolle, ob das Ziel erst dreizehn Jahre alt ist. Cletus wußte, daß er häßlich war und daß seine Mutter ihn albern anzog. Außerdem war er klein, pummelig, und er konnte keinen Ball werfen. Nichts davon störte ihn, bis seine Hormondrüsen Substanzen ausschütteten, die sich nicht in seinem Chemiekasten befanden.

Also kämmte Cletus sich das Haar und trug Kleidung, die der gängigen Mode entsprechend nicht zusammenpaßte. Aber er blieb klein, pummelig und behielt seine unregelmäßigen Gesichtszüge. Auch war er in der Schule der jüngste, obwohl er in die Oberstufe ging – und der einzige Farbige, was 1994 in Virginia etwas heißen sollte.

Wenn Liebe vernünftig wäre, wenn sich der Sexualtrieb durch Logik leiten ließe, hätte man annehmen müssen, daß der schlaue Cletus seine Situation richtig eingeschätzt und sich ein häßliches Mädchen gesucht hätte. Aber das tat er natürlich nicht. Er holperte und stolperte durch die Pubertät, indem er von jeder Mary, Judy, Jenny und Veronica des bekannten Universums gleich beim ersten Blick einen Korb bekam. Er versuchte sein Glück der Reihe nach bei den hinreißenden Mädchen, dann bei den schönen, danach bei den netten, den niedlichen, den unscheinbaren und den sogenannten ›starken Persönlichkeiten‹, bis ihn das Gesetz der statistischen Wahrscheinlichkeit schließlich in Kontakt mit Amy Linderbaum brachte, die ihn nicht auf den ersten Blick ablehnen konnte, weil sie blind war.

Die anderen Jugendlichen amüsierten sich köstlich darüber. Denn Amy war nicht nur blind, sondern fast doppelt so groß wie Cletus, und sie hatte, gelinde ausgedrückt, die gleichen unregelmäßigen Gesichtszüge wie er. Begleitet wurde sie von einem Blindenhund, der Cletus bemerkenswert ähnlich sah; er war schwarz, kurzbeinig und dick. Jeder benahm sich Amy gegenüber höflich, denn sie war blind und reich. Aber sie war neu in der Schule und hatte keine richtigen Freunde.

Und dann kam Cletus daher, den Amor bereits mit Pfeilen gespickt hatte. Was unter anderen Umständen lediglich eine Romanze gewesen wäre, bei der sich Gegensätze anzogen, entwickelte sich zu einer emotionalen und intellektuellen Verbindung, die im nächsten Jahrhundert einen sozialen Tsunami auslöste, der die Menschheit unwiderruflich veränderte. Doch zuerst kam die Geschichte mit der Geige.

Ihre Klassenkameraden hatten natürlich gespürt, daß Amy selbst eine Art Superschlaue war, wußten aber noch nicht, auf welchem Gebiet. Sie war sehr fix mit einem Computer, doch das ließ sich auf ihre Blindheit zurückführen, denn sie brauchte das verdammte Ding ja wirklich. Aber sie war kein Computer-Freak; eigentlich begeisterte sie sich für nichts, weder für Naturwissenschaften noch für Mathematik, Geschichte, Star Trek oder die Schülerselbstverwaltung. Worin, zum Teufel, bestand dann ihre Überlegenheit? Wie es sich herausstellte, war sie musikalisch hochbegabt, nur noch viel zu schüchtern, um es zu zeigen.

Anfangs reizte Cletus an ihr nur die Tatsache, daß sie keine Y-Chromosomen besaß und sich nicht von ihm abgestoßen fühlte. Im Venn-Diagramm der menschlichen Rasse war sie das einzige Mitglied mit dieser speziellen Kombination. Als er dann spitzkriegte, daß sie obendrein noch intelligent war und mehr Bücher gelesen hatte als alle ihre Klassenkameraden zusammen, keimte eine glühende, dauerhafte Romanze auf. Das war sogar noch vor der Geige.

Amy gefiel es, daß Cletus nicht mit ihrem Hund spielte und keinen Hehl aus seiner Neugier machte, wie es wohl wäre, blind zu sein. Sie konnte Menschen ziemlich gut nach deren Stimmen beurteilen. Nach dem ersten Satz wußte sie, daß er jung war, schwarz, schüchtern, Grips im Kopf hatte und nicht aus Virginia stammte. Seine Sprechweise verriet ihr, daß er häßlich war oder sich für häßlich hielt. Sie war sechs Jahre älter als er, weiß und doppelt so groß, aber in jeder anderen Hinsicht paßten sie wunderbar zusammen; bald wurden sie dicke Freunde.

Zu den wenigen Dingen, von denen Cletus überhaupt nichts

verstand, gehörte Musik. Daß die anderen Kids ihre Zeit damit vergeudeten, den Text von dümmlichen Top-40-Hits auswendig zu lernen, hielt er für den Beweis einer geistigen Fehlfunktion, wenn nicht gar für echten Wahnsinn. Obendrein waren seine Eltern seit jeher glühende Opernfans gewesen. Nichts verlockte Cletus, ein Universum zu erforschen, wo an einem Ende infantil über unerwiderte Liebe gestammelt wurde und am anderen Ausländer ihren Schmerz hinauskreischten. Bis Amy zu ihrer Geige griff.

Sie unterhielten sich unablässig. Beim Mittagessen gluckten sie zusammen, und sie trafen sich in den Pausen zwischen den Schulstunden. Bei schönem Wetter saßen sie vor und nach dem Unterricht draußen, und Amy bat ihren Chauffeur, er möge sie zehn oder fünfzehn Minuten später abholen.

Nach ungefähr drei mit Gesprächen ausgefüllten Wochen lud Amy Cletus zum Dinner zu sich nach Hause ein. Er zögerte ein bißchen, denn er wußte, daß ihre Eltern reich waren; gleichzeitig war er neugierig auf diesen Lebensstil und offen gestanden so verknallt in Amy, daß er in einen Abgrund gesprungen wäre, wenn sie ihn freundlich darum gebeten hätte. Er zweigte sogar einen Betrag von seinem Computergeld ab, um sich einen guten Anzug zu kaufen, ein Umstand, der seine Mutter zu Valium greifen ließ.

Anfangs herrschte beim Dinner eine gewisse Befangenheit. Das viele Silber und die unterschiedlichen Speisen, die gar nicht wie Nahrungsmittel aussahen oder schmeckten, verwirrten ihn. Aber er hatte gewußt, daß es sich um einen Test handelte, und bei Prüfungen schnitt er immer gut ab, selbst dann, wenn er nicht vorbereitet war.

Amy hatte ihm erzählt, ihr Vater sei ein Selfmade-Millionär; sein Vermögen stamme aus einer Reihe von Patenten auf dem Gebiet der Elektronik. Also hatte Cletus einen Samstag in der Universitätsbücherei verbracht, sich mit Patenten beschäftigt und dann ausgewählte Texte gelesen. Auf diese Weise hatte er sich zumindest für den Vater gewappnet. Und es klappte bestens.

Bei der Suppe unterhielten sich die vier über Computer. Beim Kalamares-Cocktail hatten Cletus und Mr. Linderbaum das Thema auf spezifische Betriebssysteme und Partionierungs-Schemata eingegrenzt. Beim Beef Wellington sprachen Cletus und ›Nennen-Sie-mich-Lindy‹ über Quantenelektrodynamik; beim Salat schwebten sie irgendwo auf einer elektronischen Wolke, und als die Nüsse aufgetischt wurden, schwatzten die beiden in Boolescher Algebra, derweil Amy und ihre Mutter abwechselnd wissende Seufzer ausstießen und Fetzen von Gilbert-O'Sullivan-Songs summten.

Als sie sich dann zum Kaffee ins Musikzimmer begaben, war Lindy von Cletus höchst angetan, und das Gefühl beruhte auf Gegenseitigkeit. Wie sehr Cletus Amy jedoch mochte – wie gern er sie hatte –, merkte er erst, nachdem sie die Geige hervorholte.

Es war keine Stradivari – man hatte ihr eine versprochen, wenn sie ihr Examen an der Juillard-Schule bestanden hätte –, aber die Geige hatte mehr gekostet als der Lamborghini in der Garage, und Amy erwies sich ihrer als würdig.

Sie nahm die Geige und stimmte sie in aller Ruhe; ihre Mutter setzte sich an das elektronische Keyboard neben dem Flügel, stellte es auf ›Harfe‹ ein und begann mit dem ungekünstelten Arpeggio, das ein Musikliebhaber als die Einführung zu dem Paradestück für Geige – *Méditation* – aus Massenets *Thaïs* erkannt hätte.

Während seines jungen Lebens hatte sich Cletus noch nie für Oper interessiert, deshalb wußte er nichts von der Geschichte über die Wandelbarkeit und Erhabenheit der Liebe, die hinter diesem Intermezzo steckte; ihm war jedoch bekannt, daß seine Freundin mit fünf Jahren das Augenlicht verloren hatte, und ein Jahr später – in diesem Jahr wurde er geboren! – bekam sie ihre erste Geige.

Dreizehn Jahre lang hatte sie mit der Violine gesagt, was ihr

Mund nicht auszusprechen vermochte, vielleicht durch die Musik gesehen, was sie mit den Augen nicht sehen konnte; und mit dem trügerisch schlichten, romantischen Satz, den Massenet komponierte, um die Verwandlung der schönen Kurtisane Thaïs in eine strahlende Braut Christi auszudrücken, vergab Amy ihrem gottlosen Universum, das ihr das Augenlicht nahm, und sie pries die Gabe, die sie statt dessen erhalten hatte; das geschah in einer Sprache, die selbst Cletus verstand. Er hatte nicht nahe am Wasser gebaut, doch als der letzte hohe Ton zitternd verklang, weinte er hinter vorgehaltenen Händen; er wußte, daß er Amy auf ewig gehören würde, wenn sie ihn denn haben wollte, und er behielt sogar recht, erstaunlicherweise, wenn man bedenkt, wie jung er damals war und was alles noch passieren sollte.

Er lernte Geige spielen, noch bevor er den ersten Doktortitel erwarb. Zeit ihres Lebens, das sie in bemerkenswerter Harmonie verbrachten, spielten sie an die zigtausend Stunden zusammen – doch zuerst hatte er seine großartige Idee. Der revolutionäre Gedanke – *Warum ist nicht jeder blinde Mensch ein Genie?* – nistete sich an diesem Abend in Cletus' Bewußtsein ein, doch bis er dann keimte, dauerte es noch eine Woche.

Wie die meisten Dreizehnjährigen war auch Cletus fasziniert vom menschlichen Körper, seinem eigenen und dem anderer Menschen; aber seine Studien waren systematisch, und das Organ, das ihn am meisten interessierte, war untypischerweise das Gehirn.

Das Gehirn ist ganz anders als ein Computer, obwohl es gar nicht mal schlecht funktioniert, wenn man berücksichtigt, daß es von Nichtfachleuten hergestellt und größtenteils vom Zufall programmiert wird. In einer Hinsicht jedoch ist der Computer dem Gehirn haushoch überlegen; über dieses Thema hatten sich Cletus und Lindy bei ihren kleinen Tintenfischen in Tomatensauce unterhalten. Gemeint ist das Partionieren.

Man stelle sich den Computer als eine große grüne Weide vor und nicht als einen fragwürdigen kleinen Kasten, der vollgepfropft ist mit teuren Zahlendingsbums. Diese Weide wird bewacht von einem weisen, alten, mit Zauberkräften ausgestatteten Schäfer, der aber nicht Makroprogramm heißt. Der Schäfer steht auf einem Hügel und läßt den Blick über die Weide schweifen, auf der sich Schafe, Ziegen und Kühe tummeln. Natürlich laufen nicht alle wild durcheinander, denn die Kühe würden auf die Lämmer und Zicklein trampeln, und die Ziegen würden mit ihrem Herumgehüpfe alle nervös machen. Deshalb ist die Weide mit Stacheldraht in einzelne Felder aufgeteilt, um die verschiedenen Spezies zu trennen.

Hier haben wir es jedoch mit einer Weide zu tun, auf der ein irrsinniger Betrieb herrscht. Kühe, Ziegen und Schafe kommen und gehen pausenlos, wobei sie sich mit einer Geschwindigkeit von $3 \times 10^8$ m pro Sekunde bewegen; wären die separaten Felder alle gleich groß, gäbe es laufend Katastrophen, denn manchmal sind gar keine Schafe da, sondern viele Kühe, die sich dann in qualvoller Enge aneinanderdrängen müßten.

Aber der kluge Schäfer weiß bereits vorher, wieviel Raum er für die jeweiligen Tierarten braucht, und da er zaubern kann, versetzt er den Stacheldraht schnell und ohne sich oder die Tiere zu verletzen. Jedes Feld bietet bequem Platz für die einzelnen Spezies. Ein Computer funktioniert auf die gleiche Art, doch anstelle von Stacheldraht sieht man kleine Rechtecke oder Windows oder Filefolders, je nach der Religion des Computers.

In gewissem Sinn enthält das menschliche Gehirn auch abgegrenzte Felder. Cletus wußte, daß manche geistigen Fähigkeiten an bestimmte Stellen im Gehirn gekoppelt sind. Aber man kann nicht einfach sagen, Musikverständnis liegt da hinten in dem länglichen Rechteck. Beim Gehirn verschwimmen die Grenzen. Allerdings gibt es ziemlich klar umrissene Teile, die man mit linguistischen Fähigkeiten verbindet, diese Zonen sind nach französischen und deutschen Gehirnspezialisten benannt. Wird eine dieser Zonen zerstört, sei es durch einen Schlaganfall, eine Kugel oder eine fliegende Bratpfanne, kann die betroffene Person die Fähigkeit zu sprechen, lesen oder schreiben verlieren.

Das ist interessant, aber noch viel interessanter ist die Tatsache, daß die verlorene Fähigkeit im Lauf der Zeit manchmal wiederkehrt. Na schön, könnte man jetzt sagen, dann ist das Gehirn halt nachgewachsen, aber dem ist nicht so! Man kommt bereits mit sämtlichen Gehirnzellen auf die Welt, die man dann sein Leben lang besitzt. Da können Sie jedes Kind fragen!

Offenbar liegt ein Teil des Gehirns brach, als stille Reserve sozusagen; nach einer Weile findet eine Vernetzung statt, und die bislang ruhende Masse wird aktiv. Die verletzte Person kann wieder ihren Namen sprechen, dann den Namen der Ehefrau, schließlich kann sie ›Bratpfanne‹ sagen, und ehe man sich versieht, beschwert sich der Mann über die Klinikkost und ruft seinen Scheidungsanwalt an.

Man könnte glauben, das Gehirn habe einen Schäfer wie den, der über die Computerweide wacht und ständig neue Felder absteckt, aber das ist leider nicht der Fall. Wenn ein Teil des Gehirns zu funktionieren aufhört, dann meistens für immer. Vielleicht befindet sich gleich nebenan eine Menge brachliegenden fruchtbaren Bodens, aber es ist niemand da, der ihn nutzt – jedenfalls nicht dauernd. Der Umstand, daß es jedoch *manchmal* passiert, veranlaßte Cletus zu der Frage: *Warum ist nicht jeder blinde Mensch ein Genie?*

Natürlich gab es immer große Denker, Schriftsteller und Komponisten, die blind waren (und im zwanzigsten Jahrhundert auch ein paar Maler, denen es auf das Augenlicht nicht ankam), und viele von ihnen, wie Amy mit ihrer Geige, empfanden ihr künstlerisches Talent als Ausgleich. Cletus überlegte, ob es in der Mikroanatomie des Gehirns vielleicht etwas gab, das diesen Ausgleich bewirkte. Möglicherweise geschah diese Kompensation hin und wieder durch einen Mechanismus, der ähnlich wie jener funktionierte, nach dem Menschen trotz Schlaganfalls wieder genasen. Vielleicht ließ sich dieser Vorgang auch gezielt auslösen.

Sowohl Harvard wie das MIT boten Cletus Stipendien an, aber er entschied sich für Columbia, weil er dann in Amys Nähe war, die an der Juillard-Schule studierte. Columbia erlaubte ihm nach anfänglichem Zögern, drei Hauptfächer zu belegen, Physiologie, Elektrotechnik und Erkenntniswissenschaften, und alle, die Cletus kannten, überraschte er mit nur mäßigen Leistungen. Wie sich herausstellte, lag es daran, daß er das Studium bestenfalls als Zerstreuung, schlimmstenfalls als notwendiges Übel betrachtete. Auf den Gebieten hingegen, die ihm wichtig erschienen, machte er ungeheure Fortschritte.

Hätte er in Nebenfächern wie Geschichte und Philosophie besser aufgepaßt, wäre vielleicht alles anders gekommen. Und da er keine Ahnung von Literatur hatte, kannte er auch nicht die Geschichte der Pandora.

Unsere Geschichte steigt nun hinab in die tiefsten Winkel des Gehirns. Während der nächsten zehn Jahre, die wir hier nur flüchtig anreißen und dann übergehen wollen, bestanden Cletus' intellektuelle Abenteuer hauptsächlich darin, daß er tote Gehirne zerschnippelte, Cholecystokinin auszusprechen lernte, Löcher in die Schädel irgendwelcher Leute sägte und mit Elektroden darin herumstocherte.

Amy lernte ebenfalls, wie man Cholecystokinin aussprach – aus demselben Grund, weshalb Cletus Geige spielen lernte. Ihre Liebe wuchs und reifte, und mit neunzehn, zwischen dem ersten Doktorat und seinem Doktor der Medizin, legte Cletus eine kurze Studienpause ein, um Amy zu heiraten. Sie verbrachten unruhige Flitterwochen in Paris, wo Cletus zwischen den nach Moschus duftenden Reizen seiner Liebsten und den sterilen Labors des Institute Marey hin- und herpendelte. Im Institute Marey lernte er, auf welche Weise Tintenfische lernen, nämlich indem Serotonin einen Adenylat-Zyklase-Ausstoß bewirkt, der wiederum als Katalysator dafür sorgt, daß die Synthese von zyklischem Adenosinmonophosphat an exakt den richtigen Stellen stattfindet. Aber das ist wie gesagt der Teil der Geschichte, den wir übergehen wollten, weil er reichlich unappetitlich wird.

Sie kehrten nach New York zurück, und dort mauserte sich Cletus innerhalb von acht Jahren zu einem erstklassigen Neurochirurgen. In seiner Freizeit baute er seinen Doktor in Elektrotechnik. Die Dinge kamen ins Rollen.

Bereits mit dreizehn war Cletus aufgefallen, daß das Gehirn mehr Zellen zum Sammeln, Verarbeiten und Speichern von visuellen Eindrücken benutzt als für alle anderen Sinneswahrnehmungen zusammen. *Warum ist nicht jeder blinde Mensch ein Genie?* war nur ein Einzelaspekt seiner umfassenderen Theorie, die da lautete: Das Gehirn weiß nicht, wie es sein vorhandenes Potential nutzen soll. Seine Forschungen während der nächsten vierzehn Jahre waren subtiler und komplexer als die ursprüngliche Frage und Antwort, aber letzten Endes kam er doch immer wieder darauf zurück.

Der Schlüssel zu dem ganzen Problem war das Sehzentrum. Wenn ein Baritonsaxophonist (nur wenige Frauen fühlen sich zu diesem Instrument hingezogen) Cello-Noten transportieren muß, stellt er sich einfach vor, es stünde kein Baßschlüssel da, sondern ein Tenorschlüssel; in Gedanken versetzt er das Ganze eine Oktave höher und spielt, ohne die Oktavklappe herunterzudrücken. Es ist kinderleicht, nur käme kein Kind auf die Idee, ein so großes, unhandliches Instrument zu spielen.

Während die Augen des Saxophonisten die kleinen Zaunpfählchen von Noten entlangtanzen, vollführen seine Finger automatisch eine Eins-zu-eins-Transformation. Theoretisch ist das dasselbe, als würde man Oktaven, Quinten und Terzen addieren und subtrahieren, doch die eigentliche geistige Leistung besteht darin, wenn er auf die obere rechte Ecke des ersten Notenblatts schaut und sagt: »Verflixt! Schon wieder Cello.« Cellostücke sind bei Saxophonisten nicht sonderlich beliebt.

Aber das Auge ist der Schlüssel, und das Sehzentrum ist das Schloß. Wenn die blinde Amy Noten für ihre Geige ›lesen‹ will, muß sie aufhören zu spielen und die Braille-Noten mit der linken Hand abtasten. (Weil sie es jahrelang geübt hat, das Instrument an seinem Platz zu halten, während sie die Braille-Schrift fühlt, sind ihre Halsmuskeln so kräftig, daß sie zwischen Kinn und Schulter eine Walnuß knacken kann.) Das Sehzentrum ist natürlich nicht beteiligt; sie ›hört‹ die stummen Noten eines Satzes mit den Fingerspitzen, prägt sie sich ein und spielt sie dann so lange, bis sie sie auswendig weiß.

Wie viele Musiker besaß Amy ein sehr gutes ›Ohr‹. Selbst äußerst komplizierte Stücke lernte sie schneller, indem sie die Musik mehrmals hörte, wie wenn sie sie las. (Zum ernsthaften Arbeiten benutzte sie jedoch Braille, um die Absichten des Komponisten von den Interpretationen eines Musikers oder Dirigenten trennen zu können.)

Im Grunde machte es ihr nichts aus, daß sie nicht auf konventionelle Weise lesen konnte. Sie war sich nicht einmal sicher, wie das wohl wäre, denn als sie ihr Augenlicht noch besaß, hatte sie niemals ein Notenblatt zu Gesicht bekommen, und sie hatte nur eine ungenaue Vorstellung davon, wie eine bedruckte Seite überhaupt aussah.

Deshalb griff sie nicht spontan zu, als ihr Vater – sie war damals dreiunddreißig Jahre alt – zu ihr kam und ihr anbot, ihr die Chance eines begrenzten Sehvermögens zu kaufen. Es handelte sich um eine kostspielige, riskante und sehr entstellende Operation; man wollte ihr Miniatur-Videokameras in die Augenhöhlen pflanzen und sie so vernetzen, daß sie ihre toten Sehnerven stimulierten. Angenommen, sie würde zwar etwas sehen können, dafür aber ihr musikalisches Talent verlieren? Sie wußte, jedenfalls theoretisch, wie andere Menschen Musik lasen, doch nachdem sie ein Vierteljahrhundert lang ohne diese Fähigkeit ausgekommen war, zweifelte sie daran, ob sie sie überhaupt brauchte. Vielleicht würde sie sich nur verkrampfen.

Außerdem spielte sie meistens auf Wohltätigkeitskonzerten, deren Erlöse blinden Menschen oder Sonderschulen zugute kamen. Ihr Vater argumentierte, als Blinde, die wieder genesen war, könne sie noch wirksamer für gute Zwecke werben. Sie blieb jedoch skeptisch und sträubte sich weiter gegen eine Operation.

Cletus meinte, er sei – mit aller Vorsicht – dafür. Er habe sich mit der entsprechenden Literatur beschäftigt und mit dem Schweizer Ärzteteam gesprochen, das die Kameras bereits erfolgreich in Hunde und Primaten implantiert habe. Er glaube nicht, daß sie einen Schaden davontragen werde, selbst wenn das Experiment nicht gelinge.

Die grausige Wahrheit à la Frankenstein verschwieg er Amy, ihrem Vater und allen anderen: daß er selbst hinter diesem Experiment steckte; daß der Eingriff gar nicht dazu diente, Amy das Augenlicht wiederzugeben; daß überhaupt keine Miniatur-Videokameras angeschlossen werden sollten. Er nahm sie nur als Vorwand, um Amy die Augäpfel herausoperieren zu können.

Jeder normale Mensch würde es verabscheuen, jemandem aus wissenschaftlichen Gründen die Augäpfel zu entfernen; und es ist noch verabscheuungswürdiger, wenn ein Mann es seiner Ehefrau antut. Aber Cletus war in jeder Hinsicht alles andere als normal. Seiner Ansicht nach waren diese Augäpfel nutzlose rudimentäre Anhängsel, die den chirurgischen Zugriff zu den Sehnerven versperrten; und die Sehnerven bildeten die Zuleitungen, durch die man unglaublich winzige chirurgische Instrumente fädeln konnte.

Aber wir haben versprochen, auf diesen Teil der Geschichte nicht näher einzugehen.

Das Endergebnis war jedoch gar nicht grausig. Schließlich erklärte sich Amy einverstanden, nach Genf zu fahren. Cletus und sein Chirurgenteam (jedes Mitglied war ebenso tüchtig wie unmoralisch) unterzogen sie an drei Tagen einer je zwanzigstündigen akribischen, aber schmerzlosen Operation. Als man Amy dann die Verbände abnahm und ihr eine Tausend-Dollar-Perücke aufsetzte (man hatte nicht nur in die Augenhöhlen hinein-, sondern auch durch den Schädel hindurchgehen müssen), sah sie doch tatsächlich attraktiver aus als vorher, denn ihr eigenes Haar war immer eine Katastrophe gewesen. Und anstelle ihrer ziemlich unheimlich schillernden natürlichen Augen hatte sie jetzt babyblaue Gucker. Keine Buck-Rogers-TV-Kameras peilten in die Welt hinaus. Ihrem Vater erzählte Cletus, ein Teil des Experiments sei nicht geglückt, und die sechs Schweizer Wissenschaftler, die er engagiert hatte, bestätigten dies.

»Sie lügen«, sagte Amy. »Sie hatten nie die Absicht, mir das Augenlicht wiederzugeben. Der einzige Zweck der Operation bestand darin, die normalen Funktionen meines Sehzentrums in einer Weise zu ändern, die mir Zugang zu den ungenutzten Teilen meines Gehirns verschafft.« Sie wandte ihr Gesicht in die Richtung, in der sie ihren Mann atmen hörte, und ihre blauen Augen blickten durch ihn hindurch. »Dein Erfolg übertrifft deine kühnsten Erwartungen.«

Amy hatte dies gewußt, sobald die Wirkung der Drogen von der letzten Operation nachließ. Ihr Geist stellte Verbindungen her, diese Verbindungen knüpften weitere Verbindungen, und so ging es in einer geometrischen Größenordnung weiter.

Als man damit fertig war, ihr die Perücke aufzusetzen, hatte sie allein aus ihrer begrenzten Lektüre und aus den Gesprächen mit Cletus den gesamten mikrochirurgischen Vorgang rekonstruiert.

Sie hatte sogar ein paar Verbesserungsvorschläge und brannte darauf, sich als Versuchsperson für weitere Verfeinerungen zur Verfügung zu stellen.

Was ihre Gefühle für Cletus betraf, so durchliefen sie in weniger Zeit, als man braucht, um diesen Satz zu lesen, die gesamte Skala von Entsetzen und Haß bis hin zu Verständnis und erneuerter Liebe. Zum Schluß befand sich Amy in einem emotionalen Zustand, den keine natürliche Sprache auszudrücken vermochte. Zum Glück standen den Liebenden die Boolesche Algebra und Propositionalrechnung zur Verfügung.

Cletus war einer der wenigen Menschen auf der Welt, den sie lieben und mit dem sie sich sogar unterhalten konnte, ohne sich überlegen zu dünken. Sein IQ war so hoch, daß die Zahl keine Rolle mehr spielte. Aber verglichen mit Amy war er schwer von Begriff und ein halber Analphabet. Diese Situation wurde ihm bald unerträglich.

Der Rest ist Geschichte, wie es so schön heißt, und Anthropologie; diejenigen von uns, die noch mit den Augen lesen, merken es jeden Tag. Cletus war die zweite Person, die sich diesem Eingriff unterzog, und die Operation fand statt, während er sich vor der Ethikkommission der Mediziner und der Polizei verstecken mußte.

Im nächsten Jahr waren es bereits vier Eingriffe, und im übernächsten zwanzig; dann zweitausend, und im darauffolgenden Jahr ließen sich sage und schreibe zwanzigtausend Menschen operieren.

Zehn Jahre später standen die Leute, die einen überwiegend geistigen Beruf ausübten, vor der Wahl, entweder das Augenlicht oder den Job zu verlieren. Doch zu dieser Zeit war die ›Novavista‹-Operation vollautomatisiert und risikofrei.

Trotzdem ist sie in den meisten Ländern immer noch verboten, auch in den USA, aber wir wollen uns doch nichts vormachen.

Wenn Ihr Abteilungsleiter ein Novavista-Mann ist und Sie nicht, dann kriegen Sie bei ihm kein Bein auf die Erde. Sie können nicht mal ein Gespräch führen mit einem Menschen, dessen Synapsen sechsmal schneller funktionieren als die Ihren und der das Wissen kompletter Enzyklopädien ständig auf Abruf bereit hat. Sie sind, wie ich, ein intellektuelles Fossil.

Vielleicht haben Sie ja einen Grund für Ihre archaische Einstellung, wenn Sie Kunstmaler, Naturforscher oder Ausbilder von Führhunden sind. Vielleicht bringen Sie auch das Geld für die Operation nicht auf, aber das wäre eine schwache Entschuldigung, denn mit dem künftigen Einkommen als Sicherheit bekommt man im Handumdrehen einen Kredit. Vielleicht sprechen medizinische Gründe dagegen, daß Sie sich auf den Operationstisch legen und die Augen ein letztes Mal aufschlagen.

Cletus und Amy lernte ich durch die Musik kennen. Früher, auf der Juillard-Schule, war ich Amys Klavierlehrer, jetzt hat sie mich natürlich so weit überflügelt, daß ich ihr nichts mehr beibringen kann. Manchmal kommen die beiden hierher, in diese heruntergekommene Bar mit der Band aus alternden ›Archäovista‹-Musikern, um mich spielen zu hören. Unsere Musik muß sie langweilen, aber sie sind zu taktvoll, um zu fragen, ob sie mitspielen dürfen.

Durch einen Zufall wurde die arglose Amy in diese explosionsartige Evolution hineingezogen; und bei Cletus ließe sich streiten, ob die Liebe ihn blind gemacht hatte.

Unsereins muß sich entscheiden, welche Art von Blindheit er bevorzugt.

## Octavia Butler

# *Blutsbrut*

Die letzte Nacht meiner Kindheit begann mit einem Besuch daheim. T'Gatois Schwestern hatten uns zwei sterile Eier gegeben. T'Gatoi gab eines meiner Mutter, meinem Bruder und meinen Schwestern. Sie bestand darauf, ich solle das andere ganz allein essen. Das machte nichts. Es war immer noch genug da, um alle voller Wohlbehagen zurückzulassen. Fast alle. Meine Mutter wollte nichts davon nehmen. Sie saß da und schaute zu, wie alle anderen sich ohne sie treiben ließen und träumten. Die meiste Zeit beobachtete sie mich.

Ich lag an T'Gatois langgestreckte, samtige Unterseite gelehnt da, schlürfte hin und wieder von meinem Ei und fragte mich, warum meine Mutter sich ein derart harmloses Vergnügen versagte. In ihrem Haar wäre weniger Grau, wenn sie sich gelegentlich etwas gehenließe. Die Eier verlängerten das Leben, verlängerten die Lebenskraft. Mein Vater, der in seinem Leben nie eines abgelehnt hatte, hatte doppelt so lange gelebt, wie ihm zustand. Und gegen Ende seines Lebens, als er eigentlich hätte ruhiger werden sollen, hatte er meine Mutter geheiratet und vier Kinder gezeugt.

Aber meine Mutter schien es zufrieden zu sein, zu altern, bevor es nötig gewesen wäre. Ich sah, wie sie sich abwandte, als mehrere von T'Gatois Gliedern mich fester umschlossen. T'Gatoi liebte unsere Körperwärme und nutzte sie aus, wann immer sie konnte. Als ich noch klein war und häufiger daheim, versuchte meine Mutter mir immer zu sagen, wie ich mich T'Gatoi gegenüber zu benehmen hätte – daß ich respektvoll und immer gehorsam zu sein hätte, weil T'Gatoi die verantwortliche Beamtin des Tlic-Regimes für Reservatsfragen und deshalb die bedeutendste ihrer Gattung war, die direkt mit den Terranern zu tun hatte. Es war eine Ehre, sagte meine Mutter, daß so jemand beliebt habe, sich der Familie anzuschließen. Meine Mutter gab sich besonders förmlich und ernst, wenn sie log.

Ich hatte keine Ahnung, warum sie log, oder auch nur, in welcher Beziehung sie log. Es *war* eine Ehre, T'Gatoi in der Familie zu haben, aber es war keineswegs eine Neuerung. T'Gatoi und meine Mutter waren deren ganzes Leben lang Freundinnen gewesen, und T'Gatoi hatte keinerlei Interesse, in dem Haus besonders geehrt zu werden, das sie als ihr zweites Zuhause betrachtete. Sie kam einfach herein, stieg auf eins unserer Spezialsofas und rief mich zu sich, damit ich sie warm hielt. Es war unmöglich, förmlich mit ihr umzugehen, während man an sie geschmiegt dalag und hörte, daß sie sich wie üblich beklagte, ich sei zu mager.

»Du hast dich gebessert«, sagte sie diesmal und belastete mich mit sechs oder sieben ihrer Glieder. »Du nimmst endlich ein wenig zu. Dünnsein ist gefährlich.« Das Tasten veränderte sich unmerklich, wurde zu einer Sequenz von Zärtlichkeiten.

»Er ist immer noch zu dünn«, sagte meine Mutter barsch.

T'Gatoi hob den Kopf und etwa einen Meter ihres Körpers vom Sofa, so als wolle sie sich aufsetzen. Sie sah meine Mutter an, und meine Mutter wandte sich mit zerfurchtem, alt aussehendem Gesicht ab.

»Lien, ich möchte, daß du den Rest des Eis von Gan nimmst.«

»Die Eier sind für die Kinder«, sagte meine Mutter.

»Sie sind für die Familie. Bitte nimm es.«

Gehorsam gegen ihren Willen nahm meine Mutter es mir ab und steckte es sich in den Mund. Es waren nur wenige Tropfen in der inzwischen schrumpeligen, elastischen Schale übrig, aber die preßte sie heraus, schluckte sie, und nach einigen Augenblicken begannen sich einige der Sorgenfalten in ihrem Gesicht zu glätten.

»Das tut gut«, flüsterte sie. »Manchmal vergesse ich, wie gut das tut.«

»Du solltest mehr davon nehmen«, sagte T'Gatoi. »Warum hast du es so eilig, alt zu werden?«

Meine Mutter sagte nichts.

»Es gefällt mir, hierherkommen zu können«, sagte T'Gatoi. »Dieser Ort ist wegen dir ein Zufluchtsort, aber du bist nicht bereit, auf dich aufzupassen.«

T'Gatoi wurde draußen sehr bestürmt. Ihr Volk verlangte, daß mehr von uns verfügbar gemacht werden sollten. Nur sie und ihre politische Partei standen zwischen uns und den Horden, die nicht verstanden, warum es überhaupt ein Reservat gab – warum ein Terraner nicht einfach gefreit, bezahlt, eingezogen oder ihnen sonstwie verfügbar gemacht werden konnte. Oder aber sie verstanden es und achteten in ihrer Gier nicht darauf. Sie verteilte uns an die Verzweifelten und verkaufte uns um deren politischer Unterstützung willen an die Reichen und Mächtigen. Auf diese Weise waren wir eine Notwendigkeit, Statussymbol und eigenständiges Volk zugleich. Sie beaufsichtigte die Zusammenführung von Familien und machte dem letzten Rest des früheren Systems endgültig ein Ende, terranische Familien auseinanderzureißen, um ungeduldige Tlic zufriedenzustellen. Ich hatte draußen mit ihr gelebt. Ich hatte das verzweifelte Verlangen gesehen, das in der Art und Weise lag, wie manche Leute mich ansahen. Es war ein wenig erschreckend, zu wissen, daß nur sie zwischen uns und dieser Verzweiflung stand, die uns so leicht hätte verschlingen können. Meine Mutter pflegte sie manchmal anzusehen und zu mir zu sagen: »Paß gut auf sie auf.« Und dann erinnerte ich mich, daß auch sie draußen gewesen war, daß sie alles gesehen hatte.

Jetzt benutzte T'Gatoi vier ihrer Glieder, um mich von sich weg auf den Boden zu stoßen. »Geh nur, Gan«, sagte sie. »Setze dich dort zu deinen Schwestern und genieße es, nicht nüchtern zu sein. Du hast das meiste von dem Ei abbekommen. Lien, komm, wärme mich.«

Meine Mutter zögerte aus einem Grund, den ich nicht begreifen konnte. Eine meiner frühesten Erinnerungen besteht darin, daß meine Mutter an T'Gatois Seite ausgestreckt daliegt, von Dingen spricht, die ich nicht verstehen konnte, mich vom Fußboden aufhebt und lacht, als sie mich auf eines von T'Gatois Segmenten absetzt. Damals aß sie noch ihren Anteil an den Eiern. Ich fragte mich, wann sie damit aufgehört hatte und warum.

Sie legte sich neben T'Gatoi nieder, und die ganze linke Reihe von T'Gatois Gliedern schloß sich um sie, hielt sie locker, aber sicher umschlungen. Ich hatte es immer als bequem empfunden, so dazuliegen, aber bis auf meine ältere Schwester hatte es sonst keiner in der Familie gern. Sie sagten, sie kämen sich wie in einem Käfig vor.

Es lag in T'Gatois Absicht, meine Mutter wie im Käfig festzuhalten. Sobald sie es geschafft hatte, bewegte sie ein wenig ihren Schwanz und sagte dann: »Nicht genug Ei, Lien. Du hättest es nehmen sollen, als es herumgereicht wurde. Jetzt brauchst du es dringend.«

T'Gatois Schwanz bewegte sich noch einmal, und sein peitschenartiger Schwung war so flink, daß ich ihn nicht bemerkt hätte, wenn ich nicht hingesehen hätte. Ihr Stachel entnahm dem nackten Bein meiner Mutter nur einen einzigen Blutstropfen.

Meine Mutter schrie auf – vermutlich vor Überraschung. Gestochen zu werden tut nicht weh. Dann seufzte sie, und ich konnte sehen, wie sich ihr Körper entspannte. Träge brachte sie sich im Käfig von T'Gatois Gliedern in eine bequeme Lage. »Warum hast du das getan?« fragte sie und hörte sich dabei an, als schliefe sie schon halb.

»Ich konnte nicht länger mit ansehen, wie du dasitzt und leidest.«

Meine Mutter schaffte es, matt die Achseln zu zucken. »Morgen«, sagte sie.

»Ja. Morgen wirst du wieder anfangen, zu leiden – wenn es sein muß. Aber im Augenblick, nur im Augenblick, liegst du hier und wärmst mich und läßt es zu, daß ich es dir ein wenig leichter mache.«

»Er gehört immer noch mir, weißt du«, sagte meine Mutter plötzlich. »Nichts kann mich dazu bringen, ihn zu verkaufen.« In nüchternem Zustand hätte sie sich nicht erlaubt, über solche Dinge zu sprechen.

»Nichts«, stimmte T'Gatoi bereitwillig zu.

»Hast du geglaubt, ich würde ihn gegen Eier verkaufen? Gegen ein langes Leben? Meinen Sohn?«

»Gegen überhaupt gar nichts«, sagte T'Gatoi, streichelte die Schultern meiner Mutter und spielte mit ihrem langen, ergrauten Haar.

Ich hätte meine Mutter gerne berührt, Anteil an jenem Moment gehabt. Sie würde meine Hand nehmen, wenn ich sie jetzt berührte. Durch das Ei und den Stich befreit, würde sie lächeln und vielleicht Dinge sagen, die sie lange für sich behalten hatte. Aber morgen würde sie sich an dies alles als Erniedrigung erinnern. Ich wollte nicht Teil einer erniedrigenden Erinnerung sein. Das Beste war, einfach still zu sein und zu wissen, daß sie mich morgen hinter all dem Pflichtbewußtsein und Stolz und Schmerz liebte.

»Xuan Hoa, zieh ihr die Schuhe aus«, sagte T'Gatoi. »Nach einer kleinen Weile werde ich sie noch einmal stechen, dann kann sie schlafen.«

Meine ältere Schwester gehorchte, schwankte jedoch trunken, als sie sich erhob. Als sie fertig war, setzte sie sich neben mich und nahm meine Hand. Wir waren immer eins gewesen, sie und ich.

Meine Mutter lehnte den Hinterkopf an T'Gatois Unterseite und versuchte aus diesem unmöglichen Blickwinkel in das breite, runde Gesicht aufzusehen. »Du willst mich noch einmal stechen?«

»Ja, Lien.«

»Ich werde bis morgen mittag schlafen.«

»Gut. Du hast es nötig. Wann hast du das letzte Mal geschlafen?«

Meine Mutter gab einen Laut der Verärgerung von sich. »Ich hätte auf dich treten sollen, als du noch klein genug warst«, murmelte sie.

Das war ein altbekannter Scherz unter ihnen. Sie waren zusammen aufgewachsen, gewissermaßen, obwohl T'Gatoi zu Lebzeiten meiner Mutter nicht so klein gewesen war, daß ein Terraner hätte auf sie treten können. Ihr Alter betrug etwa das Dreifache des gegenwärtigen Alters meiner Mutter, jedoch würde sie immer noch jung sein, wenn meine Mutter an Altersschwäche starb. Aber T'Gatoi und meine Mutter hatten sich kennengelernt, als T'Gatoi gerade in eine Phase rapider Entwicklung kam – eine Art Tlic-Jugend. Meine Mutter war noch ein Kind, aber eine Zeitlang entwickelten sie sich im gleichen Maße und hatten keine besseren Freunde als einander.

T'Gatoi hatte meine Mutter sogar mit dem Mann bekannt gemacht, der mein Vater wurde. Meine Eltern, die trotz ihres unterschiedlichen Alters aneinander Gefallen fanden, heirateten, als T'Gatoi ins Geschäft ihrer Familie einstieg – die Politik. Sie und meine Mutter sahen einander weniger häufig. Aber irgendwann vor der Geburt meiner älteren Schwester versprach meine Mutter

T'Gatoi eins ihrer Kinder. Sie würde eins von uns an irgendwen abgeben müssen, und sie zog T'Gatoi einem Fremden vor.

Jahre vergingen. T'Gatoi reiste umher und vergrößerte ihren Einfluß. Das Reservat unterstand ihr bereits, als sie zu meiner Mutter zurückkehrte, um sich zu holen, was sie vermutlich als gerechten Lohn für ihre harte Arbeit betrachtete. Meine ältere Schwester fühlte sich sofort zu ihr hingezogen und wünschte sich, dazu ausgewählt zu werden, aber meine Mutter kam gerade mit mir nieder, und T'Gatoi gefiel der Gedanke, ein Kleinkind zu wählen und sämtliche Entwicklungsphasen zu beobachten und an ihnen teilzuhaben. Wie man mir sagt, bin ich bereits drei Minuten nach meiner Geburt das erste Mal in den Käfig der vielen Glieder T'Gatois gelegt worden. Wenige Tage später wurde mir eine erste Kostprobe vom Ei gereicht. Das erzähle ich den Terranern, wenn sie mich fragen, ob ich mich je vor ihr gefürchtet habe. Und ich erzähle es den Tlic, wenn T'Gatoi ihnen ein kleines terranisches Kind vorschlägt und sie begierig und unwissend nach einem Jugendlichen verlangen. Selbst mein Bruder, der irgendwie dazu gekommen war, die Tlic zu fürchten und ihnen zu mißtrauen, hätte sich vermutlich problemlos in eine ihrer Familien eingefügt, wenn er nur früh genug adoptiert worden wäre. Manchmal denke ich, um seinetwillen wäre es besser gewesen. Ich sah ihn an, wie er auf der anderen Seite des Raumes ausgestreckt auf dem Boden lag, die Augen geöffnet, aber glasig, während er seinen Eitraum träumte. Egal, wie er den Tlic gegenüber empfand, er verlangte nach seinem Anteil am Ei.

»Lien, kannst du aufstehen?« fragte T'Gatoi plötzlich.

»Stehen?« sagte meine Mutter. »Ich dachte, ich sollte schlafen.«

»Später. Draußen scheint etwas nicht in Ordnung zu sein.« Der Käfig verschwand unvermittelt.

»Was?«

»Auf, Lien!«

Meine Mutter verstand ihren Tonfall und stand gerade rechtzeitig auf, um zu vermeiden, daß sie fallen gelassen wurde. T'Gatoi peitschte ihren drei Meter langen Körper von ihrer Couch herunter, zur Tür und mit Höchstgeschwindigkeit nach draußen. Sie besaß Knochen – Rippen, eine langgestreckte Wirbelsäule, einen Schädel, vier Satz Gliedmaßenknochen je Segment. Aber wenn sie sich so bewegte, sich wand, sich kontrolliert irgendwo herabstürzte, in voller Bewegung landete, wirkte sie nicht nur knochenlos, sondern wie eine Wasserbewohnerin – wie jemand, der durch die Luft schwimmt, als bewege er sich im Wasser. Ich beobachtete sie gerne, wenn sie sich bewegte.

Ich verließ meine Schwester und begann ihr zur Tür hinaus zu folgen, obwohl ich nicht besonders sicher auf den Beinen war. Es wäre schöner gewesen, dazusitzen und zu träumen, besser noch, ein Mädchen zu finden und einen Tagtraum mit ihr zu genießen. Damals, als die Tlic nicht viel mehr in uns sahen als große, warmblütige Tiere, pflegten sie mehrere von uns zusammen einzupferchen, Männer und Frauen, und uns ausschließlich mit Eiern zu füttern. Auf diese Weise konnten sie sichergehen, daß sie eine weitere Generation von uns bekommen würden, ganz egal wie sehr wir versuchten, auszuhalten. Wir hatten Glück, daß das nicht lange so weiterging. Noch ein paar Generationen, und wir wären tatsächlich nicht mehr gewesen als zweckmäßige, große Tiere.

»Halte die Tür auf, Gan«, sagte T'Gatoi. »Und sage der Familie, sie soll sich im Hintergrund halten.«

»Was ist?« fragte ich.

»N'Tlic.«

Ich preßte mich erschreckt gegen die Tür. »Hier? Allein?«

»Er hat eine Rufzelle zu erreichen versucht, nehme ich an.« Sie trug den Mann an mir vorbei, bewußtlos, wie ein Mantel über einige ihrer Glieder gefaltet. Er sah jung aus – vielleicht so alt wie mein Bruder –, und er war dünner, als er hätte sein sollen. Was T'Gatoi als gefährlich dünn bezeichnet hätte.

»Gan, geh zur Rufzelle«, sagte sie. Sie legte den Mann auf den Fußboden und begann, seine Kleidung abzustreifen.

Ich rührte mich nicht.

Nach einem Moment sah sie zu mir auf, und ihr plötzliches Schweigen war ein Zeichen heftiger Ungeduld.

»Schick doch Qui«, sagte ich zu ihr. »Ich werde hierbleiben. Vielleicht kann ich helfen.«

Sie gestattete ihren Gliedern, sich wieder zu bewegen, hob den Mann hoch und zog ihm das Hemd über den Kopf. »Du willst das doch nicht mit ansehen«, sagte sie. »Es wird schwer werden. Ich kann diesem Mann nicht so helfen, wie sein Tlic es könnte.«

»Ich weiß. Aber schicke Qui. Er wird keine Lust haben, sich hier irgendwie nützlich zu machen. Ich bin wenigstens bereit, es zu versuchen.«

Sie sah meinen Bruder an – älter, größer, kräftiger, gewiß besser in der Lage, ihr hier behilflich zu sein. Er hatte sich inzwischen aufgesetzt, drückte sich an die Wand und starrte mit unverhohlener Furcht und Abscheu auf den Mann auf dem Boden. Sogar sie konnte sehen, daß er zu nichts nutze sein würde.

»Qui, geh!« sagte sie.

Er wehrte sich nicht dagegen. Er stand auf, schwankte kurz, fing sich dann, durch seine Angst ernüchtert.

»Der Name dieses Mannes lautet Bram Lomas«, las sie ihm vom Armband des Mannes vor. Ich betastete voller Mitgefühl mein eigenes Armband. »Er braucht T'Khotgif Teh. Hörst du?«

»Bram Lomas, T'Khotgif Teh«, sagte mein Bruder. »Ich gehe.« Er schob sich an Lomas vorbei und rannte zur Tür hinaus.

Lomas fing an, das Bewußtsein wiederzuerlangen. Zunächst stöhnte er nur und klammerte sich krampfhaft an zwei von T'Gatois Glieder. Meine jüngere Schwester, die endlich aus ihrem

Eitraum erwacht war, kam näher, um ihn anzusehen, bis meine Mutter sie fortzog.

T'Gatoi entfernte die Schuhe des Mannes, dann seine Hosen und überließ ihm die ganze Zeit zwei ihrer Glieder, damit er sich an ihnen festklammern konnte. Bis auf die letzten paar waren all ihre Glieder gleichermaßen geschickt. »Ich möchte dieses Mal keine Widerrede von dir hören, Gan«, sagte sie.

Ich richtete mich auf. »Was soll ich tun?«

»Geh nach draußen und schlachte ein Tier, das mindestens halb so groß ist wie du.«

»Schlachten? Aber ich habe noch nie ...«

Sie stieß mich quer durch den Raum. Ihr Schwanz war eine wirkungsvolle Waffe, ob sie nun den Stachel benutzte oder nicht.

Ich stand auf und kam mir dumm vor, weil ich ihre Warnung ignoriert hatte, und ging in die Küche. Vielleicht konnte ich etwas mit einem Messer oder einer Axt töten. Meine Mutter zog ein paar terranische Tiere für unsere Tafel und mehrere tausend einheimische wegen ihres Pelzes. T'Gatoi würde vermutlich einem einheimischen Tier den Vorzug geben. Einem Achti vielleicht. Von denen hatten einige die richtige Größe, auch wenn sie etwa dreimal so viele Zähne hatten wie ich und ganz versessen darauf waren, sie zu benutzen. Meine Mutter, Hoa und Qui konnten sie mit Messern töten. Ich hatte noch nie eins getötet, hatte noch nie ein Tier geschlachtet. Ich hatte die meiste Zeit mit T'Gatoi verbracht, während mein Bruder und meine Schwester das Familienhandwerk erlernten. T'Gatoi hatte recht gehabt. Ich hätte derjenige sein müssen, der zur Rufzelle ging. Wenigstens das konnte ich.

Ich ging zum Eckschrank, wo meine Mutter ihre größeren Haus- und Gartengeräte aufbewahrte. An der Hinterwand des Schranks befand sich ein Rohr, das Abwässer aus der Küche leitete – allerdings tat es das nicht mehr. Mein Vater hatte den Abfluß für Wasser neu verlegt, noch ehe ich geboren wurde. Jetzt konnte man das

Rohr so drehen, daß sich die eine Hälfte um die andere schob und man ein Gewehr darin aufbewahren konnte. Das war nicht unsere einzige Schußwaffe, aber es war die, die am leichtesten zugänglich war. Ich würde sie benutzen müssen, um eines der größten Achtis zu erlegen. Danach würde T'Gatoi sie vermutlich konfiszieren. Im Reservat galten Feuerwaffen als illegal. Es war direkt nach Einrichtung des Reservats zu Zwischenfällen gekommen – Terraner hatten auf Tlic, auch auf N'Tlic geschossen. Das war vor der Zeit, als die Familienzusammenführungen begannen, bevor jedermann ein persönliches Interesse daran hatte, den Frieden aufrechtzuerhalten. Niemand hatte während meines Lebens oder während dem meiner Mutter einen Tlic erschossen, aber das Gesetz gab es immer noch – zu unserem Schutz, wie man uns sagte. Es kursierten Geschichten, wonach durch Vergeltungsmaßnahmen während der Mordzeiten ganze terranische Familien ausgerottet worden waren.

Ich ging nach draußen zu den Käfigen und schoß das größte Achti, das ich finden konnte. Es war ein wohlgestaltetes, zur Zucht benutztes Männchen, und meine Mutter würde gar nicht erfreut sein, zu erfahren, daß ich es erlegt hatte. Aber es hatte die richtige Größe, und ich hatte es eilig.

Ich legte mir den langen, warmen Körper des Achti über die Schulter – froh über die Tatsache, daß ein Teil meiner Gewichtszunahme aus Muskeln bestand – und brachte es in die Küche. Dort legte ich das Gewehr wieder in sein Versteck. Falls T'Gatoi die Wunden des Achti bemerken und nach dem Gewehr verlangen sollte, würde ich es ihr geben. Wenn nicht, dann sollte es bleiben, wo mein Vater es haben wollte.

Ich wandte mich ab, um ihr das Achti zu bringen, dann zögerte ich. Mehrere Sekunden lang stand ich vor der geschlossenen Tür und fragte mich, warum ich so plötzlich Angst hatte. Ich wußte, was passieren würde. Ich hatte noch nicht zugesehen, aber T'Gatoi hatte mir Diagramme gezeigt und Zeichnungen. Sie hatte dafür gesorgt, daß ich die Wahrheit kannte, sobald ich alt genug war, sie zu verstehen.

Dennoch wollte ich nicht in diesen Raum gehen. Ich vertrödelte ein wenig Zeit damit, ein Messer aus der geschnitzten, hölzernen Kiste auszusuchen, in der meine Mutter sie aufbewahrte. Es könnte sein, daß T'Gatoi eins braucht, sagte ich mir, für die zähe, dichtbepelzte Haut des Achti.

»Gan!« rief T'Gatoi, und ihre Stimme war barsch vor Ungeduld.

Ich schluckte. Ich hatte mir nie vorgestellt, daß es einmal so schwer sein würde, meine Füße zu bewegen. Ich stellte fest, daß ich zitterte, und das beschämte mich. Die Scham trieb mich durch die Tür.

Ich legte das Achti in T'Gatois Nähe ab und sah, daß Lomas wieder ohnmächtig geworden war. Sie, Lomas und ich waren allein in dem Raum, während meine Mutter und meine Schwestern vermutlich hinausgeschickt worden waren, damit sie nicht zusehen mußten. Ich beneidete sie.

Aber meine Mutter kam wieder in den Raum, als T'Gatoi das Achti packte. Sie ignorierte das Messer, das ich ihr anbot, schob Klauen aus mehreren ihrer Glieder und schlitzte das Achti von der Kehle bis zum After hin auf. Sie sah mich an, die gelben Augen besorgt. »Halte die Schultern dieses Mannes fest, Gan.«

Ich starrte entsetzt auf Lomas und erkannte, daß ich ihn nicht berühren wollte, geschweige denn ihn festhalten. Dies war etwas anderes als das Erschießen eines Tiers. Nicht so schnell, nicht so gnädig und, wie ich hoffte, nicht so endgültig, aber es gab bestimmt nichts, an dem ich weniger gern Anteil gehabt hätte.

Meine Mutter trat vor. »Gan, du hältst seine rechte Seite fest«, sagte sie. »Ich werde die linke halten.« Und wenn er zu sich kam, würde er sie abwerfen, ohne zu merken, daß er es getan hatte.

Sie war eine zierliche Frau. Oft fragte sie sich laut, wie sie es geschafft habe, wie sie es nannte, so »riesige« Kinder hervorzubringen.

»Laß nur«, sagte ich zu ihr und nahm die Schultern des Mannes. »Ich werde es tun.«

Sie hielt sich in der Nähe auf.

»Mach dir keine Sorgen«, sagte ich. »Ich werde dir keine Schande machen. Du mußt nicht dableiben und zusehen.«

Sie schaute mich unsicher an, berührte dann mit seltener Zärtlichkeit mein Gesicht. Schließlich ging sie zurück in ihr Schlafzimmer.

T'Gatoi senkte erleichtert den Kopf. »Danke, Gan«, sagte sie mit einer Höflichkeit, die eher terranisch war als tlic. »Sie ... sie findet immer neue Wege, daß ich sie leiden lasse.«

Lomas begann zu stöhnen und erstickte Laute von sich zu geben. Ich hatte gehofft, er würde ohnmächtig bleiben. T'Gatoi näherte ihm ihr Gesicht so, daß er sie ansehen mußte.

»Ich habe dich so oft gestochen, wie ich es im Augenblick wage«, teilte sie ihm mit. »Wenn dies vorbei ist, werde ich dich so stechen, daß du schläfst, und es wird dir nicht mehr weh tun.«

»Bitte«, flehte der Mann. »Warte ...«

»Es ist keine Zeit mehr, Bram. Ich werde dich stechen, sobald es vorbei ist. Wenn T'Khotgif eintrifft, wird sie dir Eier geben, die deine Genesung fördern. Es wird bald vorbei sein.«

»T'Khotgif!« schrie der Mann und bäumte sich in meinen Händen auf.

»Bald, Bram.« T'Gatoi warf mir einen flüchtigen Blick zu, dann legte sie eine Klaue ein wenig rechts von der Mitte auf seinen Magen, direkt unterhalb der letzten Rippe. Da gab es eine Bewegung auf der rechten Seite – ein winziges, scheinbar zufälliges Pulsieren, das sein gebräuntes Fleisch in Bewegung versetzte und hier eine Wölbung, dort eine Einbuchtung hervorrief, wieder und wieder, bis ich den Rhythmus dahinter erkennen konnte und wußte, wo der nächste Pulsschlag erfolgen würde.

Lomas' gesamter Körper versteifte sich unter T'Gatois Klaue, obwohl sie sie nur auf ihm ruhen ließ, während sie den hinteren Abschnitt ihres Körpers um seine Beine wand. Er mochte sich meinem Griff entziehen, aber er konnte nicht aus dem ihren entkommen. Er schluchzte hilflos, während sie seine Hosen benutzte, um seine Hände festzubinden, schob ihm dann die Hände über den Kopf, so daß ich zwischen ihnen auf dem Stoff knien und sie halten konnte. Sie rollte sein Hemd auf und gab es ihm, damit er darauf beißen konnte.

Und sie öffnete ihn.

Sein Körper verkrampfte sich beim ersten Schnitt. Er riß sich beinahe von mir los. Die Laute, die er von sich gab ... ich hatte solche Laute noch nie von einem menschlichen Wesen kommen hören. T'Gatoi schien nicht darauf zu achten, während sie den Schnitt verlängerte und vertiefte und dabei gelegentlich innehielt, um Blut abzulecken. Seine Blutgefäße verengten sich als Reaktion auf die Chemie ihres Speichels, und die Blutung verlangsamte sich.

Ich kam mir vor, als würde ich ihr dabei helfen, ihn zu foltern, als würde ich helfen, ihn zu verspeisen. Ich wußte, ich würde mich bald erbrechen, wußte nicht, warum ich es noch nicht getan hatte. Ich konnte unmöglich durchhalten, bis sie fertig war.

Sie entdeckte die erste Made. Sie war fett und tiefrot von seinem Blut – drinnen wie draußen. Sie hatte bereits ihre eigene Eischale verzehrt, aber offenbar noch nicht begonnen, ihren Wirt zu verspeisen. In diesem Stadium wäre sie bereit gewesen, jedes Fleisch zu fressen, bis auf das ihrer Mutter. Hätte man sie in Ruhe gelassen, hätte sie weiterhin jene Gifte ausgeschieden, die Lomas sowohl krank gemacht als auch gewarnt hatten. Schließlich hätte sie zu fressen begonnen. Zu dem Zeitpunkt, an dem sie sich durch Lomas' Fleisch hindurchgefressen hätte, wäre Lomas tot oder würde im Sterben liegen – und er wäre unfähig gewesen, sich an dem Geschöpf zu rächen, das ihn tötete. Es gab immer eine Karenzzeit zwischen dem Punkt, an dem der Wirt erkrankte, und dem Punkt, an dem die Maden ihn aufzufressen begannen.

T'Gatoi nahm vorsichtig die zappelnde Made auf und betrachtete sie, wobei sie irgendwie das gräßliche Stöhnen des Mannes überhörte.

Unversehens verlor der Mann das Bewußtsein.

»Gut«, meinte T'Gatoi, während sie auf ihn herabsah. »Ich wünschte, ihr Terraner könntet das auf Kommando.« Sie kannte kein Mitgefühl. Und das Ding, das sie festhielt …

Es war in diesem Stadium ohne Glieder und Knochen, etwa fünfzehn Zentimeter lang und zwei Zentimeter dick, blind und blutverschmiert. Es glich einem großen Wurm. T'Gatoi legte es in den Bauch des Achti und es begann sich sogleich einzugraben. Es würde dort bleiben und so lange weiterfressen, wie etwas zu fressen da war.

Als sie in Lomas' Fleisch herumwühlte, entdeckte sie weitere zwei Maden, eine davon kleiner und lebhafter. »Ein Männchen!« sagte sie erfreut. Es würde noch vor mir sterben. Es würde seine Metamorphose durchlaufen haben und alles begatten, was stillzuhalten bereit war, noch ehe seine Schwestern Glieder hatten. Es war das einzige, das echte Anstrengungen unternahm, T'Gatoi zu beißen, als sie es in das Achti legte.

Bleichere Würmer quollen nun in Lomas' Fleisch ans Tageslicht. Ich schloß die Augen. Es war schlimmer, als etwas Totes, Verwesendes zu finden, das mit winzigen Tiermaden gefüllt war. Und es war weit schlimmer als jede Zeichnung oder jedes Diagramm.

»Ah, da sind noch mehr«, sagte T'Gatoi und pflückte zwei lange, dicke Maden heraus. »Es kann sein, daß du noch ein Tier töten mußt, Gan. Alles lebt in euch Terranern.«

Man hatte mir mein ganzes Leben lang gesagt, dies sei eine gute und nützliche Sache, die Terraner und Tlic zusammen machten – eine Art Geburt. Ich hatte es bis gerade eben geglaubt. Ich wußte, eine Geburt war schmerzhaft und blutig, egal was für eine. Aber dies war etwas ganz anderes, etwas Schlimmeres. Und ich war noch nicht soweit, dabei zuzusehen. Vielleicht würde ich es nie sein. Aber ich konnte nicht anders, als es mit anzusehen. Es half nicht, die Augen zu schließen.

T'Gatoi entdeckte eine Made, die noch mit dem Verzehr der eigenen Schale beschäftigt war. Die Überreste der Schale waren noch mit ihrem eigenen kleinen Rohr oder Haken oder was immer an einem Blutgefäß befestigt. So waren die Maden verankert, und so ernährten sie sich. Sie nahmen nur Blut zu sich, bis sie soweit waren, zu schlüpfen. Dann fraßen sie ihre gedehnten, elastischen Eischalen. Dann fraßen sie ihren Wirt.

T'Gatoi biß die Eischale ab, leckte das Blut ab. Mochte sie den Geschmack? Starben alte Gewohnheiten nur schwer – oder etwa gar nicht?

Die ganze Prozedur war abartig, befremdend. Ich hatte nicht gedacht, etwas an ihr könne mir je befremdlich erscheinen.

»Noch eine, glaube ich«, sagte sie. »Vielleicht zwei. Eine gute Familie. In einem Wirtstier würden wir uns heutzutage freuen, festzustellen, daß eine oder zwei am Leben geblieben sind.« Sie sah mich an. »Geh nach draußen, Gan, und leere deinen Magen. Geh jetzt, während der Mann bewußtlos ist.«

Ich taumelte hinaus, schaffte es kaum. Unter dem Baum gleich vor der Vordertür erbrach ich mich, bis nichts mehr übrig war, das ich hätte ausspucken können. Schließlich stand ich zitternd da, und Tränen strömten über mein Gesicht. Ich wußte nicht, warum ich weinte, aber ich konnte nicht aufhören. Ich entfernte mich weiter vom Haus, um zu vermeiden, daß ich gesehen wurde. Jedesmal, wenn ich die Augen schloß, sah ich rote Würmer über noch röteres Menschenfleisch krabbeln.

Ein Wagen näherte sich dem Haus. Da den Terranern bis auf gewisse landwirtschaftliche Geräte motorisierte Fahrzeuge nicht gestattet waren, wußte ich, daß dies Lomas' Tlic mit Qui und vermutlich einem terranischen Arzt sein mußte. Ich wischte mir das Gesicht mit meinem Hemd ab, kämpfte um meine Beherrschung.

»Gan«, rief Qui, als der Wagen anhielt. »Was ist passiert?« Er kletterte aus der niedrigen, runden, tlic-angepaßten Wagentür. Ein weiterer Terraner krabbelte auf der anderen Seite heraus und ging ins Haus, ohne mit mir zu sprechen. Der Arzt. Mit seiner Hilfe und ein paar Eiern mochte Lomas es schaffen.

»T'Khotgif Teh?« sagte ich.

Die Tlicfahrerin schoß aus ihrem Wagen, bäumte sich mit der Hälfte ihrer Körperlänge vor mir auf. Sie war bleicher und kleiner als T'Gatoi – möglicherweise aus einem Tierkörper geboren. Tlic aus terranischen Körpern waren immer größer, und obendrein zahlreicher.

»Sechs Junge«, teilte ich ihr mit. »Vielleicht sogar sieben, alle lebendig. Mindestens ein Männchen.«

»Lomas?« sagte sie heiser. Ich hatte sie gern ob dieser Frage und wegen der Besorgnis in ihrer Stimme, als sie sie stellte. Das letzte verständliche Wort, das er gesprochen hatte, war ihr Name gewesen.

»Er lebt«, sagte ich.

Sie schoß ohne ein weiteres Wort zum Haus davon.

»Sie ist krank gewesen«, sagte mein Bruder, während er zusah, wie sie verschwand. »Als ich angerufen habe, konnte ich Leute hören, die ihr sagten, es ginge ihr noch nicht gut genug, selbst dafür nach draußen zu gehen.«

Ich sagte nichts. Ich hatte der Tlic Höflichkeit erwiesen. Jetzt wollte ich mit niemandem mehr sprechen. Ich hoffte, er würde hineingehen – aus Neugier, wenn schon aus keinem anderen Grund.

»Hast wohl endlich mehr herausgefunden, als du wissen wolltest, wie?«

Ich sah ihn an.

»Sieh mich nicht so an wie *sie*«, sagte er. »Du bist nicht sie. Du gehörst ihr nur.«

So ansehen wie sie. Hatte ich etwa gar die Fähigkeit erworben, ihren Gesichtsausdruck nachzuahmen?

»Was hast du gemacht, gekotzt?« Er schnüffelte. »Demnach weißt du also jetzt, worauf du dich eingelassen hast.«

Ich ließ ihn stehen. Er und ich waren einander nahe gewesen, als wir noch kleine Jungen ware. Er pflegte mir zu gestatten, daß ich hinter ihm herlief, wenn ich zu Hause war, und manchmal ließ T'Gatoi zu, daß ich ihn mitbrachte, wenn sie mich in die Stadt mitnahm. Aber irgend etwas war passiert, als er die Pubertät erreichte. Ich habe nie erfahren, was. Er begann, T'Gatoi aus dem Weg zu gehen. Dann begann er wegzurennen – bis er erkannte, daß es ein »weg« nicht gab. Jedenfalls nicht im Reservat. Ganz gewiß nicht draußen. Danach konzentrierte er sich darauf, seinen Anteil von jedem Ei zu bekommen, das ins Haus kam, und mich auf eine Weise anzusehen, die mich dazu brachte, ihn beinahe zu hassen – eine Art und Weise, die deutlich zum Ausdruck brachte: Solange es mir gutging, war er vor den Tlic sicher.

»Wie ist es nun eigentlich gewesen?« verlangte er zu wissen und folgte mir.

»Ich habe ein Achti getötet. Die Jungen haben es gefressen.«

»Du bist doch nicht aus dem Haus gerannt und hast gekotzt, weil sie ein Achti gefressen haben.«

»Ich hatte ... doch noch nie gesehen, wie ein Mensch aufgeschnitten wird.« Das entsprach der Wahrheit und reichte für ihn. Über das andere konnte ich nicht sprechen. Nicht mit ihm.

»Oh«, sagte er. Er sah mich an, als hätte er gern mehr gesagt, schwieg aber.

Wir gingen, im Grunde nirgendwohin. Nach hinten, auf die Käfige zu, auf die Felder zu.

»Hat er irgendwas gesagt?« fragte Qui. »Lomas, meine ich.«

Wen sollte er sonst meinen? »Er hat ›T'Khotgif‹ gesagt.«

Qui schauderte. »Wenn sie mir das angetan hätte, wäre sie die letzte Person gewesen, nach der ich rufen würde.«

»Du würdest wohl nach ihr rufen. Ihr Stich würde deine Schmerzen lindern, ohne die Maden in dir abzutöten.«

»Du glaubst, es würde mir was ausmachen, wenn sie sterben?«

Nein, natürlich würde es ihm nichts ausmachen. Mir etwa?

»Scheiße!« Er atmete tief ein. »Ich habe gesehen, was sie machen. Glaubst du etwa, diese Sache mit Lomas war schlimm? Das war gar nichts.«

Ich widersprach nicht. Er wußte nicht, wovon er redete.

»Ich habe gesehen, wie sie einen Mann aufgefressen haben«, sagte er.

Ich wandte mich ihm zu. »Du lügst!«

*»Ich habe gesehen, wie sie einen Mann aufgefressen haben.«*

Er hielt inne. »Das war, als ich noch klein war. Ich war im Hartmundhaus zu Besuch gewesen und befand mich auf dem Heimweg. Auf halbem Wege habe ich einen Mann und eine Tlic gesehen, und der Mann war ein N'Tlic. Die Gegend war hügelig. Ich konnte mich vor ihnen verstecken und zusehen. Die Tlic weigerte sich, den Mann aufzumachen, weil sie nichts hatte, was sie den Maden zu fressen geben konnte. Der Mann konnte nicht weiter, und es gab keine Häuser in der Nähe. Er hatte solche Schmerzen, daß er zu ihr sagte, sie solle ihn töten. Er flehte sie an, sie solle ihn töten. Endlich tat sie es. Sie hat ihm die Gurgel durchgeschnitten. Ein Schlag mit einer einzigen Klaue. Ich habe gesehen, wie die Maden sich aus ihm herausfraßen und sich dann, immer noch fressend, wieder eingruben.«

Seine Worte ließen mich erneut Lomas' Fleisch sehen, voller Parasiten, krabbelnd. »Warum hast du mir das nicht gesagt?« flüsterte ich.

Er sah überrascht aus, so als hätte er vergessen, daß ich ihm zuhörte. »Ich weiß nicht.«

»Du hast nicht lange danach angefangen, wegzulaufen, nicht wahr?«

»Ja. Idiotisch. Weglaufen im Reservat. In einem Käfig weglaufen.«

Ich schüttelte den Kopf, sagte, was ich schon lange hätte zu ihm sagen müssen. »Sie würde dich ja gar nicht nehmen, Qui. Du brauchst dir keine Sorgen zu machen.«

»Sie würde es tun … falls dir irgendwas passieren würde.«

»Nein. Sie würde Xuan Hoa nehmen. Hoa … möchte das.« Sie würde es nicht wollen, wenn sie dageblieben wäre und Lomas beobachtet hätte.

»Sie nehmen keine Frauen«, sagte er voller Verachtung.

»Gelegentlich tun sie es.« Ich warf ihm einen Blick zu. »Im Grunde bevorzugen sie sogar Frauen. Du solltest mal dabeisein, wenn sie sich miteinander unterhalten. Sie sagen, Frauen hätten mehr Körperfett, um die Maden zu schützen. Aber sie nehmen normalerweise Männer, damit die Frauen frei bleiben, um ihre eigenen Jungen auszutragen.«

»Um die nächste Generation von Wirtstieren zu liefern«, sagte er und schaltete von Verachtung auf Bitterkeit um.

»Es ist mehr als das!« konterte ich. War es das?

»Wenn es mir bevorstünde, würde ich mir auch wünschen, glauben zu können, daß es mehr ist.«

»Es *ist* mehr!« Ich kam mir wie ein kleines Kind vor. Blöder Streit.

»Hast du das auch gedacht, während T'Gatoi Würmer aus den Gedärmen von diesem Kerl gefischt hat?«

»Es ist nicht so gedacht, daß es auf diese Weise abläuft.«

»Klar ist es das. Es war nicht so gedacht, daß du es siehst, das ist alles. Und es war so gedacht, daß seine Tlic es tut. Sie könnte ihn bewußtlos stechen, und die Operation hätte nicht so schmerzhaft sein müssen. Aber sie würde ihn trotzdem aufmachen, die Maden herausholen, und wenn sie auch nur eine übersehen würde, würde die ihn vergiften und ihn von innen heraus auffressen.«

Es hat tatsächlich eine Zeit gegeben, als meine Mutter mir sagte, ich hätte Qui Respekt entgegenzubringen, weil er mein älterer Bruder war. Ich ging weg und haßte ihn. Auf seine Weise schwelgte er in Schadenfreude. Er war in Sicherheit und ich nicht. Ich hätte ihn verprügeln können, aber ich glaubte nicht ertragen zu können, daß er sich weigerte, zurückzuschlagen, mich voller Verachtung und Mitleid ansah.

Er war nicht bereit, mich in Ruhe zu lassen. Mit seinen längeren Beinen schwenkte er vor mir ein und gab mir das Gefühl, als würde ich ihm nachlaufen.

»Tut mir leid«, sagte er.

Ich marschierte weiter, angewidert und wütend.

»Sieh mal, bei dir wird es vermutlich gar nicht so schlimm werden. T'Gatoi mag dich. Sie wird vorsichtig sein.«

Ich wandte mich wieder dem Haus zu, rannte fast vor ihm davon.

»Hat sie es etwa schon mit dir gemacht?« fragte er und hielt ohne weiteres mit mir Schritt. »Ich meine, du bist beinahe im richtigen Alter für die Implantation. Hat sie ...«

Ich schlug ihn. Ich wußte nicht, ob ich es tun würde, aber ich glaube, ich hatte vor, ihn umzubringen. Wäre er nicht größer und stärker gewesen, ich glaube, ich hätte es getan.

Er versuchte, mich abzuwehren, mußte sich aber schließlich doch verteidigen. Er schlug mich nur wenige Male. Das war mehr als genug. Ich kann mich nicht erinnern, daß ich hinfiel, aber als ich wieder zu mir kam, war er fort. Es war die Schmerzen wert, ihn los zu sein.

Ich stand auf und ging langsam auf das Haus zu. Die Rückseite war dunkel. Niemand war in der Küche. Meine Mutter und meine Schwester schliefen in ihren Zimmern – oder taten zumindest so.

Sobald ich in der Küche war, konnte ich Stimmen hören – die von Tlic und die von Terranern aus dem angrenzenden Raum. Ich konnte nicht verstehen, was sie sagten – wollte es nicht verstehen.

Ich setzte mich an den Tisch meiner Mutter und wartete darauf, daß Ruhe eintrat. Der Tisch war glatt und abgenutzt und stabil gebaut. Mein Vater hatte ihn für sie angefertigt, kurz bevor er starb. Ich erinnerte mich, wie ich ihm zwischen den Beinen herumgelaufen war, als er ihn baute. Er war deswegen nicht böse. Nun saß ich daraufgestützt da und vermißte ihn sehr. Mit ihm hätte ich reden können. Er hatte es in seinem langen Leben dreimal geschafft. Drei Gelege von Eiern, dreimal aufgemacht werden und wieder zusammengenäht. Wie hatte er es geschafft? Wie schaffte irgend jemand es?

Ich stand auf, holte das Gewehr aus seinem Versteck und setzte mich damit wieder hin. Es mußte gereinigt werden, geölt.

Alles, was ich tat, war, es zu laden.

»Gan?«

Sie machte eine Menge leiser, klickender Geräusche, wenn sie sich auf dem blanken Fußboden fortbewegte, und ein Glied nach dem anderen klickte, wenn es den Boden berührte. Wellen von leisen Klicks.

Sie kam zum Tisch, hob die vordere Hälfte ihres Körpers über die Kante und schwang sich darauf. Manchmal bewegte sie sich so gleichmäßig, daß sie wie Wasser zu fließen schien. Sie ringelte sich in der Mitte des Tisches zu einem kleinen Hügel zusammen und sah mich an.

»Das war schlimm«, sagte sie sanft. »Du hättest das nicht mit ansehen dürfen. Es muß nicht so ablaufen.«

»Ich weiß.«

»T'Khotgif – jetzt Ch'Khotgif – sie wird an ihrer Erkrankung sterben. Sie wird nicht leben, um ihre Kinder großzuziehen. Aber ihre Schwester wird für sie sorgen, und für Lomas.« Die sterile Schwester. Ein fruchtbares Weibchen in jedem Gelege. Eins, um die Familie fortzuführen. Diese Schwester verdankte Lomas mehr, als sie je zurückzahlen konnte.

»Dann wird er überleben?«

»Ja.«

»Ich frage mich, ob er es noch einmal tun würde.«

»Keiner würde ihn bitten, es noch einmal zu tun.«

Ich blickte in die gelben Augen und fragte mich, wieviel ich in ihnen sah und verstand und wieviel ich mir bloß einbildete. »Es bittet uns ohnehin nie einer«, sagte ich. »Du hast mich nie gebeten.«

Sie verlagerte ein wenig den Kopf. »Was ist mit deinem Gesicht los?«

»Nichts. Nichts Wichtiges.« Menschliche Augen hätten die Schwellung im Dunkeln vermutlich gar nicht bemerkt. Das einzige Licht kam von einem der Monde, der durch ein Fenster auf der anderen Seite des Raumes schien.

»Hast du das Gewehr benutzt, um das Achti zu schießen?«

»Ja.«

»Und hast du vor, es zu benutzen, um mich zu erschießen?«

Ich starrte sie an, ihre Silhouette im Mondlicht – aufgerollter, graziöser Körper. »Wonach schmeckt für dich terranisches Blut?«

Sie sagte nichts.

»Was bist du?« flüsterte ich. »Was sind wir für dich?«

Sie lag reglos da, legte den Kopf auf ihre oberste Windung. »Du kennst mich wie kein anderer«, sagte sie sanft. »Du mußt das selbst entscheiden.«

»Das ist es, was mit meinem Gesicht passiert ist«, sagte ich zu ihr.

»Was?«

»Qui hat mich dazu getrieben, daß ich mich entschließe, etwas zu tun. Es ist nicht besonders gut ausgegangen.« Ich bewegte leicht das Gewehr, legte mir den Lauf diagonal unter das eigene Kinn. »Wenigstens war es ein Entschluß, den ich selbst gefaßt habe.«

»Genau, wie es dieser hier sein wird.«

»Bitte mich, Gatoi.«

»Um das Leben meiner Kinder?«

Es sah ihr ähnlich, so etwas zu sagen. Sie wußte, wie man Leute manipuliert, Terraner und Tlic. Aber diesmal nicht.

»Ich will kein Wirtstier sein«, sagte ich. »Nicht einmal deines.«

Sie brauchte lange, ehe sie antwortete. »Wir benutzen heutzutage kaum noch Wirtstiere«, sagte sie. »Du weißt das.«

»Ihr benutzt uns.«

»Das tun wir. Wir warten lange Jahre auf euch und bilden euch aus und verbinden unsere Familien mit den euren.« Sie bewegte sich unruhig. »Du weißt, ihr seid für uns keine Tiere.«

Ich starrte sie an und sagte nichts.

»Die Tiere, die wir früher benutzt haben, haben lange vor dem Eintreffen eurer Vorfahren begonnen, die meisten unserer Eier im Anschluß an die Implantation zu zerstören«, sagte sie leise. »Du weißt darüber Bescheid, Gan. Weil dein Volk gekommen ist, sind wir wieder dabei, zu lernen, was es heißt, ein gesundes, gedeihendes Volk zu sein. Und eure Vorfahren, die von ihrer Heimatwelt flohen, vor ihrer eigenen Gattung, die sie getötet oder versklavt hätte – sie haben durch uns überlebt. Wir haben sie als Menschen angesehen und ihnen das Reservat gegeben, als sie noch versuchten, uns als Würmer zu töten.«

Beim Wort »Würmer« zuckte ich zusammen. Ich konnte nicht anders, und sie konnte nicht anders, als es zu bemerken.

»Ich verstehe«, sagte sie ruhig. »Würdest du wirklich lieber sterben, als meine Jungen austragen, Gan?«

Ich antwortete nicht.

»Soll ich mich an Xuan Hoa wenden?«

»Ja!« Hoa wollte das. Sollte sie es haben. Sie hatte Lomas nicht zusehen müssen. Sie würde stolz sein ... nicht entsetzt.

T'Gatoi glitt vom Tisch und erschreckte mich damit fast zu Tode.

»Ich werde heute nacht in Hoas Zimmer schlafen«, sagte sie. »Und irgendwann heute abend oder am Morgen werde ich es ihr sagen.«

Das ging mir zu schnell. Meine Schwester. Hoa hatte beinahe ebensoviel damit zu tun gehabt, mich großzuziehen, wie meine Mutter. Ich war ihr immer noch nahe – anders als bei Qui. Sie konnte T'Gatoi haben wollen und mich immer noch lieben.

»Warte! T'Gatoi!«

Sie sah sich um, erhob dann beinahe die Hälfte ihrer Körperlänge vom Boden und drehte sie so, daß sie mir zugewandt war. »Das sind Erwachsenenprobleme, Gan. Es ist mein Leben, meine Familie!«

»Aber sie ist ... meine Schwester.«

»Ich habe getan, was du verlangt hast. Ich habe dich gefragt!«

»Aber ...«

»Es wird einfacher sein für Hoa. Sie hat immer damit gerechnet, anderes Leben in sich zu tragen.«

Menschliches Leben. Menschliche Junge, die eines Tages an ihren Brüsten trinken würden, nicht an ihren Adern.

Ich schüttelte den Kopf. »Tu ihr das nicht an, Gatoi.« Ich war nicht Qui. Es hatte allerdings den Anschein, als würde ich ohne große Anstrengung wie er werden. Ich konnte Xuan Hoa zu meinem Schutzschild machen. Würde es einfacher sein, zu wissen, daß in ihrem Fleisch rote Würmer heranwachsen statt in meinem?

»Tu Hoa das nicht an«, wiederholte ich.

Sie starrte mich völlig reglos an.

Ich wandte den Blick ab, dann wieder ihr zu. »Tu es mir an.«

Ich senkte das Gewehr von meinem Hals weg, und sie beugte sich vor, um es zu nehmen.

»Nein«, sagte ich zu ihr.

»Es ist Gesetz«, sagte sie.

»Laß es der Familie. Jemand könnte es eines Tages brauchen, um mir das Leben zu retten.«

Sie packte den Gewehrlauf, aber ich ließ nicht los. Ich wurde hochgezerrt, so daß ich über ihr stand.

»Laß es hier!« wiederholte ich. »Falls wir wirklich nicht eure Tiere sind, falls das wirklich Erwachsenenangelegenheiten sind, dann geh das Risiko ein. Es liegt ein Risiko darin, Gatoi, mit einem Partner umzugehen.«

Es fiel ihr sichtlich schwer, das Gewehr loszulassen. Ein Schaudern durchlief sie, und sie gab einen zischenden, gequälten Laut von sich. Ich merkte, daß sie Angst hatte. Sie war alt genug, um gesehen zu haben, was Gewehre mit Leuten anrichten können. Nun würden ihre Jungen und dieses Gewehr in ein und demselben Haus sein. Sie wußte nichts von unseren anderen Schußwaffen. Bei dieser Auseinandersetzung kam es darauf allerdings auch nicht an.

»Ich werde noch heute abend das erste Ei implantieren«, sagte sie, während ich das Gewehr wegräumte. »Hörst du, Gan?«

Warum sonst hätte man mir ein ganzes Ei zu essen geben sollen, während die übrige Familie sich eins teilen mußte? Warum sonst hätte meine Mutter mich ständig ansehen sollen, als würde ich sie verlassen, an einen Ort gehen, wohin sie mir nicht folgen konnte? Bildete T'Gatoi sich ein, ich hätte es nicht gewußt?

»Ich höre.«

»Jetzt sofort!« Ich ließ zu, daß sie mich aus der Küche drängte, ging dann vor ihr her zu meinem Schlafzimmer. Das plötzliche

Drängen in ihrer Stimme klang echt. »Du hättest es Hoa noch heute nacht angetan!« beschuldigte ich sie.

»Ich muß es noch heute nacht jemandem antun.«

Ich blieb trotz des Drängens stehen und stellte mich ihr in den Weg. »Kommt es dir gar nicht darauf an, wem?«

Sie glitt um mich herum in mein Schlafzimmer. Ich fand sie auf der Couch wartend vor, die wir gemeinsam benutzten. Sie würde es Hoa auf dem Fußboden angetan haben. Der Gedanke daran, daß sie es Hoa überhaupt antun könnte, beunruhigte mich nur auf andere Weise, und ich war plötzlich wütend.

Dennoch zog ich mich aus und legte mich neben sie. Ich wußte, was zu tun war, was ich zu erwarten hatte. Mein ganzes Leben lang hatte man mir davon erzählt. Ich spürte den vertrauten Stich, betäubend, recht angenehm. Dann das blinde Tasten ihres Ovopositors. Die Punktion geschah schmerzlos, leicht. So ein leichtes Eindringen. Sie wogte langsam an mir entlang, und ihre Muskeln zwangen das Ei aus ihrem Körper in meinen. Ich hielt mich an zweien ihrer Glieder fest, bis ich mich an Lomas erinnerte, wie er sich so an ihr festgehalten hatte. Dann ließ ich los, bewegte mich unabsichtlich und tat ihr weh. Sie gab einen leisen Schmerzensschrei von sich, und ich erwartete, sofort von ihren Gliedern eingeschlossen zu werden. Als das nicht geschah, hielt ich mich wieder an ihr fest und fühlte mich merkwürdig beschämt.

»Tut mir leid«, flüsterte ich.

Sie rieb mir mit vier ihrer Glieder die Schultern.

»Liegt dir etwas daran?« fragte ich. »Liegt dir etwas daran, daß ich es bin?«

Sie antwortete eine Weile nicht. Schließlich: »Du warst es, der heute abend die Wahl getroffen hat, Gan. Ich habe die meine schon lange getroffen.«

»Wärst du zu Hoa gegangen?«

»Ja. Wie könnte ich meine Kinder jemandem anvertrauen, der sie haßt?«

»Das war kein … Haß.«

»Ich weiß, was es war.«

»Ich hatte Angst.«

Schweigen.

»Ich habe immer noch Angst.« Ich konnte ihr das hier und jetzt eingestehen.

»Aber du bist zu mir gekommen …, um Hoa zu retten.«

»Ja.« Ich lehnte die Stirn gegen sie. Sie war kühler Samt, trügerisch weich. »Und um dich für mich zu behalten«, sagte ich. So war es. Ich verstand es nicht, aber so war es.

Sie gab ein sanftes, zufriedenes Summen von sich. »Ich konnte nicht glauben, daß ich mich so in dir getäuscht hätte«, sagte sie. »Ich habe dich gewählt. Ich habe geglaubt, du hättest mich mit der Zeit auch gewählt.«

»Das hatte ich, aber …«

»Lomas.«

»Ja.«

»Ich habe noch nie einen Terraner gekannt, der eine Geburt gesehen und gut damit fertig geworden ist. Qui hat eine gesehen, nicht wahr?«

»Ja.«

»Terraner sollten davor geschützt werden, sie zu sehen.«

Der Ton dieser Worte gefiel mir gar nicht – und ich hatte meine Zweifel, ob das überhaupt möglich war. »Nicht geschützt«, sagte ich. »Zeigen soll man sie. Zeigen, solange wir noch kleine Kinder sind, und zwar mehr als nur einmal. Gatoi, kein Terraner sieht je eine Geburt, die richtig verläuft. Alles, was wir sehen, ist N'Tlic – Schmerz und Entsetzen und vielleicht gar Tod.«

Sie sah zu mir herab. »Das ist Privatsache. Es ist immer schon Privatsache gewesen.«

Ihr Tonfall hielt mich davon ab, hartnäckig zu bleiben – dies und das Wissen, daß ich, falls sie ihre Meinung änderte, womöglich das erste öffentliche Beispiel sein würde. Aber ich hatte ihr den Gedanken eingegeben. Wo er möglicherweise gedeihen würde, und schließlich würde sie das Experiment wagen.

»Du wirst es nicht noch einmal zu sehen bekommen«, sagte sie. »Ich möchte nicht, daß du noch weiter darüber nachdenkst, mich zu erschießen.«

Die winzige Menge Flüssigkeit, die zusammen mit ihrem Ei in mich drang, entspannte mich so vollständig, wie ein steriles Ei es getan hätte, so daß ich mich an das Gewehr in meinen Händen erinnern konnte und an meine Gefühle der Angst und des Abscheus, der Wut und der Verzweiflung. Ich konnte über sie sprechen.

»Ich hätte dich nicht erschossen«, sagte ich. »Dich nicht.«

Sie war aus dem Fleisch meines Vaters geholt worden, als er in meinem Alter war.

»Aber du hättest es tun können«, beharrte sie.

»Nicht dich.« Sie stand zwischen uns und ihrem Volk, schützend und vermittelnd.

»Hättest du dich denn selbst zerstört?«

Ich bewegte mich vorsichtig, unbehaglich. »Das hätte ich tun können. Beinahe hätte ich es getan. Das ist Quis ›Ausweg‹. Ich frage mich, ob er es weiß.«

»Was?«

Ich antwortete nicht.

»Jetzt wirst du aber leben.«

»Ja.« *Kümmere dich um sie*, pflegte meine Mutter zu sagen. Ja.

»Ich bin gesund und jung«, sagte sie. »Ich werde dich nicht verlassen, wie es Lomas passiert ist – allein, N'Tlic. Ich werde mich um dich kümmern.«

## Samuel R. Delany

# *Jawohl, und Gomorrha*

Und kamen in Paris herunter:

Wo wir die Rue de Médicis hinunterstürmten, Bo, Lou und Muse innerhalb des Zaunes, Kelly und ich draußen, zogen wir Grimassen durch die Gitterstäbe, lärmten und ließen den Luxemburgpark um zwei Uhr morgens zu brüllendem Leben erwachen. Kletterten dann wieder hinaus, hinunter zu dem Platz vor St. Sulpice, wo Bo versuchte, mich in den Brunnen zu boxen.

Zu diesem Zeitpunkt merkte Kelly, was um uns herum vorging, ergriff einen Mülltonnendeckel, rannte in ein Pissoir und donnerte ihn an die Wände. Fünf Burschen kamen herausgeschossen; selbst ein großes Pissoir faßt nur vier.

Ein sehr blonder junger Mann legte seine Hand auf meinen Arm und lächelte. »Glaubst nicht, Raumer, daß ihr Leute ... verschwinden solltet?«

Ich sah auf seine Hand auf meiner blauen Uniform. *»Est-ce que tu est un frelk?«*

Er hob die Brauen, dann schüttelte er den Kopf. »*Une frelk*«, verbesserte er mich. »Nein. Traurig für mich. Du siehst aus, als könntest du einmal ein Mann gewesen sein. Aber jetzt ...« Er lächelte.

»Du hast jetzt nichts mehr für mich. Die Polizei.« Er blickte zur anderen Straßenseite hin, wo ich erst jetzt die Gendarmerie bemerkte. »Sie kümmern sich nicht um uns. Aber ihr seid Fremde...«

Aber Muse rief schon: »He, kommt weiter! Laßt uns hier verschwinden, ja?« Und gingen. Und hoben wieder ab.

Und kamen in Houston herunter:

»Gottverdammt!« sagte Muse. »Gemini Flugkontrolle – meinst du, daß hier alles anfing? Laß uns hier *raus* gehen, *bitte*!«

Nahmen also einen Bus durch Pasadena hinaus, dann die Monolinie nach Galveston und wollten uns dann den Golf hinunter durchschlagen. Aber Lou machte ein Pärchen mit einem Lastwagen ausfindig –

»Froh, euch einen Lift geben zu können, Raumer. Ihr da oben auf den Planeten und so, und tut soviel Gutes für die Regierung.«

– die südwärts fuhren, sie und das Baby, so fuhren wir hinten drin mit, zweihundertfünfzig Meilen Sonne und Wind.

»Glaubst du, sie sind Frelks?« fragte Lou und stieß mich mit dem Ellbogen an. »Ich wette, sie sind Frelks. Sie warten nur darauf, daß wir es ihnen besorgen.«

»Vergiß es. Es ist ein nettes, einfältiges Landpärchen.«

»Das heißt nicht, daß es keine Frelks sind!«

»Du traust keinem über den Weg, oder?«

»Nein.«

Und schließlich wieder ein Bus, der uns durch Browsville rumpelte und über die Grenze nach Matamoros hinein, wo wir mit einem Haufen Mexikanern und Hähnchen und Krabbenfischern vom Texasgolf – die am schlimmsten rochen – die Stufen hinunter stolperten in den Staub und den verdorrten Abend, und wir schrien am lautesten. Dreiundvierzig Huren – so zählte ich – waren für die Fischer aufgetaucht, und als wir dann zwei Fenster der Bushaltestelle zerbrochen hatten, lachten sie alle. Die Krabbenfischer sagten, sie wollten uns kein Essen kaufen, sondern uns betrunken machen, wenn wir wollten, denn das war so Brauch bei Krabbenfischern.

Aber wir lärmten, zerbrachen noch ein Fenster; dann, als ich auf den Stufen des Telegraphenamtes auf dem Rücken lag und sang, beugte sich eine Frau mit dunklen Lippen herunter und legte ihre Hände auf meine Wangen. »Du bist sehr süß.« Ihr krauses Haar fiel nach vorne. »Aber die Leute, sie stehen herum und beobachten *dich.* Und das kostet *Zeit.* Unglücklicherweise ist ihre Zeit unser Geld. Raumer, glaubst du nicht, daß ihr ... hier verschwinden solltet?«

Ich faßte sie am Gelenk. *»Usted!«* flüsterte ich. *»Usted es una frelka?«*

»Frelko en español.« Sie lächelte und tätschelte den Sonnenfetzen, der an meiner Gürtelschnalle hing. »Es tut mir leid, aber du hast nichts ..., das ich brauchen könnte. Zu schade, denn du siehst aus, als wärest du einmal eine Frau gewesen, oder nicht? Und ich mag auch Frauen ...«

Ich rollte mich von dem Vorplatz hinunter.

»Ist das ein Hindernis, oder ist das ein Hindernis?« rief Muse. »Kommt! Gehen wir!«

Es gelang uns irgendwie, vor dem Morgengrauen nach Houston zu kommen. Und hoben ab.

Und kamen in Istanbul herunter.

An diesem Morgen regnete es in Istanbul.

Im Kommissariat tranken wir Tee aus birnenförmigen Gläsern und blickten über den Bosporus hinaus. Die Prinzeßinseln lagen wie Abfallhaufen vor der prickelnden Stadt.

»Wer kennt ihren Weg in dieser Stadt?« fragte Kelly.

»Bleiben wir nicht zusammen?« wollte Muse wissen. »Ich dachte, wir sehen uns zusammen um.«

»Sie haben meinen Scheck im Lohnbüro zurückgehalten«, erklärte Kelly. »Ich bin total abgebrannt. Ich glaube, der Zahlmeister hat es für mich bekommen.« Und zuckte die Achseln. »Will nicht, aber ich werde einen reichen Frelk aufreißen müssen und freundlich tun«, machte sich wieder an seinen Tee; bemerkte *dann*, wie drückend das Schweigen geworden war. »Ach, jetzt macht aber mal einen Punkt! Wenn ihr mich so anglotzt, werde ich jeden Knochen in euren von-Pubertät-an-sorgfältig-gepflegten Körpern zerbrechen. He, du!« Er meinte mich. »Schau mich nicht mit diesem heiliger-als-du-Gaffen an, als würdest du nie mit 'nem Frelk mitgehen!«

Es ging wieder los.

»Ich gaffe nicht«, sagte ich und wurde im stillen wild.

Das Verlangen, das alte Verlangen.

Bo lachte, um die Spannung zu brechen. »Sagt mal, letztes Mal, als ich in Istanbul war – ungefähr ein Jahr, bevor ich mich dieser Truppe angeschlossen habe –, erinnerte ich mich, daß wir vom Taksim-Platz aus die Istiqlal hinuntergingen. Genau hinter all den billigen Kinos fanden wir eine kleine Passage, die mit Blumen gesäumt war. Vor uns gingen zwei andere Raumer. Drinnen ist ein Markt, und weiter unten haben sie Fisch, und dann kommt ein Hof mit Orangen und Süßigkeiten, Seeigeln und Kohlköpfen. Aber davor Blumen. Jedenfalls ist uns etwas Komisches an den Raumern aufgefallen. Es waren nicht ihre Uniformen; die waren perfekt. Der Haarschnitt: in Ordnung. Erst als wir sie reden hörten – es waren ein Mann und eine Frau, wie Raumer gekleidet, die versuchten, *Frelks aufzureißen!* Stell dir vor, verrückt nach Frelks!«

»Ja«, sagte Lou. »So etwas habe ich schon gesehen. Es gab eine Menge von denen in Rio.«

»Wir haben sie windelweich geschlagen«, schloß Bo. »Wir haben sie in eine Seitenstraße gelotst und haben ganze Arbeit geleistet.«

Muses Teeglas klirrte auf der Theke. »Von Taksim aus die Istiqlal hinunter, bis man zu den Blumen kommt. Warum hast du denn nicht gleich gesagt, daß dort die Frelks sind?« Ein Lächeln auf Kellys Gesicht hätte das in Ordnung gebracht. Auf Kellys Gesicht lag kein Lächeln.

»Zur Hölle«, sagte Lou, »mir mußte noch niemand erzählen, wo ich suchen mußte. Ich gehe auf die Straße hinaus, und Frelks riechen mich. Ich kann sie über den halben Piccadilly hinweg erkennen. Haben sie nichts anderes als Tee hier? Wo kann man einen Drink bekommen?«

Bo grinste. »Islamisches Land, erinnerst du dich? Aber am Ende der Blumenpassage gibt es eine Menge kleine Bars, mit grünen Türen und Marmortheken, in denen du einen Liter Bier für umgerechnet fünfzehn Cents bekommen kannst. Da sind auch all die Stände, an denen man in Fett gebackene Tierchen und Sandwiches mit Schweineinnereien kaufen kann –

»Ist dir je aufgefallen, wie Frelks es vertragen können? Ich meine Alkohol, nicht... Schweineinnereien.«

Und schweifte in eine Menge beschwichtigende Geschichten ab. Wir endeten bei der über den Frelk, den irgendein Raumer einwickeln wollte und der meinte: »Es gibt zwei Dinge, auf die ich stehe. Das eine sind Raumer; das andere ist ein guter Kampf ...«

Aber sie lindern nur. Sie heilen nichts. Selbst Muse war jetzt klar, daß wir den Tag getrennt verbringen würden.

Es hatte aufgehört zu regnen, so nahmen wir die Fähre hinauf zum Goldenen Horn. Kelly fragte umgehend nach dem Taksim-Platz und der Istiqlal und wurde zu einem Dolmusch geschickt, was, wie wir feststellten, ein Taxi ist, nur daß es immer zum selben Ort fährt und einen Haufen Leute unterwegs mitnimmt. Und es ist billig.

Lou ging davon, über die Atatürk-Brücke, um sich die Neustadt anzusehen. Bo beschloß, herauszufinden, was die Dolme Boche in Wirklichkeit ist, und als Muse entdeckte, daß man für fünfzehn Cents hinüber nach Asien fahren konnte, nun, da beschloß Muse, nach Asien zu fahren.

Ich kämpfte mich durch das Verkehrsgewühl am oberen Ende der Brücke und wandte mich hinauf, an den grauen, abfallenden Mauern der Altstadt vorbei, unter den Straßenbahnleitungen entlang. Es gibt Momente, in denen Lärmen und Toben die Lücke nicht füllt. Es gibt Momente, in denen mußt du alleine gehen, weil die Einsamkeit so weh tut.

Ich durchquerte eine Menge kleiner Straßen mit nassen Eseln, nassen Kamelen und verschleierten Frauen; und ging viele große Straßen hinunter, mit Bussen und Mülleimern und Männern in Geschäftsanzügen.

Manche Leute starren Raumer an, manche nicht. Manche Leute starren oder tun es nicht, auf eine Weise, die ein Raumer eine Woche, nachdem er mit sechzehn die Übungsschule verläßt, erkennt. Ich ging durch einen Park, als ich ihr Beobachten auffing. Sie sah, daß ich sie sah, und schaute weg.

Ich schlenderte über den nassen Asphalt hinunter.

Sie stand unter dem Torbogen einer kleinen, leeren Moschee. Als ich vorüberging, trat sie in den Hof zwischen die Kanonen.

»Verzeihen Sie.«

Ich blieb stehen.

»Wissen Sie, ob dies der Schrein der heiligen Irene ist oder nicht?« Sie sprach das Englisch mit einem reizenden Akzent. »Ich habe meinen Stadtführer zu Hause gelassen.«

»Tut mir leid, ich bin auch Tourist.«

»Oh.« Sie lächelte. »Ich bin Griechin. Ich dachte, Sie wären vielleicht Türke, weil Sie so dunkel sind.«

»Amerikanischer Indianer.« Ich nickte. Sie war dran, ihre Verbeugung zu machen.

»Ach so. Ich habe gerade mit der Universität hier in Istanbul begonnen. Ihre Uniform, sie sagt mir, daß Sie –« und in dem kurzen Schweigen wurden alle Vermutungen geklärt »– ein Raumer sind.«

Ich fühlte mich nicht wohl. »Ja.« Ich steckte die Hände in die

Taschen, rutschte mit den Füßen auf den Stiefelsohlen hin und her, leckte am dritten, äußeren linken Molar – tat all die Dinge, die man tut, wenn man verlegen ist. *Du bist so aufregend, wenn du so aussiehst,* hatte einmal ein Frelk zu mir gesagt. »Ja, bin ich«, sagte ich zu scharf, zu laut, und sie zuckte ein wenig zusammen.

Jetzt wußte sie also, daß ich wußte, daß sie wußte, daß ich wußte, und ich fragte mich, wie wir das Proustsche Spiel zu Ende bringen würden.

»Ich bin Türkin«, sagte sie. »Ich bin keine Griechin. Ich fange nicht erst an. Ich bin Examenskandidatin in Kunstgeschichte hier an der Universität. Diese kleinen Lügen, die man Fremden erzählt, um sein Ego zu schützen ... warum? Manchmal glaube ich, daß mein Ego sehr klein ist.«

Das ist eine Strategie.

»Wie weit wohnen Sie von hier?« fragte ich. »Und was ist der übliche Satz in Lira?« Das ist eine andere.

»Ich kann Sie nicht bezahlen.« Sie zog ihren Regenmantel fester um die Hüften. Sie war sehr hübsch. »Ich würde gerne.« Sie zuckte die Schultern und lächelte. »Aber ich bin ... eine arme Studentin. Keine reiche. Wenn du dich umdrehen und fortgehen willst, werde ich es dir nicht übelnehmen. Aber ich werde traurig sein.«

Ich blieb auf dem Gehweg stehen. Ich dachte, sie würde nach einer kurzen Pause einen Preis vorschlagen. Sie tat es nicht.

Und *das* ist wieder eine andere.

Ich fragte mich, *wofür willst du überhaupt das verdammte Geld?*, als eine aufkommende Brise Wassertropfen von einer der großen Zypressen im Park herunterwirbelte.

»Ich finde, die ganze Sache ist traurig.« Sie wischte Tropfen aus ihrem Gesicht. In ihrer Stimme hatte ein Bruch mitgeschwungen, und einen Augenblick lang sah ich mir die Wasserstreifen zu genau an. »Ich finde es traurig, daß sie euch umwandeln müssen, um Raumer aus euch zu machen. Wenn sie es nicht tun würden, wären *wir* … Wenn es nie Raumer gegeben hätte, könnten wir nicht so sein …, wie wir sind. Waren Sie vorher männlich oder weiblich?«

Wieder ein Tropfenschauer. Ich sah zu Boden, und Tröpfchen rannen meinen Kragen hinunter.

»Männlich«, sagte ich. »Es macht keinen Unterschied.«

»Wie alt sind Sie? Dreiundzwanzig? Vierundzwanzig?«

»Dreiundzwanzig«, log ich. Es ist ein Reflex. Ich bin fünfundzwanzig, aber für je jünger sie dich halten, um so mehr zahlen sie dir. Aber ich *wollte* ihr *verdammtes* Geld nicht –

»Dann habe ich also richtig geraten«, nickte sie. »Die meisten von uns sind Experten in Sachen Raumer. Finden Sie das nicht auch? Ich nehme an, wir müssen es sein.« Sie sah mich mit großen schwarzen Augen an. Der Blick wurde von einem schnellen Blinzeln beendet. »Du wärst ein schöner Mann geworden. Aber jetzt bist du ein Raumer, baust Wasserkonservierungsanlagen auf dem Mars, programmierst Bergwerkcomputer auf Ganymed, setzt Sende-Relais-Türme auf dem Mond instand. Die Umwandlung …« Frelks sind die einzigen Menschen, aus deren Mund ich die ›Umwandlung‹ mit soviel Faszination und Bedauern gehört habe. »Man sollte meinen, sie hätten eine andere Lösung finden können. Sie hätten eine andere Möglichkeit finden können, als euch zu Neutren zu machen, euch in Wesen zu verwandeln, die nicht einmal Zwitter sind, Dinger, die –«

Ich legte meine Hand auf ihre Schulter, und sie schwieg, als hätte ich sie geschlagen. Sie sah sich um, ob jemand in der Nähe war. Leicht, ach so leicht, legte sie dann ihre Hand auf meine.

Ich zog meine Hand weg. »Die was sind?«

»Sie hätten einen anderen Weg finden können.« Beide Hände in den Taschen jetzt.

»Hätten sie können. Ja. Da oben, jenseits der Ionosphäre, Schätzchen, gibt es eine zu starke Strahlung, als daß die kostbaren Keimdrüsen richtig funktionieren könnten, wo immer du etwas tun willst, das dich mehr als vierundzwanzig Stunden aufhält, sei es der Mond, der Mars oder die Jupitersatelliten –«

»Sie hätten Schutzschirme konstruieren können. Sie hätten intensiver auf dem Gebiet der biologischen Anpassung forschen können –«

»Die Zeit der Bevölkerungsexplosion«, sagte ich. »Nein. Damals war ihnen jede Ausrede willkommen, die Zahl der Kinder zu verringern – vor allem der mißgebildeten.«

»O ja.« Sie nickte. »Wir haben immer noch mit der Neopuritanischen Reaktion auf die sexuelle Freiheit des zwanzigsten Jahrhunderts zu kämpfen.«

»Es war eine gute Lösung.« Ich grinste und ließ meine Hand vor dem Schritt pendeln. »Ich bin damit zufrieden.« Ich habe nicht verstanden, warum das so viel obszöner ist, wenn es ein Raumer tut.

»Hör auf«, fauchte sie und zog sich zurück.

»Was ist los?«

»Hör auf«, wiederholte sie. »Mach das nicht! Du bist ein Kind.«

»Aber sie wählen uns unter den Kindern aus, deren sexuelle Entwicklung in der Pubertät hoffnungslos zurückgeblieben ist.«

»Und euer kindischer, gewalttätiger Ersatz für die Liebe? Ich vermute, das ist eines der anziehenden Dinge? Ja, ich weiß, du bist ein Kind.«

»Ja? Was ist mit Frelks?«

Sie dachte einen Augenblick lang nach. »Ich nehme an, das sind die sexuell Zurückgebliebenen, die sie übersehen haben. Vielleicht war es die richtige Lösung. Bedauerst du es wirklich nicht, daß du kein Geschlecht hast?«

»Wir haben euch«, sagte ich.

»Ja.« Sie sah zu Boden. Ich blickte sie an, um den Gesichtsausdruck zu sehen, den sie versteckte. Es war ein Lächeln. »Ihr habt euer glanzvolles, emporstrebendes Leben, *und* ihr habt uns.« Sie hob das Gesicht wieder, es glühte. »Ihr wirbelt am Himmel umher, die Welt dreht sich unter euch, und ihr springt von Land zu Land, während wir ...« Sie drehte den Kopf nach rechts und links, und ihr schwarzes Haar lockte und entlockte sich auf der Schulter ihres Mantels. »Wir haben unser langweiliges, eingeschlossenes Leben, an die Schwerkraft gebunden, und beten euch an!«

Sie sah zu mir zurück. »Pervertiert, ja? Liebe mit einem Haufen Körper im freien Fall!« Plötzlich zog sie die Schultern ein. »Ich möchte keinen sexuellen Freifallverdrängungskomplex haben.«

»Das klang schon immer zu hochtrabend, um es auszusprechen.«

Sie wandte den Blick ab. »Ich will kein Frelk sein. Besser?«

»Mir würde es auch nicht gefallen. Sei etwas anderes.«

»Man sucht sich seine Perversionen nicht aus. *Ihr* habt überhaupt keine Perversionen. Ihr seid frei von der ganzen Sache. Dafür liebe ich euch, Raumer. Meine Liebe beginnt mit der Angst vor der Liebe. Ist das nicht wunderbar? Ein Perverser setzt etwas Unerreichbares an Stelle der ›normalen‹ Liebe: der Homosexuelle einen Spiegel, der Fetischist einen Schuh, eine Uhr oder einen Gürtel. Die mit dem sexuellen Freifallverdr –«

»Frelks.«

»Frelks brauchen –«, sie warf mir einen scharfen Blick zu, »– schlaffes, schwebendes Fleisch.«

»Das beleidigt mich nicht.«

»Ich wollte es aber.«

»Warum?«

»Du hast keine Wünsche. Du würdest es nicht verstehen.«

»Mach weiter.«

»Ich habe Verlangen nach dir, weil du kein Verlangen nach mir haben kannst. Das ist das Vergnügen. Wenn einer wirklich ein sexuelles Verlangen nach ... uns hätte, würden wir vor Angst davonlaufen. Ich frage mich, wie viele Leute, bevor es euch gab, auf eure Schaffung gewartet haben. Wir sind Nekrophile. Ich bin sicher, daß die Grabschänderei nachgelassen hat, seit ihr am Aufsteigen seid. Aber du verstehst nicht …« Sie hielt inne. »Wenn du verstehen würdest, würde ich jetzt nicht die Blätter abscheuern und darüber nachdenken, von wem ich mir sechzig Lira leihen könnte.« Sie stieg über die Knollen einer Wurzel, die den Bodenbelag durchbrochen hatte. »Und das ist zufällig der übliche Satz in Istanbul.«

Ich rechnete. »Die Sachen werden immer noch billiger, wenn man ostwärts geht.«

»Weißt du«, und sie ließ ihren Regenmantel aufklappen, »daß du dich von den anderen unterscheidest? Du *willst* wenigstens wissen –«

»Wenn ich für jedes Mal, das du das zu einem Raumer gesagt hast, auf dich spucken würde, würdest du ertrinken.«

»Geh zurück zum Mond, schlaffes Fleisch.« Sie schloß die Augen. »Schwing dich auf zum Mars. Es gibt Satelliten um den Jupiter, wo du Gutes tun könntest. Geh und komm in einer anderen Stadt herunter.«

»Wo wohnst du?«

»Willst du mit mir kommen?«

»Gib mir etwas«, sagte ich. »Gib mir irgend etwas, es muß nicht sechzig Lira wert sein. Gib mir etwas, das dir gefällt, irgend etwas von dir, das dir etwas bedeutet.«

»Nein!«

»Warum nicht?«

»Weil ich –«

»– nicht einen Teil dieses kleinen Ego aufgeben will. Keiner von euch Frelks will das!«

»Verstehst du wirklich nicht, daß ich dich einfach nicht kaufen will?«

»Du hast nichts, womit du mich kaufen könntest.«

»Du bist ein Kind«, sagte sie. »Ich liebe dich.«

Wir hatten das Parktor erreicht. Sie blieb stehen, und wir verharrten lange genug, daß eine Brise sich erheben und im Gras sterben konnte.

»Ich –«, bot sie zögernd an und deutete, ohne die Hände aus den Taschen zu nehmen, »– ich wohne dort unten.«

»In Ordnung«, sagte ich. »Laß uns gehen.«

Eine Gasleitung war einmal in dieser Straße explodiert, erklärte sie mir, eine übersprudelnde Straße von Feuer, furchtbar heiß und furchtbar schnell, bis hinunter zu den Docks. Es war innerhalb von Minuten gelöscht worden, kein Gebäude war eingestürzt, aber die verkohlten Gesimse schillerten. »Das ist eine Art Künstler- und Studentenviertel.« Wir überquerten das Kopfsteinpflaster. »Yuri Pascha, Nummer vierzehn. Falls du jemals wieder nach Istanbul kommen solltest.« Ihre Tür war von schwarzen Krusten überzogen, im Straßengraben quoll der Müll über.

»Viele Künstler und Akademiker sind Frelks«, sagte ich in dem Versuch, witzig zu sein.

»Viele andere Leute sind es auch.« Sie trat ein und hielt die Tür auf. »Wir fallen nur mehr auf damit.«

Auf dem Treppenabsatz hing ein Portrait Atatürks.

Ihr Zimmer lag im zweiten Stock. »Einen Moment, ich hole nur meine Schlüssel –«

Marslandschaften! Mondlandschaften! Auf der Staffelei stand eine Zweimeterleinwand, auf der das Flirren des Sonnenaufgangs an einem Kraterrand zu sehen war! Kopien der originalen Späherbilder des Mondes waren an die Wand geheftet, daneben Bilder von allen glattgesichtigen Generälen des internationalen Raumercorps.

Auf einer Ecke ihres Schreibtisches lag ein Stapel dieser Photozeitschriften über Raumer, die man in den meisten Kiosken in der ganzen Welt finden konnte. Ich habe Leute ernsthaft sagen gehört, sie seien für abenteuerlich gesinnte Schüler gedruckt. Sie haben die dänischen nie gesehen. Von denen hatte sie auch ein paar. In einem Regal standen Kunstbücher, kunstgeschichtliche Texte. Darüber gab es zwei Meter billige, papiergebundene Raumromane: *Sünde auf Raumstation* = 12, Raketenwüstling, Wilder Orbit.

»Arrak?« fragte sie. »Ouzo oder Pernod? Du hast die Wahl. Aber vielleicht gieße ich alles aus derselben Flasche ein.« Sie stellte Gläser auf den Tisch und öffnete dann einen hüfthohen Wandschrank, der sich als Kühlschrank herausstellte. Sie kam mit einem Tablett voller Köstlichkeiten: Fruchtpudding, türkischer Honig, geschmortes Fleisch.

»Was ist das?«

»Dolmades, mit Reis und Hackfleisch gefüllte Weinblätter.«

»Sag das noch einmal.«

»Dolmades. Kommt vom selben türkischen Wort wie ›Dolmusch‹. Beides heißt ›gefüllt‹.« Sie stellte das Tablett neben die Gläser. »Setz dich.«

Ich setzte mich auf das Studio-Sofa-das-zum-Bett-wird. Unter dem Brokat spürte ich das tiefe, flüssige Schwingen der Glycogelmatratze. Sie haben die Vorstellung, daß es dem Gefühl des freien Falles nahekommt. »Bequem? Würdest du mich einen Augenblick entschuldigen? Ich habe ein paar Freunde unten in der Halle. Ich möchte kurz zu ihnen gehen.« Sie zwinkerte. »Sie mögen Raumer.«

»Willst du eine Sammlung für mich machen?« fragte ich. »Oder willst du, daß sie sich vor der Tür aufstellen und warten, bis sie an der Reihe sind?«

Sie zog den Atem hörbar ein. »Tatsächlich wollte ich beides vorschlagen.« Plötzlich schüttelte sie den Kopf. »Ach, was willst du?«

»Was wirst du mir geben? Ich will etwas«, sagte ich. »Darum bin ich gekommen. Ich bin einsam. Vielleicht will ich herausfinden, wie weit es geht. Ich weiß es noch nicht.«

»Es geht so weit du willst. Ich? Ich studiere, lese, male, rede mit meinen Freunden –«, sie kam herüber zum Bett, setzte sich auf den Fußboden, »– gehe ins Theater, schaue Raumern nach, die auf der Straße an mir vorbeigehen, bis einer zurückschaut; ich bin auch einsam.« Sie legte ihren Kopf auf meine Knie. »Ich will etwas. Aber«, und nach einer Minute hatte sich keiner von uns bewegt, »du bist nicht derjenige, der es mir geben wird.«

»Du wirst mich nicht dafür bezahlen«, erwiderte ich. »Du wirst es nicht tun, oder?«

Auf meinen Knien schüttelte sie den Kopf. Nach einer Weile sagte sie, ganz Atem, keine Stimme: »Findest du nicht, daß du ... gehen solltest?«

»Na gut«, sagte ich und stand auf.

Sie setzte sich auf ihren Mantelsaum. Sie hatte ihn noch nicht ausgezogen.

Ich ging zur Tür.

»Übrigens«, sie faltete die Hände im Schoß, »gibt es einen Ort in der Neustadt, wo du vielleicht findest, was du suchst, er heißt die Blumenpassage –«

Ich drehte mich zornig zu ihr um. »Der Frelktreff? Hör zu, ich brauche kein Geld! Ich habe gesagt, ich bin mit irgend etwas zufrieden! Ich will kein –«

Sie schüttelte den Kopf und lächelte still. Nun legte sie die Wange auf den zerdrückten Platz, wo ich gesessen hatte. »Willst du beharrlich alles mißverstehen? Es ist ein Raumertreff. Wenn du fort bist, werde ich meine Freunde besuchen und über ... ach ja, den Wunderbaren sprechen, der davongekommen ist. Ich dachte, du könntest jemanden treffen ... vielleicht jemanden, den du kennst.«

Zornig schwieg sie.

»Oh«, sagte ich. »Oh, es ist ein Raumertreff. Ja, also danke.«

Und ging hinaus. Und fand die Blumenpassage und Kelly und Lou und Bo und Muse. Kelly kaufte Bier, daher wurden wir alle betrunken und aßen gebratenen Fisch, Muscheln und Würstchen, und Kelly wedelte mit dem Geld herum und sagte: »Ihr hättet ihn sehen sollen! Die Stimmungen, in die ich diesen Frelk versetzt habe, ihr hättet ihn *sehen* sollen! Achtzig Lira ist der übliche Preis hier, und er hat mir hundertundfünfzig gegeben!« und trank noch mehr Bier.

Und hoben ab.

*Milford, September 1966*

## Connie Willis

# *Sogar die Königin*

Als das Telefon summte, ging ich gerade den Antrag der Verteidigung auf Abweisung durch. »Ein Anruf für Sie«, sagte mein Kanzleigehilfe Bysshe und streckte die Hand nach dem Hörer aus. »Das ist wahrscheinlich der Angeklagte. Vom Gefängnis aus sind die persönlichen Signaturen nicht erlaubt.«

»Nein, das ist er nicht«, erwiderte ich. »Das ist meine Mutter.«

»Oh.« Bysshe legte die Hand auf den Hörer. »Warum benutzt sie denn nicht ihre Signatur?«

»Weil sie genau weiß, daß ich nicht mit ihr reden will. Höchstwahrscheinlich hat sie herausgefunden, was Perdita sich wieder ausgedacht hat.«

»Ihre Tochter Perdita?« fragte er, den Hörer gegen die Brust gepreßt. »Die mit dem kleinen Mädchen?«

»Nein, das ist Viola. Perdita ist meine jüngere Tochter. Die ohne Verstand.«

»Was hat sie denn angestellt?«

»Sie hat sich den Zyklistinnen angeschlossen.«

Bysshe schaute total belämmert aus der Wäsche, doch ich war nicht in der Stimmung, ihn darüber aufzuklären. Ich war auch nicht in der Stimmung, mit meiner Mutter zu reden. »Ich weiß genau, was Mutter sagen wird. Sie fragt mich, warum ich ihr nichts davon gesagt habe, und dann will sie wissen, was ich dagegen unternehmen will. Obwohl ich absolut nichts dagegen unternehmen kann, sonst hätte ich es ja schon längst getan.«

Bysshe sah mich verwirrt an. »Soll ich ihr sagen, Sie sind im Gerichtssaal?«

»Nein.« Ich langte nach dem Hörer. »Früher oder später muß ich doch mit ihr reden.« Ich nahm den Hörer und sagte: »Hallo, Mutter.«

»Traci«, intonierte meine Mutter dramatisch, »Perdita ist Zyklistin geworden.«

»Ich weiß.«

»Warum hast du mir nichts davon gesagt?«

»Ich dachte, Perdita sollte es dir selber sagen.«

»Perdita!« schnaubte sie empört. »Die sagt mir doch nie etwas. Sie weiß genau, was ich ihr erzählt hätte. Ich nehme an, du hast Karen davon unterrichtet.«

»Karen ist nicht hier. Sie ist im Irak.« Das einzig Gute an diesem ganzen Debakel war, daß sich meine Schwiegermutter an einem jener Orte der Welt aufhielt, wo der Telefondienst wirklich absolut mies war. Meine Mutter mußte mir einfach glauben, wenn ich behauptete, ich hätte sie angerufen und sei nicht durchgekommen.

Die Emanzipation hat uns von allen möglichen Demütigungen und Geißeln erlöst, inklusive den Saddams des Irak, aber Schwiegermütter gehörten nicht dazu, und insgeheim dankte ich Perdita fast für das hervorragende Timing. Obwohl ich sie am liebsten umgebracht hätte.

»Was macht Karen denn im Irak?« fragte Mutter.

»Sie verhandelt über eine Heimat für die Palästinenser.«

»Und in der Zwischenzeit ruiniert sich ihre Enkelin ihr ganzes Leben«, sagte sie. »Hast du Viola Bescheid gesagt?«

»Mutter, ich habe dir doch bereits gesagt, daß Perdita es euch allen selbst erzählen soll.«

»Hat sie aber nicht getan. Und heute früh rief mich eine meiner Patientinnen, Carol Chen, an und wollte wissen, was ich vor ihr geheimhielt. Ich hatte nicht die geringste Ahnung, wovon sie redete.«

»Wie hat es denn Carol Chen erfahren?«

»Von ihrer Tochter, die sich vor einem Jahr ebenfalls beinahe den Zyklistinnen angeschlossen hätte. Ihre Familie hat es ihr aber wieder ausgeredet«, sagte sie vorwurfsvoll. »Carol war überzeugt davon, die Mediziner hätten einen schrecklichen Nebeneffekt von Ammenerol entdeckt und würden es geheimhalten. Ich kann immer noch nicht glauben, daß du es mir nicht gesagt hast, Traci.«

Ich verfluchte mich innerlich dafür, daß ich den Hörer entgegengenommen hatte. »Noch einmal, Mutter: Ich finde, es ist Perditas Angelegenheit, euch davon in Kenntnis zu setzen. Schließlich ist es ihre Entscheidung.«

»Oh, Traci!« sagte Mutter. »Das meinst du doch nicht im Ernst!«

In der ersten zarten Blüte der Freiheit nach der Emanzipation hatte ich die Hoffnung genährt, daß sich jetzt alles ändern würde – daß es sich erledigt hatte mit der ganzen Ungleichheit und der Dominanz des Matriarchats und diesen humorlosen Weibern, die fest entschlossen waren, das Wort »Mannschaft« und die Pronomen der dritten Person Singular aus der Sprache zu tilgen.

Natürlich war es nicht ganz so. Noch immer verdienen Männer mehr Geld, »Mannschaft« ist immer noch ein Geschwür auf der semantischen Landkarte, und meine Mutter darf immer noch »Oh, Traci!« in einem Ton sagen, der mich auf eine frühkindliche Stufe zurückverweist.

»Ihre Entscheidung!« grollte Mutter. »Willst du mir damit sagen, daß du einfach dabei zuschauen willst, wie deine Tochter den größten Fehler ihres Lebens begeht?«

»Was soll ich denn tun? Sie ist einundzwanzig und im Vollbesitz ihrer geistigen Kräfte.«

»Im Vollbesitz ihrer geistigen Kräfte würde sie so etwas niemals tun. Hast du denn nicht versucht, es ihr auszureden?«

»Selbstverständlich habe ich es versucht, Mutter.«

»Und?«

»Es ist mir nicht gelungen. Sie ist fest entschlossen, Zyklistin zu werden.«

»Aber irgend etwas müssen wir doch unternehmen. Besorge dir eine gerichtliche Verfügung oder heuere eine Deprogrammiererin an oder verklage die Zyklistinnen wegen Gehirnwäsche. Du bist doch die Richterin! Es muß doch ein Gesetz geben, das du ...«

»Dieses Gesetz nennt man persönliches Freiheitsrecht, Mutter, und da es die gesamte Emanzipation überhaupt erst möglich gemacht hat, kann ich es wohl schlecht gegen Perdita einsetzen. Ihre Entscheidung entspricht sämtlichen Kriterien eines Falles der persönlichen Freiheit: Es ist eine persönliche Entscheidung, getroffen von einer souveränen erwachsenen Person, sie bringt niemand anderem Nachteile –«

»Was ist mit meiner Praxis? Carol Chen ist davon überzeugt, daß Weichen Krebs verursachen.«

»Jede Auswirkung auf deine Praxis gilt als indirekte Auswirkung. Wie passives Rauchen. Das zieht nicht, Mutter, ob es dir paßt oder nicht. Perdita hat absolut das Recht, sich so zu verhalten, und wir haben nicht das geringste Recht dazu, uns einzumischen. Eine freie Gesellschaft fußt nun einmal auf dem Respekt gegenüber der Meinung des anderen. Wir müssen Perditas Recht, ihre eigenen Entscheidungen zu treffen, respektieren.«

Das war wohl alles richtig. Leider hatte ich nichts davon in meinem Telefongespräch mit Perdita gesagt. Was ich gesagt hatte, und zwar in einem Ton, der sich genau wie der meiner Mutter anhörte, war: »Oh, Perdita!«

»Es ist alles deine Schuld«, sagte Mutter. »Ich hab dir schon damals gesagt, du hättest es nicht erlauben dürfen, daß sie sich diese Tätowierung über ihrer Weiche anbringen läßt. Erzähl mir jetzt nichts von freier Gesellschaft. Was taugt eine freie Gesellschaft, wenn sie es meiner Enkelin erlaubt, ihr Leben zu ruinieren?« Dann legte sie auf.

Ich gab Bysshe den Hörer zurück.

»Hat mir wirklich gefallen, was Sie da vom Respekt gegenüber der Meinung anderer gesagt haben«, meinte er und hielt mir meinen Talar auf. »Und daß Sie sich nicht in das Leben Ihrer Tochter einmischen wollen.«

»Ich möchte, daß Sie mir die Präzedenzfälle zum Thema Deprogrammierung heraussuchen«, sagte ich. »Und finden Sie heraus, ob die Zyklistinnen schon jemals für Vergehen gegen den freien Willen verurteilt worden sind – Gehirnwäsche, Einschüchterung, Zwang und dergleichen.«

Das Telefon summte. »Hallo, wer ist dran?« fragte Bysshe vorsichtig. Seine Stimme wurde schlagartig freundlicher: »Kleinen Moment, bitte.« Er legte die Hand auf den Hörer. »Ihre Tochter Viola.«

Ich nahm den Hörer entgegen. »Hallo, Viola.«

»Ich habe soeben mit Großmutter telefoniert«, sagte sie. »Du wirst es nicht glauben, was Perdita jetzt schon wieder angestellt hat. Sie ist den Zyklistinnen beigetreten.«

»Weiß ich.«

»Das weißt du? Und du hast mir nichts davon gesagt?«

»Ich finde, Perdita sollte es dir selbst sagen«, antwortete ich müde.

»Machst du Witze? Sie erzählt mir doch auch nie etwas. Als sie sich damals die Augenbrauen implantieren ließ, hat sie mir drei

Wochen nichts davon erzählt. Und genauso war's mit ihrer Tätowierung. Du hättest mich anrufen sollen. Hast du es Großmutter Karen schon erzählt?«

»Sie ist in Bagdad«, sagte ich.

»Weiß ich«, antwortete Viola. »Ich habe dort angerufen.«

»Oh, Viola, das hast du doch nicht wirklich getan?«

»Im Gegensatz zu dir, Mama, finde ich es wichtig, die Mitglieder der Familie über Dinge zu unterrichten, die die Familie betreffen.«

»Was hat sie gesagt?« wollte ich wissen.

»Ich bin nicht durchgekommen. Der Telefondienst dort drüben ist grauenhaft schlecht. Ich habe jemanden erwischt, der kein Englisch konnte, dann wurde ich unterbrochen, und als ich es noch einmal versuchte, teilte man mir mit, in der gesamten Stadt seien die Verbindungen zusammengebrochen.«

Danke, danke, dachte ich insgeheim. Danke, danke, danke.

»Großmutter Karen hat ein Recht darauf, es zu wissen, Mutter. Überleg doch mal, welche Auswirkungen das auf Twidge haben kann. Sie bewundert Perdita. Als sich Perdita die Augenbrauen implantieren ließ, hat Twidge sich LEDs an ihre Augenbrauen geklebt. Was, wenn sich Twidge jetzt auch den Zyklistinnen anschließen will?«

»Twidge ist erst neun Jahre alt. Bis sie soweit ist, ihre Weiche zu kriegen, ist Perdita längst schon wieder ausgetreten.« Hoffentlich, fügte ich in Gedanken hinzu. Perdita hatte die Tätowierung jetzt schon ungefähr anderthalb Jahre und schien sie immer noch nicht leid zu sein. »Außerdem besitzt Twidge mehr Verstand.«

»Das stimmt. Oh, Mutter, wie konnte Perdita das nur tun? Hast du ihr nicht erzählt, wie ekelhaft es war?«

»Doch«, sagte ich. »Und demütigend. Und unangenehm und störend und schmerzhaft. Das alles hat nicht den geringsten Eindruck auf sie gemacht. Sie sagte mir, sie fände es lustig.«

Bysshe deutete auf seine Armbanduhr und grimassierte stumm: »Zeit fürs Gericht.«

»Lustig!« sagte Viola. »Sie hat doch gesehen, was ich damals durchgemacht habe! Ehrlich, Mutter, manchmal glaube ich, sie ist komplett hirntot. Kannst du sie nicht für unzurechnungsfähig erklären und irgendwo einsperren lassen?«

»Nein«, sagte ich und versuchte, den Reißverschluß meines Talars mit einer Hand zuzuziehen. »Viola, ich muß los. Ich befürchte, wir können nichts tun, um sie aufzuhalten. Sie ist ein vernünftiger erwachsener Mensch.«

»Vernünftig!« sagte Viola. »Mit beleuchteten Augenbrauen und der Schlacht am Little Big Horn auf den Arm gelasert, Mutter!«

Ich gab Bysshe das Telefon. »Sagen Sie Viola, ich rede morgen mit ihr.« Ich zog den Reißverschluß an meinem Talar zu. »Und dann rufen Sie Bagdad an und finden Sie heraus, wie lange dort die Telefone voraussichtlich nicht funktionieren.« Ich machte mich auf den Weg in den Gerichtssaal. »Und falls noch mehr Anrufe kommen, vergewissern Sie sich erst, ob es Ortsgespräche sind, bevor Sie abnehmen.«

Bysshe kam nicht nach Bagdad durch, was ich als gutes Zeichen wertete, und meine Schwiegermutter rief auch nicht an. Mutter hingegen klingelte am Nachmittag noch einmal durch und wollte wissen, ob Lobotomien legal waren.

Am nächsten Tag rief sie wieder an. Ich war mitten im Unterricht zum Kursthema »Persönliches Freiheitsrecht« und erklärte meinen Studenten gerade das unveräußerliche Recht eines jeden Bürgers einer freien Gesellschaftsordnung, sich selbst total zum Deppen zu machen. Sie wollten mir nicht glauben.

Bysshe reichte mir den Hörer und formte mit den Lippen das Wort »Mutter«.

»Hallo«, sagte ich.

»Es ist alles arrangiert«, platzte Mutter heraus. »Wir treffen uns mit Perdita bei McGregor's zum Mittagessen. Das liegt an der Ecke Twelfth Street und Larimer.«

»Ich bin mitten im Unterricht, Mutter«, sagte ich.

»Das weiß ich. Ich halte dich nicht länger auf. Ich wollte dir nur sagen, daß du dir keine Sorgen machen mußt. Ich habe die Sache in die Hand genommen.«

Dieser Ton gefiel mir ganz und gar nicht. »Was hast du getan?«

»Perdita eingeladen, mit uns zu Mittag zu essen. Wie schon gesagt, bei McGregor's.«

»Wer ist ›uns‹, Mutter?«

»Nur die Familie«, sagte sie scheinheilig. »Du und Viola.«

Na schön, wenigstens hatte sie die Deprogrammiererin außen vor gelassen. Noch. »Was hast du vor, Mutter?«

»Das gleiche hat mich Perdita gefragt. Darf denn eine Großmutter ihre Enkelin nicht mehr zum Essen einladen? Sei pünktlich um halb eins dort.«

»Bysshe und ich haben um drei einen Gerichtstermin.«

»Bis dahin sind wir fertig. Und bring Bysshe mit. Er kann vielleicht seine männliche Perspektive mit einbringen.«

Sie legte auf.

»Sie müssen mich heute wohl zum Mittagessen begleiten, Bysshe«, sagte ich. »Tut mir leid.«

»Weshalb denn? Was spielt sich denn beim Mittagessen ab?«

»Keine Ahnung«, sagte ich.

Auf dem Weg zu McGregor's erzählte mir Bysshe, was er über die Zyklistinnen herausgefunden hatte. »Sie sind keine Sekte. Keine religiösen Ansätze. Sie scheinen sich aus einer Präemanzipations-Frauengruppe entwickelt zu haben«, sagte er und blickte in seine Unterlagen, »außerdem gibt es Querverbindungen zu den Abtreibungsbefürworterinnen, zur Universität von Wisconsin und zum Museum of Modern Art.«

»Was?«

»Ihre Gruppenleiter nennen sich ›Dozenten‹. Ihre Philosophie scheint eine Art Mischung aus radikalem Feminismus der Präemanzipation und dem dogmatischen Umweltschutz der achtziger Jahre zu sein. Sie sind Floratarier und tragen keine Schuhe.«

»Und keine Weichen«, sagte ich. Wir parkten vor McGregor's und stiegen aus dem Wagen. »Irgendwelche Verurteilungen wegen Gedankenkontrolle?«

»Nein. Eine Handvoll Klagen gegen einzelne Mitglieder, die sie jedoch alle gewonnen haben.«

»Unter Hinweis auf das persönliche Freiheitsrecht.«

»Genau. Und eine Strafanzeige, eingereicht von einem Mitglied, deren Familie sie zu deprogrammieren versuchte. Die Deprogrammiererin wurde zu zwanzig Jahren verurteilt, die Familie kam mit zwölf Jahren davon.«

»Vergessen Sie nicht, das Mutter gegenüber zu erwähnen«, sagte ich und öffnete die Tür zu McGregor's.

Es war eines dieser Restaurants, in denen sich Purpurwinden um das Pult des Empfangschefs ranken und wo zwischen den Tischen Gartenbeete angelegt sind.

»Perdita hat es ausgesucht«, sagte Mutter, die Bysshe und mich zwischen den Zwiebeln hindurch zu unserem Tisch geleitete.

»Sie hat mir erzählt, daß viele Zyklistinnen auch Floratarier sind.«

»Ist sie schon hier?« fragte ich.

»Noch nicht.« Sie wies durch einen mit Rosen bestückten Laubengang. »Dort ist unser Tisch.«

Unser Tisch war ein Ensemble aus Korbmöbeln unter einem Maulbeerbaum. Viola und Twidge saßen am anderen Ende neben einem Bohnenspalier und studierten die Speisekarte.

»Was machst du denn hier, Twidge?« fragte ich. »Warum bist du nicht in der Schule?«

»Bin ich doch«, antwortete sie und hielt ihre LCD-Tafel hoch. »Ich mache heute Fernkurs.«

»Ich finde, sie sollte an diesem Gespräch teilnehmen«, sagte Viola. »Schließlich bekommt sie ja auch schon bald ihre Weiche.«

»Meine Freundin Kensy sagt, sie will keine bekommen. Wie Perdita«, meinte Twidge.

»Ich bin mir sicher, daß Kensy ihre Meinung ändert, wenn es soweit ist«, sagte Mutter. »Ebenso wie Perdita. Bysshe, setzen Sie sich doch neben Viola.«

Bysshe schob sich folgsam an dem Spalier vorbei und setzte sich ans andere Ende des Tisches. Twidge reichte ihm eine Speisekarte. »Ein tolles Restaurant«, sagte sie. »Man muß noch nicht mal Schuhe anziehen.« Um ihre Aussage zu illustrieren, hob sie einen nackten Fuß in die Höhe. »Und wenn man beim Warten auf das Essen Hunger kriegt, pflückt man sich einfach etwas ab.« Sie drehte sich um, riß zwei grüne Bohnen ab, gab eine davon Bysshe und biß selbst in die andere hinein. »Jede Wette, daß Kensy ihre Meinung nicht mehr ändert. Sie sagt, eine Weiche tut schlimmer weh als Zahnklammern.«

»Es tut jedenfalls nicht so weh, als wenn man keine hat«, widersprach Viola und warf mir einen vorwurfsvollen Blick zu.

»Traci, setz du dich doch Viola gegenüber«, sagte Mutter zu mir. »Und wenn Perdita kommt, setzen wir sie neben dich.«

»Falls sie kommt«, sagte Viola.

»Ich habe ihr ein Uhr gesagt«, erläuterte meine Mutter. »Damit wir Gelegenheit haben, unsere Strategie abzusprechen, bevor sie kommt. Ich habe mit Carol Chen gesprochen –«

»Ihre Tochter wäre im letzten Jahr beinahe den Zyklistinnen beigetreten«, erklärte ich in Bysshes und Violas Richtung.

»Sie sagt, sie hätten ein Familientreffen einberufen, so wie das hier, und einfach nur mit ihrer Tochter geredet. Danach ist sie zu dem Schluß gekommen, doch keine Zyklistin zu werden.« Sie blickte in die Runde. »Also habe ich mir gedacht, wir machen das gleiche mit Perdita. Ich denke, wir fangen am besten so an, daß wir ihr die Bedeutung der Emanzipation erklären und von der finsteren Zeit der Unterdrückung erzählen, die ihr vorausging –«

»Ich finde«, unterbrach sie Viola, »wir sollten sie dazu bringen, einfach ein paar Monate ihr Ammenerol abzusetzen, statt sich die Weiche entfernen zu lassen. Falls sie überhaupt hier auftaucht.«

»Warum sollte sie nicht?«

»Würdest du es denn tun? Das ist doch hier wie bei der Inquisition. Perdita ist vielleicht durchgeknallt, aber sie ist nicht dumm.«

»Wir sind wohl kaum die Inquisition«, entgegnete Mutter. Sie blickte besorgt an mir vorbei zur Tür. »Ich bin sicher, daß Perdita –« Sie unterbrach sich, stand auf und stürzte plötzlich durch den Spargel davon.

Ich drehte mich um und erwartete beinahe, Perdita mit leuchtenden Lippen oder einer Ganzkörpertätowierung zu erblicken, konnte jedoch nicht durch die Blätter hindurchsehen. Ich zog die Zweige auseinander.

»Ist es Perdita?« wollte Viola wissen.

Ich spähte um den Maulbeerbusch herum. »Ach du Schreck«, sagte ich.

Es war meine Schwiegermutter, gekleidet in eine schwarze Abayah und mit einer seidenen Yarmulke auf dem Kopf. Sie rauschte mit wehenden Gewändern und blitzenden Augen durch ein Kürbisbeet auf uns zu. In ihrem Kielwasser eilte Mutter hinterher und warf mir Blicke zu, die mich wie Dolche durchbohrten.

Ich gab sie sofort an Viola weiter. »Du hast mir doch gesagt, du hättest sie nicht erreicht.«

»Hab ich auch nicht«, antwortete sie. »Twidge, setz dich gerade hin. Und leg deine Tafel auf den Tisch.«

Im Laubengang erhob sich ein ominöses Rascheln, als rollten sich die Blätter vor Schreck zusammen, und dann stand meine Schwiegermutter vor uns.

»Karen!« sagte ich und versuchte, freudig überrascht zu klingen. »Was machst du denn hier? Ich dachte, du bist in Bagdad!«

»Ich bin sofort gekommen, nachdem ich Violas Nachricht erhalten habe«, sagte sie.

»Wer ist das?« wollte sie wissen und zeigte dabei auf Bysshe. »Violas neuer Wohngenosse?«

»Aber nein!« antwortete Bysshe und sah geradezu entsetzt aus.

»Das ist mein Kanzleigehilfe, Mutter«, sagte ich. »Bysshe Adams-Hardy.«

»Twidge, warum bist du nicht in der Schule?«

»Bin ich doch«, erwiderte Twidge. »Ich mache heute Fernkurs.« Sie hielt ihre Tafel hoch. »Siehst du? Mathe.«

»Aha«, sagte Karen und wandte sich mit finsterem Blick mir zu. »Die Sache ist also so wichtig, daß meine Urenkelin aus der Schule geholt und obendrein ein Rechtsberater mitgebracht wird, und trotzdem hast du es nicht für nötig gehalten, mich zu benachrichtigen. Aber du sagst mir ja sowieso nie etwas, Traci.«

Sie nahm mit einer eleganten Drehung auf dem Stuhl am Tischende Platz. »Ich habe Violas Hilferuf erst gestern erhalten. Viola, du darfst niemals Nachrichten bei Hassim hinterlassen. Sein Englisch ist gleich Null. Ich mußte ihn dazu bringen, mir dein Klingeln vorzusummen. Ich habe deine Signatur erkannt, aber die Telefone funktionierten nicht mehr, und so bin ich gleich hierhergeflogen. Und das mitten in den Verhandlungen, wie ich hinzufügen muß.«

»Wie laufen denn die Verhandlungen, Großmutter Karen?« erkundigte sich Viola.

»Sie liefen jedenfalls außerordentlich gut. Die Israelis haben den Palästinensern die Hälfte von Jerusalem überlassen, und sie haben einem Time-Sharing auf den Golanhöhen zugestimmt.« Sie drehte sich kurz um und sah mich an. »Sie sind sich nämlich der immensen Bedeutung der Kommunikation bewußt.« Sie wandte sich wieder an Viola. »Also, warum hacken sie auf dir herum, Viola? Gefällt ihnen dein neuer Wohngenosse nicht?«

»Ich bin nicht ihr Wohngenosse«, protestierte Bysshe.

Ich habe mich schon oft gefragt, was meine Schwiegermutter in allen diesen Verhandlungssitzungen mit Serben und Katholiken und Nord- und Südkoreanern und Protestanten und Kroaten überhaupt tut. Sie ergreift Partei, zieht vorschnelle Schlüsse, dreht einem das Wort im Munde herum und weigert sich, einem zuzuhören. Trotzdem ist es ihr gelungen, Südafrika eine Regierung unter Mandela aufzuschwatzen, und wahrscheinlich schafft sie es auch noch, daß die Palästinenser Yom Kippur feiern. Vielleicht schüchtert sie alle mit ihren Drohungen ein. Oder vielleicht verbünden sie sich notgedrungen, um sich gegen ihre Übergriffe zu schützen.

Bysshe protestierte immer noch. »Ich habe Viola heute zum erstenmal getroffen. Wir haben vorher nur ein paarmal am Telefon miteinander geredet.«

»Etwas mußt du doch angestellt haben«, sagte Karen zu Viola. »Sie haben es doch offensichtlich auf dich abgesehen.«

»Nein, es geht nicht um mich«, antwortete Viola. »Es geht um Perdita. Sie ist den Zyklistinnen beigetreten.«

»Den Zyklistinnen? Ich habe die Verhandlungen über die West Bank verlassen, weil es euch nicht paßt, daß Perdita in einen Fahrrad-Club eintritt? Wie soll ich das der Präsidentin des Irak erklären? Sie wird es nicht verstehen, und mir geht es genauso. Ein Fahrrad-Club!«

»Die Zyklistinnen fahren nicht auf Rädern durch die Gegend«, sagte Mutter.

»Sie menstruieren«, sagte Twidge.

Mindestens eine Minute lang herrschte tödliches Schweigen; ich dachte schon, jetzt ist es endlich passiert. Meine Schwiegermutter und ich sind bei einer Familienauseinandersetzung tatsächlich einmal einer Meinung.

»Ihr veranstaltet diesen ganzen Wirbel nur deswegen, weil sich Perdita die Weiche entfernen lassen will?« fragte Karen schließlich. »Sie ist doch volljährig, oder nicht? Und hier handelt es sich offensichtlich um einen Fall von persönlichem Freiheitsrecht. Das müßtest du doch wissen, Traci. Schließlich bist du Richterin.«

Ich hätte es wissen müssen. Es war zu schön, um wahr zu sein.

»Willst du damit sagen, daß du mit ihr übereinstimmst und die Emanzipation zwanzig Jahre zurückwerfen willst?« wollte Mutter wissen.

»Ich finde nicht, daß es so gravierend ist«, erwiderte Karen. »Wißt ihr, auch im Nahen Osten gibt es Anti-Weichen-Gruppen, aber niemand nimmt sie dort besonders ernst. Nicht einmal die Irakis, und die tragen immer noch den Schleier.«

»Perdita nimmt sie ernst.«

Karen tat Perdita mit einer Wischbewegung ihres schwarzen Ärmels ab. »Das ist so eine Mode, ein Trend wie diese schrecklichen elektronischen Augenbrauen. Es gibt immer ein paar Frauen, die diese lächerlichen Moden eine Zeitlang mitmachen, aber deswegen geben doch nicht alle Frauen ihre Hosen auf oder fangen wieder an, Hüte zu tragen.«

»Aber Perdita ...«, wandte Viola ein.

»Wenn Perdita ihre Periode haben will, dann soll sie sie haben. Frauen haben auch ohne Weichen seit Tausenden von Jahren hervorragend funktioniert.«

Mutter schlug mit der Faust auf den Tisch. »Frauen haben auch unter dem Konkubinat, zu Zeiten der Cholera und in Korsetten hervorragend funktioniert«, sagte sie und verlieh jedem ihrer Worte mit der Faust besonderen Nachdruck. »Das ist noch lange kein Grund, sich diesen Dingen freiwillig zu unterwerfen, und ich habe nicht die Absicht, Perdita zu erlauben –«

»Apropos Perdita – wo ist denn das arme Kind?« erkundigte sich Karen.

»Sie muß jeden Augenblick hier sein«, sagte Mutter. »Ich habe sie zum Mittagessen eingeladen, damit wir mit ihr darüber reden können.«

»Ha!« stieß Karen hervor. »Du meinst wohl, damit ihr etwas nachhelft, daß sie ihre Meinung ändert. Aber ich habe nicht die Absicht, mit euch zu kollaborieren. Ich beabsichtige, mir die Ansicht des armen Dings anzuhören, und zwar mit Interesse und völlig unvoreingenommen. ›Respekt‹ lautet das Zauberwort, und es sieht so aus, als hättet ihr das alle vergessen. Respekt und Anstand.«

Eine barfüßige junge Frau in einer geblümten Schürze und einem roten Schal, der um ihren linken Arm gebunden war, näherte sich dem Tisch mit einem Stapel rosafarbener Klappkarten.

»Wird ja langsam Zeit«, sagte Karen und riß ihr eine davon aus der Hand. »Der Service hier ist wirklich ausgesprochen schlecht. Ich sitze schon seit zehn Minuten hier.« Sie klappte die Karte auf. »Sie haben hier wohl keinen Scotch?«

»Ich heiße Evangeline«, sagte die junge Frau. »Ich bin Perditas Dozentin.« Sie nahm Karen die Broschüre wieder ab. »Sie konnte leider nicht zum Essen kommen, aber sie hat mich gebeten, an ihrer Stelle herzukommen und euch die Philosophie der Zyklistinnen näherzubringen.«

Sie setzte sich in den Korbstuhl direkt neben mich. »Befreiung von aller Künstlichkeit, Befreiung von Drogen und Hormonen, die den Körper kontrollieren, Befreiung vom Patriarchat, das uns diese Dinge aufzwingt. Und wie ihr wahrscheinlich bereits wißt, tragen wir keine Weichen.«

Sie zeigte auf den roten Schal an ihrem Arm. »Statt dessen tragen wir dieses Abzeichen unserer Freiheit und unserer Weiblichkeit. Ich trage es heute, um damit anzuzeigen, daß die Zeit meiner Fruchtbarkeit gekommen ist.«

»So was hatten wir damals auch«, sagte Mutter, »nur trugen wir sie hinten im Rock.«

Ich lachte.

Die Dozentin warf mir einen durchdringenden Blick zu. »Die männliche Vorherrschaft über den weiblichen Körper fing schon lange vor der sogenannten ›Emanzipation‹ an: mit von der Regierung kontrollierten Abtreibungsregelungen und dem Recht des ungeborenen Lebens, mit wissenschaftlicher Kontrolle über die Fruchtbarkeit und schließlich mit der Entwicklung des Ammenerols, das den Fortpflanzungszyklus komplett ausschaltete. Das alles war Teil einer sorgfältig geplanten Übernahme der Körper der Frauen und in Folge auch ihrer Identität, und zwar durch das patriarchalische Regime.«

»Was für ein interessanter Ansatz!« sagte Karen enthusiastisch.

Das war es allerdings. Denn in Wirklichkeit war Ammenerol überhaupt nicht erfunden worden, um die Menstruation abzuschaffen. Es wurde entwickelt, um bösartige Tumore zurückzubilden; seine absorbierenden Eigenschaften bezüglich der Gebärmutterschleimhaut wurden eher zufällig entdeckt.

»Wollen Sie uns etwa erzählen«, sagte Mutter, »daß die Männer uns Frauen die Weichen aufgezwungen haben? Wir mußten doch gegen jeden einzelnen von ihnen kämpfen, damit Ammenerol von der Gesundheitsbehörde anerkannt wird!«

Das stimmte. Was den Leihmüttern und Abtreibungsgegnern und den Aktivisten für den Schutz des ungeborenen Lebens zur Einigung der Frauen nicht gelungen war, das schaffte die Aussicht darauf, nicht mehr menstruieren zu müssen. Frauen hatten Massenversammlungen organisiert, Eingaben verfaßt, Senatorinnen gewählt, Verfassungsänderungen durchgepaukt, sie waren exkommuniziert und ins Gefängnis geworfen worden, und das alles im Namen der Emanzipation.

»Die Männer waren dagegen«, sagte Mutter und sah ziemlich echauffiert aus. »Ebenso die religiöse Rechte, die Bindenhersteller und die katholische Kirche – «

»Sie wußten, daß sie dann auch Priesterinnen zulassen müssen«, sagte Viola.

»So ist es ja dann auch gekommen«, warf ich ein.

»Die Emanzipation hat euch nicht befreit«, sagte die Dozentin laut. »Höchstens von euren natürlichen Lebensrhythmen, dem eigentlichen Ursprung eurer Weiblichkeit.«

Sie bückte sich und pflückte ein Gänseblümchen, das unter dem Tisch wuchs. »Bei den Zyklistinnen feiern wir den Beginn unserer Menses und erfreuen uns an unserem Körper«, sagte sie und hielt das Gänseblümchen in die Höhe. »Immer wenn eine Zyklistin zur Reife erblüht, wie wir es nennen, wird sie mit Blumen und Gedichten und Liedern geehrt. Dann nehmen wir uns bei den Händen und erzählen, was uns bei unserer Menses am besten gefällt.«

»Wasserstau«, sagte ich.

»Oder jeden Monat drei Tage lang mit einer Heizdecke im Bett liegen«, sagte Viola. »Als ich Ammenerol absetzte, um Twidge zu bekommen, da gab es Tage, an denen ich mir vorkam, als würde eine ganze Raumstation auf mich einstürzen.«

Während Viola redete, war eine Frau mittleren Alters in einem Overall und mit einem Strohhut auf dem Kopf an unseren Tisch herangetreten. Jetzt stand sie neben Mutters Stuhl. »Ich litt unter Stimmungsschwankungen«, sagte sie. »Eben noch fühlte ich mich fröhlich und ausgelassen, und im nächsten Augenblick kam ich mir vor wie Lizzie Borden.«

»Wer ist Lizzie Borden?« wollte Twidge wissen.

»Sie hat ihre Eltern umgebracht«, sagte Bysshe. »Mit einer Axt.«

Karen und die Dozentin funkelten die beiden an. »Sollst du nicht eigentlich deine Matheaufgaben machen, Twidge?« fragte Karen.

»Ich habe mich immer gefragt, ob Lizzie Borden unter PMS litt«, sagte Viola, »und ob sie deshalb –«

»Nein«, sagte Mutter. »Es lag daran, daß sie noch vor Tampons und Ibuprofen leben mußte. Ganz eindeutig ein Fall von gerechtfertigtem Mord.«

»Ich kann mir nicht vorstellen, daß diese Art von Oberflächlichkeit der Sache dienlich ist«, sagte Karen und blickte uns reihum finster an.

»Sind Sie unsere Bedienung?« fragte ich die Frau mit dem Strohhut.

»Ja«, antwortete sie und zog eine Tafel aus der Tasche ihres Overalls.

»Gibt es hier Wein?« fragte ich.

»Ja. Löwenzahn, Schlüsselblume und Primel.«

»Wir nehmen alle.«

»Eine Flasche von jeder Sorte?«

»Für den Anfang«, sagte ich. »Es sei denn, Sie haben ihn auch in kleinen Fäßchen.«

»Unser Angebot des Tages ist Wassermelonensalat und choufleur gratinée«, sagte sie und lächelte in die Runde. »Sie können sich Ihren Blumenkohl aus dem Beet dort vorne selbst aussuchen. Das Floratarier-Special ist sautierte Lilienknospen in Ringelblumenbutter.«

Alle bestellten, und so herrschte eine zeitlich begrenzte Feuerpause. »Ich nehme die süßen Erbsen«, sagte die Dozentin, »und ein Glas Rosenwasser.«

Bysshe lehnte sich zu Viola hinüber. »Tut mir leid, daß ich mich so entsetzt angehört habe, als Ihre Großmutter fragte, ob ich Ihr Wohngenosse sei«, sagte er.

»Schon in Ordnung«, erwiderte Viola. »Großmutter Karen kann manchmal ziemlich unmöglich sein.«

»Gibt's hier keine Sojaburger?« fragte Twidge.

Kaum war die Bedienung weg, verteilte die Dozentin ihre rosafarbenen Broschüren, die sie mitgebracht hatte. »Hier wird die Arbeitsphilosophie der Zyklistinnen erläutert«, sagte sie. »Dazu einige praktische Informationen zum Monatsfluß.«

»Sieht aus wie die Bücher, die sie uns damals in der Schule gegeben haben«, sagte Mutter und betrachtete ihr Exemplar. »›Ein besonderes Geschenk‹ hießen die Dinger damals, und es waren lauter Bilder von Mädchen mit rosa Schleifchen im Haar drin, die Tennis spielten und lächelten. Eine krasse Fehldarstellung.«

Sie hatte recht. Ich fand sogar die gleiche Darstellung der Eierstöcke, an die ich mich noch aus einem Film in der Mittelstufe erinnerte.

»Iiih, bäh«, sagte Twidge. »Das ist ja eklig.«

»Mach deine Matheaufgaben«, sagte Karen.

Bysshe sah krank aus. »Haben die Frauen so was wirklich getan?«

Der Wein kam, und ich schenkte mir ein großes Glas ein. Die Dozentin schürzte mißbilligend die Lippen. »Wir Zyklistinnen setzen keine künstlichen Stimulantien oder Hormone ein, die das männliche Patriarchat den Frauen aufgezwungen hat, um sie willig und unterwürfig zu machen.«

»Wie lange menstruiert man denn?« fragte Twidge.

»Ewig«, sagte Mutter.

»Vier bis sechs Tage«, sagte die Dozentin. »Es steht alles in der Broschüre.«

»Nein, ich meine, das ganze Leben lang, oder was?«

»Eine Frau bekommt ihren ersten Monatsfluß durchschnittlich im Alter von zwölf Jahren, und die Periode hört mit fünfundfünfzig wieder auf.«

»Ich hatte meine erste Periode mit elf«, sagte die Bedienung und stellte vor mir ein Bukett auf den Tisch. »In der Schule.«

»Ich hatte meine letzte an dem Tag, an dem die Gesundheitsbehörde Ammenerol freigab«, sagte Mutter.

»Dreihundertundfünfundsechzig geteilt durch achtundzwanzig«, sagte Twidge und schrieb etwas auf ihre Tafel. »Mal dreiundvierzig Jahre.« Sie sah auf. »Das sind fünfhundertneunundfünfzig Perioden.«

»Unmöglich«, sagte Mutter und nahm ihr die Tafel weg. »Es müssen mindestens fünftausend sein.«

»Und sie fangen alle genau an dem Tag an, an dem du eine Reise antreten willst«, sagte Viola.

»Oder heiraten«, sagte die Bedienung. Mutter fing an, auf der Tafel herumzukritzeln.

Ich nutzte den Waffenstillstand aus und goß allen Löwenzahnwein nach.

Mutter hob den Blick von der Tafel. »Ist euch klar, wenn eine Periode fünf Tage dauert, daß ihr da fast dreitausend Tage menstruiert? Das sind über acht volle Jahre.«

»Und dazwischen gibt's PMS«, sagte die Bedienung, die noch mehr Blumen brachte.

»Was ist PMS?« wollte Twidge wissen.

»Mit dem Ausdruck Prämenstruales Syndrom bezeichnete das männlich dominierte medizinische Establishment die natürliche Schwankung des Hormonspiegels, die den Beginn der Menstruation ankündigt«, klärte sie die Dozentin auf. »Diese sanfte und völlig normale Fluktuation wurde von den Männern zu einer Schwäche herabgewürdigt.« Sie blickte zu Karen hinüber, von der sie anscheinend Unterstützung erwartete.

»Ich habe mir immer die Haare geschnitten«, sagte Karen.

Die Dozentin sah unsicher aus.

»Einmal habe ich mir die eine Seite ganz kahlgeschnitten«, fuhr

Karen fort. »Bob mußte jeden Monat die Schere verstecken. Und den Autoschlüssel. Ich fing nämlich bei jeder roten Ampel zu weinen an.«

»Bist du aufgeschwollen?« fragte Mutter und füllte Karens Glas auf.

»Ich sah aus wie Orson Welles.«

»Wer ist Orson Welles?« wollte Twidge wissen.

»Eure Kommentare spiegeln nur den Selbsthaß, den euch das Patriarchat aufgezwungen hat«, sagte die Dozentin. »Die Männer haben den Frauen eingeredet, daß die Menstruation etwas Böses und Unsauberes ist. Die Frauen nannten ihre Menses sogar ›den Fluch‹, weil sie die Ansichten der Männer übernahmen.«

»Ich nannte sie den Fluch, weil ich davon überzeugt war, eine Hexe habe mich mit einem Fluch belegt«, sagte Viola. »Wie in ›Dornröschen‹.«

Alle schauten sie an.

»Doch, das habe ich wirklich getan«, sagte sie. »Es war der einzige Grund, den ich mir vorstellen konnte, weshalb mir etwas derartig Schreckliches passierte.« Sie gab der Dozentin die Broschüre zurück. »Auch heute noch.«

»Ich finde, Sie waren unglaublich tapfer«, sagte Bysshe zu Viola, »daß Sie das Ammenerol abgesetzt haben, um Twidge zu bekommen.«

»Es war grauenhaft«, sagte Viola. »Sie können sich das nicht vorstellen.«

Mutter seufzte. »Als ich meine Periode bekam, fragte ich meine Mutter, ob Annette sie auch kriegte.«

»Wer ist Annette?« wollte Twidge wissen.

»Ein Mausetier«, antwortete Mutter und fügte nach Twidges verständnislosem Blick hinzu: »Im Fernsehen.«

»High-Rez«, ergänzte Viola.

»Im Micky-Maus-Club«, sagte Mutter.

»Es gab früher einen High-Rezzer namens Micky-Maus-Club?« fragte Twidge ungläubig.

»Es war in mehr als einer Hinsicht die finstere Zeit der Unterdrückung«, sagte ich.

Mutter funkelte mich an. »Annette war das Idol aller kleinen Mädchen«, erklärte sie Twidge. »Sie hatte lockiges Haar, sie hatte schon kleine Brüste, ihr Faltenrock war immer gebügelt, und ich konnte mir nicht vorstellen, daß ihr jemals etwas so Unsauberes und Unwürdiges passierte. Das hätte Mr. Disney niemals erlaubt. Und wenn Annette sie nicht kriegte, dann wollte ich sie auch nicht kriegen. Also habe ich meine Mutter gefragt – «

»Was hat sie geantwortet?« unterbrach sie Twidge.

»Sie sagte, jede Frau hat ihre Periode«, sagte Mutter. »Also habe ich sie gefragt: ›Sogar die Königin von England?‹ Und sie sagte: ›Sogar die Königin.‹«

»Ehrlich?« fragte Twidge. »Aber sie ist doch schon so alt!«

»Jetzt natürlich nicht mehr«, sagte die Dozentin gereizt.

»Ich habe dir doch gesagt, daß die Menopause im Alter von fünfundfünfzig einsetzt.«

»Und dann kriegt man heiße Wallungen«, sagte Karen, »und Osteoporose und so viele Haare auf der Oberlippe, daß man aussieht wie Mark Twain.«

»Wer ist – «, setzte Twidge an.

»Ihr plappert nur die negative männliche Propaganda nach«, fiel ihr die Dozentin ins Wort.

»Weißt du, was ich mich schon immer gefragt habe?« sagte Karen und beugte sich verschwörerisch nahe zu Mutter hinüber. »Ob nicht Maggie Thatchers Menopause für den Falklandkrieg verantwortlich war.«

»Wer ist Maggie Thatcher?« wollte Twidge wissen.

Die Dozentin, die jetzt so rot im Gesicht war wie ihr Schal, stand auf. »Es hat wirklich keinen Sinn, sich mit euch zu unterhalten. Ihr seid alle völlig der Gehirnwäsche des Patriarchats erlegen.« Sie sammelte hastig ihre Broschüren ein. »Ihr seid blind! Eine wie die andere! Ihr seht nicht einmal mehr, daß ihr Opfer einer männlichen Verschwörung seid, die euch eurer biologischen Identität beraubt, eurer ureigensten Weiblichkeit. Die Emanzipation war überhaupt keine Befreiung. Sie war nur eine andere Art der Sklaverei.«

»Selbst wenn«, sagte ich. »Selbst wenn es eine Verschwörung gewesen wäre, die uns der männlichen Vorherrschaft unterwerfen sollte, dann wäre es die Sache wert gewesen.«

»Sie hat wirklich recht«, sagte Karen zu Mutter. »Traci hat absolut recht. Es gibt ein paar Dinge, für die gibt man alles andere gern auf, sogar die Freiheit. Und endlich diese Periode loszuwerden gehört eindeutig dazu.«

»Opfer!« rief die Dozentin. »Man hat euch eurer Weiblichkeit beraubt, und es macht euch noch nicht mal etwas aus!« Dann stapfte sie hinaus, wobei sie mehrere Kürbisse und eine Reihe Gladiolen zertrampelte.

»Wißt ihr, was ich vor der Emanzipation am meisten haßte?« sagte Karen und goß den Rest Löwenzahnwein in ihr Glas. »Slipeinlagen.«

»Und diese Pappvorrichtungen zum Einführen von Tampons«, sagte Mutter.

»Ich werde mich niemals den Zyklistinnen anschließen«, sagte Twidge.

»Gut«, sagte ich.

»Darf ich einen Nachtisch haben?«

Ich rief die Bedienung an unseren Tisch, und Twidge bestellte gezuckerte Veilchen. »Noch jemand Nachtisch?« fragte ich. »Oder noch etwas Primelwein?«

Kaum hatte ich am nächsten Morgen meine Büroräume betreten, summte auch schon das Telefon.

»Karen ist doch wieder in den Irak geflogen, oder?« erkundigte ich mich bei Bysshe.

»Ja«, nickte er. »Viola sagte, es gebe Streitigkeiten darüber, ob man auf der West Bank ein Disneyland errichten soll oder nicht.«

»Wann hat Viola denn angerufen?«

Bysshe sah etwas betreten aus. »Ich habe heute morgen mit ihr und Twidge zusammen gefrühstückt.«

»Oh.« Ich nahm den Hörer ab. »Das ist wahrscheinlich Mutter mit einem Plan, Perdita zu kidnappen. Hallo?«

»Hier ist Evangeline, Perditas Dozentin«, sagte die Stimme im Hörer. »Ich hoffe nur, daß Sie jetzt glücklich sind. Sie haben Perdita dazu gebracht, daß sie sich auch vom Patriarchat versklaven läßt.«

»Wirklich?«

»Offensichtlich haben Sie Gesinnungskontrolle angewendet, und ich möchte Ihnen nur mitteilen, daß wir vorhaben, Anklage gegen Sie zu erheben.« Sie legte auf. Sofort klingelte das Telefon wieder. Noch ein Anruf.

»Wozu gibt es Signaturen, wenn sie doch keiner benutzt?« sagte ich und nahm den Hörer ab.

»Hallo, Mom«, sagte Perdita. »Ich dachte, es interessiert dich vielleicht, daß ich meine Meinung geändert habe und nicht mehr zu den Zyklistinnen will.«

»Wirklich?« fragte ich.

»Ich habe herausgefunden, daß sie diesen komischen roten Schal am Arm tragen. Der verdeckt Sitting Bulls Pferd.«

»Das ist allerdings ein Problem«, sagte ich.

»Aber das ist noch nicht alles. Meine Dozentin hat mir von eurem Mittagessen erzählt. Hat Oma Karen dir wirklich gesagt, daß du recht hast?«

»Ja.«

»Mensch! Das hab ich einfach nicht glauben wollen. Aber egal, meine Dozentin hat gesagt, ihr wolltet ihr nicht mal zuhören, wie toll die Menstruation ist, und daß ihr die ganze Zeit nur von den negativen Aspekten geredet habt, Aufblähen und Krämpfe und Reizbarkeit und so weiter, und dann habe ich sie gefragt: ›Was sind denn Krämpfe?‹, und sie sagte: ›Monatsblutungen verursachen oft Kopfschmerzen und andere Unpäßlichkeiten‹, und ich sagte: ›Blutungen? Mir hat niemand was von Blutungen gesagt!‹ Warum hast du mir denn nicht gesagt, daß es etwas mit Blut zu tun hat, Mutter?«

Das hatte ich zwar, hielt es jetzt aber für klüger zu schweigen.

»Du hast auch mit keinem Wort erwähnt, daß es weh tut. Und diese ganzen Hormonschwankungen! Man muß ja verrückt sein, wenn man das freiwillig durchmacht! Wie habt ihr das nur vor der Emanzipation ausgehalten?«

»Das war noch in der finsteren Zeit der Unterdrückung«, sagte ich.

»Das glaub ich dir gerne! Ich bin jedenfalls ausgestiegen, und jetzt ist meine Dozentin ganz schön sauer. Ich habe ihr gesagt, daß es sich um einen Fall von persönlicher Freiheit handelt und daß sie meine Entscheidung zu respektieren hat. Ich will aber trotzdem Floratarierin werden, und ich will auf keinen Fall, daß du mir das ausredest!«

»Daran würde ich nicht einmal im Schlaf denken«, sagte ich.

»Weißt du, diese ganze Sache ist eigentlich deine Schuld, Mom. Wenn du mir gleich erzählt hättest, daß es weh tut, wäre das alles nie passiert. Viola hat recht! Du sagst uns aber auch nie etwas!«

## C. J. Cherryh

# *Kassandra*

*Feuer*

Das Feuer loderte immer stärker bis zur Unerträglichkeit.

Alis betrachtete die Tür der Etagenwohnung und wußte, daß sie halten würde. Mitten in den Flammen fühlte sie das kühle Metall des Knaufs ... durch den herumwirbelnden Rauch sah sie draußen die Schatten der Stufen; klar genug, um sich vorzustellen, daß sie dort hinunterkommen könnte; sie war überzeugt, daß die Stufen ihr Gewicht aushalten würden.

Verrückte Alis. Sie hatte keine Eile. Unerschütterlich brannte das Feuer. Sie durchquerte die Flammen und stieg über die unwirklichen Stufen auf den festen Boden hinunter – sie konnte den Fahrstuhl nicht leiden, der sich an den schattenhaften Boden anschloß. Sie senkte sich immer wie ein Bleigewicht, Stück für Stück. Sie erreichte das Parterre und wandte die Augen von den roten, hitzelosen Flammen.

Ein Geist wünschte ihr einen Guten Morgen ... der alte Willis. Dünn und transparent wirkte er gegen die hochschießenden Flammen. Sie blinzelte und grüßte damit zurück – aus dem Augenwinkel bemerkte sie das Kopfschütteln vom alten Willis, als sie die Tür öffnete und hinausging. Draußen rollte – ungeachtet der Flammen – der Mittagsverkehr; diese schwerfällige Masse, die sich auf der Straße Bahn brach, dieser sich wälzende Block.

Das Apartment stürzte ein – schwarze Ziegel stürzten in das Inferno, die Hölle mitten zwischen den grünen, geisterhaften Bäumen. Der alte Willis floh, brannte, fiel – verwandelte sich in zuckendes, brutzelndes, schwarzes Fleisch –, starb, wie jeden Tag. Alis schrie nicht mehr, schreckte kaum zurück. Sie ignorierte den Horror, der sich über sie ergoß, und bahnte sich ihren Weg durch zerbröckelndes Gestein, das seine Substanz verloren hatte. Sie kam an geschäftigen Gespenstern vorbei, die sich in ihrer Eile nicht stören ließen.

Kingsley's Café stand da, war noch ganz, anders als die anderen Gebäude. Es war ihre Fluchtburg für den Nachmittag. Hier fühlte sie sich sicher. Sie stieß die Tür auf und hörte das Klingeln einer kleinen Glocke. Schattenhafte Gäste sahen auf und flüsterten.

*Verrückte Alis.*

Das Geflüster beunruhigte sie. Sie verdrängte die Blicke und die Anwesenheit der anderen und ließ sich in einer abgeschlossenen Ecke nieder, die nur Spuren des Feuers aufwies.

KRIEG, verkündeten in fetten Buchstaben die Schlagzeilen am Verkaufsstand. Sie schüttelte sich und sah zu Sam Kingsleys geisterhaftem Gesicht hoch.

»Kaffee«, sagte sie, »Schinken-Sandwich.« Es war immer wieder dasselbe. Sie veränderte nicht einmal die Form ihrer Bestellung. Verrückte Alis. Ihre Betrübtheit unterstützte sie dabei. Jeden Monat hatte sie einen Rückfall, nachdem das Krankenhaus sie vor die Tür gesetzt hatte. Wöchentlich ging sie in die Klinik zurück, zu Ärzten, die jetzt genauso verblaßten wie die anderen. Um die Ärzte herum brannte das Gebäude. Rauch wälzte sich durch die blauen, antiseptischen Räume. Letzte Woche war ein Patient vorbeigelaufen – brennend.

Porzellan klirrte. Sam setzte den Kaffee auf dem Tisch ab, kam noch einmal zurück und brachte das Sandwich. Sie beugte den Kopf hinunter und aß – transparentes Essen auf halb zerbrochenem Porzellan, eine gesprungene, verrußte Tasse mit einem durchsichtigen Griff. Sie aß und war so hungrig, daß sie den Horror, der ihr zum ständigen Begleiter geworden war, vergessen konnte. Hunderte Male gesehen, hatten die furchtbarsten Anblicke ihre Macht über sie verloren. Sie schrie nicht mehr vor Schatten auf. Sie unterhielt sich mit den Geistern und berührte sie; sie aß das Essen, das irgendwie doch den Hunger im Magen vertrieb. Sie trug dieselbe schwarze, zu große Strickjacke, die abgetragene blaue Bluse und die graue weite Hose, weil das eben alles war, was ihr als wirklich vorhanden erschien. Jeden Abend wusch sie sie, trocknete sie und zog sie am nächsten Tag wieder an. Die anderen Sachen ließ sie im Wandschrank hängen. Denn jene waren die einzigen wirklichen.

Den Ärzten erzählte Alis nichts davon. Nach einem Leben, das sich nur innerhalb und außerhalb von Krankenhäusern abgespielt hatte, war sie vorsichtig geworden mit Vertraulichkeiten. Sie wußte genau, was sie ihnen sagen konnte. In ihrem halbvisionären Zustand lächelte sie ihren Geistergesichtern zu. Vorsichtig manipulierte sie Diagramme und Akten, während sie in den Ruinen saß, die am späten Nachmittag langsam ausglühten. Ein verkohlter Leichnam lag in dem Raum. Sie schreckte nicht davor zurück und lachte den Arzt frohgelaunt an.

Man gab ihr Medikamente. Die Medikamente ließen die Träume aufhören, die sirenenhaften Schreie, die rennenden Füße, die in der Nacht um ihr Apartment tobten. Man ließ sie in dem geisterhaften Bett schlafen, hoch über der Ruine, in der Flammen krachten und Stimmen schrien. Aber sie sprach nicht von all diesen Dingen. Die Jahre im Krankenhaus hatten sie schweigen gelehrt. Sie beschwerte sich nur über ihre Alpträume und ihre Ruhelosigkeit, und man gab ihr noch mehr rote Pillen.

KRIEG schmückte die Schlagzeilen.

Die Tasse klirrte und schlug gegen die Untertasse, als Alis sie hochhob. Sie würgte am letzten Bissen Brot und spülte ihn mit Kaffee hinunter. Sie versuchte nicht, durch das geborstene Fenster nach draußen zu sehen, wo verbogene Metallmassen auf der Straße rauchten. Sie blieb noch eine Weile, wie sie das jeden Tag tat. Sam füllte ihr die Tasse widerwillig wieder auf, mit der sie so lange wie möglich auszukommen versuchte, und bestellte dann eine neue. Alis hob sie hoch und genoß den Geschmack, der ihre Hände zu zittern aufhören ließ.

Matt klingelte die Glocke. Ein Mann schloß die Tür und ließ sich an der Theke nieder.

Sie sah ihn vollständig und klar. Alis starrte ihn an, völlig überrascht, ihr Herz hämmerte. Er bestellte einen Kaffee und stand wieder auf, um sich am Verkaufsstand eine Zeitung zu besorgen. Dann setzte er sich wieder hin und ließ den Kaffee kalt werden, während er die Nachrichten las. Alis konnte nur den Rücken des Mannes sehen. Ein abgenutzter brauner Ledermantel, das braune Haar stand etwas über den Kragen. Schließlich trank er den Kaffee in einem Zug aus. Er schob etwas Geld über die Theke und ließ die Zeitung liegen. Die Titelseite lag unten.

Ein junges Gesicht, Fleisch und Knochen zwischen Geistern. Er achtete nicht auf die anderen und ging zur Tür.

Alis trieb es aus der Ecke heraus.

»He!« rief Sam ihr nach.

Sie kramte in ihrem Portemonnaie herum, als die Glocke bimmelte. Alis warf eine Banknote auf die Theke und bemerkte gar nicht, daß es ein Fünfer war. Die Furcht belegte ihre Zunge mit einem Kupfergeschmack. Der Mann war schon hinaus. Fluchtartig verließ sie das Café, stieß hier und da an Trümmerstücke und bemerkte es nicht. Dann sah sie seinen Rücken zwischen Gesichtern verschwinden. Sie rannte, drängte sich durch die Menge und trotzte den Flammen. Trümmer regneten schmerzlos auf sie nieder, und sie schrie auf – aber sie rannte weiter.

Geister drehten sich um, starrten und waren entsetzt – genau wie *er*. Alis rannte auf ihn zu und war wie betäubt, als sie sah, daß er genauso entsetzt war und sie ansah.

»Was ist los?« fragte er.

Sie achtete nicht auf die Frage, sie war viel zu verblüfft darüber, daß er sie nicht anders ansah als die anderen. Alis konnte nicht antworten. Irritiert ging er weiter, und sie folgte ihm. Tränen liefen ihr übers Gesicht, die Luft brannte ihr in der Kehle. Leute starrten sie an. Er bemerkte ihre Nähe und ging schneller – durch Trümmer und durch Feuer. Eine Mauer fiel, und sie vergaß sich selbst und schrie auf.

Mit einem Ruck fuhr er herum. Staub und Ruß stoben hinter ihm in einer Wolke hoch. Sein Gesicht zeigte Ärger und Erregung. Er starrte sie genauso an, wie es alle anderen taten. Mütter zogen ihre Kinder fort. Eine Gruppe Jugendlicher glotzte sie an, mit kalten Augen und lachend.

»Warten Sie«, sagte sie. Er öffnete den Mund, als wollte er sie verwünschen. Sie schreckte zurück, und ihre Tränen wurden kalt im hitzelosen Feuersturm. Sein Gesichtsausdruck wandelte sich in verlegenes Mitleid. Er steckte die Hand in die Tasche und zog hastig Geld heraus. Er versuchte, es ihr in die Hand zu drücken. Energisch schüttelte sie den Kopf und versuchte gleichzeitig, die Tränen aufzuhalten – sie starrte nach oben und zuckte zusammen, als ein weiteres Gebäude in die Flammen stürzte.

»Was ist denn?« fragte er sie. »Was fehlt Ihnen denn?«

»Bitte«, sagte sie. Er sah zu den glotzenden Geistern hinunter und ging dann langsam weiter. Sie ging neben ihm und stand Qualen aus, um nicht zu schreien im Angesicht des Verfalls – die blassen Figuren, die durch die verbrannten Gerippe der Gebäude liefen, die verdrehten Körper auf der Straße, wo sich der Verkehr bewegte.

»Wie heißen Sie?« fragte er. Sie sagte es ihm. Von Zeit zu Zeit starrte er sie beim Gehen an. Er runzelte die Stirn und zog die Augenbrauen hoch. Er hatte ein jugendliches, gut geschnittenes Gesicht, eine kleine Narbe war neben dem Mund. Er sah älter aus als sie. Die Art, wie seine Augen sie musterten, war ihr unangenehm. Aber Alis beschloß es hinzunehmen – sie wollte alles auf sich nehmen, das mit der Anwesenheit dieses einen materiellen Wesens verbunden war. Gegen ihren Willen legte sie die Hand in seine Armbeuge und preßte die Finger gegen das abgenutzte Leder. Er wehrte sich nicht.

Und nach einiger Zeit glitt sein Arm hinter sie und faßte sie um die Hüften. Sie gingen wie ein Liebespaar.

KRIEG, schrien die Überschriften der Zeitungen an den Kiosken.

Auf der Höhe von Teens Eisenwarengeschäft wollte er in eine Seitenstraße einbiegen. Alis stockte vor dem, was sie dort sah. Er hielt inne, als er das bemerkte, und blickte ihr ins Gesicht. Er stand mit dem Rücken zu den Flammen des Großbrandes in der Straße.

»Geh nicht dorthin«, sagte sie.

»Wohin möchtest du denn gehen?«

Sie zuckte hilflos die Achseln und deutete auf die Hauptstraße in die andere Richtung.

Er redete mit ihr wie mit einem Kind und machte sich über ihre Furcht lustig. Es war Mitleid. Manche versuchten sie so zu trösten. Sie erkannte diese Absicht und nahm auch das hin.

Er hieß Jim. Er war gestern in die Stadt gekommen, per Anhalter. Jim suchte Arbeit und kannte niemanden in der Stadt. Alis erfuhr, wie er hilflos umhergezogen war, und hörte es sich bis zum Schluß an. Als er geendet hatte, blickte sie ihn wortlos an. Sie entdeckte, daß er sie bestürzt ansah.

»Ich bin nicht verrückt«, erklärte sie ihm. Das war eine Lüge, die jeder in Sudbury durchschaut hätte. Nur *er* nicht, denn er kannte niemanden. Sein Gesicht war wirklich und hatte Substanz. Die kleine Narbe ließ ihn hart aussehen, wenn er nachdachte. Zu einer anderen Zeit hätte Alis ein solches Gesicht erschreckt. Aber jetzt erschreckte sie nur die Vorstellung, ihn zwischen den Geistern zu verlieren.

»Es liegt am Krieg«, sagte er.

Sie nickte und versuchte, sich auf Jim zu konzentrieren und nicht auf die Feuer. Seine Finger berührten sanft ihren Arm. »Es ist der Krieg«, sagte er wieder. »Alles ist verrückt. Jeder ist verrückt geworden.«

Dann legte er ihr die Hand auf die Schulter und drehte sie herum in die andere Richtung, durch den Park, wo die grünen Blätter über verkohlten, skelettartigen Gliedern flatterten. Sie gingen am See entlang. Und zum ersten Mal seit langer Zeit konnte Alis wieder tief durchatmen. Sie fühlte, etwas Vollständiges, Gesundes begleitete sie.

Sie kauften etwas Vogelfutter, setzten sich auf das Gras am See und warfen den geisterhaften Schwänen Körner zu. Nur wenige Geisterwesen kamen an ihnen vorbei. Gerade genug, um das Gefühl aufrechtzuerhalten, daß dieser Ort bewohnt war. Meistens waren es alte Leute, die trotz der Schlagzeilen bedächtig und in Ruhe zu ihren gewohnten Beschäftigungen trotteten.

»Kannst du sehen, wie sie sind?« wagte sie ihn endlich zu fragen, »so dünn und so grau.«

Jim verstand nicht, was sie wollte, nahm es nicht wörtlich und zuckte nur die Achseln. Sie hütete sich davor, die Frage noch einmal zu stellen. Sie erhob sich und starrte auf den Horizont, wo der Rauch wie eine Fahne im Wind flatterte.

»Soll ich dir ein Abendessen spendieren?« fragte Jim.

Sie wandte sich ihm zu und zwang sich, da sie darauf vorbereitet gewesen war, zu einem schüchternen, verzweifelten Lächeln. »Ja«, sagte sie und wußte, daß er sich ausrechnete, mit dieser Einladung noch mehr eingekauft zu haben. Sie war bereit und haßte sich dafür. Aber zu stark war die verzweifelte Furcht, daß er sie verließ, heute nacht oder morgen. Sie hatte keine Erfahrung mit Männern. Sie hatte keine Ahnung, was sie sagen oder tun konnte, um sein Fortgehen zu verhindern. Sie wußte nur, daß es soweit kommen mußte, wenn er eines Tages herausfand, daß sie verrückt war.

Selbst Alis' Eltern hatten damit nicht leben können – nur anfangs hatten sie Alis im Krankenhaus besucht, dann nur noch an Feiertagen und dann gar nicht mehr. Sie wußte nicht, wo ihre Eltern jetzt lebten.

Ein Nachbarsjunge war ertrunken. Alis hatte das vorhergesagt. Sie hatte es herausgeschrien. Aber dann behauptete die ganze Stadt, sie hätte den Jungen ins Wasser gestoßen.

Verrückte Alis.

Hirngespinste, hatten die Ärzte gesagt, aber nicht gefährlich.

Man hatte sie herausgelassen. Dann kamen die Spezialschulen, dann die staatlichen Schulen.

Und von Zeit die Zeit die Krankenhäuser.

Tranquilizer.

Alis hatte die roten Pillen zu Hause gelassen. Der Gedanke daran trieb ihr den Schweiß auf die Handflächen. Die Pillen brachten Schlaf. Sie machten Schluß mit den Träumen. Alis preßte die Lippen gegeneinander, um der aufkommenden Panik zu begegnen. Dann redete sie sich ein, daß sie die Pillen nicht mehr nötig hätte. Nicht, solange sie nicht allein war. Sie schob die Hand unter seinen Arm und ging mit ihm die Stufen vom Park zur Straße hoch – sicher und ruhig, verunsichert und beunruhigt.

Und sie blieben stehen.

Das Feuer war aus.

Geisterhafte Gebäude wuchsen über ihren ausgezackten und fensterlosen Gerippen. Geister bewegten sich durch Schuttberge und waren die meiste Zeit verbogen. Er zog sie weiter, aber ihre Schritte zögerten. Er sah sie verwirrt an und legte den Arm um sie.

»Du zitterst ja«, sagte er. »Ist dir kalt?«

Sie schüttelte den Kopf und versuchte zu lächeln. Das Feuer war aus. Sie bemühte sich, das als gutes Omen anzusehen. Der Alptraum war vorüber. Sie sah hoch in sein ernstes, besorgtes Gesicht. Ihr Lächeln wurde zum wilden Lachen.

»Ich habe Hunger«, sagte sie.

Sie aßen langsam und gemächlich bei »Graben's« zu Abend – er in seinem abgetragenen Rock und sie in der alten Strickjacke, die am Saum und an den Ellenbogen abgeschabt und ausgebeult war. Die anderen geisterhaften Gäste waren allesamt besser gekleidet und starrten Alis und Jim an. Man hatte sie an den Tisch, der der Tür am nächsten stand, plaziert. Dort, am Rande, würde man sie nicht sofort sehen. Gesprungenes Glas und zerbrochenes Porzellan wurden auf einem substanzlosen Tablett aufgetragen. Die Sterne blinkten kalt in die klaffende Ruine über dem schwachen Glanz der zerschellten Kronleuchter.

Ruinen; kalte, friedliche Ruinen.

Alis sah sich vorsichtig um. Man konnte in den Ruinen leben. Ohne weiteres, sobald die Feuer erloschen waren.

Und da saß Jim, aus dessen Lächeln alles Mitleid verschwunden war. Nur wilde, echte Verzweiflung war in seinem Gesicht, und das konnte sie gut verstehen. Aber er saß da, hatte im »Graben's« mehr Geld ausgegeben, als er es sich eigentlich leisten konnte – sie hatte nie gehofft, dieses Lokal einmal von innen zu sehen –, und sagte ihr voll Überzeugung, daß sie schön sei. Andere hatten ihr das auch schon gesagt. Irgendwie verübelte sie ihm dieses abgedroschene Kompliment, ihm, dem sie vertrauen wollte. Sie lächelte traurig, als er es sagte, und tat es nur mit einem Stirnrunzeln ab. Dann aber aus Angst, ihre Traurigkeit könnte ihn verletzen, rang sie sich wieder zu einem Lächeln durch.

Verrückte Alis. Er würde heute abend begreifen und sie verlassen, wenn sie nicht vorsichtig war. Sie versuchte, sich fröhlicher zu geben und zu lachen.

Dann hörte die Musik im Restaurant auf. Die Gespräche der anderen Speisenden erstarben. Ein Sprecher gab eine nichtige Erklärung ab.

In die Bunker ... Bunker ... Bunker!

Schreie wurden ausgestoßen, Stühle umgeworfen.

Alis erschlaffte auf ihrem Stuhl und fühlte, wie Jims kalte, wirkliche Hand an ihr zerrte. Sie sah sein von Furcht erregtes Gesicht, er schrie ihren Namen, zog sie in seine Arme, zerrte sie mit sich und begann zu rennen.

Die kalte Luft draußen traf sie wie ein Schlag, konfrontierte sie wieder mit dem schrecklichen Anblick der Ruinen. Geisterfiguren stürzten in das Chaos, wo die Flammen am wildesten gelodert hatten.

Und sie wußte, was geschah.

»Nein!« schrie sie und zerrte an seinem Arm. »Nein!« beharrte sie. Halb sichtbare Leiber trieben sie im Gedränge in die Zerstörung. Er kapitulierte vor ihrer plötzlichen Bestimmtheit, griff nach ihrer Hand und floh mit ihr gegen den Strom der Flüchtenden. Die Sirenen heulten ihren Wahnsinn in die Nacht. Jim floh mit ihr, als sie einen freien Weg durch die Ruinen entlangrannte.

Hinein ins »Kingsley's«, wo auf den verlassenen Tischen noch Essen stand, die Tür halb offen und die Stühle umgeworfen waren. Sie liefen nach hinten in die Küche und dann hinunter und noch weiter hinunter bis in den Keller – der dunkle, kalte Keller, der Sicherheit vor den Flammen bot.

Sie blieben allein, niemand folgte ihnen nach. Dann bebte die

Erde so tief, daß man es nur fühlen, nicht hören konnte. Das Sirenengeheul verstummte und erklang auch nicht wieder.

Alis und Jim lagen im Dunkeln, hielten sich fest und zitterten. Stundenlang tobte über ihnen der Feuersturm. Manchmal quoll Rauch in die Keller und stach ihnen in Augen und Nasen. Einmal krachten weit entfernt Ziegelsteine herunter, es polterte, und die Erde bebte. Das Krachen kam näher, aber es erreichte ihren Zufluchtsort nicht.

Am Morgen hing der Geruch von Feuer immer noch in der Luft. Sie krochen hinaus in das trübe Tageslicht.

Die Ruinen standen still und ausgebrannt da. Die geisterhaften Gebäude waren jetzt nicht mehr transparent, aber nicht mehr als Gerippe. Die Geister waren verschwunden. Es war jetzt das Feuer, das fremd wirkte. Teils war es wirklich, teils nur Schein. Die Flammen züngelten an verrußten, kalten Ziegeln empor. Aber die meisten brannten nur noch schwach.

Jim fluchte leise, wieder und wieder. Dann weinte er.

Als sie ihn ansah, waren ihre Augen trocken. Denn sie hatten schon zuviel geweint.

Alis hörte ihm zu, wie er davon sprach, etwas zu essen zu finden, und davon, die Stadt zu verlassen, sie beide. »Einverstanden«, sagte sie.

Dann preßte sie die Lippen zusammen und verschloß die Augen vor dem, was sie in seinem Gesicht sah. Als sie die Augen wieder öffnete, war es immer noch da: Jim war transparent, das Gesicht blutüberströmt. Alis taumelte, und Jim schüttelte sie. Sein Geistergesicht war erregt.

»Was ist los?« fragte er. »Was stimmt nicht?«

Sie konnte es ihm nicht sagen, wollte es nicht. Sie erinnerte sich an den ertrunkenen Jungen und an die anderen Geister. Plötzlich riß sie sich von ihm los und rannte fort. Sie wich dem Irrgarten der Trümmer aus, die an diesem Morgen real waren.

»Alis!« rief Jim und rannte hinter ihr her.

»Nein!« Sie schrie, als sie sich umdrehte und die labile Wand, die herabfallenden Ziegel sah. Sie blieb wieder stehen, sie schaffte es einfach nicht. Sie streckte ihm die Hand entgegen, um ihn zu warnen, daß er umkehren solle, sah ihre fleischlichen Hände an.

Die Wand polterte und brach zusammen. Eine Staubwolke stieg auf, einen Moment lang dick und dicht. Sie verdunkelte alles.

Still stand sie da, die Hände hingen herunter. Dann wischte sie ihr verrußtes Gesicht ab, drehte sich um und ging. Sie hielt sich immer in der Mitte der leblosen Straßen.

Über ihr zogen sich Wolken zusammen, schwer von Regen.

In ihrem Innern herrschte jetzt Friede. Die ersten Tropfen fielen auf das Straßenpflaster. Alis sah sie, spürte sie aber noch nicht.

Nach einiger Zeit kam der Regen, und es wurde frostig und kalt in den Ruinen. Sie blickte auf den toten See und die verbrannten Bäume, auf die Ruine, die einmal das »Graben's« gewesen war. Dort fand sie eine Kette mit Glasperlen, die sie sich anlegte.

Sie lächelte nur, als einen Tag später ein Plünderer sie von ihrer Nahrungsquelle vertrieb. Er sah aus wie ein Geist, und sie lachte ihn aus von einer Stelle, die er nicht zu besteigen wagte. Und sie sagte ihm das ins Gesicht.

Sie zog wieder in ihr Versteck, als er fort war. Alis ließ sich in den Ruinen nieder, die keine Bedrohung mehr für sie enthielten, keine weiteren Alpträume; hier lebte sie mit ihrer Glashalskette, und jeder Morgen war genau so wie der am Tag zuvor.

Man konnte in den Ruinen leben, seitdem das Feuer erloschen war.

Und die Geister gehörten jetzt alle der Vergangenheit an. Sie waren unsichtbar geworden.

## Greg Bear

# *Musik des Blutes*

Es gibt ein Prinzip in der Natur, auf das meiner Meinung nach noch niemand aufmerksam gemacht hat. In jeder Stunde werden ungeheure Mengen von Kleinstlebewesen – Bakterien, Mikroben, mikroskopisch kleine Tierchen – geboren und sterben; einzeln zählen sie nichts, wohl aber durch ihre schiere Masse und durch die Häufung ihrer minimalen Wirkungen. Sie haben keine intensive Wahrnehmungsfähigkeit. Sie leiden nicht sehr. Der Tod von hundert Milliarden hätte auch nicht annähernd dieselbe Bedeutung wie der Tod eines einzelnen Menschen.

Innerhalb der jeweiligen Größenordnung aller Geschöpfe, ob sie nun so klein wie Mikroben oder so groß wie Menschen sind, gibt es eine gleiche Menge von ›Elan‹, so wie die Zweige eines hohen Baumes zusammengenommen die gleiche Masse wie die Äste darunter und diese wiederum die gleiche Masse wie der Stamm haben.

So lautet zumindest das Prinzip. Ich glaube, Vergil Ulam war der erste, der es verletzt hat.

Es war zwei Jahre her, daß ich Vergil zuletzt gesehen hatte. Meine Erinnerung an ihn hatte kaum noch etwas mit dem sonnengebräunten, lächelnden, gut angezogenen Mann zu tun, der vor mir stand. Wir hatten uns am Vortag telefonisch zum Lunch verabredet und standen uns nun in der breiten Flügeltür der Cafeteria für die Angestellten im Mount Freedom Medical Center gegenüber.

»Vergil?« fragte ich. »Mein Gott, Vergil!«

»Freut mich, dich zu sehen, Edward.« Er schüttelte mir mit festem Druck die Hand. Er hatte zehn oder zwölf Kilo abgenommen, und was übriggeblieben war, wirkte straffer und besser proportioniert. Auf der Universität war Vergil der pummelige Intelligenzbolzen mit strubbeligen Haaren und vorstehenden Zähnen gewesen, der Türklinken unter Strom setzte, uns Punsch zu trinken gab, von dem unsere Pisse blau wurde, und es nie schaffte, sich mit einem anderen Mädchen als Eileen Termagent zu verabreden, die äußerlich viel mit ihm gemeinsam hatte.

»Du siehst phantastisch aus«, sagte ich. »Hast du den Sommer in Cabo San Lucas verbracht?«

Wir stellten uns in der Schlange an der Theke an und suchten unser Essen aus. »Die Bräune stammt von drei Monaten unter der Höhensonne«, erwiderte er, während er eine Tüte Schokoladenmilch nahm. »Meine Zähne sind korrigiert worden, kurz nachdem wir uns zuletzt gesehen haben. Den Rest erkläre ich dir auch noch, aber wir brauchen einen Platz, wo wir miteinander reden können, ohne daß jemand so genau zuhört.«

Ich steuerte ihn zur Raucherecke, wo sich drei unverbesserliche Qualmer an sechs Tischen verloren.

»Hör mal, ich mein's ernst«, sagte ich, als wir unsere Tabletts entluden. »Du hast dich verändert. Du siehst gut aus.«

»Ich hab mich stärker verändert, als du ahnst.« Sein ominöser Ton war filmreif, und er zog dabei theatralisch die Augenbrauen hoch. »Wie geht's Gail?«

Gail ginge es gut, erzählte ich ihm; sie arbeitete im Kindergarten. Wir hatten im letzten Jahr geheiratet. Sein Blick senkte sich auf sein Essen – eine Ananasscheibe und Hüttenkäse, ein Stück Bananencremekuchen – und ihm versagte beinahe die Stimme, als er fragte: »Fällt dir noch was auf?«

Ich kniff darauf konzentriert die Augen zusammen. »Nein.«

»Schau genauer hin.«

»Ich weiß nicht recht. Hm ... ja, du trägst keine Brille mehr. Kontaktlinsen?«

»Nein. Ich brauch sie nicht mehr.«

»Und du bist flott angezogen. Wer kauft dir deine Sachen? Ich hoffe, sie hat genausoviel Sex wie Geschmack.«

»Candice hat – hatte nichts mit der Verbesserung meiner Klamotten zu tun«, sagte er. »Ich hab einfach einen besseren Job und mehr Geld zum Rauswerfen gekriegt. Und mein Geschmack, was Kleidung angeht, ist nun mal besser als mein Geschmack in bezug aufs Essen.« Er setzte sein altes zerknirschtes Grinsen auf, aber am Schluß entgleiste es ihm ganz merkwürdig. »Jedenfalls hat sie mich verlassen, und ich bin gefeuert worden. Jetzt lebe ich von meinen Ersparnissen.«

»Augenblick mal«, sagte ich. »Das ist ein bißchen zu viel auf einmal. Warum erzählst du mir nicht alles schön der Reihe nach? Du hast einen Job gekriegt. Wo?«

»Bei der Genetron Corporation«, sagte er. »Vor sechzehn Monaten.«

»Noch nie was von denen gehört.«

»Wirst du noch. Nächsten Monat geben sie Stammaktien aus. Die Dinger werden wie Raketen abgehen. Sie haben ihren Durchbruch mit MABs geschafft. Mit medizinisch ...«

»Ich weiß, was MABs sind«, unterbrach ich ihn. »Zumindest in der Theorie. Medizinisch anwendbare Biochips.«

»Sie haben ein paar, die funktionieren.«

»Was?« Jetzt war ich an der Reihe, die Brauen hochzuziehen.

»Mikroskopisch kleine logische Schaltkreise. Man injiziert sie in den menschlichen Körper, und sie machen sich an der zugewiesenen Stelle ans Werk und bügeln Fehler aus. Mit Dr. Michael Bernards Zustimmung.«

Das war ziemlich beeindruckend. Bernard hatte einen makellosen Ruf. Nicht nur, daß man ihn zu den Größen der Gentechnik rechnet, er hatte auch mindestens einmal pro Jahr mit seiner Arbeit als Neurochirurg Schlagzeilen gemacht, bevor er in den Ruhestand ging, und war auf den Titelbildern von *Time*, *Mega* und *Rolling Stone* gewesen.

»Das ist eigentlich geheim – die Aktien, der Durchbruch, Bernard und alles.« Er sah sich um und senkte die Stimme. »Aber du kannst machen, was du willst, verdammt. Ich bin fertig mit den Scheißkerlen.«

Ich pfiff. »Da kann ich reich werden, was?«

»Wenn's das ist, was du willst. Oder du kannst eine Weile hier bei mir bleiben, bevor du zu deinem Broker rennst.«

»Natürlich.« Er hatte weder den Hüttenkäse noch den Kuchen angerührt, aber die Ananasscheibe gegessen und die Schokomilch getrunken. »Also, erzähl weiter.«

»Na ja, während meines Medizinstudiums hatte ich mich auf Laborarbeit spezialisiert. Biochemische Forschung. Und ich hatte ja auch immer einen Hang zu Computern. So hab ich mich über die letzten beiden Jahre gerettet ...«

»Indem du Software-Pakete an Westinghouse verkauft hast«, beendete ich den Satz für ihn.

»Schön, daß meine Freunde sich daran erinnern. Auf diese Weise bin ich mit Genetron in Kontakt gekommen, als sie gerade anfingen. Sie hatten das dicke Geld im Hintergrund, und was in ihren Labors stand, war in meinen Augen der Wunschtraum jedes Biochemikers. Sie stellten mich ein, und ich kam rasch vorwärts.

Nach vier Monaten arbeitete ich schon an meinen eigenen Projekten. Mir gelangen ein paar Durchbrüche«, er warf nonchalant die Hand in die Luft, »dann bewegte ich mich auf einmal in eine Richtung, die sie für verfrüht hielten. Ich blieb stur, und sie nahmen mir das Labor weg und übergaben es so einem schwachsinnigen Kriecher. Ich schaffte es, einen Teil des Experiments zu retten, bevor sie mich feuerten. Aber ich war nicht gerade vorsichtig ... oder vernünftig. Also geht es jetzt außerhalb des Labors weiter.«

Ich hatte Vergil immer für ehrgeizig und ein bißchen verrückt, aber nicht für sonderlich sensibel gehalten. Seine Beziehungen zu Autoritätsfiguren waren nie reibungslos gewesen. Die Wissenschaft war für ihn wie die Frau, an die man eigentlich nicht herankommt, die dann jedoch auf einmal mit offenen Armen vor einem steht, lange bevor man für die Liebe reif ist – und man hat Angst, daß man sich seine Chancen ein für allemal versaut, statt des großen Loses eine Niete zieht und das Ganze total vermasselt. Anscheinend hatte er genau das getan. »Außerhalb des Labors? Ich versteh dich nicht.«

»Ich möchte, daß du mich untersuchst, Edward. Und zwar gründlich. Vielleicht auf Krebs. Dann erkläre ich dir mehr.«

»Du willst eine Fünftausend-Dollar-Untersuchung?«

»Alles, was du machen kannst. Ultraschall, Kernspintomographie, Thermogramm, alles.«

»Ich weiß nicht, ob ich an die ganzen Apparate dafür herankomme. Das Kernspintomographiegerät haben wir erst seit ein oder zwei Monaten hier. Zum Teufel, du hättest dir keine teurere Methode aussuchen können ...«

»Dann Ultraschall. Das ist alles, was du brauchen wirst.«

»Vergil, ich bin Geburtshelfer, kein Glamourboy von einem Labortechniker. Geburtshelfer auf der Gynäkologischen, die Zielscheibe aller Witze. Wenn du dich in eine Frau verwandelst, kann ich dir vielleicht helfen.«

Er beugte sich vor, wobei er fast den Ellenbogen in den Kuchen gestemmt hätte, schwenkte den Arm jedoch im letzten Moment weit nach außen und kam millimeterknapp daran vorbei. Der alte Vergil hätte mitten ins Schwarze getroffen. »Wenn du mich genau untersuchst, wirst du …« Seine Augen wurden schmal, und er schüttelte den Kopf. »Untersuch mich einfach.«

»Dann mach ich einen Termin beim Ultraschall fest. Wer wird bezahlen?«

»Ich bin beim Blue Shield.« Er lächelte und hielt eine medizinische Kreditkarte hoch. »Ich hab an den Personalakten bei Genetron rumgedoktert. Sie werden keine Arztrechnungen unter hunderttausend Dollar überprüfen, und sie werden auch keinen Verdacht schöpfen.«

Er wollte, daß es geheim blieb, also arrangierte ich alles. Ich füllte seine Formulare selbst aus. Solange alles ordnungsgemäß verbucht wurde, konnte die Untersuchung im großen und ganzen stattfinden, ohne daß es offiziell bekannt wurde. Ich berechnete nichts für meine Dienste. Immerhin hatte Vergil meine Pisse blau gefärbt. Wir waren Freunde.

Er kam am späten Abend. Ich war um diese Zeit normalerweise nicht mehr im Dienst, aber ich blieb da und erwartete ihn im dritten Stock des Frankensteinflügels, wie ihn die Schwestern nannten. Ich saß auf einem orangeroten Plastikstuhl. Er kam herein. Im fluoreszierenden Licht sah er olivbraun aus.

Er zog sich aus, und ich sorgte dafür, daß er sich richtig auf den Tisch legte. Als erstes bemerkte ich, daß seine Knöchel dick aussahen. Aber das Fleisch war nicht geschwollen. Ich tastete sie mehrmals ab. Sie schienen gesund zu sein, sahen jedoch seltsam aus. »Hm«, sagte ich.

Ich faßte die Daten aus dem Summloch mit denen der Abtaster zusammen und rollte Vergil heraus. Dann schaltete ich ein Videogerät ein. Es dauerte eine Sekunde, bis sich das Bild aufgebaut hatte, dann floß es zu einem Muster zusammen, das Vergils Skelett zeigte.

Das Bild blieb drei Sekunden lang stehen, während mir das Kinn herunterfiel, dann wechselte es zu seinen thorakalen Organen, dann zu seiner Muskulatur und schließlich zu seinem Gefäßsystem und seiner Haut.

»Wie lange ist der Unfall her?« fragte ich und versuchte, das Beben aus meiner Stimme fernzuhalten.

»Das war kein Unfall«, sagte er. »Es war Absicht.«

»Du meine Güte, sie haben dich geschlagen, damit du den Mund hältst?«

»Du verstehst mich nicht, Edward. Schau dir die Bilder noch mal an. Ich bin nicht verletzt.«

»Sieh mal, diese Verdickung hier«, ich zeigte auf seine Knöchel, »und deine Rippen – dieses verrückte Zickzackmuster von Verwachsungen. Offenbar mehrmals gebrochen. Und –«

»Schau dir mein Rückgrat an«, sagte er. Ich ließ das Bild auf dem Videoschirm rotieren.

Buckminster Fuller, dachte ich. Es war phantastisch. Ein Gitter aus dreieckigen Fortsätzen, alle auf eine Weise miteinander verwachsen, die ich auch nicht annähernd verfolgen und noch viel weniger verstehen konnte. Ich griff um ihn herum und versuchte, sein Rückgrat mit den Fingern zu ertasten. Er hob die Arme und blickte an die Decke.

»Ich kann's nicht finden«, sagte ich. »Da hinten ist alles ganz glatt.« Ich ließ ihn los und betrachtete seine Brust, dann tippte ich seine Rippen an. Sie waren in etwas Rauhes und Biegsames gehüllt. Je fester ich drückte, desto härter wurde es. Dann fiel mir noch eine Veränderung auf.

»He«, sagte ich. »Du hast ja gar keine Brustwarzen.« Da waren winzige Pigmentflecken, aber keine Spur von ausgeprägten Warzen.

»Siehst du?« Vergil schlüpfte in den weißen Kittel. »Ich werde völlig umgebaut.«

Wenn ich mir diese Stunden ins Gedächtnis rufe, dann bilde ich mir ein, gesagt zu haben: »Also erzähl mir davon.« Vielleicht ist es mein Glück, daß ich nicht mehr weiß, was ich wirklich gesagt habe.

Er erklärte es mir in seiner typischen weitschweifigen Art. Das Zuhören war wie der Versuch, durch einen Wald von erläuternden Zusätzen und Ausschmückungen an den Kern eines Zeitungsartikels heranzukommen.

Ich will es vereinfacht und kurzgefaßt darstellen.

Genetron hatte ihm die Aufgabe übertragen, Prototypen von Biochips herzustellen, winzigen Schaltkreisen aus Proteinmolekülen. Manche wurden an Siliziumchips von wenig mehr als einem Mikrometer Durchmesser gehängt und dann durch die Arterien von Ratten zu Stellen geschickt, die mit einem chemischen Schlüssel definiert waren. Dort sollten sie sich mit dem Gewebe der Ratten verbinden und versuchen, im Labor ausgelöste Krankheitsverläufe zu überwachen und sogar unter Kontrolle zu bringen.

»*Das* war schon was«, sagte er. »Wir holten den komplexesten Mikrochip zurück, indem wir die Ratte opferten, und sahen ihn uns anschließend an. Wir schlossen den Siliziumteil an ein Bildgebersystem an. Der Computer zeigte uns Balkendiagramme, dann ein Schaubild der chemischen Charakteristika von etwa elf Zentimetern eines Blutgefäßes ... dann setzte er alles zu einem Bild zusammen. Wir sausten durch elf Zentimeter Rattenarterie. Du hast noch nie so viele Wissenschaftler herumhüpfen, einander in den Armen liegen und eimerweise Wanzensaft trinken sehen.« Wanzensaft war Laboräthanol, gemischt mit Dr. Pepper.

Schließlich verzichtete man ganz auf die Siliziumelemente. An ihre Stelle traten Nukleoproteine. Es schien ihm zu widerstreben, das in allen Einzelheiten zu schildern, aber soweit ich es verstand, fanden sie Wege, große Moleküle – so groß wie die DNA und noch viel komplexer – in elektrochemische Computer zu verwandeln, wobei sie ribosomähnliche Strukturen als ›Verschlüssler‹ und ›Leser‹ und die RNA als ›Band‹ benutzen. Vergil konnte in seinen Nukleoproteinen den Reproduktionsprozeß der Trennung und Neuzusammensetzung nachahmen und dabei durch den Austausch von Nukleotiden an Schlüsselstellen Programmänderungen vornehmen. »Genetron wollte, daß ich auf die Konstruktion von Supergenen umstieg, weil das überall sonst die kommende Sache war. Die Erschaffung aller möglichen Kreaturen, manche aus unserer Phantasie. Aber ich hatte andere Vorstellungen.« Er spielte mit dem Finger an seinem Ohr herum und gab Theremin*-Laute von sich. »Die richtige Zeit für wahnsinnige Wissenschaftler, stimmt's?« Er lachte und wurde dann wieder ernst. »Ich injizierte meine besten Nukleoproteine in Bakterien, um die Duplizierung und das Entstehen neuer Verbindungen zu vereinfachen. Dann fing ich an, sie drinzulassen, damit die Chips mit den Zellen interagieren konnten. Sie waren heuristisch programmiert; sie brachten sich selbst mehr bei, als ich ihnen einprogrammiert hatte. Die Zellen fütterten die Computer mit chemisch codierten Informationen, die Computer verarbeiteten sie und trafen Entscheidungen, die Zellen wurden klug. Ich meine, zunächst mal so klug wie Planarien. Stell dir ein *E. coli*-Bakterium vor, das so klug wie ein Süßwasser-Plattwurm ist!«

Ich nickte. »Stell ich mir gerade vor.«

»Dann hab ich wirklich auf eigene Faust weitergemacht. Wir hatten die Ausrüstung und die Techniken, und ich kannte die Molekularsprache. Ich konnte wirklich dichte, richtig komplizierte Biochips herstellen, indem ich die Nukleoproteine neue Verbin-

* Theremin: Erstes rein elektronisches Instrument (um 1920), bei dem die Differenz zweier nicht wahrnehmbarer Sinustöne als Ton hörbar gemacht wurde. – *Anm. d. Übers.*

dungen eingehen und zu kleinen Gehirnen werden ließ. Ich stellte einige Forschungen an, wie weit ich theoretisch gehen konnte. Wenn ich bei Bakterien blieb, konnte ich einen Biochip mit der Rechenkapazität eines Spatzenhirns herstellen. Stell dir vor, wie angetörnt ich war! Dann sah ich einen Weg, die Komplexität um das Tausendfache zu steigern, indem ich etwas benutzte, war wir eigentlich als Ärgernis betrachteten: die Quanteneffekte zwischen den festen Elementen des Schaltkreises. Die Dinger sind so klein, daß schon die geringste Veränderung einen Biochip unbrauchbar machen könnte. Aber ich entwickelte ein Programm, das das Tunneln von Elektronen* vorhersagte und es sich zunutze machte. Ich verstärkte die heuristischen Aspekte des Computers und benutzte die Quanteneffekte als eine Methode, die Komplexität zu steigern.«

»Da komm ich nicht mehr mit«, sagte ich.

»Ich nutzte die Beliebigkeit aus. Die Schaltkreise konnten sich selbst reparieren, konnten ihre Speicher vergleichen und fehlerhafte Elemente ausbessern. Den ganzen Kram. Ich gab ihnen grundlegende Befehle: Gehet hin und mehret euch. Vervollkommnet euch. Bei Gott, du hättest einige der Kulturen eine Woche später sehen sollen! Es war erstaunlich. Sie entwickelten sich ganz von selbst, wie kleine Städte. Ich vernichtete sie alle. Ich glaube, eine der Petrischalen hätte noch Beine bekommen und wäre aus dem Inkubator herausspaziert, wenn ich sie weiter ernährt hätte.«

»Du machst Witze.« Ich sah ihn an. »Du machst also keine Witze.«

»Mann, sie *wußten*, was es bedeutete, sich zu vervollkommnen!

* Je kleiner die Komponenten integrierter Schaltkreise werden, um so störender wirken sich die Quanteneffekte aus, bei denen subatomare Teilchen (z. B. Elektronen) Welleneigenschaften zeigen und durch unpassierbar scheinende Energiebarrieren dringen (›tunneln‹) können. – *Anm. d. Übers.*

Sie kannten ihr Ziel, aber in ihren Bakterienkörpern und mit so wenig Ressourcen waren sie einfach zu beschränkt.«

»Wie klug waren sie?«

»Das konnte ich nicht mit Sicherheit sagen. Sie hatten Haufen von ein- bis zweihundert Zellen gebildet, und jeder Haufen verhielt sich wie eine autonome Einheit. Kann sein, daß jeder Haufen so klug wie ein Rhesusaffe war. Sie tauschten durch ihre Härchen Informationen aus, gaben Gedächtniselemente weiter und verglichen Merkmale. Sie waren offensichtlich anders organisiert als eine Affenherde. Das lag zum Beispiel schon daran, daß ihre Welt so viel einfacher war. Mit ihren Fähigkeiten waren sie die Herren der Petrischalen. Ich gab Phagen* zu ihnen hinein; die hatten keine Chance. Die Zellhaufen nützten jede vorhandene Möglichkeit, sich zu verändern und zu wachsen.«

»Wie ist das möglich?«

»Was?« Es schien ihn zu überraschen, daß ich nicht alles sofort für bare Münze nahm.

»So viel in so wenig hineinzustopfen. Ein Rhesusaffe ist keine simple kleine Rechenmaschine, Vergil.«

»Ich hab mich nicht klar ausgedrückt«, sagte er offenkundig irritiert. »Ich arbeitete mit Nukleoprotein-Computern. Sie ähneln der DNA, aber alle Informationen können sich gegenseitig beeinflussen. Weißt du, wie viele Nukleotidenpaare die DNA einer einzigen Bakterie enthält?«

Meine letzte Biochemievorlesung lag lange zurück. Ich schüttelte den Kopf.

»Ungefähr zwei Millionen. Rechne noch die modifizierten Ribosomstrukturen dazu – fünfzehntausend Stück, jede mit einem Molekulargewicht von etwa drei Millionen – und denk an die Kombinationen und Permutationen. Die RNA ist wie ein unendlich lan-

* Viren, die Bakterien befallen. – *Anm. d. Übers.*

ges, verdrehtes Papierband geformt, umgeben von Ribosomen, die Instruktionen ausgeben und Proteinketten erzeugen ...« Seine Augen glänzten und waren ein wenig feucht. »Außerdem sage ich ja nicht, daß jede Zelle eine klar abgegrenzte Einheit ist. Sie haben zusammengearbeitet.«

»Wie viele Bakterien waren in den Schalen, die du vernichtet hast?«

»Milliarden. Keine Ahnung.« Er grinste. »Du hast's kapiert, Edward. Ganze Planetenpopulationen von *E. coli*.«

»Aber da haben sie dich noch nicht gefeuert?«

»Nein. Zunächst mal wußten sie ja gar nicht, was da vorging. Ich baute weiterhin die Moleküle zusammen und machte sie immer größer und komplexer. Als die Aufnahmefähigkeit der Bakterien an ihre Grenzen stieß, nahm ich mein eigenes Blut, präparierte weiße Blutkörperchen heraus und injizierte ihnen die neuen Biochips. Ich beobachtete sie, setzte sie in Labyrinthe und stellte sie vor kleine chemische Probleme. Sie waren echte Kanonen. Auf dieser Ebene läuft die Zeit wesentlich schneller; die Informationswege sind viel kürzer, und die Umgebung ist viel einfacher. Dann vergaß ich, eine Datei in den Laborcomputer unter meinem Geheimcode abzuspeichern. Ein paar Manager haben sie gefunden und geahnt, was ich vorhatte. Die sind alle in Panik geraten. Sie dachten, wir würden wegen dem, was ich getan hatte, bald jeden gesellschaftlichen Wachhund im ganzen Land an den Hacken haben. Sie fingen an, meine Arbeit zu zerstören und meine Programme zu löschen. Sie befahlen mir, meine weißen Blutkörperchen zu sterilisieren. Herrgott!« Er zog den weißen Kittel aus und begann sich anzuziehen. »Mir blieben nur ein oder zwei Tage. Ich präparierte die komplexesten Zellen heraus ...«

»Wie komplex waren sie?«

»Sie bildeten Haufen von jeweils rund hundert Zellen, wie die Bakterien. Jeder Haufen war vielleicht so klug wie ein zehnjähriges Kind.« Er musterte einen Moment lang aufmerksam mein Gesicht. »Immer noch Zweifel? Soll ich dir vorrechnen, wie viele Nukleotidenpaare es in der Zelle eines Säugetiers gibt? Ich hab meine Computer maßgeschneidert, damit sie die Kapazität der weißen Blutkörperchen ausnutzen konnten. Zehn Milliarden Nukleotidenpaare, Edward. Zehn hoch Scheiß-Zehn. Und sie haben keinen riesigen Körper, um den sie sich kümmern müssen, was einen Großteil ihrer Denkzeit beansprucht.«

»Okay«, sagte ich. »Ich bin überzeugt. Was hast du gemacht?«

»Ich hab die Zellen wieder in einen Zylinder mit normalem Blut gegeben und es mir selbst injiziert.« Er knöpfte sich den Hemdkragen zu und lächelte mich dünn an. »Ich hatte ihnen so viel Energie einprogrammiert, wie ich konnte, und zwar auf einer so hohen Ebene wie möglich, indem ich nur Enzyme und solche Dinge benutzte. Danach waren sie auf sich selbst angewiesen.«

»Du hast sie darauf programmiert, hinzugehen und sich zu mehren, sich zu vervollkommnen?« wiederholte ich.

»Ich glaube, sie entwickelten ein paar charakteristische Eigenschaften, die die Biochips in ihren *E. coli*-Phasen angenommen hatten. Die weißen Blutkörperchen konnten sich mit nach außen gestülptem Gedächtnis untereinander verständigen. Sie haben fast mit Sicherheit Mittel und Wege gefunden, andere Zellarten in sich aufzunehmen und sie zu verändern, ohne sie zu töten.«

»Du bist verrückt.«

»Du siehst doch das Bild auf dem Schirm! Edward, ich bin seither nicht mehr krank gewesen. Früher war ich doch ständig erkältet. Ich hab mich nie besser gefühlt.«

»Sie sind in dir drin, finden irgendwas und ändern es.«

»Und inzwischen ist jeder Haufen so klug wie du oder ich.«

»Du bist ja völlig wahnsinnig.«

Er zuckte die Achseln. »Sie haben mich gefeuert. Sie dachten, ich würde mich dafür rächen, was sie mit meiner Arbeit gemacht hatten. Sie verboten mir, die Labors zu betreten, und ich hatte bis jetzt keine Chance festzustellen, was in mir vorgegangen ist. Seit drei Monaten.«

»Dann ...« Meine Gedanken rasten. »Dann hast du abgenommen, weil sie deinen Fettstoffwechsel verbessert haben. Deine Knochen sind stärker, dein Rückgrat ist völlig umgebaut worden ...«

»Keine Rückenschmerzen mehr, auch nicht, wenn ich auf meiner alten Matratze schlafe.«

»Dein Herz sieht anders aus.«

»Das mit dem Herz wußte ich nicht.« Er betrachtete das Videobild aus ein paar Zentimetern Entfernung. »Was das Fett angeht – darüber hab ich nachgedacht. Sie konnten meine braunen Zellen vermehren und den Stoffwechsel regeln. Ich bin in letzter Zeit nicht mehr so hungrig. Meine Eßgewohnheiten haben sich nicht so sehr verändert – ich mag immer noch den gleichen alten Fraß –, aber ich schaff's irgendwie, nur das zu essen, was ich brauche. Ich glaube nicht, daß sie schon wissen, was mein Gehirn ist. Sicher, sie haben den ganzen Drüsenkram im Griff, aber das *Gesamtbild* fehlt ihnen noch, wenn du verstehst, was ich meine. Sie wissen nicht, daß *ich* hier drin bin. Aber eins kann ich dir sagen, Mann, sie haben garantiert rausgekriegt, wozu meine Geschlechtsorgane da sind.«

Ich warf einen Blick auf das Bild und schaute wieder weg.

»Oh, die sehen ziemlich normal aus«, erklärte er und schob seinen Hodensack obszön vor. Er kicherte: »Aber was glaubst du denn, wie ich sonst so 'ne Klassefrau wie Candice an Land gezogen hätte? Sie war bloß auf eine heiße Nacht mit 'nem Techniker scharf. Ich sah damals ganz okay aus, nicht braun, aber gut in Form und gut in Schale. Sie hatte sich noch nie von 'nem Techniker 'ne Schraube reindrehen lassen. Kleiner Scherz am Rande. Aber meine kleinen Genies haben uns die halbe Nacht wach gehalten.

Ich glaube, die haben jedesmal irgendwas verbessert. Ich fühlte mich, als ob ich gottverdammtes Fieber hätte.«

Sein Lächeln erlosch. »Aber dann fing eines Abends meine Haut an zu jucken. Da bekam ich's echt mit der Angst. Ich dachte, die Sache würde mir aus der Hand gleiten. Ich fragte mich, was sie tun würden, wenn sie die Schranke zwischen Blut und Gehirn überwinden und *mich* dort finden würden – wenn sie etwas über die wahre Funktion des Gehirns rausbekämen. Also startete ich einen Feldzug, um sie unter Kontrolle zu halten. Ich dachte, sie wollten in die Haut, weil es so einfach ist, Schaltsysteme auf einer Oberfläche zu betreiben. Viel einfacher, als zu versuchen, Kommunikationsketten in Muskeln, Organen und Blutgefäßen und drum herum aufrechtzuerhalten. Die Haut war viel direkter. Also kaufte ich mir eine Quarzlampe.« Er sah meine verwirrte Miene. »Im Labor spalteten wir das Protein in den Biochipzellen auf, indem wir sie ultraviolettem Licht aussetzen. Ich saß abwechselnd unter der Höhensonne und unter der Quarzlampe. Hält sie von meiner Haut fern, soweit ich's beurteilen kann, und ich werde hübsch braun.«

»Und du kriegst Hautkrebs«, warf ich ein.

»Darum werden sie sich wahrscheinlich kümmern. Wie Polizisten.«

»Okay. Ich hab dich untersucht, du hast mir eine Geschichte erzählt, die ich immer noch kaum glauben kann ... was soll ich jetzt machen?«

»Ich bin nicht so unbekümmert, wie ich tue, Edward. Ich mach mir Sorgen. Ich würde gern eine Möglichkeit finden, sie unter Kontrolle zu bekommen, bevor sie etwas über mein Gehirn rauskriegen. Ich meine, stell dir das vor, mittlerweile sind es Billionen, und jede ist klug. Sie kooperieren in gewissem Ausmaß. Ich bin wahrscheinlich das klügste Wesen auf dem Planeten, und sie haben noch nicht mal richtig angefangen, ihre Fähigkeiten zielbewußt einzusetzen. Ich will wirklich nicht, daß sie mich übernehmen.« Er ließ ein sehr unangenehmes Lachen hören. »Daß sie meine Seele stehlen, weißt du? Also überleg dir irgendeine Behandlung, um sie zu stoppen. Vielleicht können wir die kleinen Mistviecher aushungern. Denk einfach mal drüber nach!« Er schlüpfte in seine Jacke. »Ruf mich an.« Er gab mir einen Zettel mit seiner Adresse und seiner Telefonnummer. Dann ging er zur Tastatur und löschte das Bild auf dem Schirm sowie den Speicherinhalt über die Untersuchung. »Nur du«, sagte er. »Sonst vorläufig niemand. Und bitte ... beeil dich!«

Es war drei Uhr morgens, als Vergil den Untersuchungsraum verließ. Er hatte mir erlaubt, Blutproben zu nehmen, mir dann die Hand gegeben – seine war feucht und nervös – und mich gewarnt, ja nichts von den Proben in den Körper gelangen zu lassen.

Bevor ich nach Hause ging, führte ich eine Reihe von Tests mit dem Blut durch. Die Ergebnisse lagen am nächsten Tag vor.

Ich holte sie am Nachmittag während meiner Kaffeepause ab und vernichtete dann alle Proben. Dabei war ich wie ein Roboter. Ich brauchte fünf Tage und ebenso viele fast schlaflose Nächte, um das zu akzeptieren, was ich gesehen hatte. Sein Blut war durchaus normal, obwohl die Maschinen diagnostizierten, daß der Patient eine Infektion hatte. Ein hoher Leukozyten- und Histaminspiegel. Leukozyten sind die weißen Blutkörperchen. Am fünften Tag glaubte ich es.

Gail war vor mir zu Hause, aber ich war mit dem Essenmachen dran. Sie steckte eine der Kindergarten-Disketten in unseren Home Computer und zeigte mir Videokunstwerke, die ihre Kinder hervorgebracht hatten. Ich sah schweigend zu und blieb auch beim Essen stumm.

Ich hatte zwei Träume, die beide etwas damit zu tun hatten, daß ich es schließlich akzeptierte. Im ersten an jenem Abend – aus dem ich wild um mich schlagend erwachte – sah ich mit an, wie der Planet Krypton zerstört wurde, Supermans Heimatwelt. Milliarden übermenschlicher Genies rannten schreiend in Feuerwände hinein. Ich sah einen Zusammenhang zwischen dieser Zerstörung und der Tatsache, daß ich Vergils Blutprobe sterilisiert hatte.

Der zweite Traum war noch schlimmer. Ich träumte, daß New York City eine Frau vergewaltigte. Am Ende des Traums gebar sie kleine Embryostädte, allesamt in durchsichtige Beutel gehüllt und blutgetränkt von den heftigen Wehen.

Am Morgen des sechsten Tages rief ich ihn an. Er nahm beim vierten Klingeln ab. »Ich hab ein paar Ergebnisse«, sagte ich. »Nichts Definitives. Aber ich will mit dir reden. Persönlich.«

»Klar«, sagte er. »Ich bleibe momentan zu Hause.« Seine Stimme klang angestrengt; er hörte sich erschöpft an.

Vergils Apartment befand sich in einem schicken Hochhaus in der Nähe des Seeufers. Ich fuhr mit dem Aufzug nach oben, lauschte den kleinen Werbejingles und sah mir tanzende Hologramme an, die Produkte und leerstehende Apartments anpriesen und die Animateurin des Hauses zeigten, die über soziale Aktivitäten in der laufenden Woche redete.

Vergil machte die Tür auf und winkte mich hinein. Er trug einen karierten Hausmantel mit langen Ärmeln und Hausschuhe. In einer Hand hielt er eine nicht angezündete Pfeife. Er spielte mit ihr herum, während er sich schweigend von mir entfernte und sich setzte.

»Du hast eine Infektion«, sagte ich.

»So?«

»Das ist alles, was mir die Blutanalysen zeigen. An die Elektronenmikroskope komm ich nicht ran.«

»Ich glaube nicht, daß es wirklich eine Infektion ist«, sagte er. »Schließlich sind es meine eigenen Zellen. Wahrscheinlich ist es was anderes ... ein Zeichen ihrer Anwesenheit, der Veränderung. Wir können nicht erwarten, daß wir alles verstehen, was da vorgeht.«

Ich zog meine Jacke aus. »Hör zu«, sagte ich, »du hast es geschafft, daß ich mir Sorgen mache.« Sein Gesichtsausdruck ließ mich innehalten: eine Art wilder Glückseligkeit. Er schaute blinzelnd zur Decke hinauf und schürzte die Lippen.

»Bist du stoned?« fragte ich.

Er schüttelte den Kopf und nickte dann einmal sehr langsam. »Ich lausche«, sagte er.

»Worauf?«

»Ich weiß nicht. Nicht auf Geräusche ... jedenfalls nicht im strengen Sinne. Es ist so was wie Musik. Das Herz, die ganzen Blutgefäße, die Reibung des Blutes in den Arterien und Venen. Aktivität. Musik im Blut.« Er sah mich traurig an. »Warum bist du nicht bei der Arbeit?«

»Ich hab heute frei. Gail arbeitet.«

»Kannst du hierbleiben?«

Ich zuckte die Achseln. »Glaub schon.« Es klang mißtrauisch. Ich sah mich in dem Apartment um und suchte nach Aschenbechern und Papierstapeln.

»Ich bin nicht stoned, Edward«, sagte er. »Kann sein, daß ich mich irre, aber ich glaube, daß irgendwas Großes passiert. Ich denke, sie finden gerade raus, wer ich bin.«

Ich setzte mich Vergil gegenüber hin und sah ihn aufmerksam an. Er schien es nicht zu bemerken. Er war mit etwas beschäftigt, das in seinem Innern geschah. Als ich um eine Tasse Kaffee bat, zeigte er zur Küche. Ich machte Wasser heiß und nahm ein Glas Instantkaffee aus dem Wandschrank. Mit der Tasse in der Hand ging ich zu meinem Sessel zurück. Er drehte den Kopf mit offenen Augen hin und her. »Du hast immer gewußt, was du sein wolltest, oder?« fragte er mich.

»Mehr oder weniger.«

»Ein Gynäkologe. Du hast immer das Richtige getan. Nie was Falsches. Bei mir war das anders. Ich hatte Ziele, aber keine Richtung. Wie eine Landkarte ohne Straßen, einfach nur Orte, wo man sein konnte. Mir war alles und jeder scheißegal, nur ich selber nicht. Sogar die Wissenschaft. Nur ein Mittel. Es wundert mich, daß ich so weit gekommen bin. Ich hab sogar meine Familie gehaßt.«

Er packte die Armlehnen seines Sessels.

»Stimmt was nicht?« fragte ich.

»Sie reden mit mir«, erwiderte er. Er schloß die Augen.

Eine Stunde lang sah es so aus, als ob er schliefe. Ich prüfte seinen Puls, der stark und ruhig war, fühlte ihm die Stirn – ein wenig kühl – und machte mir noch mehr Kaffee. Ich blätterte gerade ein Magazin durch, weil ich nicht recht wußte, was ich tun sollte, als er die Augen wieder aufschlug. »Schwer, sich ein genaues Bild davon zu machen, was Zeit für sie ist«, sagte er. »Sie haben vielleicht drei, vier Tage gebraucht, um die Sprache und menschliche Schlüsselbegriffe herauszubekommen. Jetzt sind sie gerade zugange. An mir. Jetzt, in diesem Augenblick.«

»Und wie ist das?«

Er behauptete, an seinen Neuronen hingen Tausende von Forschern. Er konnte keine Einzelheiten angeben. »Sie sind verdammt effizient, weißt du«, sagte er. »Sie haben mich noch nicht kaputtgemacht.«

»Wir sollten dich sofort ins Krankenhaus bringen.«

»Was, zum Teufel, könnten die da tun? Ist dir irgendwas eingefallen, wie man sie unter Kontrolle bringt? Ich meine, das sind meine eigenen Zellen.«

»Ich hab drüber nachgedacht. Wir könnten sie aushungern. Könnten rausfinden, was für metabolische Unterschiede ...«

»Ich weiß nicht recht, ob ich sie überhaupt loswerden will«, sagte Vergil. »Sie richten doch keinen Schaden an.«

»Woher willst du das wissen?«

Er schüttelte den Kopf und hob einen Finger. »Warte! Sie versuchen gerade rauszubekommen, was Raum ist. Das ist schwer für sie. Sie lösen Entfernungen in Konzentrationen von Chemikalien auf. Für sie ist Raum so etwas wie Geschmacksintensität.«

»Vergil …«

»Hör zu! Denk nur, Edward!« Sein Tonfall war erregt, aber trotzdem gelassen. »Schau doch! In meinem Innern passiert etwas Großartiges. Sie sprechen durch die Flüssigkeit miteinander, über Membranen. Sie schneidern etwas – Viren? – als Träger von Daten zurecht, die in Nukleinsäureketten gespeichert sind. Ich glaube, sie sagen ›RNA‹. Das ergibt einen Sinn. Es ist eine Möglichkeit, die ich ihnen einprogrammiert habe. Aber sie fertigen auch plasmidähnliche Strukturen* an. Vielleicht ist es das, was deine Maschinen für das Anzeichen einer Infektion halten – ihr ganzes Geschwätz in meinem Blut, richtige Datenpakete. Geschmackseindrücke von anderen Individuen. Gleichrangigen. Übergeordneten. Untergeordneten.«

»Vergil, ich hör dir zu, aber ich finde trotzdem, du gehörst in ein Krankenhaus.«

»Das ist meine Show, Edward«, sagte er. »Ich bin ihr Universum. Sie staunen über die neue Größenordnung.« Er war wieder eine Zeitlang still. Ich hockte mich neben seinen Sessel und zog den Ärmel seines Hausmantels hoch. Sein Arm war kreuz und quer von weißen Linien überzogen. Ich wollte gerade zum Telefon gehen und einen Krankenwagen kommen lassen, als er aufstand und sich streckte. »Ist dir eigentlich klar«, fragte er, »wie viele Körperzellen wir jedesmal töten, wenn wir uns bewegen?«

»Ich ruf einen Krankenwagen«, sagte ich.

»Nein, tust du nicht.« Sein Ton ließ mich innehalten. »Ich hab

* Kleine, ringförmig geschlossene DNA-Stücke, die neben dem eigentlichen Chromosom in der Zelle existieren. – *Anm. d. Übers.*

dir doch gesagt, daß ich nicht krank bin. Das ist meine Show. Weißt du, was sie im Krankenhaus mit mir anstellen würden? Es wäre so, als ob Höhlenmenschen versuchten, einen Computer auf dieselbe Weise zu reparieren wie eine Steinaxt. Es wäre eine Farce.«

»Was, zum Teufel, soll ich dann hier?« Langsam wurde ich wütend. »Ich kann nichts tun. Ich bin einer dieser Höhlenmenschen.«

»Du bist mein Freund«, sagte Vergil. Er richtete seinen Blick auf mich. Ich hatte den Eindruck, daß ich von mehr als nur von Vergil beobachtet wurde. »Ich möchte, daß du hierbleibst und mir Gesellschaft leistest.« Er lachte. »Wenn ich auch nicht gerade allein bin.«

Er lief zwei Stunden lang in dem Apartment herum, befingerte Dinge, schaute aus den Fenstern und machte sich langsam und methodisch etwas zu essen. »Weißt du, sie können tatsächlich ihre eigenen Gedanken fühlen«, sagte er gegen Mittag. »Ich meine, das Cytoplasma scheint einen eigenen Willen zu haben, eine Art aktives Unterbewußtsein im Gegensatz zum rationalen Denkvermögen, das sie erst vor kurzem erworben haben. Sie hören das chemische ›Geräusch‹ – oder was immer – der Moleküle, die sich in ihrem Innern anlagern und ablösen.«

Um zwei Uhr rief ich Gail an, um ihr zu sagen, daß ich später kommen würde. Mir war fast übel von der Anspannung, aber ich versuchte, meine Stimme ruhig klingen zu lassen. »Erinnerst du dich an Vergil Ulam? Ich unterhalte mich gerade mit ihm.«

»Alles in Ordnung?« fragte sie.

War es das? Eindeutig nicht. »Bestens«, beruhigte ich sie.

»Kultur!« rief Vergil und warf einen Blick aus der Küche zu mir herein. Ich sagte auf Wiedersehen und hängte ein. »Sie schwimmen immer in diesem Informationsbad. Tragen ihr Teil dazu bei. Es ist eine Gestaltsache oder irgend so was in der Art. Die Hierarchie ist absolut. Den Zellen, die nicht richtig interagieren, schicken sie maßgeschneiderte Bakteriophagen hinterher, Viren, die auf Individuen oder Gruppen spezialisiert sind. Da gibt's kein Entrinnen. Man wird vom Virus durchbohrt, die Zelle bläht sich nach außen, explodiert und löst sich auf. Aber es ist nicht einfach nur eine Diktatur. Ich glaube, sie haben effektiv mehr Freiheit als in einer Demokratie. Ich meine, sie sind alle individuell so verschieden. Ergibt das einen Sinn? Sie unterscheiden sich auf andere Weise als wir.«

»Hör auf!« sagte ich und packte seine Schultern. »Vergil, du treibst mich an den Rand des Wahnsinns. Ich halt das nicht mehr lange aus. Ich versteh dich nicht, und ich weiß nicht, ob ich dir glaube ...«

»Nicht mal jetzt?«

»Okay, mal angenommen, du gibst mir die ... die richtige Interpretation. Und zwar ohne Umschweife. Die ganze Geschichte ist wahr. Hast du dir schon mal die Mühe gemacht, dir die ganzen Konsequenzen zu überlegen? Was das alles heißt und wohin es möglicherweise führt?«

Er ging in die Küche und ließ sich ein Glas Wasser einlaufen, kam dann zurück und blieb dicht vor mir stehen. Seine Miene hatte sich geändert; kindliche Begeisterung war nüchterner Besorgnis gewichen. »Darin war ich noch nie sehr gut.«

»Hast du keine Angst?«

»Doch, hatte ich. Jetzt weiß ich's nicht mehr so recht.« Er fummelte am Gürtel seines Hausmantels herum. »Hör mal, ich möchte nicht, daß du denkst, ich hätte dich übergangen oder so. Aber ich hab mich gestern mit Michael Bernard getroffen. Er hat mich in seiner Privatklinik durchgecheckt und Proben genommen. Er hat mir gesagt, ich soll mit den Bestrahlungen aufhören. Hat heute morgen angerufen, kurz vor dir. Er meint, es sei alles klar. Und er hat mich gebeten, niemand was davon zu sagen.« Er hielt inne und machte wieder ein verträumtes Gesicht. »Städte aus Zellen«, fuhr er fort.

»Edward, sie stoßen Haarkapillaren durchs Gewebe, geben Informationen weiter ...«

»Schluß jetzt!« rief ich. »Alles ist klar? Was denn?«

»Nach Bernards Worten hab ich ›stark vergrößerte Makrophagen‹ im ganzen Körper. Und er hat dieselben anatomischen Veränderungen festgestellt. Also ist es nicht so, daß wir beide uns bloß was eingebildet haben.«

»Und was hat er nun vor?«

»Weiß ich nicht. Ich denke, er wird wahrscheinlich Genetron überreden, das Labor wieder aufzumachen.«

»Willst du das denn?«

»Es geht nicht nur darum, das Labor wiederzukriegen. Ich will dir was zeigen. Was passiert ist, seit ich mit den Bestrahlungen aufgehört habe. Ich verändere mich immer noch.« Er öffnete seinen Hausmantel und ließ ihn zu Boden gleiten. Seine Haut war am ganzen Körper kreuz und quer von weißen Linien überzogen. An seinem Rücken begannen die Linien Wülste zu bilden.

»Mein Gott«, sagte ich.

»Ich werd bald nur noch im Labor zu irgendwas gut sein und mich draußen nicht mehr sehen lassen können. Wie gesagt, im Krankenhaus wüßten sie gar nicht, was sie tun sollten.«

»Du bist ... du kannst doch mit ihnen reden und ihnen sagen, sie sollen's langsamer angehen lassen.« Ich merkte, wie lächerlich das klang.

»Ja, kann ich tatsächlich, aber sie hören nicht unbedingt drauf.«

»Ich dachte, du wärst ihr Gott oder so was.«

»Diejenigen, die an meinen Neuronen hängen, sind nur kleine Rädchen. Die sind Forscher oder erfüllen zumindest die gleiche Funktion. Sie wissen, daß ich hier bin und was ich bin, aber das heißt nicht, daß sie die höheren Ebenen der Hierarchie auch davon überzeugt haben.«

»Die diskutieren miteinander?«

»So was Ähnliches. Jedenfalls ist es nicht gar so schlimm. Wenn das Labor wieder aufgemacht wird, hab ich ein Zuhause, einen Platz zum Arbeiten.« Er warf einen flüchtigen Blick aus dem Fenster, als ob er nach jemand Ausschau hielte. »Ich hab mich noch nie jemandem so nahe gefühlt.« Wieder das verklärte Lächeln. »Ich bin für sie verantwortlich. Wie eine Mutter.«

»Du hast keine Möglichkeit, rauszufinden, was sie tun werden.«

Er schüttelte den Kopf.

»Nein, das ist mein Ernst. Du sagst, sie sind wie eine Zivilisation ...«

»Wie tausend Zivilisationen.«

»Ja, und es ist allgemein bekannt, daß Zivilisationen manchmal Mist bauen. Krieg, die Umwelt ...«

Ich griff nach jedem Strohhalm und versuchte, meine wachsende Panik unter Kontrolle zu halten. Ich war nicht fähig, mit der Ungeheuerlichkeit dessen, was da vorging, fertig zu werden. Und Vergil ebensowenig. Er war der letzte, den ich als verständig und klug bezeichnet hätte, wenn es um große Fragen ging.

»Aber ich bin der einzige, der in Gefahr ist.«

»Das weißt du nicht. Um Himmels willen, Vergil, schau dir an, was sie mit dir *machen!*«

»Mit mir, nur mit mir!« sagte er. »Mit sonst keinem.«

Ich schüttelte den Kopf und hob resignierend die Hände. »Okay. Bernard bringt sie also dazu, das Labor wieder aufzumachen, du ziehst ein und wirst zum Versuchskaninchen. Was dann?«

»Sie behandeln mich gut. Ich bin jetzt mehr als nur der gute alte Vergil Ulam. Ich bin eine gottverdammte Galaxis, eine Supermutter.«

»Ein Superwirt, meinst du.«

Er gab mir mit einem Achselzucken recht.

Ich konnte es nicht mehr ertragen. Ich verabschiedete mich mit ein paar fadenscheinigen Ausreden, setzte mich dann in die Eingangshalle des Apartmenthauses und versuchte mich zu beruhigen. Jemand mußte ihm Vernunft beibringen. Auf wen würde er hören? Er war zu Bernard gegangen …

Und es klang, als ob Bernard nicht nur überzeugt, sondern auch interessiert sei. Leute von Bernards Kaliber gaben sich nicht mit den Vergil Ulams dieser Welt ab, wenn sie sich nichts davon versprachen …

Ich hatte eine vage Ahnung und beschloß, darauf zu setzen. Ich ging zu einem öffentlichen Fernsprecher, steckte meine Kreditkarte hinein und rief bei Genetron an.

»Ich möchte, daß Sie Dr. Michael Bernard ausrufen lassen«, erklärte ich der Empfangsdame.

»Wer ist da, bitte?«

»Hier ist sein Auftragsdienst. Wir haben einen Notruf, und sein Piepser scheint nicht zu funktionieren.«

Ein paar nervöse Minuten später kam Bernard an den Apparat. »Wer, zum Teufel, ist da?« fragte er leise. »Ich habe keinen Auftragsdienst.«

»Mein Name ist Edward Milligan. Ich bin ein Freund von Vergil Ulam. Ich glaube, wir sollten mal über ein paar Probleme sprechen.«

Wir verabredeten uns für den nächsten Vormittag.

Ich ging nach Hause und versuchte mir Entschuldigungen auszudenken, um morgen nicht zur Schicht ins Krankenhaus zu müssen. Ich konnte mich nicht auf medizinische Dinge konzentrieren, konnte mich meinen Patientinnen nicht annähernd so intensiv widmen, wie sie es verdienten.

Ich hatte Schuldgefühle, war nervös, wütend und voller Angst.

So fand mich Gail. Ich setzte eine Maske der Gelassenheit auf, und wir machten zusammen das Abendbrot. Nach dem Essen sahen wir durch das Fenster zur Bucht zu, wie in der späten Dämmerung die

Lichter der Stadt angingen, und hielten einander fest. Seltsame Winterstare pickten in den letzten hellen Minuten auf dem gelben Rasen herum und flogen dann in einem aufkommenden Wind davon, der die Fenster klappern ließ.

»Irgendwas stimmt doch nicht«, sagte Gail leise. »Willst du's mir erzählen oder einfach so tun, als ob alles normal wäre?«

»Liegt nur an mir«, erwiderte ich. »Ich bin nervös. Die Arbeit im Krankenhaus.«

»Herrje«, sagte sie und setzte sich auf. »Du wirst dich wegen dieser Mrs. Baker noch mal von mir scheiden lassen.« Mrs. Baker wog dreihundertsechzig Pfund und hatte erst im fünften Monat bemerkt, daß sie schwanger war.

»Nein«, sagte ich lustlos.

»Da bin ich aber enorm erleichtert!« sagte Gail und berührte leicht meine Stirn. »Du weißt doch, daß es mich wahnsinnig macht, wenn du so in dich gekehrt bist.«

»Na ja, ich kann im Moment noch nicht darüber sprechen, also …« Ich tätschelte ihre Hand.

»Sei nicht so abscheulich herablassend«, sagte sie und stand auf. »Ich geh und mach Tee. Willst du auch welchen?« Jetzt war sie eingeschnappt, und ich war verkrampft, weil ich es ihr nicht erzählt hatte.

Ich fragte mich, warum ich nicht einfach mit allem herausrückte. Ein alter Freund von mir verwandelte sich in eine Galaxis.

Statt dessen räumte ich den Tisch ab. In dieser Nacht konnte ich nicht schlafen. Ich saß mit dem Kissen an der Wand im Bett, schaute auf Gail hinunter und versuchte mir darüber klarzuwerden, was meines Wissens real war und was nicht.

Ich bin Arzt, sagte ich mir. Ein technischer, wissenschaftlicher Beruf. Ich sollte gegen Sachen wie den Zukunftsschock immun sein.

Vergil Ulam verwandelte sich in eine Galaxis.

Wie es wohl wäre, mit einer Billion Chinesen gefüllt zu sein? Ich grinste im Dunkeln und hätte gleichzeitig beinahe geheult. Was Vergil in sich hatte, war unvorstellbar viel fremdartiger als Chinesen. Fremdartiger als alles, was ich – oder Vergil – ohne größere Probleme verstehen konnte. Vielleicht jemals verstehen konnte.

Aber ich wußte, was real war. Das Schlafzimmer. Die Lichter der Stadt, die schwach durch hauchdünne Vorhänge schienen. Die schlafende Gail. Sehr wichtig. Gail im Bett, schlafend.

Der Traum kam wieder. Diesmal kam die Stadt durchs Fenster herein und griff Gail an. Sie war ein riesiger Spanner mit stacheligem Haar und dem Glanz der Trunkenheit in den Augen, und sie knurrte etwas in einer Sprache, die ich nicht verstehen konnte, einer Sprache, die aus Autohupen, dem Gebrabbel von Menschenmassen und chaotischem Baulärm bestand. Ich versuchte sie abzuwehren, aber es gelang ihr, an Gail heranzukommen – und die Stadt verwandelte sich in eine Wolke aus Sternen, die auf das ganze Bett und alles andere herabregneten. Ich erwachte abrupt und blieb bis zum Anbruch der Dämmerung wach, zog mich mit Gail zusammen an, küßte sie und genoß die Wirklichkeit ihrer menschlichen, unversehrten Lippen.

Und ging zu meinem Treffen mit Bernard. Man hatte ihm eine Suite in einem großen Krankenhaus in der Innenstadt vermietet; ich fuhr mit dem Fahrstuhl in den sechsten Stock und sah, was Ruhm und Reichtum bedeuten konnten.

Die Suite war geschmackvoll eingerichtet: feine Serigraphien an holzgetäfelten Wänden, Möbel aus Chrom und Glas, ein cremefarbener Teppich, chinesisches Messing und wermutfarbene Schränke und Tische.

Er bot mir eine Tasse Kaffee an, und ich nahm an. Er setzte sich in die Frühstücksecke, und ich nahm gegenüber von ihm Platz, wobei ich meine Tasse mit feuchten Händen umschloß. Er war gepflegt und trug einen grauen Anzug, hatte graue Haare und ein scharfes Profil. Er war Mitte Sechzig und hatte eine deutliche Ähnlichkeit mit Leonard Bernstein.

»Kommen wir zu unserem gemeinsamen Bekannten«, sagte er, »Mr. Ulam. Brillant. Und ich zögere nicht, zu sagen: couragiert.«

»Er ist mein Freund. Ich mache mir Sorgen um ihn.«

Bernard hob den Finger. »Couragiert – und ein verdammter Narr. Was mit ihm geschehen ist, hätte nie passieren dürfen. Mag sein, daß er dabei unter Druck gestanden hat, aber das ist keine Entschuldigung. Trotzdem, es ist nun mal passiert. Er hat mit Ihnen gesprochen, nehme ich an.«

Ich nickte. »Er will zu Genetron zurück.«

»Natürlich. Da sind ja seine ganzen Geräte. Und da wird wahrscheinlich auch sein Zuhause sein, während wir die Sache auswerten.«

»Auswerten – wie? Welchen Sinn hat das?« Ich dachte nicht sonderlich klar. Ich hatte leichte Kopfschmerzen.

»Ich kann mir viele Verwendungsmöglichkeiten für kleine, superdichte Computerelemente auf biologischer Basis vorstellen. Sie nicht? Genetron hat bereits Durchbrüche erzielt, aber das ist eine ganz tolle Sache.«

»Was schwebt Ihnen da vor?«

Bernard lächelte. »Ich darf eigentlich nicht darüber sprechen. Es wird revolutionär sein. Wir müssen ihn ins Labor verlegen. Tierexperimente müssen durchgeführt werden. Wir werden natürlich ganz von vorn anfangen müssen. Vergils ... ähm ... Kolonien können nicht übertragen werden. Sie basieren auf seinen weißen Blutkörperchen. Deshalb müssen wir Kolonien züchten, die in anderen Tieren keine Immunreaktionen auslösen.«

»Wie zum Beispiel eine Infektion?« fragte ich.

»Da gibt es wohl gewisse Ähnlichkeiten. Aber Vergil hat keine Infektion.«

»Meine Tests zeigen das aber an.«

»Das sind wahrscheinlich die Datenteilchen, die in seinem Blut schwimmen, meinen Sie nicht?«

»Ich weiß es nicht.«

»Hören Sie, ich möchte, daß Sie ins Labor kommen, wenn sich Vergil dort eingelebt hat. Ihre fachmännische Meinung könnte uns von Nutzen sein.«

Uns. Er steckte mit Genetron unter einer Decke. Konnte er da objektiv sein? »Welchen Nutzen werden Sie denn daraus ziehen?«

»Ich war in meinem Beruf immer an der Spitze. Ich sehe keinen Grund, weshalb ich hier nicht helfen sollte. Mit meinem Wissen über Gehirn- und Nervenfunktionen und aufgrund meiner Forschungen im neurophysiologischen Bereich ...«

»Sie könnten Genetron helfen, eine Untersuchung durch die Regierung abzuwimmeln«, sagte ich.

»Das war reichlich unverblümt. Zu unverblümt, und außerdem unfair.«

»Vielleicht. Trotzdem, ja: Ich würde gern ins Labor kommen, wenn sich Vergil dort eingelebt hat. Wenn ich immer noch willkommen bin, trotz meiner Unverblümtheit und allem.«

Er sah mich scharf an. Ich würde nicht in *seinem* Team spielen; einen Moment lang waren seine Gedanken fast unverhüllt sichtbar.

»Natürlich«, sagte Bernard und stand mit mir zusammen auf. Er streckte den Arm aus und schüttelte mir die Hand. Seine Hand war feucht. Er war genauso nervös wie ich, auch wenn er es nicht offen zeigte.

Ich kehrte in meine Wohnung zurück und blieb dort bis zum Mittag. Ich las, versuchte meine Gedanken zu ordnen und eine Entscheidung zu treffen – was real war, was ich schützen mußte.

Jeder kann nur ein begrenztes Ausmaß an Veränderungen ertragen. Innovation ja, aber bei der Anwendung sollte man sich Zeit lassen und nichts forcieren. Jeder Mensch hat das Recht, derselbe zu bleiben, bis er es sich anders überlegt.

Der größte wissenschaftliche Fortschritt seit …

Und Bernard würde ihn forcieren. Genetron würde ihn forcieren. Ich wurde mit dem Gedanken nicht fertig. »Neo-Luddit*«, sagte ich zu mir. Eine böse Anschuldigung.

Als ich Vergils Nummer auf dem Sicherheitstastenfeld des Gebäudes eingab, meldete er sich sofort. »Ja«, sagte er. Er klang jetzt heiter. »Komm rauf! Ich bin im Bad. Die Tür ist offen.«

Ich betrat sein Apartment und ging durch den Flur zum Bad. Vergil saß in der Wanne, bis zum Hals in rötlichem Wasser. Er lächelte mich unbestimmt an und planschte mit den Händen. »Sieht aus, als hätte ich mir die Pulsadern aufgeschnitten, nicht?« sagte er leise. »Keine Bange. Jetzt ist alles in Butter. Genetron stellt mich wieder ein. Bernard hat gerade angerufen.« Er zeigte zum Telefon und zur Gegensprechanlage im Bad.

Ich setzte mich auf die Toilette und bemerkte, daß die Höhensonne neben den Handtuchschränken stand. Die UV-Lampen lagen in einer Reihe am Rand der Platte, in die das Waschbecken eingelassen war. »Du bist sicher, daß du das willst«, sagte ich mit hängenden Schultern.

»Ja, ich glaub schon«, sagte er. »Die können sich besser um mich kümmern. Ich wasch mich noch schnell und zieh heute abend rüber. Bernard holt mich mit seiner Limousine ab. Prima. Von jetzt an läuft alles prima.«

Die rötliche Farbe des Wassers sah nicht nach Seife aus. »Ist das ein Schaumbad?« fragte ich. Dann wurde mir schlagartig einiges klar, und ich fühlte mich noch ein bißchen elender. Was mir da in

* Englische Textilarbeiter, die Anfang des 19. Jahrhunderts aus Angst vor der Arbeitslosigkeit die Maschinen stürmten; benannt nach einem der ersten Maschinenstürmer, Ned Lud. – *Anm. d. Übers.*

den Sinn gekommen war, war nur ein weiterer offenkundiger und unausweichlicher Irrsinn.

»Nein«, antwortete Vergil. Ich wußte es bereits.

»Nein«, wiederholte er, »es kommt aus meiner Haut. Sie erzählen mir nicht alles, aber ich glaube, sie schicken Kundschafter aus. Astronauten.« Er sah mich mit einer Miene an, in der nicht so sehr Besorgnis lag, sondern eher Neugier, wie ich es aufnehmen würde.

Bei der Bestätigung spannten sich meine Bauchmuskeln, als ob sie einen Schlag erwarteten. Ich hatte die Möglichkeit bis jetzt nie auch nur erwogen, vielleicht weil ich mich auf andere Aspekte konzentriert hatte. »Passiert das zum erstenmal?« fragte ich.

»Ja.« Er lachte. »Ich hätte gute Lust, die kleinen Biester im Abfluß runterzuspülen. Dann können sie rausfinden, wie's in der Welt wirklich zugeht.«

»Sie würden überall hingelangen«, sagte ich.

»Garantiert.«

»Wie … wie geht's dir?«

»Ziemlich gut im Moment. Müssen Milliarden sein.« Er planschte noch mehr mit seinen Händen. »Was meinst du? Soll ich die kleinen Biester rauslassen?«

Rasch und fast ohne nachzudenken kniete ich mich neben die Wanne. Meine Finger tasteten nach dem Stromkabel der Höhensonne, und ich steckte sie ein. Er hatte Türklinken unter Strom gesetzt, meine Pisse blau gefärbt und tausend dumme Streiche ausgeheckt, und er war nie erwachsen, nie reif genug geworden, um zu begreifen, daß er brillant genug war, um der Welt tatsächlich Schaden zuzufügen; er würde es nie lernen, vorsichtig zu sein.

Er griff nach dem Abflußstöpsel. »Weißt du, Edward, ich …«

Er beendete den Satz nicht mehr. Ich hob die Höhensonne auf, warf sie in die Wanne und sprang vor dem aufschießenden Dampf und den sprühenden Funken zurück. Vergil schrie, schlug um sich und zuckte, und dann war alles reglos und still. Nur das leise, stetige Zischen war noch zu hören, und von seinen Haaren stieg Rauch auf.

Ich hob den Klodeckel hoch und übergab mich. Dann hielt ich mir die Nase zu und ging ins Wohnzimmer. Meine Beine gaben unter mir nach, und ich fiel abrupt auf die Couch.

Nach einer Stunde durchsuchte ich Vergils Küche und fand Bleichmittel, Ammoniak und eine Flasche Jack Daniel's. Ich ging ins Bad zurück und gab mir Mühe, Vergil nicht direkt anzuschauen. Ich goß erst den Schnaps, dann das Bleichmittel und dann das Ammoniak ins Wasser. Chlorblasen begannen aufzusteigen, und ich ging hinaus und machte die Tür hinter mir zu.

Das Telefon klingelte, als ich nach Hause kam. Ich nahm nicht ab. Es hätte das Krankenhaus sein können. Oder Bernard. Oder die Polizei. Ich konnte es direkt vor mir sehen, wie ich der Polizei alles erklären mußte. Genetron würde mauern; Bernard würde nicht zu erreichen sein.

Ich war erschöpft. All meine Muskeln waren verkrampft vor Anspannung oder wie immer man die Gefühle bezeichnen will, die einen befallen, wenn man ... Völkermord begangen hat?

Das kam mir alles andere als real vor. Ich konnte nicht glauben, daß ich gerade hundert Billionen intelligenter Lebewesen ermordet hatte. Daß ich eine ganze Galaxis ausgelöscht hatte. Es war lächerlich. Aber ich lachte nicht.

Es fiel mir überhaupt nicht schwer zu glauben, daß ich gerade einen Menschen getötet hatte, einen Freund. Der Rauch, die geschmolzenen Leuchtstoffröhren, das herabhängende, rauchende Kabel.

Vergil.

Ich hatte die Höhensonne zu Vergil in die Wanne geworfen.

Mir war übel. Träume, Städte, die Gail vergewaltigten (und was war mit seiner Freundin Candice?). Wasser, das mit diesen Geschöpfen durch den Abfluß rauschte. Galaxien, die auf uns alle herabregneten. Was für ein Horror! Dann wiederum: was für eine potentielle Schönheit – eine neue Art von Leben, Symbiose und Transformation.

Hatte ich genug getan, um sie alle umzubringen? Ich geriet einen Moment lang in Panik. Morgen, dachte ich, werde ich sein Apartment sterilisieren. Irgendwie. Ich verschwendete nicht einen Gedanken an Bernard.

Als Gail zur Tür hereinkam, lag ich schlafend auf der Couch. Ich wachte groggy auf, und sie blickte auf mich herunter.

»Alles in Ordnung mit dir?« fragte sie und hockte sich auf den Rand der Couch. Ich nickte.

»Was gibt's heut abend zu essen?« Mein Mund funktionierte nicht richtig. Die Worte waren ein Brei. Sie fühlte mir die Stirn.

»Du hast Fieber, Edward«, sagte sie. »Sehr hohes Fieber.«

Ich taumelte ins Bad und schaute in den Spiegel. Gail war dicht hinter mir. »Was ist?« fragte sie.

Unter meinem Kragen zogen sich Linien um den Hals. Weiße Linien, wie Autobahnen. Sie waren schon lange in mir drin. Tagelang.

»Feuchte Hände«, sagte ich. Es war so offensichtlich.

Ich glaube, wir wären beinahe gestorben. Zuerst kämpfte ich dagegen an, aber nach ein paar Minuten war ich schon zu schwach, um mich zu bewegen. Eine Stunde später war Gail genauso krank.

Ich lag schweißgebadet auf dem Teppich im Wohnzimmer. Gail lag mit kalkweißem Gesicht und geschlossenen Augen auf der Couch, wie eine Leiche im Einbalsamierungsraum. Eine Weile dachte ich, sie sei tot. So krank ich war, ich tobte innerlich vor Wut – ich verspürte Haß und ein ungeheures Schuldgefühl, weil ich so schwach war, weil ich so lange gebraucht hatte, um alle Möglichkeiten zu erfassen. Dann kümmerte es mich nicht mehr. Ich war zu schwach, um zu blinzeln, also schloß ich die Augen und wartete.

In meinen Armen und Beinen war ein Rhythmus. Mit jedem Pulsschlag wallte so etwas wie ein Klang in mir auf. Es hörte sich wie ein tausend Mann starkes Orchester an, in dem jedoch nicht alle dasselbe Stück spielten, sondern die Symphonien ganzer Spielzeiten zugleich. Musik des Blutes. Der Klang oder was immer wurde härter, aber koordinierter, Wellenzüge, die sich schließlich gegenseitig annullierten, bis Stille herrschte, und sich dann in harmonische Schwebungen trennten.

Die Schwebungen schienen mit mir, mit dem Klang meines Herzens zu verschmelzen.

Zuerst dämpften sie unsere Immunreaktionen. Der Krieg – und es war ein Krieg auf einer Stufe, wie es ihn auf der Erde noch nie gegeben hatte, mit Billionen von Kombattanten – dauerte schätzungsweise zwei Tage.

Als ich wieder soweit bei Kräften war, daß ich an den Wasserhahn in der Küche herankam, konnte ich fühlen, wie sie an meinem Gehirn arbeiteten, wie sie den Code zu knacken und den Gott im Protoplasma zu finden versuchten. Ich trank, bis mir schlecht war, dann trank ich in Maßen weiter und brachte Gail auch ein Glas. Sie nippte daran. Ihre Lippen waren aufgesprungen, ihre Augen blutunterlaufen und von gelblichem Schorf umringt. Ihre Haut hatte ein bißchen Farbe. Ein paar Minuten später saßen wir matt in der Küche und aßen kraftlos.

»Was war *das* denn, zum Teufel?« fragte sie als erstes. Da ich nicht die Kraft hatte, es ihr zu erklären, schüttelte ich nur den Kopf. Ich schälte eine Orange und gab ihr die Hälfte ab. »Wir sollten einen Arzt holen«, sagte sie. Aber ich wußte, daß wir das nicht tun würden. Ich empfing bereits Botschaften; es ließ sich nicht länger leugnen, daß jedes Gefühl von Freiheit, das wir hatten, eine Illusion war.

Am Anfang waren die Botschaften simpel. Erinnerungen an Befehle manifestierten sich statt der Befehle selbst in meinem Kopf. Wir sollten die Wohnung nicht verlassen – ein Gedanke, der für die Herrschenden sehr abstrakt, aber trotzdem unerwünscht zu sein schien – und keinen Kontakt mit anderen aufnehmen. Wir durften vorläufig bestimmte Nahrungsmittel essen und Leitungswasser trinken.

Als sich das Fieber bei uns beiden legte, kamen die Veränderungen schnell und drastisch. Gail und ich wurden fast gleichzeitig bewegungsunfähig. Sie saß am Tisch, ich kniete auf dem Boden. Ich konnte sie gerade noch so eben aus den Augenwinkeln sehen.

An ihrem Arm bildeten sich Wülste.

Sie hatten in Vergil gelernt; ihre Taktik in uns war ganz anders. Mich juckte es zwei Stunden lang überall – zwei Stunden in der Hölle –, bevor ihnen der Durchbruch gelang und sie mich fanden. Die Anstrengung von Generationen – nach ihrem Zeitmaßstab – zahlte sich aus, und sie kommunizierten reibungslos und direkt mit dieser riesigen, unbeholfenen Intelligenz, die einst ihr Universum beherrscht hatte.

Sie waren nicht grausam. Als ihnen klar wurde, was Unbehagen bedeutete und wie unerwünscht es war, arbeiteten sie daran, es zu lindern. Dabei überspannten sie den Bogen. Eine weitere Stunde schwamm ich in einem Meer der Glückseligkeit, ohne jeden Kontakt mit ihnen.

Als der nächste Morgen dämmerte, wurden wir freigegeben und durften uns wieder bewegen; vor allem, um ins Bad zu gehen. Es gab gewisse Abfallstoffe, mit denen sie nichts anfangen konnten. Ich entleerte diese – mein Urin war purpurrot –, und Gail tat es gleich nach mir. Wir sahen uns mit leerem Blick an. Dann brachte sie ein schwaches Lächeln zustande. »Reden sie mit dir?« fragte sie. Ich nickte. »Dann bin ich also nicht verrückt.«

In den nächsten zwölf Stunden schien die Kontrolle auf einigen

Ebenen nachzulassen. Während dieser Zeit gelang es mir, den größten Teil dieses Manuskripts niederzuschreiben. Ich vermute, daß in meinem Innern ein weiterer Krieg stattfand. Gail konnte sich wie zuvor in Grenzen bewegen, aber mehr auch nicht.

Als die Kontrolle wieder umfassend wurde, bekamen wir den Befehl, einander zu umarmen. Wir zögerten nicht.

»Eddie ...«, flüsterte sie. Mein Name war der letzte Laut, den ich je von draußen hörte.

Wir wuchsen im Stehen zusammen. Innerhalb von Stunden wurden unsere Füße größer und breiteten sich aus. Dann wuchsen Fortsätze zu den Fenstern, um Sonnenlicht aufzunehmen, und zur Küche, um Wasser aus dem Waschbecken zu entnehmen. Bald spannten sich Filamente in alle Ecken des Zimmers; sie kratzten Tünche und Putz von den Wänden und zerrten Stoff und Füllung aus den Möbeln.

Als der nächste Tag anbrach, war die Transformation vollzogen.

Ich habe kein klares Bild mehr davon, wie wir aussehen. Ich vermute, daß wir Zellen ähneln – großen, flachen und mit Härchen versehenen Zellen, die sich zielstrebig durch den größten Teil der Wohnung spannen. Wie im Kleinen, so auch im Großen.

Ich bin gebeten worden, mit der Aufzeichnung fortzufahren, aber das wird bald nicht mehr möglich sein. Unsere Intelligenz fluktuiert täglich, während wir von den denkenden Wesen in unserem Innern absorbiert werden, und unsere Individualität verringert sich mit jedem Tag. Wir sind wahrhaftig riesige, unbeholfene Dinosaurier. Unsere Erinnerungen sind von Milliarden der Ihren übernommen und unsere Persönlichkeiten durch das transformierte Blut verbreitet worden.

Bald wird es keine Notwendigkeit für eine Zentralisierung mehr geben.

Ich bin informiert worden, daß die Rohrleitungen bereits befallen sind. Überall im Haus werden Menschen umgewandelt.

Innerhalb von Wochen nach der alten Zeitrechnung werden wir in großer Zahl die Seen, Flüsse und Meere erreichen.

Ich kann nicht einmal raten, was daraus entstehen wird. Jeder Quadratzentimeter des Planeten wird vor Gedanken brodeln. In ein paar Jahren, vielleicht auch viel eher, werden sie ihre eigene Individualität (soweit es sie gibt) überwinden.

Dann werden neue Geschöpfe kommen. Ihre Denkfähigkeit wird so immens sein, daß wir sie uns nicht einmal vorstellen können.

Mein ganzer Haß und all meine Angst sind jetzt verschwunden.

Mir – uns – bleibt zum Schluß nur eine einzige Frage.

*Wie oft ist das schon anderswo passiert?* Noch nie sind Besucher aus dem Raum zur Erde gekommen. Dazu bestand keine Notwendigkeit.

Sie hatten Universen in Sandkörnern gefunden.

## Fritz Leiber

# *Versäum nicht den Zeppelin!*

Heuer, während eines Aufenthalts in New York, wo ich meinen Sohn, einen anerkannten Sozialhistoriker, besuchte, hatte ich ein aufwühlendes Erlebnis. Und noch heute läßt es mich in dunklen Stunden, von denen es in meinem Alter nicht wenige gibt, an jenen absoluten Grenzen von Zeit und Raum zweifeln, die unser einziger Schutz gegen das Chaos sind. Dann steigt in mir die Angst auf, daß mein Verstand – mein ganzes Sein – plötzlich und ohne Vorwarnung von einem kosmischen Sturm erfaßt und in ein völlig anderes Reich dieses Universums der unbegrenzten Möglichkeiten fortgerissen werden könnte. Oder gar in ein anderes Universum. Und daß dann mein Ich, meine Persönlichkeit, verwandelt werden könnte, um sich der neuen Umgebung anzugleichen.

Aber zu anderen Zeiten – und noch überwiegen sie – glaube ich, daß mein aufwühlendes Erlebnis nichts anderes war als einer jener erstaunlich plastischen Wachträume, denen alte Menschen in zunehmendem Maße unterliegen – Träume, welche die Vergangenheit ganz allgemein betreffen, aber auch Träume, in denen man an einem ganz bestimmten Punkt der Vergangenheit anders und besser entschied, als man es wirklich tat, oder in denen die gesamte

Menschheit anders entschied und damit der Zukunft ein völlig neues Gesicht verlieh. Dieses verführerische Was-wäre-gewesen-wenn spukt in den Gedanken vieler älterer Leute herum.

Im Einklang mit dieser Theorie muß ich zugeben, daß dieses ganze aufwühlende Erlebnis sehr viel Ähnlichkeit mit einem Traum aufwies. Es begann damit, daß ich flüchtige Impressionen einer veränderten Welt hatte, die mich verwirrten.

Dann kam eine längere Periode, in der ich die veränderte Welt völlig akzeptierte; ich erlebte sie mit Vergnügen und hegte trotz eines gelegentlichen Unbehagens den Wunsch, mich für immer in ihrem Glanz zu sonnen. Das Ende war Entsetzen und Grauen, und ich spreche nicht gern darüber, es sei denn, mir bleibt keine andere Wahl.

Im Gegensatz dazu gibt es Momente, da ich absolut sicher bin, daß alles, was mir in Manhattan und seinem berühmtesten Bauwerk widerfuhr, echt und real war und daß ich mich in der Tat in einem fremden Zeitstrom befand.

Zum Abschluß möchte ich noch erwähnen, daß die nun folgende Schilderung notwendigerweise aus der Retrospektive erfolgt. Mir ist klar, daß so etwas zu Überlagerungen führt, daß ich jetzt unwillkürlich Stellung nehme und Schlüsse ziehe, die mir zum Zeitpunkt des Erlebnisses nicht in den Sinn kamen.

Nein, als es geschah – und jetzt, im Augenblick des Schreibens, bin ich überzeugt, daß es wirklich geschah –, folgte einfach zwangsläufig ein Ereignis auf das andere. Ich stellte nichts in Frage.

Warum gerade mir dies zustieß, und welche Kräfte dabei im Spiel waren? Nun, ich glaube, daß sich jeder Mensch gelegentlich in einem Zustand extremer Sensibilität oder besser Verwundbarkeit befindet; dann kann es geschehen, daß die kosmischen Stürme sein Bewußtsein, sein ganzes Ich, in ein fremdes Sein tragen – um es später aufgrund eines Prinzips, das ich das Gesetz zur Erhaltung der Realität nenne, wieder zurückzuschleudern.

Ich schlenderte über den Broadway, irgendwo in der Nähe der Vierunddreißigsten Straße. Es war ein kalter Tag, sonnig trotz des Smogs – ein erfrischender Tag –, und ich schritt mit einem Male forscher aus, als es meiner eher vorsichtigen Natur entspricht. Meine Beine bewegten sich wie von selbst im Marschrhythmus; ich straffte die Schultern und atmete tief ein, ungeachtet der Abgase, die mich einhüllten. Um mich brauste und dröhnte der Verkehr, steigerte sich hin und wieder zum Knattern eines Maschinengewehrs. Die Fußgänger drängelten mit jener rattenflinken, dumpfen Entschlossenheit, die so typisch für die Bewohner amerikanischer Großstädte ist, die ihren Höhepunkt jedoch in New York erreicht. Ich übersah auch das in heiterer Gelassenheit. Lächelnd beobachtete ich, wie ein zerlumpter Penner und eine grauhaarige, in Pelze gehüllte Dame der Gesellschaft Seite an Seite die Straße überquerten; sie wichen dem Verkehr mit einer geübten, kühlen Sicherheit aus, wie man sie nur in Amerikas größter Metropole findet.

Genau in diesem Moment bemerkte ich einen breiten dunklen Schatten, der quer über die Straße fiel. Ein Wolkenschatten konnte es nicht sein, denn er bewegte sich nicht. Ich warf den Kopf in den Nacken, ohne meine Schritte zu verlangsamen – ein richtiger Hans Guckindieluft.

Mein Blick wanderte die hundertzwei Stockwerke des höchsten Bauwerks der Welt hinauf, des Empire State Building. Ich hatte die Vision eines mächtigen, fängebewehrten Affen, der die Fassade erklomm, ein wunderschönes Mädchen im zottigen Arm – o ja, ich mußte an *King Kong* (oder *Kong King,* wie ihn die Schweden nennen) in dem köstlichen amerikanischen Horrorfilm denken.

Und dann glitt mein Blick noch höher, zu dem stabilen Anlegeturm, der an die siebzig Meter über das Dach des Empire State Building aufragte. An seiner Spitze hatte eine gigantische, atemberaubend schöne silbrige Stromlinienform festgemacht, und sie war es, die den Schatten warf.

Ich möchte noch einmal erwähnen, daß mich der Anblick zu jenem Zeitpunkt nicht im geringsten überraschte. Ich wußte sofort, daß es sich um den deutschen Zeppelin *Ostwald* handelte, benannt nach dem berühmten Pionier auf dem Gebiet der physikalischen Chemie und der Elektrochemie. Es war das Prunkstück jener mächtigen Flotte von Leichtfrachtern und Luxus-Passagierschiffen, die von Berlin, Bremerhaven und Baden-Baden aus die ganze Welt ansteuerten. Jene unvergleichliche Friedensarmada, deren titanische Schiffe die Namen von weltberühmten Wissenschaftlern trugen. Die Deutschen *Mach, Nernst, Humboldt* und *Fritz Haber* waren vertreten, der Franzose *Antoine Henri Becquerel*, der Amerikaner *Edison* und die Polin *Sklodowska* sowie deren Sohn *T. Sklodowska-Edison* und sogar ein Jude – *Einstein.* Die große humanitäre Flotte, in der ich als Verkaufsberater und Experte keinen unbedeutenden Platz innehatte! Ich dachte mit berechtigtem Stolz an die edle Leistung des Vaterlandes.

Ich wußte auch, ohne lange zu überlegen, daß die Länge der *Ostwald* mehr als die Hälfte des insgesamt 490 Meter hohen Empire State Building betrug. Und erneut schwellte Stolz meine Brust, als mir einfiel, daß der Berliner Zeppelinturm nur um ein paar Meter niedriger war. Deutschland, so sagte ich mir, hat es nicht nötig, nach primitiven Zahlenrekorden zu streben – seine glanzvollen wissenschaftlichen und technischen Errungenschaften sprechen auf der ganzen Welt für sich.

All dies ging mir blitzschnell durch den Kopf, und ich verlangsamte keine Sekunde meinen zackigen Schritt. Während mein Blick aus schwindelnden Höhen zurückkehrte, summte ich leise *Deutschland, Deutschland über alles* vor mich hin.

Der Broadway sah nun völlig verändert aus. Auch das erschien mir so natürlich wie das heliumgefüllte Ellipsoid der *Ostwald* hoch am Himmel. Silbrige Elektrolaster, Busse und Privatautos ohne Zahl summten dahin, leise und elegant und dabei fast so schnell wie die klapprigen, nach Benzin stinkenden Gefährte, die noch kurz zuvor die Straße mit ihrem Dröhnen erfüllt hatten – auch wenn mir das im Moment nicht gegenwärtig war. Hin und wieder bog ein Fahrzeug in die geräumige Silberbucht der Batterie-Schnellwechsel-Station weiter vorn. Andere verließen sie und fädelten sich in den fast lautlosen Verkehrsstrom.

Die Luft, die ich dankbar in meine Lungen sog, war frisch und rein, ohne eine Spur von Abgasen.

Die Fußgänger drängten nicht mehr so wie zuvor. Sie gingen schnell, aber sie gaben nie ihre Würde und ihre gute Erziehung auf. Die Schwarzen und Kaukasier unter ihnen waren gut gekleidet und strahlten große Selbstachtung aus.

Der einzige Mißklang in diesem Bild war ein hochgewachsener, bleicher, hagerer Mann mit unbestreitbar hebräischen Zügen. Seine dunkle Kleidung wirkte zwar ordentlich, aber ein wenig schäbig, und seine Schultern fielen nach vorn. Er sah mich prüfend an, wandte sich jedoch sofort ab, als ich seinen Blick erwiderte. Ich schmunzelte ein wenig, weil mir einfiel, was mein Sohn über das City College von New York gesagt hatte: Eingeweihte legten die Abkürzung CCNY im Spaß als *Neu-Yiddisch* aus. Zu meiner Ehre muß ich betonen, daß ich keinerlei Bosheit empfand, als ich lachte. Deutschland mit seiner sprichwörtlichen Toleranz und seinem Edelmut hat den beschämenden Antisemitismus von einst längst überwunden. Wenn wir fair sind, müssen wir sogar zugeben, daß etwa ein Drittel unserer großen Männer, darunter Haber und Einstein, Juden waren oder zumindest ein paar Tropfen jüdisches Blut in den Adern hatten. Allerdings lauern im Unterbewußtsein vor allem der älteren Leute die bösen Erinnerungen, und sie brechen gelegentlich an die Oberfläche durch wie U-Boote auf Feindfahrt.

Meine heitere Laune stellte sich rasch wieder ein. Ich strich mit einer knappen, fast militärischen Geste den kurzen Oberlippenbart glatt und schob mechanisch die schwarze Haarsträhne (ich leugne nicht, daß ich sie färbe) zurück, die mir immer wieder in die Stirn fällt.

Wieder wanderte mein Blick hinauf zur *Ostwald,* und ich zählte im Geiste alle Vorzüge dieses unvergleichlichen Luxusschiffes auf. Die Propeller wurden von leisen Elektromotoren angetrieben, die ihre Energie von TSE-Leichtgewichtbatterien bezogen. Sie besaßen einen hohen Sicherheitsfaktor, ebenso wie die Heliumfüllung. Vom Bugobservatorium bis zum verglasten Spielzimmer im Heck (das sich abends in den Großen Ballsaal verwandelte) verlief ein breiter Korridor entlang des Passagierdecks; von diesem Gang zweigten die übrigen Prachträume ab: der Gesellschaftsraum des Kapitäns mit der dunklen Holzvertäfelung, dem herben Tabaksgeruch und den Damentischen; der Speisesaal erster Klasse mit seinen Damasttischdecken und dem Silbergeschirr; der Damensalon, stets mit frischen Blumen geschmückt; die Schwarzwald-Bar; das Spielkasino, in dem man sich die Zeit bei Roulette, Bakkarat oder Siebzehnundvier vertreiben konnte, falls man es nicht vorzog, Skat, Bridge, Domino und Sechsundsechzig zu spielen oder sich an den Schachtischen niederzulassen, wo der köstlich exzentrische Weltmeister Nimzowitsch für zwei Goldstücke pro Person und Spiel (eines für Nimzy, eines für die DLG) seine Gegner in eleganten kurzen Partien besiegte, einzeln oder simultan, ganz nach Wunsch. Dann waren da noch die Luxuskabinen mit teurem Mahagonifurnier über federleichtem Balsaholz. Aufmerksame Stewards, entweder feingliedrig wie Jockeys oder echte Liliputaner, liefen in Scharen umher. Quer durch die Reihen von Heliumzellen führte ein Titanlift zum Bugobservatorium, das aus zwei Decks bestand.

Das Sonnendeck war windgeschützt, besaß aber kein Dach, so daß man über sich stets die Wolken hatte, die geheimnisvollen Nebel, das Licht der Sonne oder der anderen Himmelsgestirne. Ah, wo sonst an Land oder auf dem Meer gab es all diesen Luxus?

Ich rief mir die Stammkabine in Erinnerung, die ich an Bord der *Ostwald* hatte. Und ich stellte mir den großen Korridor vor, das Hin und Her vornehmer Gäste in Abendtoilette, die eleganten Offiziere, die unaufdringlichen und doch so geschickten Kellner – weiße Frackeinsätze, tiefe Dekolletés, glitzernder Schmuck, leises Lachen, das durch die Gänge perlte.

Ich drehte mich schneidig auf dem Absatz herum und betrat das eindrucksvolle Portal des Empire State Building. Leuchtziffern verrieten mir das Datum – es war der 6. März 1937 – und die Tageszeit – 13 Uhr 07. Da die *Ostwald* erst um drei Uhr startete, blieb mir noch reichlich Zeit für ein Mittagessen und eine gemütliche Plauderei mit meinem Sohn – wenn er unsere Verabredung nicht vergessen hatte. Aber das konnte ich mir nicht denken, denn er besitzt die Ordnungsliebe eines guten Deutschen und nimmt seine Sohnespflichten sehr ernst.

Es waren zahlreiche Menschen in der Vorhalle, aber niemand drängelte. Ich folgte dem Pfeil mit der Aufschrift ›Zum Zeppelin‹.

Eine attraktive Japanerin in der mattsilbernen Uniform der DLG erwartete mich am Eingang zum Lift. In die linke Brusttasche ihres kurzen Jäckchens war ein Luftschiff mit einem Doppeladler eingestickt. Sie sprach fließend Englisch und Deutsch und begrüßte die Gäste lächelnd, aber ohne Gefühlsüberschwang, eine Haltung, die gut zur wissenschaftlichen Präzision unserer Sprache paßt. Wie schön, daß unsere beiden Föderationen, die geographisch so weit voneinander entfernt sind, starke wirtschaftliche und charakterliche Bindungen haben!

In der Hauptsache waren es Amerikaner und Deutsche, die mit mir zusammen die Aufzugkabine betraten – alle gebildet, vornehm und umgeben von einem Hauch der Wohlhabenheit. Doch eben, als sich die Tür schließen wollte, drängte mein armseliger, schwarzgekleideter Jude herein. Er schien sich nicht wohl zu fühlen, vielleicht wegen seines schäbigen Äußeren. Seine Gegenwart erstaunte mich, aber ich blieb höflich und verbeugte mich mit einem Lächeln. Juden haben das gleiche Recht auf Luxus wie die anderen Erdbewohner, wenn sie ihn sich leisten können – und die meisten können es.

Während der Lift uns ohne jede Erschütterung nach oben trug, faßte ich in die rechte Außentasche meines Jacketts, um mich zu vergewissern, daß ich mein Ticket erster Klasse und meine Papiere eingesteckt hatte. Aber eine weit größere Beruhigung, ja sogar eine geheime Freude, empfand ich bei dem Gedanken an die Dokumente, die ich gut verschlossen in der Innentasche aufbewahrte: fertig unterzeichnete Vorverträge, die Amerika den Lizenzbau von Passagierzeppelinen zusicherten. Das moderne Deutschland ist gern bereit, seine technischen Errungenschaften mit verantwortungsbewußten Schwesternationen zu teilen. Zum einen vertrauen wir fest darauf, daß unsere genialen Wissenschaftler und Ingenieure uns auch in Zukunft eine Vorrangstellung sichern werden, und zum anderen verdanken wir einen entscheidenden, wenn auch indirekten Impuls in der Entwicklung des sicheren Luftverkehrs zwei Amerikanern, Vater und Sohn.

Diese Dokumente waren der eigentliche und offizielle Grund für meine Reise nach New York City gewesen, aber ich konnte den Aufenthalt hier auf angenehmste Weise mit einem längst fälligen Besuch bei meinem Sohn und seiner entzückenden Gattin verbinden.

Meine beschwingten Gedanken wurden unterbrochen, als der Lift im hundertsten Stockwerk anhielt. Die Klettertour, die den liebestollen *King Kong* soviel Mühe gekostet hatte, erforderte von uns nicht die geringste Anstrengung. Die Silbertüren glitten weit auf. Meine Mitpassagiere zögerten einen Moment. Vielleicht hatten sie ein wenig Angst vor der großen Reise. Als erfahrener Fluggast tat ich den ersten Schritt ins Freie, wobei ich meiner kleinen japanischen Kollegin – immerhin arbeiteten wir für die gleiche Gesellschaft – zum Abschied lächelnd zunickte.

Ich warf nur einen flüchtigen Blick auf das große, klare Fenster, das sich gegenüber dem Lift befand und eine unvergleichliche Aussicht auf Manhattan bot. Rechts lagen die Wartehalle und der Turmlift; ich jedoch wandte mich nach links, zum Eingang des erlesenen deutschen Restaurants *Krähennest.*

Zu beiden Seiten des Portals waren Wandnischen eingelassen; in der einen sah man die etwa ein Meter hohen Bronzestatuetten von Thomas Edison und seiner Gattin Marie Sklodowska-Edison, in der anderen die von Graf Zeppelin und Thomas Sklodowska-Edison. Ich blieb an der Schwelle stehen. Meine Blicke schweiften durch den Saal mit seiner dunklen Holzvertäfelung und den Schnitzmotiven aus den alten Schwarzwaldlegenden – Kobolde und Elfen, Gnome und Dryaden (letztere sehr verführerisch). Die grotesken Sagengestalten faszinierten mich, da ich das bin, was die Amerikaner Sonntagsmaler nennen; allerdings beschäftige ich mich in der Hauptsache mit einem Thema – Zeppeline am blauen Himmel, umschwebt von hellen Wolken.

Der Oberkellner eilte mir entgegen, die Speisekarte unter dem Arm. »Guten Tag, mein Herr. Es freut mich, daß Sie uns wieder beehren. Darf ich Ihnen einen schönen Einzelplatz mit Blick auf den Hudson anbieten?«

Noch bevor ich antworten konnte, sprang ein jüngerer Mann am Ende des Saales von seinem Tisch auf. »Hierher, Papa!« rief eine vertraute und geliebte Stimme.

»Vielen Dank, Herr Ober«, sagte ich lächelnd. »Aber heute habe ich Gesellschaft. Mein Sohn.«

Ich steuerte selbstsicher an den Tischen mit den elegant gekleideten Menschen aller Rassen vorbei.

Mein Sohn begrüßte mich mit großer Herzlichkeit, obwohl wir

uns erst am Morgen getrennt hatten. Er bestand darauf, daß ich in einem breiten, dunklen Ledersessel Platz nahm, von dem aus man das ganze Restaurant überblicken konnte. Als ich es mir bequem gemacht hatte, setzte er sich mir gegenüber.

»Ich möchte mich ganz auf dich konzentrieren, Papa«, sagte er mit zärtlicher und doch sehr mannhafter Stimme. »Dein Gepäck ist übrigens aufgegeben. Ich nehme an, daß es sich inzwischen an Bord der *Ostwald* befindet. So bleibt uns mehr Zeit zum Plaudern.« Ein aufmerksamer Sohn – ich konnte mich auf ihn verlassen.

»Und nun, Papa, was darf es sein?« fuhr er fort. »Als Tagesgericht gibt es Sauerbraten mit Spätzle und süßsaurem Blaukraut. Aber sie haben auch Paprikahuhn und ...«

»Laß nur!« unterbrach ich ihn. »Sauerbraten klingt nicht schlecht.«

Der Weinkellner näherte sich unserem Tisch. Ich wollte das Bestellen übernehmen, aber mein Sohn erledigte alles mit einer Umsicht, die mein Herz erwärmte. Er studierte die Weinkarte rasch, aber gründlich.

»Einen Johannisberger Mittelhölle – 33er«, sagte er ruhig, warf mir allerdings einen kurzen prüfenden Blick zu, ob ich seine Wahl billigte. Ich nickte lächelnd.

»Und zuerst vielleicht einen Klaren?« schlug er vor.

»Ausgezeichnet. Am besten einen doppelten. Es geschieht nicht jeden Tag, daß ich mit meinem berühmten Sohn an einem Tisch sitze.«

»Aber Papa!« Er senkte errötend den Blick. Dann wandte er sich an den gebeugten, weißhaarigen Weinkellner. »Zwei doppelte Klare also.« Der alte Mann nickte beifällig und entfernte sich.

Ein paar Sekunden lang sahen wir einander gerührt in die Augen. Schließlich meinte ich: »Nun erzähl mir aber ausführlich, wie es dir als Austauschprofessor für Sozialgeschichte hier in der

Neuen Welt gefällt! Ich weiß, wir haben uns schon mehrmals darüber unterhalten, aber immer in Gegenwart deiner Freunde oder deiner reizenden Gattin. Ein Gespräch von Mann zu Mann ist doch etwas ganz anderes. Wie steht es beispielsweise mit der Fachliteratur hier in New York? Immerhin hattest du bisher die umfangreiche Bibliothek von Baden-Baden zur Verfügung und konntest dich im Notfall auch an die anderen Wissensstätten des Vaterlandes wenden.«

»Nun, in mancher Hinsicht sind die Hilfsmittel unvollständig«, gestand er. »Aber es hat sich gezeigt, daß sie meinen Bedürfnissen durchaus gerecht werden.« Wieder schlug er die Augen nieder. »Papa, du redest viel zuviel von meinen bescheidenen Verdiensten.« Er senkte die Stimme. »Sie sind nichts im Vergleich mit dem Sieg, den du während der letzten vierzehn Tage errungen hast. Ein Meilenstein auf dem Sektor der internationalen Industriebeziehungen!«

»Es war nichts weiter dabei«, wehrte ich ab, obwohl ich unwillkürlich nach den Dokumenten in der Innentasche meines Jacketts tastete. »Schluß nun mit den gegenseitigen Komplimenten! Ich will mehr über deine ›bescheidenen Verdienste‹ hören.«

Er sah mich an und wurde mit einemmal sehr sachlich. »Siehst du, Papa, in den letzten beiden Jahren habe ich eine Erkenntnis gewonnen, die in zunehmendem Maße meine Arbeit beherrscht: Die Stützen unserer schönen Zivilisation sind alles andere als stabil. Angenommen, nur während der letzten hundert Jahre wäre irgendein historisches Schlüsselereignis anders abgelaufen – angenommen, die Politiker hätten sich für einen anderen Kurs entschieden, als sie es in Wirklichkeit taten –, dann gäbe es auf unserer Welt heute vielleicht Kriege und Greueltaten ohne Ende. Ein erschreckender Gedanke, aber er läßt mich nicht mehr los.«

Ein Funke der Erleuchtung glomm in mir auf. In diesem Moment kam der Kellner mit zwei Gläsern. »Prost!« sagte ich und nahm einen Schluck von dem starken Schnaps. »Trinken wir auf deine Erkenntnisse!«

Der Alkohol brannte warm in meinem Innern. »Ich glaube, daß ich dich recht gut verstehe«, fuhr ich fort. Ich stellte das Glas ab und deutete zu den Bronzestatuetten am Eingang des Lokals. »Nehmen wir nur einmal an, Thomas Edison und Marie Sklodowska hätten nicht geheiratet. Zwei Genies, die ihr vereintes Wissen über Elektrizität und radioaktive Stoffe an den ebenfalls genialen Sohn weitergaben! Ohne Thomas Sklodowska-Edison hätte es wohl nie die berühmte Leichtgewichtbatterie gegeben, die heutzutage in sämtliche Luftschiffe und Landfahrzeuge eingebaut ist. Die bahnbrechenden Elektrolaster, vorgestellt von der *Saturday Evening Post* in Philadelphia, wären eine teure Fehlspekulation geblieben. Und man hätte nie nach der Möglichkeit geforscht, Helium synthetisch herzustellen, um die dürftigen natürlichen Vorräte aufzubessern.«

Die Augen meines Sohnes leuchteten. »Papa«, sagte er begeistert, »du bist genial! Ich habe gerade die Vorstudien zu einer längeren Arbeit über ebendieses Thema abgeschlossen. Und stell dir vor, in den Pariser Unterlagen entdeckte ich, daß im Jahre 1894 eine enge persönliche Bindung zwischen Marie Sklodowska und ihrem Forscherkollegen Pierre Curie bestand! Sie hätte ebensogut Marie Curie werden können – oder Madame Becquerel, denn Antoine Henri Becquerel gehörte auch zu ihrem Bekanntenkreis –, wenn nicht im Dezember 1894, genau im rechten Moment, der forsche, brillante Edison in Paris aufgetaucht wäre. Er nahm Marie Sklodowska mit in die Neue Welt, wo sie ihr Genie weit besser entfalten konnte als in Frankreich.

Und denke nur, Papa«, fuhr er mit dem Eifer des wahren Wissenschaftlers fort, »wie unsere Welt heute aussehen würde, wenn ihr Sohn nicht diese Batterie entwickelt hätte – die größte technische Errungenschaft in der jahrtausendealten Geschichte der Industrie, von der Theorie her scheinbar ein Ding der Unmöglichkeit. Nun, Henry Ford hätte seine Versuche mit Elektroautos vermutlich rasch wieder aufgegeben und sich den Dampf-, Erdgas- oder gar Benzinmodellen zugewandt – Fahrzeuge, welche alle möglichen giftigen Substanzen ausstoßen und die Luft verpesten!«

Ein Schauer überlief mich. Mein Sohn trieb die Betrachtungen ein wenig auf die Spitze, doch ich mußte zugeben, daß eine derartige Entwicklung noch im Bereich des Möglichen lag.

In diesem Moment bemerkte ich, daß mein düsterer, schwarzgekleideter Jude nur zwei Tische von uns entfernt saß, obwohl ich mir nicht recht vorstellen konnte, was er im exklusiven *Krähennest* suchte. Merkwürdig, daß mir sein Hereinkommen entgangen war – vermutlich hatte er das Restaurant gleich nach mir betreten, als ich meinen Sohn begrüßte und nicht auf meine Umgebung achtete. Seine Nähe warf irgendwie einen dunklen Schatten auf mein Gemüt, wenn auch nur einen Augenblick lang. Ach was, dachte ich gleich darauf großzügig, warum soll er nicht das gute deutsche Essen und einen guten deutschen Wein genießen? Vielleicht zaubert das ein rechtes deutsches Lächeln auf seine bitteren jiddischen Züge. Ich strich meinen Schnurrbart mit dem Daumennagel glatt und schob die störrische Haarsträhne aus der Stirn.

Mein Sohn verfolgte immer noch sein Thema. »In dieser Hinsicht hatten wir also Glück. Aber gleich darauf befanden wir uns wieder an einem Punkt, wo die Entwicklung die verschiedensten Wege hätte nehmen können. Angenommen, das Verhältnis zwischen Deutschland und Amerika hätte sich in den letzten zehn Jahren nicht so freundschaftlich gestaltet, dann hätten wir niemals das texanische Helium bekommen, das wir so dringend zur Überbrückung benötigten, bis wir das synthetische Helium industriell herstellen konnten. Das Quellenstudium in Washington hat ergeben, daß vor allem die führenden Militärs in Amerika sich gegen einen Verkauf von Helium an das Ausland, ganz besonders aber an Deutschland, wandten. Lediglich dem Einfluß von Edison, Ford und anderen Wissenschaftlern von Rang ist es zu verdanken, daß dieser Plan nicht durchgesetzt wurde. Hätte sich das Militär jedoch als mächtiger erwiesen, so wäre Deutschland vielleicht gezwungen gewesen, Wasserstoff anstatt Helium als Gasfüllung für seine Lenkschiffe zu verwenden.«

»Wasserstoff – einfach lächerlich!« warf ich ein. »Ein derartiges Luftschiff wäre eine schwebende Bombe. Ein einziger Funke würde genügen, um es in Brand zu setzen.«

»So lächerlich ist das nicht«, widersprach mein Sohn. »Entschuldige, wenn ich in deinem Fachgebiet mitrede, aber die Industrie hat ihre eigenen Gesetze. Sie geht ihren Weg ohne Rücksicht auf Verluste. Und wenn es zu einem bestimmten Problem keine sichere Annäherung gibt, dann wählt man eben eine gefährliche. Vater, du mußt zugeben, daß die Entwicklung der kommerziellen Luftschiffahrt ein Abenteuer war. In den zwanziger Jahren zerschellten die amerikanischen Lenkschiffe *Roma, Shenandoah, Akron* und *Macon* sowie die britische Konstruktion *R-38;* die französische *Dixmude* stürzte ins Mittelmeer; Mussolinis *Italia* scheiterte auf dem Weg zum Nordpol, und die russische *Maxim Gorki* stieß mit einem Flugzeug zusammen. Bei diesen neun Unfällen kamen nicht weniger als dreihundertvierzig Menschen ums Leben. Dazu noch eine oder zwei Explosionen von wasserstoffgefüllten Zeppelinen – und die Welt hätte für immer den Versuch aufgegeben, Luftschiffe zu bauen, und sich statt dessen mehr dem Bau von Propellerflugzeugen gewidmet, die schwerer sind als Luft.«

Monstermaschinen, jede Sekunde in Absturzgefahr, weil die Motoren versagen konnten – im Wettbewerb mit den guten, sicher dahinschwebenden Zeppelinen? Unmöglich. Ich schüttelte den Kopf, aber nicht ganz so überzeugt, wie ich es beabsichtigt hatte. Die Theorien meines Sohnes waren nicht von der Hand zu weisen.

Außerdem besaß er alle Unterlagen und war mit dem Thema

besser vertraut als ich. Die entsetzlichen Luftschiffunglücke, die er erwähnt hatte, ließen sich nicht wegleugnen, und wer weiß, wie die Angelegenheit ohne das amerikanische Helium, die TSE-Batterie und den deutschen Erfindergeist weitergegangen wäre.

Ich verdrängte die unerfreulichen Betrachtungen aus meinem Innern und sonnte mich ein wenig in dem Bewußtsein, daß mein Sohn eine wirklich umfassende Bildung besaß. Mein Stolz auf den Jungen wuchs.

»Darf ich nun zu einem anderen Thema kommen, Dolf?« fuhr er fort. »Oder, besser gesagt, zu einem anderen Beispiel meiner These ...« Er hatte mich bei meinem Rufnamen genannt, und ich nahm es ihm nicht übel.

Da ich mich im Moment ganz auf meinen Sauerbraten und das lecker duftende Blaukraut konzentrierte, nickte ich nur stumm. Wir waren so in unser Gespräch vertieft gewesen, daß wir das Essen erst bemerkten, als es vor uns stand. Ich nahm einen Schluck von dem Rotwein. »Bitte, sprich weiter«, sagte ich dann.

»Es geht um den amerikanischen Sezessionskrieg und seine Folgen, Vater«, erklärte er zu meiner Überraschung. »Wußtest du, daß im ersten Jahrzehnt nach jenem blutigen Konflikt die gute Sache – die Freiheit und Gleichberechtigung der Neger – in ernster Gefahr war? Daß um ein Haar die großen Taten von Abraham Lincoln, Thaddeus Stevens, Charles Sunner, dem Freedmen's Bureau und des Union League Club zunichte gemacht worden wären? Daß der Ku-Klux-Klan freie Hand erhalten sollte? Ja, Vater, ich habe gründliche Nachforschungen angestellt, und ich weiß, daß eine neue Versklavung der Schwarzen bevorstand, die sicher irgendwann zu einem zweiten Befreiungskrieg geführt hätte. Stell dir die Auswirkungen auf den amerikanischen Charakter vor! Der unerschütterliche Glaube an die Freiheit wäre von Heuchelei verdrängt worden. Eine diesbezügliche Arbeit von mir ist übrigens im *Journal of Civil War Studies* veröffentlicht worden.«

Ich nickte düster. Viele dieser Dinge waren für mich *Terra incognita,* aber ich wußte doch genug über die amerikanische Geschichte, um zu erkennen, daß mein Sohn mit seinem Standpunkt recht hatte. Sein vielfältiges Wissen beeindruckte mich; er setzte die Tradition deutschen Gelehrtentums in schöner Weise fort. Nicht zum erstenmal dankte ich Gott und den Naturgesetzen, daß ich mit meiner Familie schon in jungen Jahren mein Geburtsland Österreich verlassen hatte, um mich in Baden-Baden anzusiedeln. Hier wuchs mein Sohn ganz im Geiste der großen neuen Universität am Rande des Schwarzwalds auf, nur hundertfünfzig Kilometer entfernt vom Lenkschiffzentrum des Grafen Zeppelin in Friedrichshafen am Bodensee.

Wir hatten unser Mahl beendet, und ich prostete ihm mit Kirschwasser zu.

Er neigte sich ein wenig zu mir herüber und sagte leise: »Dir kann ich es ja verraten, Dolf – mein Lebenswerk, ein umfangreiches populärwissenschaftliches Buch, soll den Titel tragen: *Wenn es anders verlaufen wäre* oder vielleicht auch: *Die Wende zur Katastrophe.* Es beschäftigt sich ausschließlich mit meiner Theorie, die von den verschiedensten Beispielen untermauert wird.« Er warf einen Blick auf seine Armbanduhr und murmelte: »Ja, wir haben noch ein wenig Zeit.« Er räusperte sich, und als er weitersprach, klang seine Stimme etwas gepreßt. »Ich möchte dir noch einen Fall vor Augen führen, der mir äußerst wichtig erscheint, auch wenn er vermutlich zu heftigen Auseinandersetzungen Anlaß gibt.« Er machte eine Pause. »Aber ich warne dich, Dolf. Meine Worte werden dir vielleicht weh tun.«

»Das bezweifle ich«, erwiderte ich lächelnd. »Bitte, fang an!«

»Also gut. Es geht um den November des Jahres 1918. Die Engländer hatten die Hindenburg-Linie durchbrochen, und die geschwächte deutsche Armee bezog den Rhein entlang Stellung. Es war kurz bevor die Alliierten unter Marschall Foch zum Vernichtungsschlag ansetzten und eine tiefe Wunde mitten durch Deutschland bis nach Berlin schlugen ...«

Nun verstand ich sein Zögern. Erinnerungen durchzuckten mich, schmerzhaft grell wie die Leuchtpatronen auf dem Schlachtfeld. Meine Kompanie hatte sich bis zuletzt heldenhaft zur Wehr gesetzt. Aber dann warf Foch alles nach vorn, und wir fielen zurück, immer weiter zurück, vor der Übermacht der Feinde mit ihren Feldgeschützen und Tanks und Panzerwagen. Über den Himmel fegten DeHaviland- und Handley-Page-Bomber, umschwirrt von Spads und anderen Geleitjägern. Sie schossen unsere letzten Fokkers und Pfalzmaschinen zusammen und richteten weit schlimmere Verwüstungen an als unsere Zeppeline in England. Zurück, zurück, zurück, durch das zerstörte Deutschland, immer wieder dezimiert und doch nicht zur Kapitulation bereit, bis sich in den Ruinen von Berlin auch die Tapfersten eingestehen mußten, daß wir geschlagen waren ...

Diese Bilder erfaßten mich mit ihrer ganzen Heftigkeit und ließen mich nicht mehr los.

Ich hörte, wie mein Sohn fortfuhr: »Dolf, es besteht heute kein Zweifel daran, daß man in jenem November 1918 einem Waffenstillstand sehr nahe war. Präsident Wilson schwankte, die Franzosen hatten genug vom Kämpfen und so weiter.

Und nun paß gut auf, Dolf! Wäre das tatsächlich geschehen, so hätte Deutschland in den Nachkriegsjahren eine völlig andere Haltung an den Tag gelegt. Das Gefühl, daß man nicht richtig geschlagen war, hätte unweigerlich zu einem Wiederaufleben des pandeutschen Militarismus geführt. Niemals wäre es der Wissenschaft und dem Humanismus gelungen, sich durchzusetzen und den totalen Siegeszug anzutreten.

Die Alliierten andererseits hätten sicher erkannt, daß sie sich selbst um den Sieg gebracht hatten – und sie hätten Deutschland weit ablehnender gegenübergestanden als nach ihrem Triumph in

Berlin. Niemals hätte sich die Liga der Nationen zum Hüter des Weltfriedens entwickelt; weder Amerika noch die Deutschen wären ihr beigetreten. Die alten Wunden wären nicht verheilt, weil sie, so paradox das klingen mag, nicht tief genug gingen.«

Er sah mich an. »War es schlimm für dich, Dolf?«

Ich seufzte schwer. Doch gleich darauf fand ich meine Gelassenheit wieder. »Nein, mein Junge«, entgegnete ich. »Ich glaube, du hast völlig recht. In der Tat ging in jenem schwarzen Herbst des Jahres 1918 wie ein Lauffeuer das Gerücht um, daß ein Waffenstillstand unmittelbar bevorstünde. Und ich weiß, daß wir Offiziere, wenn man diesen Waffenstillstand ausgehandelt hätte, der Meinung gewesen wären, der deutsche Soldat sei nicht vom Feind besiegt, sondern von seinen Führern und von roten Aufwieglern verraten worden. Wir hätten alles versucht, um den Krieg unter günstigeren Voraussetzungen wiederaufzunehmen. Trinken wir darauf, daß es nicht geschah, mein Junge!«

Die Gläser klangen hell zusammen. Als ich den letzten Tropfen Kirschwasser getrunken hatte, bestrich ich eine dünne Scheibe Pumpernickel mit Butter – es ist immer gut, eine Mahlzeit mit Brot abzuschließen. Mit einemmal erfüllte mich unendliche Zufriedenheit. Es war ein goldener Augenblick, den ich am liebsten für immer festgehalten hätte – eine kostbare Pause im reißenden Strudel der Zeit. Unser befruchtendes Gespräch, das erlesene Mahl, die gedämpfte, vornehme Atmosphäre …

In dieser Sekunde streifte mein Blick zufällig den Juden, der zwei Tische entfernt saß und so gar nicht in diese Umgebung paßte.

Aus irgendeinem verrückten Grund starrte er mich mit blankem Haß an, um gleich darauf die Augen niederzuschlagen …

Aber selbst dieser sonderbare und beunruhigende Vorfall vermochte mich nicht aus meiner beschaulichen Stimmung zu reißen. »Mein lieber Sohn«, sagte ich, »ich habe noch nie im Leben ein so aufregendes, ja geradezu unheimliches Tischgespräch geführt.

Das, was du über die Wendepunkte in der Geschichte vorbrachtest, hat mir eine ganz neue, unwirkliche Welt erschlossen, die mir dennoch real erscheint. Eine grauenvoll faszinierende Welt: Wasserstoff-Zeppeline, die in Flammen aufgehen; übelriechende Benzinmotoren anstatt der Elektroautos; Negersklaven; eine Madame Curie; kein Thomas Sklodowska-Edison und keine TSE-Batterie. Eine Welt, in der wir Deutschen Verbrecher und Ausgestoßene sind und keine toleranten, humanen Verfechter der Wissenschaft. Eine Welt, in der ein alternder Junggeselle namens Edison an einer Batterie herumbastelt, die er nie vollendet. Eine Welt, in der Woodrow Wilson den Deutschen den Beitritt zur Liga der Nationen versagt. Eine Welt des gärenden Hasses, die sich in neue Kriege stürzt. Unfaßbar – und doch stand alles einen Moment lang so greifbar vor mir, daß ich befürchtete, wir könnten in diese Alptraumwelt gestoßen werden, während die echte Welt um uns versinkt …«

Ich warf zufällig einen Blick auf das Zifferblatt meiner Uhr …

Gleichzeitig schaute mein Sohn auf die Uhr …

»Dolf!« Er sprang erregt auf. »Mit meinem albernen Geschwätz habe ich völlig vergessen, daß dein Zeppelin …«

Ich hatte mich ebenfalls erhoben.

»Keine Angst, mein Junge«, sagte ich ein wenig unsicher. »Wenn ich mich beeile, komme ich noch zurecht. Auf Wiedersehen, mein Sohn, auf Wiedersehen!«

Ich überließ ihm die Begleichung der Zeche und hastete, ja rannte geradezu aus einem Saal, der mit einemmal zu flackern schien, der sich verdunkelte und wieder hell wurde wie eine Glühlampe, wenn der feine Wolframfaden am Durchschmelzen ist …

In meinem Gehirn sagte eine Grabesstimme: »Die Lichter Europas erlöschen. Ich glaube nicht, daß sie in meiner Generation noch einmal entzündet werden …«

Plötzlich gab es für mich auf der Welt nur eine Sache von Bedeutung: Ich mußte die *Ostwald* erreichen, an Bord gelangen, bevor sie abhob. Das und nur das würde mir die Sicherheit geben, daß ich mich in meiner Welt befand. Ich mußte die *Ostwald* berühren, um mich haben. Es genügte nicht, über sie zu reden …

Die vier Bronzestatuen am Eingang duckten und verzerrten sich, als ich vorbeilief; sie hatten mit einemmal groteske Hexen- und Teufelsfratzen, die mich böse anfunkelten. In ihren Augen glomm ein schreckliches Wissen …

Ich drehte mich um und sah, daß mich eine hochgewachsene, schwarze Gestalt mit bleichem Gesicht und skelettdürren Armen und Beinen verfolgte …

Der Korridor war viel zu kurz und führte ins Nichts. Es gab keinen Wartesaal …

Ich riß die schmale Tür zum Treppenschacht auf, hetzte die Stufen empor …

Nach der dritten engen Kehre riskierte ich einen Blick in die Tiefe …

Der furchtbare Jude kam mit langen Schritten hinter mir her. Er hatte mich fast eingeholt …

Ich riß die Tür zum obersten Stockwerk auf. Da, nur einen oder zwei Meter entfernt, war die silbrige Tür des Turmlifts. Darüber stand in Leuchtschrift: *Zum Zeppelin.* Gleich hatte ich es geschafft, gleich befand ich mich an Bord der *Ostwald.*

Aber die Schrift begann zu flackern wie der Speisesaal, und ich bemerkte neben dem Lifteingang einen weißen Zettel: *Außer Betrieb.*

Ich warf mich gegen die Tür und rüttelte daran. Dann schloß ich die Augen, um den Schwindel zu bekämpfen, der mich erfaßt hatte. Als ich sie wieder öffnete, war der Zettel verschwunden.

Aber auch die silbrige Tür war verschwunden. Meine Finger krallten sich in eine helle glatte Wand.

Jemand legte mir eine Hand auf die Schulter. Ich wirbelte herum.

»Verzeihung, Sir«, sagte mein Jude besorgt, »Sie scheinen sich nicht wohl zu fühlen. Kann ich Ihnen helfen?«

Ich schüttelte den Kopf. »Ich muß zur *Ostwald*«, keuchte ich. Jetzt erst merkte ich, daß ich beim Treppensteigen völlig außer Atem geraten war. »Zum Zeppelin«, fügte ich hinzu, als ich seinen verwirrten Blick sah.

Ich kann mich täuschen, aber ich hatte den Eindruck, daß eine Art Schadenfreude in seinen Augen aufleuchtete, obwohl sein besorgter Gesichtsausdruck unverändert blieb.

»Oh, der Zeppelin«, sagte er mit ekelhafter Fürsorglichkeit. »Sie meinen sicher die *Hindenburg.*«

*Hindenburg* –? fragte ich mich. Es gab keinen Zeppelin namens *Hindenburg*. Oder doch? Konnte ich mich in einer so simplen Sache getäuscht haben? Nebel durchzogen mein Gehirn. Verzweifelt versuchte ich mir einzureden, daß ich mich in meiner Welt, in der echten Welt, befand. Meine Lippen zuckten. Ich murmelte vor mich hin: »Ich bin Adolf Hitler, Zeppelinexperte …«

»Aber die *Hindenburg* landet hier nicht«, erklärte mir mein Jude. »Es gab zwar Pläne, auf dem Empire State Building einen Anlegeturm für Lenkschiffe zu errichten, doch sie wurden nie verwirklicht. Vielleicht haben Sie davon gelesen und dachten …«

Bestürzung glitt über seine Züge, und das Mitleid in seiner Stimme wurde mir unerträglich. »Oh, ganz offensichtlich haben Sie die tragische Nachricht noch nicht vernommen. Ich hoffe nur, daß sich keiner Ihrer Angehörigen oder Freunde an Bord der *Hindenburg* befand. Sir, das Luftschiff fing heute kurz vor der Landung in Lakehurst, New Jersey, Feuer und verbrannte innerhalb weniger Minuten. Dreißig bis vierzig Passagiere und die Besatzung kamen ums Leben. Bitte, Sir, fassen Sie sich!«

»Aber die *Hindenburg* – ich meine die *Ostwald* – kann nicht verbrennen«, widersprach ich. »Sie ist mit Helium gefüllt.«

Er schüttelte den Kopf. »Leider nein. Ich verstehe nicht viel von diesen Dingen, aber ich weiß, daß die *Hindenburg* mit Wasserstoff gefüllt war – ein typisches Beispiel für den rücksichtslosen Technikfanatismus dieser Deutschen. Ein Glück, daß wir den Nazis nie unsere Heliumvorräte verkauft haben!«

Ich starrte ihn an und schüttelte benommen den Kopf.

Er warf mir einen neugierigen Blick zu. Dann schien ihn ein Gedanke zu durchzucken.

»Sagten Sie vorhin nicht etwas von Adolf Hitler?« fragte er. »Sie sehen diesem elenden Diktator irgendwie ähnlich. Sir, ich an Ihrer Stelle würde mir den Schnurrbart abnehmen lassen.«

Die Anspielungen verwirrten mich, und ich empfand sie obendrein als beleidigend. Zorn stieg in mir auf. Dann war meine Umgebung einen Moment lang in rötliches Licht getaucht. Sie verschwamm, und ich spürte einen Ruck in meinem Innern, als würde ich von einem Universum in ein anderes geschleudert. Für kurze Zeit war ich ein Deutschamerikaner, der Adolf Hitler hieß wie der berüchtigte Nazidiktator und der auch ungefähr dessen Alter hatte. Aber ich hatte niemals Deutschland besucht und beherrschte auch die deutsche Sprache nicht. Meine Freunde neckten mich manchmal, weil ich entfernte Ähnlichkeit mit jenem anderen Hitler hatte, und schlugen mir vor, den Namen zu ändern. Aber ich sagte darauf nur: »Soll doch dieser verrückte Führer jenseits des Großen Teiches seinen Namen ändern! Kennt ihr die Geschichte von Sir Winston Churchill, dem englischen Politiker? Er richtete an den Amerikaner Winston Churchill, den Verfasser von *The Crisis* und anderen Romanen, die Bitte, ein Pseudonym zu wählen, da er, der Engländer, auch ein paar Bücher geschrieben habe und das zu Verwechslungen führen könne. Der Amerikaner entgegnete, er fände den Gedanken nicht schlecht, erwarte aber, daß der Engländer als der Jüngere *seinen* Namen ändere.«

Der Jude starrte mich immer noch mißbilligend an. Ich wollte ihm eben eine heftige Antwort geben, als der zweite Übergang erfolgte. Beim erstenmal war ich einfach in ein Paralleluniversum geschleudert worden. Nun jedoch gelangte ich obendrein in eine andere Zeit. Ich hatte als Achtundvierzigjähriger im Jahre 1937 gelebt. Nun befand ich mich als Dreiundsechzigjähriger im Jahre 1973 – war also von einer Sekunde zur nächsten um vierzehn bis fünfzehn Jahre gealtert. Ich besaß wieder meinen richtigen Namen (aber was hieß das schon?) und hatte nicht die geringste Ähnlichkeit mit dem Nazidiktator (Zeppelinexperten?) Adolf Hitler. Mein verheirateter Sohn war in der Tat so etwas wie Sozialhistoriker an einer New Yorker Universität. Er hatte viele kluge Theorien, doch von geschichtlichen Schlüsselereignissen sprach er nie.

Und der Jude – ich meine den hochgewachsenen, hageren Mann in Schwarz, dessen Züge vielleicht ein wenig semitisch wirkten – war verschwunden. Ich hielt überall nach ihm Ausschau, aber ich konnte ihn nirgends entdecken.

Mit zitternden Fingern tastete ich nach der Innentasche meines Jacketts. Sie enthielt keine wertvollen Dokumente, nur ein paar angeschmuddelte Briefumschläge, auf die ich einige Bleistiftnotizen gekritzelt hatte.

Ich weiß nicht, wie ich wieder hinunter auf die Straße gelangte. Höchstwahrscheinlich benutzte ich den Lift. Allerdings schiebt sich bei dem Gedanken an jene Zeit hartnäckig ein Bild in den Vordergrund: *King Kong,* der wie ein überdimensionaler, rührend tolpatschiger Teddybär die Fassade des Empire State Building entlangpurzelt.

Ich erinnere mich genau, daß ich wie in Trance durch Manhattan schlenderte – durch ein Manhattan, in dem es von Krebserregern wimmelte und das erfüllt war von Kohlenmonoxiddämpfen.

Nur von Zeit zu Zeit, wenn ich mich durch den dichten Verkehr einer Straße kämpfte, schreckte ich aus meinen Gedanken.

Als ich schließlich wieder zu mir kam, war die Dämmerung hereingebrochen. Ich stand in der Hudson Street am Nordrand des Greenwich Village und starrte einen fernen, blaßgrauen Wolkenkratzer an – das Welthandels-Zentrum, wenn ich mich nicht täusche.

Vor mir tauchte das lachende Gesicht meines Sohnes auf.

»Justin!« rief ich.

»Fritz!« Er wirkte erleichtert. »Wir machten uns schon Sorgen, weil du so lange ausgeblieben bist. Wo warst du nur? Nein, schon gut, ich weiß, daß es mich nichts angeht. Wenn du eine Verabredung mit einem hübschen Mädchen hattest, will ich es gar nicht erfahren.«

»Mir ist kalt«, sagte ich. »Und ich fühle mich etwas erschöpft. Ich wollte ein paar Erinnerungen auffrischen, und dabei ist es spät geworden. Manhattan hat sich verändert, seit ich an der Westküste lebe, aber einiges erkennt man doch wieder.«

»Ein eisiger Tag heute«, meinte er. »Sollen wir uns da vorn, in dem Gebäude mit der schwarzen Front, einen Schluck genehmigen? Es ist das *White Horse*. Dylan Thomas' Stammkneipe. Angeblich hat er irgendwann ein Gedicht an die Wand geschrieben, aber es wurde längst übertüncht.«

»Gut, wenn man in dem Schuppen auch eine ordentliche Tasse Kaffee oder wenigstens eine Cola bekommt«, erwiderte ich.

Für Bier und Schnaps habe ich nämlich nicht viel übrig.

**Philip José Farmer**

# *Weitersegeln! Weitersegeln!*

Der Mönch saß eingekeilt zwischen der Wand und dem Übermittler. Nur sein Zeigefinger und seine Augen bewegten sich. Von Zeit zu Zeit betätigte der Finger flink eine auf dem Tisch befindliche Taste, und die Iris seiner Augen, die vom gleichen Graublau war wie die Gewässer seiner heimatlichen irischen See, wandte sich hin und wieder der offenen Tür der Toldilla, dem kleinen Aufbau auf dem Achterdeck, zu, in dem er kauerte. Er sah jedoch nur wenig.

Draußen in der Abenddämmerung lehnten zwei Seeleute an der von einer Laterne erhellten Reling. Hinter ihnen bewegten sich die hellen Positionsleuchten und die dunklen Umrisse der *Nina* und *Pinta*. Hinter diesen wiederum lag die glatte Fläche des atlantischen Horizonts, die umsäumt war vom blutigen Rot des Lichts, das der aufgehende Mond ausstrahlte.

Die einfache, von einem Kohlenstiftheizfaden betriebene Glühbirne oberhalb der Mönchstonsur zeigte ein konzentriertes, unter dicken Fettwülsten fast verschwindendes Gesicht.

Der Äther war heute abend von Knistern und Knacken erfüllt, aber zusätzlich übertrug der Kopfhörer, den der Mönch über seine

Ohren gestülpt hatte, einen stetigen Fluß von Punkten und Strichen, den ihm sein Kollege in Las Palmas auf Gran Canaria übermittelte.

»*Zisch!* Du hast also schon jetzt keinen Sherry mehr ... *Plop!* Höchst unangenehm ... *Knister* ... für eine alte Saufnase wie dich ... *Ssss* ... Möge Gott angesichts deiner Sünden Barmherzigkeit walten lassen ...

Es gibt eine Menge Klatsch und Neuigkeiten und so ... *Zibbeldiwupp!* Leih mir also dein Ohr, du Gottloser, bevor du in die Grube fährst ... Es heißt, daß die Türken ... *Knister* ... dabei sind, ein Heer aufzustellen, um gegen Österreich zu ziehen. Es gehen Gerüchte um, nach denen die Ballons, die man angeblich über den Hauptstädten der christlichen Welt gesehen hat, von den Türken konstruiert wurden. Die Gerüchte besagen weiter, sie seien von einem abtrünnigen Rogerianer erfunden worden, der zum islamischen Glauben übergetreten ist ... Dazu kann ich nur ... *Ssss* ... sagen. Keiner von uns würde so etwas tun. Diese Lügen werden von unseren Gegnern in der Kirche verbreitet, weil sie uns diskreditieren wollen. Aber viele Leute glauben, daß ...

Wie weit, glaubt der Admiral, habt ihr euch Cipangu nun genähert?

Blitzmeldung! Savonarola hat heute den Papst, den florentinischen Wohlstand, die griechische Kunst und Literatur und die Experimente der Jünger des heiligen Roger Bacon öffentlich verurteilt ... *Ssss!* Der Mann meint es zwar ehrlich, aber er ist auf dem falschen Weg und deswegen gefährlich ... Ich schätze, er wird auf dem gleichen Scheiterhaufen enden, den er uns prophezeit ...

*Plop!* Den hier wirst du nicht verkraften können ... Zwei irische Söldner namens Pat und Mike gehen in Granada gerade eine Straße hinunter, als sich eine hübsche sarazenische Dame über eine Balkonbrüstung beugt und einen Topf voll ... *Zisch!* ... über ihren Köpfen ausleert. Pat schaut zu ihr hoch und ... *Knister.* Gut, he? Bruder Juan hat ihn gestern abend zum besten gegeben ...

P. V., P. V., bist du noch dran? ... P. V., P. V. – klar weiß ich, daß es nicht ungefährlich ist, solche Witze weiterzuverbreiten, aber heute abend hört uns ohnehin niemand zu ... *Ssss* ... Ich nehme es wenigstens an ...«

Von dieser Art waren die Nachrichten, die der Äther an diesem Abend transportierte, und bald darauf funkte der Mönch das P. V.-Signal (was Pax Vobiscum bedeutete), das ihre Unterhaltung beendete. Er zog den Stecker heraus, der seinen Kopfhörer mit der Apparatur verband, nahm ihn ab und klemmte ihn in der vorgeschriebenen Weise über einen Spannstock.

Nachdem er auf den Knien aus der Toldilla herausgekrochen war und sich den Bauch an der harten Tischkante gestoßen hatte, begab er sich zur Reling, wo De Salcedo und De Torres standen und sich leise unterhielten. Die über ihnen hängende, große Laterne beleuchtete das kupferfarbene Haar des Pagen, den schwarzen Vollbart des Dolmetschers und spiegelte sich auf den rosigen, glattrasierten Wangen und der hellroten Kutte des rogerianischen Ordensbruders wider. Die zurückgeworfene Kapuze diente ihrem Träger als Behälter für Schmierzettel, Federhalter, ein Tintenfäßchen, kleine Zangen und Schraubenzieher, ein Buch über Geheimschriften, eine Schieblehre und das Handbuch anglizistischer Lebensprinzipien.

»Nun denn, Freund Dickhaut«, sagte der junge De Salcedo vertraulich. »Was denkt man in Las Palmas?«

»Bis jetzt noch nichts. Es kommen zu viele Einmischungen von dort.« Der Mönch deutete auf den Mond, der vor ihnen über dem Horizont dahinschwebte. »Welch eine Kugel!« schmetterte er kurz darauf. »Sie ist so groß und rot wie meine ehrwürdige Nase!«

Die beiden Seeleute lachten, und De Salcedo sagte: »Aber sie wird, je weiter die Nacht fortschreitet, immer kleiner und unscheinbarer werden, Pater, während dein Zinken mit zunehmender Dunkelheit genau umgekehrte Proportionen annimmt: Er wird nicht nur länger, sondern auch immer glänzender werden ...«

Er hielt grinsend inne, denn der Mönch richtete seine Nase plötzlich wie ein in die See hinabtauchender Tümmler nach unten, stieß sie in die Luft und reckte sie wie ein Fisch, der im Begriff ist, sich von einer Welle abzustoßen, in den Bereich von De Salcedos und De Torres' Atem. Mit vorgerecktem Riechorgan und blinzelnden, kleinen Augen, die jetzt die gleichen Funken zu versprühen schienen wie der Übermittler in der Toldilla, musterte er die Gesichter der beiden.

Und dann schnüffelte und schnupperte er, wie es die Tümmler tun, mehrmals ziemlich laut. Befriedigt über das, was der Atem der beiden Männer ihm verraten hatte, zwinkerte er ihnen zu. Es war allerdings nicht seine Art, mit der gerade gewonnenen Erkenntnis sofort herauszurücken. Deswegen redete er zunächst einmal um den heißen Brei herum.

»Mein funkender Ordensbruder auf Gran Canaria«, sagte er, »ist wirklich ein unterhaltsamer Bursche. Seine philosophischen Ansichten sind – ob stichfest oder nur phantastisch – sehr gedankenanregend. Heute abend zum Beispiel« – er deutete auf das große, blutrote Himmelsauge –, »bevor der da unsere Verbindung kappte, erzählte er mir etwas, das er als ›Welten auf parallelen Zeitströmen‹ bezeichnet. Die Idee dazu stammt von Dysphagius von Gotham, der glaubt, daß es möglicherweise noch weitere Welten in ähnlich aufgebauten, einander aber nie berührenden Universen gibt. Mit anderen Worten: Daß Gott, der Meisteralchimist, möglicherweise – vielleicht sogar aus gutem Grund – mittels seiner unendlichen und grenzenlosen Gaben und Fähigkeiten eine ganze Kette von Kontinua geschaffen hat, in denen jedes erdenkliche Ereignis bereits eingetreten ist.«

»Häh?« brummte De Salcedo.

»So ist es. Ungefähr so: Königin Isabella lehnte Columbus' Vorhaben ab. Damit wurde der Versuch, Indien auf dem Weg über den Atlantik zu erreichen, niemals gemacht, und wir würden demzufolge jetzt auch nicht hier sein und uns mit unseren drei Nußschalen immer weiter auf den Ozean hinauswagen. Dann gäbe es zwischen uns und Gran Canaria auch keine Funkbojen, und mein Ordensbruder in Las Palmas und ich auf der *Santa Maria* wären kaum in der Lage, den Äther zur Übermittlung unserer faszinierenden Unterhaltungen zu gebrauchen.

Oder nehmen wir an, daß die Kirche, die Roger Bacon und seinen Orden, dessen Erfindungen so viel dazu beigetragen haben, daß sie nun in göttlich inspirierter Führerschaft das Monopol über die Alchimie besitzt, unterstützte und förderte, ihn statt dessen verfolgt und wegen der Verbreitung dieser einstmals als heidnisch und teuflisch angesehenen Praktiken angeklagt hätte.«

De Torres öffnete den Mund, aber der Mönch brachte ihn mit einer weitausholenden und gebieterisch wirkenden Geste zum Schweigen. Dann fuhr er fort: »Oder ein anderes Beispiel, das sich zwar noch lächerlicher anhört, aber sicher auch zum Nachdenken anregt: Erst heute abend dachte er laut über Universen nach, die auf anderen Naturgesetzen basieren. Einen seiner Gedanken fand ich besonders spaßig. Wie ihr möglicherweise nicht wißt, hat Angeleno Angelei dadurch, daß er einige Gegenstände vom Schiefen Turm von Pisa fallen ließ, bewiesen, daß unterschiedliche Gewichte mit verschiedener Schnelligkeit fallen. Mein witziger Kollege auf Gran Canaria schreibt nun eine Satire, die in einem Universum spielt, wo man Aristoteles als Lügner entlarvt, da dort alle Dinge, ungeachtet ihres Gewichts, mit der gleichen Geschwindigkeit fallen. Das ist zwar ausgemachter Blödsinn, aber ein netter Zeitvertreib. Und damit halten wir die ätherischen Engelchen ständig in Bewegung.«

De Salcedo sagte: »Ich ... äh ... möchte zwar nicht über Gebühr als neugierig erscheinen, was die Geheimnisse eures Heiligen und geheimen Ordens angeht, Bruder, aber die Engelchen, deren Dienste deine Maschine in Anspruch nimmt, haben doch mein Interesse erweckt. Käme es einer Sünde gleich, wenn man dir darüber Fragen stellte?«

Das brüllende Gelächter des Mönchs endete in einem hellen Gackern. »Ob es eine Sünde ist oder nicht, kommt ganz darauf an. Laßt mich euch ein Gleichnis erzählen, Jungs: Wenn ihr heimlich eine Flasche knapp gewordenen … äh … Sherrys in euren Taschen verborgen hättet und euch davor drücken würdet, sie mit einem ziemlich durstigen alten Gentleman zu teilen – das wäre eine Sünde. Eine Unterlassungssünde. Würdet ihr aber dieser ausgetrockneten, vom Pilgermarsch erschöpften, frommen, unscheinbaren und gebrechlichen alten Seele einen langen, lindernden, erfrischenden und stimulierenden Schluck dieser lebenspendenden Flüssigkeit, die aus Reben gemacht ist, gewähren, so würde ich euch in meinem Herzen ein Plätzchen reservieren und euch für diese Tat der Nächstenliebe und allumfassenden Mildtätigkeit in meine Gebete einschließen. Eine solche Tat würde mich zudem dermaßen erfreuen, daß ich euch vielleicht etwas über den Übermittler erzählen würde. Natürlich nicht so viel, daß ihr Schaden nehmt, aber doch genug, euch zu bewegen, die Intelligenz und Herrlichkeit unseres Ordens in Zukunft etwas mehr zu respektieren.«

De Salcedo grinste verschwörerisch und reichte ihm die Flasche, die er bisher unter seinem Umhang verborgen gehalten hatte. Als der Mönch sie an die Lippen setzte und das Geglucker der sich vermindernden Flüssigkeit unüberhörbar wurde, warfen die beiden Seeleute sich bedeutungsvolle Blicke zu. Sie verstanden jetzt, warum man den Mönch, dem nachgesagt wurde, er sei ein heller Kopf, diesem Himmelsfahrtskommando nach Werweißwohin zugeteilt hatte. Bestimmt hatte die Kirche sich gedacht: Wenn er überlebt – schön und gut. Wenn nicht, kann er zumindest nicht mehr sündigen.

Der Mönch wischte sich mit dem Ärmel die Lippen ab, rülpste wie ein Pferd und sagte: »Gracias, Jungs. Mag mein Herz auch unter einer Fettschicht vergraben sein: Mein Dank ist euch gewiß. Ein alter Ire, der so ausgetrocknet ist wie ein Kamelhöcker und sich aufgrund des von der Abstinenz erzeugten Staubs zu Tode hustet, dankt euch. Ihr habt mein Leben gerettet.«

»Du solltest dich lieber bei deiner Wundernase bedanken«, erwiderte De Salcedo. »Aber jetzt, Freund Dickhaut, nachdem du das richtige Schmiermittel erhalten hast, würde es dir etwas ausmachen, uns etwas über deine Maschine zu erzählen? Natürlich nur so viel, wie dir erlaubt ist.«

Der Mönch brauchte eine Viertelstunde dazu. Als die Zeit verstrichen war, stellten die beiden Männer ihm noch ein paar Zusatzfragen.

»... und du sagst, du sendest auf einer Frequenz von achtzehnhundert k. c.?« fragte der Page. »Was heißt das überhaupt?«

»Das k steht für das französische Wort Kilo. Es kommt aus dem Griechischen und bedeutet Tausend. Das c steht für das hebräische Wort Cherub und bedeutet Engelchen. Das Wort Engel leitet sich von dem griechischen Wort Angelos ab und bedeutet Kurier. Wir glauben, daß der Äther von diesen kleinen Kurieren nur so wimmelt. Wenn ein Funker also die Taste seines Übermittlers herunterdrückt, verständigt er einen Teil dieser unzähligen Kuriere, die nur darauf warten, uns einen Dienst erweisen zu können.

Achtzehnhundert k. c.* heißt also, daß sich in einer bestimmten Zeiteinheit eine Million und achthunderttausend Cherubim aneinanderreihen und eine Kette durch den Äther bilden, die so eng ist, daß jeder dieser kleinen Kuriere vom Gefieder seines Vorder-

* Wortspiel: k. c. = kilocycles (Kilohertz)

mannes an der Nase gekitzelt wird. Da die Höhe der Flügelspitzen jedes einzelnen dieser Geschöpfe absolut gleich ist, gibt es, wenn man die Umrisse ihrer Formation umzeichnen würde, keine Möglichkeit, einen Cherub vom anderen zu unterscheiden. Das Ganze ist mit einem Fluß oder Strom gleichartiger Geschöpfe vergleichbar, weshalb man auch von Gleichstrom spricht.«

Der junge De Salcedo sagte: »Mir wird schwindlig! Welch Vorstellung! Welch sensationelle Enthüllung! Sie übersteigt beinahe das Fassungsvermögen! Angenommen, das engelhafte Kabel des Übermittlers würde auch nur so lange unterbrochen, daß die Gefallenen Engel, die an ihm entlangjagen, stetige Vorausschau und eine gleiche Anzahl guter Engel erforderten, um sie zu bekämpfen. Und die Reihe der Verführer würde sich linker Hand des Übermittlers, auf der finsteren Seite, versammeln. Wenn dann die bösen Engel so eng stehen und dermaßen zahlreich geworden sind, daß sie ihre eigene schlechte Gesellschaft nicht mehr ertragen könnten, könnten sie dann nicht die Bruchstelle überspringen und an der Reihe der guten entlang auf die positive Seite überwechseln? Bei all diesem Hin und Her würden die kleinen Kuriere, die bejahenden Cherubim, doch auf sie aufmerksam! Und du, Bruder, bist es, der durch das Bedienen der Maschine und das Auf- und Niederdrücken der Taste diese unsichtbaren und freundlichen Nachrichtenübermittler, diese ätherischen und geflügelten Postboten, zum Leben erweckt! So wird es also möglich, daß du dazu in der Lage bist, dich über große Entfernungen hinweg mit deinen Ordensbrüdern zu unterhalten.«

»Großer Gott!« sagte De Torres.

Seine Äußerung war jedoch kein leichtfertiger Fluch, sondern als Ausdruck frommer Bewunderung gemeint. Seine Augen quollen ihm beinahe aus dem Kopf, und es war offensichtlich, daß er den Mönch nun nicht mehr als Einzelperson, sondern als von um ihn aufragenden Begleitern umgeben sah. Sie waren schwarz und weiß und stellten ein durchgehendes Schachbrett im scheinbar leeren Kosmos dar, wobei Schwarz für die Ablehner und Weiß für die Bejahenden stand. Und sie wurden geführt von einer Hand, die sorgfältig ein Gleichgewicht aufrechterhielt und der sie untertan waren wie die Vögel in der Luft und das dem Menschen zur Beute bestimmte Meeresgetier.

Und trotz dieser Vision, die aus jedem Menschen hätte einen Heiligen machen müssen, war De Torres noch immer dazu in der Lage zu fragen: »Kannst du mir vielleicht auch erklären, wie viele Engel auf einer Nadelspitze Platz haben?«

Es war unübersehbar: De Torres würde niemals einen Heiligenschein tragen. Falls er überlebte, mußte sein Schicksal darin bestehen, seinen knochigen Schädel mit dem Barett eines Universitätsprofessors zu bedecken.

De Salcedo schnaufte. »Ich werde es dir sagen: Vom philosophischen Standpunkt aus betrachtet, kannst du so viele Engel auf einer Nadelspitze versammeln, wie du willst. In Wirklichkeit aber haben dort natürlich nur so viele Platz, wie Raum vorhanden ist. Aber lassen wir das. Mich interessieren Tatsachen, keine Spinnereien. Ich möchte gerne wissen, wie der Mondaufgang dafür verantwortlich sein kann, daß der Strom der Cherubim, den der Funker in Las Palmas in Marsch setzt, unterbrochen wird.«

»Großer Cäsar, woher soll ich das wissen? Siehst du in mir etwa einen Bewahrer allen Wissens? Das bin ich keinesfalls! Ich bin nichts als ein niederer und unwissender Mönch! Alles, was ich dazu sagen kann, ist, daß er gestern abend wie eine blutige Geschwulst am Horizont erschien und mich, nachdem er aufgestiegen war, zwang, den Strom meiner Kuriere abzubrechen. Die Station auf Gran Canaria war völlig überfordert, deswegen gaben wir auf. Und genau das gleiche ist heute abend wieder passiert.«

»Funkt der Mond etwa auch?« fragte De Torres.

»Das tut er in der Tat, aber in einem Kode, den ich nicht entschlüsseln kann.«

»Santa Maria!«

»Vielleicht«, vermutete De Salcedo, »gibt es Menschen auf diesem Mond, und sie sind es, die funken.«

Der Mönch stieß ein höhnisches Schnauben aus. Da seine Nasenlöcher beachtliche Ausmaße aufwiesen, war die Lautstärke seines Spotts dementsprechend groß. Die Artillerie der Geringschätzung, die er offenbarte, hätte jeden Damm zum Einsturz und jeden Menschen – abgesehen von besonders hartnäckigen Charakteren – sofort zum Schweigen gebracht.

»Wenn es stimmt, was ich gehört habe«, sagte De Torres leise, »und die Sterne am Himmel wirklich Fenster sind, könnte es dann nicht möglich sein, daß die Engel einer höheren Hierarchie sich mit denen einer ... äh ... niedrigeren verständigen? Vielleicht funken sie nur deswegen, wenn der Mond aufgegangen ist, damit wir ihr Tun als himmlisches Phänomen erkennen?« Er schlug ein Kreuz und sah sich um.

»Du brauchst dich nicht zu fürchten«, sagte der Mönch beruhigend. »Hier schaut dir kein Inquisitor über die Schulter. Vergiß nicht, daß ich der einzige Geistliche auf dieser Expedition bin. Außerdem steht deine Vermutung zu keinem Dogma im Widerspruch und ist sowieso unwichtig. Aber was ich nicht verstehe: Wie kann ein Himmelskörper funken? Wieso benutzt er die gleiche Frequenz, auf die auch ich beschränkt bin? Warum ...«

»Ich hätte eine Erklärung«, unterbrach De Salcedo den Mönch mit der unverfrorenen Ungeduld der Jugend. »Ich könnte sagen, daß der Admiral und die Rogerianer, was die Gestalt der Erde anbetrifft, einem Irrtum unterliegen. Ich könnte sagen, daß die Erde nicht rund ist, sondern flach. Ich könnte sagen, daß wir den Horizont nicht deshalb sehen, weil wir auf einer Kugel leben, sondern weil die Erde nur ein bißchen gerundet ist, wie eine abgeflachte

Halbkugel. Ich könnte weiterhin sagen, daß die Signale nicht von Luna erzeugt werden, sondern von einem Schiff wie dem unsrigen, das über dem Rand der Erde im Nichts hängt.«

»Was?« keuchten die beiden anderen.

»Habt ihr denn nicht gehört«, sagte De Salcedo, »daß der König von Portugal, nachdem er Columbus' Vorschlag ablehnte, heimlich ein Schiff ausgesandt hat? Woher wollen wir wissen, ob die Signale nicht von unserem Vorgänger stammen, der über den Rand der Welt hinausgesegelt ist, nun in der Luft schwebt und nächstens zum Vorschein kommt, weil er dem Mond um Terra folgt und zu einem viel kleineren und deswegen unsichtbaren Satelliten geworden ist?«

Das Gelächter des Mönchs brachte einen Teil der Mannschaft um seinen Schlaf. »Diese Geschichte muß ich unbedingt meinem Ordensbruder in Las Palmas erzählen, damit er sie in seinem Roman verarbeiten kann! Demnächst wirst du noch behaupten, daß diese Signale von einem der feuerspeienden Ballons stammen, die all diese leichtgläubigen Laien haben herumfliegen sehen. Nein, mein lieber De Salcedo, mach dich nicht lächerlich. Schon die alten Griechen wußten, daß die Erde rund ist. Das wird an jeder europäischen Universität gelehrt. Und wir Rogerianer haben ihren Umfang gemessen. Wir wissen genau, daß Indien auf der anderen Seite des Atlantiks liegt, und ebenso sicher wissen wir durch mathematische Berechnungen von der Unmöglichkeit, Maschinen zu bauen, die leichter sind als Luft. Meine Brüder aus der Schädelspalter-Fachschaft, unsere Bewußtseinsdoktoren, haben versichert, daß es sich bei diesen Flugdingern um Massenhalluzinationen oder Tricks der Ketzer oder Türken handelt, die das Volk in Panik versetzen wollen.

Die Signale, die der Mond abstrahlt, sind keine Täuschung, das gestehe ich dir ein. Ich weiß zwar nicht um ihren Ursprung, aber sie stammen nicht von einem spanischen oder portugiesischen

Schiff. Denn wie erklärst du dir den fremdartigen Kode? Selbst Schiffe aus Lissabon würden immer noch einen rogerianischen Funker haben. Und der würde aufgrund unserer Auswahlkriterien eine andere Nationalität besitzen als die Mannschaft, damit er sich leichter aus politischen Verwicklungen heraushalten kann. Außerdem würde er unsere Gesetze brechen, wenn er die Verbindung mit Lissabon in einem fremden Kode aufrechterhielte. Wir Jünger des heiligen Roger würden uns niemals dazu herabwürdigen, uns in kleinliche Intrigen verwickeln zu lassen. Des weiteren würde der Übermittler nicht stark genug sein, um Europa zu erreichen, und müßte infolgedessen auf uns gerichtet sein.«

»Wieso bist du nur so sicher?« fragte De Salcedo. »So unglaublich der Gedanke für dich vielleicht auch klingen mag, aber man könnte auch einen Geistlichen korrumpieren. Oder ein Laie könnte in eure Geheimnisse eindringen und einen neuen Kode erfinden. Ich glaube, daß hier ein portugiesisches Schiff mit einem anderen in Verbindung steht. Vielleicht ist es nicht einmal sehr weit von uns entfernt.«

De Torres fröstelte und bekreuzigte sich erneut. »Ob es vielleicht Engel sind, die uns vor unserem bevorstehenden Tod warnen? Wäre das nicht möglich?«

»Ob das nicht möglich wäre? Und warum benutzen sie dann nicht unseren Kode? Die Engel dürften ihn ebensogut kennen wie ich. Nein, es gibt da kein Vielleicht. Der Orden gestattet auch keins. Er experimentiert und findet heraus. Und er gibt keine Urteile ab, bevor er nicht weiß.«

»Ich bezweifle, daß wir die Wahrheit jemals erfahren«, sagte De Salcedo finster. »Columbus hat der Mannschaft versprochen, daß wir umkehren, wenn wir bis zum morgigen Abend kein Anzeichen von Land erblickt haben. Wenn er sein Versprechen nicht hält ...« Er strich sich mit einem Finger über die Kehle. *»Krrrrk!* Noch ein Tag, dann werden wir nach Osten schwenken und diesen abscheulich aussehenden, blutroten Mond und seine unverständlichen Funksignale hinter uns zurücklassen.«

»Das wäre zwar ein großer Schaden für den Orden und die Kirche«, seufzte der Mönch, »aber ich pflege solche Dinge dem Willen Gottes zu überlassen und nur das einer Untersuchung zu unterziehen, was zu untersuchen Er mir auferlegt.« Mit diesem frommen Bekenntnis hob der Mönch die Flasche, um den Flüssigkeitspegel zu überprüfen. Nachdem er sich in akkurat wissenschaftlicher Vorgehensweise zunächst von der Existenz des Alkohols überzeugt hatte, maß er als nächstes dessen Menge und dann dessen Qualität, was dergestalt vonstatten ging, daß er ihn in den besten aller Testbehälter – seinen feisten Wanst – umfüllte.

Nachdem er ein genießerisches Schmatzen von sich gegeben und die schmerzlich enttäuschten Blicke der beiden Seeleute ignoriert hatte, fing er an, in begeisterter Stimmung von der Schiffsschraube und der sie bewegenden Maschine zu erzählen, die man kürzlich an der St.-Jonas-Hochschule in Genua gebaut hatte. Wären die drei Schiffe Isabellas damit ausgerüstet gewesen, so behauptete er, bräuchte man dem Wind keine Beachtung mehr zu schenken. Allerdings hatten die Patres bis auf weiteres die Benutzung dieser Geräte untersagt, weil sie die Befürchtung hegten, daß der Maschinendampf die Luft vergiften und die ungeheure Schnelligkeit, die sie erzeugten, sich nachteilig auf den menschlichen Organismus auswirken könne. Schließlich schweifte er in eine umständliche Beschreibung des Lebens seines Schutzpatrons Jonas von Carcassonne ab, der den ersten Cherubim-Übermittler erfunden und im Glauben, es sei isoliert, an ein Stromkabel gefaßt hatte und den Märtyrertod gestorben war.

Die beiden Seeleute gebrauchten schließlich einen Vorwand, um sich aus dem Staub zu machen. Der Mönch war zwar ein netter Bursche, aber Heiligengeschichten langweilten sie nun einmal. Davon abgesehen wollten sie lieber über Frauen reden.

Wäre es Columbus nicht gelungen, seine Mannschaft zu überreden, noch einen Tag weiterzusegeln, wäre alles ganz anders gekommen.

Im Morgengrauen wurden die Seeleute vom Anblick großer, die Schiffe umkreisender Vögel in Hochstimmung versetzt. Das Land konnte also nicht mehr fern sein, und vielleicht kamen die geflügelten Geschöpfe sogar von der Küste des legendären Cipangu, wo die Dächer mit Gold gedeckt waren. Die Vögel schossen herab. Aus der Nähe betrachtet wirkten sie riesengroß und boten einen seltsamen Anblick, denn ihre Körper waren flachgedrückt, fast tellerförmig und im Verhältnis zu ihren Schwingen, die Spannweiten von mindestens zehn Metern aufwiesen, zu klein. Sie hatten nicht einmal Beine, aber dieser Tatsache maßen nur wenige Seeleute eine Bedeutung bei. Diese Vögel lebten in der Luft, sie rasteten niemals an Land oder auf See.

Während man noch darüber nachdachte, ertönte ein leises Geräusch, das sich anhörte, als räuspere sich jemand. Aber der Laut klang so gutmütig und kam zudem aus so großer Entfernung, daß auch ihm niemand Beachtung schenkte und jedermann glaubte, sein Nachbar habe ihn erzeugt.

Ein paar Minuten später war das Geräusch schon lauter und dumpfer geworden und klang, als hätte jemand die Saite einer Laute angeschlagen.

Die Männer schauten auf. Ihre Köpfe wandten sich nach Westen.

Selbst jetzt begriffen sie noch nicht, daß das Geräusch, das sich anhörte, als habe ein Finger einen gespannten Draht fahrenlassen, von jener Schnur erzeugt wurde, die die Erde zusammenhielt; daß sie bis zum Äußersten gespannt und es der gewaltige Finger des Ozeans gewesen war, der an ihr gezerrt hatte.

Es dauerte einige Zeit, bis sie verstanden. Es gab keinen Horizont mehr.

Als sie das sahen, war es schon zu spät.

Die Morgendämmerung kam nicht nur *wie* ein Donnerschlag, sie war ein Donnerschlag. Und obwohl die drei Schiffe sich sofort auf die Seite legten, aufschlossen, den Kurs änderten und gegen den Wind segelten, nahmen sie unerwartet eine dermaßen hohe Geschwindigkeit auf, daß die unnachgiebige Strömung jeglichen Widerstand sinnlos machte.

Das war der Zeitpunkt, an dem der Rogerianer sich sehnlichst die Holzverbrennungsmaschine und die Schiffsschraube aus Genua herbeiwünschte, die es ihnen gestattet hätte, den schrecklichen Kräften der aufgewühlten, raubtierhaften See zu trotzen. Das war der Zeitpunkt, der einige der Männer zum Beten brachte, während andere in wildem Zorn den Admiral anzugreifen versuchten und wieder andere über Bord sprangen oder in Stumpfsinn versanken.

Lediglich der furchtlose Columbus und der unerschrockene Mönch blieben ihrer Pflicht verhaftet. Der fette Rogerianer verbrachte den ganzen Tag eingeklemmt in seiner kleinen Bude und verständigte sich mit seinem Kollegen auf Gran Canaria. Er hörte erst auf zu funken, als der Mond sich wie eine große, rote Blase aus dem Schlund eines sterbenden Riesen erhob. Dann lauschte er die ganze Nacht hindurch angespannt den vermeintlichen Störgeräuschen, arbeitete fieberhaft, fluchte wie ein Ketzer, kritzelte seine Kladden voll und blätterte in seinen Kodetabellen.

Als der nächste Morgen mit Brüllen und Rauschen kam, lief der Mönch mit einem Fetzen Papier in der Hand aus seiner Toldilla. Seine Augen funkelten wild, und seine Lippen bewegten sich in einem schnellen, stummen Gespräch, aber niemand konnte von ihnen ablesen, daß es ihm gelungen war, den fremden Kode zu knacken. Niemand hörte ihn, als er schrie: »Es ist Portugiesisch! Es ist Portugiesisch!«

Die Ohren der Männer waren zu stark in Anspruch genommen, als daß eine menschliche Stimme noch hätte zu ihnen durchdringen können. Das Räuspern und das Sirren der Saite waren lediglich der Auftakt für das anschließende Konzert gewesen. Jetzt kam eine gewaltige Ouvertüre, die jedermann so mit sich riß wie der Wind aus den Posaunen des Jüngsten Gerichts die brüllenden Wogen, die über den Rand der Welt hinaus ins Nichts schwappten.

**Roger Zelazny**

# *Die Türen seines Gesichts*

Ich bin ein Ködermann. Niemand ist von Geburt an zum Ködermann bestimmt, außer in einem bestimmten französischen Roman, in dem jede Person als Köder dient. (Ich glaube, der Titel heißt auch *Wir alle sind Köder.*) Es ist kaum wert, daß man erzählt, wie es bei mir dazu kam, aber die Tage, die ich mit der Bestie verbrachte, verdienen ein paar Worte.

Das Flachland der Venus liegt zwischen dem Daumen und dem Zeigefinger des Kontinents, den man als »Hand« bezeichnet. Wenn man durch die Wolken stößt, kommt plötzlich ihre silbrig schwarze Kegelkugel auf einen zugerast. Man hat das Gefühl, vom Sitz gerissen zu werden, aber die Gurte, mit denen man in der feuerschwänzigen Rakete angeschnallt ist, verhindern zum Glück, daß man durchdreht. Meistens muß man später darüber lachen, aber am Anfang versetzt es einem doch immer einen ganz schönen Schock.

Dann studiert man die »Hand«, um den Eindruck in sich aufzunehmen, und aus den zwei mittleren Fingern werden Archipele mit Dutzenden von Inseln, während die äußeren sich zu grüngrauen

Halbinseln auflösen; der Daumen ist zu kurz und gekrümmt wie der embryoartige Schwanz von Kap Hoorn.

Man atmet reinen Sauerstoff ein, seufzt vielleicht, und der lange Landeanflug ins Flachland beginnt.

Schließlich taucht die Lifeline-Landefläche vor einem auf. Sie heißt so, weil sie so dicht bei dem großen Delta in der Ostbucht liegt, die zwischen der ersten Halbinsel und dem »Daumen« ins Meer hinausragt. Zuerst glaubt man, Lifeline zu verfehlen und sein Leben unter den Fischen zu beenden, aber bisher ist das noch keinem passiert. Schließlich klettert man auf die verbrannte Betonfläche hinaus und reicht sein Bündel von Bewilligungen und Dokumenten dem kleinen fülligen Mann mit der grauen Mütze. Die Papiere beweisen, daß man nicht an Darminfektionen, Fußschweiß oder sonstigen Zivilisationskrankheiten leidet. Dann lächelt er einen an und zeigt einem einen Bus, der zum Empfangsgebäude fährt. Dort verbringt man die nächsten drei Tage und stellt damit unter Beweis, daß man tatsächlich nicht an Darmbakterien, Fußschweiß et cetera leidet.

Langeweile kommt einem wie eine Krankheit vor. Wenn die drei Tage vorbei sind, stürzt man sich in die Vergnügungen von Lifeline, und das Ergebnis ist vorhersehbar. Die Auswirkungen von Alkohol in den unterschiedlichen Atmosphären haben den Wissenschaftlern Stoff für zahlreiche Abhandlungen geliefert, und ich will daher meine Bemerkungen darauf beschränken, daß ein richtiger Rausch mindestens eine Woche dauert und es oft wert ist, daß lebenslang darüber geforscht wird.

Ich war ein aussichtsreicher Student. Zwei Jahre lagen noch vor mir, als die *Spiegelblanke See* durch unsere marmorne Wolkendecke fiel und ihre Ladung über unsere Stadt ergoß.

Der Planetenalmanach hat über Lifeline folgendes zu sagen: »... Hafenstadt an der Ostküste der Hand. Einhunderttausend Einwohner, davon etwa fünfundachtzig Prozent Angestellte des Extraterrestrischen Forschungsinstitutes (nach der Zählung von 2010). Bei den übrigen Einwohnern handelt es sich in erster Linie um das Personal einiger Industriefirmen, die dort Grundlagenforschung betreiben. Der Rest besteht aus selbständigen Meeresbiologen, wohlhabenden Anhängern des Fischereisports und Spekulanten.«

Ich wandte mich Mike Dabis zu – ein Spekulant wie ich – und brummte mißmutig, wie wenig doch aus all dieser Grundlagenforschung herauskomme.

Er nahm einen langsamen Schluck aus seinem Glas, sah mich eine Weile an und meinte dann:

»Carl, die wollen zur ›Zehn‹.«

Ich hätte ihm eine reinhauen können. Am liebsten hätte ich sein Glas mit Schwefelsäure gefüllt und zugesehen, wie seine Lippen schwarz wurden und aufsprangen. Statt dessen brummte ich:

»Wer ist denn so blöd und spuckt dreißig Riesen pro Tag aus. Die EFI?«

Er schüttelte den Kopf.

»Jean Luharich«, sagte er, »das Mädchen mit den violetten Kontaktlinsen und fünfzig oder sechzig perfekten Zähnen. Ich habe gehört, daß ihre Augen in Wirklichkeit braun sind.«

»Verdient sie denn an ihren Gesichtscremes nicht mehr genug?«

Er zuckte die Schultern.

»Publicity. Du weißt ja, wie es ist. ›Luharich Enterprises‹ ist um sechzehn Punkt gestiegen, als sie den Sonnenpreis gewann. Hast du je auf dem Merkur Golf gespielt?«

Das hatte ich, aber ich ging nicht darauf ein, sondern nahm ihn weiter in die Mangel.

»Dann kommt sie also mit einem Blankoscheck und einem Fischhaken?«

»Ja, heute, mit der *Spiegelblanken See«*, nickte er. »Sollte inzwischen schon gelandet sein. Hat 'ne Menge Kameras dabei. Ganz erpicht auf einen Ikky.«

»Hm«, machte ich. »Wirklich scharf darauf?«

»Sechzig-Tage-Vertrag. ›Zehn-Quadrat‹. Klausel für unbeschränkte Verlängerung. Eineinhalb Millionen Anzahlung«, rezitierte er.

»Du scheinst ja gut Bescheid zu wissen.«

»Ich bin für die Personalbeschaffung verantwortlich. Die ›Luharich Enterprises‹ haben sich letzten Monat an mich gewandt. Manchmal ist es nützlich, wenn man in den richtigen Lokalen trinkt.«

»Oder wenn sie einem gehören.« Er schnitt eine Grimasse. Ich sah zur Seite und nahm einen Schluck von meinem bitteren Gebräu. Nach einer Weile schluckte ich meinen Stolz hinunter, stellte Mike die Fragen, die er von mir erwartete, und lud ihn damit förmlich zu seiner monatlichen Antialkoholikerpredigt ein.

»Die haben mir gesagt, ich soll versuchen, dich dafür zu gewinnen«, meinte er. »Wann bist du zum letztenmal gesegelt?«

»Vor sechs Wochen. Die *Corning*.«

»Badewanne«, machte er verächtlich. »Wann bist du selbst das letzte Mal unten gewesen?«

»Das ist 'ne Weile her.«

»Mehr als ein Jahr, oder? Damals, als die Schraube dich unter der *Delphin* erwischt hat?«

Ich drehte mich zu ihm herum.

»Ich war letzte Woche auf dem Fluß, droben in Angleford. Die Strömung ist dort mächtig stark. Ich schaff's immer noch.«

»Wenn du nüchtern bist«, fügte er hinzu.

»Das werde ich auch bleiben«, sagte ich. »Bei einem solchen Job.«

Ein etwas zweifelnd wirkendes Nicken.

»Bezahlung nach Tarif. Zweihundert Prozent Zuschlag für

besondere Umstände«, zählte er auf. »Sei am Freitagmorgen um fünf beim Hangar sechzehn. Wir legen Samstag ab, bei Tagesanbruch.«

»Kommst du mit?«

»Ja.«

»Wieso das?«

»Geld.«

»Ikkyscheiße.«

»Die Bar wirft nicht genügend ab, und Baby braucht wieder mal einen neuen Nerz.«

»Ich wiederhole –«

»... und ich will Baby nicht mehr sehen, will wieder wissen, was leben ist, frei sein – frische Luft, Bewegung, Geld verdienen ...«

»Schon recht, geht mich ja nichts an.«

Ich füllte sein Glas, dachte dabei an $H_2SO_4$, aber die Flüssigkeit verwandelte sich leider nicht. Schließlich gelang es mir, ihn beschwipst zu machen. Ich ging in die Nacht hinaus, um etwas herumzulaufen und mir das Ganze zu überlegen.

In den letzten fünf Jahren hatte man etwa ein Dutzend ernsthafter Versuche unternommen, einen *Ichthyform Leviosaurus Levianthus*, allgemein als »Ikky« bekannt, an Land zu bringen. Als man dem Ikky zum erstenmal auf den Fersen war, wandte man Techniken des Walfangs an. Diese erwiesen sich entweder als fruchtlos oder hatten verheerende Folgen. Also griff man zu neuen Mitteln. Ein reicher Sportler namens Michael Jandt konstruierte »Zehn-Quadrat« und steckte sein ganzes Geld in das Projekt.

Nach einem Jahr Arbeit im östlichen Ozean kam er zurück, um Bankrott anzumelden. Carlton Davits, ein Playboy und Fischenthusiast, kaufte das riesige Floß und machte sich zu Ikkys Laichgründen auf. Am neunzehnten Tag »biß« sein Opfer an, und Carlton Davits verlor Geräte im Wert von einhundertfünfzigtausend Dollar und obendrein seinen *Ichthyform Levianthus*. Zwölf Tage später hing das riesige Tier an seinen Dreifachleinen. Er narkotisierte es und begann es hochzuhieven. Dabei wachte es auf, zerstörte einen Kontrollturm, tötete sechs Mann und richtete auf »Zehn-Quadrat« auch sonst noch ziemliches Unheil an. Daraufhin verschwand Ikky wieder im Wasser, Carlton war pleite, und »Zehn-Quadrat« wechselte weitere viermal die Besitzer, die meist weniger spektakuläre Erfolge erzielten, aber sich den Spaß genausoviel kosten ließen wie ihre Vorgänger.

Schließlich wurde das große Floß, das nur für den einzigen Zweck konstruiert war, von der EFI auf einer »Auktion für Meeresforschung« erstanden. Lloyd's ist immer noch nicht bereit, es zu versichern, und das einzige Meeresforschungs-Projekt, zu dem man es verwenden konnte, war, »Zehn-Quadrat« für ein hübsches Sümmchen an Leute zu vermieten, die darauf erpicht waren, Schauermärchen vom teuflischen *Levianthus* zu erzählen. Ich war auf drei dieser Reisen mit und bin zweimal dicht genug rangekommen, um Ikkys Fänge zu zählen. Einen wünsche ich mir als Andenken, um ihn einmal meinen Enkeln zu zeigen.

Ich blickte zu der Landebahn hinüber und faßte einen Entschluß.

»Du möchtest mich bloß wegen des Lokalkolorits mithaben, Puppe. Sieht bestimmt nett auf der Titelseite einer Zeitung aus. Aber darüber mußt du dir im klaren sein – wenn dir überhaupt einer einen Ikky holen kann, dann werde *ich* das sein. Mein Wort darauf.«

Ich stand auf dem freien Platz. Die nebelverhangenen Türme von Lifeline schimmerten im Hintergrund.

Der Westhang oberhalb von Lifeline reicht an manchen Stellen bis zu sechzig Kilometer ins Landesinnere. Die Steigung ist nicht besonders stark, aber kurz bevor der Hang in die Bergkette übergeht, die uns vom Hochland trennt, erreicht er doch eine Höhe von gut tausend Meter. Etwa sechs Kilometer landeinwärts und etwa hundertfünfzig Meter höher gelegen als Lifeline befinden sich die meisten privaten Startbahnen und Hangars. Im Hangar sechzehn stehen Cals Flugtaxis, die hauptsächlich für die kurzen Sprünge von der Küste zu den draußen liegenden Schiffen benutzt werden. Ich mag Cal nicht, aber er ließ sich ohnehin nicht blicken, als ich aus dem Bus stieg und einem Mechaniker zuwinkte.

Zwei von Cals Hüpfern zerrten ungeduldig an ihrer Vertäuung. Über ihnen schimmerten ihre Propeller. Der eine, an dem Steve arbeitete, hustete und klapperte.

»Bauchweh?« fragte ich.

»Ja, Blähungen und Sodbrennen.«

Er drehte an ein paar Schrauben, bis die Maschine gleichmäßig lief, und wandte sich dann zu mir um.

»Wollen Sie raus?«

Ich nickte.

»›Zehn-Quadrat‹. Kosmetik, Ungeheuer und solches Zeug.«

Er wischte sich mit dem Handrücken über die Stirn. Es hatte vielleicht drei Grad, aber die großen Spotscheinwerfer an der Decke erfüllten einen doppelten Zweck.

»Luharich«, murmelte er. »Dann sind *Sie* das also. Sind 'n paar Leute da, die Sie sehen wollen.«

»Weshalb denn?«

»Kameras, Mikrophone und so'n Mist.«

»Ich verstau am besten gleich meinen Kram. Womit fliege ich denn?«

Er deutete mit dem Schraubenzieher auf den anderen Hüpfer.

»Der da. Sie sind übrigens auf Videoband. Die wollten Sie bei der Ankunft gleich erwischen.«

Er drehte sich zum Hangar um und wandte sich dann noch einmal zu mir.

»Sagen Sie mal ›Cheese‹. Die richtigen Nahaufnahmen schießen die später.«

Ich sagte etwas ganz anderes als »Cheese«. Aber die müssen Teleobjektive verwendet und meine Lippen gelesen haben, denn der Teil des Bandes wurde nie gezeigt.

Ich warf meinen Krempel in den Gepäckraum, kletterte auf den Sitz und zündete mir eine Zigarette an. Fünf Minuten später kam Cal aus seiner Hütte. Er wirkte durchfroren. Als er neben dem Hüpfer stand, schlug er gegen die Bordwand und deutete mit dem Daumen zum Hangar hinüber.

»Die wollen Sie sprechen!« brüllte er mir zu. »Interview!«

»Schluß damit!« schrie ich zurück. »Sonst sollen die sich einen anderen als Köder beschaffen!«

Er funkelte mich unter seinen blonden Brauen an, drehte sich dann ruckartig um und stelzte davon. Was die ihm wohl dafür bezahlt hatten, daß sie in seinem Hangar herumhocken und seinen Strom verbrauchen durften?

Todsicher 'ne ganze Menge. Schließlich kannte ich Cal. Ich hab den Burschen ja nie leiden können.

Venus bei Nacht ist ein Reich düsterer Wasser. An der Küste kann man nie sagen, wo das Meer endet und der Himmel anfängt, und die Dämmerung sieht aus, als ob jemand Milch in ein Tintenfaß geschüttet hätte. Zuerst ein paar verlorene weiße Schlieren, dann ganze Bahnen. Schließlich wird ein graues Gemisch daraus, das sich immer stärker aufhellt. Und plötzlich ist Tag.

Und dann wird es warm.

Ich mußte die Jacke ausziehen, als wir über die Bucht flogen. Der Horizont hinter uns hätte genausogut unter Wasser liegen können, so wogte er jetzt in der Wärme. In einen Hüpfer passen vier Leute (fünf sogar, wenn man die Vorschriften etwas großzügig auslegt) oder drei Passagiere mit Gepäck. Ich war der einzige Passagier, und der Pilot war wie eine Maschine. Er summte, gab aber sonst keine unnötigen Geräusche von sich. Und dann schlug

Lifeline einen Salto und löste sich etwa in dem Augenblick im Rückspiegel auf, als »Zehn-Quadrat« vor uns auftauchte. Der Pilot wurde noch stiller und schüttelte den Kopf.

Ich lehnte mich vor. Mir war, als müßte sich mir der Magen umdrehen. Ich kannte jeden verdammten Zentimeter auf diesem großen Floß, aber wenn man das Ding längere Zeit nicht gesehen hat, ändern sich die Gefühle. Ich war nervös. Ehrlich gesagt, ich hatte daran gezweifelt, jemals wieder diese Kiste zu betreten. Aber jetzt mußte ich beinahe an Vorbestimmung glauben. Da lag es!

Ein Schiff, so groß wie ein Fußballplatz. Atomkraft. Flach wie ein Pfannkuchen, abgesehen von den Plastikkuppeln in der Mitte und den »Türmen« vorn und achtern, an Backbord und Steuerbord.

Die Türme hatten ihre Bezeichnung von den Eckpositionen, und zwei davon – gleichgültig, welche – können zusammenarbeiten, an den Winden oder den Entergaffeln. Die Entergaffeln – halb Enterhaken, halb Gaffel – können ungeheure Gewichte bis nahe an die Wasseroberfläche hochhieven; die Konstrukteure hatten freilich nur ein Ziel im Auge gehabt, und das erklärt, warum die Gaffeln dort anhalten. In Höhe der Wasseroberfläche muß der Gleiter einen Höhenausgleich von eineinhalb bis zwei Meter schaffen, ehe die Entergaffeln nach oben schieben, statt ziehen können.

Der Gleiter ist in der Grundkonstruktion ein beweglicher Raum – eine große Schachtel, die sich in den zahlreichen Schienen von »Zehn-Quadrat« frei bewegen und mittels starker Elektromagnete an der Fangseite verankert werden kann. Die Winden des Gleiters sind stark genug, um ein Schlachtschiff heranzuziehen. Und damit Sie sich vorstellen können, welche Kraft diese Magnete haben, sei gesagt, daß eher das ganze Floß umkippen würde, als daß der Gleiter sich noch einmal von seinem »Opfer« löste.

Im Gleiter gibt es einen Kontrollanzeiger, der mit der ausgetüfteltsten »Rolle« in Verbindung steht, die man je konstruiert hat. Sie bezieht ihre Energie auf drahtlosem Weg von dem Dynamoaggregat neben der Mittelkuppel und ist über Kurzwelle mit dem Sonarraum verbunden, wo die Bewegungen des Opfers aufgezeichnet und dem Fänger vor dem Kontrollpult übermittelt werden.

Der Fischer sitzt vielleicht Stunden, ja Tage an seiner »Leine«, ohne mehr als Metall und einen schwachen Umriß auf dem Bildschirm zu sehen. Erst wenn das Tier am Haken hängt und das vier Meter unter der Wasserlinie liegende Haltebrett ausgefahren wird, das die Winden unterstützt, sieht der Fischer seinen Fang vor sich aufsteigen. Und erst dann beginnt, wie Davits lernen mußte, die eigentliche Gefahr, und man muß schnell und überlegt handeln. Er versagte, und ein hundert Meter langes Untier von unvorstellbarem Gewicht, nicht genügend betäubt und verletzt, zerfetzte die Kabel der Winde, riß eine Entergaffel ab und brach über »Zehn-Quadrat« herein.

Wir kreisten, bis der automatische Landeturm uns zur Kenntnis nahm und herunterwinkte.

Wir landeten neben einer Luke, ich warf meine Geräte ab und sprang an Deck.

»Viel Glück«, rief der Pilot, als die Tür sich wieder zuschob. Dann tanzte er in die Lüfte und entschwand.

Ich nahm meinen Kram auf die Schultern und ging hinunter.

Als ich mich bei Malvern, dem De-facto-Kapitän, anmeldete, erfuhr ich, daß die anderen erst in gut acht Stunden eintreffen würden. Sie hatten mich allein bei Cals Hangar haben wollen, weil es ihr Drehbuch so verlangte. Ganz im Stil des Kinos des zwanzigsten Jahrhunderts. Blende: Landebahn im Dunkel. Mechaniker arbeitet am Hüpfer. Zoomaufnahme: zum Stillstand kommender Bus. Ködermann in dicker Schutzkleidung steigt aus, sieht sich um, schlurft über Landebahn. Close-up: Grinsen. Frage: »Glauben Sie, daß Sie es diesmal schaffen? Holen Sie ihn diesmal raus?« Verlegenheit. Schweigen. Achselzucken. Irgendeine Toneinblendung. »Aha. Und warum glauben Sie, daß Miß Luharich eine bessere Chance hat als die andern? Wegen ihrer besseren Ausrüstung? (Grinsen) Weil jetzt mehr über die Gewohnheiten der Kreatur bekannt ist als früher? Oder einfach wegen ihres unbeugsamen Willens zu siegen, Champion zu sein? Ist es das oder vielleicht alles zusammen?« Antwort: »Yeah. Alles zusammen.« – »Haben Sie sich verpflichtet, weil Ihr Instinkt Ihnen sagt, ›diesmal klappt's‹?« Antwort: »Sie zahlt nach Tarif. Selbst konnte ich mir das verdammte Ding ja nicht mieten. Und ich will dabeisein.« Löschen. Irgend etwas anderes einsynchronisieren. Blende.

»Denkste, Puppe«, brummte ich und schlenderte allein auf »Zehn-Quadrat« herum.

Ich stieg auf jeden Turm, überprüfte die Steuermechanik und testete die TV-Augen unter der Wasseroberfläche. Dann fuhr ich selbst den Haupthebelbaum aus.

Malvern hatte nichts dagegen, da ich alles so genau überprüfte. Ihm war es sogar recht. Wir fuhren nicht zum erstenmal zusammen raus, und einmal waren unsere Plätze sogar vertauscht. Also war ich gar nicht überrascht, als ich aus dem Lift stieg und ihn im Hopkins-Raum fand. Die nächsten zehn Minuten inspizierten wir schweigend den großen Saal und schritten durch die endlosen Kupferschlangen, in denen bald arktische Kälte herrschen würde.

»Nun, kriegen wir ihn diesmal?«

Ich schüttelte den Kopf.

»Ich möchte schon, aber ich hab meine Zweifel. Mir ist's schnurzegal, wer den Fang schließlich macht, solange ich bloß dabei bin. Aber es kommt nicht dazu. Die Puppe ist zu sehr von sich selbst überzeugt. Sie wird bestimmt den Gleiter bedienen wollen, und das kann sie nicht.«

»Kennst du sie von früher?«

»Allerdings!«

»Wie lange ist das her?«

»Vier, fünf Jahre.«

»Damals war sie doch noch ein kleines Mädchen. Woher willst du denn wissen, was sie kann?«

»Das weiß ich eben. Ich wette, daß sie jeden Schalter auswendig gelernt hat. Theoretisch wird sie mehr wissen als wir. Aber erinnerst du dich noch, damals, als wir im Steuerbordturm saßen und Ikky wie ein Tümmler aus dem Wasser schoß?«

»Wie könnte ich das vergessen?«

»Nun?«

Er strich sich über sein Kinn. Es kratzte wie Schmirgelpapier.

»Vielleicht schafft sie es. Schließlich ist sie in Fackelschiffen Rennen geflogen. Und zu Hause hat sie in der Tiefsee Tauchexpeditionen unternommen.« Er blickte zur unsichtbaren Küste hinüber. »Und sie hat im Hochland gejagt. Vielleicht ist sie wild genug, dieses Monstrum aus dem Wasser zu ziehen.«

»... damit John Hopkins die Rechnung bezahlt und eine siebenstellige Zahl für den Kadaver hinblättert«, fügte er dann hinzu. »Das ist 'ne Stange Geld, selbst für eine Luharich.«

Ich kroch durch eine Luke.

»Vielleicht hast du recht, aber als ich sie kannte, war sie jedenfalls eine reiche Hexe. Und keine Blondine«, fügte ich boshaft hinzu.

Er gähnte.

»Komm, gehen wir frühstücken.«

Wir zogen los.

Als ich jung war, dachte ich, es müßte das Schönste auf der Welt sein, als Meereswesen geboren zu werden. Ich wuchs an der Pazifikküste auf und verbrachte meine Sommer am Golf oder am Mittelmeer. Monatelang tat ich nichts anderes, als zwischen Korallenbänken herumzuschwimmen, Muränen zu fotografieren und mit den Delphinen Fangen zu spielen. Ich fischte überall, wo Fische schwammen, und nahm es ihnen übel, daß ihnen Orte zugänglich waren, die ich nicht erreichen konnte. Als ich älter wurde, wollte ich größere Fische fangen. Und wie ich wußte, gab es nirgends ein Lebewesen – abgesehen von einer kalifornischen Sequoia –, das größer war als ein Ikky.

Ich stopfte zwei Semmeln in eine Papiertüte und füllte mir eine Thermosflasche mit Kaffee. Dann entschuldigte ich mich, verließ die Messe und ging zum Gleiter. Dort war alles noch unverändert geblieben. Ich spielte an ein paar Schaltern, und der Kurzwellenempfänger fing zu summen an.

»Bist du das, Carl?«

»Richtig, Mike. Ich brauch hier unten etwas Saft, alter Dreckskerl.«

Er dachte wohl eine Weile über meine schmeichelhafte Anrede nach. Ich spürte, wie die Wände um mich zu summen begannen, als die Dynamos anliefen. Ich goß mir die dritte Tasse Kaffee ein und kramte nach einer Zigarette.

»Warum bin ich denn ein Dreckskerl?« kam seine Stimme.

»Du hast doch über den Kameramann bei Hangar sechzehn Bescheid gewußt?«

»Ja.«

»Dann bist du wirklich ein Dreckskerl. Ich will keine Publicity. Ich kann mir genau vorstellen, was die Zeitungen wieder aus mir machen.«

»Da irrst du. Der Scheinwerfer reicht bloß für eine, und die ist hübscher als du.«

Meine nächste Bemerkung war nicht mehr zu hören, denn ich legte im gleichen Augenblick den Schalter um, und der Gleiter ruckte an. Mittschiffs zog ich die Seitenschiene ein und steuerte meine Box in eine Längsrichtung.

Ich glitt steuerbords, hielt zwischen den beiden Türmen an und schaltete die Kupplung ein.

Ich hatte dabei keinen Tropfen Kaffee verschüttet.

»Zeig mir Bilder!«

Der Bildschirm glühte. Ich drehte am Abstimmknopf und konnte den Meeresboden erkennen.

»In Ordnung.«

Ich legte den Status-Blau-Schalter um, und er paßte sich an.

Die Winde war jetzt frei. Ich zielte, fuhr den Arm aus und schoß die Fangleine ab.

»Sauber«, meinte er.

»Status Rot. Fang.« Ich legte einen Schalter um. »Status Rot.«

Der Ködermann war unterwegs und wollte mit seinen Haken zum Anbeißen reizen. Genaugenommen sind es gar keine Fischhaken. In den Tauen befinden sich kleine hohle Rohre, und diese Rohre übertragen Stoff, ausreichend für eine ganze Armee von Fixern; Ikky nimmt den Köder auf, der ihm per Fernsteuerung vorgegaukelt wird, und dann jagt ihm der Fischer die Widerhaken hinein.

Meine Hände glitten über das Schaltpult, nahmen die notwendigen Schaltungen vor. Ich überprüfte die Anzeige für den Anästhesietank. Leer. Gut, man hatte die Tanks noch nicht gefüllt. Ich drückte den Injektor-Knopf.

»Mitten in die Gurgel«, murmelte Mike.

Ich ließ die Taue los. Ich spielte das Tier, das ich mir nur vorstellte. Ich ließ es rennen, schwang die Winde, um seine Bewegungen zu simulieren.

Ich hatte die Klimaanlage eingeschaltet und das Hemd ausgezogen. Trotzdem war es unangenehm heiß. Daher wußte ich, daß der Morgen in den Mittag übergegangen war. Die Ankunft und der Abflug der Lufttaxis wurden mir nur undeutlich bewußt. Einige Mannschaftsmitglieder saßen im Schatten der Tür, die ich offengelassen hatte, und sahen mir zu. Ich sah Jean nicht ankommen, sonst hätte ich Schluß gemacht und wäre unter Deck gegangen.

Sie riß mich erst aus meiner Konzentration, als sie die Tür so zuknallte, daß man befürchten mußte, die Magneten könnten sich lösen.

»Würdest du mir freundlicherweise sagen, wer dir gestattet hat, den Gleiter hochzufahren?« fragte sie scharf.

»Niemand«, antwortete ich. »Ich fahre ihn jetzt hinunter.«

»Geh zur Seite.«

Ich gehorchte, und sie nahm meinen Sitz ein. Sie trug braune Hosen, ein weites Hemd und hatte ihr Haar hinten zusammengebunden. Ihre Wangen waren gerötet, aber nicht unbedingt von der Hitze. Dann bearbeitete sie das Schaltbrett mit einer Intensität, die mich beunruhigte.

»Status Blau«, stieß sie hervor und brach sich am Schalter einen violett lackierten Fingernagel ab.

Ich zwang mich zu einem Gähnen und knöpfte langsam mein Hemd zu. Sie warf mir von der Seite einen Blick zu, sah dann wieder auf ihre Kontrollskalen und warf die Leine.

Ich sah auf dem Monitorschirm zu. Für den Bruchteil einer Sekunde wandte sie sich zu mir.

»Status Rot«, sagte sie mit gleichmäßiger Stimme.

Ich nickte zustimmend.

Dann drehte sie die Winde zur Seite, um zu zeigen, daß sie damit umgehen konnte. Ich hatte keine Zweifel daran, und sie hatte keine Zweifel daran, daß ich es wußte, aber –

»Falls du es nicht wissen solltest«, sagte sie, »du wirst diesem Ding hier nicht noch einmal nahe kommen. Man hat dich als Ködermann eingestellt, nicht für die Bedienung des Gleiters! Erinnerst du dich? Als Ködermann! Deine Aufgabe besteht darin, hinauszuschwimmen und unserem Freund, dem Monster, die Tafel zu bereiten. Das ist gefährlich, aber man bezahlt dich gut dafür. Irgendwelche Fragen?«

Sie drückte den Injektorknopf, und ich rieb mir den Hals.

»Nein«, sagte ich grinsend, »aber ich kann mit diesem Dingsbums da ausgezeichnet umgehen – und wenn du mich brauchst, stehe ich dir zur Verfügung, zum üblichen Tarif.«

»Mister Davits«, sagte sie, »ich will keinen an diesem Kontrollpult, der kein Glück hat.«

»Miß Luharich, dieses Spiel hat noch keiner gewonnen.«

Sie fing an, das Kabel einzurollen, und löste gleichzeitig die Magnete, so daß der ganze Gleiter dröhnte, als das große Jo-Jo zurückkam. Wir wurden ein, zwei Meter zurückgeschleudert. Sie löste die Seitenkufen, und wir schossen über die Gleise. Dann verlangsamte sie unsere Fahrt und schaltete die Weichen so, daß wir ruckartig zum Stehen kamen. Im nächsten Augenblick schossen wir im rechten Winkel davon. Die Mannschaft rannte von der Luke weg, als wir auf die Liftplattform donnerten.

»In Zukunft, Mister Davits, betreten Sie den Gleiter nicht mehr ohne ausdrücklichen Befehl«, erklärte sie mir.

»Keine Sorge. Ich werde ihn nicht einmal betreten, wenn man es mir befiehlt«, antwortete ich. »Ich habe mich als Ködermann verpflichtet. Erinnern Sie sich? Wenn Sie mich hierhaben wollen, werden Sie mich schon bitten müssen, meine Dame!«

»Soweit kommt's noch«, lächelte sie.

Ich nickte nur, während sich die Türen über uns schlossen. Wir ließen das Thema fallen und gingen jeder unserer Wege, nachdem der Gleiter seinen Ruheplatz erreicht hatte. Sie sagte allerdings »Guten Tag«, und ich fand, daß sie damit ein hohes Maß an Erziehung und Kultur ihrerseits zeigte.

Am Abend stopften sich Mike und ich in Malverns Kabine voll. Der Wind hatte die Wellen aufgepeitscht, und ein Regenguß, in den sich Hagelkörner mischten, prasselte mit aller Wucht aufs Deck herunter. Man hatte den Eindruck, unter einem Blechdach zu sitzen.

»Scheußlich«, meinte Malvern.

Ich nickte. Nach zwei Bourbons wirkte der Raum um mich wie ein vertrauter Holzschnitt: Die Mahagonimöbel (die ich vor langer Zeit, einer plötzlichen Eingebung folgend, von der Erde hatte kommen lassen), die dunklen Wände, Malverns verwittertes Gesicht, Dabis ständig verblüffter Gesichtsausdruck und hinter den Stühlen riesige Schattenpfützen, die von der winzigen Tischlampe erzeugt wurden.

»Bin froh, daß ich hier drinnen sitze.«

»Wie ist's denn in einer solchen Nacht draußen in der Brühe?«

Ich paffte an meiner Pfeife und stellte mir vor, wie das Licht meiner Lampe das Innere eines schwarzen Diamanten durchschnitt, der leicht bebte. Ein meteorartig vorbeihuschender Fisch, das Schwanken grotesker Farne, nebelhafte Schatten, Tang glitten in meiner Phantasie an mir vorüber! Ein Raumschiff auf dem Flug zwischen zwei Welten mußte sich so ähnlich fühlen, wenn es empfinden konnte, ruhig, unheimlich, unnatürlich ruhig, friedlich wie im Schlaf.

»Dunkel«, sagte ich, »und in ein paar Faden Tiefe eigentlich ziemlich ruhig.«

»Noch acht Stunden, dann legen wir ab«, meinte Mike.

»Zehn, zwölf Tage, dann sollten wir dort sein«, fügte Malvern hinzu.

»Was meinst du wohl, was Ikky anstellen wird?«

»Er wird mit Mrs. Ikky auf dem Meeresgrund schlafen, falls er auch nur einen Funken Verstand hat.«

»Gehirn hat er jedenfalls keines. Die EFI hat aus den an Land gespülten Knochen sein Skelett rekonstruiert, er muß über hundert Meter lang sein, stimmt's, Carl?«

Ich nickte.

»… im Verhältnis dazu ist sein Hirn mächtig klein geraten.«

»Jedenfalls groß genug, um sich nicht von uns fangen zu lassen.«

Gelächter. Im Augenblick existiert für uns nur dieser Raum. Die Welt draußen ist ein menschenleeres Deck, auf das Graupelschauer herunterprasseln. Wir lehnen uns gemütlich zurück und blasen Wolken in die Luft.

»Unsere Boß-Lady wünscht keine Eigenmächtigkeiten.«

»Unsere Boß-Lady kann meinetwegen Drachen steigen lassen.«

»Was hat sie denn gesagt?«

»Sie hat mir gesagt, mein Platz sei auf dem Meeresgrund, dort, wo auch die Fische ihren Abfall abladen.«

»Du fährst also nicht im Gleiter?«

»Ich bin Ködermann.«

»Nun, wir werden sehen.«

»Ich habe sonst nichts zu tun. Wenn sie mich im Gleiter haben will, wird sie mich schön bitten müssen.«

»Glaubst du das wirklich?«

»Ja, das glaube ich.«

»Und wenn sie es tut, kannst du es dann?«

»Gute Frage.« Ich zog an meiner Pfeife. »Das weiß ich nicht.«

Ich würde meine Seele für die Antwort geben. Ein paar Jahre meines Lebens. Aber keiner geht darauf ein, weil keiner es weiß. Angenommen, wir finden tatsächlich einen Ikky dort draußen. Angenommen, wir ködern ihn und kriegen ihn an die Leine? Was dann? Wenn wir ihn bis ans Schiff herangezerrt haben, wird sie es dann durchstehen oder zusammenklappen? Was ist denn, wenn sie aus festerem Stoff gemacht ist als Davits, der früher einmal mit Luftpistolen und Giftbolzen Haie gejagt hat? Angenommen, sie zieht ihn an Deck, und Davits muß danebenstehen und zuschauen.

Und schlimmer noch, angenommen, sie fragt nach Davits, und

dieser Davits steht immer noch dort wie bestellt und nicht abgeholt …

Ich erinnere mich, wie ich ihn damals über den drei Meter hohen Horizont aus Stahl zu ziehen versuchte und mir den riesigen Leib ansah, der kein Ende nahm, sondern einfach wie eine grüne Hügelkette allmählich den Augen entschwand … Und der Kopf, klein für den mächtigen Leib, aber dennoch immens. Fett, faltig, mit lidlosen Roulettscheiben, die sich schon – schwarz und rot – gedreht hatten, lange bevor meine Vorväter den Weg in die neue Welt angetreten hatten.

Man hatte frische Gifttanks angeschlossen. Er brauchte einen neuen Schuß, und zwar schnell. Aber ich war wie gelähmt.

Er hatte einen Laut von sich gegeben wie Gott, der an der Hammondorgel spielt …

*Und mich angesehen!*

Ich weiß nicht, ob in Augen wie diesen das Sehen der gleiche Prozeß ist wie bei uns. Ich bezweifle es. Vielleicht war ich bloß ein grauer Schatten hinter einem schwarzen Felsen, vielleicht blendete ihn der grelle Himmel. Jedenfalls fixierte er mich. Vielleicht lähmt die Schlange das Kaninchen gar nicht, vielleicht sind Kaninchen nur von Natur aus feige. Der Ikky begann an seiner Fessel zu zerren, aber ich war immer noch so fasziniert, daß ich mich nicht bewegen konnte.

Beeindruckt von all der Kraft, von diesen Augen, hatte ich alles um mich herum vergessen. Man fand mich fünfzehn Minuten später, an Kopf und Schulter leicht verletzt. Der Injektor-Knopf war noch immer nicht gedrückt! Ich träume von diesen Augen. Ich will sie noch einmal sehen, selbst wenn es eine Ewigkeit dauert, bis ich sie finde. Ich muß wissen, ob in mir etwas ist, das mich daran hindert, wie ein Kaninchen zu reagieren, und mich von eingeprägten Reflexen und Instinkten befreit, die immer dann zum Zuge kommen, wenn die gleiche Ausgangssituation eintritt.

Ich sah meine Hand an und stellte fest, daß sie zitterte. Als ich aufblickte, bemerkte ich, daß es sonst keiner gesehen hatte.

Ich trank mein Glas leer und kratzte meine Pfeife aus. Es war spät.

Ich saß da und schnitzte an einem Stück Holz herum. Meine Beine hingen über das Achterdeck, und die Späne fielen in die Furche unseres Kielwassers. Wir waren drei Tage unterwegs. Bisher lief alles glatt.

»Hallo!«

»Ich?«

»Ja, du.«

Ich sah Haare, die mir wie das Ende eines Regenbogens erschienen, Augen, denen nichts in der ganzen Schöpfung glich, und himmlische Zähne.

»Hallo.«

»Weißt du nicht, daß du gegen eine Sicherheitsvorschrift verstößt?«

»O doch. Ich hab mir den ganzen Morgen den Kopf darüber zerbrochen.«

Eine zarte Locke ringelte sich um mein Messer und fiel dann ins Wasser. Sie blieb eine Weile in dem Schaum hängen; schließlich wurde sie untergepflügt. Ich musterte das Spiegelbild meiner Gesprächspartnerin auf der Klinge meines Messers und amüsierte mich im stillen darüber, wie verzerrt es war.

»Willst du mich herausfordern?« fragte sie schließlich.

Ich hörte sie lachen, drehte mich um und wußte, daß ich mit Absicht gehandelt hatte.

»Was, ich?«

»Ich könnte dich spielend ins Wasser stoßen.«

»Ich würde nicht untergehen.«

»Würdest du mich ins Wasser stoßen – vielleicht in einer finsteren Nacht?«

»Die Nächte hier sind alle finster, Jean. Ich würde dir meine Schnitzarbeit schenken.«

Sie setzte sich neben mich, und ich konnte nicht umhin, die Grübchen in ihren Knien zu bemerken. Sie trug weiße Shorts, dazu ein Bikinioberteil, und ihre Bräune, die nicht von dieser Welt stammte, wirkte sehr attraktiv. Beinahe empfand ich so etwas wie Schuldgefühl, weil ich die ganze Szene geplant hatte. Aber dennoch verbarg meine rechte Hand immer noch das hölzerne Tier, das ich geschnitzt hatte.

»Na schön, ich beiße an. Was hast du denn für mich?«

»Nur einen Augenblick. Ich bin beinahe fertig.«

Ich reichte ihr feierlich den hölzernen Esel, den ich geschnitzt hatte. Beinahe tat es mir leid, ich kam mir selbst wie ein Esel vor, aber ich mußte konsequent bleiben. Ich bin es immer. Das Maul des Esels war zu einem Grinsen verzogen, seine Ohren standen aufrecht.

Sie lächelte nicht, runzelte aber auch nicht die Stirn. Sie betrachtete den Esel bloß interessiert.

»Sehr gut«, sagte sie schließlich. »Sehr gut, wie fast alles, was du tust, vielleicht auch passend.«

»Gib ihn mir zurück.« Ich streckte die Hand aus.

Sie gab ihn mir, und ich warf ihn ins Wasser. Eine Weile tanzte er wie ein pygmäenhaftes Seepferd auf den Wellen.

»Warum hast du das getan?«

»Es war ein schlechter Witz. Tut mir leid.«

»Vielleicht hast du recht. Vielleicht habe ich diesmal ein wenig zu viel abgebissen.«

Ich knurrte bloß.

»Warum nimmst du dir denn nicht etwas Sicheres vor? Irgendein Rennen zum Beispiel?«

Sie schüttelte den Kopf. »Nein. Es muß ein Ikky sein.«

»Warum?«

»Warum warst du denn so verrückt nach diesem Monster? Du hast doch ein Vermögen dafür rausgeworfen.«

»Gründe, wie sie nur ein Mann versteht«, sagte ich. »Ein Psychiater hat mir einmal gesagt: ›Mister Davits, Sie müssen das Bild Ihrer Männlichkeit aufwerten, indem Sie jeden Fisch, den es auf der Welt gibt, fangen.‹ Fische sind ein sehr altes Männlichkeitssymbol, weißt du. Also machte ich mich ans Werk. Einer fehlt mir noch! Warum willst du denn deine Männlichkeit verstärken?«

»Das will ich nicht«, sagte sie. »Ich will gar nichts verstärken, außer das Luharich-Unternehmen. Man hat mir einmal gesagt: ›Miß Luharich, wenn Sie sämtliche Gesichtspuder und sämtliche Cremes im Sonnensystem verkaufen, werden Sie ein glückliches Mädchen sein. Und reich auch.‹ Er hat recht gehabt. Ich bin der Beweis dafür. Ich kann so aussehen, wie ich eben aussehe, tun und lassen, was ich will, ich verkaufe die meisten Lippenstifte und den meisten Gesichtspuder, aber ich muß immer imstande sein, alles zu tun.«

»Du siehst kühl und tüchtig aus«, bemerkte ich.

»Ich fühle mich aber nicht kühl«, sagte sie und stand auf. »Gehen wir schwimmen.«

»Darf ich dich darauf hinweisen, daß wir ziemlich gute Fahrt machen?«

»Wenn du meinst, mir damit etwas Neues zu sagen, dann darfst du das. Du sagtest doch, daß du es schaffen würdest, wieder an Bord zu kommen. Hast du es dir anders überlegt?«

»Nein.«

»Dann hol doch zwei Tauchmasken. Ich schlage dir ein Rennen unter der ›Zehn-Quadrat‹ hindurch vor.«

»Ich werde es auch gewinnen«, fügte sie noch hinzu.

Ich stand da und blickte auf sie hinunter. Das hilft mir meistens, mich den Frauen überlegen zu fühlen.

»Tochter des Lir, du hast Augen wie von Picasso«, sagte ich. »Du kannst dein Wettrennen haben. Wir treffen uns in zehn Minuten am vorderen Steuerbordturm.«

»Gut, in zehn Minuten«, nickte sie.

Ich brauchte die zehn Minuten. Von der Sichtkuppel – in der Mitte des Schiffes – bis zum Turm mußte ich bei dem Gewicht, das ich zu tragen hatte, zwei Minuten ansetzen. Meine Sandalen wurden heißer und heißer, und ich war froh, sie gegen Schwimmflossen eintauschen zu können, als ich endlich den vergleichsweise kühlen Rand erreichte.

Wir legten unsere Geräte an und überprüften sie. Miß Luharich trug jetzt einen raffinierten einteiligen grünen Anzug, der mich dazu veranlaßte, mir die Augen zuzuhalten, hinzusehen, dann wieder wegzusehen und sie mir schließlich noch einmal genau anzusehen.

Ich befestigte eine Strickleiter und ließ sie hinab. Dann schlug ich an die Turmwand.

»Ja?«

»Hat du dem Backbordturm Bescheid gegeben?« rief ich.

»Alle sind auf Empfang«, kam die Antwort. »Leitern sind bereit.«

»Sind Sie auch sicher, daß Sie das machen wollen?« fragte der sonnenverbrannte kleine Knilch, der sich um ihre Publicity kümmerte. Anderson hieß er.

Er saß neben dem Turm in einem Liegestuhl und trank Limonade mit einem Strohhalm.

»Es könnte gefährlich sein«, meinte er mit eingefallenem Mund. (Seine Zähne lagen neben ihm in einem anderen Glas.)

»Stimmt«, lächelte sie. »Es *wird* gefährlich sein. Aber nicht sehr.«

»Sollte ich da nicht ein paar Bilder machen? Die wären in einer Stunde in Lifeline und heute abend in New York. Gute Publicity.«

»Nein«, sagte sie und wandte uns beiden den Rücken zu.

Sie schien sich die Augen zu reiben.

»Da, heben Sie die für mich auf.«

Sie gab ihm eine kleine Box mit ihren Haftschalen, und als sie sich wieder zu mir umwandte, waren ihre Augen so braun, wie ich sie in Erinnerung hatte.

»Fertig?«

»Nein«, sagte ich. »Hör mir jetzt gut zu, Jean. Wenn du unbedingt dieses Spiel spielen willst, gibt es ein paar Regeln, auf die du achten mußt. Erstens«, zählte ich, »wir werden unmittelbar unter dem Schiffsrumpf sein. Wir müssen also ziemlich tief anfangen und in Bewegung bleiben. Wenn wir anstoßen, könnten wir einen Lufttank abreißen und ...«

Sie begann zu protestieren, daß das schließlich jeder Idiot wüßte, aber ich unterbrach sie.

»Zweitens«, fuhr ich fort, »es wird kein Licht dort unten sein. Wir bleiben also dicht beieinander und werden *beide* Lampen tragen.«

Ihre feuchten Augen blitzten.

»Ich habe dich aus Govino herausgezogen, ohne –«

Dann hielt sie inne und wandte sich ab. Sie nahm eine Lampe.

»Na schön, Lampen. Tut mir leid.«

»... und achte auf die Antriebsschrauben«, beendete ich meine Predigt. »Sie erzeugen eine starke Strömung, die mindestens fünfzig Meter weit reicht.«

Sie nickte und schob sich die Maske zurecht.

»In Ordnung, fangen wir an.«

Ich bestand darauf, daß sie die Spitze übernahm. Die oberste Wasserschicht war angenehm warm. In zwei Faden Tiefe war das Wasser bereits kühl; bei fünf hübsch kalt. Bei acht ließen wir die

Strickleiter los. »Zehn-Quadrat« schoß über uns davon, und wir rasten in die entgegengesetzte Richtung. In periodischen Abständen kitzelte ich ihre Froschfüße mit meiner Lampe und bestrahlte die Luftblasen, die sie hinter sich herzog. Ein Vorsprung von etwa fünf Metern war in Ordnung, ich würde sie im Endspurt schlagen, durfte sie aber jetzt noch nicht hinter mir lassen.

Unter uns war es unheimlich schwarz. Endlose Tiefe. Das Mindanao der Venus, wo die Ewigkeit eines Tages einmal die Toten hinter sich lassen würde. Ich drehte den Kopf zur Seite und berührte den Rumpf mit einem Fühler aus Licht; ich erkannte, daß wir etwa ein Viertel des Weges zurückgelegt hatten.

Jetzt beschleunigte ich meine Züge und verkürzte den Abstand, den sie plötzlich zwischen uns gelegt hatte. Sie verstärkte ebenfalls ihr Tempo, und ich hielt mit. Mein Scheinwerferstrahl hielt sie fest.

Sie wandte den Kopf zu mir, und das Licht fiel auf ihr Gesicht. Ich weiß nicht, ob sie gelächelt hat. Wahrscheinlich. Sie hob zwei Finger in dem uralten V, das Sieg bedeutet, und schwamm dann mit vollem Tempo weiter.

Ich hätte es wissen müssen. Für sie war das bloß ein Rennen, etwas, das man gewinnen mußte.

Also hängte ich mich hinein, mit aller Gewalt. Im Wasser zittere ich wahrscheinlich nicht, und wenn ich es tun sollte, macht es mir jedenfalls nichts aus, denn ich bemerke es nicht. Ich begann, den Abstand zwischen uns zu verkürzen. Sie sah sich um, raste weiter, sah sich erneut um. Jedesmal war ich näher gerückt, bis ich den Abstand auf die ursprünglichen fünf Meter verkürzt hatte.

Und dann schaltete sie die Nachbrenner ein.

Ich hatte es kommen sehen! Etwa die halbe Strecke lag hinter uns, und sie hätte es nicht tun dürfen. Die mächtigen Preßluftdüsen konnten sie leicht wie eine Rakete nach oben gegen den Rumpf schleudern oder irgendwas losreißen, falls sie ihre Körperhaltung veränderte. Man benutzt die Düsen, um sich von Meerespflanzen loszureißen oder gegen widrige Strömungen anzukämpfen. Ich hatte sie für den Notfall und wegen der mächtigen Schrauben mitgenommen.

Sie schoß wie ein Meteor davon, und ich spürte, wie sich plötzlich mein Schweiß in das schäumende Wasser mischte.

Ich schwamm weiter, wollte meine eigenen Düsen nicht einsetzen. Sie verdreifachte, vervierfachte inzwischen den Abstand. Dann verloschen die Düsen, und sie war immer noch auf Kurs. Okay. Ich war eben ein alter Angsthase. Aber immerhin hätte sie eine Katastrophe anrichten können.

Ich durchpflügte das Meer und begann wieder aufzuholen, etwa einen Viertelmeter bei jedem Zug. Der Sog machte sich auf einmal bemerkbar. Wir näherten uns den Schiffsschrauben. Jean schien ein wenig zu torkeln.

Ich war einmal hineingeraten, damals, unter der *Delphin*, einem Fischerboot der Mittelklasse. Zugegeben, ich hatte vorher getrunken, und man hatte das Ding zu früh eingeschaltet. Zum Glück schaltete man es rechtzeitig wieder aus, und ein Knochenklempner hat mir alles zurechtgestutzt. Im Logbuch hatten sie die Sache verewigt. Da stand dann nur, daß ich getrunken hatte. Daß das in meiner Freizeit mein gutes Recht war, nahmen die nicht auf.

Sie schwamm jetzt mit halber Geschwindigkeit, bewegte sich aber immer noch schräg auf die Backbordseite, achtern zu. Auch ich begann die Anstrengung zu spüren und wurde langsamer. Sie hatte das Schlimmste hinter sich, schien mir aber zu weit außen zu liegen. Unter Wasser ist es schwer, Abstände zu schätzen, aber meine Taucheruhr verriet mir, daß ich recht hatte. Sie war außer Gefahr, was den Hauptantrieb betraf, aber sie hielt jetzt unmittelbar auf die kleinere Backbordschraube zu. Dann gab sie ihren Kurs auf, entfernte sich wieder von der Schraube. Zwanzig Meter trennten uns. Sie schwamm auf der Stelle. Fünfzehn Meter.

Langsam begann sie rückwärts abzutreiben. Sofort schaltete ich meine Düsen ein, zielte etwa zwei Meter hinter sie und zwanzig Meter an den Schraubenblättern vorbei.

Schnurgerade! Gott sei Dank! Meine eine Schulter stieß gegen ihren Leib, die andere kollidierte mit einem Leitungsrohr. *Schwimmwiederteufel!*

Maske gesprungen, aber nicht gebrochen. *Undhinauf!*

Wir schnappten uns eine Leine, und dann erinnere ich mich noch an den Brandy, den ich trank.

Schlaflosigkeit, Schmerzen in der linken Schulter. Verdammt blöd, was ich sagte. Wir waren in Decken eingehüllt, zitterten. Sie: »Carl, ich weiß nicht, was ich sagen soll.« Ich: »Dann sind wir eben quitt für diese Nacht in Govino, Miß Luharich, hm?« Sie schwieg. Ich: »Noch einen Brandy?« Sie: »Einen noch.« Ich zu mir: Es hatte nur drei Monate gedauert. Keine Alimente. Auf beiden Seiten genügend Geld. Nicht sicher, ob sie glücklich waren. Die weindunkle Ägäis. Fische. Vielleicht hätte er mehr Zeit an Land verbringen sollen. Oder vielleicht sie weniger. Aber ein guter Schwimmer. Bis Vido hat er ihn hereingeschleppt, um seine Lungen auszuwringen. Jung. Beide. Stark. Beide. Reich und verdammt verzogen. Korfu hätte sie einander näherbringen müssen. Tat es aber nicht. Ich glaube nicht an diesen Quatsch von der seelischen Grausamkeit. Er wollte nach Kanada. Sie: ›Geh zum Teufel, wenn du willst!‹ Er: ›Kommst du mit?‹ Sie: ›Nein.‹ Aber sie tat es trotzdem. Teuer. Er verlor ein oder zwei Monster. Sie erbte ein paar. Eine Menge Blitze heute nacht ... Wir waren sieben Tage unterwegs, als wir Ikky im Periskop entdeckten.

Glocken schrillten, Füße polterten, und ein Optimist schaltete im Hopkins-Saal den Thermostaten ein. Malvern wollte, daß ich sitzen blieb, aber ich zog meinen Tauchanzug an und wartete auf das, was da kommen würde. Meine Verletzung sah schlimmer aus, als sie sich anfühlte. Ich hatte jeden Tag Gymnastik getrieben, und die Schulter war nicht steif geworden.

Tausend Meter vor uns kreuzte er in dreißig Faden Tiefe unseren Kurs.

»Jagen wir ihn?« fragte ein Matrose erregt.

»Nein, es sei denn, sie hätte vor, Geld als Treibstoff zu verwenden.«

Ich zuckte die Schultern.

Dann war der Bildschirm wieder leer und blieb auch so. Wir behielten unseren Kurs bei.

Ich hatte seit dem letztenmal, als wir gemeinsam am Ertrinken waren, kaum ein Dutzend Worte mit meinem Chef gewechselt. Also beschloß ich, es noch einmal zu versuchen.

»Schönen guten Tag«, meinte ich und trat auf sie zu. »Was Neues?«

»Er geht Nordnordost. Den müssen wir ziehen lassen. Noch ein paar Tage, dann können wir uns eine Jagd leisten. Jetzt noch nicht.«

*Schlauer Kopf.*

Ich nickte. »Man weiß auch nicht, wo der hin will.«

»Was macht die Schulter?«

»Schon gut. Und du? *Tochter des Lir …*«

»Ganz gut. Übrigens, du kriegst eine nette Prämie.«

*Augen des Verderbens …*

»Reden wir nicht darüber«, sagte ich ihr, aber das wäre nicht notwendig gewesen, denn sie wandte mir bereits wieder den Rücken zu.

Später, am Nachmittag, schmetterte ein Sturm über uns herein. (Ich ziehe schmettern gegenüber hereinbrechen vor. Das beschreibt das Verhalten tropischer Stürme auf der Venus viel besser.) Vielleicht erinnern Sie sich noch an die Tinte, die ich vorher erwähnte? So. Und jetzt nehmen Sie das Tintenfaß zwischen Daumen und Zeigefinger und schlagen mit dem Hammer dagegen. Passen Sie auf! Sie sollen sich dabei nicht schneiden oder vollspritzen –

Die Luft ist trocken, ausgedörrt. Eine Million greller Sprünge überziehen den Himmel, wenn der Hammer fällt.

»Alles unter Deck!« empfahlen die Lautsprecher der Mannschaft, die bereits rannte.

Wo war ich? Wer, glauben Sie wohl, hat die Lautsprecher bedient?

Alles, was nicht niet- und nagelfest war, ging über Bord, als das Wasser in Bewegung geriet, aber bis dahin waren bereits keine Leute mehr an Deck. Als erstes wurde der Gleiter in Sicherheit gebracht. Dann zogen die großen Lifts ihre Kuppeln ein.

Ich war mit einem Schrei auf den nächstliegenden Turm losgerannt, als ich das helle Flackern am Himmel sah, das den Orkan ankündigte. Von dort aus betätigte ich die Lautsprecher und gab der Mannschaft Anweisungen.

Es hatte ein paar kleinere Verletzungen gegeben, sagte mir Mike über das Radio, aber nichts Ernstes. Ich saß für die Dauer des Sturms fest. Die Türme liegen viel zu weit außen am Rand, als daß sie einen Zugang zum Schiffsinneren hätten.

Also schnallte ich die Tanks ab, die ich die letzten paar Stunden getragen hatte, legte meine Schwimmflossen auf den Tisch und lehnte mich zurück, um den Hurrikan zu bewundern. Der Himmel war so schwarz wie das Meer, und wir saßen zwischendrin. Das Wasser über uns regnete nicht herunter, es vermischte sich bloß irgendwie mit dem Meer und überschwemmte uns.

Die Türme waren sicher genug. Sie hatten genügend von diesen Unwettern überstanden. Nur liegen sie so weit draußen, daß sie viel stärker ausschwingen als Erhebungen in der Mitte des Floßes. Ich hatte mich an dem Sessel festgeschnallt, der wiederum seinerseits mit dem Boden verschraubt war, dann schickte ich ein Dankgebet für jenen Unbekannten zum Himmel, der eine Schachtel Zigaretten in der Tischschublade gelassen hatte.

Ich sah zu, wie das Wasser Berge, Täler und Bäume baute, bis ich anfing, Gesichter und Menschen zu sehen. Da rief ich Mike an.

»Was machst du dort unten?«

»Ich zerbrech mir den Kopf darüber, was du dort oben machst«, antwortete er. »Wie steht's denn?«

»Du kommst doch aus dem Mittleren Westen, oder?«

»Yeah.«

»Dort draußen gibt's ziemlich üble Stürme, oder?«

»Manchmal.«

»Dann versuch, an den schlimmsten zu denken, den du je mitgemacht hast. Hast du einen Rechenschieber dabei?«

»Liegt vor mir.«

»Dann multipliziere das Ganze mit hundert und erheb's ins Quadrat.«

»Ich kann mir die Nullen nicht vorstellen.«

»Schon gut, dann nimm eben nur das Quadrat.«

»Was machst du eigentlich dort oben?«

»Ich hab mich am Stuhl angeschnallt. Jetzt seh ich zu, wie alles am Boden herumrutscht.«

Ich sah wieder hinaus. Ich sah einen Schatten, der dunkler war als seine Umgebung.

»Betest du, oder fluchst du?«

»Woher soll ich das wissen! Wenn nur der Gleiter da wäre, wenn ich nur den Gleiter hätte!«

*»Ist er dort draußen?«*

Ich nickte, vergaß, daß er mich nicht sehen konnte.

Groß, so groß, wie ich mich an ihn erinnerte. Er war nur für ein paar Augenblicke an die Oberfläche gekommen, um sich umzusehen. *Es gibt keine Macht auf der Erde, die man mit ihm vergleichen kann, ihm, der geschaffen war, keine zu fürch-*

*ten.* Ich ließ meine Zigarette fallen. Es war genauso wie beim letzten Mal, eine Lähmung, ein Schrei, der mir auf den Lippen erstarb.

»Alles in Ordnung, Carl?«

Er hatte mich wieder angesehen. Es schien mir wenigstens so. Vielleicht hatte dieses hirnlose Monster ein halbes Jahrtausend gewartet, um das Leben eines Mitglieds der am höchsten entwickelten Gattung von Lebewesen zu ruinieren …

»Alles in Ordnung?«

… oder vielleicht war es schon ruiniert, lange vor der Begegnung, und das hier war nur ein Zusammentreffen von Tieren, wobei das stärkere das schwächere zur Seite schob, Leib gegen Seele …

»Carl, verdammt noch mal! Sag doch etwas!«

Wieder kam er an die Oberfläche, diesmal näher. Haben Sie je einen Rüssel eines Tornados gesehen? Er kommt einem vor wie etwas Lebendiges, wenn er sich in all dieser Finsternis bewegt. Nichts hat das Recht, so groß zu sein, so stark und sich zu bewegen. Eine Empfindung, bei der einem übel wird.

»Bitte, gib mir Antwort.«

Er war verschwunden und kam an diesem Tag nicht mehr zurück. Ich machte Mike gegenüber schließlich ein paar dumme Bemerkungen, aber ich hielt meine nächste Zigarette in der rechten Hand und zündete sie nicht an.

Die nächsten siebzig- oder achtzigtausend Wellen brachen sich mit monotoner Gleichförmigkeit am Schiffsrumpf. Die Tage waren ohne Unterschied. Am Morgen des dreizehnten Tages aber begann unser Glück zuzunehmen. Die Glocken rissen uns aus unserer von Kaffee durchsetzten Lethargie, und wir rannten aus der Messe, ohne zu hören, was Mike uns zu sagen hatte.

»Achtern!« schrie jemand. »Fünfhundert Meter!«

Ich zog mich bis auf meine Shorts aus und fing an, mich fertigzumachen. Ich habe meine Ausrüstung immer in Reichweite. Dann stolperte ich quer übers Deck und schnallte mir den Köder um.

»Fünfhundert Meter, zwanzig Faden!« brüllten die Lautsprecher.

Die großen Schotten krachten, und der Gleiter wuchs zur vollen Höhe, die »Lady« am Schaltpult. Er rasselte an mir vorbei und schlug vor mir Wurzeln. Sein einer Arm hob sich, wurde länger.

Jetzt riefen die Lautsprecher: »Vier achtzig Komma zwanzig!«

»Status Rot!«

Ein Knallen, wie wenn ein Champagnerkorken aus der Flasche fliegt, und die Leine schoß über das Wasser dahin.

»Vier achtzig zwanzig!« wiederholte der Lautsprecher. »Ködermann fertigmachen!«

Ich schob mir die Maske zurecht und kletterte hinunter. Zuerst warm, dann kalt, dann Absprung.

Unendlich grüne Einsamkeit. Schnell hinunter. Das hier ist der Ort, wo ich es mit jedem Fisch aufnehme.

Ich sah die treibenden Kabel und folgte ihnen in die Tiefe. Grün, dann dunkelgrün, dann schwarz. Es war ein weiter Schuß gewesen, zu weit. Ich hatte noch nie so weit hinunterfolgen müssen. Und meine Lampe wollte ich nicht einschalten.

Aber ich mußte.

Schlimm. Ich hatte noch ziemlich weit.

Schließlich endete die Leine.

Ich schlang einen Arm darum und löste den Zappler von meinem Gurt. Ich arbeitete, so schnell ich konnte, befestigte ihn und stellte die kleinen isolierten Verbindungen her, die der Grund dafür sind, daß man den Zappler nicht mit der Leine hinausschießen kann. Ikky konnte die Verbindungen zwar abreißen, aber dann war es schon zu spät.

Als mein mechanischer Aal angeschlossen war, legte ich die Schalter um und sah zu, wie er wuchs. Ich hatte etwa eineinhalb

Minuten gebraucht, um ihn zu befestigen, und war in dieser Zeit noch tiefer hinuntergezogen worden. Ich war ganz nahe, zu nahe an dem Ort, wo ich nie sein wollte.

So ungern ich zuerst mein Licht eingeschaltet hatte, so sehr hatte ich jetzt Angst davor, es wieder abzuschalten. Panik ergriff mich, und ich packte mit beiden Händen das Kabel. Der Zappler begann rosarot zu glühen und sich hin und her zu winden. Er war doppelt so groß wie ich und zweifellos auch doppelt so attraktiv für Lebewesen, die rosa Zappler fressen, das redete ich mir ein, bis ich es fast glaubte, dann löschte ich die Lampe und begann den Aufstieg.

Falls ich mit etwas enorm Großem, Stahlhäutigem zusammenstoßen sollte, hatte mein Herz Anweisung, sofort zu schlagen aufzuhören und mich freizugeben, damit ich mich angsterfüllt für ewig jenseits des Acherons verbergen konnte.

Aber so weit kam es nicht. Ich erreichte grünes Wasser und floh zurück ins Nest.

Meine erste Frage war: »Wo ist er?«

»Nirgends«, sagte ein Matrose, »wir haben ihn gleich wieder verloren. Jetzt finden wir ihn nicht mehr. Er muß getaucht sein.«

»Schade.«

Der Zappler blieb unten und vergnügte sich an seinem Bad. Meine Arbeit war für den Augenblick getan. Ich ging zurück, um mich bei Kaffee mit Rum aufzuwärmen.

Hinter mir ein Flüstern: »Könntest du nach so einem Tauchmanöver lachen?«

Tiefgründige Antwort: »Kommt drauf an, worüber er lacht.«

Immer noch grinsend, begab ich mich mit zwei Tassen voll Kaffee in die Mittelkuppe.

»Immer noch so scharf?«

Mike nickte. Seine großen Hände zitterten. Aber die meinen waren ruhig wie die eines Chirurgen, als ich die Tassen hinstellte.

Er sprang auf, als ich mich aus meinen Tanks schälte und nach einer Bank Ausschau hielt.

»Tropf nicht auf das Schaltbrett! Willst du dich umbringen und diese teuren Sicherungen hinausjagen?«

Ich trocknete mich ab, setzte mich dann und starrte das leere Auge an der Wand an. Ich gähnte zufrieden; meine Schulter schien so gut wie neu.

Der kleine Lautsprecher knackte, jemand wollte mit uns reden. Also legte Mike den Schalter um und wartete.

»Ist Carl dort, Mr. Dabis?«

»Ja, Ma'am.«

»Ich will mit ihm sprechen.«

Mike winkte mir zu.

»Bitte«, sagte ich.

»Alles in Ordnung?«

»Ja, danke. Warum?«

»Das war ziemlich weit. Ich – ich glaube, ich habe zu weit ausgeworfen.«

»Schon gut«, sagte ich. »Das bringt dreifachen Lohn. Mir soll's recht sein.«

»Nächstes Mal werde ich besser aufpassen«, entschuldigte sie sich. »Ich war wohl zu aufgeregt. Tut mir leid ...« Irgend etwas passierte mit dem Satz, also hörte sie einfach auf, und mir blieb ein Sack voll Antworten übrig, die ich mir zurechtgelegt hatte.

Ich nahm die Zigarette hinter Mikes Ohr weg und zündete sie an der an, die im Aschenbecher lag.

»Carl, sie wollte nett sein«, sagte er, nachdem er einen Blick auf die Skalen geworfen hatte.

»Ich weiß«, nickte ich. »Aber ich nicht.«

»Ich meine, sie ist wirklich ein nettes Mädchen, angenehm, freundlich. Dickschädelig natürlich, aber was hat sie dir eigentlich angetan?«

»In letzter Zeit?« fragte ich.

Er sah mich an und ließ dann den Blick wieder auf seine Tasse sinken.

»Ich weiß, daß es mich nichts –«, begann er.

»Milch? Zucker?«

Ikky ließ sich an diesem Tag nicht mehr blicken, und in der Nacht auch nicht. Wir empfingen von Lifeline etwas Dixieland, die Saintes marschierten munter vor sich hin. Jean nahm ihr Abendessen im Gleiter ein und verlangte später auch nach einer Pritsche. Ich schaltete den »Deepwaterblues« auf ihren Lautsprecher, als er aus Lifeline hereinkam, und wartete, daß sie uns ausschimpfte. Aber sie rührte sich nicht, also vermutete ich, daß sie schlief.

Dann überredete ich Mike zu einem Schachspiel, das bis zum Morgengrauen dauerte. Ich beschränkte die Unterhaltung auf einige »Schach«, ein »schachmatt« und ein »verdammt«. Da Mike ein schlechter Verlierer ist, reduzierte das unsere Konversation auf ein Mindestmaß, und das war mir nur recht so. Zum Frühstück verschlang ich ein Steak mit Bratkartoffeln und ging dann zu Bett.

Zehn Stunden später rüttelte mich jemand wach. Langsam richtete ich mich auf, weigerte mich aber, die Augen aufzuschlagen.

»Was is'n los?«

»Tut mir leid, Sie wecken zu müssen«, sagte einer der jüngeren Matrosen, »aber Miß Luharich möchte, daß Sie den Zappler abnehmen, damit wir weiterfahren können.«

Ich öffnete die Augen einen Spalt und wußte nicht recht, ob ich mich freuen sollte oder nicht.

»Lassen Sie ihn an die Seite ziehen. Jeder kann ihn abnehmen.«

»Er ist schon an der Seite, Sir, aber sie sagte, das stehe in Ihrem Kontrakt, und wir sollten es richtig machen.«

»Das ist aber sehr nett von ihr. Meine Gewerkschaft wird ihr sicher dankbar sein.«

»Äh, sie hat auch gesagt, ich soll Sie bitten, sich umzuziehen, zu kämmen und zu rasieren, Mr. Anderson will eine Aufnahme machen.«

»Okay. Gehen Sie schon. Sie können ihr sagen, daß ich gleich komme. Halt, und fragen Sie sie, ob sie etwas Nagellack für meine Zehen hat, den sie mir leihen könnte.«

Ich will nicht auf Einzelheiten eingehen. Insgesamt dauerte es drei Minuten, ich gab mir große Mühe und bat sogar um Entschuldigung, als ich ausglitt und mit dem nassen Zappler über Anderson mitsamt seinem weißen Tropenanzug stolperte. Er lächelte und wischte sich ab; auch sie lächelte, ein bißchen verkrampft zwar, und man konnte deutlich die dunklen Ringe um ihre Augen sehen; und ich lächelte und winkte all unseren Fans draußen im weiten TV-Land zu. Und vergessen Sie nicht, Miß Universum, auch Sie können solche Abenteuer erleben, können wie eine Monsterfängerin aussehen. Sie brauchen nur »Luharich-Gesichtscreme« zu verwenden.

Ich ging hinunter und machte mir ein Thunfisch-Sandwich mit Mayonnaise.

Zwei Tage trieben wie Eisberge dahin, grau, krank, halb geschmolzen, eisig kalt, zum größten Teil unsichtbar und ganz bestimmt eine Bedrohung für meinen inneren Frieden. Einige alte Schuldgefühle stiegen wieder in mir empor, und ich hatte ein paar unangenehme Träume. Dann rief ich in Lifeline an und erkundigte mich nach dem Stand meines Bankkontos.

»Willst du einkaufen gehen?« fragte Mike, der die Verbindung für mich hergestellt hatte.

»Ich geh nach Hause«, antwortete ich.

»Hm?«

»Ich hör mit dem Ködergeschäft auf, Mike. Zum Teufel mit dem Ikky! Zum Teufel mit der Venus und den ›Luharich Enterprises‹! Und zum Teufel mit dir!«

Seine Augenbrauen hoben sich.

»Wieso denn das?«

»Ich hab über ein Jahr auf diesen Job gewartet. Und jetzt, da ich hier bin, finde ich, daß das Ganze zum Himmel stinkt.«

»Du hast doch Bescheid gewußt, als du unterschrieben hast. Gleichgültig, was du sonst tust, wenn du für Leute arbeitest, die Gesichtscreme verkaufen, dann verkaufst du auch Gesichtscreme.«

»Auch das ist es nicht. Zugegeben, dieser Werbequatsch ist mir lästig, aber ›Zehn-Quadrat‹ war schon immer voll Publicity.«

»Was ist es dann?«

»Ach, fünf oder sechs Dinge, alle zusammen. In erster Linie ist mir die Sache inzwischen gleichgültig. Früher einmal hat es mir mehr als alles andere auf der Welt bedeutet, dieses Biest an die Leine zu kriegen. Aber jetzt ist es mir egal. Beim erstenmal ging ich pleite, und dann wollte ich Rache haben. Inzwischen habe ich erkannt, daß es so kommen mußte. Ikky fängt an, mir leid zu tun.«

»Du willst ihn gar nicht mehr?«

»Ich werde ihn nehmen, wenn er friedlich kommt, aber ich habe einfach keine Lust, meinen Hals zu riskieren, bloß damit der in den Hopkins-Saal kriecht.«

»Ich glaube fast, daß das nicht der wahre Grund ist, daß es um die vier oder fünf anderen Dinge geht, die auch noch dazugekommen sind.«

»Zum Beispiel?«

Er blickte zur Decke.

Ich knurrte.

»Gut, aber ich werd's nicht sagen, damit du dich nicht freuen kannst, wenn du richtig geraten haben solltest.«

Er entgegnete mit einem schiefen Grinsen: »Sie ist nicht bloß wegen dem Ikky hier.«

»Nein, nein.« Ich schüttelte den Kopf. »Wir sind beide von Natur aus Spaltkammern. Man kann nicht an beide Enden einer Rakete Düsen setzen und damit rechnen, daß sie ihr Ziel erreicht; das, was in der Mitte ist, wird einfach zerquetscht.«

»Das war es also. Mich geht das natürlich nichts an.«

»Sag das noch einmal, dann hast du keine Zähne mehr.«

»Jederzeit, Kumpel«, er blickte auf. »Und wo du willst ...«

»Nur zu. Dann sag's doch.«

»Dieses verdammte Reptil ist ihr egal. Sie ist hierhergekommen, um dich dorthin zurückzuschleppen, wo du hingehörst. Du bist auf dieser Reise gar nicht Ködermann.«

»Fünf Jahre sind zu lang.«

»Unter deiner dicken Haut muß irgend etwas stecken, das die Leute mögen«, murmelte er, »sonst würde ich nicht so reden. Vielleicht erinnerst du uns Menschen an einen wirklich häßlichen Köder, der uns leid getan hat, als wir Kinder waren. Jedenfalls will dich irgend jemand nach Hause bringen und dich aufziehen, und dann spielt auch mit, daß man Bettlern keine Speisekarte vorlegt.«

»Kumpel«, grinste ich, »weißt du, was ich tue, wenn ich wieder in Lifeline bin?«

»Das kann ich mir vorstellen.«

»Dann irrst du eben. Ich fliege mit einem Fackelschiff zum Mars, und dann mache ich eine Kreuzfahrt nach Hause, erster Klasse. Die Bankrottvorschriften der Venus gelten nicht für Anlagekonten auf dem Mars, und ich hab dort noch einen Batzen Geld versteckt. Und dann kaufe ich mir eine schöne alte Villa am Golf. Und wenn du je einen Job brauchst, kannst du ja vorbeikommen und mir die Flaschen aufmachen.«

»Du bist ein feiger Hund«, meinte er.

»Na schön«, räumte ich ein, »aber ich denke dabei auch an sie.«

»Ich hab die Stories über euch beide schon gehört«, sagte er. »Du bist ein Schweinehund, und sie ist ein Miststück. Heutzutage nennt man so was Kompatibilität. Du bist eben nicht der Mann, etwas festzuhalten, was du einmal eingefangen hast.«

Ich drehte mich herum.

»Wenn du den Job einmal haben willst, dann besuch mich.«

Ich schloß die Tür leise hinter mir. Er konnte lange darauf warten, daß sie zuknallte.

Der große Tag der Bestie begann wie jeder andere. Zwei Tage nach meiner feigen Flucht aus leeren Wassern ging ich wieder hinunter, um den Köder zu erneuern. Nichts zu sehen. Ich bereitete nur alles für einen Routineversuch vor.

Vor dem Gleiter schrie ich: »Guten Morgen« und bekam sogar eine Antwort von drinnen, ehe ich hinunterkletterte. Ich hatte mir das, was Mike gesagt hatte, noch einmal überlegt, ganz objektiv. Zwar teilte ich seine Meinung nicht, hatte mich aber für die höfliche Art entschieden.

Hinunter also, weit hinunter und weg. Diesmal hatte sie etwa zweihundertneunzig Meter weit geworfen, ganz gut. Die Kabel hingen links von mir, und ich folgte ihren Schlangenlinien durch das Gelbgrün bis ins Finstere.

Ich fing an, die Köder auszulegen. Eine eisige Welle umspülte mich. Es war gerade, als hätte jemand unter mir eine mächtige Tür geöffnet. Aber das konnte ja nicht sein.

Ich trieb auch nur sehr langsam nach unten ab. Und das bedeutete, daß etwas Großes nach oben zog, etwas, das groß genug war, um eine Menge Wasser zu verdrängen. Ich glaubte immer noch nicht, daß es Ikky war. Irgendeine unbekannte Strömung vielleicht, aber nicht Ikky.

Ich hatte gerade die Kabel befestigt und den ersten Schalter umgelegt, als eine riesige zerklüftete schwarze Insel unter mir anwuchs …

Ich richtete meine Scheinwerfer nach unten … und starrte in einen offenen Schlund.

Ich wurde wieder zum Kaninchen.

Wellen der Todesangst überfluteten mich. Mein Magen krampfte sich schmerzhaft zusammen. Benommenheit.

Nur eines, eines nur zu tun. Ein paar Bewegungen. Schließlich schaffte ich es. Ich legte die restlichen Schalter um.

Ich konnte bereits die Schuppen zählen, die seine Augen umgaben.

Der Zappler wuchs, rötete sich, begann zu phosphoreszieren ... zappelte!

Meine Lampe! Ich mußte sie ausschalten, damit nur noch der Köder vor ihm war.

Ein hastiger Blick zurück, als ich die Düsen einschaltete.

Er war so nahe, daß der Zappler sich in seinen Zähnen, in seinen Augen spiegelte. Vier Meter, ich kitzelte ihn mit dem Strahl meiner Düsen. Dann wußte ich nichts mehr, ob er mir folgte oder zum Stillstand gekommen war. Ich wartete darauf, gefressen zu werden, und meine Sinne begannen zu schwinden.

Die Düsen erstarben, ich ruderte schwach empor.

Zu schnell. Ich spürte wieder den Krampf in mir aufsteigen. Nein, Kaninchen, wir rennen nicht, wenn die Jäger näher kommen. Bleib!

Grüne Wasser, schließlich gelbgrüne, dann war ich oben.

Ich jagte auf »Zehn-Quadrat« zu. Die Wellen einer Explosion hinter mir trieben mich weiter vorwärts. Die Welt hatte mich wieder, und in der Ferne schrie jemand: »Er lebt!«

Ein riesiger Schatten, ein Schock. Die Leine war noch nicht in Ordnung. Petri Heil. Vielleicht hatte ich etwas falsch gemacht ...

Ein paar Millionen Jahre vergingen. Ich erinnere mich daran, wie ich als einzelliger Organismus begonnen hatte, mit Schmerzen zur Amphibie wurde, schließlich Luft atmete. Irgendwo hoch in den Baumwipfeln hörte ich eine Stimme.

»Er kommt zu sich.«

Meine Entwicklung setzte sich fort, Homo sapiens zuerst und dann ein erbärmliches Überbleibsel.

»Noch nicht aufstehen.«

»Haben wir ihn?«

»Er wehrt sich noch, aber er hängt am Haken. Wir dachten, er hätte dich als Horsd'œuvre verspeist.«

Das dachte ich auch.

»Atme das ein und halt den Mund.«

Ein Trichter wurde über mein Gesicht gestülpt. Gut. Hebt die Tassen, trinkt …

»Er war verdammt tief. Außer Sichtweite. Wir haben ihn erst ausgemacht, als er hochkam. Und da war es zu spät.«

Ich begann zu gähnen.

»Wir bringen dich jetzt rein.«

Jetzt hatte ich das Messer frei gemacht, das an meinem rechten Knöchel befestigt war.

»Das kannst du ja versuchen. Aber dabei wirst du einen Daumen los.«

»Du mußt ausruhen.«

»Dann bringt mir ein paar Decken. Ich bleibe hier.«

Ich fiel zurück und schloß die Augen.

Jemand rüttelte mich wach. Kälte, Düsternis, Scheinwerfer flackerten gelb über das Deck. Ich lag auf einer improvisierten Pritsche, gegen die Mittelkuppel gelehnt. Mich schauderte, obwohl ich dick in Wolle gehüllt war.

»Es geht schon seit elf Stunden. Du wirst jetzt nichts sehen.«

Ich schmeckte Blut.

»Trink das.«

Wasser. Ich wollte schon etwas sagen, brachte es aber nicht über die Lippen.

»Frag mich nicht, wie ich mich fühle«, krächzte ich. »Ich weiß, was jetzt kommen muß, aber frag mich nicht. Einverstanden?«

»Einverstanden. Willst du jetzt hinunter?«

»Nein. Holt mir meine Jacke.«

»Hier.«

»Was macht er?«

»Nichts. Er ist tief unten, er ist betäubt, aber er bleibt unten.«

»Wann hat er sich das letzte Mal gezeigt?«

»Vor zwei Stunden etwa.«

»Jean?«

»Sie läßt keinen in den Gleiter. Hör zu, Mike sagt, du sollst hereinkommen. Er ist hinter dir in der Kuppel.«

Ich setzte mich mühsam auf und sah mich um. Mike sah zu. Er winkte; ich winkte zurück.

Dann schwang ich die Beine von der Pritsche und atmete ein paarmal tief durch. Mein Magen schmerzte. Schließlich stand ich auf und schaffte es bis zur Kuppel.

»Wie geht's denn?« wollte Mike wissen.

Ich gab keine Antwort, sondern sah auf den Monitor. Kein Ikky. Zu tief.

»Gibst du einen aus?«

»Ja, Kaffee.«

»Was anderes!«

»Du bist krank. Außerdem ist hier nur Kaffee zugelassen.«

»Kaffee ist eine braune Flüssigkeit, die einem den Magen verbrennt. Hast du nichts in deiner Schublade?«

»Keine Tassen. Du mußt ein Glas nehmen.«

»Schlimm.«

Er schenkte ein. »Du machst das gut. Du hast wohl für den Job geübt?«

»Was für einen Job?«

»Der, den ich dir angeboten ...«

Ein Flecken auf dem Monitor!

»Steigt auf, Ma'am! Kommt!« schrie er in die Box.

»Danke, Mike, ich hab ihn hier auch«, kam es von ihr aus dem Gleiter zurück.

»Jean!«

»Halt den Mund! Sie hat jetzt keine Zeit!«

»War das Carl?«

»Ja«, rief ich. »Später« und schaltete ab.

»Warum hab ich das getan?«

»Warum hast du das getan?«

Ich wußte es nicht.

»Ich weiß nicht.«

»Verdammtes Echo!« Ich stand auf und ging hinaus.

Nichts. Nichts.

Oder?

»Zehn Quadrat« schwankte tatsächlich! Er mußte kehrtgemacht haben, als er den Rumpf sah, umgekehrt sein. Weißes, brodelndes Wasser zu meiner Linken. Ein endloses spaghettiähnliches Durcheinander von Kabeln verlor sich in der alles verschlingenden Tiefe.

Ich blieb eine Weile stehen, drehte mich dann um und ging wieder hinein.

Zwei Stunden krank. Vier, dann ging's besser.

»Das Mittel fängt zu wirken an.«

»Fein.«

»Was ist mit Miß Luharich?«

»Was soll denn sein?«

»Sie muß halbtot sein.«

»Wahrscheinlich.«

»Und was wirst du unternehmen?«

»Sie hat doch den Vertrag unterschrieben. Sie hat doch gewußt, was passieren konnte. Jetzt ist es passiert.«

»Ich glaube, du könntest ihn herausziehen.«

»Das glaube ich auch.«

»Sie glaubt das auch.«

»Dann laß sie uns doch fragen.«

Ikky trieb betäubt in dreißig Faden Tiefe.

Ich machte wieder einen kleinen Spaziergang und kam wie zufällig hinter dem Gleiter vorbei. Sie sah nicht hin.

»Carl, komm rein.«

Augen wie Picasso, eine Verschwörung, mich in den Gleiter zu holen …

»Ist das ein Befehl?«

»Ja – nein! Bitte.«

Ich rannte hinein, sah auf den Monitor. Er fing an aufzusteigen.

»Schieben oder ziehen?«

Ich drückte auf den Knopf »Winde«, und er kam wie ein Drachen angeschwebt.

»Jetzt mußt du dich entscheiden.«

In zehn Faden Tiefe sträubte er sich.

»Leine geben?«

»Nein!«

Sie wand ihn hoch, fünf Faden, vier …

Bei zwei fuhr sie die Stützbalken aus, und sie erfaßten ihn. Dann die Greifer …

Und höher.

Wieder einen halben Meter, und die Greifer begannen zu schieben.

Schreie, schnelle Schritte.

Er glich einer immensen Schlange. Er bebte, zuckte, und die grünen Berge seiner Schultern wuchsen.

»Er ist riesig, Carl!« schrie sie.

Und er wuchs und wuchs und wurde immer unruhiger …

*»Jetzt!«*

Er blickte herunter.

Er blickte herunter, so wie vielleicht der Gott unserer ältesten Urahnen heruntergeblickt haben mochte. Angst, Scham und spöttisches Gelächter hallten in meinem Kopf. In ihrem auch?

»Jetzt!«

Sie blickte auf, zu dem Erdbeben, das sich vorbereitete.

»Ich kann nicht!«

Diesmal würde es ganz einfach sein, jetzt, wo das Kaninchen tot war. Meine Hand griff vor.

Dann hielt ich inne.

»Mach es selbst.«

»Ich kann nicht. Tu's du. Zieh ihn hoch, Carl!«

»Nein. Wenn ich das tue, wirst du den Rest deines Lebens darüber nachdenken, ob du es geschafft hättest. Du wirst dabei zugrunde gehen und es doch nie erfahren. Ich weiß, daß es so ist, weil wir uns so ähnlich sind und weil es mir so ergangen ist. Du mußt es jetzt selbst tun!«

Sie starrte mich an.

Ich packte ihre Schultern.

»Könnte sein, daß ich das bin, dort draußen«, schlug ich vor. »Ich bin eine grüne Seeschlange, ein häßliches, scheußliches Monster, und will dich vernichten. Ich bin niemandem verantwortlich. Drück den Injektorknopf.«

Ihre Hand glitt über den Knopf, zuckte zurück.

»Jetzt!«

Sie drückte ihn nieder.

Ich ließ ihre reglose Gestalt zu Boden gleiten und tat, was für Ikky noch nötig war.

Gute sieben Stunden verstrichen, bis das stetige, die See aufwirbelnde Brummen der Schrauben von »Zehn-Quadrat« mich weckte.

»Du bist krank«, meinte Mike.

»Wie geht's Jean?«

»Genauso.«

»Und wo ist das Vieh?«

»Hier.«

»Gut.« Ich wälzte mich zur Seite.

»… diesmal ist er uns nicht entkommen.«

**James Tiptree Jr.**

# *Liebe ist der Plan, der Plan ist Tod*

DIE ERINNERUNG –
Hörst du mir zu, mein kleines Rot? Halt mich fest, halt mich weich. Die Kälte wächst.

Ich erinnere mich:

– Ich bin riesig, schwarz und hoffnungsvoll, ich springe auf sechs Beinen durch die Berge, in der neuen Wärme! ... *Sing vom Wandern, sing vom Andern! Wird alles immer anders werden?* ... All mein Summen-Brummen hat jetzt Worte. Auch das ist neu!

Begierig hüpfe ich weiter, der Sonne entgegen, ich folge dem winzigen Beben in der Luft. Die Wälder sind wieder ein Stück kleiner geworden. Dann verstehe ich. Das bin ich! Ich-Selbst, Moggadiet – in der Winterkälte bin ich weitergewachsen! Ich erstaune mich selbst, Klein-Moggadiet!

Erregung, Lockung schrillen von der Sonnenseite der Welt. Ich komme! ... Auch die Sonne wird wieder anders. *Sonne wandert durch die Nacht! Sonne wandert zum Sommer zurück, und das Licht wird warm!* ... Mir-Moggadiet wird warm. Vergiß den schlimmen Winter.

Erinnerung schüttelt mich.

Der Alte.

Ich bleibe stehen, reiße einen Baum aus. So vieles wollte ich den Alten fragen. Keine Zeit. Kälte. Baum purzelt Hals über Kopf hangrunter, ich seh zu, wie die Fettkrabbler rausfallen. Hab keinen Hunger.

Der Alte hat mich vor der Kälte gewarnt – ich hab ihm nicht geglaubt. Ich wandre weiter, kummervoll ... *Der Alte hat's gesagt. Die Kälte, die Kälte nagt. Not kalt! Tod kalt! In der Kälte hab ich dich getötet.*

Aber jetzt ist es warm, ganz anders. Ich bin wieder Moggadiet. Ich hüpfe über einen Hügel und sehe meinen Bruder Frim.

Zuerst erkenne ich ihn nicht. Ein großer, schwarzer Alter! Denke ich. Und in der Wärme, denke ich, können wir reden!

Bäume niederschlagend, eile ich zu ihm. Der große Schwarze beugt sich über eine Bergschlucht, späht hinunter. Sein schwarzer Rücken hat glänzende Wülste wie – es IST Frim! Frim-den-ich-suchte, Frim-der-weggelaufen-war! Aber er ist so groß! Riesen-Frim! *Ein Wanderer, ein Anderer ...*

»Frim!«

Er hört mich nicht; alle seine Augenfühler sind unter den Bäumen. Sein Hinterteil steht komisch in die Höh', ganz verzittert. Was jagt er da?

»Frim! Ich bin's, Moggadiet!«

Aber er schüttelt nur seine Beine; ich sehe seine Sporen herauskommen. Was für ein Narr, Frim! Ich rufe mir ins Gedächtnis, wie furchtsam er ist, ich bemühe mich, sachte an ihn ranzugehen. Als ich näher bei ihm bin, bin ich wieder überrascht. Ich bin größer, als er jetzt ist! *Veränderung!* Ich kann über seine Schulter weg in die Schlucht blicken.

Heißes Gelb-Grün dort drunten. Eine kleine Lichtung voller Sonnenschein. Ich beuge meine Augen, um zu sehen, worauf Frim so scharf ist, und vor Überraschung geht die Welt in die Luft.

Ich sehe dich.

Ich sah dich.

Ich werde dich immer sehen. Wie du da im grünen Feuer tanzt, mein winziger roter Stern! So hell! So klein! So vollkommen! So wild!

Ich kannte dich – o ja, gleich in jenem ersten Augenblick hab ich dich gekannt, mein Morgenträublein, mein scharlachroter Knirps. *Rot!* Ein winziges Baby-Rotes, kleiner als mein kleinstes Auge. Und so tapfer!

Der Alte hatte es gesagt. Rot ist die Farbe der Liebe.

Ich sehe, wie du einem Hüpfling, der zweimal deine Größe hat, einen Schlag gibst, meine Augen wölben sich vor, als du ihm nachspringst und mit Baby-Zorn dein *Lililie! Lililie-ie!* schrillst. O meine große Jägerin, du weißt nicht, daß jemand dir gerade in deinen weichen kleinen Liebes-Pelz schaut! O ja! Von zartestem Rosa ist er, gerade nur ein Hauch von Rot. Aus meinem Maul spritzt es, die Welt dreht sich und blitzt.

Und dann spürt Frim, armer Narr Frim, mich hinter sich und bäumt sich auf.

Aber was für ein Frim! Seine Kehlsäcke bauschen sich purpurschwarz, seine Augen drohen wie die Mutter der Gewitterwolken! Läßt seine Sporen rasseln, glitzern! Sein Schwanz steht steil! »Sie gehört mir!« bellt er – ich kann ihn kaum verstehen. Und er springt mich an!

»Halt, Frim, halt!« schreie ich und weiche verwirrt zurück. Es ist doch warm – wie kann Frim nur so wild sein, so mord-wild?

»Bruder Frim!« rufe ich sanft, beschwichtigend. Aber irgend etwas läuft ganz furchtbar falsch. Meine Stimme bellt genauso! Ja, in der Wärme, und ich will ihn ja nur beruhigen, ich bin so voller Liebe – aber der Mord-Schrei gellt durch mich, auch ich schwell an, klappere, bäume mich hoch! Unbesiegbar! Zerschmettern … zerreißen …

Oh, ich schäme mich.

In den Trümmern von Frim kam ich wieder zu mir, Frim-Stücke überall, ganz durchnäßt bin ich von Frim. Aber ich habe ihn nicht gefressen! Habe ich nicht! Soll ich darüber froh sein? Habe ich dem Plan getrotzt? Aber die Kehle war mir zugesperrt. Nicht, weil es Frim war, sondern weil du da warst, Liebling. *Du!* Wo bist du? Die Lichtung ist leer! Oh, furchtbare Angst, ich habe dich erschreckt, du bist weggelaufen! Ich vergesse Frim. Ich vergesse alles außer dir, mein Herzfleisch, mein kostbares winziges Rot.

Ich zerschmettere Bäume, kehre Felsen um, ich reiße die Schlucht auf! Oh, wo versteckst du dich? Plötzlich habe ich eine neue Angst: Hat meine wilde Suche dir Schaden getan? Ich zwinge mich, ruhig zu sein. Ich fange an, suchend Kreise zu ziehen, immer weitere Kreise über den Bäumen, kreise still wie eine Wolke und werfe Augen und Ohren hinab in jede Lichtung. Ein neues Summen füllt meine Kehle. *Unnn, Un-uu, Ram-a-luli-luu,* stöhne ich. Auf der Jagd, auf der Jagd nach dir.

Einmal sehe ich was großes Schwarzes in weiter Ferne, und schon reck ich mich auf in meiner ganzen Größe, brülle. Greif Schwarz an! War das ein anderer Bruder? Ich würde ihn umbringen, aber der Fremde zieht schon ab. Ich brülle noch einmal. Nein – *es brüllt durch mich,* die neue Kraft von Schwarz. Doch von tief drinnen sieht Ich-Moggadiet zu und hat Angst. Greif Schwarz an – selbst in der Wärme! Gibt es keine Sicherheit, sind wir wirklich wie die Fettkrabbler? Aber gleichzeitig fühlt es sich – oh, richtig an! Gut! Süß ist der Plan. Ich überlasse mich ganz der Suche nach dir, mein neues Lied lockt *Uu-luu* und *Luli-ram a-luu-uu-luu.*

Und du hast geantwortet! Du!

Du Winzige du, unter einem Blatt versteckt! Hast geschrillt *Li! Li! Lililie!* Getrillert hast du, mich erregt und gelockt – halb spöttisch, schon gebieterisch. Oh, wie ich herumwirble, stampfe, versuche, unter meine Füße zu schauen, erstarre aus Angst, das *Lilili!*

*Lie!* zu zerquetschen. Rasender, sehnender, stöhnender Moggadiet.

Und du kamst hervor, du kamst wirklich.

Wenn ich deine kleinen Jagdklauen so aufgerichtet sehe, da schmilzt mir der Bauch, eine warme Flut geht durch mich hindurch. Ich bin ganz Zärtlich-Wabbliges. *Zärtlich!* Oh, zärtlich-wild wie eine Mutter, glaub ich! Ist das nicht das Gefühl, das eine Mutter hat? Von meinen Kiefern rinnt Saft, das ist kein Hunger-Saft – ich würge an der Furcht, dich zu erschrecken oder deine Winzigkeit zu verletzen –, ich sehne mich danach, dich zu nehmen und zu kneten, dich auf einmal zu verschlingen, dich in tausend kleinen Schlückchen …

Oh, die Macht von *Rot* – der Alte hatte es mir gesagt! Und jetzt spüre ich meine besonderen Hände, meine zärtlichen Hände, die ich immer verborgen trage – jetzt kommen sie schwellend hervor, kommen stoßend auf meinen Kopf zu! Was? Was?

Meine geheimen Hände fangen an, das Zeug zu kneten und zu rollen, das mir von den Kiefern rinnt.

Ah, das erregt auch dich, mein Rotling, nicht wahr?

Ja, ja, ich fühle – Qual – ich fühle deine heimliche Erregung! Wie gut sich dein Körper selbst jetzt noch unserer Liebesdämmerung erinnert, unserer allerersten Moggadiet-Lieli-Augenblicke. Bevor ich Dich-Dichselbst kennenlernte, bevor du mich kennenlerntest. Damals begann es, mein Herzling, unser Liebe-Kennen begann in jenem allerersten Augenblick, als dein Moggadiet wie ein platzendes Monster auf dich hinabblickte. Ich sah, wie neu du warst, wie hilflos!

Ja, und während ich staunend über dir hing – während meine geheimen Hände dein Schicksal zogen und spannen –, selbst da erinnerte ich mich traurig, daß ich vor langer Zeit, im Jahr zuvor, als ich ein Kind war, andere kleine Rote unter meinen Geschwistern gesehen hatte, bevor unsere Mutter sie vertrieb. Damals war ich ein dummes Baby; ich begriff nicht. Ich dachte, die wären anders und komisch geworden, so rot, wie sie waren, und Mutter täte nur recht daran, sie auszusetzen. Oh, dummer Moggadiet!

Aber nun sah ich dich, mein Flämmchen – und ich begriff! Du warst gerade erst an diesem Tag von deiner Mutter ausgesetzt worden. Nie hattest du die Qual erlebt, nachts allein in der Welt zu sein; du konntest dir nicht vorstellen, daß ein Monster wie Frim Jagd auf dich machte. Oh, mein roter Nestling, mein Baby-Rot! Nie, ich habe es geschworen, *nie* würde ich dich verlassen – und habe ich diesen Schwur nicht gehalten? Nie! Ich, Moggadiet, *ich würde deine Mutter sein.*

Groß ist der Plan, aber ich war größer!

Alles, was ich in meinem einsamen Jahr über das Jagen gelernt habe – wie die Luft dahinzugleiten, zu springen, sanft zuzufassen –, all das hab ich für dich gelernt! Nicht den kleinsten Teil deines hellen Körpers zu quetschen, zu schürfen. O ja! Ich habe dich ergriffen, ganz und unversehrt in all deiner winzigen Vollkommenheit, obwohl du gezischt und gespuckt und gegen mich angekämpft hast wie der Sonnenstrahl, der du bist. Und dann …

Und dann …

Ich fing an … O Schreck! Schmach-Entzücken! Wie kann ich von einem so wunderbaren Geheimnis sprechen? – der Plan führte mich, so wie eine Mutter ihr Kind, und mit meinen besonderen Händen fing ich an …

*Ich fing an, dich einzuwickeln!*

O ja! O ja! Meine besonderen Hände, die so nutzlos gewesen waren, jetzt entfalteten sie sich und waren stark und lebendig, arbeiteten ohne Unterlaß in dem Saft aus meinem Maul – sie fingen an, dich *einzuwickeln,* fuhren über dich hin und um dich herum und unter dir hindurch, und in jedem Augenblick durchbohrten mich Furcht und Freude. Ich umband deine reizenden kleinen Glieder, in deine innersten, zartesten Höhlungen drang ich mit meinem Faden, sanft hüllte ich dich ein und tröstete dich, wand und band, bis du ein glänzendes Juwel geworden warst. Mein!

– Aber du hast mitgemacht. Jetzt weiß ich es. Wir wissen es! O ja, in deinen wilden Kämpfen hast du heimlich mir geholfen, immer fiel zum Schluß jedes Stück Faden süß und sachte an die richtige Stelle ... *Hab dich gewunden, hab dich gebunden, hab lieb-Lieliluu gefunden!* ... Wie unsere Körper sich zusammen bewegten in unserem ersten Webe-Lied! Ich spüre es noch jetzt, ich schmelze vor Erregung! Wie ich die Seide um dich wob, jedes winzige Glied umwickelnd, dich völlig hilflos machend. Wie furchtlos du an mir hochblicktest, deinem furchterregenden Bezwinger! Du. Du hattest niemals Angst, so wie auch ich jetzt keine Angst habe. Ist sie nicht merkwürdig, mein Liebling? Diese Süßigkeit, die unsere Körper durchströmt, wenn wir uns dem Plan ergeben? Groß ist der Plan! Fürchte dich, bekämpfe ihn – aber hol dir diese Süßigkeit.

Süß begann unsere Liebes-Zeit, als ich deine neue, treue Mutter wurde, die dich niemals vertreiben würde. Wie ich dich fütterte und streichelte und pflegte und hätschelte! Was für eine große Verantwortung es ist, Mutter zu sein. Sorgsam trug ich dich, eingerollt in meine geheimen Arme, wütend vertrieb ich alle Eindringlinge, selbst die harmlosen Bannlinge im Gras, stets fürchtend, du könntest zerdrückt oder erstickt werden!

Und wie hab ich, all die warmen Nächte hindurch, deinen hilflosen kleinen Körper umsorgt, jedes kleine Glied vorsichtig frei machend, es biegend und streckend, jedes rote Fleckchen von dir mit meiner Riesenzunge säubernd, an deinen Baby-Klauen mit meinen furchtbaren Zähnen nibbelnd! Und wie ich in deinem Baby-Summen schwelgte und so tat, als würd ich dich verschlingen, während du vor Wonne kreischtest, *Li! Lilili! Lieb-lili, Lielilie!*

Aber die größte Freude von allen ...

Wir sprachen!

Wir sprachen miteinander, wir zwei! Wir ergossen uns ineinander. Liebste, wie wir zuerst stammelten und stolperten, du in deiner seltsamen Muttersprache, ich in meiner! Wie wir unser Singen verschmolzen, erst wortlos und dann mit Worten, bis wir mehr und mehr begannen, mit den Augen des anderen zu sehen, die Welt des anderen zu hören, zu fühlen, zu schmecken, bis ich Lieliluu wurde und du Moggadiet, bis wir schließlich zusammen ein neues Ding wurden, Moggadiet-Lieli, Lilliluu-Mogga, Lili-Moggaluli-diet!

Oh, Liebste, sind wir die ersten? Haben andere so mit ihrem ganzen Wesen geliebt? Oh, trauriges Denken, daß Liebende vor uns keine Spur hinterlassen haben. Denke an uns! Wirst du dich an uns erinnern, meine Geliebte, obwohl Moggadiet alles verdorben hat und die Kälte wächst? Wenn ich dich nur noch ein einziges Mal sprechen hören könnte, mein Rot, meine Unschuld. Ja, du erinnerst dich, dein Körper sagt mir, daß du dich erinnerst, selbst jetzt. Weich, halt mich weich. Hör deinen Moggadiet!

Du hast mir erzählt, wie es ist, du zu sein, du selbst, winziger Rotling Lilliluu. Von deiner Mutter hast du erzählt, deinen Träumen, deinen Baby-Freuden und Ängsten. Und ich hab dir von meinen erzählt und von allem, was ich in der Welt gelernt habe seit jenem Tag, als meine eigene Mutter …

Höre mich, meine Herzliebste! Die Zeit läuft davon.

– Am letzten Tag meiner Kindheit rief uns meine Mutter alle unter sich zusammen.

»Söhne! S-sö-öhne!« Warum krächzte ihre Stimme so?

Langsam, furchtsam kamen meine Brüder aus dem Sommer-Grün herbei. Aber ich, Klein-Moggadiet, ich klettere eifrig den ganzen Bogen unter ihrem Körper hinauf, ich suche ihren goldenen Mutter-Pelz. Und geradewegs in ihre warme Höhle komme ich, wo ihre Mutter-Augen funkeln, die Höhle, die uns unser Leben lang so gut geschützt hat, so wie ich dich schütze, meine Morgenblume.

Ich sehne mich, sie anzufassen, sie wieder zu uns sprechen und singen zu hören. Ihr Mutter-Pelz beruhigt mich, er ist grau und zerschlissen. Schüchtern drücke ich gegen eine ihrer riesigen Speisedrüsen. Sie fühlt sich trocken an, aber tief in ihrem Mutter-Auge blitzt ein Funke auf.

»Mutter«, flüstere ich, »ich bin's, Moggadiet!«

»Sööööhne!« Ihre Stimme dröhnt durch ihren Panzer. Meine großen Brüder kauern sich an ihre Beine, spähen hinaus ins Sonnenlicht. Sie schauen so komisch aus, wie sie sich häuten, halb gold, halb schwarz.

»Ich hab Angst!« winselt mein Bruder Frim in der Nähe. Wie ich hat Frim noch seinen goldenen Baby-Pelz. Mutter spricht wieder, aber ihre Stimme dröhnt so, daß ich sie kaum verstehen kann.

»WINNN-TER! WINTER, SAGE ICH! NACH DER WÄRME KOMMT DER KALTE WINTER. DER KALTE WINTER, BEVOR DIE WÄRME WIEDERKOMMT, WIEDER ...«

Frim winselt lauter, ich knuffe ihn. Was ist los, warum ist ihre liebevolle Stimme plötzlich so rauh und fremd? Sie hat uns immer so zärtlich gesummt, wir verkrochen uns in ihrem warmen Mutter-Pelz, saugten die wunderbaren Mutter-Säfte, wiegten uns zu ihrem gleichmäßigen Geh-Lied, *ie-muli-muli, ie-muli-muli,* während tief drunten die Erde vorbeirollte. O ja, und wie wir den Atem anhielten und quiekten, wenn sie ihr mächtiges Jagdlied anstimmte! *Tann! Tann! Dirr! Dirr! Dirr-Hataan! HATONN!* Wie wir uns auf dem erregenden Höhepunkt an sie klammerten, wenn sie auf ihre Beute niederfuhr, und wir das Krachen, das Reißen hörten, das Gurgeln in ihrem Körper, das uns sagte, bald würden die Speisedrüsen reich gefüllt sein.

Plötzlich sehe ich drunten ein schwarzes Huschen – ein großer Bruder läuft davon! Mutters donnernde Stimme bricht ab. Ihr großer Körper spannt sich, ihre Panzerplatten krachen. Mutter brüllt!

Und drunten: Rennen, Kreischen! Ich vergrabe mich tief in ihrem Pelz, werde herumgeschleudert, als sie springt.

»RAUS! HAUT AB!« bellt sie. Ihre furchtbaren Jagdarme krachen nieder, sie brüllt ohne Worte. Ich schaudere, ich bebe. Als ich es wage hinauszugucken, sehe ich, die anderen sind alle geflohen. Alle außer einem!

Ein schwarzer Körper liegt unter Mutters Klauen. Es ist mein Bruder Sesso – ja! Aber Mutter zerreißt ihn, frißt ihn! Entsetzt schaue ich zu – Sesso, den sie so stolz, so zärtlich umhegt hat! Ich schluchze, wühle meinen Kopf in ihren Pelz. Aber der herrliche Pelz löst sich unter meinen Händen, ihr goldener Mutter-Pelz stirbt! Verzweifelt klammere ich mich fest, versuche, das Splittern, das Schlucken und Gurgeln nicht zu hören. Die Welt bricht zusammen, alles ist furchtbar, furchtbar.

Und doch, mein Feuerbeerchen, selbst da habe ich fast begriffen. Groß ist der Plan!

Alsbald hört Mutter auf zu fressen und zieht los. Ihr Schritt ist nicht weich und geschmeidig, sondern schüttelt mich, selbst ihr tiefes Summen ist fremd. *Voran! Voran! Alleine dann! Immer allein. Voran!* Das Dröhnen hört auf. Stille. Mutter ruht aus.

»Mutter!« wispere ich. »Mutter, ich bin hier, dein Moggadiet!«

Ihre Bauchplatten ziehen sich zusammen, ein Rülpsen hallt durch ihre Höhlungen.

»Geh!« ächzt sie. »Geh! Zu spät. Keine Mutter mehr.«

»Ich will nicht weg von dir. Warum muß ich gehen? Mutter!« heule ich, »sprich mit mir!« Ich jammere mein Baby-Summen, *Diet! Diet! Tikki-takka! Diet!* hoffend, Mutter werde antworten, tief, tief summend, *Brum! Brrumm! Brummalu-brum!* Jetzt sehe ich ein riesiges Mutter-Auge schwach aufleuchten, aber sie stößt nur einen kratzenden Laut aus.

»Zu spät. Nicht mehr … Der Winter, sag ich. Ich habe gesprochen … Vor dem Winter, geh! Geh!«

»Sag mir, wie's draußen ist, Mutter«, flehe ich.

Ein Ächzen oder Husten schüttelt mich fast vom Platz. Aber als sie wieder spricht, klingt ihre Stimme sanfter.

»Reden!« murrt sie, »reden, reden, reden. Du bist ein seltsamer Sohn. Reden wie dein Vater.«

»Was ist das, Mutter? Was ist ein Vater?«

Wieder rülpst sie. »Immer reden. Die Winter wachsen, sagte er. O ja. Sag ihnen, die Winter wachsen. Das hab ich getan. Spät. Winter, hab ich euch gesprochen. Kälte!« Ihre Stimme donnert auf. »Genug! Zu spät.« Ich höre ihren Panzer klappern und klirren.

»Mutter, sprich mit mir!«

»Geh! Ge-e-eh!«

Ihre Bauchplatten krachen um mich herum. Ich springe auf ein anderes Pelznest zu, aber es löst sich unter meinem Griff. Jammernd rette ich mich, indem ich mich an eines ihrer großen Geh-Glieder hänge. Es ist hart und steif wie Stein.

»GEH!« donnert sie.

Ihre Mutteraugen schrumpfen ein, tot! In Panik krabble ich am Bein runter, alles bebt und hallt um mich herum. In Mutter braut sich ein Wutgewitter zusammen!

Ich springe zu Boden, stürze mich in eine Felsspalte, ich wackle und vergrabe mich unter dem furchtbaren Gebell und Geklirr, das von oben auf mich herabregnet. In die Steine verkriech ich mich, während Mutters Jagdklauen hinter mir niederkrachen.

Oh, mein Rotling, mein kleiner Zärtling! Nie hast du eine solche Nacht erlebt. Diese grauenvollen Stunden, da ich mich vor dem Monster versteckt hielt, das meine liebevolle Mutter gewesen war!

Noch einmal hab ich sie gesehen, ja. Als der Abend kam, kletterte ich eine Felskante hinauf und spähte durch den Nebel. Noch war es warm, die Nebel waren warm. Ich wußte, wie Mütter aussahen. Wir hatten gelegentlich riesige, dunkle, gehörnte Gestalten gesehen, bevor unsere eigene Mutter uns heulend unter sich versammelte. O ja, und dann donnerte Mutter ihren erd-erschütternden Drohruf, und die fremde Mutter antwortete brüllend, und wir klammerten uns fest, fühlten die Mord-Wut in ihr aufsteigen und wurden herumgeworfen, während unsere Mutter angriff und zuschlug. Und einmal guckte ich, während unsere Mutter fraß, hinaus und sah ein fremdes Baby, das in den Überbleibseln auf dem Boden drunten winselte.

Aber nun war es meine eigene liebe Mutter, die ich im Nebel davontrotten sah, diesen rostig-grauen Koloß, der so gehörnt und verbeult war, daß nur ihre Jagdaugen über dem Panzer hervorguckten, ständig herumschweifend auf der Suche nach irgend etwas, das sich regte. Krachend bahnte sie sich ihren Weg durch die Berge und dröhnte dabei ein neues, harsches Lied: *Kälte! Kälte! Im Eis allein. Eis! Und kalt! Ende bald.* Ich habe sie nie wiedergesehen.

Als die Sonne aufging, sah ich, daß der goldene Pelz von meinem glänzenden neuen Schwarz abfiel. Ganz von allein schoß mein Jagdarm heraus und schlug einen Hüpfer geradewegs in mein Maul.

Du verstehst, mein Beerchen, daß ich viel größer und stärker war als du, als Mutter uns fortschickte? Auch das ist der Plan. Denn du warst noch gar nicht geboren! Ich mußte alleine leben, während die Wärme zu Kälte und während der Winter wieder zu Wärme wurde, bevor du auf mich warten würdest. Ich mußte wachsen und lernen. *Lernen,* meine Lillilu! Das ist wichtig. Nur wir Schwarzen haben eine Zeit, in der wir lernen können – das hat der Alte gesagt.

Und was für ein kleines Lernen es zuerst war! Schlammwasser zu trinken, ohne zu husten, die fliegenden Schimmerdinger, die stechen, zu fangen, die Gewitterwolken und die Wanderung der Sonne zu beobachten. Und die Nächte und die weißen Dinger, die sich in den Bäumen tummeln. Und die Büsche, die immer kleiner, kleiner wurden – nur war das ich, Moggadiet, der größer wurde! O ja! Und der Tag, an dem ich mir zum ersten Mal einen Fettkrabbler von seinem Ast holte!

Aber all dies Lernen war leicht – der Plan in meinem Körper hat mich geleitet. Er leitet mich auch jetzt, Lillilu, selbst jetzt würde er mir Friede und Freude spenden, wenn ich mich ihm ergäbe. Aber das werde ich nicht! Bis zum Ende werde ich an der Erinnerung festhalten, bis zum Ende werde ich reden!

Ich werde das große Lernen sagen. Wie ich sah – obwohl ich so sehr damit beschäftigt war, zu jagen und mehr, mehr, immer mehr zu fressen –, ich sah, daß alle Dinge sich änderten, änderten. An den Büschen wurden die Knospen zu Beeren, die Fettkrabbler änderten ihre Farbe, selbst die Sonne veränderte sich und die Berge. Und ich sah auch, daß alle Dinge und Wesen mit anderen ihrer Art zusammen waren, nur ich nicht, Moggadiet. Ich war allein. Oh, so allein!

In meinem glänzenden neuen Schwarz marschierte ich durch die Täler, summte mein neues Lied *Turra-tarra! Tarra tan!* Einmal sah ich meinen Bruder Frim und rief ihn an, aber er stob davon wie der Wind. Davon, allein! Und als ich ins nächste Tal kam, fand ich dort die Bäume alle ausgerissen, geknickt. Und in der Ferne sah ich einen Schwarzen wie mich – nur viele Male so groß! Riesig! Fast so groß wie eine Mutter, glatt und blank-neu. Ich hätte ihn angerufen, aber er bäumte sich auf, sah mich und brüllte so furchtbar, daß auch ich floh wie der Wind in leere Berge. Allein.

Und so lernte ich, mein Rötelchen, daß wir alleine sind, obwohl doch mein Herz so voll von Liebe war. Und ich wanderte umher, rätselte und fraß und fraß. Ich sah die Fährten; damals bedeuteten sie mir nichts. Aber ich fing an, das große Wichtige zu lernen.

Die Kälte.

Du kennst sie, mein kleines Rot. Du weißt, wie ich in den warmen Zeiten ich-selbst bin, ich-Moggadiet. Ständig wachsend, ständig lernend. In der Wärme denken wir, sprechen wir. Wir lieben! Wir machen unseren eigenen Plan, oh, war es nicht so, meine Geliebte?

Aber in der Kälte, in der Nacht – denn die Nächte wurden kälter – in der kalten Nacht war ich – was? – nicht Moggadiet. Nicht Moggadiet-der-denkt. Nicht ich selbst. Nur Etwas-das-lebt, ohne Denken handelt. Hilfloser Moggadiet. In der Kälte gibt es nur den Plan. Fast hätte ich so gedacht.

Und dann blieb eines Tages die Nachtkälte und ging nicht fort, und die Sonne war im Nebel versteckt. Und ich merkte, daß ich den Fährten nachging.

Die Fährten sind auch ein Teil des Plans, mein Rotling.

Die Fährten sind ein Winterding. Ihnen müssen wir alle folgen, wir Schwarzen. Wenn die Kälte stärker wird, ruft der Plan uns hinauf, hinauf, wir beginnen auf den Fährten höher zu wandern, über die Grate der Kälte, auf der Nachtseite der Berge. Hinauf jenseits der Wälder, wo die Bäume weniger und zu steinigem Totholz werden.

So zog mich der Plan, und ich folgte ihm, nur halb-bewußt. Manchmal kam ich in wärmeres Sonnenlicht, wo ich anhalten und fressen und zu denken versuchen konnte, aber die kalten Nebel kamen nach, und ich ging weiter, weiter hinauf. Dann sah ich andere von meiner Art, über den ganzen Berghang verstreut, stetig höher wandernd. Sie bäumten sich nicht auf und brüllten nicht, als sie mich sahen. Ich rief sie nicht an. Jeder für sich allein, so kletterten wir weiter auf die Höhlen zu, ohne zu denken, blind. Und ich wäre so weitergegangen.

Aber dann geschah das Große.

– O nein, meine Liebe! Nicht das *Größte*. Das Größte von allem bist du, wirst immer du sein. Mein kostbarer Sonnenfleck, mein rotes Lieb-Kindchen, du! Sei nicht zornig, nein, nein, halt mich weich. Ich muß unser großes Lernen sagen. Hör deinen Moggadiet, hör und behalte!

In der letzten Sonnenwärme fand ich ihn, den Alten. Ein furchtbarer Anblick! So verstümmelt und beschädigt, Teile verfaulten schon, andere fehlten. Ich starrte ihn an, hielt ihn für tot. Plötzlich rollte sein Kopf schwächlich, und ein Gekrächz kam hervor.

»Bürsch … ling?« Ein Auge öffnete sich in seinem verfaulenden Kopf, ein Fliegling pickte ihm aus dem Schädel. »Bürschling … warte!«

Und ich verstand ihn! Oh, voll Liebe …

Nein, nein, mein Rötling! Sachte! Sachte, hör deinen Moggadiet. Wir *sprachen,* der Alte und ich! Alt zu jung, er teilte sein Wissen mit mir.

»Keine Alten«, krächzte er. »Sprechen nie … wir Schwarzen. Nie werden. Das ist nicht … der Plan. Nur ich … Ich warte …«

»Plan?« fragte ich, halb wissend. »Was ist der Plan?«

»Eine Schönheit«, flüsterte er. »In der Wärme, eine Schönheit in der Luft … Ich folgte … aber ein anderer Schwarzer sah mich, und wir kämpften … und ich wurde verletzt, aber trotzdem hieß der Plan mich folgen, bis ich zerschmettert und zerrissen und tot war … Aber ich lebte! Und der Plan ließ mich gehen, und ich kroch hierher … um zu warten … mein Wissen zu teilen … aber …«

Sein Kopf sank nieder. Schnell schnappte ich einen Fliegling aus der Luft und steckte ihn in sein zerfetztes Maul.

»Alter! Was ist der Plan?«

Er schluckte schmerzgequält, sein eines Auge hält meines fest.

»In uns«, sagte er schwer, jetzt kräftiger. »In uns, leitet uns in allen Dingen, die für das Leben notwendig sind. Du hast es erlebt. Solange das Baby golden ist, hegt und pflegt es die Mutter. Aber wenn es rot oder schwarz wird, jagt sie es davon. War es nicht so?«

»Ja, aber …«

»Das ist der Plan! Immer der Plan. Gold ist die Farbe der Mutter-Sorge, aber Schwarz ist die Farbe der Wut. Greif, Schwarzer! Schwarz muß tot sein. Selbst eine Mutter, selbst ihr eigenes Baby, sie kann dem Plan nicht trotzen. Hör mich, Bürschling!«

»Ich höre. Ich habe es gesehen«, antwortete ich. »Aber was ist Rot?«

*»Rot!«* stöhnte er. »Rot ist die Farbe der Liebe.«

»Nein!« sagte ich, ich dummer Moggadiet! »Ich kenne Liebe. Liebe ist golden.«

Das Auge des Alten wendete sich von mir ab. »Liebe«, seufzte er. »Wenn die Schönheit wieder in die Luft kommt, wirst du sehen …« Er verstummte. Ich hatte Angst, er stirbt. Was konnte ich tun? Schweigend kauerten wir beieinander, im letzten nebligen Stück Sonnenwärme. Auf den Hängen konnte ich verschwommene Gestalten sehen, andere Schwarze gleich mir, die auf ihren eigenen Wegen stetig höher klettern, auch die steinernen Baum-Türme hindurch, hinauf in die eisigen Nebel.

»Alter! Wohin gehen wir?«

»Ihr geht in die Winterhöhlen. Das ist der Plan.«

»Winter, ja. Die Kälte. Mutter hat's uns gesagt. Und nach dem kalten Winter kommt die Wärme. Ich weiß noch. Der Winter geht vorbei, nicht wahr? Warum hat sie gesagt, die Winter wachsen? Lehr mich, Alter. Was ist ein Vater?«

»Va-ter? Ein Wort, daß ich nicht kenne. Aber warte …« Sein verstümmelter Kopf drehte sich zu mir um. *»Die Winter wachsen?* Deine Mutter hat das gesagt? Oh, kalt! Oh, einsam«, ächzte er. »Ein großes Lernen gab sie dir. Dies Lernen denk ich nur mit Furcht.«

Sein Auge rollte, blitzte. Ich fürchte mich.

»Schau dich um, Bürschling. Die versteinerten Bäume. Tote Hülsen von Bäumen, die in den warmen Tälern wachsen. Warum sind sie hier? Die Kälte hat sie getötet. Kein lebendiger Baum wächst hier mehr. Denke, Bürschling!«

Ich schaute, und es stimmte! Ein warmer Wald, zu Stein getötet.

»Einmal war es hier auch warm. Einmal war es hier wie in den Tälern. Aber die Kälte ist viel stärker geworden. Der Winter wächst. Verstehst du? *Und die Wärme wird weniger und immer weniger.*«

»Aber die Wärme ist Leben! Die Wärme ist Ich-Selbst!«

»Ja. In der Wärme denken wir, lernen wir. In der Kälte herrscht allein der Plan. In der Kälte sind wir blind … Als ich hier wartete, überlegte ich: gab es einmal eine Zeit, wo es hier warm war? Sind wir in der Wärme hierhergekommen, wir Schwarzen, um zu sprechen, zu teilen? Oh, Bürschling, ein furchtbares Denken. Wird unsere Zeit des Lernens kürzer, immer kürzer? Wo wird das enden? Werden die Winter wachsen, bis wir nichts mehr lernen können, nur noch blind nach dem Plan leben wie die dummen Fettkrabbler, die singen, aber nicht sprechen?«

Seine Worte erfüllten mich mit kalter Furcht. So ein grauenhaftes Lernen! Ich spürte Wut.

»Nein! Wir werden nicht! Wir müssen … wir müssen die Wärme halten!«

»Die Wärme halten?« Er wand sich schmerzerfüllt, starrte mich an. »Die Wärme halten … Ein großes Denken. Ja. Aber wie? Wie? Bald wird es zu kalt sein zum Denken, sogar hier!«

»Die Wärme wird wiederkommen«, sagte ich. »Dann müssen wir lernen, wie wir sie halten, du und ich!«

Sein verwüsteter Kopf wackelte.

»Nein … Wenn die Wärme kommt, werde ich nicht hier sein … und du wirst zu beschäftigt sein, Bürschling, um zu denken.«

»Ich werde dir helfen! Ich werde dich zu den Höhlen tragen!«

»In den Höhlen«, keuchte er, »in jeder Höhle sind zwei Schwarze wie du. Einer lebt, wartet stumpf, daß der Winter vorbeigehe … Und während er wartet, frißt er. Er frißt den anderen, so lebt er. Das ist der Plan. So, wie du mich fressen wirst, mein Jungling.«

»Nein!« schrie ich entsetzt. »Ich werde dir nie was tun!«

»Du wirst sehen, wenn die Kälte kommt«, flüsterte er. »Groß ist der Plan!«

»Nein! Du irrst dich! Ich werde den Plan brechen«, brüllte ich. Ein kalter Wind blies vom Gipfel; die Sonne starb.

»Nie werde ich dir was tun«, bellte ich. »Du darfst das nicht sagen!«

Meine Schuppenplatten hoben sich; mein Schwanz begann zu schlagen. Durch die Nebel hörte ich sein Keuchen.

Ich erinnere mich, ein schweres, schwarzes Ding zu meiner Höhle geschleppt zu haben.

*Not kalt, Tod kalt … In der Kälte hab ich dich getötet.*

Leililu. Er wehrte sich nicht.

Groß ist der Plan. Er nahm alles hin, vielleicht empfand er sogar eine merkwürdige Freude, wie ich sie jetzt empfinde. Im Plan ist Freude. Aber wenn der Plan falsch ist? *Die Winter wachsen.* Haben auch die Fettkrabbler ihren Plan?

Oh, ein schweres Denken! Wie wir uns angestrengt haben, mein Rotling, meine Freude. In all den langen, warmen Tagen hab ich es dir erklärt, wieder und immer wieder. Daß der Winter kommen und uns verändern würde, wenn wir die Wärme nicht hielten. Du hast verstanden! Du verstehst mich auch jetzt, du bist bei mir, meine kostbare Flamme – obwohl du nicht sprechen kannst, spüre ich deine Liebe, dein Mit-mir-Wissen. Weich …

O ja, wir haben unsere Vorbereitungen gemacht, unseren eigenen Plan. Selbst in der größten Hitze machten wir unseren Plan gegen die Kälte. Haben andere Liebende das getan? Wie ich suchte! Dich tragend, meine Kirschblüte, überquerte ich ganze Bergzüge, folgte der Sonne, bis wir dieses wärmste der warmen

Täler auf der Sonnenseite fanden. Gewiß würde die Kälte hier schwach sein, dachte ich. Wie sollten sie uns hier je erreichen, die kalten Nebel, die Eiswinde, die mein inneres Ich einfroren und mich über die Fährten hinauf in die toten Höhlen des Winters trieben?

Diesmal würde ich trotzen!

Diesmal habe ich *dich*.

»Bring mich nicht dorthin, mein Moggadiet!« flehtest du, voll Angst vor der Fremdheit. »Bring mich nicht in die Kälte!«

»Niemals, meine Lielilu! Nie, ich schwöre es. Bin ich nicht deine Mutter, kleines Rot?«

»Aber du wirst dich ändern! In der Kälte wirst du vergessen. Ist das nicht der Plan?«

»Wir werden den Plan brechen, Lili. Schau, du wirst größer, schwerer, mein Feuerbeerchen – und immer schöner! Bald werde ich dich nicht mehr so leicht tragen können, niemals könnte ich dich zu den kalten Fährten tragen. Und nie werde ich dich verlassen!«

»Aber du bist so groß, Moggadiet! Wenn alles sich ändert, wirst du vergessen und mich in die Kälte schleppen.«

»Niemals! Dein Moggadiet hat einen tieferen Plan! Wenn die Nebel kommen, werde ich dich in den tiefsten, wärmsten Winkel dieser Höhle bringen und dort eine Mauer spinnen, so daß du nie, nie herausgezogen werden kannst. Und nie, nie werde ich dich verlassen. Selbst der Plan kann Moggadiet nicht von Lielilu trennen!«

»Aber du wirst doch herausmüssen zum Jagen, und dann wird die Kälte dich fassen! Du wirst mich vergessen, du wirst der kalten Liebe des Winters folgen und mich zurücklassen; allein muß ich sterben! Vielleicht ist das der Plan!«

»O nein, mein Schatz, mein Rotling! Sorge dich nicht, weine nicht! Hör Moggadiets Plan! Von nun an werde ich zweimal soviel jagen. Ich werde diese Höhle bis zur Decke füllen, meine fette Rosenknospe, ich werde sie jetzt mit Nahrung füllen, so daß ich den ganzen Winter lang bei dir bleiben kann!«

Und so geschah's, nicht wahr, meine Lilli! Ach, dummer Moggadiet, wie ich gejagt habe, wie ich Eidechsen, Hüpflinge, Fettkrabbler und Bannlinge in Massen angeschleppt habe. Was für ein Narr ich war! Denn natürlich faulten sie in der Wärme, und die Haufen wurden grün und schleimig, so daß wir sie schon essen mußten, uns vollfressend wie Babys. Hat aber doch noch gut geschmeckt, eh, mein Beerchen? Und wie du gewachsen bist!

Oh, wunderschön wurdest du, mein roter Juwel! So prall-fett und glänzend-voll, aber immer noch meine Winzige, mein Sonnenfünklein. Jeden Abend, nachdem ich dich gefüttert hatte, zog ich die Seide auseinander, streichelte deinen Kopf, deine Augen, deine zarten Ohren, dem köstlichen Augenblick entgegenfiebernd, da ich dein erstes rotes Glied auswickeln würde, um es zu liebkosen und zu üben und gegen meine pulsierenden Kehlsäcke zu drücken. Manchmal wickelte ich zwei gleichzeitig aus, nur um den Anblick deiner Bewegung zu genießen. Und jede Nacht dauerte es länger, jeden Morgen mußte ich mehr Seide machen, um dich wieder einzuwickeln. Wie stolz ich war, meine Lieli, Lillilu!

Und dabei war es, daß mein größtes Denken kam.

Als ich dich einmal so in deinen glänzenden Kokon einwob, mein Freudebeerchen, dachte ich mir, warum nicht lebendige Fettkrabbler einwickeln? Sie bei lebendigem Leib einsperren, so daß ihr Fleisch süß bleibt und sie uns den Winter hindurch nähren werden!

Das war großes Denken, Lillilu, und so habe ich es gemacht, und es war gut. In einen kleinen Tunnel mauerte ich reichlich Fettkrabbler ein und auch viele, viele andere Dinge, während die Sonne zurück in den Winter zog, und die Schatten wuchsen und wuchsen. Fettkrabbler und Bannlinge und alles, was lecker schmeckt, und sogar – oh, schlauer Moggadiet! – alle Arten von

Blättern und Rinden und Zeugs für sie zum Fressen! Oh, jetzt hatten wir den Plan endgültig gebrochen!

»Wir haben den Plan gebrochen, mein Lilli-Rot! Die Fettkrabbler fressen die Zweige und Rinden, die Bannlinge saugen Saft aus dem Holz, die großen Lauflinge fressen Gras, und wir fressen sie alle!«

»Oh, Moggadiet, kühn bist du! Glaubst du, wir können den Plan wirklich brechen? Ich habe Angst! Gib mir einen Bannling, ich glaube, es wird kalt.«

»Du hast fünfzehn Bannlinge gegessen, mein Knirps!« neckte ich dich. »Wie fett du wirst! Laß mich dich noch einmal anschauen, ja, du mußt deinen Moggadiet dich streicheln lassen, während du ißt. Ah, wie wunderbar du bist!«

Und natürlich – oh, du erinnerst dich, wie sie dann begann, unsere tiefste Liebe. Denn als ich dich eines Nachts entblößte – der erste Hauch von Kälte war in der Luft –, sah ich, daß du dich verändert hattest.

Soll ich es sagen? Dein geheimer Pelz. Dein *Mutter-Pelz.*

Immer hatte ich dich dort besonders zärtlich gereinigt, aber ohne Schwierigkeit, mich zurückzuhalten. In jener Nacht aber, als ich die Seidenbande mit meinen riesigen Jagdklauen auseinandernahm; was für neue Wonnen fand ich da! Nicht mehr rosigblaß, sondern feurig rot! *Rot!* Eine Scharlach-Glut wie der roteste Sonnenaufgang, golden gezüngelt! Und geschwollen, sich kräuselnd, taufeucht – Oh! Mir gebietend, dich zu entblößen, ganz und gar. Oh, wie ich in deinen zärtlichen Blicken schmolz – und duftig-süß dein Atem, deine Glieder warm und schwer in meinem Griff!

Wild riß ich die letzten Bänder weg, betäubt vor lauter Seligkeit, als du langsam deine ganze lodernde Röte vor mir ausstrecktest.

Da wußte ich – *wir* wußten es! –, daß die Liebe, die wir bisher gekannt hatten, nur ein Anfang gewesen war. Meine Jagdarme sanken nieder, und meine besonderen Hände, meine Web-Hände, wuchsen, schwollen, füllten sich mit neuem, fast schmerzlichem Leben. Ich konnte nicht reden, und meine Kehlsäcke füllten, füllten sich! Und von selbst erhoben sich meine Hände, drückten ekstatisch, während meine Augen sich näher beugten, näher heran an dein glorreiches *Rot!*

Aber plötzlich erwachte das Ich-Selbst, Moggadiet erwachte! Ich sprang zurück!

»Lilli! Was tun wir?«

»Oh, Moggadiet, ich liebe dich! Komm zurück.«

»Was ist das, Lielilu? Ist das der Plan?«

»Das ist doch unwichtig! Moggadiet, liebst du mich nicht?«

»Ich habe Angst! Ich habe Angst, dich zu verletzen! Du bist so winzig. Ich bin deine Mutter.«

»Nein, Moggadiet, schau doch! Ich bin so groß wie du. Hab keine Angst.«

Ich wich zurück – oh, schwer, schwer war das! – und versuchte, dich ruhig zu betrachten.

»Es stimmt, mein Rotling, du bist gewachsen. Aber deine Glieder sind so neu, so zart. Oh, ich kann nicht hinschauen!«

Meine Augen abwendend, spann ich einen Vorhang aus Seide, um deine erregende Röte wegzusperren.

»Wir müssen warten, Lillilu. Wir müssen weitermachen wie bisher. Ich weiß nicht, was dieser seltsame Drang bedeutet; ich habe Angst, er wird dir Schaden tun.«

»Ja, Moggadiet. Wir werden warten.«

Und so warteten wir. O ja. Jede Nacht wurde es schwerer. Wir versuchten, so wie früher zu sein, glücklich zu sein. Lielu-Moggadiet. Jede Nacht erhob sich, wenn ich deine glühenden Glieder liebkoste, die sich, nacheinander aus- und eingewickelt, mir hinzugeben schienen, jede Nacht erhob sich der Drang heißer, stärker in mir. Dich ganz zu entschleiern! Wieder deinen ganzen Körper zu sehen!

O ja, mein Liebling, ich fühle – unerträglich –, wie du mit mir dich jener letzten Tage unserer einfachen Liebe erinnerst.

Kälter … kälter. Morgens, wenn ich die Fettkrabbler einsammeln ging, war auf ihrem Pelz etwas Weißes, und die Bannlinge hörten auf, sich zu bewegen. Die Sonne stieg immer weniger hoch, wurde blasser, und kalte Nebel hingen über uns, griffen tiefer. Bald wagte ich nicht mehr, die Höhle zu verlassen. Den ganzen Tag lang blieb ich bei deiner Seidenwand, summte wie eine Mutter: *Brum-a-lu, muli-muli, Lillilu, hab Lieli lieb.* Starker Moggadiet!

»Wir werden warten, Flämmlein. Wir werden uns dem Plan nicht ergeben! Sind wir nicht glücklicher als alle anderen, hier mit unserer Liebe in unserer warmen Höhle?«

»O ja, Moggadiet.«

»Ich bin Ich-Selbst. Ich bin stark. Ich mache meinen eigenen Plan. Ich werde dich nicht ansehen, bis … bis die Wärme, bis der Sommer wieder da ist.«

»Ja, Moggadiet … Moggadiet? Meine Arme sind verkrampft.«

»Oh, mein Schatz, warte – schau, ich öffne die Seide ganz vorsichtig, ich werde nicht gucken – ich werde nicht …«

»Moggadiet, liebst du mich nicht?«

»Lielilu! Oh, meine Herrliche! Ich hab Angst, dich …«

»Schau, Moggadiet! Schau, wie groß ich bin, wie stark.«

»Oh, Rotling, meine Hände – meine Hände – was tun sie dir?«

Denn mit meinen besonderen Händen preßte, preßte ich die heißen Säfte aus meinen Kehlsäcken, und zärtlich, ganz zärtlich teilte ich die Haare deines süßen Mutter-Pelzes und *ließ meine Gabe einfließen in deinen geheimen Ort.* Und während ich dies tat, umschlangen sich unsere Augen, und unsere Glieder wanden sich zum Kranz.

»Mein Liebling, tu ich dir weh?«

»O nein, Moggadiet! O nein!«

»Oh, meine Geliebte, jene letzten Tage unserer Liebe!«

Draußen wurde die Welt noch kälter, und die Fettkrabbler hörten auf zu fressen, und die Bannlinge lagen still und fingen an zu stinken. Aber immer noch hielten wir die Wärme tief in unserer Höhle, und immer noch fütterte ich meine Geliebte mit dem Rest unserer Nahrung. Und von Nacht zu Nacht wurde unser neues Liebesritual freier, reicher, obwohl ich mich zwang, immer nur einen Teil deines süßen Körpers freizulegen. Aber von Morgen zu Morgen wurde es mir schwerer, die Seidenbande um deine Gliedmaßen zu erneuern.

»Moggadiet! Warum wickelst du mich nicht ein! Ich habe Angst.«

»Gleich, Lilli, gleich. Ein einziges Mal muß ich dich noch streicheln.«

»Ich hab Angst, Moggadiet! Hör jetzt auf und wickle mich ein!«

»Aber warum, mein Liebling? Warum muß ich dich verhüllen? Ist das nicht ein dummer Teil des Plans?«

»Ich weiß nicht, ich fühle mich so sonderbar. Moggadiet, ich … ich *verändere mich.*«

»Du wirst mit jedem Augenblick wunderbarer, meine Lilli, mein eigen. Laß mich dich ansehen! Es ist falsch, dich unter Hüllen zu verbergen!«

»Nein, Moggadiet! Nein!«

Aber ich wollte nicht hören. O dummer Moggadiet-der-dachte-er-wär-deine-Mutter. Groß ist der Plan!

Ich wollte nicht hören, ich wickelte dich nicht wieder ein. Nein! Ich riß sie ab, die starken Seidenbande. Verrückt vor Liebe fetzte ich sie dir alle vom Leib, von Glied zu Glied rasend, bis dein ganzer glorreicher Körper entblößt dalag. Endlich sah ich dich ganz!

*Oh, Lillilu, größte aller Mütter!*

Nicht ich war deine Mutter. Du warst meine.

Glänzend lagst du da mit deinen vielen Wölbungen, dein Panzer neu gewachsen, deine mächtigen Jagdarme dicker als mein Kopf! Mein Werk. Du! Eine Supermutter, eine Mutter, wie noch keine je gesehen ward!

Ganz betäubt vor Entzücken, starrte ich dich an.

Und dein riesiger Jagdarm kam hervor und ergriff mich.

Groß ist der Plan. Ich empfand nichts als Freude, als deine Kiefer mich packten.

Wie jetzt: nichts als Freude!

Und so endet es denn, meine Lillilu, mein Rotling; denn deine Jungen schwellen von innen gegen deinen Mutter-Pelz, und dein Moggadiet kann bald nicht mehr sprechen. Ich bin fast verschlungen von dir. Und die Kälte wächst, sie wächst, und deine Mutter-Augen wachsen, glühen. Bald wirst du allein sein mit unseren Kindern, und die Wärme wird wiederkommen.

Wirst du noch wissen, meine Herzliebste? Wirst du noch wissen und es ihnen sagen?

Sag ihnen von der Kälte, Lielilu. Erzähl ihnen von unserer Liebe.

Sag ihnen ... *die Winter wachsen.*

## William Gibson

# *Der mnemonische Johnny*

Ich legte die Knarre in eine Adidas-Tasche und stopfte sie mit vier Paar Tennissocken aus, was überhaupt nicht mein Stil war, aber ich hatte mir vorgenommen: Wenn sie dich für primitiv halten, werde technisch; wenn sie dich für technisch halten, werde primitiv. Ich bin ein ausgesprochen technischer Typ. Also nahm ich mir vor, möglichst primitiv zu werden. Dabei muß man heutzutage allerdings erst ziemlich technisch sein, bevor man überhaupt brutal werden kann. Ich hatte die beiden zwölfkalibrigen Patronen auf der Drehbank aus Messing anfertigen und dann selber laden müssen; ich mußte ein altes Mikrofiche ausgraben, wo erklärt wird, wie man Patronen von Hand lädt; ich mußte das Schloß für die Zündbolzen umbauen – alles recht kompliziert. Aber ich wußte, daß die Dinger gehn.

Treffpunkt war 23 Uhr im Drome, aber ich fuhr mit der U-Bahn drei Stationen weiter als zur nächsten Haltestelle und latschte zu Fuß zurück. Tadelloser Vorgang.

Ich musterte mich in der verchromten Seitenwand eines Kaffeekiosks, die normalen, scharfen kaukasoiden Züge mit dem struppigen dunklen Haarschopf. Die Mädchen im Under the Knife waren Sony Mao-mäßig aufgemacht; und es wurde zusehends schwieriger, sie davon abzuhalten, sich den schicken Anschein von Mongolenfalten zuzulegen. Davon wohl kaum täuschen ließe sich Ralfi Face, aber es brächte mich vielleicht nah an seinen Tisch ran.

Das Drome ist ein einziger schmaler Raum mit einem Tresen entlang der einen und Tischen entlang der anderen Seite und voller Zuhälter und Kuppler und einer Vielzahl heimlicher Dealer. Die Magnetic Dog Sisters waren an dem Abend an der Tür, und ich war nicht scharf darauf, an denen vorbei rauszumüssen, falls die Sache nicht klappte. Die Schwestern waren zwei Meter lang und dünn wie Windhunde. Die eine war schwarz und die andre weiß, aber darüber hinaus glichen sie sich, soweit die kosmetische Chirurgie es möglich machte. Sie waren seit Jahren ein Liebespaar und bedeuteten bei Stunk nichts Gutes. Ich war mir nie sicher, wer von den beiden ursprünglich der Mann gewesen war.

Ralfi saß an seinem Stammtisch. Schuldete mir 'ne Menge Geld. Ich hatte Hunderte von Megabytes auf »idiot basis« in meinem Kopf gehortet – Informationen, zu denen ich keinen bewußten Zugang hatte. Ralfi hatte sie deponiert. Er hatte sie sich allerdings nicht wiedergeholt. Nur Ralfi konnte mittels eines frei erfundenen Kodewortes wieder an die Daten rankommen. Ich bin zunächst mal nicht billig, aber die überzogene Speicherzeit ist astronomisch. Und Ralfi hatte sich verflucht rar gemacht.

Dann hatte ich gehört, daß Ralfi Face einen Kontrakt auf mich rausgeben wolle. Also arrangierte ich ein Treffen im Drome, allerdings als Edward Bax, Importeur von Schleichware, vormals Rio und Peking.

Im Drome roch es nach Geschäft, roch es metallisch nervös. Muskelknaben im Publikum protzten mit ihrem Inventar und bemühten sich um ein schmales, cooles Grinsen; manche gingen unter den Superformen aufgepfropfter Muskelbündel glatt unter, so daß sie nicht unbedingt menschliche Umrisse aufwiesen.

Pardon. Pardon, Freunde. Ist nur Eddie Bax, der schnelle Eddie, der Importeur mit seiner undefinierbaren Profi-Sporttasche; und den Schlitz, durch den eben seine rechte Hand paßt, bitte ignorieren.

Ralfi war nicht allein. Achtzig Kilo blondes kalifornisches Beefsteak, dem der Kampfsport überall anzusehen war, kauerten wachsam auf dem Stuhl daneben.

Der schnelle Eddie Bax war auf dem Stuhl gegenüber, bevor das Beefsteak die Hände vom Tisch nehmen konnte. »Schwarzer Gürtel?« fragte ich gespannt. Er nickte, wobei die blauen Augen automatisch meine Augen und Hände checkten. »Ich auch«, sagte ich. »Hab meinen in der Tasche drin.« Und ich schob die Hand durch den Schlitz und löste mit dem Daumen die Sicherung. Klick. »Doppelt-zwölfkalibrig, mit Draht gekoppelter Abzug.«

»Ist 'ne Knarre«, sagte Ralfi und hielt seinem Knaben beschwichtigend die plumpe Hand vor die mit blauem Nylon bespannte Brust. »Johnny hat 'ne altertümliche Feuerwaffe in der Tasche.« So viel also zu Edward Bax.

Ich schätze, er heißt schon immer Ralfi Soundso, aber seinen erworbenen Nachnamen verdankt er einer einmaligen Eitelkeit. In etwa wie eine überreife Birne gebaut, hatte er zwanzig Jahre das einst berühmte Gesicht von Christian White getragen – Christian White von der Aryan Reggae Band, der Sony Mayo seiner Generation und zuletzt Champion des Rassen-Rock. Ich kenn mich aus mit solchem Kram.

Christian White: klassisches Popstar-Gesicht mit ausgeprägter Sänger-Muskulatur, scharf geschnittenen Wangen. Engelhaft aus einer, hübsch lasterhaft aus andrer Perspektive. Aber hinter diesem Gesicht lebten Ralfis Augen, und sie waren klein, kalt und schwarz.

»Bitte«, sagte er, »klären wir das wie Geschäftsleute, okay?« Seine Stimme verriet eine schrecklich griffige Ehrlichkeit, und die Winkel seines hübschen Christian-White-Munds waren immer feucht. »Der Lewis«, sagte er und nickte in Richtung Beefboy, »ist'n Knödel.« Lewis nahm das gleichmütig hin und sah aus wie aus dem Baukasten. »Du bist kein Knödel, Johnny.«

»Sicher, Ralfi, ein schöner Knödel, zum Brechen voll mit Implants, wo du deine schmutzige Wäsche hintust, während du losgehst und Killer für mich einkaufst. Von meinem Ende der Tasche, Ralfi, sieht's so aus, daß du mir 'ne Erklärung schuldest.«

»Ist der letzte Schub Ware, Johnny.« Er seufzte tief. »In meiner Rolle als Makler ...«

»Hehler«, korrigierte ich.

»Als Makler bin ich normalerweise sehr vorsichtig, was meine Quellen angeht.«

»Du kaufst nur von denen, die das Beste stehlen. Schon klar.«

Er seufzte wieder. »Ich versuche«, sagte er lustlos, »nicht von Idioten zu kaufen. Diesmal ist mir das, fürchte ich, passiert.« Der dritte Seufzer war für Lewis das Stichwort, den Neuralunterbrecher anzuschalten, den sie auf meiner Seite unter die Tischplatte geklebt hatten.

Ich legte alles, was ich hatte, in meinen rechten Zeigefinger, den ich krümmen wollte, aber irgendwie schien die Verbindung gekappt zu sein. Ich fühlte das Metall der Knarre und das schaumstoffunterlegte Klebeband, mit dem ich den Griffstummel umwickelt hatte, aber meine Hände waren wie kaltes Wachs – entrückt und regungslos. Ich hoffte, Lewis war ein echter Knödel und blöd genug, sich die Sporttasche zu greifen und damit meinen steifen Finger gegen den Abzug zu drücken, aber das war er nicht.

»Waren sehr besorgt um dich, Johnny. Sehr besorgt. Schau, was du da hast, ist Yakuza-Eigentum. Ein dummer Bursche hat's ihnen weggenommen. Ein toter Bursche.«

Lewis kicherte.

Nun machte es alles Sinn, gräßlich viel Sinn, und mir war, als wäre mein Schädel in nasse Sandsäcke gepackt. Das Killen war nicht Ralfis Stil. Nicht mal Lewis war Ralfis Stil. Aber er war zwischen die Söhne des Neonchrysanthemum und etwas, das ihnen gehörte, geraten – oder wohl eher etwas von ihnen, das jemand anders gehörte. Ralfi könnte natürlich das Kodewort benutzen und mich auf »idiot« stellen, so daß ich ihr heißes Programm ausspucken würde, ohne mich später auch nur an eine einzige Silbe zu erinnern. Für einen Hehler wie Ralfi wäre das normalerweise genug. Aber nicht für die Yakuza. Die Yakuza wüßten zum einen von Squids und würden nicht riskieren wollen, daß mir so ein Squid die schwachen, dauerhaften Spuren ihres Programms aus dem Kopf herausholt. Ich wußte nicht recht viel über Squids, aber ich hatte da Geschichten gehört, die ich meinen Klienten prinzipiell vorenthielt. Nein, den Yakuza würde das nicht gefallen; es wirkte verdächtig. Und sie waren nicht hingekommen, wo sie waren, indem sie Verdachtsmomente zurückließen. Oder am Leben ließen.

Lewis grinste. Ich glaube, er fixierte einen Punkt unmittelbar hinter meiner Stirn und stellte sich vor, wie er auf die grobe Art dorthin käme.

»He«, sagte eine tiefe Frauenstimme irgendwo hinter meiner rechten Schulter, »was macht ihr Cowboys nur für öde Gesichter?«

»Verpiß dich, Luder!« sagte Lewis, und seine sonnengebräunten Züge blieben gelassen. Ralfi guckte.

»Kopf hoch. Wollt ihr nicht 'ne gute freie Basis kaufen?« Sie zog einen Stuhl vor und setzte sich schnell, bevor einer der beiden sie daran hindern konnte. Sie war gerade noch innerhalb meines starren Blickfelds: ein dünnes Mädchen mit verspiegelter Brille und einer dunklen, ziemlich fransig geschnittenen Mähne. Sie trug die schwarze Lederjacke offen über einem T-Shirt mit rot-schwarzen Diagonalstreifen. »Achttausend pro Gramm.«

Lewis prustete ärgerlich und versuchte, sie vom Stuhl zu stupsen. Irgendwie langte er nicht ganz hinüber, und sie hob die Hand und strich über seinen herankommenden Unterarm. Helles Blut spritzte auf den Tisch. Er hielt sich das Handgelenk, daß die Knöchel weiß wurden. Blut lief über die Finger.

Aber war ihre Hand nicht leer gewesen?

Die Sehne wäre zu nähen. Behutsam stand er auf, ohne groß den Stuhl zurückzuschieben. Der Stuhl kippte nach hinten, und Lewis verschwand ohne ein Wort aus meinem Blickfeld.

»Sollte sich das von einem Doktor ansehen lassen«, sagte sie. »Ist'n böser Schnitt.«

»Du hast keine Ahnung«, meinte Ralfi, der plötzlich sehr müde klang, »wie tief du dich damit in die Scheiße gesetzt hast.«

»Echt? Ist mir ein Rätsel. Ich steh auf Rätsel. Beispielsweise warum euer Freund so still ist. Beziehungsweise starr. Oder wofür das Ding hier gut ist«, womit sie die kleine Schaltung hochhielt, die sie Lewis irgendwie abgenommen hatte. Ralfi sah elend aus.

»Du, ah, willst etwa 'ne Viertelmillion, damit du mir das gibst und weiterspazierst?« Eine fette Hand kam hoch und strich nervös durchs blasse, hagere Gesicht.

»Was ich will«, sagte sie und schnippte mit den Fingern, daß die wackelnde Schaltung aufblitzte, »ist Arbeit. Ein Job. Dein Knabe hat sich das Handgelenk verletzt. Aber 'ne Viertelmillion ist völlig okay als Vorschuß.«

Ralfi atmete prustend aus und fing zu lachen an, wobei er seine Zähne zeigte, die dem Christian-White-Standard nicht mehr gerecht wurden. Darauf schaltete sie den Neuralunterbrecher ab.

»Zwei Millionen«, sagte ich.

»Bist mein Typ«, erwiderte sie lachend. »Was haste in der Tasche?«

»Eine Kanone.«

»Brutal.« Das war vielleicht ein Kompliment.

Ralfi sagte kein Wort mehr.

»Heiße Millions. Molly Millions. Du willst raus von hier, Boß? Die Leute schauen schon.« Sie stand auf. Sie trug eine Lederhose in der Farbe von getrocknetem Blut.

Und ich sah zum ersten Mal, daß die verspiegelten Gläser chirurgisch eingepaßt waren und über den hohen Wangen wie ein Deckel auf den Augenhöhlen saßen. In den Gläsern sah ich doppelt mein neues Gesicht.

»Ich heiß Johnny«, sagte ich. »Mr. Face nehmen wir mit.«

Er wartete draußen. Sah aus wie ein typischer Tourist, ein Tech mit Plastikbadeschuhen und einem albernen Hawaihemd, das vergrößert bedruckt war mit dem populärsten Microprozessor seiner Firma; ein harmloser kleiner Typ von der Sorte, die wahrscheinlich vom vielen Sake besoffen in einer der Bars enden, wo man Miniaturkekse aus Reis mit Seetanggarnierung kriegt. Er sah aus wie die Sorte, die flennen, wenn sie die Firmenhymne blöken, und die dem Barkeeper endlos die Hand schütteln. Und die Kuppler und Dealer, die ihn als von Natur aus konservativ einstuften, ließen ihn zufrieden. So einer hat nicht viel vor und paßt, wenn doch, auf sein Geld und seinen Ruf auf.

Wie ich mir später erklärte, hatten sie wohl seinen linken Daumen etwa ab dem ersten Gelenk amputiert und durch eine prothetische Spitze ersetzt und den Stummel ausgehöhlt und mit Spule und Sockel aus einem Diamantanalogon von Ono-Sendai bestückt. Dann hatten sie die Spule sorgfältig mit drei Meter einer monomolekularen Faser umwickelt.

Molly begann eine Art Gespräch mit den Magnetic Dog Sisters, so daß ich Gelegenheit hatte, Ralfi durch die Tür zu schieben, indem ich ihm die Sporttasche sachte ins Kreuz drückte. Molly schien die Sisters zu kennen. Ich hörte die Schwarze lachen.

Aus irgendeinem flüchtigen Reflex heraus blickte ich auf, vielleicht weil ich mich nie an sie gewöhnen konnte, die gleißenden

Lichtbögen und die Schatten der geodätischen Kuppeln darüber. Das war vielleicht meine Rettung.

Ralfi ging weiter, wollte aber, wie ich meine, nicht türmen. Ich glaube, er hatte schon aufgegeben. Vermutlich konnte er sich denken, was wir vorhatten.

Als ich den Blick wieder senkte und ihn anschaute, sah ich ihn gerade noch explodieren.

Playback der Sinneseindrücke zeigt, wie Ralfi vorausgeht, während irgendwo seitlich aus dem Nichts der lächelnde kleine Tech auftaucht. Nur eine angedeutete Verbeugung, und der linke Daumen fällt ab. Zaubertrick. Der Daumen baumelt in der Luft. Spiegel? Drähte? Und Ralfi bleibt, den Rücken zu uns gekehrt, stehen. Dunkle Schweißränder unter den Achseln seines hellen Sommeranzugs. Er weiß es. Er muß es gewußt haben. Und dann schnellt der magische, bleischwere Daumen in einem rasanten Jo-Jo-Trick vor, und der unsichtbare Faden, der ihn mit der Killerhand verbindet, schneidet seitlich unmittelbar über den Brauen durch Ralfis Schädel, peitscht nach oben und fährt nieder und trennt dabei diagonal zwischen Schulter und Brustkorb ein birnenförmiges Stück Torso heraus. Schneidet so fein, daß kein Blut fließt, bis Synapsen fehlschalten und erste Zuckungen den Körper der Schwerkraft ausliefern.

Ralfi zerfiel in einer rosaroten Wolke von Körperflüssigkeiten, und die drei ungleichen Teile purzelten vornüber aufs Pflaster. Ohne einen Laut.

Ich riß die Sporttasche hoch, und meine Hand krampfte sich zusammen. Der Rückstoß hätte mir beinahe das Handgelenk gebrochen.

Es muß geregnet haben. In Strömen goß es durch eine rissige Kuppel aufs Pflaster hinter uns. Wir duckten uns in die schmale Nische zwischen einer chirurgischen Boutique und einem Antiquitätengeschäft. Sie hatte gerade mit einem verspiegelten Auge um die Ecke gelugt und meldete ein Volksmodul mit blitzendem Rotlicht vor dem Drome. Ralfi wurde aufgewischt. Fragen wurden gestellt.

Ich war mit versengten weißen Flusen bedeckt. Die Tennissocken. Die Sporttasche war wie eine zerfetzte Plastikmanschette über meinen Unterarm gestülpt. »Kapier ich nicht, wie ich den, verdammt noch mal, verfehlen konnte.«

»Weil er flink ist, so flink.« Sie schlang die Arme um die Knie und wippte auf ihren Stiefelabsätzen hin und her. »Sein Nervensystem ist auffrisiert. Sonderanfertigung.« Sie grinste und quiekte vergnügt. »Ich muß den Knaben kriegen. Heut nacht. Er ist der Beste, spitzenmäßig, vom Feinsten, neuester Stand der Technik.«

»Dein Freund von vorhin stammt größtenteils aus einem Labor in Chiba City. Ist'n Yakuza-Killer.«

»Chiba. Tja. Schau, Molly war auch in Chiba.« Und sie zeigte mir ihre Hände mit den leicht gespreizten Fingern. Ihre Finger waren schlank, verjüngten sich und wirkten sehr blaß durch die burgunderrot lackierten Nägel. Zehn Klingen schoben sich aus der Versenkung unter den Nägeln, schmale, zweischneidige Skalpellklingen aus hellblauem Stahl.

Ich hatte mich nie lange in Nighttown aufgehalten. Keiner dort hatte was, um mich fürs Erinnern zu bezahlen, und die meisten hatten viel, wofür sie regelmäßig fürs Vergessen zahlten. Generationen von Scharfschützen hatten aufs Neon geballert, bis die Wartungsmannschaften aufgaben. Selbst am Mittag war es in den Wölbungen stockfinster.

Wohin geht man, wenn die reichste Verbrechersippe der Welt mit ruhigen Fingern aus der Ferne nach einem greift? Wo versteckt man sich vor dem Yakuza, der so mächtig ist, daß er eigene Kommsatelliten und wenigstens drei Raumfähren besitzt? Der Yakuza ist multinational wie ITT oder Ono-Sendai. Schon fünfzig Jahre vor meiner Geburt hatte sich der Yakuza die Triaden, die Mafia und die Korsische Union angeeignet.

Molly hatte eine Antwort: Man versteckt sich im Loch, im untersten Kreis, wo jeder äußere Einfluß schnell bedrohliche konzentrische Wellen schlägt. Man versteckt sich in Nighttown. Noch besser *über* Nighttown, denn das Loch ist umgestülpt, und der Grubenboden berührt den Himmel, den Himmel, den die unterm eigenen Acrylharzfirmament schwitzende Nighttown nie sieht; man versteckt sich droben, wo im Dunkeln untierhaft die Lo Teks kauern, denen die Schwarzmarktzigarette von den Lippen baumelt.

Sie hatte noch eine Antwort parat.

»Du bist also niet- und nagelfest, Johnny? Keine Chance, ohne Losung ans Programm ranzukommen?« Sie führte mich in den Schatten, der hinter dem hellen U-Bahnsteig lauerte. Die Betonwände waren mit ganzen Schichten von Graffiti bedeckt, die sich mit den Jahren zu einem einzigen Gekritzel wallender Wut und Ohnmacht verquirlten.

»Die abgespeicherten Daten werden durch eine modifizierte Serie mikrochirurgischer kontraautistischer Prothesen eingespeist.« Ich leierte eine saftlose Version meines Standardverkaufsgesprächs herunter. »Der Kode des Klienten ist in einem eigenen Chip gespeichert; von Squids abgesehen, worüber wir in unsrer Branche nicht gern reden, gibt es keine Möglichkeit, an den Inhalt heranzukommen. Kriegt's nicht mit Drogen, nicht mit dem Messer, nicht mit Folter heraus. Ich *weiß* es nicht, hab's nie gewußt.«

»Squids?« Wir kamen auf einen menschenleeren Markt. Düstere Gestalten musterten uns von der andern Seite des provisorischen Platzes, der mit Fischköpfen und faulem Obst übersät war.

»Supraleitende Quantum-Interferenz-Detektoren. Wurden im

Krieg benutzt, um U-Boote zu orten und kybernetische Systeme des Feindes auszutricksen.«

»So? Marinezeugs? Vom Krieg? So'n Squid kann deinen Chip lesen?« Sie blieb stehen, und ich spürte, daß sie mich hinter den verspiegelten Gläsern fixierte.

»Sogar die primitiven Modelle konnten ein Magnetfeld erfassen, das ein Milliardstel der geomagnetischen Feldstärke aufwies. Ist so, wie wenn man aus einem grölenden Stadion ein Flüstern herausholt.«

»Die Bullen können das mit parabolischem Mikrofon und Laser.«

»Aber trotzdem sind die Daten sicher.« Berufsehre. »Keine Regierung gibt ihren Bullen Squids, nicht mal den Spezialeinheiten. Zu großes Risiko für krumme Touren zwischen einzelnen Ministerien; sie spielen bald Watergate mit dir.«

»Marinezeugs«, sagte sie, und ihr Grinsen leuchtete im Dunkeln. »Marinezeugs. Ich hab 'nen Freund hier unten, der war bei der Marine. Heißt Jones. Den solltest du treffen. Er ist allerdings ein Junkie. Also werden wir ihm was mitbringen müssen.«

»Ein Junkie?«

»Ein Delphin.«

Er war mehr als ein Delphin, in den Augen eines anderen Delphins jedoch eher weniger. Ich beobachtete, wie er sich träge in seinem galvanisierten Becken bewegte. Wasser schwappte über, und ich bekam nasse Schuhe. Er war ein Überbleibsel des letzten Kriegs. Ein Cyborg.

Er hob sich aus dem Wasser und zeigte uns die verkrusteten Platten an seinen Seiten, eine Art visuelles Wortspiel, da von seiner Anmut nicht viel übrigblieb angesichts der ausgeprägten Panzerung, die plump und altertümlich wirkte. Zwei Wülste an jeder

Schädelseite bargen Sensoren. Silberne Wunden glänzten an offenen Stellen seiner weißgrauen Haut.

Molly pfiff. Jones wackelte mit dem Schwanz, und wieder schwappte Wasser über den Beckenrand.

»Wo sind wir hier?« Ich beäugte sonderbare Formen im Dunkeln, rostige Ketten und mit Planen verhüllte Gegenstände. Über dem Tank hing ein roh gezimmerter Holzrahmen, in dem kreuzweise Reihen von staubiger Christbaumbeleuchtung steckten.

»Funland. Ein Zoo und Vergnügungspark. ›Red mit dem Kriegs-‹ und so'n Zeugs.«

Jones richtete sich wieder auf und fixierte mich mit einem traurigen, steinalten Auge.

»Wie redet er?« Plötzlich drängte ich zum Weitergehn.

»Das ist der Kniff dabei. Sag guten Tag, Jones.«

Und alle Lampen gingen gleichzeitig an und blinkten rot, weiß und blau.

RWBRWBRWB
RWBRWBRWB
RWBRWBRWB
RWBRWBRWB
RWBRWBRWB

»Mit Symbolen kann er's, siehst du, aber der Kode ist eingeschränkt. In der Marine hatten sie ihn an ein audiovisuelles Display gekoppelt.« Sie zog das schmale Päckchen aus der Jackentasche. »Reiner Stoff, Jones. Willst'n?« Er erstarrte im Wasser und begann zu sinken. Ich verspürte eine seltsame Panik, als mir einfiel, daß er kein Fisch war und ertrinken könnte. »Wir wollen den Schlüssel zu Johnnys Speicher, Jones. Und zwar schnell.«

Die Lichter flackerten, erloschen.

»Hol ihn dir, Jones!«

    B
BBBBBBBBB
    B
    B
    B

Blaue Birnen, kreuzförmig.

Dunkelheit.

»Rein! *Sauber.* Mach schon, Jones!«

WWWWWWWWW
WWWWWWWWW
WWWWWWWWW
WWWWWWWWW
WWWWWWWWW

Weißes Natriumdampfgleißen erleuchtete ihr Gesicht, total monochrom; die Backenknochen warfen Schatten.

R   RRRRR
R   R
RRRRRRRRR
    R   R
RRRRR   R

Die Balken des roten Hakenkreuzes spiegelten sich verzerrt in ihren silbernen Gläsern. »Gib's ihm«, sagte ich. »Wir haben es.«

Ralfi Face. Keine Phantasie.

Jones wuchtete seine gepanzerte Masse zur Hälfte über den Rand seines Beckens, so daß ich glaubte, das Metall gebe nach. Molly stach dolchstoßhaft mit der Syrette zu und trieb die Nadel zwischen zwei Platten hindurch. *Zisch.* Lichtmuster zuckten explosiv über den Rahmen und erloschen.

Als wir gingen, trieb er im dunklen Wasser und wälzte sich träge. Vielleicht träumte er von seinem Krieg im Pazifik, von den geräumten kybernetischen Minen, in deren Elektronik er sich behutsam vorgetastet hatte mit Hilfe des Squid, womit er auch Ralfis Losung aus dem in meinem Kopf versenkten Chip herausgeholt hatte.

»Ich kann mir zwar vorstellen, daß sie sich bei seiner Ausmusterung vertan und ihn mit diesem funktionstüchtigen Gerät aus der Navy entlassen haben, aber wie wird ein kybernetischer Delphin drogensüchtig?«

»Der Krieg macht's«, sagte sie. »Waren alle süchtig. Dafür sorgte die Marine. Wie sonst kriegt man sie dazu, für einen zu arbeiten?«

»Ich bin nicht sicher, ob das ein gutes Geschäft ist«, sagte der Pirat, der mehr Geld herausholen wollte. »Spekuliert auf einen Kommsat, der nicht im Buch steht ...«

»Verschwende meine Zeit, und du machst gar kein Geschäft«, sagte Molly, die sich über seinen verkratzten Plastikschreibtisch beugte und ihn mit dem Zeigefinger piesackte.

»Vielleicht willste deine Mikrowelle woanders kaufen?« Er war ein zäher Bursche hinter seiner Mao-Fassade. Vermutlich ein gebürtiger Nighttowner.

Ihre Hand verging sich am Vorderteil seiner Jacke und durchtrennte glatt das Revers, ohne den Stoff auch nur zu kräuseln.

»Also kommen wir ins Geschäft oder nicht?«

»Ja«, sagte er und starrte auf sein zerschnittenes Revers, wobei er nur höfliches Interesse an den Tag zu legen hoffte. »Ja.«

Während ich die beiden Recorder checkte, die wir gekauft hatten, zog sie aus der reißverschlußgesicherten Seitentasche ihrer Jacke den Zettel hervor, den ich ihr gegeben hatte. Sie entfaltete das Blatt und las mit stummen Lippenbewegungen. Sie zuckte die Achseln. »Das ist es?«

»Los!« sagte ich und drückte gleichzeitig die Aufnahmetaste der beiden Decks.

»Christian White«, sagte sie an, »und seine Aryan Reggae Band.«

Ralfi, treuer Fan seiner aussterbenden Zeit.

Der Übergang in den *idiot*-Modus ist nie so abrupt wie erwartet. Der Frontraum des Piratensenders war ein schlechtgehendes Reisebüro in einem pastellfarbenen Würfel, der einen Schreibtisch, drei Stühle und ein verblaßtes Poster einer Schweizer Orbitalstation aufwies. Ein Vogelpaar mit braunem Glaskörper und dünnen Beinen trank monoton aus einer Wasserschale aus Styropor auf einem Sims bei Mollys Schulter. Während ich auf den Modus umstellte, beschleunigten sie allmählich, bis die schillernden Haubenfedern massive Farbbögen wurden. Die LED-Sekundenanzeige auf der Plastikuhr an der Wand wurde zu sinnlos pulsierenden Gittern, und Molly und der Knabe mit dem Mao-Gesicht wurden verschwommen, wobei ihre Arme gelegentlich insektenhaft in schematischen Gesten zuckten. Und dann verblaßte alles zu kaltem, statischem Grau und einem endlosen Lautgedicht in künstlicher Sprache.

Da hockte ich und leierte drei Stunden das geklaute Programm des toten Ralfi herunter.

Der schattige Promenadenweg zieht sich über vierzig Kilometer von einem Ende zum anderen. Verschachtelte Fuller-Kuppeln überdachen die einstige Vorstadtstraße. Werden an einem klaren Tag die Lichtbögen abgeschaltet, dann dringt trübes Tageslicht durch den Graufilter des vielschichtigen Acryls, was insgesamt an die Kerker von Piranesi erinnert. Die drei südlichen Kilometer überspannen Nighttown. Nighttown zahlt keine Steuern, keine

Abgaben. Das Neonlicht ist tot, und die geodätischen Kuppeln sind im Laufe der Jahrzehnte durch die Kochstellen verrußt. Wem fallen in der fast völligen Dunkelheit des Nighttown-Mittags schon ein paar Dutzend wilder Kinder auf, die durch die Speicher irren?

Wir stiegen seit zwei Stunden über Betontreppen und Stahlleitern mit perforierten Trittflächen an verlassenen Gerüsten und staubbedecktem Werkzeug vorbei. Losmarschiert waren wir von einem zweckentfremdeten Werkstatthof, der vollgeschichtet war mit dreieckigen Dachsegmenten. Alles dort war überzogen mit der einheitlichen Graffiti-Schicht aus der Sprühdose: Bandennamen, Initialen, Daten, die bis zur Jahrhundertwende zurückreichten. Das Graffiti folgte uns nach oben und wurde dann allmählich spärlicher, bis nur mehr ein einziger Begriff in loser Folge auftauchte: LO TEK. In zerlaufenen schwarzen Großbuchstaben.

»Wer ist Lo Tek?«

»Nicht wir, Boß.« Sie erklomm eine wacklige Aluminiumleiter und verschwand in einem Loch in einer gewellten Plastikabdeckung. »Low Tech.« Das Plastik dämpfte ihre Stimme. Ich rieb mir das schmerzende Handgelenk und folgte ihr. »Die Lo Teks, die würden deine Schießnummer für dekadent halten.«

Eine Stunde später zog ich mich durch ein weiteres Loch, das diesmal schlampig in eine durchhängende Sperrholztafel gesägt war, und traf meinen ersten Lo Tek.

»Alles okay«, sagte Molly und tippte mir auf die Schulter. »Es ist nur Dog. Hallo, Dog.«

Im schmalen Lichtkegel ihrer Taschenlampe musterte er uns mit einem Auge, wobei er langsam ein dickes, graues Stück Zunge herausstreckte und sich über die monströsen Eckzähne leckte. Ich fragte mich, wie sie Zahnbett-Implantate vom Dobermann-Gebiß als Low Tech abtun konnten. Immunsuppressiva wachsen nicht unbedingt auf Bäumen.

»Moll.« Das vergrößerte Gebiß behinderte seine Sprache. Ein

Speichelfaden hing von der verzerrten Unterlippe. »Hörte euch kommen. Lang schon kommen.« Er hätte fünfzehn sein können, aber die Reißzähne und ein buntes Mosaik von Narben vereinigten sich mit der klaffenden Augenhöhle zu einer total bestialischen Fratze. Es hatte viel Zeit und eine Art von Kreativität gefordert, um ein solches Gesicht zu schneidern und seine Haltung verriet mir, daß er gern hinter dieser Maske lebte. Er hatte eine abgetragene Jeans an, die schwarz vor Dreck war und speckige Nähte hatte. Brust und Füße waren bloß. Was er nun mit seinem Mund anstellte, erinnerte entfernt an ein Grinsen. »Es folgt euch jemand.«

Weit weg in Nighttown drunten pries ein Wasserverkäufer seine Dienste an.

»Fäden wackeln, Dog?« Sie schwenkte die Taschenlampe zur Seite, und ich sah dünne Fäden durch Ringbolzen laufen und am Rand verschwinden.

»Mach das Scheißlicht aus!«

Sie knipste es aus.

»Wie kommt's, daß der, der euch folgt, kein Licht hat?«

»Braucht keins. Er bedeutet Ärger, Dog. Wenn deine Aufpasser ihm in die Arme laufen, dann kriegst du sie als handliche Einzelteile zurück.«

»Ein Freund, Moll?« Er klang nervös, und ich hörte ihn auf dem abgenutzten Holz hin und her treten.

»Nein. Aber er gehört mir. Und der da«, und dabei tippte sie mir auf die Schulter, »das ist'n Freund. Alles klar?«

»Sicher«, sagte er ohne große Begeisterung und schlurfte zum Rand der Plattform, wo die Ringbolzen waren. Er begann an den straff gespannten Fäden zu rupfen und eine Art Meldung zu übertragen.

Nighttown lag unter uns ausgebreitet wie eine Spielzeugstadt für Ratten; aus winzigen Fenstern leuchtete Kerzenschein, und nur an wenigen Plätzen brannten gleißende Batterie- und Karbidlampen. Ich stellte mir vor, wie die alten Männer bei ihrem endlosen Dominospiel saßen, beträufelt von den warmen, dicken Wassertropfen, die von der Wäsche fielen, die an den Stangen zwischen den Sperrholzhütten aufgehängt war. Dann versuchte ich mir vorzustellen, wie er in seinen Plastikbadeschuhen und dem häßlichen Touristenhemd langsam, aber sicher heraufstieg. Wie fand er unsre Spur?

»Gut«, sagte Molly. »Er riecht uns.«

»Rauchen?« Dog zog ein zerknülltes Päckchen aus der Tasche und fischte eine plattgedrückte Zigarette heraus. Während er mir mit einem Zündholzschächtelchen Feuer gab, konnte ich den Namen der Marke lesen. Yiheyuan Filter. Beijing Cigarette Factory. Ich folgerte, daß die Lo Teks Schwarzhändler waren. Dog und Molly diskutierten wieder; offenbar drehte es sich um Mollys Wunsch, eine gewisse Einrichtung der Lo Teks benutzen zu dürfen.

»Ich hab dir schon viele Gefallen getan, Mann. Ich will das Parkett. Und die Musik.«

»Du bist kein Lo Tek ...«

So ging das fast einen Kilometer, während Dog uns über schwankende Laufplanken und Strickleitern führte. Die Lo Teks kleben ihre Netze und verwinkelten Behausungen mit dicken Epoxidbatzen an die Struktur der Stadt und schlafen in Hängematten über dem Abgrund. Ihr Lebensraum ist dermaßen reduziert, daß stellenweise nicht viel mehr als in geodätische Pfeiler gehauene Griff- und Trittmulden für Hände und Füße vorzufinden sind.

Vom Killerparkett redete Molly. Als ich in meinen neuen Eddie-Bax-Schuhen hinter ihr hereilte und auf blankem Metall und feuchtem Holz ausglitt, fragte ich mich, was am Killerparkett tödlicher als im Rest ihres Territoriums sein könnte. Zugleich spürte ich, daß Dogs Einwände zum Ritual gehörten und sie längst damit rechnete, zu kriegen, was sie wollte.

Irgendwo unter uns kreiste Jones in seinem Becken und bekam das erste flaue Gefühl nach dem abklingenden Junk. Die Polizei nervte die Stammkunden des Drome mit Fragen über Ralfi. Was machte er? Mit wem war er zusammen unmittelbar vor Verlassen des Lokals? Und der Yakuza spukte durch die Datenbanken der Stadt und jagte in Nummernkonten, Sicherheitentransaktionen und Stromrechnungen Spuren von mir nach. Wir sind eine Datenwirtschaft. Das lernt man schon in der Schule. Was man nicht lernt, ist, daß man, wenn man lebt, sich bewegt und aktiv ist, immer und überall Spuren hinterläßt, Bruchstücke, scheinbar bedeutungslose persönliche Datensplitter. Splitter, die wiederauffindbar und konkretisierbar sind …

Aber mittlerweile hatte der Pirat unsre aufbereitete Nachricht im Kasten zur Übertragung auf den Kommsat des Yakuza. Eine simple Nachricht: Pfeift eure Hunde zurück, oder wir machen euer Programm publik.

Das Programm. Ich hatte keine Ahnung, was es enthielt. Weiß es jetzt noch nicht. Ich leiere das Ding ohne jedes Verständnis runter. Es waren vermutlich Forschungsdaten, da der Yakuza fortgeschrittenen Techniken der Industriespionage verfallen ist. Ein edles Geschäft, wenn man Ono-Sendai beklaut und die Daten bis zur Zahlung eines Lösegeldes unter Verschluß hält, indem man androht, die Daten bekannt zu machen, um damit der Forschung des Konglomerats den Biß zu nehmen.

Aber warum lief diese Nummer nicht? Wären sie nicht besser dran, wenn sie Ono-Sendai was zurückverkaufen könnten, besser dran als mit irgend'nem toten Johnny von der Memory Lane?

Ihr Programm war unterwegs zu einer Adresse in Sydney, einem Laden, der die Post seiner Kunden aufbewahrte, ohne Fragen zu stellen, sobald man eine kleine Anzahlung leistete. Viertklassige

Post. Ich hatte die andere Kopie größtenteils gelöscht und in die entstandene Lücke unsre Nachricht gesetzt, wobei ich vom Programm gerade so viel übrigließ, daß es als solches zu identifizieren war.

Mein Handgelenk tat weh. Ich wollte anhalten, mich hinlegen und schlafen. Ich wußte, daß ich bald den Halt verlieren und abstürzen würde, wußte, daß die flotten schwarzen Schuhe, die ich mir für meinen Abend als Eddie Bax gekauft hatte, abgleiten und mich hinunter in die Nighttown befördern würden. Aber da drängte er sich mir auf wie ein billiges religiöses Hologramm; der vergrößerte Chip auf seiner Hawaihemdbrust erinnerte an ein Aufklärungsfoto irgendeines todgeweihten Stadtkerns.

So folgte ich also Dog und Molly durch den Lo-Tek-Himmel, der provisorisch aus Unrat gebaut war, den man nicht mal mehr in Nighttown haben wollte.

Das Killerparkett hatte acht Meter Seitenlänge. Ein Riese hatte es über einem Schrottplatz aus Drahtseilen geflochten und straff gespannt. Es quietschte beim Bewegen, und es bewegte sich ständig und wippte auf und ab, während die Lo Teks sich auf der Holztribüne ringsum versammelten. Das Holz war grau vor Alter, glänzte vom vielen Begehen silbern und war über und über mit eingeritzten Initialen, Drohparolen und Liebesschwüren bedeckt. Die Holztribüne war an eigenen Drahtseilen aufgehängt, die sich außerhalb des grellen Lichtkegels von zwei altertümlichen Flutlichtstrahlern über dem Parkett in der Dunkelheit verloren.

Ein Mädchen mit Zähnen wie Dog landete auf allen vieren auf dem Parkett. Die Brüste waren mit indigoblauen Spiralen tätowiert. Dann war das Mädchen auf der anderen Seite des Parketts und raufte kichernd mit einem Jungen, der eine dunkle Flüssigkeit aus einer Literflasche trank.

Lo-Tek-Mode, das waren Narben und Tätowierungen. Und Zähne. Daß sie Strom anzapften, um das Killerparkett zu beleuchten, schien eine Ausnahme ihrer allgemeinen Ästhetikauffassung zu sein, ein Kompromiß – zugunsten des Ritus, des Sports, der Kunst? Ich wußte es nicht, bemerkte aber, daß das Killerparkett etwas Besonderes darstellte. Es erweckte den Eindruck, über Generationen hinweg zusammengefügt worden zu sein.

Ich hielt die nutzlose Knarre unter meiner Jacke. Das harte Metall, der Griff wirkten beruhigend, auch wenn ich keine Patronen mehr hatte. Und dabei erkannte ich, daß ich keinerlei Ahnung hatte, was eigentlich passieren würde oder passieren sollte. Und das lag in der Natur meines Spiels, denn ich war im Leben meist blinder Empfänger des Wissens andrer Leute, das schließlich wieder abgerufen wurde, wobei ich in synthetischer Sprache aufsagte, was ich nicht verstand. Ein recht technischer Knabe. Klar.

Und dann fiel mir auf, wie leise die Lo Teks geworden waren.

Da stand er am Rande des Lichtkegels und betrachtete das Killerparkett und die Tribüne der stillen Lo Teks mit der Gelassenheit eines Touristen. Als unsre Blicke sich zum ersten Mal begegneten und wir einander wiedererkannten, wurde in mir die Erinnerung wach an Paris und die lange Fahrt im elektrischen Mercedes durch den Regen zur Notre-Dame; an mobile Glashäuser, japanische Gesichter hinter den Scheiben und aberhundert Nikons, die in blindem Phototropismus als gläsern-stählerne Blumen aufragten. Hinter seinen Augen, die mich fixierten, surrten die gleichen Irisblenden.

Ich schaute mich nach Molly Millions um, aber sie war verschwunden.

Die Lo Teks teilten sich und ließen ihn auf die Tribüne. Er verbeugte sich lächelnd, stieg geschmeidig aus seinen Sandalen, die er fein säuberlich nebeneinander hinstellte und zurückließ, und trat hinunter aufs Killerparkett. Er näherte sich mir über das Alteisen-Trampolin, lässig, wie ein Tourist über den Synthetic-Belag irgendeines anonymen Hotels wandelt.

Molly landete auf dem Parkett und machte eine Bewegung.

Das Parkett dröhnte.

Es war mit Mikros und Verstärkern bestückt; Tonabnehmer steckten auf den vier fetten Spiralfedern an den Ecken, und Kontaktmikros hafteten an beliebigen Stellen an rostigen Maschinenteilen. Irgendwo hatten die Lo Teks einen Verstärker samt Synthesizer, und mittlerweile entdeckte ich die Umrisse von Lautsprechern droben hinter dem gleißenden, unbarmherzigen Flutlicht.

Ein elektronischer Schlagzeugbeat setzte ein, hämmernd wie ein Herz, gleichmäßig wie ein Metronom.

Sie hatte ihre Lederjacke und Stiefel ausgezogen; ihr T-Shirt war ärmellos; schwache Spuren von Chiba-City-Elektronik liefen an ihren dünnen Armen entlang. Ihre Lederjeans glänzte im Flutlicht. Sie fing zu tanzen an.

Sie beugte, mit weißen Füßen auf einem plattgewalzten Benzinkanister stehend, die Knie, und das Killerparkett begann sich daraufhin zu heben und zu senken. Der dabei entstehende Lärm glich einem Weltuntergang, hörte sich an, als würden die Trossen, die das Firmament tragen, reißen und durch den Himmel schnellen.

Er ließ sich einige Momente lang schaukeln, und dann bewegte er sich, wobei er die Bewegung des Parketts gewandt einschätzte, als würde er in einem Ziergarten von einem flachen Stein zum nächsten treten.

Er zog mit einer gelassenen, selbstverständlichen Geste die Spitze von seinem Daumen ab und warf sie nach ihr. Im Flutlicht schillerte die lichtbrechende Faser regenbogengleich. Molly warf sich flach hin, rollte und schnellte empor, als der Molekülstrang vorbeipeitschte, und riß in einer wohl automatischen Abwehrgeste die im Licht blitzenden Stahlklauen hoch.

Der Trommelrhythmus wurde schneller, und die hüpfende

Molly hielt den Takt; ihre dunkle Mähne flog wild um die verspiegelten Gläser, der Mund war schmal, die Lippen vor Konzentration verkniffen. Das Killerparkett schaukelte und dröhnte, und die Lo Teks kreischten vor Aufregung.

Er zog die Faser ein bis auf eine Länge von einem Meter, die er als gespenstisch polychrome Scheibe vor sich kreisen ließ, wobei er die daumenlose Hand in Höhe des Brustbeins hielt. Ein Schild.

Und Molly schien etwas fallen zu lassen innerlich, und damit fing ihr Veitstanz erst richtig an. Sie hüpfte und drehte sich, schnellte zur Seite und landete mit beiden Füßen auf einem verchromten Motorblock, der direkt mit einer der Spiralfedern verdrahtet war. Ich hielt mir die Ohren zu und ging in die Knie, so schwindelig wurde mir vom Lärm, der mich glauben machte, Parkett und Tribüne stürzten nach unten in die Nighttown, so daß ich uns schon durch die Hütten, die nasse Wäsche brechen und am Pflaster aufschlagen und wie reife Früchte platzen sah. Aber die Drahtseile hielten, und das Killerparkett hob und senkte sich wie ein tobendes Metallmeer. Und Molly tanzte darauf.

Und unmittelbar vor seinem letzten Wurf mit der Faser sah ich zuletzt etwas in seinem Gesicht, einen Ausdruck, der wohl nicht hingehörte. Es war weder Furcht noch Zorn. Ich glaube, es war ungläubiges Staunen, verdutztes Unverständnis, gekoppelt mit der Abscheu eines Ästheten vor dem, was er sah, hörte – vor dem, was ihm geschah. Er zog die wirbelnde Faser zurück, so daß die gespenstische Scheibe auf Tellergröße schrumpfte, machte eine peitschende Bewegung über dem Kopf und riß die Hand nach unten, so daß die Daumenspitze wie etwas Lebendiges auf Molly zuschoß.

Das Parkett riß sie nach unten, so daß der Molekülstrang knapp über ihren Kopf hinwegzuckte. Schon schnellte das Parkett zurück und hob ihn in die Bahn der gestrafften Faser. Sie wäre normalerweise harmlos über seinem Kopf hinweg- und ins diamantharte Gehäuse zurückgeglitten. Nun schnitt sie ihm unmittelbar hinter dem Gelenk die Hand ab. Vor ihm tat sich eine Lücke im Parkett auf, durch die er segelte wie ein Taucher mit seltsam betonter Anmut, ein besiegter Kamikaze beim Sturz in die Nighttown. Zum Teil, wie ich glaube, nutzte er diesen Sturz, um sich ein paar Momente würdiger Stille zu erkaufen. Molly hatte ihn mit Kulturschock umgebracht.

Die Lo Teks grölten, aber da stellte jemand die Verstärker ab, und Molly ließ das Killerparkett ausschwingen und harrte mit blassem, leerem Gesicht aus, bis das Wippen aufhörte und nur noch ein leises Klirren vom vergewaltigten Metall und das Knirschen von Rost auf Rost zu hören war.

Wir suchten das Parkett nach der abgehackten Hand ab, fanden sie aber nicht. Wir fanden lediglich einen geschwungenen Einschnitt in einem rostigen Stahlteil, wo der Molekülstrang ausgetreten war. Die Schnittkante glänzte wie poliertes Chrom.

Wir haben nie erfahren, ob der Yakuza unsre Bedingungen akzeptierte oder unsre Nachricht überhaupt erhielt. Soweit ich weiß, wartet ihr Programm immer noch in einem Regal im Hinterzimmer eines Souvenirladens im dritten Stock, Sydney Central-5, auf Eddie Bax. Vermutlich haben sie das Original vor Monaten an Ono-Sendai zurückverkauft. Vielleicht haben sie aber auch die Nachricht des Piraten erhalten, denn noch hat keiner nach mir gesucht, obwohl schon ein Jahr vergangen ist. Wenn sie noch kommen sollten, so haben sie wenigstens einen langen Aufstieg durch die Dunkelheit vorbei an Dogs Wachen vor sich; außerdem habe ich neuerdings nicht mehr viel Ähnlichkeit mit Eddie Bax. Dafür ließ ich – unter örtlicher Betäubung – Molly sorgen. Und meine neuen Zähne sind schon beinahe festgewachsen.

Ich habe beschlossen, hier oben zu bleiben. Als ich unmittelbar vor seiner Ankunft über das Killerparkett schaute, sah ich, wie hohl mein Leben war. Und ich wußte, daß ich nicht länger Gefäß sein wollte. Jetzt steige ich fast allabendlich hinunter und besuche Jones.

Wir sind jetzt Partner, Jones und ich. Und Molly Millions auch. Molly erledigt unsre Geschäfte im Drome. Jones ist nach wie vor im Funland, aber hat nun ein größeres Becken, das wöchentlich mit einem Tankzug frischen Meerwassers aufgefüllt wird. Und er kriegt seinen Stoff, wenn er ihn braucht. Er redet nach wie vor über seine Lichter mit den Kindern, mit mir aber redet er über ein neues Display in einer Kabine, die ich angemietet habe, ein beßres Gerät als seine einstige Navy-Ausstattung.

Und wir verdienen alle gut dabei. Ich hab nie beßres Geld verdient, denn die Squids von Jones spüren alles auf, das je in mir abgespeichert worden ist, und er wirft das auf dem Display in einer mir verständlichen Sprache aus. So lernen wir 'ne Menge über meine früheren Kunden. Und eines Tages laß ich mir von einem Chirurgen das ganze Silikon aus meinen Mandeln schürfen, damit ich, frei vom Gedächtnis andrer Leute, wieder mit den eigenen Erinnerungen lebe wie jeder andere auch. Aber das dauert noch 'ne Weile.

Bis dahin kann ich's echt aushalten hier oben, hoch oben im Dunkeln, wo ich meine chinesischen Filterzigaretten rauche und dem Kondenswasser lausche, das von den geodätischen Kuppeln tröpfelt. Es ist echt ruhig hier oben – wenn nicht gerade ein Lo-Tek-Paar auf dem Killerparkett zu tanzen geruht.

Es ist lehrreich obendrein. Mit Hilfe von Jones, der mir einiges auseinanderklamüsert, werde ich zum technischsten Knaben in der Stadt.

# *Bibliographie*

*Greg Bear:* Musik des Blutes. Originaltitel: »Blood Music«. Ins Deutsche übertragen von Peter Robert. Copyright © 1985 by Greg Bear. Copyright © der deutschen Übersetzung by Wilhelm Heyne Verlag, München. Veröffentlicht mit der Genehmigung Nr. 54412 der Paul & Peter Fritz AG in Zürich.

*David Brin:* Die Kristallhüllen. Originaltitel: »The Crystal Spheres«. Deutsche Erstveröffentlichung. Ins Deutsche übertragen von Marcel Bieger. Copyright © 1984 by Davis Publications. Veröffentlicht mit der Genehmigung Nr. 55020 der Paul & Peter Fritz AG in Zürich.

*Octavia Butler:* Blutsbrut. Originaltitel: »Bloodchild«. Ins Deutsche übertragen von Bernd Müller. Copyright © 1984 by David Publications, Inc. Copyright © der deutschen Übersetzung by Bastei-Lübbe Verlag, Bergisch-Gladbach. Abdruck mit freundlicher Genehmigung der Autorin und ihrer Agenten Writers House Inc./ Thomas Schlück, Garbsen.

*Cliff Burns:* Kifferwahn. Originaltitel: »New World Man«. Deutsche Erstveröffentlichung. Ins Deutsche übertragen von Marcel Bieger.  Abdruck mit freundlicher Genehmigung des Autors.

*C. J. Cherryh:* Kassandra. Originaltitel: »Cassandra«. Ins Deutsche übertragen von Marcel Bieger. Copyright © 1978 by C. J. Cherryh. Copyright © der deutschen Übersetzung by Wilhelm Heyne Verlag, München. Veröffentlicht mit der Genehmigung Nr. 54426 der Paul & Peter Fritz AG in Zürich.

*Arthur C. Clarke:* Der Wachtposten. Originaltitel: »The Sentinel«. Ins Deutsche übertragen von Tony Westermayr. Copyright © 1951 by Arthur C. Clarke. Mit freundlicher Genehmigung der Agentur Mohrbooks, Zürich.

*Samuel R. Delany:* Jawohl, und Gomorrha. Originaltitel: »Aye and Gomorrah«. Ins Deutsche übertragen von Waltraud Götting. Copyright © 1967 by Samuel R. Delany. Copyright © der deutschen Übersetzung by Bastei-Lübbe Verlag, Bergisch-Gladbach. Mit freundlicher Genehmigung von Baror International, Armonk, New York.

*Philip K. Dick:* Die totale Erinnerung. Originaltitel: »We Can Remember it for You Wholesale«. Ins Deutsche übertragen von Andreas Brandhorst. Copyright © 1966 by Philip K. Dick. Copyright © der deutschen Übersetzung by Andreas Brandhorst. Mit freundlicher Genehmigung von Baror International, Armonk, New York.

*Harlan Ellison:* »Bereue, Harlekin!« sagte der Ticktackmann. Originaltitel: »›Repent, Harlequin!‹ said the Ticktockman«. Ins Deutsche übertragen von Hans Maeter. Copyright © 1965 by Harlan Ellison. Renewed copyright © 1993 by Harlan Ellison. Copyright © der deutschen Übersetzung by Wilhelm Heyne Verlag, München. Reprinted by arrangement with, and permission of, the Author and the Author's agent, Thomas Schlück, Garbsen. All rights reserved.

*Philip José Farmer:* Weitersegeln! Weitersegeln! Originaltitel: »Sail On! Sail On!«. Ins Deutsche übertragen von Ronald M. Hahn. Copyright © 1953 by Philip José Farmer. Copyright © der deutschen Übersetzung by Wilhelm Heyne Verlag, München. Veröffentlicht mit Genehmigung der Paul & Peter Fritz AG in Zürich.

*Jonathan Gates:* Samuel Delany lebt hier nicht mehr. Originaltitel: »Samuel Delany Doesn't Live Here Anymore«. Ins Deutsche übertragen von Andreas Helweg. Copyright © 1997 by Jonathan Gates. Abdruck mit freundlicher Genehmigung des Autors.

*William Gibson:* Der mnemonische Johnny. Originaltitel: »Johnny Mnemonic«. Ins Deutsche übertragen von Reinhard Heinz. Copyright © 1981 by William Gibson. Abdruck mit freundlicher Genehmigung des Wilhelm Heyne Verlags, München.

*Joe Haldeman:* Das zweite Gesicht. Originaltitel: »None So Blind«. Ins Deutsche übertragen von Ingrid Herrmann. Copyright © 1996 by Joe Haldeman. Copyright © der deutschen Übersetzung by Wilhelm Heyne Verlag, München. Veröffentlicht mit der Genehmigung Nr. 55019 der Paul & Peter Fritz AG in Zürich.

*Ursula K. LeGuin:* Der Tag vor der Revolution. Originaltitel: »The Day Before the Revolution«. Ins Deutsche übertragen von Gisela Stege. Copyright © 1974 by Ursula K. LeGuin. Copyright © der deutschen Übersetzung by Wilhelm Heyne Verlag, München. Ver-